总主编 吴俊
总校阅 黄静 肖进 李丹

本卷主编 阎海田

第九卷 2000—2002

中国当代文学批评史料编年

华东师范大学出版社

本书为国家出版基金资助项目
国家"双一流"拟建设学科"南京大学中国语言文学艺术"资助项目
江苏高校优势学科建设工程"南京大学中国语言文学"资助项目
江苏省 2011 协同创新中心"中国文学与东亚文明"资助项目
南京大学中国新文学研究中心资助项目

编纂说明

文学批评史尤其是中国古代文学批评史,本是文学研究中的大宗。但从20世纪90年代开始,批评史退出了学科设置体系,由此对相关的教学和研究都有影响。较之于古代文学批评史,现当代文学批评史显然薄弱,或可说当代文学批评堪称发达,而当代文学批评史的研究却最弱。这从学术上看倒也是正常现象。只是所谓当代的时间范畴一直在无限扩展,恍惚间已达到了六十年,是一般概念中的现代文学时间的两倍。其他不谈,如果现代文学史、现代文学批评史方面的学术成果足以令人惊艳的话,当代文学批评的历史及内涵体量应该也完全能够支持当代文学批评史的研究开展。

或许受到20世纪80年代早期我在复旦大学读书时上过的现代文学文论课的影响,90年代末期我在华东师范大学开设过当代文学文论、当代文学批评史专题之类的课程,大概算是较早的同类课程教学和研究。调南京大学工作后,当代文学批评史方向的研究,我也一直在继续。2010、2011年间,我任首席专家的"中国当代文学批评史"项目竞标成功,立项为教育部重大课题攻关项目。这促使我必须在近年完成至少两项任务:一是结项项目专著《中国当代文学批评史》的撰写,二是原定计划中包括正在进行的《中国当代文学批评史料编年》等的文献整理及研究课题。在我看来,当代文学批评史的研究开展及其学术保障,必须依赖并建立在后者之类的专业史料和文献研究的基础之上。这可以说就是我从事这项具体工作的初衷。

感谢我的合作者多年来的精诚团结,终于完成了这套丛书的编纂。付梓之际,既感欣喜和放松,但也不乏遗憾和不安。毕竟凡事总不能做到尽善尽美。我视这套书为中国当代文学批评的历史图标集成,它应该是将历史的散点集合而成的一种逻辑系统。所以准确性和系统性是它的基本要求,也是它的基本特点,它对专业研究的学术价值也将视此而定。这套书的收录对象主要是狭义的文学批评史料,但也有与文学批评相关的一般当代文学理论史料,甚至包括了一些古代文学研究、外国文学研究等方面的史料;之所以如此,从宏观上简单说是因为中国当代文学批评的开展和理论建设往往与"古为今用,洋为中用"的思想指导相关,在古今、中外研究中,互相间的影响和互动互渗是一种历史的常态。这其实也就给这套书的编纂带来了显见的困难,如何取舍既难轻断,且常易断错。另一方面,失之疏漏、错失的地方又几乎在所难免。尤其是在定稿成书之后,诚惶诚恐就是我现在的真实心理。不管怎样,作为总主编我须为这套书的质量和水平负责。希望学界同道不吝赐教。

感谢丁帆教授慨赐墨宝为本书作书名题签。这套书除了已经署名的主编者、校阅者之外,还有我的研究生吴倩、郭静静参与了资料补充、核查工作,谨表感谢。对于华东师范大学出版社王焰女士、庞坚先生诸位多年来的宽容和照应,特别是他们为这套书的出版所付出的劳动,再次深表由衷的感谢。

吴 俊

2017 年 8 月 8 日

写于南京东郊仙林和园

目 录

1	2000年	85	2001年	219	2002年
3	1月	87	1月	221	1月
14	2月	100	2月	239	2月
17	3月	107	3月	246	3月
27	4月	123	4月	263	4月
31	5月	131	5月	271	5月
39	6月	144	6月	288	6月
44	7月	152	7月	297	7月
52	8月	166	8月	313	8月
56	9月	174	9月	320	9月
65	10月	187	10月	336	10月
68	11月	194	11月	342	11月
77	12月	207	12月	357	12月

2000年

2000年

1月

1日,《文艺报》第1期发表张志忠的《90年代：市场时代的文学选择》。

《长江文艺》第1期发表陈晓明的《新时期小说文体：文化视点中的嬗变》；王庆生、樊星等的对话录《新中国文学现实主义的发展》。

《山东文学》第1期发表王兆胜的《新时期中国散文的发展及其命运（上）》；张炜的《小说：区别和判断》。

《作家》第1期发表张生的《与李冯对话 这种选择意味着什么？》；张柠的《市场里的梦想》；董鼎山的《诺贝尔奖季节的惆怅》。

3日,《光明日报》发表《姚雪垠长篇历史小说奖励基金设立》。

4日,《文艺报》第2期发表郝雨的《小说不应该令人欣慰》；方伟的《告别"个人化"写作——关于个人化写作的探因与思索》；孟繁华的《历史语境与文学性质》；孙舟的《如何看待新时期的改革文学？》；刘乾的《只重审美无视现实的新困顿》（讨论文学批评取向的问题）。

《文汇报》发表许子东的《新千年的文学前景》；辛庚的《〈红岩〉：叩问真实》。

5日,《大河报》发表记者李鹏飞对陈平原的采访录《小说的"霸主"地位受到挑战》。

《辽宁大学学报（哲学社会科学版）》第1期发表樊琦的《论余华小说的"苦难意识"》；李明明的《论中国女性作家及作品中的女性困境》。

《电影艺术》第1期发表胡克的《北京上海青年电影新作比较》；张扬的《关于〈洗澡〉》；张会军、齐虹的《陈凯歌答问录》（讨论影片《荆轲刺秦王》）；李陀的《我们为什么要搞文化研究？》；杨远婴的《中国电影中的乡村想象》。

《光明日报》发表《文坛应对哗众取宠和浮躁之风说不——王朔与金庸一场"论争"的启示》。

《花城》第1期发表赵毅衡的《神性的证明：面对史铁生》；林舟的《建构心灵的形式——潘军访谈录》。

《钟山》第1期发表孟繁华、李洁非等的《90年代文学批评的回顾与检讨》；张闳的《意识形态诗学批评》；贺仲明的《回归故事：策略还是退却》。

6日,《人民日报》发表董学文的《文学理论:世纪的回顾与前瞻》。

《文学报·大众论坛》第1期以"批评家寄语"为总题,发表钱谷融的《历史与美学相结合》,徐俊西的《百家争鸣 多元互补》,吴中杰的《批评也要大众化》;专栏"记者见闻",发表肖顾的《文艺评论问题何在?》;专栏"读者来信",发表罗晓的《令人惊诧的"悼词"》(缘起于葛红兵在《芙蓉》1999年第6期上发表的《为二十世纪中国文学写份悼词》);以"媚俗?——为大众传媒号脉"为总题,发表俞小石对何满子的采访录《缺思考 太媚俗》、王富荣的《无可厚非 通俗之"俗"》、张启承的《俗也要讲格调》、施之鸿的《世俗化是必然趋势》、陈圣来的《主流媒体并未媚俗》、王纪人的《供给创造需求》、白子超的《弄清概念 慎下结论》、汪天云的《通俗是趋势 媚俗不足道》、吕怡然的《寻求什么"卖点"?》、杨扬的《不要轻易否定》、邢育森的《网络女作家的秘密花园》;同期,以"官场小说评点录"为总题,发表江曾培的《强烈震撼 几许冷意——〈羊的门〉读后感》、弘观的《掩卷之余的压抑与沉思——读"官场小说"之我见》、姜义华的《要揭示"官"的复杂性》。

《台港文学选刊》第1期发表宇文正的《访陈映真谈新作〈归乡〉》。

《光明日报》发表赵文的《〈我看金庸〉之我见——文坛的炒作与炒作的文坛》;程继田的《勇于回答现实向文学提出的问题》;曾敏之的《华文文学史上的拓荒之作》。

《文艺报》第3期发表尹鸿的《消费社会职业化与影视批评》。

8日,《文艺报》第8期发表木弓、金盾的《世界是你们的……:〈萌芽〉杂志新概念作文大赛述评》;韩小惠的《中国散文创作的八个问题(上)》。

10日,《三明高等专科学校学报(社会科学版)》第1期发表柳传堆的《林语堂"费厄泼赖"精神新论》。

《文艺研究》第1期发表G·施瓦布、金惠敏的《从主体性到另类性——关于"文学研究的人类学转向"的谈访-对话》。

《中国青年报》发表刘洪波的《关于诺贝尔文学奖——老想得 老得不着》;闫红的《关于"美女文学"——是看美女还是看文学》;徐虹的《三个女作家笔下的三种颜色》;葛昌秋的《关仁山及其〈风暴潮〉》。

《电影文学》第1期发表刘一兵的《电影剧本写作的误区(1):猎奇并非好出路》。

《江海学刊》第1期发表杜书瀛、张婷婷的《关于文学本体论的思考》;张杰的

《21世纪批评方法的重建》。

《戏剧研究》第1期发表张兰阁的《病态的百合花及其潜隐文化逻辑——对〈徽州女人〉中女人形象的另一种解读》；林克欢的《分崩离析的戏剧年代——2000年文化展望》；傅谨的《第三只眼看"戏改"》。

《诗刊》第1期发表陈仲义的《世纪之交：走出新诗形式建设的困境——关于格律化、自由诗、宽泛性诗体的思考》；[新西兰]若愚的《试解几种"现代主义"》。

《理论与创作》第1期发表吴晖湘的《文化人格主旋律及其变奏的深沉思辨——读夏坚勇散文集〈湮没的辉煌〉》；李娜的《"新人类"与"老灵魂"的世纪末合唱——论朱天心20世纪90年代的小说创作》；艾振民的《成长的烦恼——评骆晓戈的〈长成一棵树〉》；汪东发的《"更大的世界就在更小的拥有之中"——读蒋三立诗集〈永恒的春天〉》；刘起林的《严峻课题的传奇化演示——读长篇小说〈风雨乾坤〉》。

11日，《文艺报》第11期发表谭五昌的《90年代作家的"文化身份"》。

《青年文学》第1期发表沙林的《另类作家"四美女"》；晓麦的《文学刊物就是主体行为》(关于文学期刊的身份与价值的讨论)。

《世界华文文学》第1期发表刘红林的《台湾女性主义文学的特色》；饶芃子的《给海外华文文学一颗奔腾的心——在"第十届华文文学国际研讨会"闭幕式上的讲稿》；刘慧琴的《天涯共此时——跨世纪的世界华人文学》；汪义生的《熔思想性、艺术性、娱乐性于一炉——读〈世界著名华文女作家传〉琐记》；凌鼎年的《筹建世界华文微型小说研讨会》；古远清的《台港澳文学学科尚未建立》；采文的《金庸谈写作》；李跃的《文学史论的整合式书写——读〈百年中华文学史论〉》；王金城的《阴性书写与政治诉求的微型炸弹：解读〈香炉〉 话说李昂》。

13日，《文艺报》第13期发表任秀丽的《为只为春秋大义——评新编历史剧〈驿亭谣〉》。

《文汇报》发表李鹏飞的《批评家：当代作家少写一点 作家：不写有辱作家使命——作家究竟重质还是重量》。

《文学报》发表王光东的《寻找民间的精灵》(关于写作的民间化立场)；陈思和的《年轻的有生力量——青年评论家王光东印象》；肖复兴的《不必莫名悲观》(讨论当下文学形势)；陈建功、马相武等的《用理智穿透时代——长篇小说〈破碎的激情〉研讨述要》。

15日,《人民日报》发表廖奔的《京剧〈骆驼祥子〉和越剧〈孔乙己〉——从小说到戏曲的转型》。

《文艺报》第15期发表彭公亮的《余秋雨可能反思吗?》;韩小惠的《中国散文创作的八个问题(下)》;王强的《地域文化:作家心里的一份家谱》;王巨才的《文学与道德:一个重在建设的理论课题》。

《天涯》第1期发表张炜的《想象的贫乏与个性的泯灭》;李少君的《南山纪要:我们为什么要谈环境——生态?》(1999年10月下旬,"生态与文学国际研讨会"在三亚南山召开)。

《文学评论》第1期发表高建平的《二十一世纪中国文学研究面临的挑战——"新世纪文学学术战略名家论坛"综述》;周宪的《必要的张力——读〈文学理论:走向交往对话的时代〉》;程正民的《巴赫金的文化诗学》;杨守森的《学术人格与20世纪中国文艺学》;曹文轩的《对一个概念的无声挽留》;陈美兰的《寻找诠释的"阿基米德点"》;钱理群的《中国当代文学史写作笔谈——读洪子诚〈当代文学史〉后》;樊星的《全球化时代的文学选择》;昌切的《民族身份认同的焦虑与汉语文学诉求的悖论》;涂险峰的《世纪交汇点上的问题意识与人文关怀——"全球化趋势中的文学与人"学术研讨会综述》;蒋述卓的《对话:理论精神与操作原则——巴赫金对比较诗学研究的启示》。

《中国社会科学院学报》第1期发表张炯的《百年中国文学的深刻嬗变》。

《北方论丛》第1期发表王金城的《从审美到审丑:莫言小说的美学走向》。

《江苏社会科学》第1期发表黄晓峰、刘月莲的《写在澳门文学的边缘:澳门土生文学论略》;廖子馨的《澳门现代女性文学特色》;刘登翰的《从"悖论"谈及澳门文学》;穆凡中、穆欣欣的《九十年代澳门戏剧概况》;王宗法的《澳门文学的独特性》。

《电视剧》第1期发表里沙的《艺术个性与大众艺术——从陈凯歌的〈荆轲刺秦王〉说开去》。

《当代文坛》第1期发表邢建昌的《对中国后现代主义文本的一种解读》;李益荪的《论"艺术生产"主体的特征》;黄佳能的《市场经济与90年代中后期农村题材小说》;席扬的《"主角置换"与"指向位移"——90年代农村题材创作片论》;景秀明的《论90年代散文创作的理性精神》;叶向东的《于坚散文:小说文本实验》;梁艳萍、葛红兵的《浮游于死亡之海——胡性能小说简论》;原宝国、吴义勤的《穿越语言的雾障——海南长篇新作阅读札记》;金雅的《现代女性迷失何方——评〈婚姻相对论〉中的女性形象》;陈朝红的《他与共和国同行——高缨创作研究》;张同吾的《精血与灵魂的联袂——读〈阳光与我〉》;思云的《一个艺术精神的体现者——雨田诗歌艺术论》;王琳的《女性的隐遁与重现——从〈我在霞村的时候〉到〈现在〉》;王宜青的《形式的探求和意味的传达——试论梅子涵儿童小说叙事》;邹贤尧的《生存之重与文艺之轻》。

《当代电影》第1期发表王庚年的《一年好景君须记　最是橙黄橘绿时——就当前中国电影发展态势答〈当代电影〉记者问》;胡克的《〈洗澡〉剧作评析》;李宗禧的《民族的与世界的——论张艺谋电影》;陈墨的《青春的呓语——对张艺谋电影的一种看法》。

《江汉论坛》第1期发表龙泉明的《胡风研究的开新之作——读钱文亮、范际燕著〈胡风论〉》。

《社会科学研究》第1期发表向荣的《背景与空间：90年代中国文学的文化语境》。

《南方文坛》第1期发表黄伟宗的《我与文艺研究》;孙中田的《张艺谋的电影艺术策谋》;刘锋杰的《对话、整合、重建与关怀——读夏中义〈新潮学案〉》;洪子诚的《双百方针》;林为进的《长篇小说：80年代到90年代的变化和发展》;朱晖的《说新论旧话长篇》;何镇邦的《90年代长篇小说创作的几个问题》;阎晶明的《精神碎片的串结——沈东子小说读解》;丁帆的《"走神"的沈东子："寻找"与"溯游"的感伤行旅》;沈东子的《小说与花瓶》;宋遂良的《"重写文学史"的重要收获——读两部新版文学史》;南帆的《文学史：核心概念的发现》;李兆忠的《当代文学：打开历史的黑箱——文学史家洪子诚》;刘志荣的《批评的宽度：评说张柠》;张柠的《我的批评格言》。

16日,《文艺争鸣》第1期发表段崇轩的《乡村小说：一个世界性的文学母题》;贺桂梅的《跨学科视域中的20世纪中国文化研究——北京大学20世纪中国文化研究中心成立暨学术研讨会综述》;姚爱斌、周正兵的《文论五十年的回顾与反思——"新中国文学理论五十年"学术研讨会专题综述之一》;刘雨的《冷眼回望散文热——90年代散文创作研讨会综述》;姚新勇、王世诚的《虚拟的"路线斗争"——关于"自由主义"与"新左派"的思考》;徐岱的《昔日顽主不再好玩》;吴思敬的《舒婷：呼唤女性诗歌的春天》;陈思和、张新颖、王光东的《余华：由"先锋"写作转向民间之后》；吴义勤的《告别"虚伪的形式"——〈许三观卖血记〉之于余华的意义》。

18日，《文艺报》发表阎晶明的《庸常的深度》；张立国的《非常识写作》（关于"个人化写作"的讨论）；西马的《90年代文学：总体的繁荣与潜在的危机——一个责编对90年代文学的评估》；赖大仁的《从人学基点看文艺精神价值取向》（《文艺报》围绕"历史性与人文关怀"展开关于文艺精神价值取向的讨论）；李晃的《诗人：永远割不断民族的血脉——听诗魔洛夫谈诗》；古远清的《"台湾文学是中国文学的一环"是老调吗？——有关"台湾文学诠释权"的争论》；朱双一的《90年代台湾文学思潮新动向》；张长虹的《迈向21世纪的东南亚华文文学——记第四届东南亚华文文学研讨会》。

《中国戏剧》第1期发表童道明的《中国话剧的两个觉醒期》。

《电影评介》第1期发表蒋丰的《创造性的批评也应是带着镣铐的舞蹈——谈观念层次上的影视批评所要具备的三个质素》。

19日，《中华读书报》发表芮华、赵朕的《独到的〈香港小说史〉》。

20日，《小说评论》第1期发表胡香《那不是历史的断层——读〈沉沦的圣殿〉》；刘岸的《困境中的求索——兼谈"兵团小说"的不足》；李鸿祥的《双重显现的文字与思想——〈皱纹〉读感》；蓝溪的《乡情水梦 世相人生——梦萌作品研讨会纪要》；丁帆的《王者霸气——小说〈白楼梦〉人物漫谈》；赵稀方的《寻求文化身份——也斯小说论》；朱双一的《近年来的台湾小说创作》；王如青的《个人话语和历史审视——评刘敏长篇新著〈如歌的诱惑〉》；郝雨的《铁凝近期小说的新开掘与新创造》；於可训的《激情与理想年代的知识分子——长篇新作〈江河水〉人物解读》；李伯勇的《"村妇性生存"的全息裸示——〈羊的门〉阅读笔记》；黄书泉的《长篇小说阅读札记》；丁增武的《"批判"的恢复——析〈羊的门〉的主题意向》；邵建的《"怨道"的现代表达——"理想主义"批判》；洪治纲的《先锋的精神高度》；谢有顺的《失眠的内心》（讨论关于知识分子的使命感与人文精神的坚守）。

《文艺报》第9期发表孔德选的《难见精品：被层层剥蚀的影视编剧》。

《文学报》发表臧克家的《臧克家的一封信——致〈毛泽东与中国古今诗人〉作者》；雷达的《小说进入新世纪》；施战军的《跨文体和后先锋小议》；王剑冰的《散文创作漫谈》。

《东北师大学报（哲学社会科学版）》第1期发表薛中军的《超越女性形

象——"女性文学"浅议》。

《当代》第1期发表闻立的《平淡的与戏剧化的——1999年小说印象》;邵燕祥的《"基度山"外话恩仇》。

《光明日报》发表曾镇南的《历史小说文苑的奇葩——读扎拉嘎胡的〈黄金家族的毁灭〉》;雷达的《喷薄而出的沛然之气》(讨论蒋子龙长篇小说《人气》)。

《学术论坛》第1期发表邓云的《关于"女性文学"界说的理论辨析》。

《河北学刊》第1期发表丁晓原的《本体论的进取与系统建构的缺失——90年代报告文学理论批评之研究》。

《南开学报(哲学社会科学版)》第1期发表刘俐俐的《后殖民主义语境中的当代民族文学问题思考》。

《暨南学报(哲学社会科学版)》第1期发表饶芃子的《海外华文文学与比较文学》。

《鲁迅研究月刊》第1期发表古远清的《发生在台湾"戒严"时期的"文坛往事辨伪案"——重评苏雪林与刘心皇、寒爵交恶事件》。

22日,《人民日报》发表张学昕的《一九九九,小说留给新世纪的思考》;江胡、木耳的《中原文学的回眸与眺望》("文学豫军"长篇小说研讨会纪要)。

《文艺报》发表罗青卿的《用自己体温写作的陈应松》。

24日,《文艺理论与批评》第1期发表曾庆瑞、赵遐秋的《质疑"小说百强"》;黄纪苏的《"诗人"存则诗废人亡》;李天平的《千锤百炼铸丰碑——欧阳山重校五卷全书〈三家巷〉述评》;[韩]申正浩的《作家的思想深度与时代角色——纪念〈陈映真文集〉出版而作》;刘增杰的《进展中的缺憾——略谈文学史建构中的史料问题》;黄力之的《论"重写文学史"的当代史意义——新时期审美文化思潮研究》;杨立元的《人文关怀与现实生活的契合——"三驾马车"论》;《澳门戏剧史稿》出版座谈会在京召开》。

《文史哲》第1期发表郑春的《试论当代历史小说的创新努力》。

25日,《文艺报》第11期发表木弓的《这才是小说家写的东西》;夏泽奎的《行走的阿城》。

《文艺理论研究》第1期发表王元化的《对于五四的再认识答客问》;赵小雷的《"多研究些问题,少谈些主义"——关于全球化、后殖民争论的思考》;杨扬的《90年代中国文学关系的新变动》;孙先科的《考量"民间"》;江守义的《"热"学与

"冷"建——叙事学在中国的境遇》。

《文汇报》发表李鹏飞、邢晓芳的《是"一地鸡毛"还是"草丛藏珠"——网络文学热点扫描》。

《四川戏剧》第1期发表晓舟的《戏剧失掉了什么》。

《北京师范大学学报(人文社会科学版)》第1期发表童庆炳的《经验、体验与文学》。

《当代作家评论》第1期发表蔡兴水的《求索·创新·超越——阅读〈钟山〉(1979—1999)》;吴义勤的《一个美好的学术设想——读〈多元共生的现代中华文学〉和〈百年中华文学史论〉》;南帆的《新诗的现状与功能》;蒋登科的《关于家园的寻思》;张舒屏的《灵魂是可以触摸的》;张光芒的《反思者的痛苦》;周立民的《在历史与现实之间的梦》;李辉的《走进历史的深处——关于文人的思考与描述》、《在"知识流放"中吟唱——孙越生和他的"干校诗"》;王观泉的《聂绀弩在诗中隐现》;陈思和的《主持人的话》;王旭烽的《仰望世纪初的灿烂星斗——读〈北大之父蔡元培〉后感》;谢有顺的《散文的命运》;吴俊的《散文大家王充闾》;周政保的《叩问沧桑及生命的还乡》;李洁非的《读书和思想的快乐》;王尧的《知识分子话语转换与余秋雨散文》;张生的《时序中的两个年代》;潘凯雄的《为什么逃避》;王晓明的《〈半张脸的神话〉自序》;陈平原的《二十世纪中国文学纪事(上)》;洪子诚的《二十世纪中国文学纪事(下)》。

《郑州大学学报(社会科学版)》第1期发表姚新勇的《离散的历程:知青文学分类考》;樊洛平的《人道主义:工业题材创作不容回避的主题》。

《贵州大学学报(社会科学版)》第1期发表祝克懿的《〈春之声〉的语言解读》。

《南京师大学报(社会科学版)》第1期发表郜宇的《论汪曾祺的艺术感觉》;陈吉德的《论中国电影表现知识分子的三次高潮》。

《浙江学刊》第1期发表刘芫信的《现代乌托邦:王小波小说中的个体末世神话》;吴晶的《金庸小说的江南情韵》。

《黄河》第1期发表张英的《唐大年:呈现生活的另一面》(访谈录);孟繁华的《当代的:问题与宿命》;袁毅的《一棵会思想的芦苇——追忆苇岸先生》;刘双的《质疑对〈相信未来〉诗的诠释》;陈徒手的《郭小川:党组里的一个和八个》。

《湖北大学学报(哲学社会科学版)》第1期发表熊德彪、刘成友的《"文革"主流文学论纲》；周新民、段炜的《论后现代写作的合理性》。

《收获》第1期发表彦火的《扳不倒的金庸》。

27日,《文学自由谈》第1期发表李兆忠的《当代文学终于有了写史的高手》；赵毅衡的《带给主流文学的危机》；陈染的《不写作的自由》；朱健国的《来一个"文人相轻年"》。

《文学报》发表曲志红的《首届"中国诗人奖"颁奖》；左史的《〈郭小川全集〉出版座谈会在京举行》；王彬彬的《人文知识分子的情怀——读汪应果的〈灵魂之门〉》。

《文学报·大众论坛》第2期发表本报编辑部的《著名作家李陀主张引发一场广泛的讨论：在市场经济条件下——我们要创建什么样的文化?》、《王蒙不久前在罗马发表演说——怎样评价中国文学现状》；韩小惠的《愈"骂"愈烈　不是出路》(缘起于陕西师范大学策划的《十作家批判书》的出版)；史铁生的《理想的文学批评》；梁晓声的《从金庸、克莉斯蒂看"武侠"与"侦探"的文学土壤》；杨扬的《新小说的早晨——兼答对九十年代后期小说的某些批评》；王宏图的《媚俗·时尚化·欲望至上——"另类小说"之我见》；专栏"碰撞与争鸣"发表杜哉的《何必"降一级来看"——与葛红兵博士商榷》、《葛红兵致函本报编辑部——关于文风和学风问题的一封信》(缘起于葛红兵的《为二十世纪中国文学写一份悼词》的争论)。

《光明日报》发表沈卫星的《中国文联第六届五次全委会部分委员呼吁——文艺批评要"强筋健骨"》。

《华中师范大学学报(人文社会科学版)》第1期发表刘守华的《世纪之交的中国民间故事学》。

28日,《兰州大学学报(社会科学版)》第1期发表常立霓的《天使·敌人·天使与敌人——中国现当代城市诗诗学主题的比较》；李利芳的《论中国现当代儿童文学中的儿童观》。

《名作欣赏》第1期发表阮温凌的《人物："疯女人"家族——白先勇女性小说初探之三》；吴周文的《〈老家的树〉：恋土情结》；王家伦的《怀乡游子的情感颤动——读田野的〈挂在树梢上的风筝〉》。

《厦门大学学报(哲学社会科学版)》第1期发表杨春时的《20世纪中国美学论争的历史经验》；余虹的《20世纪中国文学革命的现代性冲突与阶段性特征》。

29日,《社会科学辑刊》第1期发表高楠的《走向解释的文学批评》;杨剑龙的《体验普通人的生活形态——新体验小说论》;李作祥的《王充闾创作心路探论》。

30日,《人民日报》发表李舫的《改进文艺评奖 推动创作繁荣——就文艺评奖问题访中国文联负责人》;林毓熙的《戏曲现代戏的自我超越》。

《西北师大学报(社会科学版)》第1期发表彭金山的《新边塞诗流变概观》。

《河南大学学报(社会科学版)》第1期发表李仰智的《从正常中逃逸 到反常中舞蹈——论先锋小说的先锋意识》;宋祖华的《走向自由的自由灵魂——简析新时期乡土小说中流浪归来的老者形象》。

31日,《文汇报》发表陈世旭的《为什么要写小说》。

《光明日报》发表《冯牧文学奖正式启动》。

本月,《小说界》第1期发表丁元昌的《朱崇山长篇小说〈十字门〉在珠海举行研讨会》;王肇岐的《扎拉嘎胡长篇小说〈黄金家族的毁灭〉在京举行研讨会》;谢锦的《回首看沧桑 落笔写悲悯——台湾作家白先勇访谈录》;王蒙的《中国文学怎么了?》;张欣的《写作是一种生活方式》。

《上海文学》第1期以"二十一世纪的文学姿态"为总题,发表周文的《我们应做如此的世纪总结》,刘金涛的《文学与政治》,钱宏伟的《回归自身》,陈占彪的《关于文学批评的"文化病"》,汤奇云的《走出文学的"自恋"时代》。

《山花》第1期发表孙绍振的《我的桥和我的墙——从康德到拉康》;陈晓明的《自在的九十年代:历史终结之后的虚空》;敬文东的《对一个小时代的记录》;李振声的《恢复诗性的众多向度》;沈东子的《六个需要澄清的文学问题》。

《文艺评论》第1期发表代迅的《从浩然现象看"文革"文学研究模式》;傅翔的《个体人格的自由与超越——读黄征辉散文与散文出路随想》;兰爱国的《转型中的乡村及其文学》;黄佳能的《从观念到灵魂——90年代中后期农村题材小说中文学与政治的关系》;王斌的《走向深山更深处——都市文学的困境与出路》;魏捷的《让诗回到诗本身的途径——读〈1998中国新诗年鉴〉》;何言宏的《文学体制、知识分子身份与"晚生代"写作》;李咏吟的《文化还原与创作取向——关于近20年来的中国小说的一种文化诗学判断》;张传博的《现代性超越的迷误——兼与王晓华同志商榷》;席云舒的《"平民主义"的批评立场》;刘文波的《读书人的文学命运——对20世纪中国文学特有现象的沉思》;向荣的《空心的波音飞机——

背景与空间：90年代中国文学的文化语境》。

《北京文学》第1期发表张英的《中国作家谈诺贝尔文学奖》；焦国标的《依法写作》；王安忆的《二篇小说谈》。

《剧本》第1期发表张兰阁的《中国话剧缺少什么？——从前苏联"解冻"以来的话剧看中国新时期话剧的病症》。

《中国现代文学研究丛刊》第1期发表王景山的《待圆的梦——关于编撰〈文学副刊主编辞典〉和痖弦的通信及说明》。

《江苏教育学院学报（社会科学版）》第1期发表刘维荣的《海外张爱玲研究概览》。

《海内与海外》第1期发表云里风的《我眼中的戴小华》。

《浙江大学学报（人文社会科学版）》第1期发表吴秀明、道文的《社会文化转型与"文学浙军"的现代境遇》。

本月，海天出版社出版张民权编著的《世纪灵魂的呼号与拷问》。

重庆出版社出版李怡的《七月派作家评传》。

天津人民出版社出版曾光灿等编的《老舍与二十世纪：'99国际老舍学术研讨会论文选》。

广州出版社出版张闳的《内部的风景》，吴俊的《文学流年：从80年代到90年代》，张柠的《诗比历史更永恒》，谢有顺的《我们内心的冲突》。

大众文艺出版社出版李万武的《审美与功利的纠缠：说给文坛的情话》。

吉林文史出版社出版贺雄飞主编的《世纪论语：〈文艺争鸣〉获奖作品选》。

华夏出版社出版刘俐俐的《颓败与拯救：毕淑敏与一类文学主题》。

黑龙江人民出版社出版张景超的《文学：当下性之思》。

人民文学出版社出版王家新、孙文波编的《中国诗歌：九十年代备忘录》。

中国文联出版公司出版肖夏林、梁建华编的《秋风秋雨愁煞人：关于余秋雨》。

辽宁少年儿童出版社出版马力的《儿童文学的教育价值论纲》。

河北教育出版社出版樊发稼的《追求儿童文学的永恒》。

黑龙江教育出版社出版杨春时的《百年文心：20世纪中国文学思想史》。

中国社会科学出版社出版钱超英的《"诗人"之"死"——一个时代的隐喻》。

时代文艺出版社出版《倪匡金学作品集》。

2月

1日,《文艺报》第14期发表徐亮的《当今文学命运——从经典文学时代到泛文学时代》;阎晶明的《欲把小说比寓言——从〈日光流年〉和〈许三观卖血记〉说起》。

《长江文艺》第2期发表晓雪的《我读刘小平的诗》;陈应松的《王新民诗歌评论之论》。

《山东文学》第2期发表王兆胜的《新时期中国散文的发展及其命运(下)》;夏季风的《文化边缘作家赛珍珠》;张英对王朔的访谈录《说吧,王朔》(缘起于王朔对金庸的批评文章《我看金庸》);徐敬亚的《崛起论者的聚会》;张笑天的《胡乔木印象》;天夫的《被抛弃的中产阶级女性》(关于女性文学的讨论);吴俊的《批评的媒体化》;王朔的《我看老舍》。

《解放军文艺》第2期发表周政保的《我们在怎样的状态中犹豫?——或关于军事题材长篇小说创作的若干话题》。

2日,《澳门日报》发表江少川的《魔幻写实与志怪传奇 当代港澳社会写真》。

3日,《文艺报》第15期发表段国强的《透视张艺谋》。

《文学报》发表杨瑞春的《余秋雨余杰坦诚对话——批评与被批评者"干戈"未动就化为"玉帛"》;俞小石的《不能遗忘的"图景"——"十七年"文学研究日趋多元》;王珂的《期待第十位缪斯——兼谈理论的"自主与自足"》;陆健的《公民意识与劝善之道——评叶延滨的杂文》;荒林的《探寻自我的突围——雪女散文集〈云窗纪事〉及其他》;李炳银的《无规则的游戏——读郭潜力长篇小说〈城市狩猎〉》;张烨的《纯洁美的凸现——读林裕华的诗》。

《光明日报》发表董学文的《文学的社会需求与教育功能》。

5日,《报告文学》第2期发表刘维新的《我眼中的梁羽生》。

6日,《台港文学选刊》第2期发表沈奇的《萧散诗意静胜狂》;金庸的《浙江港台的作家——金庸回应王朔》。

10日,《电影文学》第2期发表刘一兵的《电影剧本写作误区(2):"庞杂"不等于"丰满"》。

《写作》第 2 期发表黄益庸的《诗花丛中的明珠：读〈香港诗歌选〉》；古远清的《漂泊情怀总是诗：读台湾绿蒂〈沉淀的潮声〉》。

《戏剧文学》第 2 期发表张兰阁的《新历史寓意剧的人文关怀(上篇)》。

《诗刊》第 2 期发表张俊山的《现代散文诗的文体流变》。

12 日,《文艺报》第 16 期发表蔡诗华的《浩然,是非让人们评说》。

15 日,《文艺报》第 17 期发表李学斌、陈韦兰的《从"为文学"的救赎到"为儿童"的写作——世纪之交中国儿童文学的反思与展望》；汤素兰的《什么是你的获得——读金波十四行儿童诗集〈我们去看海〉》；张良村的《文艺精神价值取向讨论的背景剖析》。

《戏文》第 1 期发表唐臣的《变革的苦痛——〈孔乙己〉与〈徽州女人〉比较谈》；岑颖的《从〈孔乙己〉谈茅威涛的越剧改革》；胡文倩的《"长衫"终需脱下——观越剧〈孔乙己〉有感》；叶志良、倪立的《文学经典的现代演绎》。

《红楼梦学刊》第 1 期发表饶道庆的《一脉相承：金庸小说与〈红楼梦〉(上)》。

《铜仁师专学报(综合版)》第 1 期发表庄鸿文的《回归传统——谈中国古典文学对白先勇创作的影响》。

17 日,《文艺报》第 18 期发表冯英冰的《电视剧呼唤精品》；王卫平的《中国话剧缘何被冷落》；陆邵阳的《认真对待电影》。

《文学报》发表陆梅的《一个属于中青年作家、评论家的奖项——冯牧文学奖启动》；许晓煜对余华的访谈《我永远是个先锋派》；吴义勤的《"集体喧哗"与"个人声音"》(讨论关于九十年代的文学批评)；同期,围绕"关于近年报刊出现'话题'与'专题'热的讨论",发表王宏图的《媒体新型快餐——"话题"》,施战军的《"话题"批评的批评》,邹平的《报刊专题与传媒特性》,洪治纲的《话题的蜕变》。

《光明日报》发表云德的《当代文艺：给历史留下些什么——关于目前文艺现象的一点思考》。

《作品与争鸣》第 2 期发表方野的《批评应实事求是——就评价浩然与章明同志商榷》；白玄的《近期武侠小说、言情小说和通俗文艺的争论》。

18 日,《中国戏剧》第 2 期发表宋存学的《〈徽州女人〉是真善美的颂歌吗?》；梵璎的《不得不打击的"盗版"——观〈盗版浮士德〉》。

19 日,《人民日报》发表周玉宁的《用理论批评的新发展迎接新世纪——中国作协理论批评委员会第一次全体会议纪要》；王列生的《文化研究与中国境遇——"有中国特色社会主义文化理论建设丛书"读后》；刘文斌的《现实主义的硕果——评电视连续剧〈党员二楞妈〉》；陈灵强的《追寻诗人的敏感心灵——读〈土地与太阳：艾青的世界〉》。

《文艺报》第19期发表楚昆的《王朔否认自己是"痞子"》。

20日，《东南大学学报（哲学社会科学版）》第1期发表刘祯、周玉宁的《新时期话剧与戏曲革新探索述论》。

《西北大学学报（哲学社会科学版）》第1期发表赵俊贤的《中国当代作家审美追求的反思》。

《学术月刊》第2期发表王锺陵的《20世纪中国现实主义小说理论之变迁》。

《史林》第1期发表张德文的《赛珍珠和林语堂》。

《福建论坛》第1期发表韦丽华的《20世纪末的乡土现代性反思——近期乡土小说的一种解读》；路文斌的《后新历史主义与怀旧——20世纪末小说的一种历史消费时尚》。

22日，《文艺报》第20期发表李敬泽的《个人写作：止于常识》；同期，以"理论批评众家谈"为总题，发表云德的《用坚实的工作实绩重建理论批评的良好信誉》，曾镇南的《培养理论新人 注意历史虚无主义思潮》，饶芃子的《注意高校文艺理论教材的改革》，童庆炳的《文学批评的品格》，谢冕的《教训已成为历史财富》，雷达的《批评不必争当市场的宠儿》，严昭柱的《协心同力 担起责任》，韩瑞亭的《以科学的求实精神抵制商业化炒作之风》，雍文华的《加强意识形态问题研究》，董学文的《基本理论不能忽视》，王巨才的《让理论批评发出更强有力的声音》（中国作协理论批评委员会第一次全体会议部分与会者的发言）。

24日，《文艺报》第21期发表邵牧君的《当代影视批评理论的新突破》。

《文汇报》发表记者李鹏飞的《作家呼吁批评家多读作品：对当今创作优劣不可凭印象下断语》。

《文学报》发表《冯牧文学奖在京颁奖》；宋炳辉的《曾经沧海后的超越——试论穆旦的晚年诗》；罗望子的《父亲的光荣——读荆歌新作〈画皮〉》；萧乾遗作《怎么评价我们的文学》（原载《散文》）。

25日，《上海师范大学学报（社会科学版）》第1期发表王征的《日常经验的再现——论余华近年来创作走向》；蒋喻艳的《乡镇社会的代言人——略论彭瑞高的乡土小说创作》。

《文汇报》发表冯骥才的《中间文学》。

《盐城师范学院学报(哲学社会科学版)》第 1 期发表沐金华的《论白先勇小说的感伤主义色彩》。

26 日,《文艺报》第 22 期发表林希的《作家当有四不怕》。

28 日,《中国文化研究》春之卷发表宋柏年的《澳门中西文化的接受与过滤》;施萍的《论林语堂的"立人"思想》。

29 日,《文艺报》第 23 期发表施战军的《个性驳杂的"关怀"》;阎纲的《宰你没商量》(讨论《十作家批判书》的批评姿态);谢冕的《走向成熟和机智的政治抒情诗》;白烨的《晦暗的历史与闪光的人性——评长篇历史小说〈流浪家族〉》;亦清的《落地的麦子》(评严歌苓的小说);王剑冰的《漫谈'99 中国散文排行榜》;何理平的《走近萧军——贺金祥(秋石)与他的萧军研究》;秋石的《我与萧军及萧军研究》。

《许昌师专学报》第 1 期发表李娜的《说不尽的"女子进城"——论香港爱情传奇中女性与城市的亲和悖离》。

本月,《剧本》第 2 期发表钱理群、廖奔等的《关于话剧〈生死场〉》。

《台声》第 2 期发表古远清的《台湾文学与中国文学不是"两国文学"——两岸"争夺"台湾文学诠释权述评》。

《读书》第 2 期发表许子东的《此地是他乡?》。

《理论月刊》第 2 期发表马可翔的《海峡两岸作家对现实主义思潮的认同与反叛》。

本月,华夏出版社出版王向辉的《商业时代的英雄情结:梁晓声论》。

云南大学出版社出版蒙树宏的《蒙树宏五十四年集》。

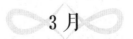

3月

1 日,《长江文艺》第 3 期发表邵建的《"诗之衰落"与"走向个人"》;鲍风的《文学离生活究竟有多远——论〈长江文艺〉1999年中篇小说》。

《沈阳大学学报(哲学社会科学版)》第1期发表姜国忠的《金庸小说魅力散论——与袁良骏先生商榷》。

《万象》第二卷第3期发表陈思和的《"同志,你好进步!":试论台湾文学创作中的同性恋描写之一(意象一:"野凤凰"——来自白先勇的〈孽子〉)》。

2日,《文艺报》第24期发表孙焕英的《异味电影》。

《文学报》发表《"上海市纪念左联成立70周年大会"和"左联成立70周年学术研讨会"3月2日在沪召开》;赖大安、岩川的《挑战武侠小说——访文侠小说〈智圣东方朔〉作者龙吟》;周君的《情感和理智的对答——访浙江青年文艺批评家洪治纲》;以"纪念左联成立70周年专刊"为总题,发表王富仁的《左联诞生的前奏》,张小红的《鲁迅与左联》(左联成立70周年学术研讨会论文摘要)。

《文学报·大众论坛》第3期发表《中国社科院文学所袁良骏研究员撰文呼吁——必须遏止文学低俗化的潮流》;徐春萍的《枪口瞄准名家 "酷评"走红书市》(讨论《十作家批判书》畅销现象);同期发表《张光年致广东作家朱崇山一封信——〈十字门〉的可贵贡献》;《余秋雨的一封公开信——答余杰先生》;杨瑞春的《余秋雨郑重申明——我不是"文革余孽"》;专栏"碰撞与争鸣",围绕70年代后出生作家的女性写作,发表毛时安的《〈宝贝〉漂泊〈糖〉亦苦》,洪治纲的《只有感官在游走》,谢冕的《对世俗的迎合》,杨宪的《商业文化的"共谋"》,李学武的《展示"另类人生"》;同期,围绕"《文学报·大众论坛》"第2期李陀《我们要创建什么样的文化"》,发表梅朵的《我的文化向往》,邱明正的《大众不是"愚众"》,吴俊的《观念亟待改变》。

《光明日报》发表张炯的《文学评论与价值取向——从"十七年文学"的评价谈起》;杜惠、郭小林、郭岭梅、郭小惠的《给读者真实的郭小川》(《郭小川全集》后记)。

4日,《文艺报》第25期发表谭伟平的《"官场小说"五追问》;李治邦的《网络文学:21世纪小说的冲击》。

《文汇报》发表吴箫旸的《坦然面对诗歌的未来——一份对京城部分诗人的问卷调查》(受访人:唐晓渡、西渡、程光炜、韩作荣、欧阳江河、臧棣)。

《传记文学》第3期发表唐傲的《"留学生文学的鼻祖"——於梨华》。

5日,《辽宁大学学报(哲学社会科学版)》第2期发表王向峰的《审美情节的创生意义——王充闾诗文创作研究的新视点》。

《电影艺术》第2期发表谭政对冯小刚的采访录《我是一个市民导演》；吴冠平、谭政对李安的采访录《我面对的是世界观众》。

《钟山》第2期发表孟繁华的《全球化语境中的文化霸权》。

6日，《文汇报》发表许觉民的《萧军风貌》。

《中国青年报》发表何东的《冷漠与刻薄——张洁〈无字〉阅读随记》；张德祥的《诗人令人钦佩　诗却令人失望》。

《台港文学选刊》第3期发表杨照的《率直与憨胆——阅读龙应台》；李瑞腾的《台湾女作家知多少?》；痖弦的《崇高的女性，引人类上升》。

7日，《文艺报》第26期发表王山的《'99中篇小说扫描：丰富　平和　世俗　平面》；贺仲明的《探询现实背后的心灵》（评叶弥小说《两世悲伤》）；徐坤的《九十年代的女性写作》；廖星桥的《心理现实主义的探索和拓展——评张俊彪的长篇小说〈幻化〉》；周永琴的《母亲神话被解构之后》；同期，以"文学的清明上河图——长篇小说〈秦淮世家〉研讨纪要"为总题，发表蔡葵的《如歌的行板》，潘旭澜的《历史意志与生存个体的冲突》，费振钟的《历史沧桑感和审美上的感伤》，董之林的《表现了作者的现实主义功力》，陈辽的《着力描写中国社会变迁如何改变知识分子的命运》，包中文的《一个综合的"福斯泰夫式的背景"》，李国平的《独立于文学思潮和创作时尚之外》，吴功正的《有史家之识，复有诗人之心》，王彬彬的《写出了南京独有的历史文化》，汪政的《对发扬中国小说民族传统作了很大努力》，黄毓璜的《可贵的平民意识》，朱小如的《秦淮文化解构的寓意性》，董健的《达到历史的真实性》，丁帆的《近年来长篇小说的一个重要收获》。

8日，《阅读与写作》第3期发表王永兵的《月是故乡明——读余光中〈登楼赋〉》。

9日，《文学报》发表杨瑞春的《余杰撰文〈我们有罪，我们忏悔〉——回答余秋雨公开信》；罗岗的《解释历史的力量——从〈中国新文学大系〉的出版说起》；陈子善的《对文学"现代性"的关注》；张志中的《军旅中短篇小说的新探索》。

10日，《北京文学》第3期发表张抗抗的《当代文学中的性爱与女性书写》；李清泉的《关于〈受戒〉种种》。

《电视·电影·文学》第2期发表徐俊西、唐明生的对话录《市场、创作与文艺批评——关于文艺批评缺位的反思》。

《江海学刊》第 2 期发表徐钢的《江湖：小说与历史的舞台》(论金庸的小说)。

《戏剧文学》第 3 期发表张兰阁的《新历史寓意剧的人文关怀(下篇)》；刘平的《实验戏剧应该有自己的探索方向——从〈恋爱的犀牛〉看实验戏剧的创作〉》。

《理论与创作》第 2 期发表王泉的《简论铁凝小说的意象语言》；沈嘉达的《偏执与坚守——刘醒龙小说片面观之一》；彭燕郊的《思想者的诗——读汤锋诗集〈亲如未来〉》。

《诗刊》第 3 期发表翁奕波的《台湾新诗发展的双轨运行现象》。

11 日，《文艺报》第 28 期发表凡夫的《拯救还是戕害——对〈审视中学语文教育〉的审视》；木弓的《迎合世俗　抗争平庸——张大民与保尔·柯察金》；王干的《媒体统治下的文学》。

《世界华文文学》第 2 期发表古继堂的《冲破黑夜的隆隆货车声——介评陈映真的〈夜行货车〉》；廖子馨的《探索"澳门人"的文学形象》；林下风的《金庸之后，再无武侠小说？——冯湘湘"情奔金庸"异军突起》。

《语文世界》第 3 期发表沈建豪的《新闻性与文学性的完美糅合——读董桥〈邵云环的春天〉》。

14 日，《文艺报》第 29 期发表牛玉秋的《九十年代的乡土小说》；吴凤翔的《全新的角度　可贵的探索——读李继凯著〈秦地小说与"三秦文化"〉》；朱向前的《批评界突围的"怪招"与正道》；同期，围绕"长篇报告文学《调查古井贡》"，发表张锲的《文学界的责任》，傅溪鹏的《追求人物个性的刻画》，高洪波的《应该为当代英雄立传》，田珍颖的《一部丰厚的报告文学》，李炳银的《写出了一个真实的人》，焦凤君的《发掘报告文学的本土资源》。

《文汇报》发表张艳的《保尔与盖茨谁是英雄》。

《中国青年报》发表舒建华的《博尔赫斯和中国》。

15 日，《文学评论》第 2 期发表南帆的《全球化与想象的可能》；季进的《论钱钟书著作的话语空间》；吕微的《现代性论证中的民间文学》；张德祥的《朱寨和他的当代文学研究》；耿占春的《全国"现代性与文艺理论"研讨会综述》。

《天涯》第 2 期发表白先勇的《经典之作》(节选，讨论夏志清的《中国古典小说》)；格非的《发展主义观念与文学》。

《云南民族学院学报(哲学社会科学版)》第 2 期发表龚锐的《民族特色的诗话——晓雪诗歌风格分析》；马绍玺的《20 世纪云南少数民族诗歌的现代转型》。

《内蒙古大学学报(人文社会科学版)》第 2 期发表张锦贻的《新中国少数民族儿童文学的主题嬗变与创作衍变》。

《当代文坛》第 2 期发表李运抟的《"寻根文学"与"文化寻根"新论》；曾永成的《绿色的思维　绿色的情怀——文艺活动人学意蕴的终极探寻和边缘凝思》；古岩的《新世纪的文学批评是怎样的批评》；潘大华的《生命之树长绿——周涛散文魅力探寻之一》；王佑江的《立意·结构·风格——试论散文鉴赏中的三个问题》；叶向东的《海男小说：死亡与性的纠缠》；刘峰的《陌生的世界　不懈的寻求——读阎连科的〈朝着东南走〉》；郭艳的《话语拆解的历史——评历史小说〈天子娇客〉》；赵小琪的《消解与重构——"后新诗潮"诗歌对"本体"的瓦解与重建》；宫东红的《反思与突围——读刘震云〈故乡面和花朵〉》；喻大翔的《梁锡华散文论》。

《当代电影》第 2 期发表胡克的《〈我的 1919〉剧作评析》；贾磊磊的《关于电视电影剧本创作的思考》。

《江汉论坛》第 3 期发表管宁的《商业时代权力结构中的人性影像——近年机关题材小说综论》；韩莓的《新时期女性都市小说主题论》。

《人文杂志》第 2 期发表朱崇科的《空间形式与香港虚构——试论刘以鬯试验小说的叙事创新》。

《华东师范大学学报(哲学社会科学版)》第 2 期发表徐建平的《略论中国第五、六代导演的"作者电影"探索》。

《当代戏剧》第 2 期发表田润菁的《诗意的微笑——曾长安剧作漫论》。

《学术论坛》第 2 期发表陈成才的《作家的社会学意义试析——兼谈所谓"零度叙述"》。

《南方文坛》第 2 期发表吴义勤的《为批评一辩》、《被怀疑的"语言"——评斯好长篇小说〈竖琴的影子〉》；王光东、刘明的《"先锋"的参与和守望——吴义勤的先锋小说批评论》；陈晓明的《又见广西三剑客》；鬼子、东西、王杰等的《世纪之交文化格局中的中国南方文学——作家与评论家的对话》(蒋济永记录整理)；东西的《叙述的走神——关于一部小说的产生》；鬼子的《关于 98、99 年的几个小说》；李冯的《新方向》；陈骏涛的《风雨历程务实载——新中国文学理论批评的回眸》；西飏的《被照亮的或被遮蔽的》；朱小如的《打开而不讲述的醉心故事——西飏小说论》；葛红兵的《西飏的小说》；於可训的《干预生活》；天远的《张抗抗：反思知青一代人》;胡艺珊的《诗意的情绪化的独语和诉说——关于赵玫的散文》;何开四的《外谐内庄　别具一格——简评冰凌小说集〈嘻嘻哈哈〉》。

《徐州师范大学学报(哲学社会科学版)》第1期发表张卫中的《先锋神话的解构:重释先锋小说的性质与实践意义》;方长安、李润霞的《论1990年代长篇小说创作的一种倾向》。

《江苏社会科学》第2期发表周仁政的《论林语堂的自由个人主义文化观》。

《中外诗歌研究》第1期发表江锡铨的《澳门乐府——〈无心眼集〉印象》。

16日,《文艺争鸣》第2期发表夏中义的《人文学术薪火的百年明灭》;梁艳萍的《"后先锋文学"论纲》;王世诚、姚新勇的《谁来进行文学批评?——关于文学批评文化的分析》;徐岱的《批评的理念与姿态——也以金庸写作为例》;汤奇云的《质疑"民间立场"》;张开焱的《召唤与应答——文艺与政治关系新论》;席云舒的《从物本主义、神本主义到人本主义——"中国精神现象学"的视角与当代社会转型》;黄书泉的《不朽的"时文"——重读别林斯基》;袁国兴的《日本"中国当代文学研究会"纪文》;陈思和、王光东、宋明炜的《朱文:低姿态的精神飞翔》;黄发有的《在游荡中囚困——朱文和〈什么是垃圾　什么是爱〉》。

《文学报》发表徐春平的《中国作协召开全委会研究今年工作重点——大力培养文学新人　切实加强文艺批评》;《不乏欣慰　不无遗憾——陈思和、宋炳辉、王周生谈电视剧〈人间四月天〉》;同期,以"重在引导　切忌'炒作'——关于'七十年代以后'作家的创作和评论"为总题,发表俞小石的《"七十年代以后"——一个多元多样的群体》,陆梅的《批评家评说"七十年代以后"》,徐春萍的《不容忽视　亟待引导》。

《光明日报》发表沈卫星、梁若冰的《以优秀的作品鼓舞人民——电视剧〈钢铁是怎样炼成的〉引发文艺界反思》;欧阳明的《散文集不是收容站》。

18日,《人民日报》发表杨少波的《电视剧〈钢铁是怎样炼成的〉研讨会认为:我们需要保尔精神》;路侃的《面向二十一世纪的中国文学》。

《文艺报》第31期发表黎辛致黄秋耘的公开书信《关于中国作家协会的反右派斗争及其他——〈黄秋耘访谈录〉读后》(原载《新文学史料》1998年第4期);杨义的《诗文作镜,不容台独:〈台湾爱国文鉴〉、〈台湾爱国诗鉴〉》。

《文汇报》发表曹阳的《诗的一生　一生如诗——罗洛和他的诗》;艾春的《传媒批评,一种新的批评话语——由"批判热"说开去》;洪兵的《期待健全的媒体批评》；毛时安的《新的表现手段和艺术本体的魅力》。

《中国戏剧》第3期发表溯石的《舞台梦寻者的探险与迷失——关于孟京辉的实验戏剧》。

20日，《小说评论》第2期发表洪治纲的《永远的警惕》；谢有顺的《先见》；邵建的《"我"，还是"们"？——九十年代文学话语中的一个问题》；鲁原的《双向否定：转型期的文化结构——新市民小说论之二》；石恢的《"新历史小说"与"新历史主义小说"》；江胡、木耳的《中原突破：文学豫军长篇小说研讨会纪要》；林舟、吴炫等的《朱文颖小说六人谈》；张柠、葛红兵、宗仁发的《金仁顺小说三人谈》；贾平凹的《中国当代文学缺乏什么》；王观胜的《西部的美神——读韩子勇〈西部：偏远省份的文学写作〉》；冯积岐的《关于小说家的笔记》；李建军的《为什么会这样——论现代主义小说作家-读者异化关系型态形成的原因》；郭宝亮的《弑父的恐惧与家族血脉的纠结——张炜小说叙境的存在性悖论》；徐德明、王晓的《〈死亡游戏〉：为"复辟"被"颠覆"了的价值》；陈骏涛的《一代知识精英的博大情怀——评〈北大之父蔡元培〉》；曾镇南的《世事沧桑变　挥毫状风云》；段崇轩的《从乡村到城市——评张行健的小说创作》；朱青的《边缘人的悲剧——张欣小说一解》；徐宇春、姚明今的《在依恋和欲望之间——张欣小说的审美结构特征》；刘路、高震的《自然与生命的二重奏——评赵熙"渭河系列小说"》。

《中国青年报》发表徐虹的《"美女作家"不服气——听听卫慧棉棉怎么说》。

《河北学刊》第2期发表张婷婷的《对于"解构"的思考——"新时期文艺学反思录"之一》；黎湘萍的《华文文学的文化价值与历史价值》。

《暨南学报（哲学社会科学版）》第2期发表莫嘉丽的《性别体验：澳门小说中的爱情与婚姻书写》；王列耀的《论新加坡华文文学的价值取向》。

《中州大学学报》第1期发表李献文的《论黄春明小说的文化品格》。

《学术研究》第3期发表赵森的《台湾微型小说论》。

《剧作家》第2期发表夏敏的《话剧〈生死场〉印象：着眼于表演观念的创新》。

21日，《文艺报》第32期围绕"葛红兵《为二十世纪中国文学写一份悼词》"，以"二十世纪中国文学需要真正的学理批评"为总题，发表红孩的《为炮制悼词者出示红牌——致葛红兵》，黑白的《文学与批评的精神》，张耀杰的《葛红兵的世纪哗变》；同期发表钱中文、童庆炳的《文学理论的自觉》；古远清的《论余秋雨现在还不能"忏悔"》。

《文艺研究》第 2 期以"现代性与文艺理论"为总题,发表赵一凡的《现代性的多重阐释》,张志扬的《现代性两难》,章国锋的《德法之争:现代性的解构与重建》,金元浦的《现代性研究的当下语境》,周宪的《现代性与本土问题》,陶东风的《审美现代性:西方与中国》,余虹的《中国文学理论的现代性与后现代性》,程正民的《巴赫金的对话思想和文论的现代性》。

23 日,《文艺报》第 33 期发表雷达的《我们的精神需要钢铁》。

《文学报》发表莫言的《我变成了小说的"奴隶"——莫言在日本京都大学的演讲》;黄毓璜的《走向"前沿"的小说》;子干的《重矢直拳与绵婉柔道——读〈黑嘎〉与〈也是亚当 也是夏娃〉》。

24 日,《文艺理论与批评》第 2 期发表凡夫的《拯救还是戕害——对〈审视中学语文教育〉审视》;钱海源的《且看王元化的思想"转型"》;蔡清富的《海纳百川 有容乃大——论毛泽东与中国传统诗词》;王维玲的《怀姚雪垠 说〈李自成〉》;周良沛的《灿烂之局——〈冯至评传〉第二十八章》;郑恩波的《在新中国的阳光下——著名乡土文学作家刘绍棠逝世三周年祭》;石兴泽的《大学生眼中的当下诗坛》;龚举善的《20 世纪中国报告文学的三次浪潮》;黎辛的《阿垅在狱中写给党组织的信与贺敬之为胡风案件落实政策》;林彬的《茅盾与杜埃——写在茅盾逝世纪念日》;彭耀春的《台湾当代小剧场的流变》;杨渡采访、王妙如记录整理的《专访陈映真》;张长虹的《迈向 21 世纪的东南亚华文文学——第四届东南亚华文文学研讨会综述》;彭耀春的《台湾当代小剧场的流变》;杨渡、王妙如的《专访陈映真》。

25 日,《文艺理论研究》第 2 期发表钱谷融的《形式与内容》;南帆的《歧义的读者》;马以鑫的《论改革时代的改革小说》。

《文汇报》发表赵敏的《余华的真诚——读〈温暖的旅程〉》;周毅的《"先锋"读物进入大众视野》。

《中国青年报》发表唐钰的《著名西部诗人昌耀谢世》。

《四川戏剧》第 2 期发表黄振林的《曹禺戏剧的文化命运及对当代话剧的启示》。

《东岳论丛》第 2 期发表庞守英的《改革者形象的流变及论争》;张晓晶的《俗世关怀的女性文本——从某一视角看池莉的小说》。

《当代作家评论》第 2 期以"《北大之父蔡元培》评论小辑"为总题,发表陈思和的《遥想蔡元培——关于〈北大之父蔡元培〉的一封信》,雷达的《"集结"的群峰——读〈北大之父蔡元培〉》,孙郁的《〈北大之父蔡元培〉漫议》,吴秀明、夏烈的《现代人文关照下的历史叙事——评陈军的长篇历史小说〈北大之父蔡元培〉》,吴俊、陈军的《〈北大之父蔡元培〉对谈》;同期发表栾梅健的《试论二十世纪中国作家的生存状况(上)》;施战军的《刊情是一面镜子》(讨论文学期刊的生产状态);宋炳辉的《新中国的穆旦》;何言宏的《严酷时代的精神证词——"文革"时期牛汉的诗歌写作》;王尧的《"与永恒拔河"的人——隔岸妄论余光中》;[德]苏珊娜·格丝的《一棵树是什么——"树","对话"和文化差异:细读张枣的〈今年的云雀〉》(商戈令译);夏中义的《清华薪火的百年明灭——谒王瑶书》。

《浙江学刊》第2期发表陆兴华的《反思文学职业读者的偏见与特权》;李咏吟的《文学解释的理性认知与价值反思》。

《世界华文文学论坛》第1期发表金忠青的《在澳门文学研讨会开幕式上的讲话》;吴志良的《发展澳门本土文学》;黄晓峰的《澳门〈文化杂志〉(中文版)文学记事》;廖子馨的《澳门文学与报纸副刊》;郑炜明的《五四至七十年代中期澳门新文学概述》;刘月莲的《澳门土生文学的两个文本:马若龙创作的〈玉坠〉和阿德收集的〈中国新年〉》;刘红林的《浪子的悲歌:八十年代澳门新移民诗人的创作内涵》;江锡铨的《澳门乐府:苇鸣〈无心眼集〉印象》;魏子云的《"香山嚣里巴"——为澳门文学研讨作》;穆欣欣的《本土特色 本地风情——澳门人、澳门事剧本创作》;穆凡中的《李宇梁五部曲》;盛英的《一片冰心在玉壶:漫话澳门女性散文》;于平的《凌棱的"第六天性"——〈有情天地〉"情"之解析》;蔡江珍的《在寻常中追索新的可能:澳门近年散文随感》;金燕玉的《播种善的种子——林中英儿童文学一瞥》;刘俊的《论陶里〈逆声击节集〉》;戴洁的《澳门文学研讨会概述》;王金城的《阴性书写与政治诉求的微型炸弹——解读〈香炉〉话说李昂》;朱寿桐、孟金蓉的《略论梁凤仪的〈归航〉系列》;严晓星的《金庸识小录》;李跃的《广阔史论的整合式书写:读〈百年中华文学史论〉》。

27日,《中国青年报》发表李方的《美女作家使我呕吐的心理根源》;李骏虎的《"用皮肤说话"不是小说家》。

《文学自由谈》第2期发表邓友梅的《朵拉的散文》。

28日,《文艺报》第35期发表江湖的《旧瓶能否装新酒》(关于传统的"评点"式批评能否进入当代批评语境);郭宝亮的《"个人化"写作与公共性》;雷达的《深刻与矫饰并存——漫说〈石瀑布〉》。

《文汇报》发表张光年、丛维熙的《关于〈走向混沌〉的通信》。

《名作欣赏》第2期发表汪云霞的《一篇长恨有风情——读王安忆长篇小说〈长恨歌〉》;同期,围绕小说《狼行成双》,发表灵剑的《多重生存陷阱下的生命悲壮——〈狼行成双〉隐喻世界的实质性话语》,曾一果的《美的毁灭与人的悲哀》,王泉的《童话的终结与英雄的悲怆》。

30日,《文艺报》第36期发表弘石的《媚俗时代的抵抗》;刘平的《"等待"中的"期望"——看话剧〈非常麻将〉兼谈荒诞派戏剧的创作》;周振天《异味的批评》。

31日,《贵州日报》发表谢廷秋的《让新世纪从真善美开始:评孙重贵〈香港寓言选〉》。

本月,《文汇报》发表邹平的《如水的散文——读赵丽宏的散文集〈岁月的目光〉》。

《光明日报》发表梁若冰的《面对青年作家群 无视还是正视》;韩瑞亭的《幻变的世界与幻变的人生——读张俊彪的〈幻化〉三部曲》;程树榛的《还萧红与萧军本来面目——简评秋石对"文坛二萧"的研究》。

《南京大学学报(哲学·人文科学·社会科学)》第2期发表王学钧的《中国小说:19到20世纪的变革》。

《戏剧》第1期发表谭霈生的《新时期戏剧艺术论导论》;黄广生的《进佛界易入魔界难——戏剧现状研究之学习心得》;孙嘉的《在繁荣背后——观国庆50周年进京演出剧目有感》;刘平的《扯不断的纽带——浅谈本世纪戏曲与话剧的关系》;周星的《论中国电影现代性进程》。

《海南师范学院学报(人文社会科学版)》第1期发表潘碧华的《香港文学对马华文学的影响(1949—1975)》;王世诚的《批判视角下的海外华文文学研究——小评〈海外华文文学史〉》。

《上海文学》第3期发表朱晓阳的《一件只对语言发生革命的个案——读于坚〈对一只乌鸦的命名〉》;雷鸥的《新版麦城:越界叙述的历史话语方式》。

《文艺评论》第2期发表张弼的《文艺理论的生成和马克思主义文艺理论的发展》;徐珂的《文学发展过程与人性发展过程的一种阐释——兼与陈辽、章培恒、裴毅然三位先生商榷》;姜静楠的《后现代小说中的人物》;刘思谦的《代:女人生命的刻度——90年代女性散文中的代际现象》;郑大群的《女性禁忌与新时期女性写作》;代迅的《重读"经典"——比较文学视野中的中国当代革命文学》;董晓的《相同的历史境遇与不同的精神境界》(讨论秦牧的散文);王丽霞的《魔盒打开之后——90年代城市小说的三维向度》;敬文东的《诗歌:在生活与虚构之间》;梁艳萍的《评樊星〈世纪末文化思潮史〉》;邹德隽的《选择黑土地——读北大荒作家丁继松散文》;黄毓璜的《"小说走向"论——"前沿"小说一面观》。

《台湾研究集刊》第1期发表方忠的《论琼瑶小说创作及其文学史意义》;朱双一的《当代台湾的浪漫文学》。

《滨州师专学报》第1期发表赵朕的《澳门新文学扫描》。

《浙江大学学报(人文社会科学版)》第2期发表李孝华的《散文作家的精品意识》。

本月,福建教育出版社出版郭志刚的《阅读人生:郭志刚学术随笔自选集》。

暨南大学出版社出版姚新勇的《主体的塑造与变迁:中国知青文学论:1977～1995年》。

二十一世纪出版社出版梅子涵的《梅子涵儿童文学论集》。

4月

1日,《人民日报》发表杨少波的《放松而宽柔的叙述》(评张宇小说《软弱》)。

《文艺报》第37期发表熊元义的《当前文艺的精神价值取向问题》;韩作荣与胡殷红、高川冰的对话录《韩作荣评说昌耀:诗魂永在》;王彬彬的《怎样当"读作品"的批评家》。

《文汇报》发表陈思和的《现代都市的"欲望"文本——对"七十年代出生"女作家创作的一点思考》;王周生的《勇敢,为什么而战——〈麦田里的守望者〉与〈上海宝贝〉等比较谈》。

《长江文艺》第4期发表熊元义的《超越现实》。

《中国文化报》发表王飚的《诗中台湾史,人间未了情:〈台湾爱国诗鉴〉编后感言》。

《解放军文艺》第 4 期发表赵琪的《军事文学：军事题材电视剧的良好文本》。

《出版参考》第 7 期发表翟述的《1999 台湾文坛：花果凋零》。

3 日，《人民文学》第 4 期发表程维的《寸铁杀人莫洛夫：诗歌〈秋来〉》。

4 日，《文艺报》第 38 期发表阎晶明的《无畏的欲望及其他——从〈上海宝贝〉和〈糖〉说起》；西渡的《独自前行 90 年代诗歌》；朱向前的《中国军魂的回溯与前瞻——从〈突出重围〉与〈亮剑〉谈军旅文学创作的几点启示》；袁毅的《文学新人类：另类写作》；艾友弼的《人物的难题和创作的难题》。

5 日，《陕西师范大学学报（哲学社会科学版）》发表李西建的《文学的发展与文学精神》。

《报告文学》第 4 期发表刘维新的《"二八论"风波——澳洲华文关于东西方性文化的大论战》。

6 日，《文艺报》第 39 期发表刘震的《慎用批评伤害作家》。

《文学报》发表宋明炜的《文本的宿命——李冯小说简析》。

《文学报·大众论坛》第 4 期发表《吴中杰教授撰文批评葛红兵两篇〈悼词〉——评一种批评逻辑》；陆梅的《一些专家日前聚会研讨——大众文化批评标准亟待确立》；杜建国的《批评家何镇邦指出，在长篇小说创作中——要警惕"史诗"误区》；孙光萱的《正视历史 轻装上阵——读〈余秋雨的一封公开信〉》（回应《文学报·大众论坛》第 3 期刊载的《余秋雨的一封公开信——答余杰先生》一文）；梁永安的《新春文学批评的两个热点》；吴亮的《赝品时代的写作》；专栏"碰撞与争鸣"，围绕"新诗生存状态"，发表柯岩的《为了对下一代负责——致〈星星〉主编的公开信》（原载《华夏诗报》），《时代青年》记者对杨牧的采访录《关心新诗的生存状态——〈星星〉诗刊主编杨牧答记者问》，雷业洪的《批评慧眼与迷雾遮蔽》，杨然的《呼吁调整教科书中的诗歌教材》，石天河的《雷起于起处》，蓝青的《霜叶红于二月花》。

《书屋》第 4 期发表龙应台的《百年思索：1999 年 5 月 15 日在台大法学院的演讲》。

《光明日报》发表桑地的《质疑网络文学》；万文武的《当评论家并不容易》。

8 日，《文汇报》发表昌耀的《我是风雨雷电合乎逻辑的选择——昌耀自叙》。

10 日，《电影文学》第 4 期发表杨恩璞的《中国"学院派"电影探析》。

《戏剧文学》第 4 期发表贾冀川的《召回被放逐的戏剧文学》。

《诗刊》第 4 期发表《诗人阮章竞于 2000 年 2 月 11 日逝世》；郭小林的《难忘岁月：我的父亲郭小川——追忆父亲在林县的日子》。

11 日,《文艺报》第 41 期发表丛维熙的《火与冰的交融——我读〈天堂之约〉》；韩少功的《体裁的遗产——读小说选集〈末路狂花〉》。

13 日,《光明日报》发表郑洞天的《期待与失落——品味新生代电影》；张锲、周明的《报告文学的繁荣与发展》；丁芒的《臧克家旧体诗作的历史与艺术定位——读〈臧克家旧体诗稿(增订版)有感》；杨志芳的《烦人的"粉领文学"》。

15 日,《文艺报》第 43 期发表木弓的短论《说"酷评"》；李复威、杨鹏整理的《姚雪垠希望身后发表的谈话》。

《文教资料》第 2 期发表古远清的《大陆的香港文学研究机构及成果述略》。

17 日,《作品与争鸣》第 4 期发表张清平的《世纪末的精神变形》(评论张贤亮小说《青春期》)；萧鹏孩的《教张贤亮认俩字》。

18 日,《文艺报》第 44 期发表贝佳的《走来一位真诚真实的诗人——〈郭小川全集〉的出版引出严肃的思考》；任忠的《马克思主义文艺学研究的新成果——读〈马克思主义文艺学概论〉》。

19 日,《中国青年报》发表李大卫的《卫慧绵绵之争中的恶俗批评》。

20 日,《文艺报》第 45 期发表黄也的《电影生存的必须性：感性及理性地走向群众》；陈嘉祥的《历史题材电视剧的堕落》；叶艳丽的《走出历史题材的误区》；袁良骏的《慎用批评伤害批评者》。

《文学报》发表曹志培的《创作：表达作者独特的思考——作家潘军访谈》；郝雨的《散文的艺术魅力何在？——由雷达散文引发的思考》；王干的《影响的焦虑》；同期，围绕"网络文学的兴起"，发表李洁非的《Free 与网络写作》，李敬泽的《"网络文学"：要点和疑问》，谢有顺的《需要深度和精美》，刘雁的《网络：图书的末日？》，闻树国的《网络文学是一种文体》。

《福建论坛》第 2 期发表孙绍振的《南帆：迟到的现代派散文——兼论学者散文的艺术出路》。

21 日,《贵州日报》发表王蔚桦的《诗情恰似并刀快：读叶笛部分诗作》。

22 日,《人民日报》发表徐涟的《苍白生硬的翻译腔》(评电视剧《大明宫词》)；仲呈祥的《追求有艺术的思想与有思想的艺术的统一——部分电视剧创作概观》;季舫的《沉沦的圣殿》(讨论文学的现状);孙郁的《关于〈北大之父蔡元培〉》。

《文艺报》第46期发表浏阳的《作家有责任引导人民与邪教作斗争》;严辉的《余秋雨散文:误写或误读》。

《文汇报》发表陈墨的《一部非常态的小说——评张俊彪〈幻化〉三部曲》。

《文汇读书周报》发表陈映真的《范泉与台湾新文学》。

24日,《中国青年报》发表陈染的《"个人化"与我自己》。

25日,《上海大学学报(社会科学版)》第2期发表石曙萍的《男性价值失落的文献——解读阎连科90年代的小说》。

《文艺报》第47期发表周玉宁的《学者呼唤学理化的文学批评》;马振方的《小说·虚构·纪实文学——"纪实小说"质疑之二》;韩小惠的《女性散文:期待的是什么》;魏饴的《悄然勃兴的休闲文学》;王克俭的《生态文艺学:现代性与前瞻性》;庄锡华的《当代审美文化的理性谛视——读姚文放的〈当代审美文化批判〉》。

《中国青年报》发表鲁拜的《先锋戏剧:现在开始回忆》。

27日,《文学报》发表雷达的《女性命运和心灵的吟味——我读〈大浴女〉》;孙琴安的《深厚朴茂　气象博大——简评〈周而复散文集〉》。

《文学报·大众论坛》第5期发表刘颖对吴元迈的专访《面向新世纪的马列文论研究》;俞小石的《莫须有的"文学评论家"》;廖星桥的《实践文学新理论——张俊彪的长篇小说〈幻化〉综论之一》,《综论之二——多维化的时空》,《综论之三——迷宫式的结构》。

《光明日报》发表黄毓璜的《"前沿"小说一面观》;傅书华的《不禁想起赵树理》;赵稀方的《香港小说:通俗文学?严肃文学?》。

29日,《人民日报》发表林克欢的《经典的价值——写在〈钦差大臣〉重新上演的时候》。

《文艺报》第49期发表任光华的《保护浩然》;苏方桂的《质问浩然》。

《文汇报》发表杨文虎的《上海文学批评半个世纪的回眸——〈上海五十年文学批评丛书〉读后》;江曾培的《给人以艺术欣赏的空间》。

30日,《当代文学研究资料与信息》第1期发表古远清的《近年台港文学刊物掠影》。

本月,《上海文学》第4期发表腾威的《书写中产阶级与中产阶级的自我书写》;贺桂梅的《世纪末的自我救赎之路——1998年"反右"书籍热的文化分析》。

《南昌大学学报(人社版)》第2期发表南翔的《当下小说的艺术张力》。

《中山大学研究生学刊》第21卷第1期发表朱崇科的《积淀与重塑——从刘登翰主编的〈香港文学史〉说开去》。

《现代台湾研究》第1期发表刘红林的《台湾女性主义文学的世界性与本土性》。

《台声》第4期发表阎崑的《大地之恸浴火重生——台湾诗人笔下的"九·二一"大地震》。

本月,民族出版社出版德吉草的《歌者无悔:当代藏族作家作品选评》。

湖北人民出版社出版昌切的《世纪桥头凝思:文化走势与文学趋向》。

大象出版社出版王尧的《迟到的批判:当代作家与"文革文学"》。

福建教育出版社出版袁良骏的《八方风雨:袁良骏学术随笔自选集》。

花城出版社出版李衍柱的《时代的回声:走向新世纪的中国文艺学》,刘俊的《悲悯情怀——白先勇评传》。

5月

1日,《中国青年报》发表李敬泽的《林白的另一个女儿》(评林白小说《玻璃虫》)。

《长江文艺》第5期发表王洪的《人生与意境——读傅炯业散文集〈夜阑听雨〉》。

《解放军文艺》第5期发表周政保的《〈亮剑〉的价值及创作启示》;张志忠的《何时亮出你的剑》(关于《亮剑》)。

《万象》第二卷第5期发表刘绍铭的《董桥的散文》。

2日,《文艺报》第50期发表孙绍振的《当代学者散文的出路——从南帆的学者散文兼论审智散文的审美逻辑转化》;阎晶明的《孤独的勇者》;刘颋的《面对生活与良心写作——胡美凤访谈录》;黄力之的《批判德里达:真理与文化之对峙》;古远清的《评论评论家要实事求是——读〈朱寨和他的当代文学研究〉一文有感》。

5日,《电影艺术》第3期发表吴冠平对沈好放的采访录《显微镜下的生活——关于〈贫嘴张大民的幸福生活〉》;胡中的《张艺谋转型的意义》。

《钟山》第3期发表南君整理的'99海南"生态与文学"国际研讨会纪要《生态:人文的批评角度》。

6日,《文艺报》第52期发表曾军的《"后现代与学术规范"讨论综述》;胡殷红、王川冰与梁从诫的对话《林徽因之子梁从诫批评〈人间四月天〉》。

10日,《电影文学》第5期发表刘一兵的《冲突不是万能的法宝》。

《戏剧文学》第5期发表宋存学的《拆除心灵的篱笆——对〈徽州女人〉的再批评》。

《江海学刊》第3期发表朱丽丽的《在边缘的弱者——20世纪90年代女性写作印象》。

《诗刊》第5期发表徐润润的《"错觉"在诗歌中的审美价值》;蒋人初的《谈谈"微型诗"的探索》。

《理论与创作》第3期发表高玉的《论毛泽东提出作家世界观改造的深刻原因》;胡光凡的《人类智慧的瑰宝——同日本朋友谈毛泽东文艺思想》;谭桂林的《楚巫文化与20世纪湖南文学》;柏文猛的《形象的意味:张弦解读》;游宇明的《走近婚姻与走近爱情——兼评〈白鹿原〉中的三个女性》;陈亮的《浅议期待文学精品》。

11日,《文艺报》第54期发表宋谋玚的《改编不能随心所欲——评电视剧〈大明宫词〉》;苏杨的《心平气和的批评哪里去了》;丁纯的《歌词"最臭"的形成发展与消逝》。

《文学报》发表《诗坛、网络、自己的诗——诗人雷抒雁与网友谈诗》;吴下的《从高加林到尧志邦——简评关仁山〈平原上的舞蹈〉》。

《光明日报》发表汤学智的《文学需要"大家"》;傅太平的《小镇的意义——读陈世旭长篇新作〈将军镇〉》;邵燕祥的《九言诗的一次小实验》。

《世界华文文学》第3期发表饶芃子的《海外华文文学中异族人物形象的文化分析》;骆明的《我们能共同为东南亚华文文学的发展做些什么?》;苏永延的

《世纪之交的东南亚华文文学——第四届东南亚华文文学研讨会侧记》;江少川的《魂牵梦绕的中国情缘——记澳门作家陶里》;潘亚暾、汪义生的《世界华文文学的神圣载体——〈香港文学〉十五周年华诞感言》。

12日,《新闻出版报》发表刘以鬯的《香港小说的路这样走过》。

13日,《人民日报》发表王能宪的《简论文化产业与文化的关系》;石义彬的《受众意识的强化与雅俗互动的文学态势》;金红宇的《经济历史小说的文学价值》;曾镇南的《〈梦断关河〉的深度与新意》(评凌力的长篇历史小说《梦断关河》)。

《文艺报》第55期发表俞汝捷的《对"姚雪垠谈话"的若干订正和补充》;木弓的《浮夸中的真实》。

14日,《文汇报》发表杨扬的《都市背景下文学审美方式的变化》。

15日,《中央民族大学学报(哲学社会科学版)》第3期发表杨春的《简论哈尼族作家李少军的〈事与物〉》。

《文学评论》第3期发表朱立元的《走自己的路——对于迈向21世纪的中国文论建设问题的思考》;许子东的《体现有过情怀的"历史反省"——"文革小说"的叙事研究》;张梦阳的《阿Q与中国当代文学的典型问题》;李杨的《当代文学史写作:原则、方法与可能性——从陈思和主编的〈中国当代文学史教程〉谈起》;王志祯的《路翎:"疯狂"的叙述》;刘锋杰的《回归历史的本真——评朱栋霖的〈中国现代文学史1917—1997〉》。

《云南民族学院学报(哲学社会科学版)》第3期发表王阳的《网络时代的文艺实践与批评理论》;李昌银的《中国当代文学(1949—1976)在国外》。

《当代文坛》第3期发表毛国强的《"中国话语"的解构与重建——跨世纪小说叙述话语的构建》;陈鹰翔的《二十世纪中国文学的多性共生景观》;李远常的《浅层性与深层性——对中国当代文学人物形象的一种解读》;韩健敏的《追思自然:九十年代散文的绿色意识》;肖云儒的《李若冰创作的三个情节》;金雅的《生命的崇高与纯真的执着——读池莉小说〈云破处〉》;吴三冬的《渴望逍遥——解读〈九月寓言〉》;邹贤尧的《当代爱情诗创作流变》;文小妮的《职业女性:异化与回归——论徐坤近期女性小说》;朱青的《蜕变中的女性意识——张抗抗创作论》;黄树红的《一个特殊的文学典型——流沙河诗的抒情主人公形象》;伍立杨的《尔曹喧喧 江河不废——斥一种不良文化行为》。

《当代电影》第3期发表胡克的《观众心理与剧本创作》；同期，以"'新中国50周年全国优秀影片影评征文比赛'获奖文选"为总题，发表高俊林的《童心世界里的友情、"恋情"与亲情——谈影片〈草房子〉》，沈洪洲的《于历史的断层中揭示未来——评纪录片〈中国1949〉》，彭云的《民族自尊下精神世界的碰撞与融合——影片〈横空出世〉的一种解读》，卢曦的《传统文化现实里的美国想象——对影片〈不见不散〉的文化解读》，汪群策的《历史的重现与历史的飞跃——评影片〈大进军——大战宁沪杭〉》，顾理平的《变异与融合——〈花木兰〉和〈宝莲灯〉的文化价值比较》。

《江汉论坛》第5期发表汪云霞的《〈桑园留念〉：苏童的经典》；袁良骏的《都市性与乡土性的融合与衍进：香港小说艺术论之一》。

《华东师范大学学报（哲学社会科学版）》第3期发表马以鑫的《"新市民小说"论》；陈占彪的《论路遥小说创作的心理机制》。

《当代戏剧》第3期发表黄振林的《呼唤话剧对话地位的回归》。

《江苏社会科学》第3期发表钱旭初的《穿越世纪的当代中国文学》；陆建华、王向东的《论江苏杂文50年——兼评〈江苏文学50年·杂文卷〉》；徐保卫的《金庸小说中的鲁迅维度》；苏琼的《异性书写的历史——〈潘金莲〉：从欧阳予倩到魏明伦》；陈辽的《"知天命"的江苏文学——评〈江苏文学50年文丛〉》。

《南方文坛》第3期发表程文超的《不当批评家》、《"残花"开过之后——现代性语境与冯乃超的前后诗风》；王铭铭的《过去十年文化研究的内在困境》；陈晓明的《批评旷野里的精神之树——试论程文超的〈意义的诱惑〉及其他》；郭晓惠、龙子仲、张燕玲的《一份丰富的精神档案——关于〈郭小川全集〉的对话》；杨匡汉的《走近真实的郭小川》；王富仁的《青春的激情　集体主义的歌唱》（郭小川诗歌论）；王光明、童庆炳、南帆等的《文学批评的文化视野》；汪政的《断线的风筝——对荆歌小说的一种说法》；夏中义的《王瑶和他的〈中国新文学史稿〉》；郝雨的《民族性》（当代文学关键词研究）；朱向前、张志忠的《关于90年代军事文学状况的对话》；孙明龙整理的《关于茶与江南的一次对话——"茶人三部曲"在京研讨会纪要》；李咏吟的《茶的精魂与王旭烽的形象化解释》；洪治纲的《打开生命的另一扇门——读〈雷达散文〉》；岳加的《像他那样热泪盈眶——〈雷达散文〉读后》；聂丽珠的《关于〈棕皮手记〉》。

《学术论坛》第3期发表黄树红的《香港新文学的播火者：论鲁迅对香港新文

学的贡献》。

16日,《文艺争鸣》第3期发表李新宇的《走近陈平原》;贺桂梅的《"从晚清说起"——对陈平原学术史研究的读解》;陈平原的《大书小引》;贺仲明的《否定中的溃退与背离:八十年代精神之一种嬗变——以张炜为例》;陈思和、宋明炜的《"五四"精神的重新凝聚——〈中国当代文学史教程〉之十》;朱自强的《两个"现代"——论中国儿童文学的矛盾性与复杂性》;陈太胜的《文学理论的意义生成、人文精神和现代性》;朱国华的《选择严冬:对鲁迅虚无主义的一种解读》。

《文艺报》第56期以"《幻化》——对人生和历史的反思"为总题,发表胡经之的《人生变幻何本真》,韩美村的《生命的解析》,蔡葵的《发人深省的异化》;同期发表钟本康的《批评家的良知——有感于洪治纲对历届小说评奖的思考》;杨东明的《张宇的〈软弱〉和软弱的张宇》;刘明的《耐人寻味的幽默——叶弥小说印象》。

17日,《作品与争鸣》第5期发表柯岩的《致〈星星〉主编杨牧的公开信》;嘻谷的《逆耳忠言叹秋雨——余秋雨现象批评综述》。

18日,《文学报》发表肖云儒的《开拓批评的新视界——兼评赵德利〈回归民间〉》;仲红卫、袁书会的《古代文论的现代转换小议》;正人整理的访谈录《不会为了畅销而写作——莫言与加拿大华文作家谈文学》;胡辛的《追求一种特殊的美——残雪访谈录》。

《中国戏剧》第5期发表黄维钧的《见微知著 观其大成——从梅花奖评选领略话剧表演的走向》;李祥林的《当下境遇中戏曲评论角色审视》。

《电影评介》第5期发表余炳毛的《更完善的散文诗电影——评〈草房子〉的叙述方式》。

《光明日报》发表李春利的《会诊电影剧本顽症种种》。

20日,《小说评论》第三期以"雷达专栏:长篇小说笔记之四"为总题,发表《铁凝〈大浴女〉》、《张俊彪〈幻化〉三部曲》、《郑彦英〈石瀑布〉》、《南翔〈南方的爱〉》、《王苁〈什么都有代价〉》;同期,发表洪治纲的《在历史的选择中选择》;谢有顺的《阿道夫·艾希曼的良心》;邵建的《理性的灵光》;张清华的《当代文学中的皇帝婚姻模式——一个男权主义批判的视角》;马春花的《刀刃上的舞蹈——评卫慧〈上海宝贝〉兼及晚生代女作家创作》;以"长篇小说《幻化》三部曲评论小辑"为总题,发表古耜的《红色生涯的另一种探照》,肖云儒的《从陌生处看新意》,管卫中的《宦海沉浮中的灵魂变异过程》，李星的《痛苦与超越：一个浪漫者的人性思考》；同期，发表李洁非、李国文等的《"世纪大厦"及欲望化的生存描写——长篇小说〈城市狩猎〉三人谈》；段建军的《一部神奇现实主义大作——再谈〈白鹿原〉的审美魅力》；张志忠的《历史、现实与心灵的探险——读项小米长篇新作〈英雄无语〉》；何向阳的《淘金年代，人格几何？——读郑彦英长篇新作〈石瀑布〉》；周政保、何桑的《"流浪"的苦难——长篇小说〈流浪家族〉读札》；黄国柱的《在惊涛骇浪中寻觅文学的灵魂》；江哲文整理的《以诗情激活历史深处的人性——夏辇生长篇小说〈船月〉研讨会纪要》；王侃的《爱情中的历史与叙事——〈船月〉阅读札记》。

《文艺报》第58期发表傅书华的《批评的孱弱与希望》；陈辽的《学者型作家》（谈论李风宇的传记文学创作）。

《学术研究》第5期发表古远清的《对90年代中国文学批评的批评》。

《南开学报（哲学社会科学版）》第3期发表刘家鸣的《中国历史新时期的正气歌——论冰心晚年散文》。

23日《文艺报》以"思考当前文学批评——北京大学'批评家周末'研讨论文选编"为总题，发表谢冕的《文学批评的危境》，肖鹰的《新世纪的空间与批评的思维》，王光明的《批评应进入文本内部》，张志忠的《当代文学批评的多种声音》，孟繁华的《当代学院批评的兴起与歧途》，荒林的《女性文学批评反思的可能》，朱辉军的《尖锐还是尖刻》（讨论当下的文学评论现象）；同期，以"关于'休闲文学'的讨论"为总题，发表张炯的《关于"休闲文学"之我见》，陆贵山、包晓光的《走向为愉悦与自由的休闲文学》，童庆炳的《休闲功能文学作品的二重性》，陶东风的《社会理论视野中的休闲文化与休闲文学》；同期，发表张景超的《卫慧、棉棉与当下文化的偏斜》；游宇明的《麦当娜路线：文学的末路——谈棉棉和卫慧的小说》；吴思敬的《90年代诗歌主潮》，《中国现代文学馆今日开馆》，《魏巍创作历程暨〈魏巍文集〉研讨会"20日在京举行》。

24日，《文艺理论与批评》第3期发表黄立之的《"现实主义复归"与当代现实》；桑宁霞的《文学走出尷尬——张平成功启示录》；同期，以"《诗人贺敬之》书里书外"为总题，发表李希凡的《青史终能定是非——在〈诗人贺敬之〉研讨会上的发言》，阎纲的《心的呐喊》，刘章的《读〈诗人贺敬之〉随笔》，贾漫的《〈诗人贺敬之〉研讨会答谢词》；同期，发表纪鹏的《如何准确评价历史题材政治抒情诗——

简评〈'97诗韵〉谈评录》;杨柄的《魏巍的文艺和美学思想》;方正的《读〈魏巍评传〉》;皮民辉的《周立波的读书历考释》;鲁芒的《不要用×××!——批评〈文艺理论与批评〉》,张器友的《对贬损革命文学倾向的反拨——〈河北抗战题材文学史〉论略》。

25日《山东大学学报(哲学社会科学版)》第3期发表刘艳的《异域生活的女性言说——严歌苓创作品格论》。

《文艺报》第60期发表陆邵阳的《张艺谋你的电影离心灵有多远》。

《文艺理论研究》第3期发表李斌的《宗璞创作的魅力》。

《光明日报》发表孙仁歌的《频频"越位"的大众文化——读〈关于20世纪文化遗产的反省〉(讨论精英文化的衰退)》。

《东岳论丛》第3期发表李茂民的《个人化写作的背景、成就与局限》。

《当代作家评论》第3期以"《羊的门》评论小辑"为总题,发表张宇的《打开〈羊的门〉》,曲春景的《权利文化的叙述结构》,刘思谦的《卡里斯马型的人物与女性——〈羊的门〉及其他》;同期,发表黄发有的《月黑灯弥皎　风狂草自香——当代视野中的丰子恺》;张清华的《黑夜深处的火光:六七十年代地下诗歌的启蒙主题》;雷鸥的《一个爱冲动的快刀浪子——关于余杰〈想飞的翅膀〉》;王尧的《"民谣时代"的求索与倾诉——读〈雷达散文〉》;侯丽艳的《流出来的散文——〈雷达散文〉印象》;阎晶明的《长篇创作的分野——当前长篇小说创作散论》;贺绍俊的《伦理现实主义的魅力——细读赵德发的一种方式》;林丹娅的《在她们与作品之间》(讨论女性写作);季进的《作家们的作家——博尔赫斯及其在中国的影响》;夏中义的《清华薪火的百年明灭——谒王瑶书(续)》。

《郑州大学学报(社会科学版)》第3期发表张冠华的《论新时期纪实文学的自然主义真实观》;孙春旻的《口述实录文学的文体特征》;聂伟的《〈一岁等于一生〉:叙事的突围与窘迫》;刘占峰的《完成散文的第三次飞跃》。

《湖北大学学报(哲学社会科学版)》第3期发表葛红兵的《刘继明小说论》;胡松华的《论方方小说中的反讽意象》;梁艳萍的《文化的缺失:新时期湖北作家创作检讨》。

《盐城师范学院学报(人文社会科学版)》第2期发表陈洪根、毛岫峰的《略论香港的通俗文学》。

26日《文艺报》第61期发表颜敏的《橄榄枝下"幸运"的一代》(讨论70年代

作家与"个体化"写作》；颜琳的《互动：现代写作的新质》。

27日《文艺报》第62期发表韩小蕙的《散文怎么离文学越来越远了?》；严菊的《没有心眼的傻小鸭——关登瀛和他的儿童诗》；唐兵的《飞翔的力量——周锐创作论》；姜振昌的《鲁迅的真诚与明智》；张日凯的《读者期待更多的佳作力作——略谈近年中短篇小说创作》；崔志远的《〈中国现代小说叙事个性〉的学术个性》。

《文汇报》发表周政保的《信仰的力量——关于长篇小说〈我在天堂等你〉》；王宏图的《都市文学经验的特性》，孙郁的《媒体的盲点》。

《文学自由谈》第2期发表韩石山的《收租院、魏明伦及其他》；朱健国的《"回忆病"之一种》(讨论"回忆录"的写作)；吴培显的《有关浩然的两个问题》；古远清的《十个"不"字里的水分》(关于朱寨学术的评价)；李骏虎的《"用皮肤说话"的不是小说家》(讨论卫慧、棉棉的小说)；聂作平的《枪挑魏明伦》；阎晶明的《历史：淡出还是深邃》(关于小说与历史的关系)；邵燕祥的《〈郭小川全集〉与真实的郭小川》。

"江苏省台港澳暨海外华文文学研究会2000年年会"在淮阴召开。

28日，《兰州大学学报(社会科学版)》第3期发表许兵的《文化媒介转型与文学批评的历史视野》。

《名作欣赏》第3期发表阮温凌的《语言：生活化与个性化——白先勇女性小说初探之五》；潘雅琴的《漂泊者的哀歌——读白先勇的小说〈台北人〉〈纽约客〉》；郑波光的《宁静致远——田思诗歌晚近追求的特色》。

29日，《中国青年报》发表徐虹的《鲁迅研究炙手可热》；苏敏的《评价郭沫若要实事求是》。

《社会科学辑刊》第3期发表赵慧平的《文艺批评的缺失与回归》；陈定家的《赛伯空间中当代文学艺术的命运》。

30日，《中国青年报》发表张永义的《音乐影响了余华》。

《扬州大学学报(人文社会科学版)》第3期发表曾华鹏的《近50年中国现代小说理论批评的回顾》。

本月，《小说界》第3期发表陈思和的《现代都市社会的"欲望"文本——以卫慧和棉棉的创作为例》。

《上海文学》第5期发表吴俊的《网络文学：技术和商业的双驾车》。

《文艺评论》第3期发表代迅的《全球化与新世纪中国文论发展的若干问题》；汤学智的《90年代文学理论批评走向考察》；宁荣生的《与时代合谋的商业化叙事》；魏天真的《不平之气与激愤之辞：90年代的另类小说》；戈雪的《非女性写作的两种范本——试论方方、池莉小说创作艺术个性的分野》；王泉根的《高扬儿童文学幽默精神的美学旗帜——兼评〈中国幽默儿童文学创作丛书〉》；郝月梅的《儿童文学，儿童为何不爱你？》；张苗的《从叙事方法看〈变〉与〈红树林〉的异同》。

《中国现代文学研究丛刊》第2期发表张慧敏的《香港文学的"现代"之探寻》；奚密的《"在我们贫瘠的餐桌上"：50年代的台湾〈现代诗〉季刊》；王智慧的《评〈林语堂的文化情怀〉》。

《台声》第5期发表古远清的《"一路吟唱民族的琴歌"——记台湾"大海洋"诗社》。

《民族文学》第5期发表李鸿然的《席慕蓉：台湾的马头琴歌手》；章亚昕、李鸿然的《纪弦的"三级跳"》。

《语文学刊》第5期发表朱平的《一程山水一程歌：三毛游记的奇美风致》。

《绿风》第5期发表沈奇的《简明之"明"：读向明诗集〈向明世纪诗选〉》。

本月，中共中央党校出版社出版魏天祥主编的《九十年代文艺新变化研究》。

重庆出版社出版骆寒超的《艾青评传》。

中华工商联合出版社出版刘智峰编的《痞子英雄：王朔再批判》。

中国文联出版社出版王文平的《学海初航》。

河北教育出版社出版王钟陵的《二十世纪中国文学史论文精粹：神话卷》。

山东文艺出版社出版黄万华主编的《美国华文文学论》。

6月

1日，《文艺报》第63期发表林岩的《一种可怕的小孩子游戏——对"揭疤文章"的一些看法》;蒋风的《年红——马来西亚华文儿童文学的领头雁》;佟希仁的《有童心的人永远年轻——台湾儿童文学作家潘人木》。

《文学报》发表王铁仙的《略论文学中的"自我"》;江曾培的《微型小说的"独立"》。

《文学报·大众论坛》第6期发表江曾培的《"瓦釜雷鸣"与恶俗污漫》(讨论媒体对"另类"作品的炒作现象)。

《文汇报》发表李鹏飞的《中国小说学会第五届年会宣布将设中国小说学会奖》。

3日,《人民日报》发表张学昕的《准备经典》;张德祥的《文艺评论与人的建设》。

《文艺报》第64期发表木弓的《不要欺负老农民——能这样批评浩然吗?》;同期,发表《姚雪垠致李复威的三封信》。

6日,《文艺报》第65期发表《全国儿童文学创作会议在京举行》;李静宜的《"跨文体写作"再议》;张炯的《关于二十世纪中国文学回顾的问答》;陈太胜的《文艺学研究的挑战和机遇——文艺学与文化研究学术研讨会综述》;古远清的《台湾当代文学理论批评——危机!》;赵遐秋的《台湾新文学史上一场不该遗忘的文学论争》。

8日,《文艺报》第66期发表左芳的《艺术商业片:商业围剿下的制作诡计》;同期,发表《首届老舍文学创作奖揭晓》。

《文学报》发表阿龙的《九十年代文学批判丛书出版》。

《光明日报》发表盘剑的《应重视对电视剧的研究》;陈刚的《音乐剧的引进与戏曲革新》。

《文汇报》发表王安忆的《类型的美》。

《阅读与写作》第6期发表胡国文的《挥不尽的离愁,割不断的根脉——四首台湾著名乡愁诗的意象与构思》。

10日,《文艺报》第67期发表《北京鲁博举行"鲁迅研究热点问题讨论会"》;姜宁的《鲁迅的革命精神不容亵渎》;金盾的《陈漱渝说:要想跨越他,首先要继承他》(鲁迅研究);同期,发表《社会主义与世纪之交的中国文艺研讨会在京召开》;孙文宪的《跳出雅/俗看金庸——关于金庸小说研讨及其意义的述评》;胡殷红与贾平凹的对话《贾平凹之狼》。

《北京文学》第6期发表寇挥的《小说的前景及想象力——平谷金海湖文学现状研讨会纪要》。

《西安教育学院学报》第2期发表黄树红的《中国文学树上一片叶——论澳门文学》。

《江淮论坛》第3期发表孙秀华的《试论舒婷诗歌的情感思维方式》;张器友的《"个人化写作观"再思考》。

《诗刊》第6期发表韩作荣的《受难的囚徒与垂首的玫瑰——怀念诗人昌耀》。

13日,《文艺报》第68期以"这里的批评静悄悄"为总题,发表林建法的《形成自己的批评风格》,李星的《超越"捧"和"骂"的两极思维》,张燕玲的《坚持学理探索是我们选择的自觉性》;同期,发表冯宪光的《文学批评走出困境的选择——走向客观化》。

14日,《中华读书报》发表《在夹缝中生长:〈中国留学生文学大系〉编后》。

15日,《文学报》发表记者陆梅的《首届老舍文学奖在京颁奖》;杨曾宪的《试论小说理论的分类》;同期,围绕"科幻小说",发表刘维佳的《科幻小说之我见》,郑军的《与其他文学流派的异同》,王海燕的《主流文学作家的科幻实践》,荆戈的《必由之路:职业化》,刘健的《洋化与民族化的难题》。

《文汇报》发表许觉民的《冯雪峰的遗憾》。

《江汉论坛》第6期发表张法的《寻根文学的多重方向》。

《大众电影》第11期发表於悦的《〈饥饿的女儿〉不愁嫁》。

《徐州师范大学学报(哲学社会科学版)》第2期发表钟俊昆的《留学生与20世纪中国前期文学思潮》。

《中外诗歌研究》第2期发表吕进的《〈文晓村白传〉:一位诗人的传奇》;章亚昕的《杨牧传奇》;王伟明、辛迪的《心灵关注的朴实与诡异——辛迪访谈录》。

17日,《人民日报》发表贺绍俊的《热闹的批评和静悄悄的批评》;章蕾的《文学在我们的时代》。

《文艺报》第70期发表《全国科普创作研讨会在京召开》;徐松林的《酷评:虚拟的文化批判》。

《作品与争鸣》第6期围绕蒋子龙的长篇小说《人气》,发表陈保红的《怎样一个"百姓为大"?》,白玄的《混沌的人气》,光夫的《怎一个俗气了得》;同期,发表韩小慧的《文坛"骂"名人之风越刮越猛》。

18日,《中国戏剧》第6期发表安志强的《在探索中前进——从第十七届中国戏剧梅花奖戏曲评论奖看戏曲创作走向》。

20日,《文艺报》第71期发表钱中文的《这里的批评静悄悄(之二)——将健康稳健的学理批评发扬光大》;陈超的《少就是多:我看到的臧棣》;李明欢的《"多元文化"述评》;杨剑龙的《新时期文学之反思》;鲁文忠的《世纪末的误区:片面民族性的追逐与后殖民化的焦虑》。

《台湾研究》发表徐学的《台湾微型小说创作的历史与现状》;周青的《台湾民歌:台湾民众的心声》。

《福建论坛》第3期发表孙绍振、毛丹武的《20世纪人文科学的回顾与新世纪的展望》;丁帆的《我们怎样面对新世纪的人文困境》;[韩]张允瑄的《"先锋小说":一种文化精神的喻体》;刘登翰的《走向世界华文文学》、《香港文学的文化身份——关于香港文学的"本土性"及其相关话题》;姜建的《世界华文文学大格局下的澳门文学》。

22日,《文学报》发表俞小石的《"与生活和解"还是"商业写作"——林白〈玻璃虫〉引起争议》。

《光明日报》发表郑庆生的《骑士文学:武侠小说的镜鉴》;张炯的《特色突出 涵蓄厚重》。

24日,《文艺报》第73期发表《第五届茅盾文学奖评奖第一次评委会在中国作家协会召开》;赵日升的《说"假散文"——造境之假、造势之假、造情之假》。

《文汇报》发表谢娟的《首届"长江〈读书〉奖"评选引争议》;丛维熙的《守望"精神田园"》。

25日,《上海大学学报(社会科学版)》第3期发表郝月梅的《电子传媒文化与儿童文学》;贾鉴的《郭小川50年代叙事诗中的革命与恋爱》。

《世界华文文学论坛》第2期发表陈辽的《评议:1947—1949间台湾文学论争三大问题》;于平的《认同的喜剧与拒绝认同的悲剧——试论吴浊流小说〈先生妈〉的文化主题》;黎湘萍的《重返心灵的故乡——重读陈映真近年作品并论其新作〈归乡〉》;余禺的《试论〈溺死一只老猫〉的叙述张力》;翁奕波的《在人生与历史流变中沉思的歌吟——张错诗歌创作管窥》;李晃的《听洛夫深圳谈诗》;王列耀的《八十年代新加坡华文微型小说的一种文化策略》;刘士杰的《拳拳故国心 深

深恋诗情——读适民的诗》;方忠的《论古龙武侠小说的文体美学》;袁勇麟的《当代汉语散文的人文背景》;顾必成、庄若江的《超越平庸与超越自我——海峡两岸余氏散文合论》;《学人档案　古远清》;洪英的《成果丰硕　后来居上——古远清剪影》;李风的《步履艰难的叛逆——台湾现代派文学价值重估》;杜心源的《从跨文化角度看台湾现代诗的精神取向》;张靖的《如歌的行板——迪金森与席慕蓉诗歌比较》;王雪的《论白先勇〈台北人〉中的"历史见证"式叙述人的叙事功能》;傅宁军的《近访余光中：乡情永远刻在心头》;冯亦同的《写在〈浪子回头〉之后：有关余光中晚近期诗作简评的两点补正》;刘济昆的《我的少年诗歌发掘记》;古远清的《在求"同"中明"异"——评饶芃子、费勇〈本土以外：论边缘的现代汉语文学〉》。

27日,《文艺报》第74期发表《王蒙"季节"系列长篇小说研讨会在京举行》;《著名作家柯灵于6月19日在上海逝世》;于文秀的《仿制的贫困——对"文学新人类"的写作批评》;马相武的《"现代寓言"的"新历史"》(关于历史小说与新历史主义的讨论);陆扬的《大众文化：批判理论及其反思》。

28日,《郑州工业大学学报(社会科学版)》第2期发表李乐平的《"醉翁之意"和"山水之间"——也谈林语堂与鲁迅的"相得"和"疏离"》。

29日,《文学报》以"追思柯灵先生"为总题,发表徐开垒的《著作与风骨共存——悼念柯灵先生》,白桦的《柯灵之灵》,陈雪琴的《文章何处哭秋风——追忆柯灵先生》;同期,发表俞小石的《京沪评论家盛赞影片〈生死抉择〉——一部反腐倡廉的精品力作》。

30日,《戏剧》第2期发表胡一飞的《试论写实主义、象征主义和表现主义风格戏剧演出中的舞台调度导演语汇的艺术特征——兼谈舞台调度的假定性本质》;蔺永钧的《中国话剧的现实主义》;谢柏梁、都文伟的《从淮剧的5次变法到大都市戏剧文化——兼论罗怀臻与都市新淮剧》;徐峰的《语言、意识形态与观影机制——文革后期电影语言初探》。

《海南师范学院学报(人文社会科学版)》第2期发表黄国彬的《从近偷、远偷到不偷——香港作家创作三阶段与一份"自供状"》。

《漳州师范学院学报(哲学社会科学版)》第2期发表刘庆璋的《林语堂诗学话语论析》;王建红的《对两种宗教的皈依——林语堂眼中的中西生活》;李小平的《根系中华文化的古典美与现代情——论风沙雁的散文创作艺术》。

《华侨大学学报(哲社版)》第2期发表刘小新的《文化属性意识与东南亚华文文学研究》。

本月,《台湾研究集刊》第2期发表徐学的《西而不化与西而化之——余光中汉文学语言论之一》;彭耀春的《"对当时政治环境的一种痛苦的反射"——论姚一苇的戏剧创作》;汪毅夫的《台湾游记里的台湾社会旧影》。

《青岛大学师范学院学报》第2期发表王学海的《金庸新武侠小说四论》;谢新华、吕蓉的《简析金庸小说中的传统文化》。

本月,北方文艺出版社出版梁南的《在缪斯伞下:诗学随笔》。

安徽大学出版社出版童庆炳、许明、顾祖钊主编的《新中国文学理论50年》。

福建教育出版社出版陈孝全的《细读与随想:陈孝全学术随笔自选集》。

广西教育出版社出版支克坚的《胡风论》。

花山文艺出版社出版张永泉主编的《河北解放区作家论》。

花城出版社出版季广茂的《异样的天空:抒情理论与文学传统》。

华中师范大学出版社出版钱中文主编的《新理性精神文学论》。

人民文学出版社出版陈公仲主编的《世界华文文学概要》。

华中师范大学出版社出版江少川选评的《台港澳文学作品选》。

7月

1日,《人民日报》发表雷继承的《"泥土巢"里的浩然》。

《山东文学》第7期发表吴开晋的《诗魔之魂——洛夫先生印象》。

4日,《文艺报》第77期发表郭宝亮的《灵魂的忏悔与拷问——评铁凝长篇小说〈大浴女〉》;朱建立的《钢铁是这样炼成的——评徐贵祥长篇小说〈历史的天空〉》;王一川的《面向文化——文学理论的新转变》;李孝第的《需区分感官享受的情感愉悦和审美的精神愉悦》;吴秀明、章隆江的《走向整体综合的吴越小说研究——评高松年的〈当代吴越小说概论〉》;陈禅的《近百年文学体式流变的历史关照》;孙绍振、陈良运、南帆的《重建文学理论学科是时候了》。

5日,《电影艺术》第4期发表宝光的《"当代中国电影剧本创作研讨会"略纪》;任殷的《对近年中国电影剧本创作的一种描述》;胡克的《当前中国电影剧作缺少什么》;愚芜的《在创作中感受电影剧作规律》;邓刚的《好作家不等于好编剧》。

《河北师范大学学报(哲学社会科学版)》第3期发表王如青的《归于消解的论争——新时期典型问题论争回眸》。

《钟山》第4期发表汪政、晓华的《论王安忆》;段崇轩的《走过世纪的文学》。

6日,《文学报》发表冰文的《首都文化界纪念阿英百年诞辰》;李运抟的《文化散文:关键在文化意识》;王否的《直面人生的抉择——重读张平长篇小说〈抉择〉有感》;王侃的《九十年代女性文学的主题与修辞》。

《文学报·大众论坛》第7期发表徐春萍的《著名文学评论家李子云追忆——柯灵对文学界思想解放的贡献》;同期,以"《生死抉择》:一部反腐倡廉的力作——本报和上海市委宣传部文艺处联合召开的京沪评论家研讨会发言纪要"为总题,发表仲呈祥的《为人民鼓与呼》,雷达的《正气的张扬　严峻的思考》,缪俊杰的《大气磅礴　振聋发聩》。

《光明日报》发表翟泰丰的《二十世纪中国文学的回顾与思考》。

《台港文学选刊》第7期发表古远清的《近年香港文学刊物掠影》。

7日,《文汇报》发表周汝昌的《青眼相招感厚知——怀念钱钟书先生》。

8日,《文汇报》发表赵丽宏的《女性的情感和智慧》(《五月丛书·女作者卷》总序)。

《阅读与写作》第7期发表戈成的《侠趣　谐趣　理趣——古龙文言艺术试析》。

10日,《电影文学》第7期发表宋杰的《主流电影批评的误区:文学式电影批评》。

《戏剧文学》第7期发表曾利君的《永恒的追寻——20世纪中国戏剧对婚恋问题的探讨》。

《江海学刊》第4期发表王文胜的《论赵树理小说中残缺的现实主义》;袁玉琴、王臻中的《论电影色彩的文化意蕴》。

《诗刊》第7期发表降大任、东林的《不务文字齐　但歌生民病——关于诗歌的人民性问题》。

《理论与创作》第4期发表张韧的《"三驾马车"的四年间》；侯文宜的《独立精神与审视求索的理论结晶——读艾菲文艺理论新著〈时代精神与文学的价值导向〉》；刘薇的《20世纪90年代初"散文热"原因浅探》。

《苏州大学学报（哲学社会科学版）》第3期发表曾一果的《开拓文学史研究的新空间——评陈辽、曹惠民主编〈百年中华文学史论〉》。

《青岛教育学院学报》第3期发表陈祥泰的《"大陆情结"的艺术审视与展现：白先勇的短篇小说集〈台北人〉赏析》。

11日，《文艺报》第80期发表杨小玫的《感动的魅力——读裘山山长篇小说〈我在天堂等你〉》；丁帆的《谛听玄思的天籁——陈染〈不可言说〉〈声声断断〉读札》；冯敏的《来自西北的意义充盈的新生代》。

《世界华文文学》第4期发表赵遐秋的《台湾新文学史上一场不该遗忘的文学论争》；袁良骏的《小说家的散文杰构——序〈於梨华散文集《别西泠庄园》〉》。

15日，《人民日报》发表翟泰丰的《历史·时代·文学》；季舫的《文化拒绝泡沫》；刘梦岚的《乡土文学发展的新契机》（全国乡土文学研讨会纪要）。

《文学评论》第4期发表旷新年的《现代文学观的发生与形成》；同期，以"'中国现代文学史编写研讨会'笔谈"为总题，发表黄修己的《积累不足，创新也难》，董健的《现代文学史应该是"现代"的》，朱德发的《文学史写作之魂》，孔范今的《治史者的角色定位》，周晓明的《从"中国现代文学"到"现代中国文学"——关于现代文学基本学科意识和文学史观念的思考》，黄保真的《"现代"还是"近代"》，龙泉明的《建构中国现代文学史的多元格局》，高远东的《旧课题与新期待：关于现代文学史的写作》，何锡章的《从意识形态叙述到现代性叙述》，张福贵的《走出教科书体系确立文学史哲学——文学史写作的人类性和个性化追求》，陈剑晖的《文学史的理论形态与语体》，高旭东的《新世纪现代文学史编撰的前景与方法》，王泽龙的《谈谈影响中国现代文学史观的几种关系》，马俊山的《20世纪中国文学的"过渡性"》，毕光明的《现代文学史：研究的深化与写作的简化》，王攸欣的《关于中国现代文学史教材的几点想法》；同期，发表王光东、刘志荣的《当代文学史写作的新思路及其可行性——对于两个理论问题的再思考》；姜耕玉的《"西部"诗意——八九十年代中国诗歌勘探》；周帆的《低于文学的二重性——黔北文学个案分析》；徐妍的《坚守记忆并承担责任》；郑敏的《解构主义在今天》；畅广元的《社会文化秩序与文学活动的价值》；吴文薇的《"新中国文学理论五十年"学术研讨会综述》。

《当代文坛》第4期发表黄佳能、方宇的《略论九十年代的"下岗"小说》；陈振华、邵明的《存在的多样与指向的虚无——"晚生代"小说之我见》；骆慧敏的《当代西方文学批评理论"合法化"策略解读——兼谈文学批评的现代性》；刘泰然、粟世来的《两种"个人写作"与第三种"个人写作"的缺席》；游子明的《我看九十年代散文》；韦济木的《从〈画梦录〉看散文的"原则"》；高侠的《王安忆小说叙事的美学风貌》；牛殿庆、王岩的《洪峰：精神家园的流浪者》；高丽芳的《论贾平凹作品的女性崇拜倾向》；聂进、何永生的《窘境与再生——评〈高老庄〉》；陈乐的《〈马桥词典〉和个人词典》；张木荣的《再论韩少功的寻根理论》；丁增武、赵万法的《介入当下重返"中心"——李肇正中篇小说论》；邱景华的《在山水中发现理性美——评薛宗碧诗集〈越过山水〉》；王林、徐永泉的《激扬中国儿童文学的学术正道——评王泉根的儿童文学研究》；李欧的《极致之变的陷阱——古龙武侠病态心理剖析》。

《当代电影》第4期围绕"影片《说出你的秘密》"，发表胡克的《道德的力量与局限》，孔都的《解构犯罪心理片的叙事模式》，倪震的《写实，也不能抛弃造型语言》，王一川的《物质充盈年代的乡愁》。

《齐鲁学刊》第4期发表蔡世连的《反抗与拯救——先锋小说创作的叙事学分析》；杜心源、李汝成的《从跨文化角度看台湾现代诗的语言策略》。

《社会科学》第7期发表李运抟的《从神坛走入凡尘——论当代工业小说审美观念的历史嬗变》；郑祥安的《个人化写作与"另类"小说的困惑》。

《社会科学研究》第4期发表邓经武的《20世纪巴蜀文学与西方文化》。

《南方文坛》第4期发表吴俊的《发现被遮蔽的东西》、《王朔和余秋雨：我们时代的两个英雄人物》；方克强的《在跋涉中寻求超越——吴俊文学批评漫谈》；孟繁华的《资本神话时代的无产者写作》；熊正良的《面对坚硬的事物》（创作谈）；陈晓明的《跨越红土地——评熊正良的小说艺术》；李敬泽的《前往什么地方——不是在谈熊正良》；俞兆平的《"重写文学史"的困惑与突围》；程光炜的《文艺黑线专政》；荒林的《"林白作品研讨会"纪要》（首都师范大学）；宗仁发、施战军、李敬泽《被遮蔽的"70年代人"》；敬文东的《对一个口吃者的精神分析——诗人昌耀论》；张振金的《融入自然的理想主义者——读徐治平散文集〈旅人的凝望〉》；黄万华的《故土和本土之间的叙事空间——美华小说的历史和现状》。

《复旦学报（社会科学版）》第4期以"二十世纪文学研究回眸"为总题，发表宁宗一的《二十世纪中国文学史研究与中国社会》，常立的《百年来文学上的麦比乌斯圈现象》，张中宇的《中国诗歌百年回顾与思考》。

《文艺报》发表朱双一的《作为世界性语种文学的华文文学之研究》；周宁的《走向一体化，建立大概念——〈华文文学〉》。

《人文杂志》第4期发表黄万华的《原乡的追寻：从一种形象看20世纪华文文学史》。

《小说评论》第4期发表吴奕锜的《"旅途"上的迷惘与探索——试论陈政欣的小说创作》。

16日，《文艺争鸣》第4期发表姚新勇的《现代性言说在中国——1990年代中国现代性话题的扫描与透视》；张清华的《话语与权力：一个戏剧性的演变关系——当代文学的一种读法》；龙象的《我们的文学究竟缺少什么？——试论"寻根派"与"先锋派"的历史地位及其内在缺陷》；刘川鄂的《一个基本评价标准和一个重要参照系——从葛红兵评价20世纪中国文学的两份悼词谈起》；梁艳萍的《从葛红兵〈悼词〉说开去》；李林荣的《散文批评与新时代神话》；陶东风的《"文学理论和文化研究"研讨会综述》；王彬彬的《说不清楚的概念》；荒林的《时间感，或存在的承担与言说——王小妮写作的女性诗学意义》；郭春林的《手底乾坤——70年代以后作家及作品论》；刘俐俐的《"书写他者"的困境和批评的失语——论毕淑敏文学创作及其现象》。

18日，《文艺报》发表孙春旻的《走出自囚——关于纪实小说再发言》；唐晋的《擦亮历史——读张锐锋〈祖先的深度〉》；蔡子谔的《一位独具学术研究个性的文学评论家——读〈陈辽文存〉（四卷本）有感》；陈辽的《"皇民文学"的复辟和台独意识的张扬——台湾的"皇民文学"之争》；刘俊的《白先勇的意义》。

20日，《小说评论》第4期发表杜霞的《都市生存的质询——20世纪90年代都市女性话语管窥》；管卫中的《现实主义的一支主脉——20世纪的中国小说纹脉之一》；张学昕的《多重叙事话语下的历史因缘——九十年代的"新家族历史小说"》；洪治纲的《先锋文学的苦难原理》；谢有顺的《通向网络的途中》；邵建的《知识分子的存在形态或分流（上）》；田玲华的《陕西文学的春、秋、冬》；赵思运的《以短篇手法写长篇的成功尝试》；朱鸿的《作家段位论》；于夏的《一瞥》；以"《故乡面和花朵》评论小辑"为总题，发表郭宝亮的《反乌托邦：〈故乡面和花朵〉试解》，傅元峰的《一种被推向极致的反讽叙述——试读〈故乡面和花朵〉》；同期，以"《歇马山庄〉评论小辑"为总题,发表畅广元的《我"我"定位——初读〈歇马山庄〉的一点想法》,李继凯的《风景这边独异——〈歇马山庄〉中的性际世界》;同期,发表贾丽萍的《向死而生——毕淑敏小说的死亡主题透析》;杨矗的《蒋韵解读》;张卫中的《诗性的叙事:漫论凌力的创作个性》;李敬泽的《从"写字"开始——读〈谁在深夜里说话〉》;张鸿声的《生命与社会的分离——读张宇小说〈疼痛与抚摸〉》;龙云的《永远的路遥——路遥作品重读》;柳建伟的《奏响世纪末都市生活的正音——略论毋碧芳的新都市小说》。

《文学报》发表雷达的《自己的言说方式——读高洪波散文》;周政保的《"怀念"的是"狼"么?——我读长篇小说〈怀念狼〉》;洪治纲的《诗性的复活——评长篇小说〈越野的赛跑〉》。

《光明日报》发表段崇轩的《文学的立场》。

《河北学刊》第4期发表王兆胜的《自足女性的自由言说——论玛莉的散文创作》;杜霞的《都市生存的质询——20世纪90年代都市女性话语管窥》;孙舟的《新时期雅俗文学的消解运动》。

《学术研究》第7期发表温宗军的《论第三代诗歌的平民意识》。

《学术月刊》第7期发表张岚的《论海峡两岸:"文化散文"的同根传承》。

《暨南学报(哲学社会科学版)》第4期发表饶芃子的《世纪之交:海外华文文学的回顾与展望》;钱超英的《自我、他者与身份焦虑——论澳大利亚华人文学及其文化意义》;颜泉发的《游离与回归——对马来西亚华人文学的分析回顾及文化反思》。

21日,《文艺研究》第4期发表许明的《回应当下性——关于当代中国的马克思主义文论》;王杰的《审美现代性:马克思主义的提问方式与当代文学实践》;黄立之的《马克思主义文艺学当代形态的学术前景》;马驰的《马克思主义文艺思想在中国的传播与发展》;毛崇杰的《后马克思文本的权威性与阐释有效性》;李运抟的《天空中飞翔或囚笼中扑翅——中国当代小说虚构意识得失论》;杨经建的《90年代"城市小说":中国小说创作的新视角》;樊洛平的《缪斯的飞翔与歌唱——海峡两岸女性主义诗歌创作比较》。

22日,《文艺报》第85期发表高有鹏的《长篇小说的问题不在长》;戴从容的《拿来主义与后殖民理论——并非无关》;张清华的《写实就得见点血——看毕四海的〈老家的九九大寨〉》。

《文汇报》发表吴中杰的《重温鲁迅"苦口的忠告"》;吴俊的《鲁迅还在我们的世界中》;同期,发表《余华、陈村、张抗抗谈网络文学》。

23日,《武汉大学学报(人文社会科学版)》第4期发表吴济时的《百年戏剧三题》。

24日,《文艺理论与批评》第4期发表李伦的《评近两年的历史虚无主义批评》;曾庆瑞、赵遐秋的《金庸小说真的是"另一场文学革命"吗?——与严家炎先生商榷》;罗绍权的《鲁迅"远去了"吗?》;同期,以"魏巍研究"为总题,发表丁宁的《诗情豪迈的共产主义老战士》,田心铭的《青年一代的人生教科书》,文信的《"写英雄抒壮志誉满华夏"》;同期,发表李万武的《迟子建近年中短篇小说的情感品质》;杨立元的《由乡村到城市:何申的审美转移——何申"热河系列"小说论》;陈长生的《透视精神泡沫和缺钙》(讨论当下的批评现象);石沉的《猎艳窥私性暴露:当下文学的煞风景》;张器友的《也谈"个人化写作观"》;黎辛的《再谈中国作家协会的反右派斗争及其他——〈黄秋耘访谈录〉读后之二并致黄秋耘》。

25日,《山东大学学报(哲学社会科学版)》第4期发表郑春的《卓异的、缺失的和永恒的——试论"十七年"文学创作的爱国情结》。

《文艺理论研究》第4期发表周学雷的《中国当代文学的后现代叙事类型》;方克强的《新时期先锋小说艺术再探》;董小玉的《女性作家个人化写作的精神困境》;黄万华的《从美华文学看东西方海外华文文学的差异》。

《东岳论丛》第4期发表胡俊海的《散文四杰——评贾平凹、余秋雨、史铁生、梁衡的散文》。

《北京师范大学学报(人文社会科学版)》第4期发表王泉根的《中国新时期儿童文学的深层拓展》。

《当代作家评论》第4期发表王尧的《"文革文学"纪事》;何向阳的《曾卓的潜在写作:一九五五——一九七六》;同期,以"余华评论小辑"为总题,发表汪跃华的《记忆中的"历史"就是此时此刻——对余华九十年代小说创作的一次观察》;倪伟的《鲜血梅花:余华小说中的暴力叙述》;张炼红的《苦难与重复相依为命》;刘旭的《吃饱之后怎样——评余华的小说创作》;马原的《关于新时期文学的记忆》;孙绍振的《漫谈张毓茂的散文——〈这团火,这阵风〉序》;廖增湖的《贾平凹访谈录——关于〈怀念狼〉》;摩罗的《寻找文学的尊严》;孟繁华的《"骂战"批评中的怨恨心态》;孙瑞的《媒体炒作下的文艺批评》;同期,以"《证词》评论小辑"为总题,发表张闳的《现实生存的"证词"——刁斗的长篇小说〈证词〉》,吴义勤的《无望的告别——刁斗长篇小说〈证词〉读札》,林舟的《开放的叙事——谈刁斗的长篇小说〈证词〉》;同期,发表戴锦华的《面对当代史——读洪子城〈中国当代文学史〉》;谢有顺的《从理想国的梦中醒来——张梅长篇小说〈破碎的激情〉阅读》。

《浙江学刊》第4期发表王建刚的《拒绝匿名的狂欢:关于女性写作》。

《周口师范高等专科学院学报》第4期发表徐云浩的《离愁深似海,泣血盼回归——谈余光中"咏怀诗"》。

27日,《文学自由谈》第3期发表朱健国的《最新丑闻——"长江读书奖"》;陈鲁民的《中国文学角逐诺奖的8条理由》;刘绪义的《〈大浴女〉题解》;徐江的《怀念什么不好,非要弄个狼》(关于《怀念狼》);张梦阳的《我观王朔看鲁迅》;张渝的《韩石山抢滩中的散失》。

《文学报》发表俞小石的《中国文学理论正走向世界》;许金龙的《"中国文学更具世界性"——日本著名作家大江健三郎访谈记》。

28日,《兰州大学学报(社会科学版)》第4期发表李向辉的《批评的批评:萧红研究回顾》。

《名作欣赏》第4期发表齐雪梅的《〈纸婚〉中的异国形象和中国感觉》。

29日,《人民日报》专栏"文化圆桌"发表《为歌词创作看病》。

《社会科学辑刊》第4期发表黄裳裳的《文学的日常性品格——文学理论的一种新关怀》;赵炎秋的《论网络传播对文学的影响》。

30日,《西北师大学报(社会科学版)》第4期发表陈占彪的《人生的悲剧:在文学与生命的舞台上——路遥小说的文化意蕴》;刘洁的《从〈重婚〉与〈挣钱〉看西部女性情爱观念的嬗变》。

《扬州大学学报(人文社会科学版)》第4期发表吴周文、王菊延的《新时期以来中国现代散文研究概观》。

《河南大学学报(社会科学版)》第4期发表高有鹏、孟芳的《20世纪中国文学发展中的民间文化思潮》;刘旭的《人的还俗与形象的还原——新时期小说的叙事特征及文化倾向研究之二》;沈梦瀛、张学松的《自然主义正名》。

《南京大学学报(哲学·人文科学·社会科学)》第4期发表王雄的《论"新新闻学"与"新闻文学"》。

《中国文学研究》第3期发表吴晖湘的《九十年代徐訏、无名氏小说研究综述》。

《镇江师专学报(社会科学版)》第3期发表韩晓军的《〈扶桑〉与当代小说叙

事走向》;徐光萍的《略论台湾当代女性散文中的女性意识》;彭耀春的《论黄美序戏剧创作的民族民间风格》。

本月,《小说界》第 4 期发表葛红兵的《批评的屈辱——当代批评现象批评》。

《上海文学》第 7 期发表王安忆的《知识的批评——从蒋韵说起》。

《文艺评论》第 4 期发表黄鸣奋的《网络时代的许诺:"人人都可成为艺术家"》;汤学智的《90 年代文艺理论批评走向考察(续)》;曹禧修的《叙述学:从形式分析进入意义——文学研究方法论研讨之二》;韩子勇的《90 年代:写作的转向与散文》;王晖的《1997—1999:报告文学理论批评回眸——20 世纪 90 年代中国非虚构文学理论研究与批评之二》;黄佳能、绍明的《现代性精神和后现代叙事——对世纪之交现实主义小说的一种解读》;王素霞的《夹缝中的狂欢——关于 1998—1999 年中国小说的"游戏"修辞》;谷启珍的《"高地"人何时才能冲出荒诞?——〈被围困的高地〉解读》。

《中山大学学报(社会科学版)》第 4 期发表郭海鹰的《世纪之交中国散文的一道绚丽风景——新时期文学中的"女性散文"》。

《安徽大学学报(哲学社会科学版)》第 4 期发表陆琳的《简论苏童女性小说的新视角》。

《南昌大学学报(社会科学版)》第 3 期发表南翔的《当下小说的情感质素》。

《阅读与写作》第 7 期发表戈成的《侠趣,谐趣,理趣:古龙语言艺术试析》。

《诗探索》第 1—2 辑发表欧阳江河的《命名的分裂:读商禽的散文诗〈鸡〉》。

本月,天津社会科学出版社出版刘大枫的《新时期文学本体论思潮论》。

湖南师范大学出版社出版赵炎秋的《文学形象新论》。

广西教育出版社出版洪子诚的《当代文学概说》。

8月

1日,《文艺报》第 89 期发表杨鹏的《九十年代的中国科幻文学扫描:复苏与起飞》;沈浩的《写在现实与虚幻之间——读〈根鸟〉》。

《长江文艺》第8期发表李鲁平的《"有一个梦幻没有抵达的港口"——读胡鸿的诗集〈美丽的忧伤〉》;谢维强的《沉重与悲怆——胡发云近期散布中篇小说评析》;叶延滨的《守望者的歌吟》(论田禾的诗)。

3日,《文学报》发表俞小石的《"文学理论的未来:中国与世界"国际研讨会在京举行》;姜耕玉的《痛苦的蜕变——新诗汉语本性的失落与追寻》;陶东风的《论王蒙的"狂欢体"写作》。

《文学报·大众论坛》第8期发表记者朱小如、徐晶的《文学批评如何重振雄风?》;徐春萍的《实践我对文学史的理想——访〈中国当代文学史教程〉主编陈思和》;李星的《媒体时代:尴尬的批评及批评家》;专栏"碰撞与争鸣",围绕"陈思和《中国当代文学史教程》的出版",发表李杨的《对文学史两个新概念的质疑——谈陈思和主编的〈中国当代文学史教程〉》,薛华的《一次遗憾的误读——评关于"潜在写作"和"民间"因素的争论》。

5日,《人民日报》发表李运抟的《"史诗性"与"大部头"的失调》。

8日,《文艺报》第92期发表《"文学理论的未来:中国与世界"国际研讨会在京举行》;马振方的《小说·虚构·纪实文学——"纪实小说"质疑之三》;阎立飞的《"二余风波"与文化资本的争夺》;郭志刚的《理解鲁迅》;敖忠的《诗人应当是怎样的一种人?——鲁迅早期的一种文艺观》;谢泳的《鲁迅研究是一个学术问题》。

《中国青年报》发表吴苾雯的《另类文学的社会胎记》。

10日,《文学报》发表毛志成的《作家学问之评估》;袁良骏的《"酷评"与"骂"》。

《电影文学》第8期发表史可扬的《寻回电影的"诗意"——国产电影的境况及出路》。

《戏剧文学》第8期发表宋情的《戏剧审美艺术的尴尬选择》。

12日,《文汇报》发表郜元宝的《切实地挂出"匾"来——由〈吴中杰评点鲁迅杂文〉说开去》;胡平的《奇人奇书——读冯骥才〈俗世奇人〉》;仲伟民的《学术评价机制必须改革了》。

15日,《文艺报》第95期发表陈富强的《在网上舞蹈——网络与文学的随想》;魏饴的《再谈休闲文学——兼与张炯商榷》;张韧的《双向的交叉》(讨论"九十年代文学批判丛书"的出版);龚小凡的《并非只是一种表达——读〈张之静诗选〉》;张玲的《独树一帜的学术专著——评〈中国散文创作艺术论〉》。

《江汉论坛》第 8 期发表苏文清的《漫论池莉笔下的孩子形象》。

《广东社会科学》第 4 期发表吴奕锜的《印尼华文文学历史发展述略》。

16 日—18 日,中国作家协会台港澳暨海外华文文学联络委员会、重庆师范学院、重庆出版社联合主办,国务院侨办华文教育重庆师范学院基地和重庆师范学院尤今研究中心承办的"2000 年海外华文文学国际学术研讨会暨重庆师范学院尤今研究所中心挂牌仪式"在重庆召开。会议内容分为"世界华文文学的文化、思想、美学特征研究"、"世界各国(或地区)华文文学作家及作品研究"、"新加坡著名作家尤今及其文学创作研究"。"尤今研究中心"是中国第一个以个别海外作家命名的研究机构。

16 日—20 日,中国作家协会、江苏省社会科学院等单位主办、苏州大学承办的"台湾新文学思潮(1947—1949)研讨会"在苏州大学召开。

17 日,《文汇报》发表周海婴的《父母的身影——〈鲁迅与许广平〉序》。

19 日,《文汇报》发表廖增湖的《从"青春"到"饱经世事的清明"——与王蒙一席谈》;王安忆、王雪瑛的对话录《感受土地的神力——关于文坛和王安忆近期创作的对话》;陈慧芬的《她们能否"与生活和解"?——读铁凝、陈染、林白等几位女作家近作想到的》。

《作品与争鸣》第 8 期发表余开伟的《余秋雨是否逃避历史事实?》;陆耳的《关于戏剧〈切·格瓦拉〉的争鸣》。

20 日,《福建论坛》第 4 期发表汪应果的《20 世纪中国文学研究亟待建立学术规范》;朱寿桐的《中国现代文学研究的学术规范与学风建设》;南帆的《游荡网络文学》。

22 日,《文艺报》第 98 期发表刘锡城的《几度风雨——评〈天美地艳〉》;王干的《论争频繁 贞妇情节 口号林立 过剩文化 泡沫文化——走出九十年代》;阎晶明的《造势与泄气》(评论贾平凹的《怀念狼》);同期,以"90 年代美学文艺学反思"为总题,发表邢建昌的《从美学研究到审美文化研究》,马云的《中国现代文学研究的回顾与瞻望》。

《新文学史料》第 3 期发表赵遐秋的《台湾新文学史上一场不该遗忘的文学论争》。

24 日,《文艺报》第 99 期发表王卫平的《中国话剧如何走出低谷》。

《文学报》发表李华的《超越地域 关注创作——深圳文艺批评20年概要》。

《中国青年报》发表顾嘉琛的《韩寒：一个混混？一块金子？》。

25日，《上海大学学报（社会科学版）》第4期发表戴翊的《跨出女性世界之后——论王小鹰90年代的三部长篇小说（社会科学版）》。

《上海师范大学学报》第3期发表赵安如的《女性的艰难与人的艰难——方方小说的一种解读》。

26日，《文艺报》第100期发表《时代需要浩然正气——〈生死抉择〉的启示》；曾镇南的《一部从农村大地深处诞生的长篇小说》（评李祝尧的《世道》）。

28日，《中国文化研究》秋之卷发表武柏索的《"1920—1945"台湾新文学运动与文学发展之概观》。

29日，《文艺报》第101期发表周玉宁的《一段被遮蔽的历史——中外学者研讨1947—1949年台湾新文学思潮》；马振方的《走出歪曲诡辩泥潭——读〈走出自囚〉感言》（关于《小说·虚构·纪实文学》与孙春旻的争论）；同期，以"文学理论的未来：中国与世界"为总题，发表钱中文的《文学理论：走向交往与对话的时代》，[美]希利斯·米勒、国荣译的《全球化和新的电信时代文学研究的未来》，王宁的《全球化进程中中国文学理论的国际化》，[澳]西蒙·杜林、王怡福译的《文学主体性新论》；同期，发表杨晓敏的《小小说文体和刊物定位》；丁晓原的《飞扬学术的精彩——读范培松的〈中国散文批评史〉》。

《中国青年报》发表施亮的《与刘恒漫谈小说的是非曲直》；吴晓东的《经典翻新：传统和实验的较量》（谈论经典话剧的改编）。

31日，《文艺报》第102期，围绕"新版话剧《原野》"，发表刘平的《想批评 没有激情——看新版〈原野〉》，文刀的《不要拿经典开涮》，朱理轩的《说一说实验演出本〈原野〉》，坤元的《请爱惜人艺这块招牌》。

《文学报》发表张锲的《你不是孤独的长跑手——致张洁，谈她的近作和她在国外的一篇讲演》；奚同发的《创造富有民族特色的形象——与作家李佩甫谈长篇小说〈金盾〉》；洪治纲的《审度地域文化中的小说新形态——评高松年新著〈当代吴越小说概论〉》；子干的《"度"的艺术——读〈小沃村〉与〈生产队里的爱情〉》；赵栩的《打开诗歌的另一扇门——杨克和他的诗集〈笨拙的手指〉》。

本月，《理论导刊》第8期发表罗淑芳的《鲁迅与林语堂小品文问题之争》。

《浙江大学学报（人文社会科学版）》第4期发表陈建新的《历史题材小说的

道德抉择》;陆兴华的《中文系在当代文学活动中的新角色》。

本月,中国华侨出版社出版潘亚暾主编的《华侨华人百科全书·文学艺术卷》。

兰州大学出版社出版赵学勇的《文化与人的同构:论现代中国作家的艺术精神》。

华南理工大学出版社出版毛思慧、方开瑞主编的《新视角:当代文学文化研究》。

华东师范大学出版社出版陆葆泰的《曹禺剧作魅力探缘》。

湖南人民出版社出版愚士编的《余秋雨现象再批判》。

安徽教育出版社出版张器友的《近五十年中国文学思潮通论》。

中国社会科学出版社出版苏春生的《中国解放区文学思潮流派论》。

鹭江出版社出版汪毅夫的《闽台历史社会与民俗文化》。

9月

1日,《新疆大学学报(哲学社会科学版)》第3期发表段海蓉、王正良的《试论王朔小说的出新与俗性的"落套"》。

2日,《文艺报》第103期发表孙伟科的《鲁迅身后不寂寞》。

4日,《文汇报》发表邢晓芳的《文学神圣感不应消失》(上海作协召开的青年文学座谈会纪要)。

《传记文学》第9期发表赵炜的《大彻大悟潇洒人生——记台湾著名散文家林清玄》。

5日,《辽宁大学学报(哲学社会科学版)》第5期发表臧恩钰、李春林的《试论路翎的心理现实主义》。

《中国青年报》发表记者陆小娅的《女性文学开出什么样的花》。

《电影艺术》第5期发表孟繁华的《当下中国大众文化的两种时间》,余姝、郝建的《现实虚化与资源丧失——中国大陆电影创作和言说的几大错位》,丁亚平的《电影的成长与话语空间的拓示——1990—2000年中国电影综论》;周星的《略论中国电影美学形态流变》;张会军、田壮壮、张艺谋、侯咏、顾长卫的《五代精英话当年》;倪震的《现实主义的悲壮——谈影片〈生死抉择〉》;王德后的《〈生死抉择〉的意义》。

《钟山》第5期发表吴义勤的《穿行于大雅与大俗之间——叶兆言论》;张清华的《经典与我们时代的文学》。

《陕西师范大学学报(哲学社会科学版)》第3期发表《中国当代微型小说发展及动向》。

7日,《文艺报》第105期发表倪墨炎的《胡改乱编鲁迅作品会使鲁迅作品亡》。

《文学报》发表奚同发的《文艺批评应保护作家和作品——访"金芒果新批评文丛"主编之一、青年评论家王鸿生》;含文的《网络文学破"网"而出——上海文艺出版社推出"橄榄树"网络文学作品》;马斗全的《且慢谈"学者化"》。

《文学报·大众论坛》第9期以"《生死抉择》的成功和反腐题材的创作"为总题,发表施芝鸿的《反腐题材创作的三个关系》,杨志今的《〈生死抉择〉的启示》,赵长天的《小说总要有别于新闻》,江曾培的《有胆有识有艺》;围绕"百名评论家评选90年代十位(部)最有影响的作家、作品",发表杨扬的《九十年代文学重估》,王纪人的《批评的选择和意向》,郜元宝的《不出意料的结果——对问卷调查结果的三点看法》;同期,发表龚彦华的《深圳打工文学研讨会综述:九万里风蓬正举》;梁艳萍的《散文中的审美流变》。

10日,《电影文学》第9期发表业陆河的《关注现状 前瞻未来——"新中国电影五十年"学术研讨会综述》;顾伟丽的《在东西方的双重认同之间——张艺谋电影中"国际化元素"的解析》。

《戏剧文学》第9期发表田本相的《历史的误会——我和戏剧》;李祥林的《弱者·女人·历史——也谈〈徽州女人〉》。

《江海学刊》第5期发表杨新敏的《尘埃落定后的重新审视——评朱栋霖等主编〈中国现代文学史1917—1997〉》。

《诗刊》第9期发表李少咏的《诗歌的美感》;朱先树的《时间老去 真情永存——木斧和他的书信诗》。

《理论与创作》第5期发表董学文的《江泽民文艺论述的理论价值》;翁扬、余飘的《论刘绍棠与革命现实主义》;黄雄杰的《论池莉小说〈烦恼人生〉的悲剧意蕴》;傅书华的《人类的"十四岁"诗吟——论蒋韵的小说创作》;张克明的《难得的艺术超越——读何顿的知青小说〈眺望人生〉》;李夫生的《网络对文学本体的挑战及对策》;王泽龙的《新诗的民族化》。

11日,《世界华文文学》第5期发表马湘湘的《金庸偷师柴田鍊三郎》。

12日,《文学报》第107期发表许苗苗的《与网相生——网络文学的现状与发展》;王蒙的《之所以是小说》;邱华栋的《"都市风情"的困惑与希望》(讨论都市文学);董大中的《"能说":赵树理的一笔精神遗产》。

14日,《文学报》发表徐春萍的《百名评论家评选出90年代——最有影响的十名作家十部作品》;李敬泽的《由"三棵树"引出的话题》(讨论宁夏三位青年陈继明、石舒清、金瓯的创作);毕飞宇与李大卫的对话录《立言还是立功——答李大卫》(讨论"新生代"、民间性与作家的知识分子身份)。

15日,《文学评论》第5期发表蓝棣之的《略论何其芳的文学理论遗产》;黄鸣奋的《女娲、维纳斯、抑或魔鬼终结者?——电脑、电脑文艺与电脑文艺学》;杨新敏的《网络文学刍议》;刘纳的《全球化背景与文学》;胡明的《经济全球化与文学的现代性——兼谈人的精神家园看守问题》;於可训的《论八十年代文学的若干叙述视角》;栾梅健的《历史的造化——"五四"与新时期文学的一点比较》。

《云南民族学院学报(哲学社会科学版)》第5期发表赵联成的《疏离与消解——对近年小说创作的解读》。

《当代文坛》第5期发表李天道的《异质文化背景下的文学误解》;程世洲的《现代审美视野中的新景观——刘醒龙"新乡土话语"的叙事分析》;闵建国的《对通俗文学创作的思考——试论鸳鸯蝴蝶派作家和新时期通俗小说创作》;朱青的《对国民性的或一反思——〈破碎的激情〉之管见》;陆生的《〈玫瑰门〉:讲述女性生成的优秀文本》;李少咏的《美与真:诗歌女神的双翼》;王骏飞的《追问诗歌——评曹纪祖〈批评与思考:中国新时期诗歌〉》;张万仪的《童真、童趣和童年视角——论鲁迅笔下的儿童形象对当代儿童文学的启示》;金莉莉的《儿童文学审美情感中的成人参与》;焦会生的《抗争人生的诗意呈现——读阎连科的中篇小说〈耙耧天歌〉》;黄佳能、陈振华的《真实与虚幻的迷宫——〈酒国〉与〈城堡〉之比较》;沈嘉达的《"新新人类"的写作模式——女性文学论说一》;金文野的《女性主义文学的内涵》;黄岚的《秦牧和余秋雨散文比较》;高云君的《杂议报纸文学版的价值取向》。

《当代电影》第5期围绕"影片《生死抉择》",发表倪震的《与于本正谈〈生死抉择〉》,郝建的《被接受的是好的》,胡克的《反腐败题材的电影表现方式》,王一川的《关于廉政中国的文化想象》;同期,发表傅红星的《写在历史上的胶片——谈新中国文献纪录片的创作》;林旭东的《整合的时代——对当前中国纪录片的几点思考》。

《当代戏剧》第5期发表陈彦的《用平常心态叙述平民生活——眉户剧〈迟开的玫瑰〉创作杂谈》;肖云儒的《小论曾长安》。

《学术论坛》第5期发表彭国庆、周兰桂的《论区域文化对当代小说意义的消解与重构》。

《南方文坛》第5期发表戴锦华的《我的批评观》、《残雪：梦魇萦绕的小屋》;贺桂梅的《"没有屋顶的房间"——解读戴锦华》;围绕"中国诗坛关于'知识分子'与'民间写作'的论争",发表张闳的《权力阴影下的"分边游戏"》,王光明的《相同与互补的诗歌写作——我看"民间写作"与"知识分子"写作》,耿占春的《真理的诱惑》,洪治纲的《绝望的诗歌》;同期,发表杨扬的《论90年代文学批评》;潘军、林舟的《视觉叙事的魅力——关于〈独白与手势〉的对话》;周立民的《重写文学史》;易晖的《重大主题》;张文馨的《90年代文学图书的装帧》。

《中州学刊》第5期发表俞祖华、赵慧峰的《比较文化视野里的中国人形象——辜鸿铭、林语堂对中西国民性的比较》。

《中国社会科学院研究生院学报》第5期发表赵稀方的《市场消费与文化提升——论香港新派武侠小说》。

16日,《人民日报》发表艾斐的《以真诚与良知回报社会和人民——从〈生死抉择〉看文艺家的创作追求》;刘军的《文学的力量》(讨论当下文学的弊病之源);董学文的《道德内质与文学品格》。

《文艺争鸣》第5期以"当代批评家论·孙绍振"为总题,发表谢有顺的《走向美学途中》,颜纯钧的《漫不经心的自由和冒险——孙绍振学术风貌》,余岱宗的《以思辨与激情来挑战——孙绍振的理论和批评的风格》,孙绍振的《原创性：唯理论和经验的互补》;同期,发表南帆的《文学、革命与性》;王学谦的《社会现代性与文学现代性》;杨小清的《走向"文化"的文学话语权——"审美权利假设及其合法性问题"续论》;李玥的《中国文学理论发展的一次新机遇——"文艺学与文化研究学术研讨会"综述》；赵稀方的《中国后殖民批评的歧途》；张永刚的《关于"知识分子写作"和"民间写作"——对诗坛论争和诗歌写作方向的思考》；李运抟的《中国当代文学与伪现实主义》；周安华的《挑战与机遇——电影在多重竞争中的选择》；袁济喜的《"底线"的忧虑》。

《文汇报》发表徐俊西的《一份关于90年代文学的集体答卷——关于百名评论家推荐90年代最有影响的作家作品活动答记者问》；陈思和的《文学批评与90年代文学的互动》。

17日，《作品与争鸣》第9期围绕"话剧《切·格瓦拉》"发表汪湖宁的《提前来临的革命的恐怖》，亚子的《评〈切·格瓦拉〉》；同期，发表欧阳明的《〈上海宝贝〉：由阳具崇拜到殖民文化心态》。

18日，《中国戏剧》第9期发表陈力的《从女性视角探讨现当代舞台剧》；张璐的《否极泰来？——2000年上半年话剧火爆现象谈》。

19日，《文学报》第110期发表江湖的《第五届国际华文诗人笔会在广西桂林举行》；王泉根的《90年代中国儿童文学的整体走向与世纪沉思》；程镇海的《当代儿童文学的镜像描摹与灵魂探求》；刘泰然的《矫揉造作的休闲文学——兼与魏饴、陶东风等先生商榷》；邢建昌、井华茹的《文学批评研究的崭新视角——评赖大仁〈文学批评形态论〉》；渐卢的《文化视界中的乡土文学——读陈继会等著〈中国乡土小说史〉》。

《中国青年报》发表从虹的《E时代撞了作家的腰》；陶东风的《理解九十年代》。

20日，《小说评论》第5期以"雷达专栏：长篇小说笔记之五"为总题，发表《贾平凹〈怀念狼〉》、《王蒙〈狂欢的季节〉》、《邓贤〈流浪金三角〉》；同期，发表洪治纲的《先锋文学的怪异原理》；邵建的《知识分子的存在形态或分流（下）》；谢有顺的《写作不是养病的方式》；朱青的《人性解剖的新突破》；王春林的《荡涤那复杂而幽深的灵魂——评铁凝长篇小说〈大浴女〉》；郝雨的《欲的突围与溃败——评铁凝的长篇小说〈大浴女〉》；何西来的《关于〈白鹿原〉及其评论——评《白鹿原》评论集》》；红柯的《小说艺术的成功探索——读李建军著〈宁静的丰收——陈忠实论〉》；陈林侠、吴秀明的《地域文学研究的现代性走向——兼评高松年的〈当代吴越小说概论〉》；李继凯、黄蓉的《一次漫长的心灵对话——评宗元〈魂断人生——路遥论〉》；浩岭的《无状态之生命状态下的心灵素描——读王元小说〈什么都有代价〉》；李遇春的《拂不去的阴霾——张贤亮小说创作中的死亡心理分析》；刘敏慧的《城市和女人海上繁华的梦——王安忆小说中的女性意识探微》;唐艳梅的《时代的暴风雨来了——读叶广岑〈采桑子〉》;葛红兵、周羽的《论王旭峰〈茶人三部曲〉》;原宝国的《守望废墟——评"新儒林"系列之三〈感受四季〉》;张学仁的《真书实录 野史真相 足可传世——谈〈盛世幽明〉的思想价值和艺术特色》。

《河北学刊》以"文学理论的自主性"为总题,发表童庆炳的《文学批评的理想形态》,王珂的《进入角色:人格重塑和理论重构》,陈太胜的《对话、激情和创造:文学理论的自我抒写方式》,赵勇的《先思想家,然后学问家》,吴子林的《重返自身的文学理论批评》;同期,发表张树霞的《唐湜的诗学观》;肖向东、刘文菊的《当代女性主义文学对男权文化的突围》。

《剧作家》第5期发表张福海的《戏剧的现实主义理想之维——读孙天彪著〈北疆戏剧论集〉》。

21日,《文艺研究》第5期发表鲁枢元的《走近生态学领域的文学艺术》;肖鹰的《论新时期文学的现代主义转化》。

《文学报》发表张志忠的《振翅在历史的空间之中——徐贵祥〈历史的天空〉简评》。

23日,《人民日报》发表童古丽珂的《传统与现代对话 经典和时代结合——导演任鸣谈新版〈日出〉》。

《武汉大学学报(人文社会科学版)》第5期发表易竹贤、陈国恩的《〈丰乳肥臀〉是一部"近乎反动的作品"吗?——评何国瑞先生文学批评中的观念与方法》。

24日,《文艺理论与批评》第5期发表胡可的《读剧札记》;张耀杰的《我看王朔》;杨清莲的《请不要这样引用鲁迅——对钱理群的一些不同看法》;王维玲的《矢志不渝的姚雪垠》;黄立之的《〈切·格瓦拉〉:后革命时代的幽灵》;黄纪苏的《关于史诗剧〈切·格瓦拉〉创作及演出的一些情况》;李万武的《为"个人化写作"找道理》;吴奕锜的《"新移民文学"中的生存书写》;李希凡的《"有地方色彩的倒容易成为世界的"——在全国乡土文学创作研讨会上的致词》;郑恩波的《新时期乡土文学评述》;王增如的《丁玲与"诬告信"事件》;郭志刚的《"创作总根于爱"——一个值得总结的文学史现象》;蔡诗华的《历史是一面镜子——浩然及其作品评价》。

《文汇报》发表王蒙的《小说的想象》。

《文史哲》第5期发表张华的《论通俗小说及其主要特征》。

25日,《文艺理论研究》第5期发表鲁枢元的《"自然"主题的现代衰变——兼及"生态文艺潮"的崛起》;赵抗卫的《文学作品与现代传媒》;谢友祥的《"民间"的现代品格——对陈思和"民间"话语的理解》;李新宇的《1958:"文艺大跃进"的战略》;梅朵的《我心中的夏衍同志——纪念夏公百年诞辰》。

《当代作家评论》第5期发表王尧的《矛盾重重的"过渡状态"——关于新时期文学"源头"考察之一》;余秋雨、王尧的《文化苦旅:从"书斋"到"遗址"——关于文学、文化及全球化的对话》;孙宜学的《刘以鬯:中国意识流小说的先驱》;姚晓雷的《金庸:都市民间舞台上的欲望舞蹈》;陈思和的《无时无刻不在悲风吹拂中——杂说〈太平杂说〉》;周立民的《艺术的尺度与良知的限度——关于〈幻化〉的另一种声音》;同期,以"莫言评论小辑"为总题,发表张闳的《感官的王国——莫言笔下的经验形态及功能》,周春玲的《变化中的莫言——谈莫言近期中短篇小说》;同期,发表王光东的《民间与启蒙——关于九十年代民间争鸣问题的思考》;同期,以"《歇马山庄》评论小辑"为总题,发表孙郁的《〈歇马山庄〉略谈》,贺绍俊的《自己的山庄》,何向阳的《安娜的血》。

《社会科学战线》第5期发表代迅的《五十年回眸与前瞻:实践派美学与中国当代文论的逻辑发展》;李运抟的《文化视野中的中国当代文学五十年》。

《南京师大学报(社会科学版)》第5期发表王文胜的《突不出的重围——在与"解冻文学"比较中反思"百花文学"》;高永年的《艾青,面向世界的诗人——论艾青国际题材诗》。

《世界华文文学论坛》第3期发表黄万华的《"黄金"国度里的"草根"文学》;董建辉的《抗拒失忆——论美华文学中的中国形象》;王震亚的《人文关怀的真切表现——试论严歌苓的移民小说》;雨萌的《菲律宾华文作协成立五周年》;彭志恒的《周腓力创作漫谈》;王友贵的《刘以鬯:一种现代主义的解读》;黄永健的《散文诗,香港文坛的另一风景带》;黄发有的《空灵的探险——许达然散文简论》;覃碧卿的《此岸与彼岸的审美统一——林清玄散文漫论》;倪金华的《日本的台湾文学研究之学术检讨》;王澄霞的《女权主义与女性中心主义——评龙应台〈美丽的权利〉》;夏小燕的《成功化妆的战斗者——评花木兰及动画电影〈花木兰〉》;曹普军的《光阴的故事——林海音〈城南旧事〉解读》;谈凤霞的《蓬山此去无多路——蓉子、舒婷诗歌比较》;王际兵的《在现状下的迷失——论金庸小说的艺术缺陷》;芦海英的《情爱世界的阴影——金庸武侠小说的男权中心批判》;陈瑞琳的《"网"上走来一"少君"——兼论少君的〈人生自白〉》;钟晓毅的《一人上路——随想陶然》;孙晓燕的《李碧华小说创作印象》;蔚然的《却顾所来径——江苏学者畅谈"我与华文文学研究"》;雨萌的《台湾新文学思潮(1947—1949)研讨会召开》。

26日,《文艺报》第113期发表田本相、宋宝珍的《九十年代话剧的发展概貌及其趋势》。

27日,《文学自由谈》第5期发表何满子的《谈性文学》;叶延滨的《美女、美文及其他》;陈世旭的《一位瑞典学者的中国当代文学观》;黄亚洲的《写诗理应战战兢兢》;王瑛琦的《倾斜的文坛》。

《华中师范大学学报(人文社会科学版)》第5期发表王又平的《自传体和90年代女性写作》;张卫中的《新时期文学语言变迁寻踪》。

28日,《文艺报》第114期发表万昭的《一个老观众的心里话——人艺新排〈原野〉〈日出〉观后》;朱辉军的《片面的历史观与艺术观——由〈太平天国〉的评论说到历史题材文艺创作》。

《文学报》发表徐亚军的《乡情·乡思·乡愁:台湾五位诗人的家国之恋》。

《兰州大学学报(社会科学版)》第5期发表赵学勇、由文光的《表现于洒脱背后的沉重——〈朝花夕拾〉与〈文化苦旅〉的精神联系》。

《光明日报》发表张达的《改革题材小说二十年》。

《名作欣赏》第5期发表张清祥的《燃烧的火焰——王安忆情爱小说〈岗上的世纪〉解读》。

《漳州师范学院学报(哲学社会科学版)》第3期发表萧庆伟的《论林语堂〈苏东坡传〉的文献取向》;李少丹的《浅析林语堂的文学语言观》。

29日,《社会科学辑刊》第5期发表杜书瀛的《追索中国文艺学学术研究的百年行程》;张荣翼的《文艺规律在当代的若干转换》;李润霞的《从消解走向逍遥的无地彷徨——20世纪中国后现代主义文学思潮反思》;张晶的《哲理的诗性生成——评〈诗性智慧〉》。

30日,《文艺报》第115期发表《日本作家大江健三郎到京与中国作家座谈》;袁良骏的《武侠小说不宜吹捧 金庸不应担忧批评》;林希的《大江一语定乾坤》(关于出现"贬损鲁迅"风潮的讨论)。

《扬州大学学报(人文社会科学版)》第5期发表罗执廷的《当代"性叙事"的话

语形态分析》；王浩、席云舒的《网络时代：文学研究将重新选择——关于资料与方法的思考》；陆克寒的《西方浪漫主义的中国文化属境——从梁实秋与郁达夫的"卢梭之争"说起》。

《南京大学学报（哲学·人文科学·社会科学）》第5期发表胡有清的《论报告文学的文学性》。

《戏剧》第3期发表杨健的《第二批样板戏的产生及艺术成就》；熊源伟的《新移民城市戏剧文化特征——深圳戏剧现象思考》；倪骏的《当代中国女性导演及其电影研究》。

《海南师范学院学报（人文社会科学版）》发表第3期黄维梁的《重镇·财富·奇观：香港专栏杂文的评价》；朱崇科的《历史重写中的主体介入——以鲁迅、刘以鬯、陶然的"故事新编"为个案进行比较》。

《同济大学学报（社会科学版）》第3期发表施建伟的《美国华文文学概观》；陈君华的《永恒的茧——尹玲诗集〈当夜绽放如花〉中的哲学思想》。

《伊犁师范学院学报》第3期发表刘仲国的《试论林语堂的文学观念转换及表现主义对他的影响》。

《漳州师范学院学报（哲学社会科学版）》第3期发表萧庆伟的《论林语堂〈苏东坡传〉的文献取向》；李少丹的《浅析林语堂的文学语言观》。

本月，《小说界》第5期发表纪申的《悲离别——送柯灵兄远行》；同期，发表莫言的《美国演讲两篇》。

《上海文学》第9期发表汪政、晓华的《毕飞宇的短篇精神》。

《文艺评论》第5期发表代迅的《千年之交：中国文论的历史性变革》；刘文波、赵卫东的《再说创造力——在哲学与文艺学之间（五）》；宋晖、赖大仁的《文学生产的麦当劳化和网络化》；王光明的《公共空间的散文写作——关于90年代中国散文的对话》；黄佳能、陈振华的《故事的张力与20世纪中国文学》；刘铁群的《意义："水晶鞋"与"灰姑娘"——文学研究方法论研讨之三》；金文野的《女性主义文学略论》；孙兰的《运动文学与运动群众——从两次奇特的农民诗歌运动谈起》；邢海珍的《灵魂的痛感与血肉的焦灼——序吕天琳诗集〈心里的故乡〉》。

《安徽大学学报（哲学社会科学版）》第5期发表吕新雨的《戏剧传统在大众传媒时代的命运》。

《湖北大学学报（哲学社会科学版）》第5期发表吴奕锜的《差异·冲突·融

合——论"新移民文学"中的文化冲突》。

《集美大学学报(哲学社会科学版)》第3期发表王丽华的《鲜明可感　神采毕现——白先勇小说比喻艺术谈》。

《徐州教育学院学报》第3期发表施军、嵇轶的《在现代文明与传统文化的交接点上——台湾蓉子诗歌简评》。

本月,安徽教育出版社出版吴晓东的《象征主义与中国现代文学》、肖同庆的《世纪末思潮与中国现代文学》。

中国经济出版社出版史义军的《百年文学漫步》。

人民文学出版社出版洪治纲的《永远的质疑》,李敬泽的《纸现场》,李洁非的《漂泊者手记》。

中央广播电视大学出版社出版陈思和、李平主编的《中国当代文学》。

时代文艺出版社出版王彬彬的《为批评正名:王彬彬文化批评精品集》。

岳麓书社出版陈村编著的《风言风语:陈村评说网文》。

华中理工大学出版社出版黄曼君主编的《反思与超越:20世纪中国文学与理论批评国际学术研讨会论文集》。

中国社会科学出版社出版中国社会科学院科研局编选的《周扬集》。

云南大学出版社出版张文勋的《张文勋文集》。

中国文联出版社出版吴奕锜、赵顺宏的《菲律宾华文文学史稿》,彭志恒的《中国文化与海外华文文学》。

北京师范大学出版社出版曹惠民主编的《阅读陶然——陶然创作研究论集》。

10月

1日,《解放军文艺》第10期发表周政保的《怎么办？这样办还是那样办？——或新军事时代的军旅文学状态》。

3日,《文汇报》发表祝勇的《散文家不是匠》。

4日,《文汇报》发表宁宇的《闻捷仅有的关于诗歌的两封信》;王纪人的《九十年代文学写作的变化》;张闳的《诗歌为什么暗淡无光》;王宁的《面向新世纪的文学和文学理论》。

5日,《文艺报》第116期发表姬建民的《"改编"的异化当休矣》;栾俊林的《不忘影评》;孙焕英的《还是"看明白"再说:就电影〈老少爷们上法场〉答周振天》。

"余光中文学作品研讨会"在南京召开。

7日,《人民日报》发表仲呈祥的《时代呼唤电视艺术美学》;郝雨的《创造力与文学的自信》。

《文艺报》第117期发表高有鹏的《张平的创作道路》。

7—9日,"余光中暨沙田文学国际研讨会"在武汉召开。

10日,《中国青年报》发表钟红明、王安忆的对话《王安忆再说上海和上海人》。

《戏剧文学》第10期发表郑春凤的《人和故事的空缺——先锋戏剧意义拆解》。

《东方文化》第5期发表王兆胜的《林语堂放谈文化人生》。

《山东社会科学》第5期发表沈庆利的《虚幻想象里的"中西合璧"——论林语堂〈唐人街〉兼及"移民文学"》。

12日,《文学报》发表杨品的《赵树理逝世30周年纪念大会暨第四次赵树理学术讨论会在太原举行》;叶渭渠的《心灵的交感——大江健三郎与中国学者对话录纪要》;李运抟的《新时期"反腐小说"刍议》;蔡翔的《叙述一个真实的中国》(谈论文化对现实的遮蔽);黄发有的《抗拒遮蔽——评〈太平杂说〉》。

《诗刊》第10期发表张同吾的《文化同源与母语熔铸——关于台湾诗歌的随想》。

14日,《人民日报》发表杜英姿的《纪念冰心百年诞辰一百周年》。

《文艺报》发表胡殷红的采访手记《张炜:永远在"抄书"》。

17日,《文艺报》第121期发表李复威的《趋时应变 蓄势待发——九十年代文学的总体考察》。

19日,《文艺报》第122期发表"第五届茅盾文学奖揭晓",获奖作品为张平的《抉择》,阿来的《尘埃落定》,王安忆的《长恨歌》,王旭烽的《茶人三部曲》(1、2)。

《文学报》发表高深的《研讨一下"研讨会"如何》。

《光明日报》发表梁若冰的《冰心走过世纪》。

20日,《学术研究》第10期发表黄鹤的《南国作家对现代都市的阐释》;何楚熊的《〈风流时代〉三部曲：喧嚣之下人性层面美的追寻》。

《福建论坛》第5期发表丁帆的《中国大陆与台湾乡土小说比较论纲》；颜纯钧的《论文学对电影的影响》；谭华孚的《冲突中的互动——当代文化语境中的文学与电视》。

21日，《人民日报》发表郑伯农的《悄然勃兴的传记文学》；张同吾的《广阔的空间与多彩的星群——诗的创作态势和审美流向》。

《文艺报》第123期发表雷达的《重诉历史与汲取诗情——读刘长春散文及文化散文问题》；刘诞丽的《我们是一群春天的海燕：台湾新文学思潮（1947—1949）研讨会侧记》。

24日，《文艺报》124期发表朱向前的《九十年代：转型期的军旅小说》；鲁枢元的《"文学是人学"的再讨论——在生态文艺学的语境中》。

《中国青年报》发表彭森、徐虹的《茅盾文学奖　分量有多重》。

25日，《上海大学学报（社会科学版）》第5期发表刘忠的《论转型期历史小说的文体特征》；张烨的《关于诗歌创作的三个过程——兼谈〈世纪之屠〉、〈奥斯威辛之歌〉(长诗)的创作》。

《语文学刊》第5期发表朱平的《一程山水一程歌——三毛游记的奇美风致》。

26日，《文学报》以"茅盾文学奖获奖作家访谈专辑"为总题，发表脚印的《丰富的感情　澎湃的激情——与阿来笔谈〈尘埃落定〉》，徐春萍的《我眼中的历史是日常的——与王安忆谈〈长恨歌〉》，俞小石的《谁谓荼苦　其甘如荠——王旭烽的"茶人"世界》，陆梅的《立场比获奖更重要——访〈抉择〉作者张平》；同期，发表子干的《逼真细节与迂回战术——读中篇小说〈改变〉与〈畜生〉》；汪政的《现实关怀与人文追问——评费振钟的散文集〈悬壶外谈〉与〈堕落时代〉》。

《光明日报》发表蔡体良的《舞台法则与戏剧现象的思考》。

28日，《文艺报》第126期发表余三定的《诗歌教材之争》。

30日，《镇江师专学报（社会科学版）》第4期发表陈君华的《时间是不流血的战争——尹玲诗集〈当夜绽放如花〉主题研究》；徐光萍的《台湾当代散文中的宗教文化》。

31日，《文艺报》第127期王汶成的《文学与网络传播》；洪治纲的《审视都市文明的背后——评陈锟长篇小说〈敞开秘密〉》；曾镇南的《夏衍的文学道路——从夏衍的自评谈起》；张俊彪的《整体性文学研究的探索——读刘俐俐的〈颓败与拯救〉》。

《文汇报》发表袁鹰的《"五四"圣火永不熄灭——纪念夏公百岁诞辰》。

本月,《台声》第 10 期发表甘铁生的《拂去历史尘埃　再现〈桥〉之光采:"台湾新文学思潮(1947—1949)研讨会"在苏州举行》。

《青春》第 10 期发表颜纯钧的《香港:城市的形象——论香港现代派小说的一种形态》。

本月,海峡文艺出版社出版孙绍振的《审美形象的创造:文学创造论》。

人民文学出版社出版李润新、周思源主编的《老舍研究论文集》。

时代文艺出版社出版陈东林的《冷眼看王朔:从王朔攻金庸骂鲁迅谈起》,陈东林的《诺贝尔文学奖批判:从〈北京法源寺〉"被提名"说起》,陈东林的《人妖的艺术:金庸作品批判》,凉源的《艺人的敌人:余秋雨作品批判》。

花城出版社出版伊沙、徐江、秦巴子的《时尚杀手》,杨长勋的《余秋雨的背影》。

中国青年出版社出版姚雪垠的《论历史小说的新道路》、《谈小说的中国气派与中国风格》。

中国文史出版社出版全国政协文史资料委员会编的《新中国地方戏剧改革纪实》。

安徽教育出版社出版陈国恩的《浪漫主义与 20 世纪中国文学》,陈顺馨的《社会主义现实主义理论在中国的接受与转化》。

上海三联书店出版庄锡华的《20 世纪的中国文艺理论》。

汉语大词典出版社出版曹惠民主编的《台港澳文学教程》。

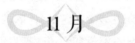

11 月

1 日,《长江文艺》第 11 期发表袁毅的《小说的没落与分野》。

《解放军文艺》第 11 期发表唐韵的《英雄主义写作,或几个关键词》,蔡世连的《英雄主题的突围与嬗变》。

上海三联书店出版陈墨的《浪漫之旅——金庸小说神游》。

2日,《文艺报》第128期发表易舟的《风范长存天地间——夏衍诞辰100周年侧记》。

《文学报》发表张乐的《首都、浙江各界隆重纪念夏衍诞辰百年》。

《文学报·大众论坛》第11期发表朱小如、聂伟的《上海召开九十年代文学研讨会,总结剖析——世纪之交的文学现象》;梁永安的《上海部分评论家联系本届茅盾文学奖获奖作品纵谈——长篇小说走势如何?》;《麦城诗歌研讨会在大连举行——"麦城现象"引起关注》;张炯的《迤逦山峦的尖峰——第五届茅盾文学奖评选印象》;朱诠的《以精短的系列描绘时代画卷——访〈小小说选刊〉、〈百花园〉月刊主编杨晓敏》。

4日,《文艺报》第129期发表晓红的《作家们 记住鲁迅文学院——鲁迅文学院建院50周年侧记》。

5日,《辽宁大学学报(哲学社会科学版)》第6期发表王春荣的《中国当代文艺思想及其流派》。

《电影艺术》第6期发表李少白的《论夏衍对中国电影的历史性贡献》;余纪的《论鲁迅小说的电影改编》;桂青山的《疏离与回避——对近年中国电影的沉思》。

《钟山》第6期发表李洁非的《张炜的精神哲学》。

6日,《台港文学选刊》第11期发表刘登翰的《两岸文学的"互看"和"对话"》;徐学的《重阳:余光中在扬子江畔》。

7日,《文艺报》第130期发表黄思天的《纪实文学和"小说化"问题》;龚平的《沉重的拒绝——读报告文学集〈中国拒绝红灯区〉》;吴元迈的《20世纪文论的历史呼唤——走辩证整合的研究之路》。

《文学报》发表陆梅的《九十年代文学的缺失在哪里?》、《张炜:与时尚和喧嚣保持距离》;王宏图的《从〈长恨歌〉到〈富萍〉》。

《文汇报》发表王安忆的《世俗的张爱玲》。

《中国青年报》发表雷达的《关于散文热》。

10日,《文汇报》发表记者金涛的《李默然对曲解经典做法提出批评:重排曹禺作品须慎重》。

《戏剧文学》第11期发表宋存学的《在"人学"的坐标上——张兰阁戏剧理论新作研讨笔谈》。

《江海学刊》第6期发表刘雪梅的《论报告文学的多元价值取向》。

《诗刊》第11期以"第五届国际华文诗人笔会文选"为总题，发表张诗剑的《华文新诗断想》，向明的《音容俱杳说新诗》，王性初的《诗滩漫语》，李人凡的《诗传统中的"水意象"——从毛泽东诗词看"水意象"的审美价值》。

《理论与创作》第6期发表章罗生的《关于中国报告文学研究的历史回顾与理论思考》；艾斐的《论张平的创作特点与艺术追求——从〈抉择〉—〈生死抉择〉所引出的思考》；杨经建的《90年代女性主义小说的叙事表现风貌》。

《诗刊》第11期发表张诗剑的《华文新诗断想》。

《学海》第6期发表王庆华的《90年代留学生文学评述》。

11日，《人民日报》发表《第五届茅盾文学奖颁奖大会今天在浙江桐乡市举行》；同期，以"茅盾文学奖评委会部分评委撰写的获奖作品评语"为总题，发表张炯的《直面现实的〈抉择〉》，严家炎的《〈尘埃落定〉：丰厚的文化底蕴》，吴秉杰的《〈长恨歌〉：流淌的生活长河》，曾镇南的《〈茶人三部曲〉：表现民族精神》；同期，发表吴秉杰的《长篇的收获》。

《文汇报》发表周政保的《目光落到生活的实处——第五届茅盾文学奖评选结果小议》；同期，以"九十年代文学面面观——近期有关九十年代文学和文学批评的讨论综述"为总题，发表何镇邦、陈思和、王干的《九十年代文学特征的归纳和描述》，徐中玉、徐福民、郭宝亮的《九十年代文学的缺失和问题》，陈骏涛、蒋原伦的《文学批评的迷惘和变异》。

《世界华文文学》第6期发表周玉宁的《一场具有深远意义的论争——台湾新文学思潮（1947—1949）研讨会在苏州举行》；陈浩泉的《小说的欣赏与写作——记第四届华人文学"海外与中国"》；陈贤茂的《关于"海外华文文学"一词的使用规范——与饶芃子教授商榷》；吴东南的《长歌放吟酬壮志——喜读曾敏之〈望云楼诗词〉》。

14日，《文艺报》围绕"熊召政的长篇历史小说《张居正·木兰歌》"，以"以心灵吟唱历史 以史笔重构文化"为总题，发表文周的《长篇历史小说〈张居正·木兰歌〉研讨会纪要》，刘锡城的《古道悲风》，何西来的《绝对君权的腐败与攘夺》，蒋巍的《历史的艺术化》，江晓天的《横空出世：历史小说的上品》；同期，发表陈辽的《普及与提高——评〈世界华文文学概要〉》。

《中国青年报》发表李忠效的《对文学评奖的三点建议》；王安琪的《文学编

辑,是配角还是主角》。

15日,《文汇报》发表李默然的《话剧不能冷漠现实》。

《文学评论》第6期发表徐岱的《论当代中国诗学的话语空间》;董之林的《女性写作与历史场景——从90年代文学思潮中"躯体写作"谈起》;王一川的《探访人的隐秘心灵——读铁凝的长篇小说〈大浴女〉》;周晔的《爱到无字——张洁真爱理想的建构与解构》;王宁的《走向东西方对话和开放建构的文学理论——"文学理论的未来:中国与世界"国际研讨会综述》。

《当代文坛》第6期发表李运抟的《与文化共舞的报告文学——对中国当代报告文学的文化思考》;张瑷的《报告文学的品格确立与文体演变》;姚鹤鸣的《在历史理性和人文关怀中做出选择——也谈文学的精神价值取向》;曹书文的《论文学创作中性描写的审美标准》;翟慧清的《90年代女性写作中的"新历史"景观》;李自国的《论贾平凹小说创作的家园意识》;翟业军的《我的家在哪里——解读铁凝〈大浴女〉》;谢萍的《不着一字 尽得风流——论潘军长篇小说〈独白与手势〉中的画面表达》;钟正平的《苦难生存中的灵魂救赎——释读 被〈小说选刊〉选载的西海固作家的三篇小说》;宋红岭的《本真生存境域中的救赎之歌——评阎连科中篇小说〈耙耧天歌〉》;峻冰的《质朴率真的情感流露——评潘先佐诗集〈关于爱情〉》。

《当代电影》第6期发表丁亚平的《20世纪中国电影话语与夏衍》;郦苏元的《在传统与现实之间构筑完美——夏衍〈写电影剧本的几个问题〉的理论意义》;侯军的《中国类型电影发展的前提——再谈类型化与综合化》;高旭的《关于类型片的话题——兼论中国新时期娱乐片》。

《学习与探索》第6期发表李运抟的《香港与大陆当代小说创作比较》;赵小琪的《台湾诗歌对后现代主义的接受和变形》。

《江汉论坛》第11期发表吴卫华的《雷区·禁区·误区——中国当代爱情题材小说创作回眸》。

《当代戏剧》第6期发表叶志良的《论当代戏剧的参与意识》。

《齐鲁学刊》第6期发表高旭东的《不废江河万古流——对颠覆鲁迅者的颠覆》;廖述毅的《略论"十七年文学"批评主流》;康长福的《论知青文学的英雄主义精神》。

《学术论坛》第6期发表顾凤威的《先锋小说叙述模式与读者的阅读》。

《南方文坛》第 6 期发表罗岗的《"批评"的现代意义》、《从"晚清"到"当代"——关于"现代性问题"的几则笔记》；南帆的《影响时代》；斯义宁的《"文学理论的未来：中国与世界"国际研讨会综述》；程光炜的《我们是如何"革命"的？——文学阅读对一代人精神成长的影响》；凡一平的《在市场的喧嚣中写作》；洪治纲的《与欲望对视——凡一平小说论》；石一宁的《中间写作——我观凡一平小说》；李斯宇的《招魂的尴尬》（讨论孟繁华的《资本神话时代的无产者写作》）；洪治纲的《穿越世纪的回巡与审视——评长篇小说〈北大之父蔡元培〉》。

16 日，《文艺报》第 134 期发表卢群英的《行家现身说法 影视剧本该如何编织——来自首届全国影视文学创作研修班的报道》；梅朵的《我心中的夏公——纪念夏衍百年诞辰》；简兮的《没有灵魂的戏剧——话剧创新中的技术主义倾向》。

《文艺争鸣》第 6 期发表王家平的《"文革"时期流放者诗歌简论》；赵勇的《意识形态与 90 年代中国文学》；王晓华的《二十世纪中国文化缺什么？》；李建军的《关于文学批评和陕西作家创作的问答》；贺雄飞的《愧对史铁生》、《与"狼"共舞》（论李锐）、《顶天立地一枝笔》（论王彬彬）；吴俊的《鲁迅四题》；陈晓明的《有底的游戏——后结构主义在当代中国学术研究中的侧影》；张开焱的《文学面对的政治》；赵德利的《文品与人品的熔铸——评李建军〈宁静的丰收——陈忠实论〉》。

17 日，《作品与争鸣》第 11 期发表陈鲁民的《隐私·革命·宝贝》；朱萍的《"用身体写作"的不独"美女作家"》。

18 日，《文艺报》第 135 期发表青泥的《人工养殖小说》。

《中国戏剧》第 11 期发表田本相的《也谈新版〈原野〉和〈日出〉》；孙洁的《解构主义的遮羞布——议实验戏剧〈原野〉》。

20 日，《小说评论》第 6 期发表王宇的《主体性建构：对近 20 年女性主义叙事的一种理解》；殷实的《"发现"女性主义：军事文学可能的空间》；洪治纲的《另一种启蒙》；邵建的《性的解构》；谢有顺的《批评焦虑的缓解》；邵建的《民族英雄武大郎——解读一篇网络小说》；闻树国的《好心好意不如善解人意》；牛志强、潘军的《关于潘军小说叙事艺术的对话》；蓝溪的《一部严肃而有学术品位的评论集——〈白鹿原〉评论集〉研讨会纪要》；葛红兵、贾鉴的《刘恪小说论》；徐兰君的《历史：情感的宿命和心灵的景观——读须兰的小说》；陈璐的《敏感而尖锐的声音——周洁茹小说语言评述》；张宗刚的《恢宏厚重的史诗画卷——评长篇小说〈秦淮世家〉》；陈翠平的《绝对的孤独体验和永恒的沟通欲望——论〈务虚笔记〉》;王树村的《历史的呼唤——评林深长篇小说〈天经〉》;高玉的《没有雕塑的小说——评〈组织部长和他的同事们〉》;卢翔、汤吉夫的《小说:新世纪的期待》;吴义勤的《"生病"的小说》;以"深圳文学20年"为总题,发表杨作魁的《喷薄跃出的"朝阳文学"——深圳文学二十年述评》,彭铭燕的《世界不寂寞——闲话〈世纪贵族〉》,吴启泰的《现实与虚构》。

《学术月刊》第11期发表徐岱的《论"成人童话"的艺术精神——兼谈小说的理念与批评》;陈思和、黄发有的《给知识以生命——陈思和教授访谈》;陈思和的《试论90年代台湾文学中的海洋题材创作》。

21日,《文艺报》第136期发表龙钢华的《"冰山型人物"——谈微篇小说的人物形象特点》;张朋的《不绝如缕的平民情怀》(谈论首届老舍文艺奖获奖作品);巫小黎的《"诗怪"李金发有待重新认识》。

《文艺研究》第6期以"笔谈:九十年代中国先锋文学创作与批评"为总题,发表陈晓明的《关于九十年代先锋派变异的思考》,孟繁华的《九十年代:先锋文学的终结》,洪治纲的《无边的迁徙:先锋文学的精神主题》,施战军的《先锋写作:方位调整与精神新生》,吴思敬的《裂变与分化:世纪之交的先锋诗坛》,董小玉的《先锋文学创作中的审丑现象》;同期,发表李俊国的《市场化时代的知识者写作文本——方方小说模式分析》;尹鸿的《全球化、好莱坞与民族电影》;张振华的《略论电影艺术的视觉心理机制》。

22日,《中华读书报》发表张志雄的《金庸小说研究两极分化 雅者说雅,俗者说俗》。

23日,《文学报》发表徐卓人的《大俗以至大雅——写在〈苏州故事〉出版之际》;周政保的《卷入现实与探寻人的奥秘——关于长篇小说〈外省书〉》;洪治纲的《如歌的行板——毕飞宇短篇小说艺术》。

《武汉大学学报(人文社会科学版)》第6期发表黄树红、翟大炳的《边缘人的小叙事——陈染小说的话语特征》。

23—24日,"白先勇创作国际研讨会"在汕头召开。

24日,《文史哲》第6期发表高旭东的《后殖民语境中的东方文学选择——兼评当前诗学讨论中的"失语症"》。

《文艺理论与批评》第6期发表陈播的《难忘的电影新局面——周恩来1961年关于文艺问题的讲话的巨大影响》;安葵的《五十年:戏曲理论与实践》;熊元义

的《在历史发展的过程中把握现实生活》(关于电影《生死抉择》);郑恩波的《新时期乡土文学评述(续)》。

25日,《人民日报》发表《巴金书信三封》。

《上海师范大学学报(社会科学版)》第4期发表王蒙的《小说创作与我们》;杨剑龙的《论新时期文化思潮与文学创作》。

《文艺报》第138期发表张韧的《追寻失落的小说精神》。

《文艺理论研究》第6期发表叶纪彬、邵昕的《新时期文学批评形态研究析评》;马俊山的《现代文学史研究:长时段·中国化·过渡性》;宋剑华的《论"左翼"文学现象》。

《文汇报》发表李敬泽的《找一找"外省"在哪儿——读〈外省书〉》;孙宜学的《这个叫马原的汉人》;邢晓芳的《王安忆在张爱玲小说研讨会上表示:我不是"张派"传人》。

《东岳论丛》第6期发表张达的《论改革主题的小说》;王兆胜的《情缘回想——论中国当代抒情忆旧散文》。

《北京师范大学学报(人文社会科学版)》第6期发表周星的《寻找社会现实和艺术理想的契合点——黄建新导演艺术分析》。

《当代作家评论》第6期以"余秋雨评论小辑"为总题,发表孙绍振的《余秋雨:从审美到审智的"断桥"——论余秋雨在中国当代散文史上的地位》,吴俊的《余秋雨散文创作略谈》,雷鸥的《余秋雨突围》;专栏"关注"围绕"毕飞宇的小说创作",发表李敬泽的《从"写字"开始——〈谁在深夜里说话〉序》,林斤澜的《说忌讳》,吴义勤的《感性的形而上主义者——毕飞宇论》;同期,发表蔡翔的《有关"杭州会议"前后》;刁斗的《消失的小说》;王素霞的《浮出海面——论文学史叙述声音的转换》;周立民的《无知岂能无畏——质疑王朔批评文字》;王春林的《政治与王蒙小说》;郭剑卿的《蒋韵近作中的女性意识及其文化意义》;林舟的《在绝望中期待——论韩东小说的性爱叙事》;陈仲义的《古典情怀与当下感念——评曲有源"白话诗"技术特点》;朱自强的《诗人的绿色理论睿智——评高洪波的儿童文学评论》;汪政的《谁在为世纪末的夜晚守望——施战军的文学批评和他的〈世纪末夜晚的手写〉》。

《浙江学刊》第6期发表陆雪琴的《审父与驯子的两难——从两篇小说看九十年代的一种精神轨迹》;杨柳的《至真、至善、至美:西部诗人昌耀的审美追求》。

《甘肃社会科学》第6期发表谢友祥的《周作人林语堂同异片谈》。

25—27日,汕头大学、汕头市政府联合举办的"第十一届世界华文文学国际研讨会暨第二届海内外潮人作家作品国际研讨会"在汕头召开。会议的主要议题是对近二十年来的台港及海外华文文学创作和研究进行总结,并在此基础上展望与探讨21世纪的世界华文文学研究的前景与途径。会议还就潮人与潮人文化、文学的关系,以及海外潮人文学在整个海外华文文学中的地位等问题进行了探讨。

27日,《文艺理论与批评》第5期发表吴奕锜的《"新移民文学"中的生存书写》。

《文学自由谈》第6期发表何满子的《"快乐的悲观主义者"的文学展望》;古远清的《异议〈中国作家大辞典〉》;毛翰的《陈年诸公的话语方式赏析》;苏阳的《新一轮的张扬》(讨论《怀念狼》);李更的《小说界的四大天王》;何镇邦的《关于文学的评论》;杨斌华的《令人心情复杂的诗坛》;王岳川的《海外学者面对现代性问题的焦虑》;丁德文的《网络文学的悲哀》;刘慧英的《男权话语对女性形象的侵犯与强暴》;李运抟的《长篇小说"多卷本"现象》;李永欢的《实为酷评 非酷评》。

《华中师范大学学报(人文社会科学版)》第6期发表胡亚敏的《后现代社会中的新马克思主义批评》。

28日,《文艺报》第139期发表江湖的《知识分子命运:当前文学的一个重要主题》;舒也的《作家:如何面对现实?》;孙宜学的《马原:余生还将是小说家》;李孝第的《休闲文学:左右为难的尴尬处境》;刘绪义的《质疑"休闲文学"》。

《名作欣赏》第6期发表西慧玲的《黑土地上的人生歌哭——迟子建小说〈雾月牛栏〉创作意蕴浅探》;郭媛媛的《絮语中的雍容与智慧——论周作人、林语堂、梁实秋闲适小品》。

29日,《社会科学辑刊》发表方锡球的《文学发展机制与重写文学史》。

30日,《文学报》发表文波的《在中国当代文学研究会第十一届年会上,130位学者共同研讨——评估九十年代文学的得失》;同期,围绕"女性写作",发表王谢的《一道言说不尽的风景——漫谈九十年代上海的女性写作》,刘丽明的《聪明女子的立场——不愿随俗的韩青》,米子的《刮台风的季节——隐身在角色后面的吴淡如》,宋安娜的《北方韵味——林红散文的平凡之美》。

《光明日报》发表张炜的《做什么 不做什么——〈外省书〉及其他》。

《扬州大学学报(人文社会科学版)》第 6 期发表朱常柏的《论张贤亮小说中的女性形象》。

《南京大学学报(哲学·人文科学·社会科学)》第 6 期发表刘俊的《论美国华文文学中的留学生题材小说——以於梨华、查建英、严歌苓为例》。

《青海社会科学》第 6 期发表赵朕的《台湾微型小说论》。

本月,《小说界》第 6 期发表邓刚的《似乎是文学的对答》。

《上海文学》第 11 期发表沈奇的《诗坛：世纪末的论争与反思》。

《文艺评论》第 6 期发表刘淮南的《民族化问题与"本体性否定"》；景秀明的《近年来文学批评的几种不良倾向》；张韧的《当下文学失落的是什么？——小说精神的追求》；丁晓原的《论 90 年代报告文学的坚守与退化》；张卫东的《90 年代写作的精神意义》；黄发有的《90 年代小说的反讽修辞》；杨珺的《共语之外的个人独语——80 年代后期以来中国小说的死亡话语分析》；舒芜的《碧空楼书简——致乔以钢》；黄佳能、丁增武的《宿命的娜拉——对 90 年代女性主义小说再反思》；魏天真的《网络时代的叙事：关于现实的吉光片羽》；陈力的《影视改编：别忘了女性小说的女性立场》。

《中山大学学报(社会科学版)》第 6 期发表谢友祥的《名妓情结及浪漫爱情的心理补偿——林语堂小说〈红牡丹〉论》。

《培训与研究》第 6 期发表古远清的《马华文学研究在中国》。

《安徽大学学报(哲学社会科学版)》第 6 期发表张器友的《开放的民族化追求——寻根小说派特色讨论》。

本月,北岳文艺出版社出版[日]釜屋修著、梅娘译的《玉米地里的作家：赵树理评传》。

花城出版社出版汕头大学台港及海外华文文学研究中心、亚洲华文作家文艺基金会编的《期望超越：第十一届世界华文文学国际研讨会·第二届海内外潮人作家作品国际研究会论文集》，深圳市文学艺术界联合会、深圳市文艺评论家协会编的《深圳文艺 20 年》。

12 月

1日,《长江文艺》第12期围绕"熊召政的长篇小说《张居正》",发表王先霈的《文学家的文化历史反思——读〈张居正〉第一卷随感》,陈美兰的《〈张居正〉第一卷读后》,涂怀章的《走近原型》,樊星的《关于〈张居正〉的随想》。

2日,《人民日报》发表李敬泽的《短篇:冷清与热闹》。

《文艺报》第141期发表张鹰的《〈乡谣〉:史诗笔法 淡雅画卷》。

《北京青年报》发表《卞之琳逝世》。

5日,《文艺报》第142期发表毛丹武、李玲的《面临新世纪——文学史眼光如何"中国化"》;赵艳的《网络文学的新动因和新走向》;孙春旻的《纪实小说:争议与辨析》;邢建昌的《90年代文学理论的发展》;陈太胜的《结构主义批评在中国》;任智的《当代文艺学研究的宏阔视野》;宁逸的《跨东西方文化语境的学术阐释——评〈王宁文化学术批评文选〉》;袁可嘉的《卓越成就 珍贵奉献——写在〈卞之琳文集〉出版之际》。

7日,《文学报》发表李晓虹的《学者心态——从〈林非论散文〉说开去》;王琪森的《对人文主义精神的回溯和欢呼》;杨映川的《你是什么角色——读东西的中篇小说〈不要问我〉》。

《文学报·大众论坛》第12期发表江曾培的《批评的信、创、亲》;肖云儒的《质疑"传媒文艺评论"》;《中宣部在京召开文艺评论工作座谈会:以"三个代表"重要思想为指导 加强和改进文艺评论工作》;同期,围绕"毕四海的长篇反贪题材小说《财富与人性》",发表陈思和的《反贪题材的一部佳作——〈财富与人性〉读后想到的》,何镇邦的《思想开掘与艺术创新——毕四海的〈财富与人性〉评析》,贺绍俊的《揭示腐败的根基——评〈财富与人性〉的主题开掘》,王干的《对金钱不能失去批判——读〈财富与人性〉的启示》,毕四海的《人性在财富前升华或堕落——〈财富与人性〉创作余墨》。

9日,《人民日报》发表郝京清的《读解革命文艺家的心路历程——评〈夏衍传〉》;何锡章的《"思"之于现代新诗史的写作》。

《文艺报》第144期以"学者谈金庸"为总题,发表迟惠生的《北京大学内的热门话题》,王一川的《金庸的现代性》,徐岱的《侠文化乌托邦的意义》,严家炎的《似与不似之间》,柳存仁的《金庸小说的视野》,章培恒的《金庸武侠小说与新思想》,宋伟杰的《怀旧情绪与金庸小说》。

《文汇报》发表宋炳辉的《网络文化给文学带来什么》;邱明正的《呼唤健康的性别观念和意识——谈王周生长篇新作〈性别:女〉》;张新颖的《葡萄苹果死于果子,而活于酒——卞之琳和他的诗》。

10日,《山东省青年管理干部学院学报》第6期发表丛培卿的《美华文学批评的特点与贡献》。

《电影文学》第12期发表朱辉军的《聊备一格又何妨——也谈文学式电影批评》;王蓓的《冯小刚的现实关注——浅析〈一声叹息〉》;田恬的《一驾精致而蹩脚的马车——也谈〈一声叹息〉》;刘二残的《谁解其中味——我眼中的〈黄土地〉》。

《戏剧文学》发表汪健云的《女剧作家的戏剧语言——关于白峰溪、许雁、沈虹光》。

12日,《文艺报》第145期发表《陕军不怕揭短——"博士直谏"引发陕西文坛关于文学批评的思考》;张学军的《从浅层次欲望写作中提升》;李建盛的《开拓20世纪中国文学研究新维度——谭桂林〈20世纪中国文学与佛学〉简评》。

《光明日报》发表童庆炳的《"五四"时期的"反传统"与九十年代的国学热》。

14日,《文学报》发表《陕西爆发关于"陕军"的大争论》;《2日,诗人卞之琳逝世》;钱虹的《期望超越——第11届世界华文文学国际研讨会述评》。

《中国青年报》发表丁国强的《温暖和百感交集的旅程》(谈余华的随笔集《内心之死》)。

15日,《江汉论坛》第12期发表李勇的《正确把握社会主义文艺与政治的关系》。

《徐州师范大学学报(哲学社会科学版)》第4期发表廖礼平的《台湾小说中的词的ABB式结构》。

《中外诗歌研究》第3—4期发表吕进的《台湾诗坛坐标上的〈葡萄园〉》。

《华侨大学学报(哲学社会科学版)》第4期发表刘小新的《"黄锦树现象"与当代马华思潮的嬗变》。

《戏剧艺术》第6期发表田本相的《姚一苇论》;朱栋霖的《论香港剧作家杜国威》。

16日,《文艺报》第147期发表周政保的《沉重的 或富有"现实感"的——关于迟子建的长篇小说〈伪满洲国〉》。

《文汇报》发表方汉文的《逾越与融汇：多元文化的新辩证关系》。

17日,《作品与争鸣》第12期发表翟清福的《郭沫若在文学和文学史中是否应有一席之位？——读〈姚雪垠希望身后发表的谈话〉》。

18日,《中国戏剧》第12期发表黄维钧的《世纪终端的辉映——第六届中国艺术节话剧观感》；李春喜的《戏剧评论——肩负起神圣的使命》。

19日,《文艺报》第148期发表杜学文的《〈抉择〉对陕西文学创作的启示》；刘继业的《诗歌与现实》；张永清的《扫描90年代文学的生存状态》；阎晶明的《将长篇进行到底》；洪治纲的《历史坐标中的实证分析——读李建军新著〈宁静的丰收——陈忠实论〉》；朱双一的《多元格局的澳门小说》。

《中国青年报》发表徐虹的《2000年文坛大事静心回望》。

20日,《福建论坛》第6期发表管宁的《幽闭的独语：人性开掘的精神深度——私人化写作的人性描写》；郑国庆的《主体的泯灭与重生——余华论》；齐裕焜的《关于相对主义思潮影响的思考》。

《烟台师范学院学报(哲学社会科学版)》第4期发表徐光萍的《记余光中诗歌的中国情结》。

21日,《文学报》发表秦晋的《幻想的真实——由杨剑敏的〈出使〉谈起》；丘峰的《先锋小说的终结话语：颠覆与回归》；同期,以"海上诗坛：面迎新世纪——上海市作协、文学报联合举办上海诗歌创作座谈会发言摘要"为总题,发表王新笛的《新世纪的诗歌遐想》,宁宇的《危机与挑战》,宫玺的《珍惜万紫千红》,黎焕颐的《新诗的误区》,田永昌的《新诗创作的生命线》,姜金城的《多些艺术探索》,张烨的《诗歌遭遇了什么》,徐芳的《21世纪文学的精魂》,玄鱼的《呼唤包容的诗坛》,韦泱的《重要的是潜下来》,米福松的《需要灵魂的呼唤》,朱金晨的《不能与时代脱节》,缪克构的《关注我们的城市》。

23日,《人民日报》专题"中国文艺百年回眸",发表田本相的《中国话剧现实主义之历史命运》,尹在勤的《二十世纪的中国新诗》,黄会林的《中国电视艺术的民族化之路》。

《文汇报》发表周政保的《给长篇小说创作号脉》；吴义勤的《小说三病》；李兆忠的《当代文学史研究又成热点话题》、《大江健三郎谈中国当代文学》。

25日,《山东大学学报(哲学社会科学版)》第6期发表刘明的《论汪曾祺文化意识的民间性》。

《中华女子学院山东分院学报》第4期发表周全德的《浅析世纪末台湾女性婚恋散文中的文化价值取向》。

《世界华文文学论坛》第4期发表秦志法的《在台湾新文学思潮(1947—1949)研讨会开幕式上的讲话》;刘登翰的《历史的警示——重读〈桥〉关于"建设台湾新文学"的讨论》;樊洛平的《台湾新文学重建的历史见证——关于40年代后期台湾文学问题的讨论》;上村优美的《简论台湾新文学论争之收获与意义》;曹惠民的《"桥"与"路"——"1947—1949台湾新文学思潮论议"略评三则》;王宗法的《不仅仅是文学走向的抉择——谈1948年前后〈桥〉的文学论争》;施淑的《台湾社会主义文艺理论的再出发——新生报〈桥〉副刊的文艺论争(1947—1949)》;赵遐秋的《从"文学大众化"到"人民的文学"——20世纪40年代末台湾文坛关于台湾新文学路线、方向的论争》;曾健民的《在风雨飘摇中绽开的文学花苞——"台湾新文学论议"的思想和时代》;李瑞腾的《〈桥〉上论争的前奏》;陈映真的《范泉和"建设台湾新文学论争"》;吕正惠的《发现欧坦生——战后初期台湾文学的一个侧面》;施善继的《呼喊迦尼》;刘红林的《呼唤统一的盛会——台湾新文学思潮(1947—1949)研讨会综述》;萧成的《马华诗人郁人诗歌的审美特点浅析》;徐学的《斯巴达小城邦的毁坏——读新加坡作家方桂香〈幻灭的天才梦〉》;沈奇的《清流一溪自在诗——读夏菁的诗》;丘峰的《"人生贵相知",何必金与钱——读台湾作家许希哲的怀人散文》;巫勇的《东风西风劲吹声——王朔金庸论争综述》;王韬的《向着身体的还原——关于欧阳子与李昂小说中的身体哲学倾向》;李娜的《豪爽女人的呼唤:解放情欲书写——论90年代台湾女性情欲小说》;姜建的《海外华文文学研究的标志性工程》;温潘亚的《整合与重构——评〈百年中华文学史论〉》。

26日,《文艺报》第151期发表刘士杰的《九叶诗人辛迪主张——现代主义和现实主义的结合》;邓平祥、水土的《对历史的虚无和文化的狂妄——关于王朔和王朔现象的提问》;杨品的《赵树理研究期待超越和突破》。

30日,《人民日报》发表陈国兴的《电影艺术家的责任》;专题"中国文艺百年回眸",发表张思涛的《中国电影世纪回望》,孔范今的《历史现代转型中的文学思潮》,安葵的《戏曲艺术在继承革新中发展》。

《文汇报》发表陈思和的《"中国新文学大系"——新文学的纪念碑》。

《海南师范学院学报(人文社会科学版)》第4期发表岁涵的《存在意义的追寻——七等生〈我爱黑眼珠〉的哲学隐喻》；李润霞的《一片爱心在诗心——论韦娅诗歌的创作主题》。

《学海》第6期发表王庆华的《90年代留学生文学评述》。

本月,《上海文学》发表吴俊的《好谈哲学的诗人》。

《广州师院学报(社会科学版)》第12期发表赵小琪的《忧世却不厌世——当代台湾香港现实主义文学论》。

《台湾研究集刊》第4期发表朱双一的《中华故事圈中的台湾少数民族口传文学》。

本月,北京师范大学出版社出版[美]欧达伟著、董晓萍译的《乡村戏曲表演与中国现代民众》,陈忄享、刘象愚编选的《穆木天文学评论文集》。

安徽教育出版社出版徐行言的《表现主义与20世纪中国文学》,李今的《海派小说与现代都市文化》,刘为民的《科学与中国现代文学》。

上海教育出版社出版高恒文的《京派文人：学院派的风采》。

南方出版社出版彭漱芬的《丁玲与湖湘文化》。

湖北教育出版社出版王一川的《杂语沟通：世纪转折期中国文艺潮》。

学林出版社出版葛红兵的《障碍与认同：当代中国文化问题》,张卫中的《新时期小说的流变与中国传统文化》。

重庆出版社出版吕进等著的《文化转型与中国新诗》,王泉根的《现代中国儿童文学主潮》。

广西师范大学出版社出版林焕标的《中国现代新诗的流变与建构》。

本年

《牡丹江师范学院学报(哲学社会科学版)》双月刊第4期发表王金城的《世

纪回眸：新古典主义诗美流向——台湾当代女性诗歌综论之一》。

《海峡》第1期发表林承璜的《在心灵世界中开辟新天地——评柯清淡的〈五月花节〉》。

《海峡》第2期发表柯平凭的《关于二十世纪华文文学排行榜的思考》。

《华文文学》第1期发表饶芃子的《世纪之交：海外华文文学的回顾与展望——在"第十届世界华文文学国际研讨会"上所作的"学术引言"》；杨振昆的《世界华文文学批评的反思与建构》；曹惠民的《整体视野与比较研究》；李安东的《希望与危机并存——大陆境外汉语文学的未来》；顾圣皓的《少君的创作与人生追求》；翁奕波的《惜情伤逝　淡和闲适——庄因散文览胜》；黄万华的《"餐馆文学"的文化视角》；黄万华的《散聚之间——荷兰、比利时、卢森堡华文文学的文化姿态》；黄河浪的《沙漠之树与热带之花——谈印尼华文诗歌的几个特色》；林高的《看雪的心会亮吗——试论〈没有时间的雪〉》；刘宏的《论中国对当代印尼文学的影响：以普拉穆迪亚·阿南达·杜尔为例（上）》；丽茜的《文艺年轻化及年轻化文艺》；刘华的《第四届东南亚华文文学研讨会综述》；赵朕、芮华的《关注社会，悲情人生：评陈娟的短篇小说集〈兰馨焚书〉》；王泉的《见微知著　尽得风流——评〈当代香港写实小说散文概论〉》；王列耀的《经院儒家哲学、禅学与台湾文学》。

《华文文学》第2期发表樊洛平的《缪斯的飞翔与歌唱——海峡两岸女性主义诗歌创作比较》；刘红林的《角色转换：台湾女性主义文学对经济自主的追求》；陈振华的《扑朔迷离的现代性叙事——严歌苓小说叙事艺术初探》；池志雄的《在边缘处呐喊——新时期留学生文学的文化解读》；洪淑苓的《诗心·佛心·童心——论夐虹创作历程及其美学风格》；魏先努的《仰望灿烂星光——论孙重贵五首悼念诗》；於贤德的《边缘的崛起——论海外华文文学的文化内涵》；杨若虹的《别创一格的学者风范——梁锡华文学批评、创作简论》；王宗法的《苏雪林论（上）》；李云芬的《"与稿共舞"——论骆宾路的微型小说创作》；东瑞的《〈东南亚华文文学大系·印尼卷〉总序》；刘宏的《论中国对当代印尼文学的影响：以普拉穆迪亚·阿南达·杜尔为例（下）》。

《华文文学》第3期发表何金兰的《女性自我意识：主体/幻象/镜像/主体——剖析蓉子〈我的妆镜是一只弓背的猫〉》；陶保玺的《浊世中以脚思想者的苍凉战叫——解析超现实主义诗人商禽的部分诗作》；辛金顺的《乌托邦的祭典——解读钟怡雯〈河宴〉的童年书写》；刘维荣的《硬汉与苍凉——海明威与张

爱玲小说创作辨》;刘登翰的《生命的张力——简论江一涯诗作》;王宗法的《苏雪林论(下)》;赵小琪的《孤独·本能·死亡——香港现代主义文学三大母题论》;葛洪的《悠长的绵密　平淡的悲凉——读〈囚犯与苍蝇〉》;马相武的《女性的光荣　文坛的骄傲——戴小华评传》;李安的《浅析〈笑傲江湖〉中的神话—原型》;李欧的《夜读武侠》;许正林的《都市心语——评韦娅诗集〈泉与少女〉》;庄伟杰的《孤旅游思——〈从家园来到家园去〉后记》。

《华文文学》第4期以"李金发百年诞辰研讨会专辑"为总题,发表李明心的《李金发在旧中国的浮沉》,痖弦的《中国象征主义的先驱》,向明的《李金发在台湾》,王炯的《颓废与浪漫的自我表现——李金发诗作浅析》,潘亚暾的《岭南现代诗怪李金发——纪念诗人诞辰百周年》;同期发表陈丽虹的《语言:文化的精神民族的家园》;王际兵的《在现状下的迷失——论金庸小说的艺术缺陷》;王列耀的《台湾文学中的"出世意念"新质》;黄万华的《20世纪美华文学的历史轮廓》;林宋瑜的《永恒的定义——〈远见〉〈二胡〉〈纸婚〉中的情爱主题》;陈大为的《王彬街:菲律宾华人文化乡愁的投影》;王瑞华的《中国文化的悲剧意蕴——评白先勇的悲剧观》;张国培的《潮剧在泰国》;程文超的《冶炼清纯——韦娅小说集〈逃离角色〉序》;庄伟杰的《只为上下而求索——〈梦里梦外〉跋》。

《三明师专学报》第1期发表柳传堆的《林语堂"费厄泼赖"精神新论》。

《厦门教育学院学报》第3期发表苏延红的《感悟晓风——张晓风诗性解释学散文初探》。

中国文联出版社出版刘俊峰的《赵淑侠的文学世界》。

2001年

2001年

1月

1日,《大众电影》第1期发表蔡师勇的《话说潘长江获奖及其他》;冯小宁的《沉甸甸的百花奖》。

《上海文学》第1期发表长枣的《朝向语言风景的危险旅行——当代中国诗歌的元诗结构和写者姿态》。

《中国青年报》发表刘建林的《张平:直面现实用心写作》。

《写作》第1期发表蒋登科的《别样的风景——谭朝春诗歌中的反讽意味》;宋丹的《真诚与个性的魅力——评王英琦的散文创作》。

《名作欣赏》第1期发表张宗刚的《归去来兮 吾归何处——苏童〈桂花连锁集团〉解读》;杨志学的《韩东是个好厨师——品尝韩东的〈你见过大海〉》;程光炜的〈曾卓诗〈有赠〉〈我遥望〉赏析》;张宁的《谁去谁留及非选择性——析欧阳江河的〈谁去谁留〉》。

2日,《小说选刊》第1期发表曹文轩的《永在:故事——小说的艺术之一》;陈村的《说点王安忆》。

《文艺报》第1期发表本报编辑部的《鲁迅与我们一起走进新世纪》、《广西研讨"桂西北作家群"创作》、《世纪元年:中国儿童文学工作构想》;阎晶明的《文学的俗法》;杨经建的《空缺与过剩——90年代文学精神向度述略》;马宠敏的《回头一望的勇气》(讨论当代长篇小说创作的问题);周冰心的《思索世俗情感的焦虑》(评张者的小说《朝着鲜花走去》);李晶的《谁误读了韩寒?》;杨剑龙的《文学应该如何跨入新世纪》;刘士林的《上半截的狂欢——90年代的中国文化透视》;转载自《比较文学报》的《中国文学要"超越性"》;童伊的《从台湾〈人间〉派对"'皇民文学'合理论"的批判看台独谬论的汉奸嘴脸》。

《文汇报》以"新世纪我心目中的笔会"为总题,发表季羡林的《一点希望》,沈致远的《传统与创新》,王安忆的《杂想的园地》,舒巧的《笔会与我》,陈思和的《我心中的笔会》,高莽的《心灵之友》,牟广丰的《文化与生态》。

《新剧本》第1期发表童道明的《戏剧经典随着时代前进》;解玺璋的《关于名著改编的看法》;傅谨的《呼唤对经典的敬畏之心》。

3日，《光明日报》发表高军的《贺岁片挤进档期是否就风光》；黄式宪的《银幕审美时尚悄然变化》；章珺的《老片何以受青睐》；杨光的《快乐着并思考着——点评先锋戏剧〈臭虫〉》。

广东教育学院海外华文文学研究所在广州成立。

4日，《文艺报》第2期发表汉伟的《别再用垃圾亵渎圣殿》；刘连群的《二十年后谁看戏》；周攸的《长袖飞舞下的光环》；峻岭的《为谁拍片？》；张之薇的《似花还是非花：对话剧〈霸王别姬〉的女性思考》。

《文学报》发表俞小石的《面对新世纪，上海市作协强调文学要立足现实，服务社会——提高文学在城市建设中的影响力》；张锲的《想起了安·巴·契诃夫——致裘山山谈短篇小说创作》；牛宏宝的《变革时代的激情之诗——略评雷抒雁的〈激情编年〉》。

《文学报·大众论坛》第13期发表俞小石的《王安忆文学创作研讨会日前召开》；龚学平的《致王安忆文学创作研讨会的贺信——关注历史进步 谱写时代篇章》；凌俊的《以"精品评论"促进"精品创作"》；陈辽的《话说批评家的问题》；朱小如、俞小石记录整理的《崇高的文学理想 独特的艺术风格——王安忆文学创作研讨会部分发言摘要》；殷一璀的《脚踏实地追求崇高文学理想——在"王安忆文学创作研讨会"上的讲话》；翟泰丰的《创作有时代气息的英雄——读王忠瑜长篇小说〈赵尚志〉的启示》；张炯的《"双子星座"的光辉赞歌——简评王蔚桦的长篇抒情诗〈邓小平之歌〉》；徐雁的《往昔已矣 来者可追——评金学种的文化反思小说》；柳建伟的《我们应该怎样看待阿来现象——〈尘埃落定〉获茅盾文学奖之后》。

5日，《上海戏剧》第1期发表刘永来的《现代题材话剧怎么了？》；张建平的《把传统的表演程式溶于现代戏曲中——在川剧〈金子〉中塑造焦大星的点滴体会》；魏东晓的《从〈父亲〉看主旋律创作》；胡江的《是话题更有问题——谈咖啡剧〈女人话题〉》。

《花城》第1期发表林舟的《建构心灵的形式——潘军访谈录》；赵毅衡的《神性的证明——面对史铁生》。

《文艺报》第3期发表东方的《什么是摄影文学》。

《河北师范大学学报（哲学社会科学版）》第1期发表郝雨的《铁凝近期小说论》。

《钟山》第1期发表张清华的《天堂的哀歌——苏童论》;子干的《人,何以被狗牵着——读祁智中篇小说〈改变〉》。

6日,《人民日报》发表玛拉沁夫的《金哲和他的诗》;杨啸的《越南老诗人保定江》;郁秀的《放飞太阳鸟之后》。

《文艺报》第4期发表胡殷红的《与王蒙漫谈》;赵兰英的《新世纪贺卡纷飞巴金病房　中国作协党组书记金炳华抵沪看望巴老》;颜慧的《怀念批判现实主义时代——〈美术〉杂志发起"俄罗斯美术再认识"笔谈》;木弓的《劝君莫要当作家》;肖云儒的《质疑娱记评论》;牧惠的《难得的忏悔意识》;封秋昌的《康志刚和他的小说创作》;郑颖的《深情的大路》(评丁晓平的报告文学集《大路朝东》);殷建忠的《军官人格和战争准备——读徐贵祥长篇小说〈仰角〉》。

《文汇报》发表钱定平的《我留恋商务的书香》;汪浦豪的《冷眼和热肠——骆玉明笔下的文化热点人物》;张新颖的《冬日的大海和诗歌——"2000年中国当代诗歌研究会"侧记》。

7日,《人民日报》发表雷达的《新世纪:文学还好吗?》;陈汉元的《时空更迭中的电视艺术》;伍杰的《平凡中的英雄——评小说〈大雪无痕〉》;王蕴明的《东方戏剧的崛起与世界戏剧流向》;廖奔的《高墙夹隙里的生命状态——看晋剧〈大院媳妇〉》。

《文汇报》发表方玉强的《今年贺岁片少了火爆味》;斯月的《"贺岁"不是标签》;黄蓓佳的《我写,只因我喜欢》。

8日,《文汇报》发表张立行的《多卷本≠史诗性——专家指出多卷本长篇创作中的误区》。

《阅读与写作》第1期发表古远清的《漂泊情怀总是诗——读台湾诗人绿蒂〈沉淀的潮声〉》;李关怀的《一首哀婉而凄美的祭歌——香港作家韦娅〈鹤魂〉赏析》。

9日,《文艺报》第5期发表江湖的《安徽青年作家欲数江淮文坛新风流》;本报编辑部的《巴金文星将千古不息地照耀中国文坛——张光年致信巴金主席祝贺新世纪第一个新年》;晋讯的《人民作家西戎逝世》;刘永春的《〈星光木棉〉:独语与桥》;文周的《强化精品意识　讴歌特区建设——深圳文学艺术取得丰硕成果》;张立国、高骐的《21世纪小说真的会走向消亡吗?》;李建盛的《挑战语言论　重构形象论》;刘泰然的《质疑网络文学》;张立国的《十字架上的刘小枫》;魏饴的

《构建中国学派的文艺鉴赏美学——21世纪精神文明建设的一个重要视角》;王玫的《卡米拉·帕格利亚及其〈性面具〉》;昂智慧的《纸做的世界也是真实的——玛格丽特·阿特伍德和她的获奖作品〈盲杀手〉》;常晖的《山穷水尽疑无路——看大众文化对传统文化的冲击》。

《民族文学》第1期发表张永权的《填补哈尼族当代文学空白的第一人——序朗确短篇小说集〈山里女人〉》;安尚育的《贵州民族文学的"长篇现象"》。

10日,《中州学刊》第1期发表刘忠的《在救赎与守望中寻找丰碑——论转型期历史小说的现代性及其走向》。

《中国社会科学》第1期发表钱中文的《文学理论:走向交往与对话》;胡星亮的《论中国话剧与民族戏曲传统》。

《中国青年报》发表桂杰的《孟氏话剧,一时走不出来死胡同》。

《电视·电影·文学》第1期发表部元宝的《影视十怕》;邹平的《当下现实题材电视剧的三大弊病》。

《光明日报》发表蒋述卓、李自红的《21世纪文艺学发展与现代人格建设》;邢军纪的《解读辉煌——大型电视专题片〈伟大的创造〉观后》;白烨的《当代海军的爱的宣言——评电视连续剧〈波涛汹涌〉》;何西来的《着眼于未来》。

《戏剧文学》第1期发表黄振林的《论话剧台词的潜在诗性》;张齐虹的《谈喜剧〈父女惊魂〉的演出》;李雪艳的《秦淮河畔 茉莉花开——第六届中国艺术节观摩之后》;宋存学的《风物长宜放眼量——评大型话剧〈邓小平在江西〉》。

《江海学刊》第1期发表朱寿桐的《中国现当代文学研究:在世纪的交汇点上》;凌晨光的《历史与文学——论新历史主义文学批评》。

《苏州大学学报(哲学社会科学版)》第1期发表林岚的《文化价值的确立和20世纪通俗小说的梳理——评〈中国现代通俗小说流变史〉》。

《诗刊》第1期发表阎延文的《诗歌是生命的撒播——屠岸访谈录》;杨四平的《浅论中国当代讽刺诗》。

《理论与创作》第1期发表龚政文的《文艺多样化·主流文艺·先进文化》;彭见明的《本土文化资源的艺术开掘》;胡光凡的《文艺"湘军"和湖湘文化——写在〈文艺湘军百家文库〉问世之际》;孟泽的《湖南文艺的过去、现在和可以预见的未来——兼论地域文化精神的传承和发展》;阎真的《长篇小说在世纪之交的使命》;林春田的《网络文学及其发展前景》;刘起林的《焦躁而乏力的文化攀登——

"余秋雨现象"之我见》;舟挥帆的《现实主义的深刻魅力——论〈洞庭湖之恋〉的人物塑造和思想艺术》;谢卓婷的《精神探问与美在感伤——王静怡小说印象》;郝雨的《在世纪的高度完成最后的跨越——20世纪末文化散文的重要收获》;易孟醇、易维的《毛泽东:呼唤新体诗歌》;董小玉的《论新现实主义的开放性发展》;黄灯的《返归乡村 坚守自己——韩少功近况访谈录》。

11日,《文艺报》第6期发表本报编辑部的《中国歌剧怎么了?——音乐评论家居其宏、谬也直言评点当前歌剧创作》;鲁人的《假如我们不去打仗——访中国儿艺的两位院长——欧阳逸冰、王庆》;朱理轩的《孟版〈臭虫〉印象记》;熊元义的《法治也需要清官——如何看待电影〈生死抉择〉所反映的问题》;王秉乾的《〈益西卓玛〉中的古典情怀》。

《文学报》发表俞小石的《佳作荟萃新人辈出 现实题材独领风骚》;陆梅的《新世纪飘来的文学书香》、《小说写出了人民的力量》、《揭示人性的弱点——访山东作家毕四海》;吴亮、蔡翔、葛红兵、朱鸿召、朱小如、张新颖等的《文学面对图像的挑战》;洪治纲的《历史坐标中的实证分析》;阎晶明的《粗疏而张扬的批评》。

13日,《人民日报》发表杨绛的《钱钟书对〈钱钟书集〉的态度(代序)》。

《文艺报》第8期发表小可的《当代中国农民的创业史——长篇报告文学〈天地男儿——南岭村纪事〉研讨会在深圳召开》;木弓的《〈防守反击〉:粗制滥造的贺岁片》贾平凹的《读王剑冰散文》;牛宏宝的《变革时代的激情之诗——略论雷抒雁的〈激情编年〉》;李元洛的《散文"三美"》;胡山林的《研究的独立视角之一——"人生"应当成为文艺》;云江的《率意笔墨 性情文章》;同期,以"报告文学《天地男儿》评论"为总题,发表王巨才的《具有厚重的历史感和现实感的优秀之作》,张锲的《报告文学创作的新的收获》,张炯的《来自时代前沿的佳作》,冯林山的《思想与文化的超越》,崔道怡的《好一个新时期的〈天地男儿〉》,何西来的《时代造就天地男儿》,曾镇南的《正因格高 转为新鲜》,喻季欣的《创业史诗 英雄品格》。

《文汇报》发表屠岸的《师生情谊四十年——悼卞之琳先生》;王辛迪的《为诗人卞之琳送行》;小简的《不要"新瓶"装"旧酒"——影片〈第一次亲密接触〉得失谈》。

15日,《人文杂志》第1期发表王泽龙的《中国诗歌民族化历程的回眸》。

《文学评论》第1期发表骆寒超的《论中国新诗八十年来诗思路子的拓展与调控》;徐德明的《王安忆:历史与个人之间的"众生话语"》;郜元宝的《论阎连科

的"世界"》;李洁非的《对"暴力"的迷恋,或曰撒旦主义——20世纪文学精神一瞥》;毛崇杰的《论作为文学批评标准之"善"》;解志熙的《走出困惑的历史理解力——〈嬗变〉对文学史研究的贡献与启示》;李玲的《思想的交锋 课题的深入——90年代文学思潮暨现当代文学课题研讨会综述》;毛丹武的《中国当代文学史史学观念学术研讨会综述》。

《当代文坛》第1期发表江南的《形式意味的强化——漫议新潮作家对语言形式的探索》;李冶陶的《论新闻报道对当代中国纪实文学的影响》;张小元的《关于寻求"共同文学规律"》;郭艳的《守望中的自我确认——张炜小说论》;戴翔的《面对躁动的都市》;夏德勇的《意味与文体:99小说三题》;石凤珍的《生存的焦虑与选择的困境——邱华栋都市小说的文本阐释》;邓利的《问题与希望——评蒋子龙的〈人气〉》;以"池莉批评小辑"为总题,发表张燕的《何处泊靠——池莉小说创作之女性观质疑》,冯爱琳的《聆听成长足音——读池莉近作〈乌鸦之歌〉》;同期,发表颜敏的《"谁记得一切,谁就感到沉重"——读潘旭澜先生的〈太平杂说〉》;孙燕华的《青涩的本然——品评乔忠延〈远去的风景〉》;张德明的《寻常话语中的感觉与意象——评郁小萍散文集〈紫色人生〉》;何大草的《碧鹦鹉对红蔷薇——评洁尘的随笔》;李亚萍的《一道残酷的风景——解读李碧华小说中的文革描述》;李少咏的《在路上与漂泊者的此岸情结——读〈高准诗二首〉》;曾绍义的《有容乃大——略论黄维樑的中国文学研究》;峻冰的《一种样式的借鉴——好莱坞神化影像的叙事分析》;杨毅的《网络写作的时代变革》。

《北方论丛》第1期发表章蕾、张学昕的《透过生活氤氲的精致叙述——苏童短篇小说解读》。

《电影文学》第1期发表张丽鸥的《酷似瞳孔的斑点——评〈一声叹息〉的细节运用》。

《当代电影》第1期发表饶朔光的《社会/文化转型与电影的分化及其整合——90年代中国电影研究论纲》;尹鸿的《世纪之交:90年代中国电影备忘》;邓光辉的《论90年代中国电影的意义生产》。

《当代戏剧》第1期发表高引的《不要陷入宿命论的泥潭——为〈梨花情〉编剧进一言》;李庆成的《戏曲现代戏创作的新收获——眉户戏〈陕北婆姨〉观后漫笔》。

《齐鲁学刊》第1期发表红苇、周斌的《胡风文艺理论中的黑格尔因素》;朱德发、贾振勇的《面向21世纪中国现代文学研究的一种趋势》;齐红的《拒绝与诱惑——〈玫瑰门〉与当代女性写作的可能性》。

《社会科学》第1期发表赵德利的《长子情节与人格悲剧——二十世纪家族小说人物论之一》。

《社会科学辑刊》第1期以"百年话剧研究回顾与展望"为总题,发表董健的《话剧研究要补课》,马俊山的《话剧史研究仍须解放思想》,朱伟华的《中国话剧文体研究的反思与前瞻》,袁国兴的《早期话剧研究的态势和潜能》,曹树钧的《话剧演剧艺术研究的路径与展望》。

《学习与探索》第1期发表刘忠、杨金梅的《新时期文学中的浪漫主义及其走向》;欧阳友权的《20世纪中国文学的价值辨析》;王艳梅的《当代女性写作的自恋主义倾向》。

《南方文坛》第1期发表施战军的《茹志鹃小说与中国当代文学》;陈骏涛的《任重道远的一代批评家》;宗仁发的《从兴趣出发》(关于施战军);李泽厚、周宪、吴炫、尔健的《笔谈——对话》(讨论现代性与后现代性);陶东风的《学术体制与学术创新》;李敬泽的《"行走文学":媒体叙事考察》;鲁枢元的《开发精神生态资源——〈生态文艺学〉论稿》;王干的《90年代文学论纲(上)》;谢有顺的《十部作品,五个问题》(关于"十部九十年代最有影响的作品");尹丽川的《给个游戏规则先——和谢有顺并致批评家》(同上);吴义勤的《一个人·一出戏·一部小说——评毕飞宇的中篇新作〈青衣〉》;任敏之的《关于陆地》;黄文秋的《在生活洗礼中荡涤灵魂——〈美丽的南方〉的知识女性塑造》;钱中文的《劫难与拯救》(关于钱钟书)。

《复旦学报(社会科学版)》第1期专栏"中国文学史分期问题讨论",发表谈蓓芳的《再论中国现当代文学的分期》,陈思和的《试论90年代文学的无名特征及其当代性》。

《思想战线》第1期发表封孝伦的《影视艺术冲击下文学的困境及其生存策略》。

《福建论坛·人文社会科学版》第1期发表於可训的《中国当代文学的现代性问题论纲》。

16日,《文艺争鸣》第1期发表李新宇的《迷失的代价(上)——20世纪中国文艺大众化运动再思考》;王彬彬的《许广平在改写鲁迅中的作用与苦衷》;李震的《"直谏"风波与陕西文坛之怪》；屈雅君的《批评的超越——由"狭隘的民族意识"引出的思考》；吴劲薇的《评论的禁忌》；傅谨的《向"创新"泼一瓢冷水——一个保守主义者的自言自语》；姚晓雷的《民间：一个演绎于主体与客体之间的价值范畴》；刘士林的《消费时代的文化记忆》；骆冬青的《文化记忆与存在感受》；赵思运的《呻吟中的突围——女性诗歌对男权镜像的解构与颠覆》；王世诚的《虚伪的写作立场与欲望之奴——邱华栋论（晚生代论之一）》；周粟的《敬献给抛洒热血的母亲们的思索咏叹之歌——读长篇小说〈黑洞·炼狱·流火〉有感》；彭加瑾的《社会进步与人性健全——读〈黑洞·炼狱·流火——母亲三部曲〉》；汤大民的《"局外"的言说——简评沈义贞〈中国当代散文艺术演变史〉》。

《文艺报》第9期发表江湖的《中国作家协会第五届主席团召开第八次会议》；本报编辑部的《走出民间文学研究的困境》；朱林的《多维游走于新世纪》（谈杂志《大家》）；虹飞的《黄传会推出"反贫困"题材新作——〈希望工程：苦涩的辉煌〉为希望工程铸就十年史》；刘颈的《陕西举行诗歌创作研讨会》；同期，以"点评《冰雪美人》"为总题，发表翟业军的《何日冰消融》，乔世华的《被侮辱与被损害的》，贺彩虹的《洞穿世俗的"美人之谜"》；同期，发表王世乐的《传奇与现代派文学》；围绕"阎纯德的《二十世纪中国女作家研究》"，发表刘锡诚的《贵在知人论世》，张浩的《用爱心营造心灵世界》，张强的《中国女性文学理论研究的拓荒者》；同期，发表盛英的《"你是第一个来访的大陆人"》。

《中国人民大学学报》第1期发表莫聿的《家族文化与文学叙事》。

17日，《人民日报》发表李舫的《中国文联召开六届六次全委会》。

《作品与争鸣》第1期发表林兴宽、雷霆的《卫慧们的"胎盘"》；高秀川的《关于"量化"暴露与歌颂及其他》；马颖慧的《家园的守望——也评〈经商人家〉》。

18日，《文艺报》第10期发表江湖的《中国作家协会第五届全委会第六次会议在京召开——会议选举金炳华为中国作家协会副主席》；赵春强的《中国文联召开六届六次全委会——中国文联2000年度文艺评论奖同时揭晓》；刘平的《在市场中求生存——2000年小剧场扫描》；毛崇杰的《张艺谋的"老棉裤"——谈张艺谋的电影艺术》。

《文学报》发表俞小石的《迎接新世纪文学的春天——中国作协五届主席团第八次会侧记》；严家炎的《〈幻化〉的成就与不足》；李慧敏、陶媛媛的《父权的失落和父性的回归——从〈父亲〉看中篇小说中的父亲形象》；孙琴安的《谈〈路〉及其他》。

《中国戏剧》第1期发表廖奔的《谈谈名著改编的问题》;孟繁华的《经典观与经典消费》。

20日,《小说评论》第1期发表吴义勤、贺彩虹等的《历史·人性·叙述——新长篇讨论之一:〈满洲国〉》;洪治纲的《互文性的写作》;邹平的《九十年代小说人物谱系》;傅其林的《海峡两岸新生代小说研究》;闻树国的《叙事批评不是打磨铜活》;费秉勋、叶辉的《〈怀念狼〉怀念什么》;丁帆的《"新汉语文学"的尝试——〈怀念狼〉阅读断想》;段建军的《灵与肉的交响——〈怀念狼〉简论》;谢小霞的《面向大众的叙述和建构——张欣小说论》;黄发有的《迷茫的奔突——邱华栋及其同代人的精神困境》;李星的《中国知识分子人格心理的批判性审视——读施亮长篇小说〈黑色念珠〉》;曹斌的《童心童趣的诗意开掘——李凤杰儿童小说艺术表现手法散论》;同期,以"张俊彪《幻化》评论小辑"为总题,发表吴秉杰的《创化的追求——关于张俊彪一部大书的思考》,周政保的《历史进程中的人性状态及归宿——张俊彪长篇小说〈幻化〉片读》,林为进的《何时忘却营营——读〈幻化〉三部曲》,牛玉秋的《对传统审美观念的冲击——读〈幻化〉》,李华的《芒鞋踏遍陇头云——从几个文化批判视角看〈幻化〉》,傅腾霄的《世纪的艺术见证——论〈幻化〉三部曲的史诗特色》。

《文艺报》第12期发表胡殷红的《吃遍天下还是回家——作家陆文夫谈美食》;李国文的《新世纪的文学期待》;木弓的《抓"德治"首先抓评论》;楚昆的《当前文学创作中的拜金主义倾向》;傅书华的《漂泊者的歌》;王中绥、鲍国华的《新诗史研究的拓展》;蔡莉莉、冯海的《如瀑诗情漫翠微》;小可的《赵本山总算入门了——兼评影片〈幸福时光〉》;张子虚的《王同亿与〈新世纪现代汉语词典〉》;施战军的《历史生动的容颜——李敬泽〈看来看去或秘密交流〉》;赵兰英的《"财富"——读张继民〈探险家札记〉》;潘旭澜的《从王剧说到梨园》;郎伟的《让忧患的目光穿透现实——长篇报告文学〈跟踪何阳案件〉读后》;王光明的《散文的根——读黄瀚的〈游心石〉》;绍俊的《罗列别一种方式的报告——读杨道金的〈没完没了的战争〉》;杨桂欣的《落红灿烂富真情——读李尔重散文集〈落红集〉》;谷云的《不落窠臼别样新》;晓晴的《郭学才印象》;郭学才的《我的创作路》。

《文汇报》发表本报编辑部的《电视剧劲吹"反腐倡廉"风》。

《中州大学学报》第1期发表柴焰的《论余光中的"乡愁诗"》;张彩虹的《论李

昂、王安忆的性爱小说》。

《东方文化》第 1 期发表孙绍振的《学术良性竞争和消极平均主义》；於可训的《学术会议的标准开法——兼谈学术界的一种官场习气》；陈骏涛的《对 90 年代文学批评的一种描述》；黄修己的《网络时代的学术会议》。

《东北师大学报（哲学社会科学版）》第 1 期发表金振邦的《网络文学：新世纪文学的裂变》；王确的《世纪末的觉醒——中国新时期文论的内在自觉》。

《当代》第 1 期发表闻立的《2000 年小说——一个人的排行榜》。

《学术月刊》第 1 期发表畅广元的《经济全球化时代的文化危机与文学的价值取向——走向生态境界生存的文学期待》；鲁枢元的《文学艺术批评的生态学视野》。

《河北学刊》第 1 期发表支克坚的《"一手伸向古代、一手伸向外国"——〈周扬论〉中的一章》。

《剧作家》第 1 期发表厉震林的《主体狂放与终极言语——论中国前卫话剧的导演思想》；梁洪杰、高玉如的《中国式的布莱希特戏剧》；梁国伟的《张艺谋：艺术心灵性表现的失落》；杨北星的《抓住根本　融入时代——搞好评剧现代戏创作的两点浅见》；李文国、阎春敏的《也谈二人转的三个属性》；张福海的《寻找迷失的乌托邦——读李景宽的戏剧集〈夕照〉感言录》；李长荣的《大气恢弘　精妙奇崛——评十四集纪实电视剧〈红色间谍王〉》；袁文波的《浅论小品创作要点》。

《鲁迅研究月刊》第 1 期发表李新宇的《面对世纪末文化思潮对鲁迅的挑战（三）——兼及五四新文化运动的现实合法性问题》；陈漱渝的《由〈收获〉风波引发的思考——兼谈当前鲁迅研究的热点问题》；古远清的《余秋雨与"石一歌"——"文革"匿名写作研究之一》；孙光萱的《向余秋雨先生请教"规矩"》。

21 日，《文艺研究》第 1 期发表吴秀明的《从"二元对立"到"三元一体"——论世纪之交的文学转型》。

23 日，《人民日报》发表西南的《世纪之歌：伟大精神的咏叹——2001 年军民新春晚会观后》；江修惠的《精短电视剧何在？》。

《文艺报》第 13 期发表周晓波的《90 年代少年长篇小说创作热现象思考》；朱自强的《儿童的"再发现"——评秦文君的〈一个女孩的心灵史〉》；关德富的《巧妙的艺术构思——读〈蝴蝶谷〉》；韩进的《爱与美的露珠——读方志平的童年散

文》;王曙星的《以先进文化推进社会的繁荣进步》;郭卫东的《创作带动文艺活动的开展 活动的开展又活跃了创作》,蔡祖英整理的《拥抱新世纪 再创新辉煌——广东江门市文联成立50周年座谈会纪要》;雷达的《不同于贫血、作秀的》;叶梅的《碧野的两封信》;丁宁的《诗人志昂》。

《光明日报》发表吕绍宗的《怀念"一本书主义"》。

《武汉大学学报(人文科学版)》第1期发表李遇春的《超越苦难的白日梦——张贤亮小说创作的深层心理探析》。

24日,《文艺理论与批评》第1期发表陈映真的《经济全球化和文化的自主防御》;郑凡夫的《2000年诺贝尔文学奖备忘录》;方丈的《从诺贝尔文学奖说起》;李万武的《对人性动把恻隐心——读刘庆邦、孙春平、迟子建的"证美"小说》;徐非光的《从〈春雷〉说开去——在志昂同志叙事长诗〈春雷〉研讨会上的书面发言》;祝东力的《〈切·格瓦拉〉前言》;郎伟的《迷乱的星空——从卫慧、棉棉的创作看"七十年代以后"作家的创作生成背景及其缺陷》;周良沛的《穆旦漫议》;益人的《王朔缘何贬损鲁迅?》;胡沱浪的《潘多拉对张大民的曲解》;周宁的《侨民文学、马华文学、新华文学——试论新加坡华文文学发展的三个阶段》。

《文史哲》第1期发表王元骧的《艺术活动论评析》;汪开寿的《老舍话剧的文化学透视》。

25日,《文艺理论研究》第1期发表王晓华的《当代中国文艺批评的三重欠缺》;蒋述卓、李自红的《二十一世纪文艺学发展与中国现代人格建设》;邢建昌的《20世纪中国美学的现代发展》。

《四川戏剧》第1期发表廖奔的《两部四川戏剧印象——〈抓壮丁〉与〈未来组合〉》;查丽芳的《"回锅肉"与"怪味豆"——重排方言话剧〈抓壮丁〉导演构想》;桦竹林的《马原:戏剧的吉普飙过来》;曹树钧的《曹禺研究的新热点》;刘家思的《复仇 涅槃 救世——论曹禺戏剧中英雄原型的三种表现形态》;李祥林的《缺席和在场——先锋话题中的当代戏曲》。

《北京师范大学学报(人文社会科学版)》第1期发表刘锡庆的《当代散文创作发展的几个问题》;张健、林蕾的《先锋戏剧:对谁说话》;李复威的《一个值得继续追寻潜在价值的文学时代——"新时期之初文学"的再思考》;付小悦的《新时期文化语境中的罂粟意向》。

《甘肃社会科学》第1期发表肖鹰的《现实主义:从欧洲到中国》;刘俐俐的

《90年代中国文学：自我认同的尴尬与出路》。

《当代作家评论》第1期以"《中国一九五七》评论小辑"为总题，发表吴义勤的《艺术的反思与反思的艺术——尤凤伟长篇小说〈中国一九五七〉阅读札记》，吴洪森的《道义起诉状——读长篇小说〈中国一九五七〉》，周利民的《拒绝遗忘的个人书写——从〈中国一九五七〉中的三个书写者谈起》；同期，发表郜元宝的《在"断裂"作家"没意思的故事背后"》；张新颖的《学院空间、社会现实和自我内外——西南联大的现代主义诗群》；围绕"诗人麦城"，发表孙绍振的《在文化突围中宁静地审智——论麦城的诗》，谢有顺的《词语的冲突及其缓解方式》，唐晓渡的《先行到失败中去——读〈麦城诗集〉》，陈超的《对神秘之物的敬意——麦城的诗歌方式》；同期，发表吴俊的《历史及其叙述的诱惑和疑问——〈他们的岁月〉读后》；王尧的《关于叶兆言近期文章及其他》；陈峻涛的《百年中国文学悖论探讨》；木山英雄的（蔡春华译）《关于郑超麟的狱中吟》、《冤案连环计——扬帆和潘汉年》。

《贵州大学学报（社会科学版）》第1期发表李腾刚的《知识分子价值取向的重构——透视文学作品中的知识分子形象》；赵联成的《认同与妥协——论"后现代"文化语境中的小说创作》。

27日，《文学自由谈》第1期发表韩石山的《当代文学的高玉宝效应》；牧惠的《他为何抹杀李希凡的"政治敏锐性"》；王英琦的《呼吁文坛公道》；刘心武的《失父现象》（关于张艺谋的电影）；刘洪波的《"鲁迅活着会如何"》；张桂华的《柯灵先生的一声棒喝》；袁毅的《网络文学——能走多远？》；张炜的《做什么　不做什么》；李仲兆的《中国当代文学研究会第11届年会述要》。

《华中师范大学学报（人文社会科学版）》第1期发表樊星的《俄苏文学与20世纪中国文学》；江少川的《两岸三地的文学盛会："余光中暨沙田文学国际学术研讨会"综述》。

28日，《厦门大学学报（哲学社会科学版）》第1期发表朱水涌的《论90年代的家族小说》。

29日，《光明日报》发表张义德的《一个知识分子的革命生涯》。

《太原日报》发表古远清的《甄供：具有鲁迅风骨杂文的高手》。

30日，《河南大学学报（社会科学版）》第1期发表胡山林的《走向审美之路——史铁生心路历程追踪》。

31日,《文学报》发表王晓晖的《莫言闯入话剧界成为一匹"黑马"——语惊四座热京城》;林君的《〈沉星档案〉是影射小说吗?》。

《光明日报》发表梁溪子的《新诗:不该受到冷落》;刘鹏的《关于文艺评论工作的几点思考》;王甫的《荧屏上的文明赞歌——〈伟大的创造——创建文明城市巡礼〉观后》;贺绍俊的《新世纪再说鲁迅》。

《海南师范学院学报(人文社会科学版)》第1期发表黄维樑的《余群、余派、沙田帮……——沙田文学略说》;王晖的《余光中的散文理念》。

本月,《小说界》第1期发表王安忆的《我看96、97上海小说》。

《艺术百家》第1期发表苏琼的《走出"围城"——90年代史剧形式的革新与新时期史剧观念的演变》;卞维的《江苏戏剧文学五十年回顾》;叶志良的《小论当代影视文化的价值迷失》。

《文艺评论》第1期发表王玉兰的《意识形态理论上的审美超越——对新意识形态批评的批评》;赖大仁的《当代文学批评形态重构:必要与可能》;高松年的《叙事嬗变与观念侵入——20世纪中国美学发展的动力》;李咏吟的《小说解释向作家的挑战——21世纪中国小说作家面临的四大艺术难题》;李运抟的《关于当代"工业小说"创作历史的整体反思》;孙兰的《英雄礼赞:文学的历史责任》;梁国伟的《徘徊在心灵的边缘地带——关于几部市民题材电影的思考》;饶津发的《浪漫的"神树"》(关于广播剧《老神树》);吕中山、杨元春的《浅谈李峰的〈龙虎风尘〉》;丁晓原的《台湾报告文学理论批评的形态与策略》。

《中国社会科学院研究生院学报》第1期发表袁良骏的《文学低俗化潮流和对鲁迅文学精神的呼唤》;王兆胜的《论20世纪中国书话散文》。

《安徽大学学报(哲学社会科学版)》第1期围绕"潘军的小说创作",发表方维保的《恣情的诗意——论潘军的小说创作》,唐先田的《彻底颠覆后的诗意重构——评〈重瞳〉》,丁增武的《先锋叙事:漫游与回归——潘军中篇小说论》;同期,发表徐景熙的《文学创作是感性与理性的有机融合——兼评非理性文学思潮和创作倾向》。

《读书》第1期发表周泽雄的《面对董桥》。

《镇江师专学报(社会科学版)》第1期发表朱立立的《台湾新世代都市小说初论》;刘小新的《世代更替与范式转换——近十年马华文学发展考察》。

《剧本》第1期发表刘忠诚的《论史剧观与史剧类型》。

《浙江大学学报(人文社会科学版)》第1期发表吴秀明的《转型期文学叙事现代性的递嬗演进及特征》;段怀清的《论浩然六十年代初期的短篇小说写作》。

本月,漓江出版社出版白烨选编的《中国年度文坛纪事2000卷》、《中国年度文论选2000》,[美]詹姆逊等著、黄慷等译的《2000年新译西方文论选》。

中国社会科学出版社出版刘绍瑾的《复古与复元古:中国古代复古文学理论的美学探源》。

中国青年出版社出版任翔的《文学的另一道风景:侦探小说史论》。

中国华侨出版社出版韩石山的《路上的女人你要看》。

上海文艺出版社出版王蒙的《王蒙讲稿》;黄子平的《"灰阑"中的叙述》,赵园的《艰难的选择》,陈思和的《中国新文学整体观》。

山西人民出版社出版《新批评文丛》编辑部主编的《新批评文丛(第四辑)》。

人民文学出版社出版胡风的《文学与生活:密云期风习小记》。

解放军出版社出版韩瑞亭的《长桅浮出水面》。

江苏教育出版社出版徐子方的《千载孤愤》。

汉语大词典出版社出版陈思和、杨扬编的《九十年代批评文选》。

海天出版社出版傅光明的《未带地图·行旅人生》。

福建人民出版社出版孙绍振的《挑剔文坛:孙绍振如是说》。

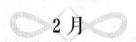

2月

1日,《人民日报》发表蒋夷牧的《诗的尴尬》。

《上海文学》第2期发表韩少功的《杭州会议前后》;谢泳的《中国当代文学的转型》;张闳的《革命的"灰姑娘"》(关于《青春之歌》)。

《文艺报》第14期发表木子、吉莉的《贺岁的通道其实很狭窄》;本报编辑部的《金炳华受丁关根委托向巴金拜年》、《京城再掀老舍热》;高小立的《〈大雪无痕〉带你探讨生命的意义》;廖奔的《戏剧舞台一瞥》;左卫的《中国电影二十年》;

孟繁树的《人民海军的丰碑——评〈波涛汹涌〉》；曾庆瑞的《叙事节奏的新景观——观〈紫荆勋章〉一得》；王鹤松的《令人憋闷的〈花样年华〉》。

《长江文艺》第 2 期发表杨芳芳、鲍风的《渗透在物性世界的精神空间——〈长江文艺〉2000 年中篇小说印象》；蔡家园的《追逐向上的光芒——读杨弃的诗集〈蝴蝶以远〉》。

《文学报》发表王晓玉的《丁旭光和〈墨绿旗袍〉》。

《光明日报》发表杨泽文的《网络文学想说爱你不容易》；雷达的《权欲与情欲的舞蹈》（谈论阎连科的小说创作）。

《解放军文艺》第 2 期发表《重振军事文艺批评》。

《写作》第 2 期发表黄曼君的《余光中与香港沙田文学略论》。

2 日，《小说选刊》第 2 期发表吴秉杰的《长篇的思索——谈第五届茅盾文学奖获奖作品》；阿城的《刘恒的速度》。

《文汇报》发表傅庆萱的《讴歌斗士　鞭挞腐败——访作家陆天明》；金涛的《滑稽戏露危机——大量克隆北方小品　盲目丢弃本体特色》；卜健的《经典的意趣——论古典名剧的今演》。

3 日，《文艺报》第 16 期发表小可的《呼唤健康坚强的精神》；张捷的《苏联解体后俄罗斯文学的反思》；贺绍俊的《悟性高者得其道》（谈小说《棋王》与《玄白》）；冰峰的《从一只鹰开始的飞翔——读白涛长诗〈从一只鹰开始〉及其他》。

《文汇报》发表俞吾金的《"行走"还是"回避"——也谈"行走文学"的时尚化》；云起的《贾植芳教授谈"行走"》；张平的《真实来源于生活——评胡玥的长篇小说〈危机四伏〉》。

4 日，《人民日报》发表李准的《反腐倡廉的一面镜子》；廖奔的《戏剧艺术的衍生与新变》；白烨的《民族奋进的历史图画——读林深的〈天经〉》；刘承炳的《〈创世纪情愫〉读后》；仲红卫的《试论文学的社会整合作用》；郭振建的《动人心魄的情感碎片——简评李宏长篇小说〈纯情〉》。

《文汇报》发表曹积三的《"你在生活中发现了什么"——访农村题材影片〈美丽的白银那〉导演韩志君》；洛申的《在寻求市场中坚持艺术品格——新生代导演路学长和他的新作〈非常夏日〉》。

5 日，《上海戏剧》第 2 期发表厉震林的《传统与新世纪的对话》；高义龙的《首先必须是艺术——关于戏曲现代戏的一点思考》；刘明厚的《大气磅礴——评话剧〈正红旗下〉》；邹平的《墙、水与老舍——话剧〈正红旗下〉及其他》；朱士场的《"生活倒回来才会理解……"——话剧〈正红旗下〉观后》；吴靖青的《人需要真爱——评话剧〈卞昆冈〉》；张之薇的《经典，不应是圈套——观实验版〈原野〉有感》；顾琛的《解读〈镜子里的女大学生〉》。

《中国青年报》发表叶敬之的《警惕新概念作文病》。

6日，《文艺报》第17期发表唐朝晖的《文学的西部之旅》；乔世华的《缺失与寻找》；何谦的《金盾与金盾人》；宁逸的《满怀豪情向未来——公安部金盾影视文化中心未来发展理论研讨会纪要》；王剑丛的《我读〈香港小说史〉》。

《中国青年报》发表张英的《贾平凹：我是进了城的农民》；张炜的《做什么不做什么》。

7日，《光明日报》发表黄军的《儿童电影能否搭上市场直通车》；贾磊磊的《电影呼唤市场评价尺度》。

8日，《文艺报》第18期发表邹平的《当下现实题材电视剧：不好拍；拍不好；不拍好？》；葛维屏的《演艺圈能将"幸福"进行到底吗？》；唐玉籍的《仗义为民　倡言执法——观电视剧〈仗义执言〉有感》；陈军的《探寻中国话剧的民族血脉——评胡星亮的〈中国话剧与中国戏曲〉》；洪可人的《暂时冷冻评奖如何》。

《文学报》发表陆梅的《"榕树"长青的秘密》。

9日，《民族文学》第2期发表朱先树的《一枝鲜艳的金达莱——读金哲的诗》；过伟的《朝气蓬勃的毛南族文学》。

10日，《人民日报》发表张炜的《做什么，不做什么——〈外省书〉及其它》；穆青的《记者要及时准确生动地反映现实》；杨东平的《山野庶民的交响——读〈一路奔走〉》；李元洛的《感悟人生　笔花飞舞——读散文集〈透明的思索〉》；陈辉平的《〈仗义执言〉：小说与电视互动》；陈红的《〈刮痧〉：小说与电影并蒂》。

《文艺报》第20期发表小可的《"三个代表"是〈百色大地宣言〉之魂——记一部报告文学力作的修改再版》；徐兆淮的《坚守·微调·分流——2001年部分文学期刊扫描》；小蕾的《"山花奖"首次评选学术奖》；何建明的《关注现实是报告文学创作的鲜活生命》；熊元义的《追寻开疆拓土的英雄之魂》；扎拉嘎胡的《安心的歌听不尽》；冶平的《目光如电的散文家》；王学海的《积极求索的诗学主张》；赵绍玲的《与作家周梅森谈天》。

《戏剧文学》第2期发表宋宝珍的《小剧场戏剧：拓展中国话剧的艺术空间》；

孙桂林的《契约原则与血脉亲情的悄然碰撞——评张福先新作〈三姓人家〉》；刘平的《〈纪念碑〉的启示》。

《江淮论坛》第1期围绕"潘军的小说创作"，发表唐先田的《〈秋声赋〉的道德含量与艺术含量》，李正西的《主管真实与心理真实的文本——论潘军的小说艺术》，许春樵的《潘军小说解读的其它几种可能性》。

《诗刊》第2期发表高準的《试论诗的评判标准》；阎延文的《但愿竭绵薄，沧海补涓涓——徐放访谈录》；温燕的《用诗歌点燃人生——"凌翼诗歌作品研讨会"侧记》。

13日，《文艺报》第21期发表本报编辑部的《用作家手中的笔抨击邪恶　弘扬文明——首都文学界举行座谈会深入揭批"法轮功"邪教》；林果的《新世纪文学：请看势头正劲的青年"鲁军"——〈时代文学〉推出山东青年作家中短篇小说专辑》；罗戎平的《〈假手神明〉：欲望之错位》；本报编辑部的《著名作家黑丁逝世》；张景超等的《间歇期的沉稳——世纪交汇中的一次关于长篇小说的讨论》；李瑛的《风风火火五十年》（谈诗人金哲）；绍俊的《问作者要独特的细节——读胡兆龙的〈沉浮年代〉有感》；鲁文忠的《纯文学在窘迫中延展希望》；蔡兴水、郭恋东的《九十年代文学与文学期刊》；刘萍的《问题所在——现实丧失了可信性——小谈当代西方长篇小说创作手法》。

《文汇报》发表张健的《金庸、黄健中评价央视版〈笑傲江湖〉——这是最好的"江湖"》；卜健的《"乐人易，动人难"——关于戏曲原创的思索》。

《光明日报》发表姜文振的《文学社会作用的两个重要维度》；刘锡诚的《悲壮的绝唱》；干益的《喜看〈锁麟囊〉上荧屏》。

14日，《文汇报》发表傅庆萱的《主旋律电影要好看——电视剧〈红色康乃馨〉引起观众共鸣》。

《中国青年报》发表孔庆东的《〈玛雅王朝〉的真心英雄》；叶平的《西部女性的苦难人生》；方生的《希望在理想与现实之间》。

15日，《人民日报》发表张平的《西戎老师，永远活着》。

《文艺报》第22期发表高小立的《陆天明：让精神出场》；张兰阁的《晨光熹微的新世纪北京剧坛》；马也的《人类有病　天知否？——观话剧〈屋外有花园〉有感》；王辉的《在艰难的耕作中获取果实——评安葵先生新著〈戏曲理论与戏曲思维〉》。

《文汇报》发表本报编辑部的《〈卧虎藏龙〉获十项奥斯卡奖提名》、《挑战审美定势　敢于出奇制胜——读者来稿再谈芭蕾舞剧〈大红灯笼高高挂〉》。

《文学报》发表于小时的《戏剧,打开他们的精神空间》;王晓玉的《独辟蹊径的果实——致姚克明》。

《中国图书评论》第2期发表王生平的《"古典羞涩"的韩寒与现代"少年文学族"》。

《电影文学》第2期发表李宝江的《冯小刚断言:只要有人类存在婚外恋就不会绝迹——围绕〈一声叹息〉与冯小刚的尖锐对话》;同期以"电影争鸣之《卧虎藏龙》"为总题,发表周荣伟的《〈卧虎藏龙〉让我失望》、东东的《一半是文艺、一半是武侠》,马文的《〈卧虎藏龙〉:侠客的诗篇》,费思的《武侠意境的回归与升华》。

《戏文》第1期发表潘迎宪的《对新世纪越剧的遐想》;吴国群的《评越剧〈孔乙己〉》;陆芸的《透视现实情爱的悲愁——论夏衍多幕剧〈芳草天涯〉》;陈崇仁的《认真继承传统　学好"加减拼凑"之法——婺剧音乐改革漫议之一》;沈琼的《感性越剧与理性越剧》。

《江汉论坛》第2期发表陈学祖的《论50年代现代格律诗理论——兼与新月派格律诗理论比较》。

《光明日报》发表于建坤的《何以出来了这么多少年作者》;雷达的《激愤过后的沉思》。

17日,《人民日报》发表卞国福的《忆卞之琳先生》。

《文艺报》第24期发表木弓的《歪邪的"艺术"》;本报编辑部的《首都文学界痛斥邪教"法轮功"》;张宝玺的《运河源头文学人才辈出》;远乡的《情醉了,爱醒着——读"三位一体"的〈情〉》;王福林的《我为什么要先》;于志学的《赏长篇小说〈情?〉插画有感》;鹤坪的《读李霁宇长篇小说〈壁虎村〉》;李炳银的《大自然的守望者——李青松新著〈林区与林区人〉》。

《作品与争鸣》第2期围绕"毕飞宇小说《青衣》",发表寿静心的《执着的悲剧》,宋立民的《"入戏"的悖论》;同期,发表牛殿庆的《关于〈怀念狼〉》;耿法的《王朔和红卫兵精神》。

18日,《人民日报》发表海恒的《写百年沧桑　唱世纪壮歌——观大型文献专题片〈世纪〉感言》;仲呈祥的《电视剧〈紫荆勋章〉断想》;李怀亮的《人论思想与文学研究的新探索——评陆贵山新著〈人论与文学〉》;王旭烽的《我和我居住的地域》;王伊伟的《〈姚雪垠书系〉、〈雪垠世界〉出版座谈会在京举行》。

《文汇报》发表舒克的《〈刮痧〉:文化碰撞后的思考》;薛卫东的《"刮"出来的遗憾》;洛申的《重塑西部片形象——青年导演金琛和他的新作〈菊花茶〉》;刘醒龙的《好话不说》。

《中国戏剧》第 2 期发表罗辑的《小剧场:后现代主义文化形式》;傅谨的《欲望的旗帜——王仁杰剧作的社会学解读》。

19 日,《太原日报》发表古远清的《台港澳文学学科尚未建立》。

20 日,《文艺报》第 25 期发表唐朝晖的《当今文坛是不是丢失了什么?——作家周涛访谈》;杨剑龙的《精神的探究与艺术的追求——王安忆在当代文坛的意义和价值》;石一宁的《塑造时代的理想人物形象——读洛艺嘉长篇小说〈中国病人〉》;扎拉嘎胡的《一条震撼欧亚大陆的特殊通道——读〈茶叶之路〉》;阎真的《严谨与独到——读〈湖湘文化精神与二十世纪湖南文学〉》;刘起林的《命运审察与人性透视的交融》;陆文夫的《关于创作的一点随想》;张学军的《现代通俗小说风采的整体呈现——评张华的〈中国现代通俗小说流变〉》;刘绪义的《所谓"文学批评的传媒化"质疑》;邹贤尧的《批评在何处陷落》;广惠的《国内第一部〈冯至评传〉出版》。

《西北大学学报(哲学社会科学版)》第 1 期发表黄曼君的《论毛泽东文艺思想的现代性特征》。

《学术月刊》第 2 期以"文化批评的现状与前瞻"为总题,发表骆冬青的《文化批评的内在理路》,刘晓春的《文化批评与文化研究》,刘士林的《文化批评的人性底线》。

《学术研究》第 2 期发表程文超的《论陈国凯长篇〈一方水土〉的跨文体写作》;傅腾霄、罗琼的《欲望的困惑——评张俊彪的小说〈幻化〉三部曲》。

《新文学史料》第 1 期发表陈映真的《范泉和"建设台湾新文学论争"》;蓝博洲的《秧歌·台北:台湾新文艺运动的青春之歌》;朱双一的《欧坦生、〈文艺春秋〉和光复后台湾文学的若干问题》;李瑞腾的《〈桥〉上论争的前奏》;朱双一的《略论光复初期台中〈和平日报〉副刊:兼又〈新知识〉月刊和〈文化交流〉辑刊》;方生的《杨逵与台湾学生民主运动》;赵遐秋的《从"文学大众化"到"人民的文学":20 世纪 40 年代末关于台湾新文学的论争》。

21 日,《光明日报》发表吴俊的《文学期刊光靠改版能自救吗》;陆泰的《应给文学新人一席之地》;苏丽萍的《小剧场的迷失》。

22日,《文艺报》第26期发表朱枫的《电影不会消亡 但会换个活法》;高鑫、贾秀清的《大众文化并非盲从大众》;张景勇的《反腐影视剧为何热映不衰》;林洪桐的《创造性地讲好故事——电视连续剧〈大雪无痕〉观感》。

《文学报》发表俞小石的《"纯文学"观念需要反思》;陆梅的《一个人的生活,一个人的写作——访青年女作家丁丽英》;托娅的《大草原的歌手——记著名蒙古族作家敖德斯尔》;刘昌庆的《听牛汉说诗》;周政保的《怎样才算好小说》;王雪瑛的《作家能用小说来做什么——兼谈王安忆的小说审美空间》;汪政的《小说的快乐主义原则——兼评阎连科的〈坚硬如水〉》;徐晶的《小说理应关注心灵》。

《新文学史料》第1期发表周而复的《往事回首录》(关于《上海的早晨》);黎之的《回忆与思考——"三中全会"前夕的两次文艺会》;吴纯俭的《诗人已去诗常在——忆记诗人方敬》;赵俊贤的《〈保卫延安〉创作答问录》;胡德培的《赤诚的心——我所认识的严文井》。

24日,《文艺报》第28期发表张永健的《真诗的血性》;曾镇南的《战士的胸襟 真人的性情》;吴治平的《平淡之中寓奇崛》;唐逊的《激浊扬清见心香》;围绕"长篇小说《好爹好娘》",以"人民就是好爹好娘"为总题,发表牛玉秋的《人物、矛盾与社会思想》,孙荪的《文学的选择》,曾镇南的《好的男儿,真的英雄》,李敬泽的《与〈好爹好娘〉有关的问题》,侯钰鑫的《永远不离开黄土地》。

《文汇报》发表君弘的《"家家井水说高阳"——"高阳作品系列"在三联出版》;郭娟的《关注写作的女性》。

25日,《语文学刊》第1期发表张溥的《雨滴回旋魅力无穷——余光中〈听听那冷雨〉品读》;韩阎斌的《台湾"大河小说"的史质性拓展》。

27日,《文艺报》第29期发表江湖的《第二届冯牧文学奖揭晓——百余名读者在中国现代文学馆现场观礼》;江湖的《接过镌有冯牧名字的奖牌 九位获奖者各抒心曲》;王侃的《乡土与公案》;郝雨的《文化散文:在新世纪的起点上——2000年文化散文综述》;张锲的《清风晚节老梅香——喜读〈世纪老人的话——臧克家卷〉》;乔世华的《无中生有》;尹汉胤的《第一朵浪花——读周龙江的散文诗集〈静静地向你走来〉》;刘俊的《在艰难中求生存——商品经济时代海外纯文学创作生存境况的观察与思考》。

28日,《光明日报》发表艾莉的《关于林兆华的"实验"》;周政保、丁临一、李炳银的《对报告文学的理论思考》；祝勇的《我看美文》。

《文汇报》发表金涛的《青年导演群体期盼领军人物》。

《中国青年报》发表桂杰的《刘索拉：有多少扇窗得慢慢打开》；赵勇的《好书出少年》。

本月，《戏剧艺术》第1期发表陈晓云的《重构神话——世纪之交中国电影文化的特征及其走向》；史可扬的《寻找迷失的诗意——国产电影的当下境况及出路》。

《剧本》第2期发表齐建华的《新时期戏曲文学内容与形式的探索》。

《剧影月报》第1期发表董健的《世纪之交说戏剧》；高舜英的《京剧艺术跨世纪琐谈》；苏迅的《川剧〈金子〉的程式性、特技及其他》。

《现代台湾研究》第1期发表萧成的《说不尽的"姻缘套"——台湾女作家郭良蕙婚恋小说掠影》。

本月，浙江大学出版社出版吴秀明的《转型时期的中国当代文学思潮》。

太白文艺出版社出版惠西平主编的《突发的思想冲突：博士直谏山西文坛及其他》。

上海文艺出版社出版王文生的《论情境》。

山西古籍出版社出版尹世玮的《灵魂揭示与拷问》、《借鉴与启迪》，万莲子的《关于女性文学的思考》，邱文治的《中国现代文学流派艺术研究》。

3月

1日，《大众电影》第3期发表陈茉的《关爱这个世界——记著名剧作家史建全》；郑晓龙的《从〈北京人在纽约〉到〈刮痧〉》。

《上海文学》发表李陀、李静的《漫说"纯文学"——李陀访谈录》。

《文艺报》第30期发表项竹薇的《〈幸福时光〉，电影没有剧本好？——同名电影小说和剧本出版》；赵葆华的《审父意识及亲情关怀——影片〈美丽的白银那〉审美取向》；嘉夫的《给"小剧场"泼点冷水》；叶廷芳的《空悲的美——王延松执导的〈押解〉赏析》。

《长江文艺》第3期发表陈晓明的《走出90年代文学批评的迷雾》。

《文学报》发表本报编辑部的《第二届冯牧文学奖在京揭晓——何向阳、阎晶明、谢有顺、刘亮程、毕飞宇等人获奖》；陆梅的《为历史存真——尤凤伟和长篇新作〈中国一九五七〉》；孙武臣的《解说散文热》。

《文学报·大众论坛》第14期发表李凌俊的《〈红色康乃馨〉为何赢得观众？》；吴中杰的《保持理性 揭穿"神话"》；梁溪子的《探究新诗百年历程——大连诗会综述》；俞小石的《〈切·格瓦拉〉是一部怎样的戏？》；同期，以"《红色康乃馨》研讨会发言纪要"为总题，发表吴中杰的《"反贪戏"的三大突破》，王纪人的《严肃的主题 喜闻乐见的形式》，李子云的《揭示了腐败的根源》，任仲伦的《三个深刻印象》；同期，发表钟晓毅的《陈俊年创作上的"三把刀"》；李炳银的《大鹏湾冲浪人的文学报告——读长篇报告文学〈天地男儿〉》；吴尚华的《双重透视——读陈源斌小说〈到处都是谎言〉》；李郁葱的《批评的力量——洪治纲〈永远的质疑〉读后》；李元洛的《感悟人生——散文集〈透明的思索〉小议》；王巨才的《脚踏实地的探索与建构——读〈回到中国悲剧〉》；李洁非的《戏魂——评长篇小说〈梨园风流〉》；王文生的《关于中国抒情文学的思想体系》。

《名作欣赏》第2期发表丛新强的《人性的勘探——读铁凝新作〈大浴女〉》；乔丽华的《寻找城市的根——读王安忆新作〈富萍〉》；张晓峰的《"我不是归人，是个过客……"——郑愁予〈错误〉一诗对中国诗词思妇主题的回应》。

《解放军文艺》第3期发表李雪梅的《没有翅膀的天使——新时期军旅男作家女性形象塑造模式》。

《新疆大学学报（社会科学版）》第1期发表张华的《试析舒婷诗歌风格的变化》。

2日，《小说选刊》第3期发表雷达的《面对新世纪的几点思索》；曹文轩的《小说意义上的个人经验——小说的艺术之三》；陈村的《去找史铁生》。

《文艺报》第31期发表王振民的《摄影文学的审美沉思》；刘芫的《摄影小说的叙事语言》。

《新剧本》第2期围绕"评剧现代戏《贫嘴张大民的幸福生活》"，发表钟艺兵的《开了评剧的新生面》；廖奔的《现代派意蕴与评剧的结合》；罗锦鳞的《大胆创

新　发扬传统》。

3日,《文艺报》第32期发表小可的《揭露法轮功邪教　弘扬科学精神——作家陈志鹏、万方华创作话剧〈穿越心灵的黑洞〉》;张邦卫的《长沙精心打造文化标牌　潇湘诗会再度兴会湘江》;严家炎的《如果这类逻辑能够成了……——质疑袁良骏先生对金庸小说的批判》,石林的《我以我笔慰平生》,张闳的《行者或南阳梦》,马凤藻的《康传熹的小说》;同期以"《刮痧》评论二题"为总题,发表杨远婴的《好看的情节剧》,北北的《剪短了的电视剧》。

《文汇报》发表谢娟的《作家自荐作品:拓宽阅读的疆界——"孤篇自荐"丛书显露作家与评论家之间的差异》;周政保的《"卷入现实"的精神及审视姿态——评毕四海的长篇小说〈财富与人性〉》;林舟的《〈坚硬如水〉的语言误区》;赵德明的《畸者的狂舞——我看〈坚硬如水〉》;张学昕的《新家族历史小说的创作倾向》;王光东的《90年代新潮实验小说为何衰微》;罗岗的《批评的现代意义》。

5日,《上海戏剧》第3期发表张之薇的《似花还是非花——对话剧〈霸王别姬〉的女性思考》。

《辽宁大学学报(哲学社会科学版)》第2期发表张学娅的《"超越"的审美艺术创造——读〈面对历史的苍茫〉》。

《光明日报》发表汝信的《找寻通向结果的道路——〈回到马克思〉一书读后》;同期,以"感人肺腑的壮丽画卷——《台湾风云》"为总题,发表杨志今的《历史真实与艺术虚构的多彩交响》,张炯的《才情洋溢的壮烈史剧》,陈建功的《海立云垂泣血诗》,张铭清的《诗人拔剑唱大风》,刘润为的《希望的"新生代"》,阳建国的《出版界义不容辞的责任》,贺绍俊的《赋予台湾历史现代意识》,邬喜康的《崇高精神是新世纪文学的支点》,红孩的《呼唤英雄心中激情澎湃》,刘向东的《深刻的选择》。

《花城》第2期发表林舟的《走向纯净的虚无——对残雪的书面访谈》;程光炜的《反对文学性的年代》。

《陕西师范大学学报(哲学社会科学版)》第1期发表李继凯的《务实派的文艺观——邓小平文艺理论与其政治、经济理论关系初探》;赵德利的《文化视野下的整体观照与系统分析——读〈秦地小说与"三秦文化"〉》。

《钟山》第2期围绕"第五届茅盾文学奖",发表汪政的《肯定与遗憾都是合理的》,林希的《第三只眼看获奖》,吴秉杰的《评奖的偶然性》,王彬彬的《茅盾奖:史诗情节的阴魂不散》。

《历史教学》第3期发表龙向阳的《交流与展望：21世纪的海外华人研究》。

6日，《文艺报》第33期发表高小立的《政治抒情诗不能少了打动人心的细节描写》；本报编辑部的《"纯文学"讨论会在上海召开》、《作家非议"少年作家"热：炒作"神童"无异于"谋杀"》；田冲的《黄土高原能否出现城市文学力作》；王琳的《阿成的小说魔术》；陈超的《2000的诗歌？》；陈昌本的《读〈百年冰心〉》；葛红兵的《历史之眼与现实之门——评孙树林〈百世苍凉〉》；邵宏的《文艺学与比较文艺学》；李丽的《宗白华的"散步"方式》。

《中国青年报》发表冯雪梅的《票房考验纯文学》。

《台港文学选刊》第3期发表陈思和的《另类文化的另一种解释》；余禺的《和白天一同唱歌，和黑夜一同做梦——"香港散文诗研讨会"综述》。

8日，《文艺报》第34期发表刘祯的《成长之初——观儿童剧〈小小聂耳〉》；曲怀生的《根植生活的沃土——记山东作家高润东》；周志宏的《给"创新"泼点冷水》(谈名著改编问题)；文刀的《吊在空中的林兆华——话剧〈理查三世〉观后》；姚玳玫的《在诗人与雕塑家之间——李金发艺术追求的双重性》。

《文学报》发表陆梅的《"文学豫军"有了新生梯队》；徐林正的《宁可重复别人也不重复自己——作家马原访谈》；陆士清的《白先勇与上海》。

《阅读与写作》第3期发表古远清的《生命之火为诗燃烧——记台湾诗人林龄》。

《芙蓉》第2期以《谁进入诗歌史？！——由诗歌选本引发的一场诗歌纷争》为总题，发表杨黎的《打开天窗说亮话——〈2000中国诗年选〉序》，伊沙的《现场直击：2000年中国新诗关键词》，徐江的《从头再来——1999～2001：诗人的被缚与诗歌的内在抗争》，李樯的《诗坛不是江湖——2001年初〈诗江湖〉讨论版论战中的面孔》，马策的《诗歌之死——主要是对狂奔在"牛B"路上的"下半身"诗歌团体的必要警惕》，侯马的《当代诗歌：业余诗人专业写作的开始》、《一抹灰尘——我所接触的九十年代诗歌人物》。

9日，《文汇报》发表傅庆萱的《四代演员的"霓虹灯情结"——话剧〈霓虹灯下的哨兵〉复排小记》。

《民族文学》第3期发表扎拉嘎胡的《序〈策·杰尔嘎拉评论集〉》；杜国景的《〈黑瓦房〉：寂寞的乡村童话——读苗族作家龙潜的长篇小说〈黑瓦房〉》。

10日,《文艺报》第36期发表木弓的《创新也是文学的灵魂》;胡言的《徐坤、赵凝、王芫、丁天作品研讨会》;余三定的《当代文学缺少鲜活的贪官典型》;蒋亚林的《理性的光焰与诗的静美》;封秋昌的《徜徉于文学与科学之间》;郭莹的《发人深省的警示》;张志忠的《军人的言说方式》;王芫的《从白领到作家》;方青卓的《我的文学情节》;虹影的《与长期通电话的人见面》;姜丰的《无人喝彩的时代》;金波的《为小读者奉献精品——读修订版长篇小说〈蛙鸣〉》。

《中州学刊》第2期发表朱崇科的《平淡上路:超越飞升与失落——中国当代美学批评的反思》;孙璐的《从"二王"看中国当代文坛的后现代思想》。

《电视·电影·文学》第2期发表彭家谨的《过犹不及——有感于电视连续剧〈贫嘴张大民的幸福生活〉和电影〈美丽的家〉》;赵遵生的《当代英模题材创作之我见》。

《戏剧文学》第3期发表李振明的《略论戏剧的生命存在》。

《江海学刊》第2期发表董健的《江苏短篇小说五十年》;啸尘的《弘扬自我的散文批评理论建构——评范培松的〈中国散文批评史〉(20世纪卷)》。

《诗刊》第3期发表阎延文的《诗歌的幻美之旅——蔡其矫的访谈录》;赵恺的《新诗应当有自己的"古文运动"》;谢冕的《文人的从政与写诗》。

《理论与创作》第2期发表罗成琰的《商品经济大潮中的文学》;赵树勤的《自由的飞翔——知识经济时代女性文学的发展趋势》;曾镇南的《诗友志洁 手足情深——评〈蔡氏兄妹四人诗选〉》;谭解文的《现实主义道路上的新探索——读李准的〈黄河东流去〉》;李夫泽的《论谢冰莹的〈从军日记〉》;龙长吟的《回归传统:应对艰难与自由——评左郁文的〈两半集〉》;戴绘林的《论冯之戏剧作品的艺术特色》。

《河南师范大学学报(哲学社会科学版)》第2期发表李建东、李存的《"林语堂矛盾"的文化观照》。

11日,《文汇报》发表臧礼淦、包明廉的《全国影视界迎接建党80周年——厉兵秣马奏响主旋律》;华诚的《荧屏再现文学巨匠风采——记电视连续剧〈鲁迅与许广平〉》;梅朵的《他的心还在燃烧——评谢晋的〈女足九号〉》。

13日,《文艺报》第37期发表施战军的《杏树上结的小说》;胡军的《专家学者探讨戏曲的创新与继承》;饶芃子的《面向廿一世纪的华文文学》;陈丽虹的《海外华文作家的"文化身份"》;艾嘉的《西部开发与西部文艺理论的发展》;陈漱渝的

《文艺论争杂议》;晓雪的《一本有价值的诗歌论著——读龙彼德的〈中国式现代诗〉》;吴作桥的《应提倡学者型作家》。

《中国青年报》发表刘川鄂的《严肃的批评不是酷评》;解玺璋的《〈太阳氏族〉:打开女性的房间》。

14日,《中国青年报》发表刘小萌的《知青文学的一次超越》。

15日,《人文杂志》第2期发表段建军的《一个新人类的典型——评〈怀念狼〉中的烂头形象》。

《文艺报》第38期发表石一宁的《时代需要英雄主义——访电视连续剧〈朱德元帅〉导演郑克洪》;高小立的《黄梅戏音乐电视剧〈二月〉引发对戏曲电视剧的思考》;易舟的《编剧地位小议》;刘敏庚的《诗与魂——〈红岩诗魂〉创作随笔》;宋宝珍的《别拿演员当道具——给某些导演泼点冷水》;陆泰的《"戏说"作品应当面对历史》。

《文学报》发表陆梅的《怎样看待少年作者出书? 有关人士表示——切勿拔苗助长 切忌商业炒作》。

《文学评论》第2期以"中国当代文学史史学观念笔谈"为总题,发表李杨的《没有"十七年文学"与"文革文学",何来"新时期文学"?》,昌切的《学术立场还是启蒙立场》,孙绍振的《审美历史语境和当代文学史研究》,南帆的《文学史写作:个人话语与普遍话语》,徐岱的《观念更新与当代文学史写作》,郑家建的《文学史叙述的基本问题:框架、形态和时间》,毛丹武的《文学史写作:诗学还是文化学》;同期,发表张志忠的《追忆逝水年华——王蒙"季节"系列长篇小说论》;樊星的《论八十年代以来文学世俗化思潮的演化》;傅元峰的《诗性栖居地的沦陷——解读90年代小说中的景物叙写》。

《当代文坛》第2期发表梁振华的《宿命与承担——市场经济浪潮中人文知识分子的角色选择》;杜素涓的《市场的陷阱——从当下文学中的卖点看文学的问题和处境》;刘泰然的《虚假的反抗:白领文学的兴起》;唐欣的《落霞与孤鹜齐飞——海峡两岸"意识流小说"比较》;吴智斌的《无根的写作:卫慧、棉棉作品对"父亲"的解构》;谭红、杨毅的《从描摹纯朴的"美丽"到展示复杂的"丑陋"——贾平凹艺术追求轨迹探寻之一》;黄立凡、李波的《漫谈汪曾祺作品中的食文化》;黄洁的《〈家园〉:一部具有新历史主义倾向的小说》;柏文猛的《心灵的诗性超越——〈草房子〉的艺术启示》;蔡丽的《乡野民情与无常人生——评迟子建的〈逆行的精灵〉》;以"陈忠实评论小辑"为总题,发表公炎冰的《陈忠实对新时期现实主义的掘进》,张恒学的《白鹿,中国传统农耕文化理想的象征——再论陈忠实的〈白鹿园〉》;同期,发表朱曦的《散文的隐喻魅力——兼谈现当代散文的表现特征》;梁向阳的《挚恋土地的美文——浅论刘成章陕北风情散文》;汪登存的《孤独的贵族——读陈染的〈声声断断〉》;叶永胜、刘桂荣的《春心与共花争发——海峡两岸爱情诗比较》;伍立杨的《情采郁郁长芳菲》;峻冰的《流动的情感——评黄文庄诗集〈飘香的玫瑰〉》;刘熹的《论现阶段的网络原创文学》。

《云南民族学院学报(哲学社会科学版)》第2期发表马绍玺的《守望诗歌王国——云南少数民族中青年诗人创作访谈》;朱曦的《新时期云南文学的文学人类学思考》;资庆元的《报告文学标题的制作要领》。

《北方论丛》第2期发表周晓燕的《当代文学的向内转与个人化写作》;李秋林的《20世纪中国报告文学的人文底蕴》。

《电视剧》第2期发表曾庆瑞的《血泪写风云　烈酒祭丹青——电视剧〈太平天国〉的悲剧审美艺术和格调》;王昕的《电视历史剧形神论》;李传华的《电视剧艺术学建构在文化嬗变中的先锋意识概说》。

《电影文学》第3期发表秋风的《电影诗人费穆》;五柳的《新中国五、六十年代的电影》;同期以"争鸣之《幸福时光》"为总题,发表单润泽的《"城市民谣"有点跑调》,五柳的《不妨把她当成一则寓言——也谈张艺谋的影片〈幸福时光〉》,张晓峰的《瞎炒和炒"瞎"了的真相——就影片〈幸福时光〉说说张艺谋》。

《当代电影》第2期发表思芜的《从小说到电影——关于〈行为艺术〉》;胡克的《改编的技巧》;王一川的《高雅型大众片与影片文化类型》;陈晓云的《后电影:理论与创作》。

《当代戏剧》第2期发表谢艳春的《戏曲呼唤现代意识》;常智奇的《改编是对原作审美投向的认可——致丁金龙先生的一封信》(关于小说《白鹿原》改编为秦腔近代戏)。

《社会科学》第3期发表王宁的《当代历史语境中的性别叙事》。

《齐鲁学刊》第2期发表郭锐的《谈世纪之交我国大陆科幻小说创作的几个主要问题》;李钧的《失衡的转向——"破"与"立"与1958年〈人民文学〉的叙事策略》。

《学习与探索》第2期以"中国新诗成就与前景(笔谈)"为总题,发表陆耀东的《近百年新诗：几分成就，几分遗憾》，李怡的《标准与尺度：关于中国新诗的总体评价》，孙玉石的《何时成为一匹有野性而又聪慧的狼呢？——新诗流派与诗学批评发展断想》，江锡铨的《"不像诗"与"像诗"：新诗艺术发展的"钟摆现象"》，张洁宇的《新诗的"亲"与"疏"》，龙泉明的《中国现代主义诗歌成就估评》，罗振亚的《孱弱而奇绝的生命水——简说中国现代主义诗潮》，张新的《城市诗的历史机遇》，朱晓进的《诗歌作为语言的艺术——我看中国新诗》。

《南方文坛》第2期发表杨扬的《变化意味着什么？——90年代中国文学的变化及其自身的思想障碍》；陈思和的《关于杨扬的文学批评》；张新颖的《批评从生命表达的质朴要求出发》（关于杨扬的文学批评）；王干的《90年代文学论纲（下）》；吴俊的《平民心态和文学批评》；谢有顺的《走下神坛的"梦之队"》；炜评的《批评人格的自渎与自救——关于李建军"直谏"引发争鸣现象的再思考》；蓝棣之的《毛泽东心中的鲁迅》；潘琦的《大石山里崛起的作家群——试论桂西北作家群》；陈雨帆的《桂西北作家小说创作的两次觉醒》；李洁非的《有关系，或者没有关系》（讨论影视和文学的关系）；西飏的《影像和词语之间》；杨少波的《电影与文学》；李钧的《仰望星空或拒绝虚空——王小波论》；郜元宝的《没意思的故事背后——〈断裂丛书〉印象》；林舟的《断裂者的回应——关于〈断裂丛书〉第2辑》；董健的《迈入21世纪的中国戏剧》。

《汕头大学学报（人文科学版）》第1期发表华文的《期望超越——记第十一届世界华文文学国际研讨会暨第二届海内外潮人作家作品国际研讨会》；肖成的《文化人类学与世界华文文学研究一体化的可能性》；饶芃子的《跨文化视野中的海外华文文学》。

《延安教育学院学报》第1期发表路晓冰的《乡愁是一湾浅浅的海峡——浅谈余光中作品中的思乡情结》。

《复旦学报（社会科学版）》第2期专栏"中国文学史分期问题讨论"，发表章培恒的《关于中国现代文学的开端——兼及"近代文学"问题》，丁帆的《论近二十年文学与文学史断代之关系》。

《江苏社会科学》第2期发表施萍的《回归、审视与选择——论林语堂的传统文化观》。

《思想战线》第2期发表张婷婷的《形式本体论：新时期文艺的价值取向》。

《徐州师范大学学报（哲学社会科学版）》第1期发表朱寿桐的《郭沫若研究

五十年》。

《福建论坛·人文社会科学版》第2期发表周宪的《视觉文化与消费社会》；徐岱的《论审美精神的实践品格》；沈义贞的《2000年度散文研究综述》。

16日,《人民日报》发表郝洪的《"韩寒流":让人感觉有点冷——评说低龄化写作》。

《文艺争鸣》第2期以"当代批评家论·夏中义专辑"为总题,发表刘锋杰的《倾听生命的坚守》,荆竹的《夏中义的"思想实验"》,夏中义的《近十年学业自述》；同期,发表林贤治的《90年代散文:世纪末的狂欢》；张永清、王多的《回眸新写实》；於可训等的《70年代人看70年代作家——70年代人的一次批评行动》；王文胜的《自我否定的文化意蕴——十七年文学反思》；王一川的《批评的理论化——当前学理批评的一种新趋势》；吴炫、李小山等的《理论原创:是否可能与如何可能》；汤学智的《90年代文学危机原因透视》；殷睿、黄茵的《世纪之交文学的收获与缺失——"90年代文学研讨会"纪实》；吴予敏的《呼唤有理论品格的个性化批评——中国当代文艺批评研讨会缀要》；童庆炳的《金钱对人的奴役——兼评刘敏的长篇小说〈如歌的诱惑〉》；杨春时的《"文学现代性"讨论没有意义吗？——对〈现代性言说在中国〉的质疑》；杨扬的《民间也是可以办文化的——写在〈商务印书馆:民间出版业的兴衰〉出版之际》。

《文艺报》第39期发表成东方的《摄影文学的回顾与分类》；李成的《钢铁与血泪的奏鸣曲——评摄影小说〈将军泪〉》；张学昕的《流淌着的世俗生活影像——评摄影小说〈生活秀〉》；马相武的《时代·形式·美——摄影诗〈奔马〉审美分析》。

17日,《文艺报》第40期发表胡殿红的《作家与他的城市——访冯骥才》；贝佳的《作家呼唤精神"环保"——"两会"上作家代表为文化献策》；谭解文的《样板戏——横看成岭侧成峰》；谭旭东的《别具一格的审美世界》；陈福民的《徐坤:智慧精灵之舞蹈》；李敬泽的《王芫之"雅""俗"与真实》；孟繁华的《魔幻都市与病中情人——评赵凝的小说〈一个分成两瓣的女孩〉》；白烨的《在"成长"中"自省"》；魏胜吉的《烛照与凝眸——读牟心海长诗〈老墙身影〉》。

《作品与争鸣》第3期发表阎玉清的《重提妇女命运问题》(讨论李肇正的小说《勇往直前》)；李栋臣的《局部的真实和整体的不真实》(讨论池莉小说《生活秀》)。

18日,《文汇报》发表包明廉的《拍一部有亲和力的〈邓小平〉——导演丁荫楠访谈》;刘章春的《北京人艺重排郭老名剧 徐帆舞台再现〈蔡文姬〉》;洛申的《公路片的艺术魅力在哪里——青年导演施润玖谈新片〈走到底〉》;毕飞宇的《没有金刚钻 不揽瓷器活》。

《中国戏剧》第3期发表张先的《作为戏剧现象的〈切·格瓦拉〉》;潘伟行的《用生命点燃的火炬》(关于戏剧《切·格瓦拉》)。

20日,《人民日报》发表毛羽的《电影市场:打破垄断初现生机》;刘玉琴的《〈远山〉的思考》;刘渔的《舞台需要滑稽戏》。

《小说评论》第2期发表雷达的《张炜〈外省书〉》、《阎连科〈坚硬如水〉》、《王大进〈欲望之路〉》、《毕四海〈财富与人性〉》、《罗萌〈丹青风骨〉》;洪治纲的《在强劲的想象中建立真实》;吴义勤、贺彩虹等的《文本化的"上海"——新长篇讨论会之二:王安忆的〈富萍〉》;何镇邦的《"长篇热"带来的丰收——1998、1999长篇小说创作漫评》;杜素娟的《断裂·传媒·商业化叙事——当下文坛的三大陷阱》;颜纯钧的《爱情的悼亡诗篇——评陶然近年的小说创作》;段崇轩的《官场与人性的纠缠——评王跃文的小说创作》;余岱宗的《反浪漫的怀旧恋语——长篇小说〈长恨歌〉的一种解读》;杨义的《一部充满命运传奇的文化小说——读罗萌的〈梨园风流〉》。

《文艺报》第41期发表王山的《热爱祖国的乡土与人民 唤醒民族的自尊和自强——〈黄春明作品集〉出版座谈会在北京举行》;乔世华的《别有意义的命名》;许苗苗的《特立独行的网络文学》;何启治的《令人振奋的科学家传记——喜读〈袁隆平传〉》;贺绍俊的《想象中的"国粹"小说》;欧阳友权的《高科技背景下的文学基础理论研究》;刘泰然的《两难和虚妄的白领文学》;刘澍德的《西北汉子性情中人——记作家张俊彪》。

《当代》第2期发表洪水的《新年文学期刊个人排名》;杨义的《一部充满命运传奇的文化小说》。

《河北学刊》第2期发表谭桂林的《论〈白鹿原〉的家族母题叙事》。

《文艺报》第41期发表金圣华的《"全球华文青年文学奖"筹办经过》。

《暨南学报(哲学社会科学版)》第2期发表卫景宜的《美国华裔英文小说里的中国观》。

《中州大学学报》第1期发表柴焰的《论余光中的"乡愁诗"》;张彩虹的《论李

昂、王安忆的性爱小说》。

《学术研究》第 3 期发表蒋述卓、王斌的《论城市文学研究的方向》。

《剧作家》第 2 期发表罗晓帆的《戏剧性断想》；刘平的《小剧场戏剧的"突围"》；孔凡晶的《萧红——一个难以消解的戏剧情结》；朱增源的《〈卧虎藏龙〉：特别打造的"江湖神话"》；崔艳的《新世纪·新戏剧·新希望》；顾昭莉、张晓军的《来自生活的喜剧情结——试评赵家耀先生的三部戏剧小品》；董丽桥、陈原的《震撼心灵的人生启迪——浅谈电视连续剧〈北京女人〉的思想内涵》。

21 日，《文艺研究》第 2 期发表张鹰的《九十年代军旅话剧的审美趋向》；张东的《狂潮中的冷思——近期军事题材电视剧创作问题思考》；郑淑梅的《在传统的链条上——论电视剧审美的道德化现象》；廖奔的《关于名著改编》；陈旭光的《20 世纪中国新诗中的现代主义》；赵树勤的《当代女性诗学的理论建构及其流变》；王烨的《林语堂的文化情怀》；张渝生的《台湾现代主义文学的中西艺术融合》。

《光明日报》发表周灏的《科教片〈宇宙与人〉为何热映影市》。

22 日，《文艺报》第 42 期发表嘉夫的《关于"戏曲电视剧"》；黄会林的《以小见大　举重若轻——析电视连续剧〈全家福〉》。

《文汇报》发表傅庆萱的《现实题材应贴近现实——电视界人士就不少剧作表现颓废生活提出批评》。

《文学报》发表俞小石的《纪念鲁迅　戏剧先行——为纪念鲁迅诞辰 120 周年，鲁迅题材的戏剧将陆续上演》；张友洪的《他奔波于城市与乡村间——访青年作家潘灵》；刘元举的《文学的窄门》。

23 日，《文艺报》第 43 期发表朱孟仪的《审美复合：摄影文学的美学机理》。

《天津社会科学》第 2 期发表简政珍、沈奇的《诗心·诗学·诗话：两岸现代诗学对话》；杨乃乔的《诗者与思者——一位在海外漂泊的华裔诗人及其现代汉诗书写》。

24 日，《文艺报》第 44 期发表谭谈的《珍爱历史——编辑出版大型丛书〈文艺湘军百家文库〉札记》；木弓的《读图时代的担忧》；何志云的《批评面临挑战》；薛宝琨的《拓展艺术批评中的文化学方法》；陆邵阳的《媒体炒作时代的电影批评》；丹晨的《关于张辛欣的一段悲喜往事》；刘章的《摆摊卖诗》。

《文艺理论与批评》第 2 期发表陈映真的《天高地厚——读高行健先生受奖词的随想》；陈志昂的《〈大雪无痕〉的"五个一"》；李万武的《她和她们不一样——

从长篇小说〈歇马山庄〉看孙慧芬》；邱景华的《〈创业史〉：新的小说类型》；范奇志的《对〈李自成〉四、五卷创作新变的探讨》；周良沛的《永远的寂寞——痛悼卞之琳》；曾健民的《在风雨飘摇中绽开的文学花苞："台湾新文学论议"的思想和时代》。

25日，《文艺理论研究》第2期发表王纪人的《个人化、私人化、时尚化——简论90年代的文学写作》；方克强的《九十年代文学与开放性》；毛时安的《1985：语言、形式的骚动喧哗和上海文学》；谢柏梁的《屏幕文学：中国文学史的新纪元》；谭运长的《文学期刊编辑在文学过程中的作用》；李平的《20世纪中国文学批评史研究综述》。

《四川戏剧》第2期发表刘梓钰的《京剧文学与京剧振兴》；任孚先的《震撼心灵的呼唤——评剧本〈血太阳〉》；陈培仲的《史论结合写春秋　情文并茂酿佳作——喜读〈川剧之光〉》；何思玉、张晓玲的《东方式的幽默——从老舍作品的死亡主题及作家自杀谈起》；胡健生的《论"巧合"、"误会"在戏剧创作中的艺术功用》；王世德的《论戏剧语言的动作性》。

《当代作家评论》第2期发表南帆的《消费历史》（讨论影视历史剧现象）；郜元宝的《另一种权利》（讨论名人传记热现象）；谢冕的《告别二十世纪——在大连诗歌研讨会上的发言》；郑敏的《我的几点意见》；吴义勤的《小说的起点与小说的终点——〈2000年中国最佳中短篇小说〉序》；王雪瑛的《生长的状态——论王安忆九十年代的小说创作》；孙郁的《旁观者的叙述》（讨论张炜的《外省书》）；林贤治的《一种无权者文学：质疑与痛苦——冯秋子的散文写作》；围绕"张生的小说创作"，发表叶兆言的《张生的小说》，王宏图的《存在的勘探者——张生小说简论》，王鸿生的《小说之死》；同期，以"黄子平评论小辑"为总题，发表黄子平的《革命·历史·小说（前言）》，王光明的《释放文学内部的能量——黄子平的文学批评》，陈顺馨的《灰阑中的解读——读黄子平〈革命·历史·小说〉》；围绕"素素的散文创作"，发表王尧的《寻找精神栖处时的独语》，谢有顺的《东北在素素的心中》，洪治纲的《历史中的内心活动——读素素散文集〈独语东北〉》。

《社会科学战线》第2期以"21世纪与文学理论研究笔谈"为总题，发表董学文的《文学理论的存在形式》，马驰的《文学理论美学化是否可能——对文论界一些流行观点的思考》，马龙潜的《对当代文学理论体系哲学基础的认识》，冯宪光的《文学理论：视点、形态、问题》，李树榕的《规范"文艺理论"界定的思考》。

《郑州大学学报(哲学社会科学版)》第 2 期发表洪子诚的《近年的当代文学史研究》；陈思和的《编写当代文学史的几个问题》。

《贵州大学学报(社会科学版)》第 2 期发表赵德利的《女神与女巫：女性偶像的雕塑与颠覆——20 世纪家族小说人物论之二》。

《世界华文文学论坛》第 1 期发表黄文辉的《整体与具体——关于澳门文学研究的理论》；朱双一的《走向多样化格局的澳门小说创作》；范培松的《澳门女散文家述评》；盛英的《云破月来花弄影——澳门女性散文一瞥》；郭风的《香港散文诗印象》；徐成淼的《香港：现代散文诗的天然沃土》；春华的《香港散文诗的特色》；林子的《"诗的神髓"是散文诗的生命》；大鲎的《寻求新的文学空间——香港散文诗研讨会综述》；彭立勋的《余光中的诗歌美学思想》；张永健的《论余光中思乡恋土诗歌的特色》；韦佩仪的《余光中研究在新马》；陈大为的《速食店和它划分的消费文化视野》；王剑丛的《香港当代散文的整体观照——〈香港精粹散文赏析前言〉》；林承璜的《追求主题思想的深化——读曾心的微型小说》；单汝鹏的《童趣 幽默 哲思——孙重贵新著〈香港寓言选〉试析》；李艳的《欲望与寂寞间的生存——论施叔青短篇小说中的女性心态》；严红梅的《热切真挚的人性呼唤——论尤今中短篇小说》；潘亚暾的《筚路蓝缕的拓荒之作——评〈世界华文文学概要〉》；刘华的《千禧年的盛会——第十一届世界华文文学国际研讨会暨第二届海内外潮人作家作品国际研讨会综述》；江少川的《余光中暨沙田文学国际研讨会综述》；顺风的《白先勇创作国际研讨会综述》；世华的《"盘房杯世界华文小说优秀奖"颁奖》。

《东岳论丛》第 2 期发表姜智芹的《论陈映真小说创作中的"中国情结"》。

《浙江学刊》第 2 期发表曹苇舫的《漂泊者的寻觅与思考——浙籍台港及海外华人作家创作主题简析》。

26 日，《文汇报》发表姜义华的《论先进文化的创造与发展》。

27 日，《人民日报》以"加强文艺评论 繁荣文艺创作——中国文联'当代文艺论坛'发言摘登"为总题，发表李默然的《避免盲目》，陈建功的《评论要中国化》，邵大箴的《全球化与民族化》，苏叔阳的《建立文艺批评体系》，朱虹的《文艺评论呼唤权威》，张炯的《文艺批评的价值取向》，仲呈祥的《电视要为繁荣艺术服务》，杨义的《价值重建与文化批评》。

《文艺报》第 45 期发表包立民的《诗光——韦丘与韶关五月诗社》；建法、黎民的《为了忘却的纪念——〈中国一九五七〉反思知识分子心灵史》;李洁非的《城市文学及其意义》;屠岸的《回顾在"人文"的岁月》;钟艺兵的《读〈郭光春诗文选〉》;马儿的《小说所能呈现的》;杨品的《做公众的代言人——从赵树理到张平》;冯苓植的《直面现实:有源才有流——兼谈山西文学》;庄钟庆的《自己的声音和文采》;古远清的《强烈的拓新意识——评李运抟〈中国当代小说五十年〉》;夏仲翼的《文学史作与学术个性》;王宁的《边缘话语的力量》;南帆的《熟悉与生疏》。

《文汇报》发表陈晓黎的《〈卧虎藏龙〉获四项金奖》;陈熙涵的《海内外专家学者聚会乌镇纪念茅盾逝世20周年》;傅庆萱的《漂亮精彩有悬念——导演黄健中谈央视版〈笑傲江湖〉》;金涛的《追寻中国电影的武侠乡愁——透视〈卧虎藏龙〉》。

《文学自由谈》第2期发表古远清的《"花城"出了一本什么样的传记?》;苏阳的《一群相互抚摸的人》;张曼菱的《"农民的常态"与"文学的常态"》;阿敏的《可怜小余》(关于余杰);陈鲁民的《王老板与诗坛的话题》。

《中国青年报》发表徐虹的《莫言的故事讲得狠》;冯雪梅的《幸福派——2月小说速读》。

《华中师范大学学报(人文社会科学版)》第2期发表戴建业的《从"中国诗的现代化"到"现代诗"的"中国化"——余光中对中国现代诗的理论构想》;黄曼君的《余光中现代诗学品格论》;江少川的《乡愁、母题、诗美建构与超越——论余光中诗歌的"中国情结"》;黄永林的《在现代与传统之间:论余光中诗歌创作的特色》。

28日,《光明日报》发表葛晓音的《文学遗产的"古为今用"》;秦晋的《思想者的风采——评韩春旭的"新人文散文"》;尹鸿的《真性情 真体验——评电视剧〈活出个样儿〉》。

29日,《文艺报》第46期发表梅朵的《谢晋的艺术之路》;简兮的《挑战堕落——寄语戏剧批评》;廖奔的《戏剧批评:现状与对策》;赵春强的《真实 丰满 深邃——江西吉安采茶戏〈远山〉观后》;刘连群的《审美错位》;文刀的《慎称大师》。

《文汇报》发表张立行的《倾情黄土地——贾平凹自述农民生活经历》。

《文学报》发表俞小石的《纪念茅盾逝世20周年活动在乌镇举行》;陆梅的

《"晋军"新锐,山西文坛的希望》;雷达的《大鸿飞天——读〈敦煌守护神——常书鸿〉》;郁葱的《钟声与灯塔——与诗友们随谈21世纪中国新诗》;叶延滨的《面对诗歌时的回答》;陈东东的《寻找新的阻力》。

《光明日报》发表庄建的《永远的朝内大街166号——写在人民文学出版社成立五十年之际》;吴小如的"责编"要负起责任来》;梁枢的《回家的路上边走边想——解说一种新的文化概念》。

30日,《文艺报》第47期发表孙绍振的《画面和文字 必要的错位》。

《西北师大学报(社会科学版)》第2期发表丁晓原的《以群:作为报告文学理论家》。

《光明日报》发表苏丽萍的《小戏拥有农村大舞台》。

《扬州大学学报(人文社会科学版)》第2期发表李掖平的《当前女性诗歌的解读与剖析》。

《河南大学学报(社会科学版)》第2期发表侯运华的《论李佩甫的小说创作》;傅腾霄、陈文的《没有消失的幽灵——马克思主义文艺学的当代性问题》。

《海南师范学院学报(人文社会科学版)》第2期发表古远清的《蹊径独辟,和而不同——2000年的香港文学研究》;许正林的《理念与价值——试论余光中的文学批评与艾略特诗学的渊源关系》。

《湖北商业高等专科学校学报(社会科学版)》第1期发表古远清的《评欧阳子对〈台北人〉的研析与索隐》。

31日,《文艺报》第48期发表崔道怡的《穿风蹈浪采词章——张光年在回春时节》;熊元义的《茅盾逝世20周年纪念活动暨第七届茅盾研究(国际)学术研讨会在桐乡举行》;石英的《观古代清官电视剧所想到的》;唐韵的《诗化的山岳丛林》;孙伟科的《且将诗心融学术》;贺绍俊的《文学地矗立起"中国特色"》;王久辛的《期待之重与到来之轻》;张学昕的《近年农村小说的创作》;胡殷红的《我想丢掉作家的帽子——与金庸漫谈》。

本月,《中山大学学报(社会科学版)》第2期发表杜莉的《后现代主义与新新小说》。

《文艺评论》第2期发表徐珂的《语言转换模式和网络文学的发展》;石恢的《当代批评与理论》;张景超、牛宝凤的《关于知识分子当下形态的反思》;汤学智的《大众文学与文学生命链——新时期一种文学现象考论》;王晖的《晚近学者散文批评的解读》;郭力整理的《综合与超越:女性文学研究方法论的探讨——文学研究方法论研讨之四》;徐张杰的《试述新时期小说创作的"世俗化"倾向》;邢海珍的《灵智而高远的诗学建树——梁南诗论集〈在缪斯伞下〉评述》;代迅的《关于酷评:以余秋雨现象为例》;赵勇的《先锋有多先?》。

《中国文学研究》第1期发表岳凯华的《中国独特现实主义的"路"与"发展轮廓"的探讨——胡风文艺思想述评》。

《电影新作》第2期发表章明的《世界电影新格局对我们的启示》。

《百花洲》第2期发表吴俊的《王安忆的叙事技艺——〈富萍〉阅读札记》;张强的《当代女性主义写作的叛逆与歧途》。

《台湾研究集刊》第1期发表古远清的《台湾文学理论批评的历史扫描》;廖四平的《台湾现代派小说与西方影响》。

《深圳大学学报(人文社会科学版)》第2期发表黄永健的《香港散文诗创作现状及走向》。

《安徽大学学报(哲学社会科学版)》第2期发表吴文薇的《寻求中西叙事理论的对话与沟通——关于建构中国当代叙事学的思考》,王宗法的《不仅仅是文学走向的抉择:谈1948前后"桥"的文学论争》。

《剧本》第3期发表安葵的《畏传统而后超越——读王仁杰剧作》;方李珍的《女性实验剧场:空白、影响与幻相——论王仁杰梨园戏的女性主体存在》;刘平的《话剧创作如何面对市场的检验——2000年舞台话剧创作感言》。

《浙江大学学报(人文社会科学版)》第2期发表吴晓的《诗歌意象的符号质、系统质、功能质》。

中央编译出版社出版[法]布迪厄著、刘晖译的《艺术的法则:文学场的生成和结构》。

本月,浙江人民出版社出版钟桂松的《二十世纪茅盾研究史》。

上海文艺出版社出版钱竞、王飚的《中国20世纪文艺学学术史·第1部》,旷新年的《中国20世纪文艺学学术史·第2部》,孟繁华的《中国20世纪文艺学学术史·第3部》,张婷婷的《中国20世纪文艺学学术史·第4部》。

江苏文艺出版社出版庄锡华的《文艺理论的世纪风标》。

海天出版社出版钱念孙的《艺术真谛的发掘和阐释》。

广西师范大学出版社出版余虹的《革命·审美·解构:20世纪中国文学理

论的现代性与后现代性》。

复旦大学出版社出版钟桂松的《茅盾散论》。

大众文艺出版社出版中国文联理论研究室编的《双刃剑下的评说》，中国文联理论研究室编的《全球化时代的文学选择：中国文联2000年度文艺评论获奖文集》，邢晓群、孙珉编的《回应韦君宜》；傅光明编的《解读萧乾》。

4月

1日，《人民日报》发表史博公的《三年"一剑"谱华章——论科普片〈宇宙与人〉》；董大中的《送小说到乡下去》；翟泰丰的《抒情与哲理的融合——读〈世纪老人的话——臧克家卷〉》；杜高的《与困难搏战中的力量和美——电视剧〈活出个样儿〉观后》。

《大众电影》第4期发表王童的《赵本山：苦涩的笑》（关于影片《幸福时光》）；刘澍的《荒诞年代的六部"重拍片"》。

《上海文学》第4期发表隋倩的《革命的民间化与民间的革命化——关于1963年7月至1966年3月〈故事会〉的思考》；薛毅的《开放我们的文学观念》；张闳的《文学的力量与"介入性"》；葛红兵的《介入：作为一种纯粹的文学信念》。

《长江文艺》第4期发表赵国泰、罗高林的《关于"长诗热现象"的对话》；傅广典的《长篇小说将进入转型期》；徐敏的《一种特殊的女性写作》。

《写作》第4期发表赵艳的《意象化、复调和冷叙述——评"晚生代"小说的叙述策略》。

2日，《小说选刊》第4期发表陈村的《不好写的叶兆言》。

3日，《人民日报》发表王甫的《电视需要批评》。

《文艺报》第49期发表本报编辑部的《筑成人民永远的文学家园——人民文学出版社迎来建社50周年》；李平的《丁玲杂文精神应引起重视》；刘永春的《〈物质生活〉：回首，往事渐依稀》；李学斌的《"隔"与"不隔"——试论当代儿童文学审美的现状》；何西来的《方敏"生命系列"小说的价值》；江舟的《20世纪中国儿童文学研究的力作——评王泉根〈现代中国儿童文学主潮〉》；韩进的《探索科幻文学创作的新思路——评"中国当代科幻文学创作丛书"》；刘绍基的《对中国复古文学思想的文化——审美审视》；傅莹的《中国现代文学基本理论的发轫及检讨》；耿占春的《自然·艺术·精神资源——读鲁枢元的〈生态文艺学〉》；樊洛平、黄春明的《我要做一个播火者——一个乡土之子的情怀》；张炯的《反映人生　改善人生》；陆贵山的《走民族化和现代化相结合的路：黄养明乡土文学创作的现代阐释》。

《文汇报》发表傅庆萱的《边骂边看　贬褒不一——央视版〈笑傲江湖〉引出收视新现象》；竹林的《文学作品的轻与重》。

4日，《光明日报》发表詹福瑞的《中国古代文学研究与21世纪中国文化》；杨义的《文艺批评与价值重建》；黄忠伯的《恋歌式的颂歌——评歌曲〈镰刀斧头〉》；同期，以"生态文学四人谈"为总题，发表丁付林的《生态文学的内涵》，缪俊杰的《生态文学是文学创作的一个新领域》，徐刚的《生态文学的审美价值》。

5日，《人民日报》发表陆正伟的《真情——记巴金与刘白羽》；何立伟的《在笔墨尺素里生活——闲话〈林荣芝散文选〉》。

《上海戏剧》第4期发表杨剑龙的《对于当下中国戏曲的几点看法》；褚伯承的《发扬剧种本体特色——寻求舞台整体突破——从沪剧〈心有泪千行〉谈起》；廖奔的《世纪的纪念——熊佛西先生诞辰一百周年》。

《文艺报》第50期以"东方奇观与西方加冕——《卧虎藏龙》及其获奖及其文化互读"为总题，发表尹鸿的《世界电影中的东方元素》，冉儒学的《文化旅游与东方意境》，吴菁的《东方女性与窥视快感》，李德刚的《一种游戏两种玩法》；同期，发表舒克的《如何拉近儿童片与儿童的距离》；同期，以"大气磅礴不失诗情画意——评电视连续剧《号角》"为总题，发表肖云儒的《宏大的历史记忆和诗意的个人叙事》，畅广元的《镌刻在心碑上的历史》，刘嘉军的《儿女情长不失英雄矢志》，王仲生的《个性化叙事与多声部效应》；同期，发表嘉夫的《我看〈英雄无语〉》；王敏的《乍暖还寒二月天——电视连续剧〈二月〉观后》；同期，以"一幅风格独特的乡村风俗画——谈渭南市眉户剧团创演的眉户现代戏《五味十字》"为总题，发表王愚的《人生百味中的亮点》，李星的《风情浓郁的乡村喜剧》，柏峰的《代表着人民的利益》。

《文学报》发表陆梅的《他对生命有了更多的思考——访湖北青年作家刘继明》。

《文学报·大众论坛》第15期发表孙明龙的《礼赞爱国知识分子辉煌人生——叶文玲长篇新著〈敦煌守护神——常书鸿〉首发式暨研讨会在京举行》;张韧的《"反贪小说"如何深化》;朱红的《沪上研讨都市文化与上海女性写作——把握时代脉搏 拓展写作空间》;陆梅的《海子诗歌——逻辑混乱,病句连篇?》;同期,以"网络语言该不该入典"为总题,发表殷寄明的《我看"网络"》,范开泰、张小峰的《等一等,看一看》,侯明的《不再雾里看花》,盛青的《芝麻,开门吧》,杨帆的《网络语言并非黑话》;同期,发表翟泰丰的《融抒情与哲理于一体的世纪画卷——读〈世纪老人的话——臧克家卷〉》;同期,围绕《十诗人批判书》,发表孙光萱的《请收起你们的"铁扫帚"》,吴欢章的《攻难驳诘要有学理》,张曦的《"酷评"的虚弱》,王晓渔的《诗歌强盗的"劫持"》。

《光明日报》以"文学翻译的另一种境界"为总题,发表蔚蓝的《文学翻译中的审美比较与寻美探求》,殷国明的《在翻译的大洋里探索追寻和创造美》,於可训的《探幽入微 深得译心》,穆雷的《换个角度看文学翻译》。

《河北师范大学学报(哲学社会科学版)》第2期发表封秋昌的《从诗意的抒写到理性的思索——秦兆阳小说创作论》;崔志远的《解读〈大浴女〉》;王福亮、赵建国的《试论"现实主义冲击波"中的新典型》。

6日,《文艺报》第51期发表孙文宪等的《我看摄影文学——华中师大师生座谈摄影文学》。

《光明日报》发表石河的《〈卧虎藏龙〉获奥斯卡奖背后》。

《台港文学选刊》第4期发表刘登翰的《关于〈齿轮〉》;孙绍振的《关于〈十三陵〉》。

7日,《文艺报》第52期发表小可的《央视不宜拍武侠片》;木弓的《檀香刑:惊心动魄的故事》;红孩的《诗歌是人生的一种救援》;沈鹤的《王夫在诗外》;王伟芳的《与一种深邃的怀想面对面——读〈美人香草〉散记》。

8日,《文汇报》发表陈墨的《央视〈笑傲江湖〉我给65分》;章培恒的《泛谈金庸小说改编的难度》;鬼子的《作家"触电"好比给邻居帮忙》。

9日,《民族文学》第4期发表庄桂成的《土家族文学发展的百年反思》。

《书友》发表古远清的《难忘的台湾诗人》。

10日,《人民日报》发表孙家正的《小戏春晖满九州》;王蕴明的《农村小戏的启示》;郭汉城的《戏小意义大》。

《文艺报》第53期发表贝佳的《以青年作家为骨干宁夏集结起一支文学集团军》;李离的《陕西文学刊物:挑战面前的抉择》;周玉宁的《"当代文学理论新趋势与教学改革"研讨会举行》;许廷顺的《〈倒立〉:失重的飘行》;阎纲的《杏林里的哲学》;王一川的《高雅的也是大众的》;刘炜的《续断"国粹"照眼新——"罗萌国粹系列长篇小说"编后琐记》;王宁的《经济全球化时代的比较文学和文化研究》;刘士林的《无法量化的诡辩》。

《中国青年报》发表张英的《贾平凹:作家进大学执教很正常》;文章的《史铁生回首〈往事〉》;红孩的《河流已经如期抵达春天》;苏敏的《〈狼性高原〉:书写精神史诗》。

《当代文学研究资料与信息》第2期发表古远清的《为重构香港多元化生态的努力和收获——'98、'99年香港文学研究述评》。

《戏剧文学》第4期发表周星的《世纪之交中国话剧的观察与反思》。

《苏州大学学报(哲学社会科学版)》第2期发表王晖的《构建个性化的述史空间——读〈中国散文批评史〉》。

《诗刊》第4期发表蒋登科的《充满悟性的诗话写作——从何来的〈未彻之悟〉谈起》。

11日,《光明日报》发表李运抟的《论新时期文学对权力腐败的批判》;许柏林的《文艺批评的"中国化"与多流派》;路侃的《英雄塑造的独特创作——评电影〈英雄无语〉》。

12日,《人民日报》发表李建力的《真实的记录——读〈罪恶的自供状——新中国对日本战犯的历史审判〉》。

《文艺报》第54期发表仲呈祥的《2000年度中国电视剧的喜与忧——兼评第20届全国电视剧"飞天奖"获奖作品》;杨景辉的《曹禺戏剧奥秘的执著探寻者》;王广宜的《穿越时空的浪漫演绎——评科教大片〈宇宙与人〉》;雷达的《胸怀万里江山——小议电影〈英雄郑成功〉》;樊发稼的《〈秋天的故事〉摆正了儿童视角》。

《文汇报》发表金涛的《戏剧舞台不能远离现实——舞台创作题材"失衡"现象当引起关注》。

《文学报》发表俞小石的《讲好故事,实现"文学的回归"》;陆梅的《王蒙沪上行》；含羞草、白麟的《文学音像制品何以难觅？》；朱玲的《寂寞伴随着他的写作——访青年作家朱鸿》；陈歆耕的《小说不再是"盟主"的时代》；张艳茜的《杨争光是一棵树》；雷杰超的《作家胡尔朴》。

13日，《人民日报》发表李骏虎的《〈笑傲江湖〉的"好"与不"好看"》；一鸣的《〈笑傲江湖〉首尾不凡》；迟智广的《〈笑傲江湖〉不笑也罢》。

《文艺报》第55期发表阎国忠的《摄影文学的螺旋形结构》；侯锦的《摄影小说的追求与原则》。

14日，《人民日报》发表李敬泽的《筑成我们的文化家园——记人民文学出版社的五十年》。

《文艺报》第56期发表胡殷红的《绝不能让腐败控制政坛——与作家刘平谈长篇小说〈走私档案〉》；木弓的《鲁迅会热起来吗？》；刘树元的《面对丑恶作家不能无动于衷》；徐敏的《转折与生机：迈向创作和评论的新境界》；肖振中的《传记文学园地的辛勤耕耘者》；刘锡诚的《与莫言说"拿搪"》。

《文汇报》发表洪治纲的《民族文化的丰碑——评叶文玲长篇新著〈敦煌守护神——常书鸿〉》；杨志今的《历史真实与艺术虚构的交响曲》；谢娟的《作品选本成为新的传播形式——文学期刊情势不佳　文学选本热闹登场》；金丹元的《拨动心弦的感悟——读赵丽宏新著〈唯美之舞〉》。

15日，《人民日报》发表孙荪的《丹青画高原　雪域寄深情——读陈奎元〈蓝天白雪集〉》；李准的《〈大法官〉震撼人心》；施文毅的《〈紫荆勋章〉与岭南电视剧创作》；谭元亨的《回归题材的压轴之作——评〈紫荆勋章〉》；邓友梅的《试说"以德治文"》；陈晓武的《〈紫荆勋章〉和谐之美》；西篱的《好看的电视剧》。

《文教资料》第2期发表古远清的《大陆的香港文学研究机构及成果述略》。

《文汇报》发表苗壮的《塑造几个鲜活的艺术形象——记电视剧〈汽车城〉的剧本创作》；张泠的《废墟上的都市童话——评张艺谋的新片〈幸福时光〉》。

《中国图书评论》第4期发表黑白的《扎根在民族的沃土上——第五届茅盾文学奖获奖作品简评》；周振保的《信仰的力量——读〈我在天堂等你〉》。

《戏文》第2期发表黄爱华的《夏衍的戏剧创作及其当代意义》；叶志良的《当代戏剧对"情节剧"意识的超越》；郑祖武的《悲凉之雾　遍被华林——越剧电视连续剧〈红楼梦〉后40回结局改编之我见》。

《江汉论坛》第4期发表戈雪的《后新时期中国小说的价值取向》；王庆的《90

年代农村小说的苦难意识》。

17日,《人民日报》发表施芳的《迎候科幻小说的春天》;严家炎的《由〈曹禺访谈录〉所想到的》。

《文艺报》第57期发表舒也的《"文化写作"与"伪文化"》;唐朝晖、杨争光的《越活越明白》;夏春瑞的《童话树——记湖北少年作家张旗》;田中阳的《大笔春秋——读〈道家演义〉》;蔚蓝的《理性的审美观照与阐释》;许明的《面对新世纪的挑战——中国人文知识分子的当下性问题》;孙冰的《对话批评》;戎辙的《江流石不转——读刘烨园的〈精神收藏〉》;盛夏的《鞭挞丑恶灵魂 重铸生命血骨——读成坚的〈审问灵魂〉》;赵勇的《知识分子与大众传媒》;赵凝的《我们是中国文坛上的"铿锵玫瑰"》;刁斗的《写作的理由》;张承志的《新集编后(二篇)》;刘亮程的《写作是一件可怕的事情》。

18日,《光明日报》以"看罢再说《笑傲江湖》"为总题,发表冷成金的《金庸小说与传统文化》,侯忠义的《可敬可爱的令狐冲》,蔡闯的《没有观众就没有"江湖"》;同期,发表陆泰的《时代需要科学的文艺批评》。

19日,《文艺报》第58期发表安葵的《戏曲创新的意义——与傅谨先生商榷》;刘平的《找到观众欣赏趣味的共振点》。

《文学报》发表马识途的《话说阿来与魏明伦》;孙瑞、清泉的《山东青州市文学创作取得可喜成绩》。

20日,《文艺报》第59期发表李怀亮的《摄影文学,影像与文字的"内爆"》;王岳川等的《新文学传媒的"反霸权空间"——北京大学师生畅谈摄影文学(上)》。

《中国比较文学》第2期发表朱徽的《加拿大华裔英语文学的发展与现状——赵廉博士访谈录》。

21日,《文艺报》第60期发表胡殷红的《做人类灵魂工程师 为社会奉献好作品——中国作家协会召开"以德治国与文学"座谈会》;同期以"中国作家协会'以德治国与文学'座谈会发言摘要"为总题,发表金炳华的《更好地履行"人类灵魂工程师"的崇高使命》,邓友梅的《法治德治并举 文艺前景辉煌》,张炯的《发挥文艺的道德教育作用》,郑伯农的《文艺家要关心"以德治国"问题》,玛拉沁夫的《治国方略之两翼》,何西来的《三点体会》,陈履生的《文艺家的"德"》,阎纲的《积德?缺德?》,董学文的《什么是"德"的内涵》,周大新的《文学在道德建设中应起的作用》,阎延文的《用道德天平衡量笔的重量》;同期,围绕"长篇纪实文学《钢铁是这样炼成的〉》,发表曾镇南的《钢铁奏鸣的交响诗》,雷达的《与日争辉》,贺绍俊的《国企改革的精神》,木弓的《钢铁人之歌》;同期,发表何申的《文人相重——"三驾马车"中的你、我、他》。

22日,《文汇报》发表靳依颜的《"戏说"不是"诋说"》。

24日,《文艺报》第61期发表本报编辑部的《著名作家楼适夷逝世》;白草的《面向未来的民族自省——读马知遥长篇小说〈亚瑟爷和他的家族〉》;康启昌的《用心灵感知时代——读黄世俊长篇小说〈金和子〉》;葛红兵的《关于欺骗与隐瞒》;叶橹的《生命的活力——读刘以林〈开车走中国〉》;丁俊文的《纵横诗学有新声——评陆耀东主编的九卷本〈中国诗学〉》;黄曼君的《对现代诗学的理论观照——读龙泉明、邹建军著〈现代诗学〉》。

《文汇报》发表邢晓芳的《文坛过来人　点评主力军》。

25日,《山西师大学报(社会科学版)》第2期发表王彩萍的《爱的追寻——重读张洁早期婚恋小说》。

《光明日报》发表李师东的《青年作家打造文学新世纪》;韩小蕙的《〈中华文学选刊〉回归纯文学》;陈墨、秦晖等的《影视历史剧离历史有多远》;周灏的《"戏说风"势头减弱　现实剧荧屏升温》。

《语文学刊》第2期发表钱文华的《平民世界的仿真者——谈池莉小说的创作个性》;谈勇的《两片不同的树叶——郁达夫、王朔比较论》;王泉、罗珍桢的《王安忆女性小说叙事的独特性》。

26日,《人民日报》发表杨少波的《丁关根在全国青年作家创作会议上指出:再创新世纪文学辉煌寄希望当代青年作家》。

《文艺报》第62期以"在青创会上青年作家说——"为总题,发表商泽军的《面对时代,我的诗空灵不起来》,柳建伟的《既要看生活,也要想生活》,李敬泽的《关于传统的常识》,郑宏森的《关注时代的疼痛和人民的泪水》,关仁山的《故事可以组织,感情不容易编织》,何向阳的《打开的生活是一部魅力更大的书》,阎晶明的《批评家应当更多地得到扶持和帮助》;同期发表曾庆瑞的《笑着面对所有的痛苦——观〈警察李"酒瓶"〉一得》;汪方华的《〈庭院里的女人〉:中西文化交流的一座浮桥》;孙焕英的《作家,请慎坐学府》。

《文学报》发表本报编辑部的《全国青年作家创作会议在京召开》;王军的《民谣史诗剧〈鲁迅先生〉在京首演》;苏叔阳的《散说"散文"》;陈建功的《海里云垂泣

血诗：读〈台湾风云〉有感》。

27日，《文艺报》第63期发表林路的《摄影文学随想》；云慧霞等的《新文学传媒的"反霸权空间"——北京大学师生畅谈摄影文学（下）》。

28日，《文艺报》第64期发表本报编辑部的《文学星空更加灿烂——全国青年作家创作会议圆满结束》、《丁关根在全国青年创作会议上指出——再创世纪文学辉煌　寄希望当代青年作家》；王梓夫的《文学梦想立了一个小小的纪念碑》；刘洋的《创造是文学的生命》；红孩的《诗歌是一条奔流不息的小溪》；同期，以"CCTV《岁月如歌》栏目五人谈"为总题，发表张凤涛的《漫谈〈深圳人〉和〈三月诗会〉》，宋丹的《走向综合的审美》，林莽的《诗歌的声音》，洪烛的《诗歌与电视的联姻》，简兮的《电视诗歌艺术的新定位》。

《厦门大学学报（哲学社会科学版）》第2期发表朱双一的《从政治抗争到文化扎根——台湾"原住民文学"的创作演变》。

《嘉应大学学报》第2期发表古远清的《香港文学批评的基本特征》。

《西南师范大学学报（人文社会科学版）》第2期发表王定天的《论中国"幽默"的理论形态——兼论林语堂的"幽默"说》。

30日，《深圳大学学报（人文社会科学版）》第2期发表黄永健的《香港散文诗创作现状及走向》。

《中南民族学院学报（人文社会科学版）》第2期发表罗义华的《白先勇小说审美意识论》。

《天津师范大学学报（社会科学版）》第2期发表古远清的《新时期的台港文学研究》。

本月，《中国现代文学研究丛刊》第2期发表黄科安的《林语堂对现代小品文理论的建设与探索》。

《台声》第4期发表古远清的《台湾文坛"双陈大战"》（陈映真、陈芳明）。

《百年潮》第2期发表白少帆的《新旧文学之争与异代祖国之恋——纪念台湾新文化、新文学运动80周年（之三）》。

《艺术百家》第2期发表李铭华的《浅议当代戏曲的转型》；陈吉德的《从悲壮到平淡——论张艺谋电影的死亡主题》。

《南昌大学学报（人社版）》第2期发表南翔的《当下小说的幻奇色彩》。

《剧本》第4期发表张先的《剧本创作应面对人生精神的苦难》。

《剧影月报》第 2 期发表邵美荣的《关于戏曲发展的思考》；李祥林的《拿来·和合·创造》（讨论戏曲的发展）；陈吉德的《书写生命的华章——评话剧〈生死场〉》；曹瀛的《〈原野〉象征色彩简析》；徐正军的《古装电视剧热透视》；方芳的《云深不知处　此情独凄婉——评〈花样年华〉》。

《清华大学学报（哲学社会科学版）》第 2 期发表蓝棣之的《症候式分析：毛泽东的鲁迅论》。

本月，中国文联出版社出版康序、陈颖灵的《文学批评之旅》。

中国人民大学出版社出版陈传才的《中国 20 世纪后 20 年文学思潮》。

上海人民美术出版社出版旷新年的《无居随笔》。

上海教育出版社出版王铁仙等著的《新时期文学二十年》。

山东文艺出版社出版铁马、曦桐编著的《赛伯的文学空间》。

广东教育出版社出版王强的《网络艺术的可能：现代科技革命与艺术的变革》。

北京图书馆出版社出版何锐主编的《前沿学人：批评的趋势》。

5月

1 日，《大众电影》第 5 期发表祖绍先的《电影字幕的艺术创作》。

《上海文学》第 5 期发表刘志荣的《特殊年代的精神活动——"胡风集团"作家的潜在写作》；吴炫的《文学的穿越性》；王光东的《文学意义的当下思索——关于文学与现实关系的一种理解》。

《中国青年报》发表徐虹的《青年作家"实话实说"：生活比文学更精彩》。

《鸭绿江》第 5 期发表邓芳的《严歌苓：〈无出路咖啡馆〉》。

《写作》第 5 期发表梁惠娟的《新时期女性散文的成熟魅力》；蔚蓝的《小说叙事的主导特征与主题意识的限定——邓一光创作审美品格评析》。

《光明日报》发表朱冬菊的《朱镕基观看话剧〈父亲〉——称赞这个戏用艺术

形式反映国企改革》。

《名作欣赏》第 3 期发表罗永奕的《聚焦十八岁　纵横人生路——读杨子散文〈十八岁和其他〉》。

《株洲师范高等专科学校学报》第 3 期发表吴智斌的《对真、善、美理想世界的不朽追寻：三毛作品评析》。

《解放军文艺》第 5 期发表西南的《江永红军事题材报告文学阅读笔记》。

2 日，《小说选刊》第 5 期发表曹文轩的《对"虚构"的现代性解读》；陈村的《南人余华》。

《新剧本》第 3 期以"也谈小剧场"为总题，发表张先的《关于小剧场时空间的文学性问题》；满岩的《变异的小剧场》；查明哲的《一己之见：说小剧场戏剧》；吴晓江的《小剧场二题》。

3 日，《文学报》以"文坛的希望　人民的重托——全国青年作家创作会议部分代表发言摘要"为总题，发表柳建伟的《把握时代特征和时代精神》，王兴东的《用真诚创造形象　用形象创造价值》，裘山山的《用心写作热爱生活》，张宏森的《人民给我写作的动力》。

5 日，《上海戏剧》第 5 期发表张仲年的《现代戏创作二题》；士场的《"只要善良、纯真与人同在……"——喻荣军三出话剧的启示》。

《光明日报》发表薛福康的《让京剧艺术登上世界舞台——记中国京剧艺术家孙萍在欧美的探索》。

《花城》第 3 期发表耿占春的《故事的没落》。

《钟山》第 3 期发表施战军的《克制着的激情叙事——毕飞宇论》；方守金、迟子建的《以自然与朴素孕育文学的精灵——迟子建访谈录》。

6 日，《文汇报》发表徐城北的《〈大宅门〉后的大宅门》；边芹的《从入围影片看戛纳电影节》。

8 日，《文艺报》第 65 期发表郝雨的《"来碗米饭"的滋味》（评张生小说《来碗米饭》）；王山的《哲思与具象的诗意融合》。

《光明日报》发表本报编辑部的《研讨文学理论研究与教学问题》。

《芙蓉》第 3 期发表林舟的《先锋网上行及其他》；朱健国的《为余杰说几句话（外一篇）》；马原《虚构之刀》；沈浩波的《我要先锋到死！——在"中国南岳九十年代汉语诗歌研究论坛"上的发言》。

《阅读与写作》第5期发表马立鞭的《心有灵犀两岸同——台湾诗人王禄松的小诗》。

9日,《民族文学》第5期发表扎西东珠的《诗性的批评与批评的诗性——德吉草〈歌者无悔〉评介》。

10日,《文艺报》第66期发表嘉夫的《重排带来了什么?》;李梅的《献礼片〈毛泽东在1925〉——一部具有创新精神的佳作》;围绕"黄梅戏《徽州女人》",发表王蕴明的《贵在求新求美》,廖奔的《守望一个飘渺的憧憬》,安葵的《回归与拓展》,周传家的《辉煌的实验》,霍大寿的《坚实的一步》,傅谨的《复兴成为可能》;同期,发表肖云儒的《长松落落　卉木蒙蒙——电视连续剧〈大树小树〉观后》;董丁诚的《秦皓:结实的大树——〈大树小树〉观后》。

《中州学刊》第3期发表蒋益的《论现代武侠小说的审美意识》。

《文学报》发表陆梅的《正直是批评的道德——访河南青年批评家何向阳》;关仁山的《拓展新的文学空间》;奚同发的《怦然心动写真情——访文艺评论家孙荪》。

《中国社会科学》第3期发表姜振昌的《〈故事新编〉与中国新历史小说》。

《电视·电影·文学》第3期发表陆邵阳的《媒体炒作时代的电影批评建设》;李艳的《喧哗与狂欢:世纪末的躁动——九十年代国产电视剧之怪现状断想》。

《戏剧文学》第5期发表陈志军的《国家神话的延续——从〈屈原〉的当代解读说开去》;鲁白的《美妙绝伦的语言艺术——漫谈戏曲人物对话描写》;张先的《要坟场还是要花园——话剧〈屋外有花园〉观后》。

《河南师范大学学报(哲学社会科学版)》第3期发表张雁泉的《试论陈映真小说中的人生救赎之路》。

《诗刊》第5期发表阎延文的《老骥嘶风,驰骋诗坛——刘征访谈录》;黎风的《无诗年代的诗语言说》;赵丽华的《蝴蝶之美——或我们为什么要反复写到飞翔?》。

《理论与创作》第3期发表高玉的《比较视野中的毛泽东文艺思想品格论》;朱学东的《论毛泽东诗学理论》;孟繁华的《长篇小说阅读笔记》;王剑冰的《2000年中国散文漫谈》;陆卓宁的《"桂西北作家群"的文化思索》;李国春的《超越性是文学的基本特性》;刘中顼的《论周立波对古典小说艺术传统的继承》;潘雁飞的

《试论韩少功小说中的思父意识》。

12日,《文艺报》第68期发表胡殷红的《一个作家怎样当老板——张贤亮访谈》、《王蒙参加北京景山学校语文教学研讨会》;王瑾的《对崇高的追求与礼赞》;刘戈的《文本的价值与意义》;张牧愁的《美女作家的另一张面孔》;王学海的《紧贴现实的咏吟》。

《文汇报》发表任仲伦的《给战争打上永恒的休止符——谈电影〈紫日〉及冯小宁的战争电影》;翟俊杰的《"战争与和平"的诗化表达——我看冯小宁的〈紫日〉》;程永新的《小说只能在俗世获得生命力》;谢娟的《大学教授讲中学语文课——专家同上"新讲台",新意别出析名篇》。

13日,《文汇报》以"言说不尽的《大宅门》"为总题,发表刘扬体的《〈大宅门〉的史诗气魄和精神火花》,徐如中的《她没有白当一回演员——看斯琴高娃饰演白二奶奶》,丁罗男的《编好戏才是根本》,黄式宪的《填补了京派文化的空白》,吴中杰的《作品具有历史感》,刘树纲的《每个人都是一个多面体》;同期,发表许觉民的《感觉张•光年》。

15日,《人文杂志》第3期发表刘保昌的《在爱与欲之间——论20世纪90年代小说的五种情爱书写》。

《文艺报》第69期发表周玉宁的《中国文学 中国学术 中国文化活的传统——纪念鲁迅诞辰120周年学术研讨会在徐州召开》;乔世华的《寓言与历史》(评韩少功的小说《老狼阿毛》、《兄弟》);朱辉军的《把握都市文学的脉搏》;楚天的《营造精神园地——走近涂光群和他的〈人生六语〉》;周冰心的《心灵的盛宴——评〈梁平诗选〉》;孙苏的《越做越"大"的小小说——1999—2000年得奖小小说读后》;同期,以"黔北文学笔谈"为总题,发表陈建功的《云贵高原上的文学之林》,雷达的《黔北是个出作家的地方》,崔道怡的《关注"公路" 重视短篇》,包明德的《赵剑平:从大山里坚实地走来》,周帆的《作为地域文学的黔北文学的二重性》,张同吾的《山魂与诗魂》。

《文汇报》发表闻毅的《鲁迅死因难释于怀——周海婴〈关于父亲的死〉述及两代人心中的疑团》。

《文学评论》第3期发表钱中文的《全球化语境与文学理论的前景》;丁帆的《"现代性"与"后现代性"同步渗透中的文学》;张利群的《论社会主义市场经济中文艺批评机制的转换》;杨小清的《学话与对话:新时期文论的双重回应与展望》;

舒也的《人文重建：可能及如何可能》；王汶成的《论文学解读》；萨支山的《试论五十至七十年代"农村题材"长篇小说——以〈三里湾〉、〈山乡巨变〉、〈创业史〉为中心》；贺仲明的《"农民文化小说"：乡村的自审与张望》；龙泉明的《我看"后新诗潮"》；倪宗武的《评张炯编著的〈新中国文学史〉》。

《当代文坛》第3期发表马琳、尹慧慧的《中国当代女性小说的诗性品格》；高宏伟的《感性的宣泄——70年代出生作家的创作略论》；张卫中的《新时期作家对文言传统的继承与开掘》；韦器闳的《周涛散文：超越规范赋予张扬自我》；胡德才的《不朽的思乡曲——读郭枫的散文〈老家的树〉》；翟传增的《妇女解放的漫漫征途——张洁女性文学创作》；西慧玲的《凝眸自我　抒写灵魂——试论陈染小说创作的表现主义色彩》；杨政的《不和谐二重奏——浅说作家人格分裂的社会与心理根源》；刘海琳的《论九十年代女性自传小说创作的自恋倾向》；陈正敏、鲁克兵、吴乐晋的《最后的先知与上帝的遗嘱》；叶永胜的《〈酒国〉：反讽叙事》；张之花的《唱独角戏的女人——略论池莉〈生活秀〉》；鲁峡、朱青的《王安忆的皱法》；杨毅的《从"文化的自觉"到"自觉的文化"——贾平凹艺术追求轨迹探寻之二》；吴野的《机智与幽默：让堂皇转过身来》；巨秀华的《李门小说集〈有情无情〉谈片》；章翔的《穿透季节飞翔——读达夫诗集〈花落知多少〉》。

《中央民族大学学报（人文社会科学版）》第3期发表岗措的《关于藏族文学史的分期问题》；汪立珍的《论山林鄂温克族民歌的思想内涵》。

《中国图书评论》第5期发表王泉的《爱恨交加的青春独白——评〈对面的女孩〉》；周政保的《〈交错的彼岸〉：历史与人性的故事》。

《内蒙古大学学报（人文社会科学版）》第3期发表孙宗胜的《追问与诉求：90年代都市文学的生存意识》。

《电视剧》第3期发表刘彬彬的《长篇电视连续剧的时间组织特性》。

《电影文学》第5期发表晓峰的《空山灵雨侠客行》。

《当代电影》第3期发表胡克的《有益的探索——简评〈无声的河〉的编剧》；王一川的《非常人对正常人的文化返助》；陈墨的《生命的呢喃——王家卫电影阅读阐释》；李道新的《王家卫电影的精神走向及其文化含义》；陈旭光的《一种现代写意电影——论王家卫电影的写意性兼及中国电影的民族化与现代化等问题》；陈墨的《赤子的意绪——读吴子牛电影札记》。

《当代戏剧》第3期发表邵桂兰、王建高的《论戏剧家的求异思维与艺术创新》。

《江苏社会科学》第3期发表陈辽的《跨越三个社会的文学批评——论二十年来我国文学批评的嬗变》；周成平的《当代中国文学批评的困境与出路》；丁晓原的《文体转型：走向开放的新时期报告文学》；李风的《王安忆的自我拯救》。

《光明日报》发表夏元文的《新文化运动与科学概念的发展》。

《社会科学》第5期发表张荣翼的《论文学理论现代性问题》；吴奕锜的《新时期"寻根文学"与台湾"乡土文学"之比较》。

《社会科学研究》第3期发表王琳的《宏大叙事与女性角色》。

《社会科学辑刊》第3期发表王景丹、王凤霞的《语言的自适和超越——张洁叙述语言的变易及其艺术追求》。

《学习与探索》第3期发表卢铁澎的《文学思潮功能论》；张林杰、方长安的《现代文学的审美超越性与现实功利的羁绊》；张荣翼的《当前文学研究的视点及问题》。

《南方文坛》第3期发表葛红兵的《关于道德主义批评的几个问题》；戈雪的《相对主义者葛红兵》；孙德喜的《行吟与守望——葛红兵论》；孟繁华的《大众文学与社会主义文化空间的建构》；袁良骏的《王朔的知识分子观》；于坚、谢有顺的《真正的写作都是后退的》；李建军的《一个问题的两个答案及其它》；孙绍振的《迟到的现代派散文——论南帆在当代散文史上的意义》；纳张元的《生命，在历史与现实之间沉吟——20世纪末的少数民族散文创作》；陈晓明的《媒体批评：骂你没商量》；静矣的《媒体批评与学院批评》；耿占春的《作为精神资源的自然和艺术——读鲁枢元的〈生态文艺学〉》。

《复旦学报（社会科学版）》第3期专栏"中国文学史分期问题讨论"，发表严家炎的《文学史分期之我见》，郜元宝的《尚未完成的"现代"——也谈中国现代当代文学的分期》。

《思想战线》第3期发表李炎的《希望与迷惘——女权主义与当代中国大陆女性写作》。

《福建论坛·人文社会科学版》第3期发表丁晓原的《多视角批评与学理性追寻——90年代报告文学理论批评研究》。

16日，《文艺争鸣》第3期发表朱寿桐的《世纪末小说批评的活祭现象》；张福贵的《20世纪中国文学中的两种反现代意识》；丁晓原的《报告文学：非知识分子时代的大众写作》；林贤治的《巴金的道路》；张屏瑾的《七十年代以后："她们"的书写情景与表达方阵》；费振钟的《一切从怀念开始》（关于"知青文学"）；程悦的《在西方语境下言说——试论20世纪中国留学生文学价值观念衍变》；颜芳的《乡村路能带我回家吗？——质疑"民间"立场》；袁国兴的《我是谁？——当代文学批评的定位与价值实现》；吴俊的《当行规遭遇挑战时——文学批评的一种困境》；杨乃乔的《批评的职业性与话语的专业意识——论电影批评的文学化倾向及其出路》；朱伟华的《传统戏曲的现代化途径——评昆剧〈桃花扇〉和黄梅戏〈徽州女人〉》。

《光明日报》发表田怡的《喜读〈魏巍文集〉》；一丁的《聚焦媒体批评》；苏叔阳的《致〈为你重生〉小作者》；钟艺兵的《讴歌新时代农民的创业精神——二看粤剧〈土缘〉》。

17日，《文艺报》第70期发表本报编辑部的《一部真实形象生动地反映党的诞生史的力作——〈日出东方〉长篇小说与电视剧本在京研讨》；同期，以"文学评论家眼里的《笑傲江湖》"为总题，发表袁良骏的《央视不应为武侠作品推波助澜》，孙武臣的《〈笑傲江湖〉何以遭骂》，阎晶明的《错误的投资》；同期，围绕"话剧《风驰瑶岗》"，发表沈培新的《有胆有识　拨黄钟大吕——评话剧〈风驰瑶岗〉》，潘西平的《对史诗性话剧的探索——导演札记》，侯露的《迷人》，查长发的《珍爱厚土　贵在原创》；同期，围绕"电视剧《苍山如海》"，发表曾镇南的《为报春晖染苍山——谈15集电视剧〈苍山如海〉中章时弘的形象》，李志民的《忠实实践"三个代表"思想的艺术形象——观连续剧〈苍山如海〉的一点体会》，放之的《〈苍山如海〉的道德亮点》，刘继南的《观〈苍山如海〉的几点感受》。

《文学报》发表张恒学、熊元义的《呼唤鲜活深刻的文学形象——"人物形象弱化，精品力作少见"，一些作家评论家为文学创作现状号脉》；陆梅的《〈早春二月〉：从电影到越剧》；亦斌的《"紫色"的英雄——项小米〈英雄无语〉的突破》。

《作品与争鸣》第5期发表余宗其的《对非法律的文学批评的批评》。

18日，《摄影文学》第71期发表金元浦等的《金风玉露一相逢　便胜却人间无数——中国人民大学师生畅谈摄影文学（上）》。

《中华合作时报》发表古远清的《金庸：从"大师"到"江湖艺人"》。

18—21日，菲律宾华文作家协会、福建省台港澳暨海外华文文学研究会主办的"首届菲律宾华文文学研讨会"在福州市举行。会议围绕"菲华文学的历史、现状和未来走向"展开，议题涉及：菲华文学与中华文化以及中国文学的关系，菲华文学与本土文化以及西方文化的关系,菲华文学中的闽南文化因素及其表现,菲华文学的发展过程与历史分期,菲华文学的现实困境,抗战时期的菲华文学,个别菲华作家作品的价值取向和艺术风格。

19日,《文艺报》第72期发表熊元义、张恒学的《振兴民族精神　塑造英雄形象——"世纪之交中国文学人物形象"研讨会在湖南岳阳召开》;同期,围绕"长篇历史小说《林则徐》",发表张炯的《一部现实主义的名臣传英雄谱》,谢冕的《壮丽而又悲烈的故事》,何西来的《能吏、廉吏、民族英雄》,何镇邦的《一个人和一个时代》,牛玉秋的《志士情怀　英雄悲剧》;同期,发表王仲的《我看"现代主义、后现代主义"艺术》;王一川的《日常生活的美丽泡沫——时尚解读笔记》。

《文汇报》发表关威的《五四时期的陈望道》;凌晨的《著名学者章培恒在〈复旦学报〉著文,指出——中国现代文学史的上限始于20世纪初》。

20日,《小说评论》第3期发表雷达的《第三次高潮——90年代长篇小说述要》;宗元的《走向民间——对当代文学的一种现象描述》;洪治纲的《民间与个人》;吴义勤、白浩等的《道德理想与艺术建构——新长篇小说讨论之三〈外省书〉》;敬文东的《网络时代经典写作的命运》;李萍、方涛的《科幻小说的幻想性》;胡平的《2000年短篇小说之新趣味》;谢冕、于坚、陈峻涛等的《他的存在令人惊讶——谢有顺批评六人谈》;张超的《写作只服从于内心需要——谢有顺专访》;殷实的《植物之歌》(讨论王旭烽的小说创作);李遇春的《拯救灵魂的忏悔录——张贤亮小说的精神分析》;云德的《衔华佩实话"国粹"——罗萌"国粹系列长篇小说"谈片》;李万武的《"江心无岛":亲情寓言——评孙春平长篇小说〈江心无岛〉》;孙希娟的《沉重的话题——读胡云发近作有感》;施战军的《告别"新生代"》;梁永安的《九十年代:男性小说家的困境》。

《当代》第3期发表易洋的《文学期刊点评》。

《西北大学学报(哲学社会科学版)》第2期发表张孝评的《论毛泽东文艺思想以人民为本位的中国特色》;赵俊贤的《大跃进时期文学史论略》。

《河北学刊》第3期发表田建民的《关于现当代文学史写作的几个问题》;张川平的《贾平凹小说的结构迁衍及其意象世界》。

《剧作家》第3期发表张元博、刘万成的《试论电视剧作品评论的标准和原则》;黄晶华的《迷茫中的女人——塑造祥林嫂的点滴体会》。

《暨南学报(哲学社会科学版)》第3期发表李若岚、赵彤的《他乡是故乡——

读〈本土以外——论边缘的现代汉语文学〉》。

21日,《文艺研究》第3期发表林兆华的《戏剧的生命》。

《光明日报》发表李陈续的《诗学研究应在创新上下功夫》。

22日,《文艺报》第73期以"当代作家在火热现实的感召之下——'到唯一的最广大最丰富的源泉中去'"为总题,发表本报编辑部周梅森的《在现实生活中找到创作的支点》,裘山山的《我每次去西藏都会感动》,侯钰鑫的《我奉献果实,决不出卖自己的根》;同期,发表罗戎平的《生命的对话》;贺绍俊的《现实题材小说的社会批评》;傅德岷的《女性人生的复合"情结"——读蒙和平的散文集〈相伴一河水〉》;张俊彪的《择善而生——江冠宇诗集读后》;阎真的《对历史和叙事的双重观照——读杨经建的〈世纪末的文学景观〉》;蒋述卓的《城市文学:21世纪文学空间的新拓展》;王斌的《文学的城市诉求》;张康庄的《城市电影进程与城市文化蜕变》;胡燕妮的《专栏、副刊、时尚杂志:对都市大众文化研究的一种意见》;刘登翰、朱立立的《神话结构的尽头,或许正是现实的理想建构的开始——〈高砂百合〉》;陈瑞琳的《风雨故人,交错彼岸!——读旅加女作家张翎的新作〈交错的彼岸〉》;袁良骏的《关于香港小说史的几个问题——兼答王剑丛先生》。

《中国青年报》发表陈小喜的《〈大宅门〉被切成三块蛋糕——长篇小说 文学剧本 "电视小说"》。

《新文学史料》第2期发表阿垅的《可以被压碎 决不被压服》;王增铎的《还阿垅以真实面目》;晓风的《丹心白花铁骨铮铮》(关于阿垅);黎辛的《关于"胡风反革命集团"案件》;冯雪峰的《我在上饶集中营》;王辛迪的《我所了解的巴金》;黎之的《回忆与思考——〈天安门诗抄〉出版前后》;玉良的《罗烽白朗蒙冤散记》。

《湖北大学学报(哲学社会科学版)》第3期发表李俊国的《多元人生视点与小说艺术的多功能——方方小说结构论析》;程世洲的《"父亲"形象的文化意味》(刘醒龙小说论)。

23日,《光明日报》发表张克明的《应当重视农村题材创作》;路海波的《平民英雄的成长经历》;栾栋的《中国历代文学隐秀史论要略》;鲁枢元的《文学界为何漠视"生态"?》。

《开放时代》2001年5月号发表赵稀方的《历史的放逐——香港文学的后殖民解读》。

《天津社会科学》第3期发表杨乃乔的《诗者与思者——一位在海外漂泊的

华裔诗人及其现代汉诗书写(续)》。

24日,《文艺报》第74期发表丁关根的《百花齐放　多出精品——对青年作家的几点希望》;本报编辑部的《不要冷落普通劳动者——延安文艺学会召开纪念〈讲话〉五十九周年座谈会》;章柏青的《〈毛泽东与斯诺〉的史诗味》;王永济的《从东北二人转看民间戏剧的活力》;围绕"电视连续剧《笑傲江湖》",发表峻岭的《有益的尝试》,陈国钦的《笑傲江湖还是笑"闹"江湖》,张峤的《关注校园热点　拷问〈笑傲江湖〉》;同期,发表黄中骏的《艺术地揭示理想的力量——对影片〈开着火车上北京〉社会意义的理性思考》。

《文艺理论与批评》第3期发表黄力之的《全球化背景下的中国问题与中国话语——中国审美文化走向的一个观察视角》;贺敬之的《谈〈春雷〉》;李万武的《文学对"做爱"的堂皇加冕——也评〈大浴女〉》;郭枫的《一个严肃的玩笑——2000诺贝尔文学奖纵横谈》;注思的《拒斥"来自西方的某种主义"与王蒙是"重要发言人之一"问题——读报随想》;柳万的《只要文学与语言相关》;熊元义的《文学价值取向上的两种误区》;周良沛的《关于诗的两封信》;黄纪苏的《几个基本问题——史诗剧〈切·格瓦拉〉创作余墨》;石家驹的《"台独"派·皇民遗老和日本右派的构图》。

《文史哲》第3期发表林继中的《文化诗学刍议》;刘庆璋的《文化诗学学理初探——兼及我国第一次文化诗学学术研讨会》;王兆胜的《论中国当代小品散文》。

《文学报》发表黄惟群的《对海外华人文学的思考》;莫言的《写作就是回故乡:兼谈张翎小说〈交错的彼岸〉》;王周生的《当心呵,这是一片嫩芽:我看澳大利亚华人文学》。

《光明日报》发表金克木的《金克木致沈从文信》。

25日,《文艺报》第75期发表吴秀明的《立足图像与超越图像——浅谈摄影文学独特的叙事话语》,潘天强等的《金风玉露一相逢　便胜却人间无数——中国人民大学师生畅谈摄影文学(下)》。

《文艺理论研究》第3期以"'人文精神与大众文化'笔谈"为总题,发表童庆炳的《人文精神:为大众文化引航》,赵勇的《印刷媒介与中国大众文化批判》,于闽梅的《意义缺失的大众化时代的艺术》,吴子林的《大众文化语境中的文学批评》,曹而云的《大众文化的生态》,王珂的《大众文化亟需"身份确认"》;同期,发表董小玉的《现代主义在中国新时期文坛的掀起》。

《四川戏剧》第3期发表张建蓉的《愤怒的呼号　忧国的狂吟——看话剧〈广厦为秋风所破歌〉》；鄢然的《幸福来之不易——与剧作家刘庆谈话剧〈小萝卜头〉》；彭登怀的《变脸绝技与〈笑傲江湖〉——我怎样塑造余沧海》。

《东岳论丛》第3期发表陈燕的《汪曾祺小说的语言魅力》。

《北京师范大学学报（人文社会科学版）》第3期发表童庆炳、马新国的《文化诗学刍议》；王一川的《通向中国现代性诗学》；刘谦的《"马列文论"当代形态刍议》。

《甘肃社会科学》第3期发表支克坚的《〈周扬论〉前言》；董小玉的《贾平凹地域文化散文的审美观照》；张存学的《浅谈文学期刊的特色问题》。

《当代作家评论》第3期以"长篇小说探讨"为总题，发表张炜的《从"辞语的冰"到"二元的皮"——长篇文体小记》，南帆的《文体的震撼》，汪政、晓华的《惯例及其对惯例的偏离——试论当前长篇小说文体的观念与实践》；同期，发表谢有顺的《一九五七年的生与死》、《通往小说的途中——我所理解的五个关键词》；围绕"阎连科的小说创作"，发表陈思和的《读阎连科的小说札记之一》，葛红兵的《骨子里的先锋与不必要的先锋包装——论阎连科的〈日光流年〉》，聂伟的《日常叙事：由"特性"到"个性"——〈日光流年〉阐释一种》；同期，发表臧永清、刘恩波的《牟心海：诗性的超越个案》；张慧敏的《一个特殊的文化现象——王小波死后的追念与活着的作品》；谢泳的《山西作家的文化构成》；陈思和等的《漫谈大山里的文学——纳张元作品研讨纪实》；纳张元的《冲突与消解——世纪末的少数民族小说创作》。

《郑州大学学报（哲学社会科学版）》第3期发表张生的《"后新时期"城市小说情感模式研究》；朱景涛、杜田材的《自慰与拓展：植于现实的情感世界和话语选择——廖华歌创作谈》。

《南京师大学报（社会科学版）》第3期发表郭泉的《前苏联"解冻文学"对中国"百花文学"的影响》。

《晋阳学刊》第3期发表王晋华的《从美国现代小说角度看〈抉择〉》；张志江的《张平小说与晚清谴责小说的比较研究》；陈坪的《远非个人抉择所能了结——〈抉择〉的一种读法》；周萍的《论张平小说创作的审美个性》。

26日，《文艺报》第76期发表胡殿红的《理直气壮写农民为农民写——〈作家论坛周刊〉与北京通州区作家协会联合举行纪念〈在延安文艺座谈会上的讲话〉发表59周年座谈会》；木弓的《我们连一点点"硬气"也没有了吗？》；朱清华的《卡通文化与文化卡通》;常智奇的《把观念落在情感之中》;王梓夫的《新一代的文学家在成长——读通州区中小学作文选〈今天没有作业〉》;阮援朝的《诗人阮章竞的另一面》。

《文汇报》发表曾镇南的《开天辟地事,震古烁今文——读黄亚洲革命历史小说〈日出东方〉》;贺绍俊的《执著于表现农民的生存和情感——读长篇小说〈好爹好娘〉有感》;陈天华的《来自天堂的感动——评长篇小说〈我在天堂等你〉》;王强的《浓彩抒写红色诗典——评长篇抒情诗〈东方神话〉》。

27日,《文学自由谈》第3期发表苏阳的《作家"梦之队"与大连文学秀》;朱健国的《请缓排座次》;陈冲的《沉渣泛起的"艺术本体"》(关于样板戏);杨长勋的《我为什么为余秋雨辩护》。

《华中师范大学学报(人文社会科学版)》第3期发表刘守华的《中国民间文学研究百年历程》。

28日,《中国文化研究》第2期发表路文彬的《游戏历史的恶作剧——从反讽与戏仿看"新历史主义"小说的后现代性写作》;赵树勤的《生命末日的女性言说——论中国当代女性文学的死亡主题》;王丽的《"寻找我们母亲的田园"——中国女作家的母女话题》;杨匡汉的《学术语境中的香港文学》;古远清的《香港文学内地传播简史》;施萍的《论林语堂的"立人"思想》。

《新世纪文坛》发表古远清的《一部澳华文坛的入门书》。

29日,《文艺报》第77期发表子干的《网络的追问》;张瑷的《儿童文学的审美空间及期待——兼评2000年儿童文学创作》;王泉根的《生命活力与文化意蕴——读〈中国少年环境文学创作丛书〉》;杨实诚的《山里传来"牧铃"声——〈牧铃少年小说系列〉》;安武林的《和谐与美的和弦——读徐鲁的〈散步的小树〉》;肖鹰的《当代文学史研究的哲学自觉》;王玫的《读者文学史之建构与设想》;黄忠来的《盛开在荆楚大地的"野花"——黄瑞云寓言论》。

30日,《文汇报》发表傅庆萱的《剧终再议〈大宅门〉》。

《西北师大学报(社会科学版)》第3期发表李运抟的《论新时期现实主义文学的三种精神类型》。

《扬州大学学报(人文社会科学版)》第3期发表吴周文的《论江苏50年散文创作》;王澄霞的《精神家园的深情回望——评王安忆90年代末的短篇小说创作》。

《光明日报》发表苏丽萍的《儿童剧：全力打造新名牌》。

《河南大学学报（社会科学版）》第3期发表张书恒、许宛春的《诗与历史的困惑与选择——论二月河"帝王系列"的审美特征》；谢玉娥的《"大欲"之后的"大浴"——"大浴女"性别意向解读》。

《海南师范学院学报（人文社会科学版）》第3期发表袁勇麟的《20世纪香港新诗与外国文学关系浅探》。

31日，《文艺报》第78期发表李兴叶的《降临人间的白度母——赞电视剧〈文成公主〉》；罗锦鳞的《熔古典与现代为一炉——评话剧〈狂飙〉的导演艺术》。

《文学报》发表郑健、窦为龙的《满腔热血写就光辉史诗》；陆梅的《"今天是生力军，明天是主力军"——记一次别开生面的青年文艺工作者纪念〈讲话〉座谈会》；陈远岸的《一个西北汉子的执著追求——访西北作家姚学礼》。

本月，《小说界》第3期发表张抗抗的《强心录——中国当代文学中所描述的美国华族》；刘索拉、王童的《用音乐思考小说的刘索拉》。

《文艺评论》第3期发表卢铁澎的《泛思潮化现象探源》；徐珂的《多元审美意识形态批评——21世纪中国文学批评形态的必要和可能》；赵宗福的《论当代中国文化研究中的原型批评思潮》；代迅的《新诗会消亡吗？——兼评当代新诗与古典诗歌传统》；黎风的《对当前几个诗学热点问题的思考》；赖大仁的《90年代文学研究：一种新视野》；牛宝凤整理的《间歇期的沉稳——世纪交会中的一次长篇小说讨论会》；郭力整理的《综合与超越：女性文学研究方法论的探讨——文学研究方法论研讨之四（续）》；王轻鸿的《回归中的现代性追求——新时期小说神话原型的价值取向》；方守金、迟子建的《自然化育文学精灵——迟子建访谈录》；钱秀银的《独特的社会效应和文学效应——评报告文学集〈大潮回声〉》

《中国文学研究》第2期发表万莲子的《"20世纪湖湘女性文学"文化创造特征》；赵树勤的《当代女性爱欲书写的历史演变及其审美特征》；李峻的《从〈拂尘岁月〉看第三代政治抒情诗》；卢国华的《张承志小说研究述评》。

《汕头大学学报（人文科学版）》第17卷第2期发表郑良树的《战后马来亚华文教育的恢复和重建》；吴奕锜的《近20年来台港澳及海外华文文学研究述评——以历届学术年会及其论文集为例》。

《鲁迅研究月刊》第5期发表古远清的《胡秋原、刘心皇致古远清》。

《莽原》第5期发表张英的《龙应台："野火"在燃烧》。

《电影新作》第3期发表王志敏的《面向21世纪：国内电影美学研究的回顾与展望》；张燕、黄文峰的《与霍建起聊聊〈蓝色爱情〉》；张燕的《别样的霍建起，别样的〈蓝色爱情〉》；金丹元的《关于"意象"与中国影视艺术中"仿像"的思考》；李尔葳的《李安，华人导演中的最大黑马》。

《百花洲》第3期发表王绯的《女性文学与商品市场》；俞咏文的《失落在空谷幽兰边的情爱——读虹影〈K〉》。

《剧本》第5期发表刘明厚的《走出中国戏剧文本的困境》；安琪的《历史剧创作的艺术规律》。

本月，台海出版社出版舒乙、傅光明编的《林海音研究论文集》。

云南人民出版社出版孟繁华的《想象的盛宴》。

时代文艺出版社出版童庆炳的《童庆炳文学五说》。

陕西人民教育出版社出版《丁玲与延安》选编小组编的《丁玲与延安：第八次丁玲文学创作国际研讨会论文集》。

山东大学出版社出版凌晨光的《当代文学批评学》。

人民文学出版社出版何启治的《文学编辑四十年》，[日]近藤直子著、廖全球译的《有狼的风景：读八十年代中国文学》。

辽海出版社出版王春荣等著的《中国文艺思想史论　当代卷》。

大众文艺出版社出版杨桂欣编的《观察丁玲》。

北京大学出版社出版申丹的《叙述学与小说文体研究》。

新华出版社出版袁良骏的《白先勇论》。

南京大学出版社出版丁帆的《中国大陆与台湾乡土小说比较史论》。

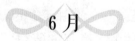

6月

1日，《人民日报》发表章文的《电影频道首届电视电影"百合奖"揭晓》；景轩的《艺术与大众趣味的和谐》。

《大众电影》第6期发表柳笛的《海岩:"炮制"明星的作家》;方位津的《〈卧虎藏龙〉为何获奖?》;许柏林的《于高潮处多些层次——〈英雄郑成功〉观后》。

《上海文学》第6期发表南帆的《空洞的理念——"纯文学"之辨》;王斑的《文学的危机与市场——回应李陀"纯文学"访谈》;杨扬的《蜕变与分化》(讨论当代作家群体分化现象)。

《文艺报》第79期发表章朝霞的《借光影绘人生 以图像写世情——试论摄影小说的艺术特征》。

《写作》第6期发表方方的《关于乌泥湖以及问答》;於可训的《无事的悲剧——读方方新作〈乌泥湖年谱〉》。

《解放军文艺》第6期发表张志忠的《反弹琵琶舞一回——对部分军事题材长篇小说的批评》;王久辛的《期待之重与到来之轻——简评赵琪短篇小说〈援军〉》。

《新疆大学学报(社会科学版)》第2期发表刘雪雁的《论马原小说中的形式干预》。

2日,《文艺报》第80期发表胡殷红的《走近大自然——与刘先平夫妇谈大自然文学》;尤林的《文艺界也要打假》;纳杨的《诗刊社主办中国当代诗歌现状研讨会》;贺绍俊的《以人民的名义》;陈大超的《记者对作家的挑战》;姜玉琴的《灵魂与警觉的对话——读牛汉的诗》。

3日,《人民日报》发表肖云儒的《文学与现代人格的建构》;南帆的《文学——拒绝投机》;杨光远的《强化纪实风格 塑造平民英雄——纪实电视剧〈金牌背后〉的创作追求》;李星的《意蕴丰厚的"金牌"人生》。

4日,《文汇报》发表陈熙涵的《大人写的成长小说遭冷落》。

5日,《上海戏剧》第6期发表杨小青的《以人物打动观众——〈班昭〉导演阐述》;周锋的《点铁成金,赋予历史题材以现实的生命——新编历史昆剧〈班昭〉观后感》;罗周的《悲情生命——换一种眼光看〈班昭〉》;顾琛的《历史·女人——〈班昭〉观后感》。

《文艺报》第81期发表于波的《两性的话题》(评赵玫小说《一切如此沉寂》);薛勤的《鲁迅精神的坚守与弘扬》;周冰心的《90年代的文化风俗图》;木弓的《人民必定战胜腐败——谈〈大雪无痕〉普通共产党员形象的塑造》;马丽蓉的《心灵山河的文化散步——读张承志的散文集〈一册山河〉》;张晓峰的《对当下散文发

展的几点思考》；张光芒的《启蒙：一个滥用的文论术语》；张子清的《他们在构筑一个美丽的政治共同体》；张龙海的《美国华裔文学的界定》。

6日，《中国青年报》发表茅于轼的《给你所爱的人以自由》；李方的《博尔赫斯的灵与肉》；玄武的《像生活一样疲软而真实》；吴子凌的《与你共度文学的蜜月》；杨泽文的《一切因欲望而生灭》。

《光明日报》发表金炳华的《一部真实反映党的诞生史的力作——评黄亚洲的长篇小说〈日出东方〉》；贺绍俊的《人民的利益至高无上——读周梅森的长篇小说〈至高利益〉》；于平的《永远的"红星"——现代舞剧〈闪闪的红星〉观后》；汪守德的《动人以命运和情感——裘山山的长篇小说〈我在天堂等你〉》；胡可的《人间真情的颂歌——音乐剧〈桃花谣〉印象》；同期，以"银屏抒写80年峥嵘岁月"为总题，发表云德的《从平凡中见出伟大——电视剧〈帕米尔医生〉观后》，梁光弟的《依依挚友心　悠悠历史情——故事片〈毛泽东与斯诺〉观后》，李长江的《〈长江〉：再现战争史上的奇迹》，周里的《〈日出东方〉的艺术魅力》，贾磊磊的《自强与互爱——影片〈因为有爱〉的伦理意义》，王宇的《〈三月雪〉的启迪》；同期，发表翟泰丰的《高尚的情怀　优美的诗韵——读朱子奇诗集〈心灵的回声〉》；刘建军的《道德的力量——影片〈家在远方〉观后感》；南宫的《看话剧〈狂飙〉戏中戏》；黄允升的《瞿秋白一生的真实写照——〈瞿秋白〉文献纪录片观感》。

《中华读书报》发表崔少元的《美国著名作家汤婷婷采访录》。

《台港文学选刊》第4期发表曾健民的《拨开历史的迷雾》。

7日，《文艺报》第82期以"《大宅门》关闭后"为总题，发表曾庆瑞的《〈大宅门〉半是挽歌》，杜寒风的《〈大宅门〉与历史事件》，吴素玲的《价值取向　值得商榷》，刘晔原的《〈大宅门〉里的名星名导》，吴三军的《〈大宅门〉里执著的女人们》，李胜利的《好奇与共鸣引发收视兴趣》。

《文学报》发表俞小石的《一个出大作品的时代》。

《文学报·大众论坛》第16期发表陶媛媛的《诗歌的困境：语言贫乏　灵魂苍白》；本报编辑部的《面对好评如潮，暨南大学文学博士姚新勇尖锐指出——"大宅门"里散发出陈腐气息》；钟锐的《文学界的改革亟待深入》；周政保的《〈檀香刑〉：一部成功的"中国小说"》；雷达的《青春的探寻——简评王剑冰的长篇〈卡格博雪峰〉》；子干的《河北也产"山药蛋"——评何申小说新作〈来年还种莜麦〉》；董健的《与作家真诚、平等地对话——读〈陆建华文学评论自选集〉》；红孩的《我看烈娃西部文化散文〈在雪地上跳舞〉——收获,不只是行走》;肖云儒的《文学要积极反映市场经济对现代人格的建构》。

《光明日报》发表庄建对周宪的采访录《大众语境中的现代性》;王岳川的《现代性问题与合法性——评博德里亚尔〈完美的罪行〉》。

8日,《人民日报》发表童古丽珂的《电影:何以面对两亿八千万双稚纯的眼睛》;郭建怀的《〈大宅门〉画蛇添足》;曾立国的《〈大宅门〉虎头蛇尾》;王健的《〈流金岁月〉令人感动》;宁子的《〈流金岁月〉相见恨晚》。

《文艺报》第83期发表彭公亮的《审美接受视界的摄影文学》;崔道怡的《画意诗情摄影中——傅庆信和他的摄影诗》;铁凝的《写小说也需要大老实》。

9日,《人民日报》发表萧克的《纪念邓拓——〈邓拓全集〉序》;王增如的《告诉你一个真实的丁玲》;黄海的《很厚重的〈中国思想史〉》;蔡永海的《新视野中的中国美学史》。

《文艺报》第84期以"长篇小说《审问灵魂》笔谈"为总题,发表雷达的《怀旧与审问》,党圣元的《隐痛·忧患·悲悯》,高玉的《忏悔与不忏悔》,徐慧珍、熊元义的《忏悔是主体意识的觉醒》,李广仓的《灵魂拷问与悲剧迷失》;同期,发表张学昕的《站稳我们的立场》;陈雅谦的《21世纪中国文学之魂——民族精神》;吴砺生的《阅读虚无》;张清民的《病房里的世界》。

《文汇报》发表谢娟的《"新语文"带来语文教学新观念》。

《民族文学》第6期发表何镇邦的《新时代的田园牧歌——简评石定的中短篇小说创作》;周政保的《既属于山,又不止于山——赵剑平小说创作印象》。

10日,《戏剧文学》第6期发表陈志军的《戏剧的边缘化——一个没有解决的戏剧观问题》;马斌的《一只五彩斑斓的臭虫——话剧〈臭虫〉观后》。

12日,《人民日报》发表李舫、邵建武的《北京:新世纪的思索》;李怀亮的《中国文化——让田野吹来清新的风》;张小平的《汉藏合璧　千古绝唱——电视剧〈文成公主〉观后》;陈奇佳的《不要妄自菲薄民族传统》。

《文艺报》第85期发表郑颖的《浅谈军旅诗语言的形式嬗变》;张平的《真实来源于生活——评胡玥的长篇小说〈危机四伏〉》;南翔的《有家的感觉——林红作品印象》;黄力之的《21世纪的中国文学理论:重复式发展还是创造式发展》;金永兵的《文学基本理论建设的新思路——高校"文学原理研讨会"综述》;汝信的《中国美学走向何处》。

《诗刊》第 6 期发表翟泰丰的《融抒情与哲理于一体的世纪画卷》;阎延文的《鲜红的诗歌:永远书写在中国大地上——贺敬之访谈录》。

13 日,《光明日报》发表刘平的《传统的不"旧"创新的不"新"》;黄宏的《我为什么要拍〈党员金柱有点忙〉》。

14 日,《文艺报》第 86 期发表李梅的《〈日出东方〉由此喷薄而出——史学、文学、影视三界合力 史实、人性、才情三位一体》;王仲山的《评论,请慎举例子》;孟醒石的《作家,请上课》;省三的《贾平凹,何必往教授堆里挤》;黄维钧的《新意盎然 演出精良——喜看现代粤剧〈土缘〉最新演出版本》;赖洪波的《"新视觉文学"的开始》。

《文学报》发表朱金晨的《从〈开天辟地〉到〈日出东方〉——记著名作家黄亚洲》;陆梅的《飞翔的文学梦——上海校园文学创作座谈会小记》;俞小石的《怦然心动的感觉》;周南焱的《让诗歌流进孩子们的心中——访著名儿童诗人圣野》。

15 日,《人民日报》发表陈荣贵的《辉煌的史诗 济世的深情——读长篇小说〈日出东方〉》。

《戏文》第 3 期发表顾天高的《寂寥与崛起——世纪之交的浙江剧坛透析》;薛年勤的《谈茅威涛的创新和〈孔乙己〉》;陈旭春的《孙悟空与拿破仑共同的悲哀——试看〈刮痧〉中的文化差异》;何占永的《越剧的乡土语言需要改革》。

《江汉论坛》第 6 期发表李润霞的《被湮没的辉煌——论"'文革'地下诗歌"》;陈建光的《冲破反儒之锁——对当代文学一种现象的研究》。

《徐州师范大学学报(哲学社会科学版)》第 2 期发表宋世明、国丽芸的《20 世纪 90 年代小说思潮概论》。

16 日,《人民日报》发表中国作协创研部的《壮丽多彩的文学画卷——建党八十周年十部重点文学作品述评》;仲呈祥的《英雄丰碑 史诗绝唱——评长篇革命历史电视剧〈长征〉》;黄式宪的《〈月圆今宵〉:平民化诗意的书写》;廖奔的《〈沧海〉的神韵》;张杰的《"三个代表"思想与文艺批评标准》;曹克的《红土地的新气息》(评胡名播的长篇小说〈七姑潭〉);仲言的《切莫用"策划"代替创作》;樊发稼的《"大自然文学"的新成果——评刘先平"中国发现书系"》。

《文艺报》第 88 期发表胡殿红的《〈英雄无语〉:真实的共产党人——访女作家项小米》;梅新林的《当代传记文学创作的反思与超越》;汪义生的《冰峰的微型小说很有味道》;虹伊的《天津女作家芳菲小记》。

《文汇报》发表赵运仕的《诠释死亡——读〈名人死亡词典〉》;舒明的《寻找中国人吃饭的历史——孙林祥和他的〈中国粮票珍品鉴赏〉》;刘绪源的《生命寄托在艺术中——读历史小说〈盂兰变〉》。

17日,《作品与争鸣》第7期发表张耀杰的《当下文人的神圣话语》。

18日,《太原日报》发表古远清的《被禁锢的於梨华》。

19日,《文艺报》第89期发表王山的《感动共和国的书 跨世纪的畅销书——〈红岩〉手稿捐赠仪式暨〈红岩〉出版四十年座谈会举行 时代呼唤爱国、团结、奋斗、奉献的"红岩精神"》;杨矗的《永远的抉择——张平访谈录》;石一宁的《高科技时代人的命运——读温金海长篇小说〈中关村进行曲〉》;林非的《素雅 亲切 高远——读〈高凯明散文选集〉》;王之望的《历史与心史的诗——〈学星诗抄〉读后》;张炯的《坚定为人民为社会主义服务的文艺方向》;朱双一的《评"战后再殖民论"之要害——兼及台湾"乡土(本土)文学的中华文化属性"》。

《文汇报》发表袁鹰的《一部读不完的大书——读〈柯灵传〉》;姚辛的《"黑旋风",好样的!》;卢金德的《叙事抒情长卷〈遵义会议〉》。

20日,《台湾研究》第2期发表方忠的《后现代文化语境中的台湾通俗文学》。

21日,《文艺报》第90期发表胡可的《中国共产党与中国话剧——纪念中国共产党建党80周年》;张耀杰的《"电视病"之面面观》;黄东成的《从影视评奖说开去》。

《文学报》发表俞小石的《少数民族文学正走向世界》;陆梅的《一个人的旅行——访上海女作家陈丹燕》。

22日,《文艺报》第91期发表杨彩霞的《摄影文学的生命熔铸》。

23日,《文艺报》第92期发表胡殷红的《〈红色康乃馨〉受好评》;木弓的《读〈卓娅没有被人遗忘〉》;马美爱的《茅盾让我们反思——写在茅公逝世20周年之际》;杨经建的《童真映照下的"性情"之作》;南人的《精神裂变与回归》。

《文汇报》发表舒明的《愿有一种无边的生活——王安忆、陈丹青对话录》;吴晓波的《关注中国企业家的道德分裂——我写作〈大败局〉的前前后后》;刘文飞的《俄罗斯文坛的一匹黑马——俄新生代作家佩列文和他的"百事"一代》;陈思和的《屈辱下的复仇与玩世——谈〈不夜侯〉与吴越文化》。

24日,《文汇报》发表吕晓明的《第五届上海国际电影节评奖之后的思索》。

25日,《上海大学学报(社会科学版)》第3期发表邢虹文的《撞击下的浮躁与选择——从〈一个都不能少〉、〈黄河绝恋〉谈起》。

《世界华文文学论坛》第 2 期发表刘俊的《拓展？发现？提升——2000 年大陆的台湾文学研究综述》；张炯的《黄春明创作的意义和历史地位》；刘红林的《试论黄春明小说中的民族魂》；樊洛平的《老人与社会：黄春明小说的关怀视点》；黄敏的《颜纯钩笔下文明的尴尬》；王同书的《"中国新诗净化"之举——读〈现代诗手术台〉》；孙重贵的《关于香港寓言创作》；李俊国的《东南西北人　天地一书囚——潘铭燊散文散论》；周燕芬的《潘铭燊的杂文风格及其意义》；王万森的《殊途同归：两岸作家的精神之旅》；李若岚的《一个故事的三种讲法——〈长恨歌〉、〈世纪末的华丽〉、〈寂寞云园〉叙述策略和技巧之比较》；林丹娅的《云里风的意义》；熊国华的《真情、至性、唯美——评台湾诗人绿蒂的〈沉淀的潮声〉》；马明高的《怀抱佛心、柔情和浪漫——散谈林清玄散文》；莫嘉丽的《〈一对一〉：传统与现代叙事风格的对读》；丁增武的《美的收获——苏雪林早期散文创作和美文运动》；钦鸿的《范泉与台湾作家欧坦生》；史挥戈的《筚路蓝缕　薪尽火传——台湾新文学开拓者张我军漫笔》；陈辽的《写出一个真实、动人的林海音：评夏祖丽的〈林海音传〉》。

《台湾研究集刊》第 2 期发表徐学的《白先勇小说句法与现代性汉文学语言》。

"开创新世纪华文文学研究新局面研讨会"在南京召开。

26 日，《文艺报》第 93 期发表周玉宁的《用"三个代表"重要思想指导文学创作——"三个代表"重要思想与文学创作关系研讨会在穗举行》；王山的《21 世纪民族文学发展研讨会召开》；何镇邦的《壮美的革命史诗　有益的艺术探索——浅论长篇小说〈日出东方〉的思想艺术成就》；徐兆淮的《叶弥和她的成长小说》；艾克拜尔·米吉提的《茅岩河的歌者——读覃儿健散文集〈故乡的河〉》；刘戈的《历史的慷慨悲歌——评长篇历史小说〈夹山暮钟〉》；董学文的《回顾中国共产党与马克思主义文艺学八十年——在探索和创新的道路上》。

28 日，《文艺报》第 94 期发表本报编辑部的《〈长征〉：一部震撼魂魄的英雄史诗》。

《文学报》发表秦杰、翟伟的《革命史诗气势如虹——革命史诗巨片〈长征〉获得文艺评论家高度赞扬》。

30 日，《文艺报》第 96 期发表熊元义、丁慨然的《鉴往察今图创新——贺敬之访谈录》;颜慧的《〈党员金柱有点忙〉——热情讴歌党员浩然正气　勇于触及农村现实矛盾》;胡殷红的《郭启祥长篇小说〈世纪风流〉在上海宝钢召开研讨会》;同期,以"关于传记文学的讨论"为总题,发表俞樟华的《时代呼唤史诗般的革命领袖传记》,高深的《大俗若雅》,刘纪钊的《求索者的艰难跋涉》,刘益善的《情感与现实》;同期,以"长诗《中国季节》向建党 80 周年献礼"为总题,发表郭风的《试说〈中国季节〉》,蔡其矫的《林春荣的语言艺术》,林德冠的《一曲激情洋溢的党的颂歌》,章武的《不能降低艺术要求》,韩作荣的《季节的姿态》,许怀中的《史诗性的〈中国季节〉》,俞兆平的《以生命叩击历史》,蒋夷牧的《为政治抒情长诗"鼓与呼"》,王炳银的《一部党的历史的抒情颂歌》,朱谷忠的《思想艺术成熟的标志》,伊路的《春天的洪流》,汤养宗的《关于〈中国季节〉》,谢宜兴的《诗中"翠鸟"》,刘伟雄的《寻找历史的诗情》,杨雪帆的《激烈、大声流淌的诗》,危砖黄的《诗化的党史》,叶玉琳的《"精短"的政治抒情长诗》,郭志杰的《一把火点燃一首诗》,潘真进的《时代的共鸣》,陈金波的《感谢诗情》。

《青岛大学师范学院学报》第 2 期发表曹安娜的《读〈海外华文女作家新潮散文〉随笔》。

《镇江高专学报》第 2 期发表曹惠民的《诗心共意象齐飞——菲华新诗诗艺管窥》。

本月,《戏剧艺术》第 3 期发表傅谨的《20 世纪中国戏剧史的对象与方法——兼与〈中国现代戏剧史稿〉商榷》;厉震林的《论转型期中国戏剧学的学术分析》。

《剧本》第 6 期发表李祥林的《历史题材·现代意识·性别视角》。

《剧影月报》第 3 期发表陈维仁的《观〈大雪无痕〉等影视佳作有感》;傅谨的《与董健先生商榷:也谈戏剧的政治化与民族化》;王小春的《名著改编争议之反思》;杨新宇的《从小说到电影——观张元电影〈过年回家〉》。

《河北大学学报(哲学社会科学版)》第 2 期发表田韶峻的《文学对历史的言说——关于文学历史观的设想》。

本季,《株洲师范高等专科学校学报》第 3 期发表吴智斌的《对真、善、美理想世界的不朽追寻——三毛作品评析》。

本月,中国文史出版社出版袁良骏的《民间文艺论集》,贾振华、崔志远主编的《这里是一片热土:新时期石家庄文学评论文萃》,范川凤的《女性文学创作批评》。

中国文联出版社出版荒林、王光明的《两性对话：20世纪中国女性与文学》，陈健的《怀念是一条河》。

中国工人出版社出版叶砺华的《走出迷津》。

山东文艺出版社出版张婷婷、杜书瀛的《新时期文艺学反思录》。

南海出版社出版单正平的《科学精神与人文精神》。

辽海出版社出版陈洪等著的《画龙点睛：中国文学批评指要》。

江苏教育出版社出版徐瑞岳主编的《中国现代文学研究史纲》。

花城出版社出版何超群的《叙事的魅力》。

广西师范大学出版社出版陈思和的《谈虎谈兔》。

高等教育出版社出版王万森主编的《新时期文学》。

7月

1日,《大众电影》第7期发表刘震的《给国产电影开剂药方》。

《文艺报》发表古远清的《台北文坛70年代纪事》。

《上海文学》第7期发表罗岗的《"文学"：实践与反思——对一个论题的重新探讨》。

《长江文艺》第7期发表陈晓明的《逼仄空间传出的孤独吟唱——阿毛小说创作的得与失》。

《名作欣赏》第4期发表马春花的《温和的生存哀歌——读汪曾祺的〈异秉〉》；祝东平的《〈老人与海〉与〈年月日〉文化内涵比较》；吴进的《低沉哀怨　凄幽宛转——张爱玲〈金锁记〉的语言形象分析》；孙希娟的《疾如秋风　细如雨丝——读董桥的散文小品〈雨声并不诗意〉〈门〉》。

2日,《小说选刊》第7期发表雷达的《思潮与文体——对近年小说创作流向的一种考察》；阿城的《走近苏童的世界》。

3日,《文艺报》第97期发表贝佳的《政治抒情诗风光无限好》；王山的《"网络批评、媒体批评与主流批评"研讨会召开》;刘颋的《湖南中青年评论家会议在柳州举行》;乔世华的《〈跟你说说话〉:用儿童的眼睛》;本报编辑部的《一本启示时代和人生的书——〈智慧风暴〉研讨会纪要》;贾梦玮的《知人论世 知世论人——读丁帆先生随笔集〈夕阳帆影〉》;陆贵山的《主流文论的建设与创新》;同期,围绕"散文《国家灵光》",发表金炳华的《〈国家灵光〉——强烈的时代感》,孙武臣的《叠印时代的影像》,林非的《升华出人生的哲理》,秦晋的《散文大境界——真实如常》,吴泰昌的《岁月不负文畅》,马威的《千古文章 传真不传伪》,雷达的《心灵的财富最值得珍惜》,傅汝新的《"宏伟叙事"与人文关怀》。

4日,《中国青年报》发表骆驼的《话剧:平平淡淡才是真》。

《光明日报》发表梁鸿鹰的《高扬时代理想主义和英雄主义——献礼重点文学作品评选》;林为进的《青春的新纪元——读〈日出东方〉》;李炳银的《对一次重大历史事件的现实书写——读郝在今长篇报告文学〈协商建国〉》;沙河的《喊出百姓的渴望和期待——读侯钰鑫的〈好爹好娘〉》;牛玉秋的《大处着眼 小处落笔——简评〈英雄时代〉的艺术特色》。

5日,《上海戏剧》第7期发表邹平的《戏曲现代戏的突破口在哪里?》;丁加生的《人物思维与行为的非常态表述》。

《文艺报》第98期发表陈播的《左翼电影运动的战斗历程》;江泽民的《在庆祝中国共产党成立八十周年大会上的讲话》。

《文学报》发表俞小石的《小说创作有喜有忧》,冯骥才的《学者视野中的年度小说——关于中国小说学会的"排行榜"》;俞小石的《小说向新闻借力》;高占祥的《透视生命的玫瑰》;孙贵颂的《因为有〈文学报〉》;周永诗的《刊以载诗 诗以言志》;钱虹的《蕉风椰雨中的华文文学》。

《文学报·大众论坛》第17期以"认真学习深刻领会全面贯彻江总书记《讲话》"为总题,发表金炳华的《一篇马克思主义的纲领性文献》,任仲伦的《思想上精神上的一面旗帜》,肖云儒的《世界先进文化的基础》,陈辽的《作家评论家的良知和责任》;同期,发表郑毅俊的《〈智慧风暴〉为先进生产力鼓与呼》;同期,以"双城记:上海台北之文化比较"为总题,发表孙逊的《沪台两地文化的互动与互补》,许子东的《近年小说中的上海与台北》,许纪霖的《台北的草根化与上海的"洋泾浜"》,康来新的《台湾文化中的海派文化渊源——以战后台北为例》,任宁的《影像都市——两地90年代都市电影之比较》;同期,发表张志忠的《应运而生的"时代英雄"——评〈英雄时代〉和〈英雄无语〉》;周政保的《精神感人的艰辛选择——读报告文学〈爸爸的心就是这么高〉》;耿占春的《天真与经验之歌——读鲁枢元的随笔集〈蓝瓦松〉》;韩梅村的《〈幻化〉的文化色质》;雷达的《思潮与文体——对近年小说创作流向的一种考察》。

《花城》第 4 期发表姜广平的《"我们是一条船上的"——毕飞宇访谈录》;张柠的《中国"卡通一代"的精神背景》;汪政、晓华的《飞翔的小说——〈花城〉2000 年小说读记》。

《河北师范大学学报(哲学社会科学版)》第 3 期发表徐彦利的《丛维熙创作风格的演变与确立》;梁惠娟的《幸福的彼岸在哪里——论 20 世纪女性文学追寻理想爱情的心路历程》;刘卫东的《论新时期小说中的荒诞意识》。

6 日,《人民日报》发表郝洪的《京剧,走在平衡木上》。

《文艺报》第 99 期发表徐珂的《摄影文学:一种民族文学的当代创新》;丁柏铨的《摄影文学前景看好》;汪应果的《风光无限 雅俗共赏》;乔世华的《摄影文学的生命和灵魂》;赵琨的《摄影文学的身份所在》。

《台港文学选刊》第 7 期发表沈奇的《异质之鸟、之蝶、之鱼或菊》;少君的《北美华文文学中的网络文学》。

《太原日报》发表古远清的《一支伤感的流浪小调》。

7 日,《文艺报》第 100 期发表郑伯农的《〈长征〉气壮山河的荧屏史诗》;贝佳的《坚持"红色之旅"——访作家张品成》;木弓的《情感恐怖片》;李鲁平的《〈痛失〉农村题材创作有突破》;陈兰村的《英雄传记正气永存》;王科、储双月的《"面向 21 世纪的中国小说"研讨会综述》;程精棉的《道德的力量》;袁鹰的《丹琳的太行情怀——读〈革命战争中的孩子们〉丛书》;王冀沙的《但留真诚在人间——谈陆幼青散文》。

《文汇报》发表路侃的《光辉时刻的文学交响——评献给建党 80 周年的 10 部重要文学作品》。

8 日,《芙蓉》第 4 期以"北方小说创作笔谈"为总题,发表残雪的《刺破世纪的阴霾》,王干的《小说到状态为止》,谢有顺的《事实的力量》,何小竹的《从北方的小说看中国小说的传统》,伊沙的《北方的小说》,狗子的《北方小说读后感》,林舟的《北方的小说》;同期,发表林舟的《批判与"炒作经"(六则)》。

《诗刊》第 7 期发表阎延文的《诗歌是原野上茂盛的生命——刘章访谈录》。

《伦理与创作》第 4 期发表李荣启的《试论有中国特色社会主义的基本特征》；范奇志的《论〈旷代逸才：杨度〉的历史感》；杨子彦的《海岩小说论》；朱日复的《21 世纪湖南文艺发展战略的几点思考》；钟友循的《试论朱正与钟叔河散文的地域风貌》；张克明的《文学创作：应当重视农村题材》；刘冬梅的《从"婆媳冲突"的文学阐述看 20 世纪中国女性文学语境的变迁》。

10 日，《人民日报》发表仲言的《关于少年作者的希望与忧虑》。

《文艺报》第 101 期发表程文超的《用生命的书写——走近深圳作家李兰妮》；于波的《〈夫妻记〉：爱到尽头无挽歌》；本报编辑部的《迎接"全球化"的挑战　加强中国文学理论建设》；王山的《批评：碰撞中的坚守与新生——"网络批评、媒体批评与主流批评"研讨会述评》；梁鸿鹰的《我们需要这样的艺术创造——重点献礼文学作品艺术特色小析》；黑白的《王安忆的魅力——读长篇小说〈富萍〉》；杨剑龙的《生活的体验　生命的感悟——评雪漠的长篇小说〈大漠祭〉》；蔡运桂的《时代·人民·文学——学习"三个代表"重要思想的体会》；蒋述卓的《按照"三个代表"要求发展社会主义文艺创作》；金岱的《21 世纪新文化：中国眼光，世界胸怀》。

《文汇报》发表丁伟峰的《"工人题材"戏新突破——淮剧〈大路朝天〉展示新一代筑路工人心路历程　龚学平等昨观看演出》。

《中州学刊》第 4 期发表刘保昌、游燕凌的《寻根的小说与小说的寻根》；乔美丽的《当代文学与科技关系综述》。

《中国社会科学》第 4 期以"对文学史观念的再认识（笔谈）——兼谈吴炫的文学史观"为总题，发表谭桂林的《原创性的文学与文学史的原创性》，孔范今的《绝对化思维无助于文学史的科学建构》，秦弓的《体系化：文学史研究的一个弊端》，朱国华的《通向文学史的多元路径》。

《戏剧文学》第 7 期发表丛小荷、何西来的《网络爱情与舞台梦幻——〈第一次的亲密接触〉观后》。

《江海学刊》第 4 期发表杨剑龙的《对生活的直接体验与真正面对——论新生代小说的艺术追求》；董学文、金永兵的《当前文学理论研究热点背后的偏失》；叶枫的《报告文学理论的体系化建构——评刘雪梅的〈报告文学论〉》。

12 日，《文艺报》第 102 期发表高小立的《学习"三个代表"精神　创作电视剧精品——在京电视艺术家座谈江泽民"七一"重要讲话》；龚和德的《在需要突破时出现突破——谈杨小青导演艺术》；程式如的《人生财富的阐释——〈享受艰难〉的审美感受》；刘厚生的《走在"百花齐放，推陈出新"的大路上》；宇文长工的《电视剧〈长征〉的突破》。

《文学报》发表俞小石的《学习领会〈讲话〉精神　努力繁荣文学创作》；李凌俊的《规范影视创作合同　保障作家权益》；周南焱的《用自己的作品去感染人——访辽宁作家孙春平》；邵薇、邱明全的《在烽烟中描写战斗的黎明——刘白羽忆战地记者生涯》；王普的《为什么会在梦里醒——刘醒龙谈长篇力作〈痛失〉》。

13日，《人民日报》发表向兵的《〈长征〉缘何吸引人？》；南易的《〈二十世纪诗典〉以诗咏史动诗坛》。

《文艺报》第103期发表耿建华的《图文时代的影像与意象》。

《文汇报》发表傅庆萱的《多部"热门剧"无缘金鹰奖——杨伟光指出，应引导观众优先关注主题深刻、艺术精湛的作品》。

14日，《文艺报》第104期发表胡殿红、纳杨的《永远代表最广大人民的根本利益——本报召开阎涛长篇纪实文学〈走进西柏坡〉研讨会》；胡殿红的《长诗〈20世纪诗典〉首发式在京举行》；江若的《湖北评论界出现敢批评的风气》；张永健、蔡莉莉的《书领袖风范　写诗人本色——评刘汉民的〈诗人毛泽东〉》；何理的《当代文学史研究的全新视角》；刘忠阳的《作家之眼往哪里看》；王科的《捧杀与棒杀》；同期，以"〈走进西柏坡〉研讨会摘要"为总题，发表王巨才的《严谨的态度、深情的笔触》，龙庄伟的《献给建党80周年的厚礼》，张炯的《共和国诞生的史诗》，牛玉秋的《重温历史经验　永记胜利之本》，吴秉杰的《可贵之处》，姜根发的《和阎涛一起"走进西柏坡"》，袁学骏的《再现革命历史　塑造领袖形象》；同期，发表王可的《知民心　抒民情　顺民意——诗人评论家聚会山东峰城畅谈诗风》；黎焕颐的《独树一帜的〈扬子江〉诗刊》；陈晓春的《面向二十一世纪的文艺学新思路——曾永成的〈文艺的绿色之思〉》。

《文汇报》发表杨晓波、舒明的《网络文学的最好时期已经过去？》；周毅的《"这些人，死的活的我都疼"——牛汉谈诗人海子和食指的获奖》。

15日，《人文杂志》第4期发表苗四妞的《试论民粹思想与20世纪中国文学》。

《文学评论》第4期以"价值重建与二十世纪文学笔谈"为总题，发表杨义的《价值重建与文学批评》，黄修己的《价值的相对性和绝对性》，陈美兰的《价值重建：面对当下中国文学思考》，孔范今的《对视，并不是取其反》；同期，发表蒋述卓、李自红的《新人文精神与二十一世纪文学艺术的价值取向》；刘登翰的《分流与整合：二十世纪中国文学的整体视野》；高有鹏的《论二十世纪中国文学发展中的民间文化思潮》；吕薇的《论学科范畴与现代性价值观——从〈白话文学史〉到〈中国民间文学史〉》；高小康的《阅读的文学与交际的文学》；李运抟的《九十年代长篇小说：个人言说与历史浮现》；许志英的《当代文学前瞻》；陈剑晖的《价值重建：重铸文学的理想和精神——价值重建与二十一世纪文学研讨会综述》。

《当代文坛》第4期以"纪念中国共产党建党80周年"为总题，发表宋玉鹏的《让文学星空更灿烂——为中国共产党80华诞而作》，吴野的《用心灵感受历史——建党80周年之际的文学思考》，李益荪的《由重读走向重建——谈坚持和发展马克思主义文艺思想》，王火的《学习、研究和服务》；同期，发表刘志一、耿艳娥的《新世纪小说发展的两种态势》；宋坚的《生命原欲的躁动和生命本真意义的释放——对中国当今小说的一种解读》；曾焕鹏的《生命写作与创造精神——韩小蕙散文的艺术个性》；周鸿、刘敏慧的《灵魂的领地——刘亮程散文集〈一个人的村庄〉阅读札记》；唐晓丹的《解读〈富萍〉，解读王安忆》；孙正华的《真切地展示青春的美丽和忧伤——评池莉〈怀念声名狼藉的日子〉》；何滢的《浅析小说〈活着〉中有庆之死》；王成军的《论21世纪中国传记文学的"当代性"——传记诗学论纲之一》；赵艳的《生命的处境与存在的勇气——存在主义与史铁生的小说创作》；同期以"铁凝评论小辑"为总题，发表徐晓芳的《人性的解构和重建——评长篇小说〈大浴女〉》，徐茜的《关于爱的悖论——铁凝〈对面〉的一种解读》；同期，发表欧阳文风的《态度·方法·着力点：对比较诗学研究的几点思考——重读厄尔·迈纳〈比较诗学〉》；王凤仙的《世纪末的回眸——读〈外省书〉》；戴树萱的《形式与内容的后现代性统一——读〈写在墙上的脸〉》；冯宪光的《重铸直面现实的宏大叙事——柳建伟〈英雄时代〉读后》；冯源、杨斌的《在激情和理性话语中的生命阐释——散文集〈倔犟之眼〉读后》；刘亚丁的《像山风一样呐喊——〈贫困的呐喊〉和〈山风浩荡〉读后》；朱成蓉的《一枚沉甸甸的坚果——读〈天若有情〉》；曹禧修、黄孝群的《体验式细读法及其他——〈晚生代写作论纲〉方法论评析》。

《北方论丛》第4期发表张学昕的《20世纪中国作家的形式感论纲》；王秀臣的《女性主义理想：一个真情的两性世界——张雅文〈趟过男人河的女人〉的一种解读》。

《电视剧》第4期发表方荟玲的《〈大宅门〉里谈电视剧的策划》;周艳琼、白木的《"戏说":有点火也有点过分》;王林松的《这些故事警示谁?——看电视剧〈大雪无痕〉等有感》。

《电影文学》第7期发表高力的《漂泊与皈依:"第六代"的主题变奏》;李宝江的《〈大宅门〉的四大绝症》。

《当代电影》第4期发表任殷的《新中国银幕上的圣火》;倪震的《历史片的文化感——宋江波导演问答录》;潘秀通的《论电影话语及其当代创新》;刘宏球的《我们需要的是新鲜的嘴唇——关于电影的叙事性思维》;吴迪的《叙事学分析:样板戏电影的机制/模式/代码与功能》;郭运德的《把孩子吸引到影院中去——评电影文学剧本〈扬起你的笑脸〉》;王迎庆的《论儿童影片的审美特质——感于影片〈扬起你的笑脸〉中的童心美》。

《当代戏剧》第4期发表李祥林的《对20世纪末女性题材剧作的反思》;魏青艳的《浅探戏曲小品的生命力——我演瓜女子的思考》。

《理论学刊》第4期发表黄万华的《文化过熟形态中的突围:海外影响引发的新文学分流》。

《海内与海外》第7期发表郑良树的《海外华族历史小说的写作》。

《江苏社会科学》第4期发表佴荣本的《中国当代文学史理论三十年(1949—1979)述论》;陈定家的《面向文化:文艺理论的新转变》。

《齐鲁学刊》第4期发表赵秀媛的《论当代游记对传统游记的误读》。

《社会科学研究》第4期发表张桃洲的《论"新民歌运动"的现代来源——关于新诗发展的一个症结性难题》。

《社会科学辑刊》第4期发表梁云的《20世纪中国女性文学中"家"观念的变革》;李俏梅的《中国当代文学中的人学和美学》。

《学术论坛》第4期发表刘上江的《关于转型期文学价值取向的思考——解读韦勒克·沃伦》。

《南方文坛》第4期发表鲁枢元的《苍茫朝圣路——我所了解的何向阳》;李洁非的《宿命的写作者》(关于何向阳的文学批评)、《独立的,说理的》(关于批评的思考);洪治纲的《艺术的再度重构与智性的深层发掘》;李敬泽的《关于批评的两种想象》;何向阳的《批评家的精神资源》;阎晶明的《批评:我的困惑和向往》;谢有顺的《批评的野心》;夏中义、富华的《苦难中的温情与温情地受难——论余华小说的母题演化》；吴义勤的《多元化、边缘化与20世纪90年代中国文学的价值迷失》；於可训的《文学的流行与流行文学》；古远清的《弄巧反拙　欲盖弥彰——评〈新民周刊〉等媒体联合调查余秋雨"文革问题"》；杨长勋的《一篇奇怪的批判文章》；龙子仲的《解读革命——对一个老话题的随想》；甘以雯的《2000年散文漫议》；王敏之的《一道亮丽的文学风景线——读广西近年八部长篇报告文学》；林白的《关于〈在黑暗中狂奔〉》；孙晓娅的《存在的"虚无"与虚无的"存在"——评张梅的长篇小说〈破碎的激情〉》。

《复旦学报（社会科学版）》第4期专栏"中国文学史分期问题讨论"，发表范伯群的《在19世纪20世纪之交，建立中国现代文学的界碑》，刘志荣的《抗战爆发：中国20世纪文学史上的重要分界线》。

《思想战线》第4期发表魏红的《传统叙事话语的颠覆与消解——论"前先锋派"小说的现代性》。

《福建论坛·社会科学版》第4期发表丁帆等的《关于中国现当代文学治史方法的对话》；刘小新《首届菲律宾华文文学研讨会综述》；刘登翰的《菲华文学：文化承传与现实走向》；周仁政的《解读林语堂的崭新参照——评王兆胜〈林语堂的文化情怀〉》。

16日，《文艺争鸣》第4期发表赵歌东的《走近鲁迅的尴尬》；何言宏的《突围与限禁——"文革"后文学现代性话语的历史起源研究之一》；张清华的《文化实践和精神自否——20世纪中国文学启蒙主义的两个基本问题》；路文彬的《90年代长篇小说写作现象分析》；刘泰然的《没有完成的个人：90年代文学话语之我见》；黄书泉的《作家人格：批评的解读与误读》；康梅钧的《文学批评在何处存活》；阎纲、朱晶的《关于文学评论的通信》；李建军的《捍卫人的权利、价值和尊严——读胡平的〈战争状态〉和〈中国眸子〉》；吴劲薇的《瓶子里的"魔鬼"》；顾颖的《张艺谋叙事策略的变迁》；赵稀方的《中国女性主义的困境》。

17日，《人民日报》以"坚持以'三个代表'为指导　全面加强先进文化建设"为总题，发表张炯的《高举先进文化的旗帜》，李准的《让历史告诉未来》，王朝柱的《宝贵的精神财富》，李培森的《创作更多的优秀电视剧》。

《文艺报》第105期发表张同吾的《激越雄浑的英雄史诗——读长诗〈东方神话〉》；周冰心的《以传统解说现代——众人眼中的诗人梁平及其诗歌创作》；解玺璋的《王童的记者小说》；郭小东的《艰难自古钟灵秀——读散文集〈回眸〉》；黄应

全的《立场意识——建构有效文学理论的迫切需要》;魏家川的《文艺学学科定位与文学理论教改》;韩梅村的《至诚至善:人生理想境界的吁求——评〈张俊彪散文集〉》;王彦霞的《求得综合与创新的平衡——评北大版〈文学原理〉》;同期,围绕"报告文学《贫困的呐喊》",发表邓经武的《为贫困问题的呐喊》,刘亚丁的《反贫困斗争的珍贵历史文献》。

《中国青年报》发表晓昕的《娱乐时代》。

19日,《文艺报》第106期发表峻岭的《从〈刮痧〉和〈庭院里的女人〉说起》;廖奔的《保尔·柯察金的现时价值——看中国青艺〈保尔·柯察金〉所想到的》;刘平的《这个田汉不真实——论话剧〈狂飙〉对田汉形象的塑造》;北枳的《一个很有个性的田汉——我观话剧〈狂飙〉》;雷达的《沉静的魅力——〈帕米尔医生〉观后》;边国立的《再议"求真"》。

《文学报》发表陆梅的《他们和鲁迅在一起——上海鲁迅纪念馆"朝华文库"巡礼》;梁鸿鹰的《厚积薄发的艺术创造——纪念建党80周年10部重点献礼文学作品评析》。

20日,《人民日报》发表刘琼的《长衫孔乙己登上话剧舞台》;王亿的《给记忆以美感》。

《小说评论》第4期发表雷达的《长篇小说笔记之七》;洪治纲的《回到超验的极致》;吴义勤、田广文、白浩等的《历史·人史·心史——新长篇讨论之四:尤凤伟的〈中国:一九五七〉》;贺仲明的《反抗的意义与局限——"新生代"作家精神批判》;吴秀明的《历史题材小说的转型》;李建军的《论小说中的反讽修辞》;周怡的《历史的反讽与现实的寓言——评〈中国:一九五七〉》;汪政的《似曾相似燕归来——朱辉小说论》;杨胜刚的《没有旗帜的对抗——朱文的写作姿态》;常智奇的《历史的意绪与诗性的机智——评毛守仁长篇小说〈天穿〉的艺术特征》;胡玉萍的《一幅农村变迁史的长卷——〈缱绻与决绝〉读后》;昌切的《一个情字　如何了得——评〈张居正·木兰歌〉》;周新民的《权力、文化与王朝的命运——读熊召政的〈张居正·木兰歌〉》;董子竹的《中国文化的真史诗——评长篇小说〈张居正〉》;胡香的《70后写作:是梦还是醒?》;陈冲的《现实主义的现代化和先锋小说的本土化》;李大鹏的《2000年小说排行榜与小说前景》;康正果的《红旗下的情感教育——说〈人寰〉》。

《文艺报》第107期发表萧成的《翱翔于另类叙事中的摄影小说》。

《四川大学学报(哲学社会科学版)》第4期发表阎嘉的《中国"文革"小说与卡夫卡》。

《东北师大学报(哲学社会科学版)》第4期发表乔焕江的《文化先锋与大众神话——张艺谋电影艺术论》;王学谦的《还乡文学:20世纪中国乡土文学的自然文化追求》。

《河北学刊》第4期以"价值重建与21世纪文学(笔谈)"为总题,发表杨义的《价值重建重在"建"》,柯汉琳的《文学价值的裂变与重建》,龙泉明的《消费,是当代文学发展的内在动力》,陈剑晖的《召唤新的文学精神》,於可训的《文学价值的失落与重建》,丁帆的《中国文学"现代性"与"后现代性"的文化背景》,张永泉的《重提鲁迅为人生的文学主张》,王兆胜的《20世纪中国文学的价值失误》,高旭东的《价值重建:21世纪的文学课题》;韩雪临的《对21世纪文学价值的展望》;同期,发表王兆胜的《论林非的散文创作》;崔志远的《探寻"人类情感"的心灵艺术——铁凝小说创作综论》。

《南开学报(哲学社会科学版)》第4期发表乔以钢的《论中国女性文学的思想内涵》。

《学术研究》第7期发表饶芃子的《从澳门文化看澳门文学》。

《暨南学报(哲学社会科学版)》第4期发表吴奕锜的《"新移民文学"中的另类写作》;王列耀的《马来西亚华文文学的文化个性》。

21日,《文艺报》第108期发表何建明的《先进文化与人类灵魂工程师》;陈荣贵的《浅谈〈日出东方〉的人物塑造》;毛策的《学人传记与文化人格的重塑》;付晓光的《别样的乡情》;张宝玺的《〈你不要从我面前走过〉读后》;柳萌的《作家要有自己的作品》;林非的《灵动的情思 诚实的探索——读刘家科散文集〈沙漠那边是绿洲〉》。

《文艺研究》第4期围绕"王蒙'季节'系列小说",发表张光年的《〈狂欢的季节〉读后感》,何西来的《评王蒙的〈季节〉四部》,童庆炳的《历史维度与语言维度的双重胜利》,张抗抗的《四季心灵》,李书磊的《〈恋爱的季节〉眉批四则》。

《文汇报》以"网络、功利与文学——'网络文学的最好时期已过'一文引发对网络文学现状的持续讨论"为总题,发表王安忆的《网络是一个太"满"的状态,"满"其实是一种太大的压力》,马以鑫的《网络文学使中小学文学鉴赏力下降,负面影响不容忽视》,宋炳辉的《我对现在的网络写作比较悲观,它不大可能超越传统文学》,雷嘉的《网络文学虽还年弱,但野心勃勃充满创造精神》,黄集伟的《现在被称之为"网络文学"的那些东西,只不过是真正网络文学的前奏和预演》,赵添的《网络文学的所谓高潮根本就是虚构的》。

《湖北大学学报(哲学社会科学版)》第4期发表马自力的《近年来文学研究的主要特点及值得注意的动向》。

22日,《人民日报》发表蒋述卓的《坚持"三个代表"推动文艺创作——学习江泽民同志"七一"重要讲话的体会》;逢先知的《赞电视剧〈长征〉》;贾磊磊的《以历史的方式叙述历史——评大型纪录片〈国庆纪事〉》;孙珉的《电视:公众理解科学的桥梁》;胡家龙的《真诚展现历史的瞬间——观影片〈走出西柏坡〉》。

24日,《人民日报》发表惠杰的《文学理论的挑战与对策》。

《文艺报》第109期发表刘颋的《保持大报风格 加强学术分量——选家评说〈文艺报〉》;周玉宁的《在历史的发展中积淀 在现实的冲撞下重写——"中国现代文学传统"国际学术研讨会召开》;乔世华的《如何保持文学的"纯"?》;北乔的《无语的英雄和心中的痛——读项小米长篇小说〈英雄无语〉》;方敏的《将爱情进行到老——读胡健的长篇小说〈粉身碎骨〉》;饶芃子的《互补、互促 共进、共荣——关于纯文学与俗文学关系之我见》;游焜炳的《曲高和寡与雅俗共赏》;朱慧琴的《地域文学研究的深层掘进——评〈浙江20世纪文学史〉》。

《文艺理论与批评》第4期发表周良沛的《未能如烟而去的往事》;李万武的《激醒生命:别一种"西部开发"——读刘元举的新版散文〈西部生命〉》;柳万的《文学里的文化什么样》(关于韩少功小说《马桥词典》);张恒学的《文学人物形象:世纪之初的文学关怀——来自"世纪之交中国文学人物形象研讨会"的理论思考》。

《中国青年报》发表滕小松的《散文时代与时代散文》。

《吉林大学社会科学学报》第4期发表阎庆生的《孙犁〈书衣文录〉的精神分析》。

25日,《山西师大学报(社会科学版)》第3期发表奇峰的《正义·道德·良知——从〈抉择〉看张平的创作思想》。

《文艺理论研究》第4期发表南帆的《大众文学的历史涵义》;周扬、徐中玉等的《真实与写真实问题(座谈记录)》(1979年12月5日"全国高等学校文艺理论研究会"在南京召开"现实主义问题讨论会");刘淮南的《试谈〈讲话〉的经典性及局限性》；苏桂宁的《科学，20世纪初的中国文学资源》；梅朵的《评析年度影片佳作》；吴俊的《通识·偏见·媒体批评》；徐百柯的《改写20世纪中国文学史的一次尝试》；管宁的《新时期小说：人性内蕴的拓展与嬗变——以爱情主题为中心的考察》；方守金、路文彬的《伤痕记忆的拷问——论"反思小说"的历史叙事》；黄万华的《从美华文学看东西方海外华文文学的差异》。

《中国青年报》发表桂杰的《话剧正发烧　亢奋在民间》。

《四川戏剧》第4期发表慧音的《一次东方学研究的国际盛会》；杨桦的《二十一世纪戏曲的命运和出路——兼论戏曲电视剧的审美本体特征》；杨新宇的《依然是男权视角——解读小剧场话剧〈霸王别姬〉》。

《东岳论丛》第4期发表赵秀媛的《中国与西方散文精神的深刻遇合——论余秋雨散文的文体意义》；石万鹏的《审美视域中的乡村世界——迟子建与乡土抒情小说》；张晓晶的《20世纪90年代女性文学研究概观——据1991—2000年〈人大复印资料·中国现代、当代文学研究〉》。

《甘肃社会科学》第4期发表奚学瑶、黄艾榕的《期待中华散文的全面复兴——余光中散文的文化意义》；张一玮的《往事重温与自我归罪——〈黑骏马〉及其他》。

《当代作家评论》第4期发表孙郁的《当代文学中的周作人传统》；季进的《穿越蔽障　重返经典——略论钱钟书的当代意义》；王尧的《思想历程的转换与主流话语的生产——关于"文革文学"的一个侧面研究》；张治忠的《从狂欢到救赎：世纪之交的文革叙述》；许传宏的《析丁玲晚年的文学价值取向》；于坚的《当代诗歌的民间传统》；张清华的《从精神分裂的方向看——食指论》；洪治纲的《叙事的还原——评长篇小说〈日出东方〉》；周立民的《无法直面的现实——由孙春平近期的中短篇小说谈起》；丁帆的《一座充满欲望的灵魂雕塑——长篇小说〈欲望之路〉读札》；南帆《饶舌与缄默：生活在自身之外》；格非的《记忆与对话——李洱小说解读》；王鸿生的《被卷入日常存在——李洱小说论》。

《社会科学战线》第4期以"21世纪中国文学前瞻笔谈"为总题，发表龙泉明的《21世纪中国新诗回顾与展望》，赵学勇的《中国文学的本土化意义及前瞻》，李继凯的《对于文化创造的期待与焦虑》，李怡的《文学的现代性与民族性的内在关系》。

《郑州大学学报（哲学社会科学版）》第4期发表张宁的《时代、精神与诗人的自我叙述——90年代诗歌个案研究之一》。

26日,《文艺报》第110期发表本报编辑部的《中国作协将于今年十二月召开第六次全国代表大会》、《长篇小说〈突出重围〉被搬上北京话剧舞台》;鲁人、欧阳逸冰、王庆的《仗打赢了吗?》;稚危的《让我爱你不容易——由话剧〈何家庆〉进京演出所想到的》;王蕴明的《社会主义文艺要始终代表先进文化的前进方向》。

《文学报》发表陆梅的《时尚化、市场化影响了文学》;含羞草的《越剧〈早春二月〉赢得专家好评》;李凌俊的《格非:期待重获创作激情》;卢有泉、陈立胜的《众人话说乡土诗——从王耀东的创作现象谈起》;杨剑龙的《执意描绘中国生活的韩国女作家朴明爱》;王宏图的《追寻中国的镜像——读〈世纪回声〉丛书》;伊甸的《诗人与恋人——由叶芝的诗想起》。

27日,《人民日报》发表梁光第的《英雄伉俪 壮美人生》。

《文艺报》第111期发表马龙潜的《摄影文学:美与审美的多重复合结构》;易中天等的《天下有情人终成眷属——厦门大学师生笔谈摄影文学》。

《文汇报》发表陈熙涵的《儿女情难断 反角有人怜——文艺界人士批评某些电视剧塑造反面人物落入俗套》。

《文学自由谈》第4期发表苏阳的《不绝如缕的扯淡》(关于"90年代小说排行榜");王文初的《有关高氏获奖的几篇文章读后》;李建军的《关于酷评》;谢有顺的《此时此地的写作》;唐小林的《先锋文学与技术时代的合谋》;张宏杰的《金庸与"西安青年的性生活"》。

《华中师范大学学报(人文社会科学版)》第4期发表王庆生、樊星、刘为钦、谢维强、陈虹、严辉的《"历史"的多样化叙述——关于当代文学史写作的对话》。

28日,《文艺报》第112期发表纳杨的《和平时期军事文学更需要激情——访军旅作家黎白》;木弓的《为什么要多多塑造中国军人的形象?》;彭公亮的《重写文学的民族精神与人民精神》;邱辽宁的《明星传记的精神缺失》;高玉的《沉思在城市与乡村之间》;同期,以"诗的庆典——《20世纪诗典》研讨"为总题,发表翟泰丰的《震撼心灵的世纪史诗》,高洪波的《用现实的眼光察世著文》,臧克家的《中国新诗史上空前的著作》,朱子奇的《恰合时宜的大作品》,王强的《越磨越好》,屠岸的《价值所在》,尹世霖的《衷心祝愿》,张旭升的《巨幅画卷》,纪宇的《知道写不好》,张玉太的《编辑手记》。

《兰州大学学报(社会科学版)》第4期发表张进的《新历史主义文艺思潮的

悖论性处境》。

《厦门大学学报(哲学社会科学版)》第3期发表林丹娅的《华文微型小说的叙事自觉与阅读期待》；徐学的《沙田学者与中国现代文学研究》。

30日，《海南师范学院学报(人文社会科学版)》第4期发表卢文芸的《黄维梁之纵横论及其他：论香港沙田派文论家黄维梁的文学批评》。

《太原日报》发表古远清的《〈澳门日报〉作家群介绍》。

31日，《人民日报》发表谌强的《最美的赞歌献给党——文艺晚会〈红旗颂〉观后》；仲言的《少年作家当清醒》。

《文艺报》第113期发表赵兰英的《帮助巴金老人活过一百岁》；江湖的《争回中国诗学的专利权》；欧阳明的《史与文的交织与错位》；本报编辑部的《贵州省召开新世纪文学理论与批评学术研讨会》、《提倡散文革命 激活年轻作家——2000年度〈人民文学〉"伊力特杯"优秀散文奖揭晓》；王山的《做人民的代言人——访陆天明》；周政保的《光荣而艰辛的文学之旅——关于现时中国军事文学创作的观察与考量》；吴晨骏的《女人的命运——评长篇小说〈姐妹花〉》；赖大仁的《当代文论创新建构中的几个问题》；陈龙的《破解中国文论世纪之谜——读庄锡华〈文艺理论的世纪风标〉》；张国功的《精神突围与文化原乡——读刘士林〈千年挥尘〉》。

《中国青年报》发表王永午的《文学的淡季》；沙林的《小说〈乌鸦〉引发全球华人大讨论》；冯雪梅的《天衣无缝——6月小说速读》。

《文学报》发表江迅的《是忏悔，是控诉，还是以偏概全的丑化？——〈乌鸦〉掀起层层浪》；张星、赵玫的《一个女人灵魂的交待》。

本月，《小说界》第4期发表铁凝、王童的《铁凝让文学带来一些温暖》。

《文艺评论》第4期发表赵勇的《后现代主义：他们传播过什么，我们接受了什么》；范志忠的《叙述范式的转型——新时期历史题材小说的审美描述》；刘忠的《无望的救赎与皈依——"新历史小说"再评价》；张志忠的《90年代文学的青春变奏曲》；谢有顺的《媒体时代的新女性散文》；樊星的《探索女性文学新思路》；王英纳的《请关注文夕》；崔萍的《池莉小说别解一种》；潘虹莉的《不经意中的感悟——谈谈我对女性诗歌的认识》。

《电影新作》第4期发表天逸的《警惕法西斯——冯小宁谈〈紫日〉》；田夷对蒋晓真、赵劲、蔡满寿的访谈录《十字街头重徘徊——〈新十字街头〉访谈录》。

《百花洲》第4期发表盛英的《回忆并不亲切——谈我的女性文学研究的"土著性"》;谢有顺的《媒体时代的新女性散文》。

《南昌大学学报(人文社会科学版)》第3期发表周平远的《从"文学革命"到"二为"方向——邓小平文艺理论与中国20世纪文艺思潮》。

《镇江师专学报(社会科学版)》第3期发表方忠的《冰心与台湾当代女性散文》;刘红林的《台湾女性诗歌中的女性主义表征》。

《珠海教育学院学报》第3期发表陶堡玺的《浊世中以脚思想者的苍凉战叫——超现实主义诗人商禽部分诗作解析》。

《解放军外国语学院学报》第4期发表葛校琴、季正明的《人生态度取向与翻译的选择及策略——谈林语堂〈浮生六记〉的翻译》。

本月,中央编译出版社出版李怡编的《现代:繁复的中国旋律——现代的诗、现代的文学和现代的文化》。

中国文联出版社出版施树民的《历史与英雄》。

南京大学出版社出版骆寒超的《骆寒超诗论二集》。

8月

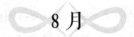

1日,《长江文艺》第8期发表熊元义、俞樟华的《文学批判精神的缺失与高扬》。

《出版广角》第8期发表李硕儒的《严歌苓·李硕儒对话录》。

《写作》第8期发表易文翔的《逆向性反观与幽默式结构——韩寒的叙事策略》。

《光明日报》发表张文刚的《把文学的根扎深——评蔡德东的小说创作》;潘凯雄的《前瞻的魅力——读〈刘亚洲军事作品经典〉》。

2日,《人民日报》发表翟泰丰的《惠风细雨访巴金》。

《小说选刊》第8期发表胡平的《读阿城的〈两儿童〉》;陈雅谦的《21世纪中国

文学之魂——民族精神》；阿城的《商州来的贾平凹》。

《文艺报》第114期发表陈大鹏的《金戈铁马　军旅艺术——在和平年代展开新貌　为先进文化添异彩》；徐晓钟的《推动我国戏曲艺术的发展——学习"七一"讲话》；蔡毅的《令人耳目一新的〈兵哥兵妹〉》；余言的《看到了戏曲的生命力——许昌教育电视台"戏曲大舞台"研讨会纪要》；刘英武的《英雄母亲的赞歌——话剧〈母亲〉观后》。

《文学报》发表陆梅的《争取做一名"时代的书记员"——柳建伟倾心"大上海三部曲"》；晓时的《名家难免平庸之作　评论不应以偏概全》；俞小石的《白领趣味冲击文坛　理论不能固步自封》。

《文学报·大众论坛》第18期发表俞小石的《上海作家谈学习江总书记"七一"讲话——创作优秀文学作品　推进先进文化建设》；陆梅的《一部针砭时弊的反腐佳作——专家学者聚会研讨长篇小说〈走私档案〉》；朱立元的《如何看待世界文明的多样性》；同期，以"反腐题材作品人物塑造漫谈"为总题，发表江曾培的《"单一的杂多"和"老兵新传"》，王纪人的《体现社会健康力量的正义形象》，木弓的《反腐题材作品的开拓与深化》，郝雨的《为灵魂提供一面镜子》；同期，发表徐贵祥的《新世纪军事文学的支点》；孙绍振的《世俗人生的救赎——谢有顺及他的〈活在真实中〉》；徐兆淮的《园地与家园》；呢喃的《瘦的诗人或梦境制作人》；徐中玉的《最充满希望的时期》；徐俊西的《文学的先进性与世界进步潮流》；赵长天的《改善文化的生存环境》。

3日，《人民日报》发表季羡林的《欢呼〈芬芳誓言〉》；周大新的《"十年磨一剑"的收获》。

《文艺报》第115期发表黄鸣奋的《互文性：摄影文学的精髓》；姜文振、余三定等的《时代骄子——摄影文学》。

4日，《人民日报》发表卞毓方的《沈从文的妩媚》。

《文艺报》第116期发表木弓的《周星驰是沙　周润发是土》；小可的《东北学者强烈呼吁：文学要参与到民族复兴伟大事业之中去——本报与佳木斯大学联合召开"21世纪中国文学时代精神理论研讨会"》；曹元勇的《上海举行长篇小说〈走私档案〉研讨会》；托拉克的《新军事时代的军事题材小说创作状态》；程树榛的《用优秀作品鼓舞人》；马驰的《社会主义文艺学的认真回顾与总结》；崔小敏的《凡人传记的超凡世界》；侯颖的《微笑，是否选择"拈花者"？》；俞敏华的《主体体验和理性思辨的结合》;李万武的《中国文学与中国话语》,陈雅谦的《坚持文学的民族品格》;同期,以"关于21世纪中国文学时代精神的讨论"为总题,发表张绍杰的《中国先进文化与民族精神》,孙春平的《民族忧患意识不能迷失》,冯毓云的《理论上的误导将创作引向何方》,刘敏的《坚持中国传统文化精神》。

4日,《文汇报》发表徐俊西的《多元化·通俗化·数字化——对世纪之交文学领域中"三个跨越"的审美评估》;王玉明的《越剧现代戏的成功之作——〈早春二月〉专家座谈会发言摘要》。

5日,《上海戏剧》第8期发表厉震林的《罗布泊是一种境界——大型史诗话剧〈共和国不会忘记〉编剧王伯男访谈录》。

7日,《人民日报》以"如何看待娱乐性"为总题,发表徐沛东的《娱乐节目泛滥》,居其宏的《警惕享乐风》,金兆钧的《娱乐不是唯一》,叶廷芳的《多些娱乐也无妨》;同日,发表西南的《以真为贵 以朴为美——〈边关颂〉风格一新》;章世添的《张火丁与〈江姐〉》。

《文艺报》第117期发表苑坪玉的《黔地吹来清新的风——立足于建设高素质青年批评家队伍 贵州作协为青年作家与批评家对话牵线搭桥》;本报编辑部的《"文化视野与中国文学研究"国际研讨会召开》;郝雨的《古今爱情联展与素解》;孙苏的《一个作家和一座城市》;刘颋的《每一个人都有认知世界的权利——王宏甲访谈录》;李炳银的《感悟报告文学》;冷锋的《〈唱歌〉:知识分子的尴尬处境与道德偏离》;同期,围绕"报告文学《走出柳条边》",发表宋晶的《真诚的赞美》,白描的《应关注人民群众创造历史的实践活动》,白烨的《精神与情操比公路本身更有意义》,韦志成的《大道千秋血汗凝》,何镇邦的《塑造英雄群像 挖掘文化积淀》,孟繁华的《劳动者的生活是真实的存在》,周政保的《作者的创作态度值得尊敬》,王士美的《它有史志价值和文化价值》,秦晋的《人创造文化,文化塑造人》,陈景河的《有良知的作家不会拒绝生活的呼唤》,李炳银的《伟大精神和宏伟的建筑同在》,房崇河的《共产党人——时代的佼佼者》,田珍颖的《一部坚实有力的主旋律作品》,李运抟的《诗人必须作出选择——读新时期诗歌》。

8日,《光明日报》发表陈航的《〈其实不想走〉开拓青春剧新思路》;牛玉秋的《现实主义的新景观》;葛玮的《文物里面见辉煌——电视专题片〈不该忘却的纪念〉观后》;何镇邦的《长篇小说〈幻化〉评论集读后》;钟敬文的《苦意余教泽,热情见遗篇——写在〈穆木天文学评论集〉出版之时》。

9日,《人民日报》发表本报编辑部的《丁关根在重大革命历史题材影视作品研讨会上强调:创作更多优秀作品　繁荣发展先进文化》。

《文艺报》第118期发表高小立的《如何把现实题材长篇电视剧拍好看》;姜书良的《二人转的原型意义及其艺术魅力——评杨朴〈二人转与东北民俗〉》;何镇邦的《弦歌为英雄——京剧〈青春之歌〉观后》;周思源的《柔情一曲话动魂》;洪可人的《专家,请慎言》。

《文学报》发表俞小石的《故事是好吃的"馄饨"》;柳易冰的《纪玄:想回上海痛饮一杯》;王辛迪的《我看九叶诗派》;张永权的《共同的坚守》;何满子的《关于金庸武侠小说答客问》;王忠的《为张爱萍将军立传——记军旅作家贺茂之》;张奥列的《莫言"没感觉到"》;唐元明的《白首诗人笔犹健》。

10日,《文艺报》第119期发表乔世华的《含蓄蕴藉　情景交融——读摄影小说〈文明的复活〉》;唐嘉元的《摄影文学的诗性精品——读楚楚〈行走的风景〉》。

《学海》第4期发表刘红林的《女性主义文学的同路人——台湾言情文学二三谈》。

《戏剧文学》第8期发表傅谨的《中国戏剧的当代发展与中国戏剧十七年反思》;厉震林的《〈正红旗下〉的人类学意义》;宁宗一的《蜕变的中国戏曲和中国戏曲自身的蜕变》。

《江淮论坛》第4期发表刘小平的《文学研究要贯穿历史意识》。

《诗刊》第8期发表阮援朝的《回忆父亲阮章竞》;王俭庭的《我看诗歌现状》。

11日,《人民日报》发表王宗仁的《姜泗长的人格魅力——读〈师道〉》;萧平的《忠实地再现历史》;秦晋的《一个"村"和一个时代——评长篇小说〈中关村进行曲〉》。

《文艺报》第120期发表本报编辑部的《丁关根在重大革命历史题材影视作品研讨会上强调——创作更多优秀作品　繁荣发展先进文化》;陈志昂的《诗歌里的"软木塞"》;余三定的《对残酷与死亡的艺术描写》;刘锡城的《读张凤军印象》;贺绍俊的《老实做人老实为文——读郑建山〈旧语新说〉有感》;张同吾的《女性命运的文化关照——张果珍和她的小说》;纳杨的《心底流出的歌——读彭乐山〈空灵玉石〉》。

13日,《厦门日报》发表古远清的《世纪转换中的世界华文文学》。

14日,《文艺报》第121期发表周玉宁的《与时俱进的马克思主义文艺理论批评》;刘颋的《探求全球化语境中的文学理论之路——"全球化语境中的文化、文学与人"国际学术研讨会在京召开》;乔世华的《〈贪污指南〉:另辟蹊径写腐败》;本报编辑部的《老作家艾煊逝世》;葛红兵的《建构都市精神　发展城市文学》;陈模的《三十年来磨一剑——郭文友和他编著的〈千秋饮恨——郁达夫年谱长编〉》;海啸的《湘流杜若香仲池——谭仲池的"诗性"世界》;白草的《一个精神充盈的价值世界——读石舒清小说集〈暗处的力量〉》;王宏甲的《新经济呼唤21世纪的新文学》;李建军的《关于当前文学批评现状的反思》;杨俊蕾的《境中之镜与像外之想——读王岳川著〈中国镜像:90年代文化研究〉》。

《中国青年报》发表桂杰的《〈天津文学〉再次变脸　〈青春阅读〉回归文学》;徐虹的《唐浩明:打开尘封〈张之洞〉》。

15日,《中国图书评论》第8期发表徐贵祥的《新世纪军事文学的支点》;周政保的《关注生活与"卷入现实"——陆天明及其"反腐小说"》。

《电影文学》第8期发表赵遵生的《领袖·语言·魅力——关于影视作品中领袖人物语言的三点思考》;肖玫的《从1963到1964——〈英雄儿女〉的秘密档案》。

《戏文》第4期发表刘佳宏的《南方已是三月春,小镇何愁不清明——观看越剧〈早春二月〉有感》。

《江汉论坛》第8期发表范兰德的《艾青诗歌意象的类型、组合、转换》;陈定家的《中国稿酬制度的变迁及其对艺术生产的影响》。

《光明日报》发表滕云的《非商业化写作的一个文本——读〈无出路咖啡馆〉》;何镇邦的《九十年代的时代交响》;黄陆路的《及时的学术史迹》;李星的《探索生态美学建构》。

《社会科学》第8期以"网络文学与当代文学发展笔谈"为总题,发表王宏图的《网络文学路在何方?》,葛红兵的《网络文学:新世纪文学新生的可能性》,梁宁宁、聂道远的《网络文学:文学发展的第三历史阶段》,王一侬的《网络文学的优势》,滕常伟、桂晓东的《"网络文学"的特点及现状》。

16日,《文艺报》第122期发表左芳的《警惕影视女性形象的集体陷落》;高小立的《〈023档案〉一部悬念丛生的主旋律电视剧》;姬建民的《"以德治国"与影视创作》;梅朵的《突破　创新　建构——电视剧〈忠诚〉观后》;瑞文的《追梦的心回乡的路——电视剧〈八瓣格桑花〉观后》。

《文学报》发表于新超的《突破口：文体　语言　故事》；王晓辉的《陈国凯新作〈大风起兮〉深受好评》；陆梅的《面对有读者对其近年文学创作缺乏飞跃式进步的批评，梁晓声坦言——"我只能写我熟悉的……"》；郑毅俊的《诗歌网站：走在爱与痛的边缘》；孙武臣的《满眼武侠的隐忧》；陈辽的《文学的"定位"和新世纪文学的"位移"》；雷达的《文学需要精神的钙片——由〈大漠祭〉而想到的》；林为进的《展示多层面的人生世态——读周大新〈21大厦〉有感》。

17日，《文艺报》第123期发表尹鸿的《图像时代的文学》。

《重庆日报》发表古远清的《评散文集〈日月潭〉情思》。

18日，《人民日报》发表仲言的《让文艺理论批评发出更响亮的声音》；何镇邦的《新形象新视角——读长篇小说〈杨门家风〉》；牛远峰的《电影〈真心〉的魅力》；杜学文的《美好生活的生动展示》；苏叔阳的《关于"少年作家"的几点议论》；张学昕的《当代文学批评的民族立场》。

《文艺报》第124期发表王晓峰的《作家能为自己的城市做些什么》；胡殷红的《军旅作家学〈讲话〉》；木弓的《加入WTO，文学怎么办？》；吴渊的《著名作家黄秋耘追思会在穗举行》；古耜的《当今散文问题多》；胡平的《飞扬文字寄长空》；李元洛的《传奇与诗的良缘》。

《文汇报》发表章培恒的《不能欣赏昆曲是知识分子素养上的缺憾——关于保存和复兴昆曲的几点设想》；金涛对蔡正仁的采访录《昆剧救亡：守住文化遗产》；薛一桥的《醒着的青年——读谢有顺的〈活在真实中〉》。

《中国戏剧》第8期发表刘厚生的《当代戏曲史上的特异存在——〈朝阳沟〉》；郭汉城的《三看〈朝阳沟〉》；鲁煤的《〈朝阳沟〉生命悠长》。

20日，《西北大学学报（哲学社会科学版）》第3期发表陈学超的《通俗与闲适：90年代中国散文潮流》。

21日，《文艺报》第125期发表王震亚的《文学研究需要开掘自己的理论资源》；江湖的《中日女作家金秋北京对话》、《时叶常绿　诗树常青》；罗戎平的《"路障"中的一点赘言》；雷抒雁的《历史画卷　英雄赞歌——读长诗〈东方神话〉》；许兵、傅梅的《虚拟世界的感性狂欢——从一个特殊维度看网络文化活动的功能》；李寂荡的《无限风光在险峰》；李静宜的《狂欢过后的谢幕》；庄锡华的《战争、政治化与审美缺失——二十世纪中国文学理论鸟瞰》；王南的《"论断"与"呈现"》；缪俊杰的《真切描绘知识分子的灵魂——读陈丹晨新著〈天堂·炼狱·人间〉》；毕光明的《当代文学研究的重要收获》；贾奋然的《本质主义与历史主义的悖论》。

22日，《光明日报》发表张志忠的《灯火阑珊处》；陶宝玺的《郭小川对中国现代格律诗的贡献》。

23日，《文艺报》第126期发表郑清为的《常觉风雷笔下生》。

《文学报》发表俞小石的《文学不能耽溺于"私人叙事"》。

24日，《文艺报》第127期发表李心峰的《艺术类型学视野中的摄影文学》。

25日，《文艺报》第128期发表王剑冰的《散文好收成》；木弓的《不能模糊的是非观》；陈美兰的《这个时代会写什么样的长篇小说》；韦平的《穿越时空的女性文学体悟》；胡炳章的《游弋理性与诗性的王国》；西彤、小秋的《中国人　中国心　中国诗》；赖大仁的《我们需要什么样的文学立场》；黄明明的《黄源与楼适夷》；刘锡城的《说"被人叙述"》；孟庆枢的《我看科幻小说》。

《语文学刊》第4期发表杨爱君的《时代呼唤崇高美——兼论张长弓小说创作》；刘慧珍的《唯灵的浪漫主义诗人——顾城》；伍依兰的《民族与后现代主义的结合——评九十年代寻根派作品语言特征》。

28日，《文艺报》第129期发表于新超的《文体的觉醒——长篇小说走向成熟》；汪云霞的《首届当代流行文化国际研讨会举行》；本报编辑部的《浙江省现实主义精品工程又添新作》；乐黛云的《多元文化发展中的两种危险　和文学可能作出的贡献》；钱中文的《各具特色的对话　交往哲学与诗学——谈巴赫金与哈贝马斯》；孙康宜、叶舒宪的《从差异到互补：西方与中国研究的互动》；斯义宁的《走向平等的建设性双边学术对话——第三届中美比较文学双边讨论会综述》；王宁的《中国现代文学的世界性和全球性：一种新的断代》；阎纲的《光年同志》；梅洁的《不再"沉没"的老家——兼读〈一座城市的身世〉》。

《文汇报》发表傅庆萱的《拍戏又一误区："自我作秀"——〈射雕英雄传〉开机前过分炒作引起观众反感》。

《西南师范大学学报（人文社会科学版）》第4期发表吕进的《余光中的诗体美学》。

29日，《光明日报》发表缪智的《对昆剧继承和创新问题的思考》；沈卫星的《白山黑水间的血色丰碑——评长篇电视连续剧〈东北抗联〉》。

30日，《文艺报》第130期发表王达敏的《心灵的咏叹——读陈发仁〈歌外之旅〉》。

《文学报》发表李凌俊的《文学,在这里如此火爆》;陆梅的《从"康乃馨"到"马蹄莲"》;俞小石对韩少功的采访《文学要改革 眼睛须向下》;李凌俊的《〈寻枪〉:从小说到电影》;程树榛的《小说应该与什么接轨》。

31日,《文艺报》第131期发表世华的《摄影文学:一种先进文化的当代创新》;徐珂的《一种摄影文学的多元解读》。

《文汇报》发表陈熙涵的《难以超越自己就封笔——访长篇历史小说〈张之洞〉作者唐浩明》。

《中国文化研究》第3期发表张炯的《新中国文学研究中的几个问题》;乐黛云的《真情 真思 真美——我读季羡林先生的散文》;胡福君的《奔突的地火:"文革"时期中国文学的对外交流》。

《文学报》发表丁晓平的《流落民间六十四载〈毛泽东自传〉新版》;李凌俊的《农民 囚犯 作家——青年作者杜子建创作长篇小说〈活罪难逃〉的故事》;钱虹的《真情与诗意——马来西亚女作家朵拉及其创作》。

《学海》第4期发表刘红林的《女性主义文学的同路人——台湾言情文学二三谈》。

《益阳师专学报》第4期发表张永健的《余光中思乡恋土诗歌特色论》。

本月,《戏剧艺术》第4期发表金丹元的《试论中国影视美学的文化属性》;周斌、唐丽芳的《新时期传记影片创作的美学思考》。

《剧本》第8期发表傅谨的《呼唤多元的戏剧批评》。

《剧影月报》第4期发表董健的《现代性视角下的中国戏剧——答傅谨博士》;徐柏森的《戏剧批评之我见》;鲁白的《编演现代戏是振兴京剧的关键》;王国平的《〈卧虎藏龙〉成功探微》;王天福的《扬剧现代戏随想》。

《汕头大学学报(人文科学版)》第3期发表朱文斌的《回归与融合:联结中西艺术的桥梁——论海外华文诗歌与中国诗学传统》。

本月,中国文献资料出版社出版杨四平的《中国新即物主义代表诗人李魁贤》。

中国文联出版社出版陆卓宁的《同构的视域——海峡两岸当代文学》。

中国社会科学出版社出版王中忱的《越界与想象:20世纪中国日本文学比较研究论集》。

学林出版社出版吴炫的《中国当代文学批判》。

解放军文艺出版社出版张鹰的《反思中国当代军事小说》。

江苏教育出版社出版陈学勇的《浅酌书海》。

花山文艺出版社出版王畅、龚殿舒的《李文珊创作研究》。

9月

1日,《人民日报》发表高占祥的《激情在燃烧——我读长篇小说〈燃烧〉》;小宁的《生命与理想的颂歌》;李平的《周大新新作〈21大厦〉研讨会在京举行》。

《大众电影》第9期发表刘大先的《我看〈大话西游〉——谨愿以此文终结对于周星驰的讨论》。

《文艺报》第132期发表本报编辑部的《第二届鲁迅文学奖评奖揭晓》;俊红的《周大新从写农村到写城市——〈21大厦〉——一次成功的尝试》;木弓的《写出现实主义力作的好机遇》;古月的《郭雪波环境文学作品研讨会召开》;张克明的《文学要关注农民的现实处境》;王泉的《把儿童的还给儿童》;蔡诗华的《英雄主义与人性光芒的统一》;伟科的《直面现实 关注生存》;石英的《何以"皇风"势头不减?——析文艺作品等的皇源及其他》;金宏达的《张爱玲:非关"炒作"——写在〈张爱玲评说六十年〉出版时》;冉伟严的《探求生命的意义——读〈王阳明大传〉》;柴德森的《魂萦故土 情牵祖国——记作家杨润身》;向云驹的《记者生涯瓜熟蒂落之果——读杨飞的两部长篇小说》。

《同济大学学报(社会科学版)》第5期发表黄昌勇的《在传统与现代之间——简论香港诗人夏斐的诗》。

《写作》第9期发表郝雨的《"生活"如何艺术地通向小说——以北北的中篇小说〈美乳分子马丽〉为例》。

《百科知识》第9期发表张庆辉的《时代的细部——读虹影〈饥饿的女儿〉》。

《新疆大学学报(社会科学版)》第3期发表韦建国的《敢问路在何方:皈依还是超越?——试论张承志与艾特玛托夫的宗教观及其文化功用》。

2日,《小说选刊》第9期发表阿城的《流年惊风雨 今个叶广芩》。

4日,《人民日报》发表陈哲的《珍惜民歌这片沃土》。

《文艺报》发表童伊的《叶石涛鼓吹"文学台独"的前前后后》。

5日,《上海戏剧》第9期发表陈吉德的《样板戏:女性意识的迷失与遮蔽》。

《光明日报》发表苏丽萍的《昆曲:当之无愧的人类文化遗产》。

《花城》第5期发表林舟的《以梦境颠覆现实——墨白书面访谈录》;赵毅衡的《后仓颉时代的中国文学》。

《钟山》第5期发表陈思和的《莫言近年小说创作的民间叙述——莫言论之一》。

6日,《文艺报》第134期发表易舟的《"坏人也有好的一面"已成俗套》;回力的《文章得失不由天——谈吴双戏剧影视作品的自足》;孙焕英的《反腐斗士:请收紧舌根》;胡兆龙的《峻岭常青——作家峻青的文人画》;刘平的《好戏是观众"看"出来的——从话剧〈卡里古拉〉的演出谈起》;廖奔的《借鲁迅还魂——看话剧〈孔乙己正传〉》;齐殿斌的《警惕"三风"又重来——对近期影视创作的一点儿忧思》;杨盅的《当代艺术与传媒》。

《文学报》发表本报编辑部的《第二届鲁迅文学奖评奖揭晓》;俞小石的《寻找"双赢"结合点》;夏志勇对王大进的采访录《"怎么写"才是重要的》;苏万柳对海岩的采访录《海岩:我的文学潜能还没有充分发挥》;陆梅的《听何顿"说话"》;宋家宏的《中国现代知识分子的正气歌——读〈精神的雕像——西南联大纪实〉》;张友洪的《樊忠慰和〈绿太阳〉》。

《文学报·大众论坛》第19期发表李凌俊的《六岁"天才"写流浪 八龄"神童"编"西游"——"写作低龄化"引起争议》;斯义宁的《体现不同文化的交流与对话——第三届中美比较文学双边讨论综述》;陆梅的《三城文学风情各异——王安忆、许子东、王德威三名家在小说中解读城市》;符杰祥的《批评精神不能萎缩》;李运抟的《"为历史代言"与"个人言说"》;高占祥的《激情在燃烧——我读长篇小说〈燃烧〉》;周政保的《〈大风起兮〉:"补天裂"的序幕》;陈永志的《把握对象整体的可贵努力——读〈还吾庄子〉》。

《台港文学选刊》第9期发表戴冠青的《在灵动的叙事中演绎爱的哲思》。

7日,《人民日报》发表吴菲的《〈平原枪声〉——"拍的是一种信念"》。

《文艺报》第135期发表陈培湛的《从中国传统美学中吸收养分》。

8日,《文艺报》第136期发表李炳银的《与时俱进的现实报告》;张学昕的《"全球化"——我们的文化选择》;水上冰的《历史的悲剧与主体的迷惘》;陈利云的《牟晓波和她的青春小说》;彭荆风的《一篇不应该引起诉讼的小说——我看〈送礼怪招〉》。

《光明日报》发表苏丽萍的《透视鲁迅作品舞台改编热》。

《阅读与写作》第9期发表谈勇的《情欲追逐下的精神裂变——浅析〈游园惊梦〉中钱夫人形象》;古远清的《香港散文诗中的都市风景线》。

9日,《民族文学》第9期发表阿来的《文学表达的民间资源》。

10日,《中国社会科学》第5期发表陈剑晖的《论20世纪90年代中国散文的文体变革》。

《太原日报》发表古远清的《评广西的台港文学研究》。

《戏剧文学》第9期发表王岩的《平民意识 喜剧情境 风格探索——评京剧〈弦高献牛〉》;曾一果的《通俗——历史的选择——评陈龙〈中国近代通俗戏剧论〉》。

《江海学刊》第5期发表李运抟的《从文化角度研究文艺现象的三个把握》。

《理论与创作》第5期发表曾镇南的《中国乡土小说三家略论》;邹建军的《论叶延滨抒情诗的艺术探索》;陈辽的《表现"打工者"的悲剧——读伍奇志写"打工"小说》;张文刚的《把文学的根扎在"土地"深处——我看蔡德东的小说创作》;唐朝晖的《神话的毁灭与创建——关于张炜的〈外省书〉》;俞樟华、熊元义的《近10年来文艺界三次论争的回顾与反思》;红孩的《历史,并非在此定格——由电视文学剧本〈台湾风云〉引发的思考》。

11日,《文艺报》第137期发表肖复兴的《古典主义的魅力和遗憾——我看第二届鲁迅文学奖短篇小说》;子干的《神秘的虚构与上帝的直说》;李学斌的《幻想与现实的双重变奏——幻想文学之我见》;缪俊杰的《理趣横生 益人心智——读张捐中〈动物王国的战争〉》;许翰如的《真实是纪实作品的灵魂——评陈模著〈孩子剧团的故事〉》;郑敏的《"九叶"评说》;袁可嘉的《祝诗叶常绿 愿诗树长青》;蒋述卓、孙辉的《文艺学学术范型转换的新探寻》;绿原的《布莱希特——与最伟大的文学传统密切联系》。

《中国青年报》发表徐虹的《鲁迅文学奖年轻了》;崔丽的《虚构与现实缠绕着〈K〉》。

12日,《光明日报》发表孟繁华的《重新面对伟大的传统》;李默然的《话剧舞台的回眸与展望》;刘宏的《立足高文化含量》;许同均的《良知——16集电视剧〈纸风筝〉观后》;北乔的《智性的力量——读张志忠〈当代长篇小说论略〉》;张平的《一个像作家的记者》。

13日,《文艺报》第138期发表本报编辑部的《与时俱进　开拓创新　繁荣社会主义文学——中国作协举办"七一"重要讲话学习研讨班》;傅谨的《创新模仿语境》;云德的《青春是沉重的——电视剧〈其实不想走〉观后》;张向阳的《从天山追回来的曹禺奖——战士话剧团长唐栋》;宋宝珍的《鲁迅：被谬托的悲哀》;赵爽、小闯的《帮孩子培养一种崇高的精神气质——大型儿童剧〈红领巾〉观后》。

《文学报》发表陆梅、俞小石、李凌俊的《鲁迅文学奖评委接受本报记者采访——评析获奖佳作　探究创作流变》;李凌俊的《如此改编,解读还是戏说？》;王艾生的《写现实生活的真情实感——与马烽同志一席谈》;许玄的《历史会记住这洪亮的呐喊》。

14日,《人民日报》发表徐莲的《名著改编抓精髓——从曲剧〈四世同堂〉的成功谈起》;吴菲的《电影频道与你一起注视鲁迅》;陈立群的《重温流金岁月　复排舞剧精华》。

《文艺报》第139期发表陈健娜的《在图像与文字之间阅读——读摄影小说〈颤栗的夏〉》;盛光明的《典雅·大气·现代·艺术——从〈文艺报·摄影文学导刊〉的版式风格说开去》。

15日,《人民日报》发表孟建柱的《贯彻"七一"讲话精神　推动先进文化建设》;张德祥的《发展先进文化　创造文化精品》;程树榛的《以德治国与文学》;仲言的《为谁写作》。

《人文杂志》第5期发表谭桂林的《论〈丰乳肥臀〉的生殖崇拜与狂欢叙事》。

《文艺报》第140期发表傅汝新的《咱们工人谁来写？》;李敬泽的《五篇小说及一个标准——关于鲁迅文学奖短篇小说奖》;敖德斯尔的《民族儿童文学研究的新开拓》;廖奔的《全球化与美国文化渗透》。

《文学评论》第5期发表张炯的《中国新文艺与中国共产党——为纪念中国共产党成立80周年而作》;陈漱渝的《挑战经典——新时期关于鲁迅的几次论争》;张卫平的《新时期文学对国民性问题的新探索》;徐志伟的《简论九十年代小说创作倾向》;陈晓明的《无根的苦难：超越非历史化的困境》;蓝棣之的《论当前

诗歌写作的几种可能性》；姚文放的《关于文学理论的话语权问题》；古风的《从关键词看我国现代文论的发展》。

《当代文坛》第5期发表王震亚的《中国留学生小说的回顾与前瞻》；张京霞的《当代小说窗口——评〈小说月报〉第8届百花奖获奖作品集》；胡彦的《当代汉语诗歌的几个诗学问题》；周华的《批评的身份——对90年代诗歌批评的一种审视》；李俊的《文化研究与文学批评》；孙春旻的《审美意象与小说的艺术质感》；梁远洪的《读者意识与张承志的创作历程》；从友干的《飘落无着的灵魂之旅——论刘醒龙小说中主观浪漫与客观现实的悖离》；程精棉、马茂洋的《文本与话语的兴起——先锋写作——解读方磊小说〈有呼无吸〉》；张海印的《彩虹主宰着所有人的人生——读夏商的〈全景图〉》；西慧玲的《女性悲剧的解锁者——徐小斌系列女性小说探析》；周山丹的《女性自传故事的另一种讲法——评虹影〈饥饿的女儿〉》；以"邱华栋评论小辑"为总题，发表王杰的《邱华栋小说批判精神的再认识》，苗四妞的《〈雪灾之年〉之于邱华栋的意义——邱华栋〈雪灾之年〉的症候分析》；同期，发表叶向东的《经济全球化背景下文学民族性的思考》；陈慧的《民族和地域的意义》；李丽芳的《现代都市文学与大众化的文化关联》；毛克强的《女性的情怀——裘山山小说评析》；许霆的《马安信：真诚的爱的独白——读马安信十四行情诗》；税海模的《一部雄浑的交响乐——〈奔生〉解读》；李涌泉的《衙内·衙内文学——为王朔正名》；石凤珍的《由启蒙到消费——小议休闲文学》；杨政的《文学的困惑与网络文学》。

《电视剧》第5期发表张书省的《艺术，还有一种教化功能——电视剧〈大宅门〉过失谈》；刘娜的《不拘一格创新篇——评电视剧〈红色康乃馨〉》。

《当代电影》第5期发表陈墨的《浪漫与忧郁——黄健中电影阅读札记》；陈宝光的《晓风残月与大江东去——黄健中电影散论》。

《当代戏剧》第5期发表齐鸿的《"吼秦腔"刍议》；石超英的《角色创造中的"信念"与"真情"》；李靖寅的《秦声如潮动地来——八十年陕西戏曲回顾》；刘香根的《相声技巧在戏剧小品中的运用》。

《齐鲁学刊》第5期发表李洪武的《金庸小说与禅宗》。

《社会科学》第9期发表郑祥安的《现实主义文艺新潮中的深层开掘——近期反腐文艺作品剖析》；郭炎武、王东的《歧路花园中的幽灵狂欢——论网络对文学创作主体的三种影响》。

《社会科学研究》第5期发表胡彦的《自我·先知·超验——论当代先锋诗歌人文主体的构成》；管宁的《迷人的风俗：文化语境中的人性影像——风俗画小说的人性描写》。

《社会科学辑刊》第5期发表喻大翔的《学者散文的现代性精神》；宋剑华的《论主流价值观对20世纪中国文学创作的影响》。

《学习与探索》第5期发表赖大仁的《20世纪中国文论的现代转型与发展》。

《南方文坛》第5期发表汪政、晓华的《论〈坚硬如水〉》；何平的《过渡时代的见证和守望——对汪政、晓华文学批评实践的一种描述》；吴义勤的《一对出色的"双打选手"——汪政、晓华印象》；朱寿桐的《自说自话——中国文学的世纪性胜利》；陈晓明的《怀着知识的记忆创新——钱中文的学术思想评述》；杨扬的《文学的年轮——有关新世纪文学写作的断想》；东西的《小说中的魔力》；西飏的《撤退或者放弃——关于"60年代生"作家的创作》；李建军的《撒旦主义？或曰对"暴力"的迷恋？——"20世纪文学精神"的一瞥》；王兆胜的《论当下文坛的"走火入魔症"》；杨克的《记忆——与〈自行车〉有关的广西诗歌背景》；刘春的《世俗角色和诗歌写作》；非亚的《我看近年的广西诗歌》；盘妙彬的《坚持〈自行车〉的方向继续前进——浅谈广西青年诗歌的状况》；邱华栋的《强劲的写作产生了现实》；李润霞的《灵魂守望者的泣血之作——读王英琦〈背负自己的十字架〉》；傅谨的《政治化、民族化与20世纪中国戏剧——与董健先生商榷》；唐宋元的《坚硬的写作》。

《复旦学报(社会科学版)》第5期专栏"中国文学史分期问题讨论"，发表朱文华的《我的几个基本观点》，郑利华的《中国近世文学与"近代文学"》；同期，发表许俊雅的《台湾新文学史的分期与检讨》。

《华侨大学学报(人文社会科学版)》第3期发表立立的《刘登翰先生论台湾文学》、朱立立的《论台湾现代主义文学的历史位址》。

《思想战线》第5期发表刘志友的《论池莉20世纪90年代的小说》。

《福建论坛(人文社会科学版)》第5期发表丁帆等的《关于知识分子价值立场的对话》。

《厦门广播电视大学学报》第2期发表庄钟庆的《东南亚华文文学史研究中的一些问题》。

16日，《中国人民大学学报》第5期发表李建军的《论小说中的反讽修辞》。

《文艺争鸣》第 5 期发表王家平的《红卫兵"小报"及其诗歌的基本形态》;李林荣的《新时期散文创作态势的文化分析》;庄锡华的《80 年代人性人道主义的两次讨论》;《中国现代文学传统——国际学术研讨会综述》;陈晓明的《〈大宅门〉:说艺术还欠火候》;袁济喜的《〈大宅门〉里有面镜子》;李建军的《〈大宅门〉的问题》;朱丽丽的《新时期现实主义文学美学韵味的失落》;葛红兵、刘川鄂、邓一光的《真实·典型·女权主义·个体化写作——当代批评的"魔鬼辞典"》;姚新勇的《一、二、三:脱靶朝天射——当代"知识分子"活动个案分析》;贺仲明的《"五四"——普洛克路斯忒斯之床——读林贤治〈巴金的道路〉有感》;蔡兴水、郭恋东的《宏大叙事的样本——阅读〈当代〉(1979—2000)》;陆彦的《尘埃落定后的思省——再读卫慧写作与中国当下的大众文化》;张直心的《盛名之下,其实难副——〈二十世纪中国作家心态史〉批评》;郝岚的《危机年代的中国小说》;牧歌的《启蒙时代——兼及散文的启蒙精神》;袁盛勇的《"对庸众宣战"——我所理解的鲁迅之一》;姚朝文的《世纪交汇点上的海外华文文学创作》。

《文艺报》第 141 期发表贝佳的《〈朔方〉培养本地作家四十年不改初衷》;江湖的《东方女性写作:一扇文学的视窗》;费孝通的《自己民族的人要研究自己民族的文化》;伍精华的《促进共同繁荣 弘扬民族文化》;高旭东的《走向 21 世纪的鲁迅》;陈潄喻的《鲁迅永远是中国作家的一面旗帜》;李槟的《鲁迅——我们共同的精神资源》;向明的《诗人的愤怒》。

17 日,《作品与争鸣》第 9 期发表红孩的《请问谁是老二?——对方方所言"女作家王安忆属第一"质疑》。

18 日,《人民日报》发表王必胜的《评奖引出的话题——喜忧参半的报告文学》。

《文汇报》发表本报编辑部的《新版话剧〈家〉在津获好评》。

《中国青年报》发表王永午的《什么样的爱情值得海岩拯救》;沙林的《河南保安困在〈21 大厦〉》;冯雪梅的《素琴无弦——8 月小说速读》。

19 日,《光明日报》发表赵逵夫的《先秦文学与中国文学传统》;梁惠娟的《女性散文主体意识的反思》;卓云的《华光耀空的伟岸形象——浅谈电视剧〈赵世炎〉》;刘锡诚的《艺术的独行者——评钟晶晶的长篇〈黄羊堡的故事〉》;陈辽的《读〈桑梓笔记〉》。

20 日,《小说评论》第 5 期发表雷达的《雪漠的〈大漠祭〉》、《陈国凯〈大风起兮〉》、《阎真〈沧浪之水〉》、《陈玉福〈1号会议室〉》;徐志伟的《在迂回与进入之间——90年代小说创作倾向简论》;杨经建的《90年代家族小说的悲剧性审美基调》;吴义勤、任现品、王颖等的《语言·历史·想象力——新长篇小说讨论之五:须兰〈千里走单骑〉〈奔马〉》;张鹰的《英雄话语与悲剧形态——长篇小说〈亮剑〉的美学拓展》;龙云的《过去的故事:叶广芩家族系列小说》;阎晶明的《悲剧的幻灭——夏商〈全景图〉读解》;汪云霞的《永远在路上——苏童小说〈米〉的象征意蕴》;张曦、葛红兵的《论〈沉默的季节〉》;王愚的《苦难历程 生命不息——解读冯积岐的〈沉默的季节〉》;夏子的《沉默的和被损害的——读冯积岐的〈沉默的季节〉》;谢有顺的《女性写作的难度——"呈现——女性写作书系"序》;韩瑞亭的《苦涩而沉郁的乡民生活——张继小说集〈玉米地·玉米地〉序》;朱靓、汤吉夫的《超越的努力——简评〈中国当代小说五十年〉》;董国炎的《边缘批评及其语境——读王春林批评集〈思想在人生边上〉》;王勇的《我读赵光鸣》;田萱的《一篇关于生存的诗化寓言——评马玉琛的长篇小说〈风来水来〉》。

《文艺报》第142期发表李梅的《鲁迅,中国作家永远的旗帜——首都文学界人士纪念鲁迅诞辰120周年》;李梅的《鲁迅在我们中间——纪念鲁迅先生诞辰120周年侧记》;胡杰的《爱本难 恨本难——评20集电视剧〈黑冰〉》;郭启宏的《"鲁迅"随想》;蔡体良的《打造舞台的主流品牌——漫话现代剧目的创作》;郑尚宪的《现代戏曲史学的回顾与总结》。

《文学报》发表江迅的《中华大地涌动鲁迅热——新世纪的第一年被称为"鲁迅年",九至十月全国各地举行的纪念活动多达百项》;林均的《首都隆重纪念鲁迅诞辰一百二十周年》;李凌俊的《名教授走进"大课堂"——钱谷融等教授通过电波畅谈文学艺术》;金晨的《一个"冲浪者"的故事》;刘长春的《耍烟记——林斤澜印象》。

《东南学术》第5期发表朱立立的《台湾都市文学研究理路辨析》。

《东方文化》第5期发表程光炜的《周扬与当代文学》。

《河北学刊》第5期发表宋剑华的《主流价值观与20世纪中国作家的思想历程》;同期,以"中国现代浪漫主义文学的命运"为总题,发表朱寿桐的《中国现代浪漫主义思潮的潜隐性》,丁亚芳的《"鸢远性"的失落与中国现代浪漫主义的歧路》,韩靖的《个人主义与现代中国浪漫主义文学》,范伟的《革命浪漫主义:对真实性与主体性的双重消解》,樊国宾的《干涸的浪漫:"新时期"之后》。

《剧作家》第5期发表陈力的《在双重视线的交汇处——评剧〈半江清澈半江红〉的女性阐释》；陈鸿莉的《寻求新的视野融合——由儿童剧〈会旋转的房子〉谈起》；宋艳的《观看话剧〈夜幕下的哈尔滨〉的感想》。

《南开学报(哲学社会科学版)》第5期以"'金庸·武侠·雅俗文化'问题笔谈"为总题，发表陈洪的《调和鼎鼐盐梅手——金庸作品雅俗论》，李瑞山的《金庸现象的文化意义》，宁稼雨的《金庸小说的"武侠观念"与雅俗性》，沈立岩的《审美移情与文化催眠——谈金庸小说的阅读心理》，陶慕宁的《谈金庸小说的女性形象》。

21日，《文艺报》第143期发表程文超的《在言象结合中 拓展意义空间》；唐科等的《时代艺术——摄影文学——清华大学师生笔谈摄影文学》。

《文艺研究》第5期发表方长安的《自由对自由的背离：当代流行文化的内在矛盾》；刘川鄂的《90年代流行文化背景下的一种文学现象——作家明星化》；蒋原伦的《大众文化的兴起与纯文学神话的破灭》。

22日，《人民日报》发表宋志坚的《鲁迅，永远的话题》。

23日，《人民日报》发表蔡体良的《遵循艺术规律 讴歌时代精神——部分"五个一工程"入选剧目感言》；仲言的《精品背后是精神》；司达的《抗联英雄的历史画卷——电视连续剧〈东北抗联〉观后》；肖云儒的《大树如松茂 小树似竹苞——评电视连续剧〈大树小树〉》；张凡的《坚信公理必胜——关于影片〈我的1999〉的思考》；霍大寿的《壮哉,〈风驰瑶岗〉》。

《天津社会科学》第5期发表王一川的《文化虚根时段的想象性认同——金庸的现代性意义》。

24日，《文艺理论与批评》第5期发表傅腾霄、陈定家的《文学史理论的反思：重写论、先验论与更替论》；余岱宗的《阶级斗争叙事中的道德、爱情与苦难——重评长篇小说〈艳阳天〉》；李星良的《城市新贵族与奴性崇拜——以〈上海宝贝〉为例》；李万武的《好一个文学滑头主义》(讨论文学创作中的"中性审美"倾向)；俞樟华、熊元义的《近十年文艺界三次论战回顾》。

25日，《人民日报》发表陈漱渝的《鲁迅的恒常价值》；林非的《鲁迅对于二十一世纪的意义——纪念鲁迅诞生一百二十周年的感想》；徐怀谦的《鲁迅的热闹及其他》；马克的《以鲁迅精神画鲁迅》；袁良骏的《从〈铸剑〉看鲁迅》。

《文艺报》第145期发表江湖的《在文化巨人的故乡检阅丰硕的文学成

果——第二届鲁迅文学奖在浙江绍兴举行颁奖典礼》；童庆炳的《全球化时代的文学和文学批评会消失吗？——与米勒先生对话》；马振方的《追求崇高的诗情——读〈站立的河流〉感言》；王烈的《平实与深刻——〈文蚁〉中的一个共产党员形象》；张恩和的《让鲁迅研究更好地腾升》；徐俊西的《先进文化的艺术体现》；徐德明的《外缘的理论生长：现代文学的诗学践行》。

《文艺理论研究》第5期发表叶纪彬、李玉华的《新时期文学本体论研究的回顾与反思》；朱立元的《"经典"观念的淡化和消解——对20世纪90年代"全球化"语境中中国审美文化的审视之二》。

《文汇报》发表邢晓芳的《中国诗坛呼唤大诗人——鲁迅文学奖部分评委一席谈》。

《四川戏剧》第5期发表尹永华的《试论近年来戏剧文学中的现代文学名著改编》；张晓玲、何思玉的《人有病，天知否？——从〈雷雨〉中的繁漪是否有病说起》；李远强的《记忆那个"冬眠"——话剧〈儿子〉的价值取向》；宇文通的《红梅花儿开 朵朵放光彩——再看川剧〈江姐〉随感》；杨骊的《闪烁着智慧之光的心灵通道——评〈新时期四川戏剧文学史论〉》；鲤鱼的《表现主义的川剧〈马克白夫人〉》；周企旭的《戏曲研究的开拓创新——〈性别文化视野中的东方戏曲〉读后感》；徐建新的《从仪式、戏剧到民俗——兼论〈民间祭礼与仪式戏剧〉的出版》；黄光新的《菊坛耆宿 川剧知音——读〈老两口谈戏——川剧〉》。

《东岳论丛》第5期发表管宁的《人性视域：历史小说美学新质的开启》。

《甘肃社会科学》第5期发表张进的《在"文化诗学"与"历史诗学"之间——新历史主义的命名危机与方法论困境》；张懿红的《历史螺旋中的初期白话诗与当代口语诗》。

《当代作家评论》第5期以"长篇小说文体笔谈"为总题，发表王一川的《我看九十年代长篇小说文体新趋势》，张炜的《作家的出场方式》，格非的《文体与意识形态》，孙郁的《文体的隐秘》，张新颖的《说"长"》，王宏图的《对真实幻觉模式的突破》，严锋的《诗意的回归》，谢有顺的《文体的边界》，红柯的《有关长篇小说的一些想法》；同期，以"莫言评论小辑"为总题，发表谢有顺的《当死亡比活着更困难——〈檀香刑〉中的人性分析》，张伯纯的《挑战阅读》，黄善明的《一种孤独远行的尝试——〈酒国〉之于莫言小说的创新意义》；同期，发表张新颖的《从"抽象的抒情"到"呓语狂言"——沈从文的四十年代》、《没有凭借的现代搏斗经验——与胡风理论紧密关联的路翎创作》；李振声的《且说张新颖》；[韩国]鲁贞银的《论胡风的〈论现实主义的路〉》；张志忠的《"一生都在逃亡"——读季红真的〈萧红传〉兼谈萧红研究》；海涛的《远去的漂泊——关于萧军的读与思》；王璞的《中国现代小说的精神漫游之旅——读钱理群〈对话与漫游〉》；马原的《语言的虚构》；敬文东的《道旁的智慧——诗人臧棣论》；周瓒的《论当代汉语诗歌的书写者——臧棣》；杨斌华的《精神家园：艰难的守望——九十年代的〈上海文学〉》。

《世界华文文学论坛》第3期发表金炳华的《在〈"文学台独"面面观〉座谈会上的讲话》；钱涛的《廓清脉络谬论昭然——论〈"文学台独"面面观〉》；吴新钿的《七十年的菲华文学》；柯清淡的《危机深长，任重道远——泛论菲华文学的现实困境及未来发展》；刘登翰的《文化承传：菲华文学的动力》；王列耀的《全球化背景中菲律宾华文文学的文化取向》；王宗法的《海外赤子的情与思——读柯清淡的乡愁诗》；钱虹的《史与诗——评〈菲律宾不流血的革命〉兼谈海外华文文学的"宏大叙事"》；朱立立的《在家的感觉——解读月曲了的诗》；吴士樑的《澳门回归为澳门文学掀开崭新一页》；李观鼎的《论陶里的现代诗论》；古远清的《香港文学版图中的"沙田文学"》；葛乃福的《春到南枝花更好——论香港作家李远荣的郁达夫研究》；李子云的《於梨华和她的〈别西泠庄园〉》；王震亚的《历史深处的人性闪光——再论严歌苓的移民小说》；刘川鄂的《读余光中对朱自清散文的批评》；陈少华的《南美洲华文文化、文学述评》；彭耀春的《集体即兴、时空交错与对立互动——论赖声川的戏剧〈暗恋桃花源〉》；张黛芬的《台湾文学：特定的民族文化形态》；朴在渊、张俊宁的《〈吏文〉前言》；傅宁军的《苏雪林：伴陪母亲到永远》；马阳的《新华期刊的几点星光》；范伯群的《〈台湾通俗文学论稿〉序》；萧成的《为了忘却的记忆——关于〈范泉纪念集〉的随感》；戴洁的《面对新情况　把握新问题　开创新局面——江苏省台港暨海外华文文学研讨会及2001年年会概述》；吴颖文的《台湾筹建"世界华文文学典藏中心"——王琼玲博士希望大陆学者多予支持》。

《南京师大学报（社会科学版）》第5期发表何言宏的《"知青作家"的身份认同——"文革"后知识分子身份认同的历史起源研究》。

《晋阳学刊》第5期发表燕筠的《"主旋律"影视剧路在何方》。

《浙江学刊》第5期发表管宁的《人性视角：新写实小说的价值重估》。

26日，《文汇报》发表金涛的《大屏幕投影介入舞台　看电影还是看话剧——

"多媒体"话剧遭质疑》。

《光明日报》以"高扬时代精神的旗帜——第八届精神文明建设五个一工程分类述评"为总题，发表梁鸿鹰的《电视剧：佳作不断涌现　内涵得到提升》，胡家龙的《电影：饱含深情谱华章》，蔡体良的《戏剧：主旋律与多样化兼容》，李京盛的《广播剧：声化　戏化　诗化》，周荫昌的《歌曲：洋洋主旋律　洒洒世纪情》；同期，发表林非的《鲁迅精神　烛照千秋》；邓友梅的《我为苦干派叫好》；余艳波的《灵魂之钟与生命之痛》；刘卫星的《"一次净化灵魂的行动"——记录鲁迅文学奖得主何建明和他的〈落泪是金〉》。

27日，《人民日报》发表《黎明前的一曲恋歌——看歌剧〈悲怆的黎明〉》；施战军的《平实中蕴藏力量——评电视剧〈有这样一个支部书记〉》。

《文艺报》第146期发表简兮的《在人性与本能之间——话剧舞台20年的"性"历程》。

《文学自由谈》第5期发表棉棉的《一场"美女作家"的闹剧》，张春生的《强势媒体下的文学需要什么》；谭解文的《样板戏过敏症与政治偏执病》。

《文学报》发表本报编辑部的《鲁迅文学奖在绍兴隆重颁奖》；陆梅的《上海文学创作呈多样化局面》；俞小石的《女性写作不是"身体写作"》；刘雁的《坚守与创新》；梁平的《写了真实的生活》。

28日，《人民日报》发表吕诺的《艺术：根植于民族文化的沃土》；齐殿斌的《青春偶像剧：别离生活太远》。

《名作欣赏》第5期发表吴广晶的《流动：现实与梦的不同色调——读王蒙〈橘黄色的梦〉》；周文萍的《被忽略的悲哀——读林海音的〈金鲤鱼的百褶裙〉和〈烛〉》；吴周文的《独坐夕阳里：追觅美的精魂——读郭枫散文〈独坐夕阳里〉》；郑波光的《"空舟"是一种宿命——云鹤诗的造型感》。

《文艺报》第147期发表王彦霞的《从艺术生产力谈摄影文学的理论空间》；张立欣的《内容与形式完美统一的摄影文学》。

29日，《文艺报》第148期发表袁学骏的《他从西柏坡走来》；蒋晓丽的《直面现实　感受基层》；章之水的《教授的小说》；吴永江的《对人类命运的忧虑与关怀》；匡文立的《"高加林"进城以后》；路海波的《关于青春偶像剧》；唐宋元的《王火的另一副笔墨》；孙以年的《梦断红楼月半残》；冯秋子的《虚心学习　调整创新——辽宁作协加大培养青年作家力度》。

《文汇报》发表丁国强的《对面的诗人——读西川〈水渍〉》。

30日,《文学报》发表陆梅的《周海婴回忆录引发争议——有肯定,有存疑,众说纷纭》。

《河南大学学报(社会科学版)》第5期发表刘景荣的《"八个样板戏一个作家"说平议》。

《南京大学学报(哲学·人文科学·社会科学)》第5期发表黄力之的《先锋艺术:跨世纪的反抗艺术》;董健的《再谈五四传统与戏剧的现代化问题——兼答批评者》;田本相的《西方现代派戏剧在中国之命运》。

《海南师范学院学报(人文社会科学版)》第5期发表庄若江的《文化依恋、文化质疑到文化批判——金庸英雄神话的文化阐释》;范培松的《台湾散文变革的智者和勇者——评余光中散文理论批评观》;王列耀的《全球化背景中菲律宾华文文学的文化取向》;戴冠青的《文化解读:菲华文学中的闽南情结》。

本月,《小说界》第5期发表王童、徐坤的《思维在滑翔的徐坤》。

《文艺评论》第5期发表陈剑晖的《回归古典——对90年代批评的反思及对新世纪批评的展望》;杨春时的《走出文艺理论的困境》;裴毅然的《城乡之战——百年中国文学精神资源之探》;黄发有的《想象的代价——20世纪中国自由写作论纲(上)》;李林荣的《从"女性"到"新生代":散文话语在社会转型时期的主题变奏——关于中国当代散文史的文化成因及文化意义的一例个案分析》;西慧玲的《八九十年代中国女性写作特征回眸》;刘思谦的《高墙内外的妻子们——阅读几部女性回忆散文》;罗振亚、李琦的《关于诗的对话》;张景超的《奇人奇书——谈戴昭铭和他的长篇小说〈大漠孤烟〉》;李丹宁的《善良:引领女性回家的通道——谈艾苓散文集〈领着自己回家〉》。

《中国文学研究》第3期发表李萍、方涛的《论二十世纪中国文学的三种模式》;罗昕如的《从方言透视古华小说的地域文化特色》;彭诚的《放飞真善美的心灵——读谭仲池散文集〈心灵的天堂〉》;刘起林的《通透辩证 切中肯綮——读〈湖湘文化精神与20世纪湖南文学〉》。

《台湾研究集刊》第3期发表彭耀春的《台湾当代小剧场的揭幕式——论〈荷珠新配〉》;陈孔立的《台湾"去中国化"的文化动向》;刘红林的《试论台湾女性主义文学对身体自主的追求》。

《四川外语学院学报》第5期发表高巍的《文化差异现象在汉译英中的处

理——兼评林语堂的〈浮生六记〉英译本》；朱伊革、卢敏的《海明威与林语堂的"死亡情结"比较》。

《宁波大学学报（人文科学版）》第3期发表曹惠民的《巴人南洋题材创作略评》。

《语文教学与研究》第18期发表黄永林的《琼瑶言情小说的特色》。

《电影新作》第5期发表张燕、陈念群对管虎的访谈录《我喜欢内心有力量的人》；王玉明的《文化突围：中国电影在全球化语境下的身份确认》。

《安徽大学学报（哲学社会科学版）》第5期发表姚国建的《论现代诗的"间离效果"》。

《剧本》第9期发表张之薇的《批评的异类，我们需要》；王宁的《〈大宅门〉人物塑造的成功与失败》。

《浙江大学学报（人文社会科学版）》第5期发表骆寒超、章丽萍的《功与过：文革前十七年新诗中的现实主义》。

本月，厦门大学出版社出版第四届东南亚华文文学研讨会选编组编的《面向21世纪的东南亚华文文学（上卷：新华文学历程及走向）》。

中国工人出版社出版陈漱渝的《披沙拣金》。

云南人民出版社出版王干的《边缘与暧昧》。

学林出版社出版颜翔林的《历史与美学的对话：王充闾散文研究》。

花城出版社出版黄树森的《手记·叩问》。

春风文艺出版社出版马原的《虚构之刀》。

百花文艺出版社出版赵毅衡编选、卞之琳等译的《"新批评"文集》。

安徽大学出版社出版黄书泉的《文学批评新论》。

华文出版社出版安兴本的《冲突的台湾》。

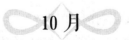

10月

1日，《长江文艺》第10期发表李运抟的《新世纪中国文学需要什么现实主义?》;曾军的《"实话真说——关于湖北文学批评的批评"恳谈会综述》;李俊国、卢轶婷的《都市隐匿者的睿智与限制——谈张执浩小说的"先锋"意识》。

《写作》第10期发表周百义、熊召政的《关于历史小说〈张居正〉的对话》。

2日,《小说选刊》第10期发表张韧的《多象纷呈与生存意义的思索》(讨论90年代中后期的文学现象);陈村的《说说方方》。

3日,《文汇报》发表蔡振华的《国立艺专话剧运动杂忆》;林希的《文学的原生地带》。

4日,《人民日报》以"'五个一工程'入选作品评介"为总题,发表张煊的《铸造民族精神　重塑爱国英雄》,刘继贤的《伟大情怀的形象再现》,孙豹隐、樊兆青的《人文精神　亘越千古——评大型歌剧〈司马迁〉》,吕新斌的《感天动地关汉卿——电视剧〈关汉卿传奇〉观后》,黄莉莉的《艺术精品凝铸民族精魂——简析芭蕾舞剧〈二泉映月〉》,顾成敏的《发自大地的嘹亮声音——观河南省豫剧二团晋京演出》。

5日,《人民日报》发表陈漱渝的《话剧〈孔乙己正传〉得与失》;郭振建的《电视剧〈罗荣桓元帅〉填补重大历史题材创作空白》。

《河北师范大学学报(哲学社会科学版)》第4期发表王利丽的《老舍:现代理路的启蒙话语》;甄慧琳的《试论孙犁小说创作中的童年情结》;郭宝亮、易平的《无奈的撤离与最后的守望——张炜小说叙境的存在性悖论之三》。

6日《人民日报》发表王先霈的《开创性的文艺学学术史——评〈中国20世纪文艺学学术史〉》;殷建忠的《融入群山铸军魂——读长篇纪实文学〈高山魂〉》。

8日,《阅读与写作》第10期发表古远清的《"诗品出于人品"——读台湾汪洋萍〈古体新诗十四行〉》。

《太原日报》发表古远清的《为政治而文学的叶青》。

9日,《人民日报》发表何光渝的《历史氛围与情感空间——电视连续剧〈邓小平在1950〉观感》。

《文艺报》第149期发表江湖的《中国诗歌学会走过五年历程》;李建军的《〈日子〉:朴实而简约的讽喻之作》;张淑英的《网络时代更需要深入生活——天津作家谈转变作风》;王震亚的《文学史:请给现当代旧体诗一席之地》;霍秀全的《关注"大散文"之争》;王晓琴的《老舍的开放型民族化风格》;小客整理的《"中国现代文学传统"国际学术研讨会综述》。

10日,《中国青年报》发表迟子建的《我的梦开始的地方》;林白的《文学是我内心的故乡》;小川洋子《趴在语言森林的地面》;残雪的《拓展梦幻王国的疆界》;松浦理英子的《唤起情感的力量》;张抗抗的《打开自己那间屋的门窗》。

《光明日报》发表王泉的《儿童文学:应直面苦难的缺失与手法的单调》;侯耀忠的《用戏曲再现鲁迅精神——河南曲剧〈阿Q与孔乙己〉》;梅新林的《"红楼遗产"与二十一世纪的中国小说》。

《戏剧文学》第10期发表廖奔的《全球化、流行文化与戏剧生存环境》;洪忠煌的《舞台造型的内在生命力》;张兰阁的《自由驰骋的黑马——李继合创作倾向评述》;孙桂林的《现代灵魂的自我挣扎——话剧〈梦之湖〉解析》。

《苏州大学学报(哲学社会科学版)》第4期发表李世涛的《对话主义文学理论的出场——评〈文学理论:走向交往对话的时代〉》。

《诗刊》下半月刊试刊号发表艾龙整理的《在鲁迅故乡谈诗——诗刊社绍兴会议纪要》。

《诗刊》第10期发表尚飞鹏的《坚守在黄土高原的歌者——陕西诗人群像》;吴亮汝的《从"家人不读"谈起》(讨论诗与现实的关系)。

11日,《文艺报》第150期发表李梅的《作家张宏森呼吁电视剧编剧应走近常规化生活》;周迅的《以〈讲话〉精神为指针　繁荣我国电视艺术》;陈培仲的《真实,赋予〈长征〉鲜活的生命》;古粗的《镌刻于白山黑水的英雄史诗》;倪学礼、张璀的《尴尬的中国青春偶像剧》;齐殿斌的《青春偶像剧:别离现实生活太远了》;义林的《谛听中国诗歌剧的心跳》。

《文学报》发表李晓红的《散文创作面临新课题》;林均的《"美女作家"是场闹剧》;李凌俊的《文学期刊如何走出低迷》;陆梅的《"村上春树"何以持续热销》;何来的《只在说出事实——忆陈涌先生对我的影响》。

12日,《文艺报》第151期发表王一川的《大众文化的含义》。

《文汇报》发表严锋的《让人失望的〈张之洞〉——兼谈历史小说的境界》;周毅的《音乐打在文字的幕上——听周国平谈崔健》。

13日,《文艺报》第152期发表王新新、大江健三郎的《大江健三郎心中的鲁迅》;木弓的《京剧没有必要寻求突破》;张彦哲的《从近期影视作品看正面艺术形象的审美价值》;任智的《某些"后""新"文学现象评析》。

14日,《人民日报》发表张振华的《电影:面对数字化的挑战》;李京盛的《声音的叙事与抒情——第八届"五个一工程"入选广播剧评述》;缪开和的《让主旋律作品充满艺术魅力——评电视剧〈一个生命的倒计时〉》;廖奔的《桃花深情唱皖南——看音乐话剧〈桃花耀〉》。

15日,《戏文》第5期发表孙焕英的《重评〈蔡文姬〉》。

《广东社会科学》第5期发表陈尚荣的《90年代文学语境下的金庸》。

《江汉论坛》第10期发表吕进的《台湾诗坛坐标上的〈葡萄园〉》。

16日,《文艺报》第153期发表刘起林的《"湖南长篇现象"》;江湖的《好一个俊雅的"野葫芦"》;于文秀的《图像的霸权与文学的危机》;陈国凯的《正气之歌——读〈杨门家风〉》;龚政文的《寓激情于冷静 隐忧患于玩世——评长篇小说〈水灾〉》;贺仲明的《生活的戏谑与庄严》;增鸣的《岭南生活的恢宏画卷——评杜林长篇小说〈代代人生〉》;杨曾宪的《鲁迅没有离我们远去——兼谈鲁迅与赛义德》;郝雨的《浅议21世纪中国文学发展的研究》;沈奇的《诗人在这个时代——品评〈李汉荣诗文选〉》。

《中国青年报》发表红孩的《散文八怪 见怪不怪》。

18日,《文艺报》第154期发表林超俊的《为了完成神圣的使命——电视剧〈苦谏树开花的季节〉创作散记》;周士君的《"错焦"的爱情戏》;秦志钰的《也谈影视女性形象的陷落》;刘厚生的《东瀛观剧录》;路海波的《中国军人的骄傲——看八集连续剧〈中国仪仗兵〉》;孙书磊的《说不尽的"昭君出塞"》;陈骏的《欲还历史本来面目——谈40集电视连续剧〈梦断紫禁城〉》;松子的《关注普通人情感生活——评电影〈谁说我不在乎〉》。

《文汇报》发表傅庆萱的《"市井戏"走俏荧屏》。

《文学报》发表王思焱的《中国现代文学研究如何走出"瓶颈"——"中国现代文学研究学术生长点研讨会"近日举行》;李凌俊的《新版话剧〈家〉求新求变——编剧许瑞生表示,新版话剧〈家〉与旧版最大的区别在于表现的主题思想不同》;胡敏的《呢喃并歌唱着——青年女作家殷健灵印象记》。

19日,《文艺报》第155期发表董学文、金永兵的《解构与整合——对摄影文学中文学的功能性分析》;贾雪仙的《不定与无穷——摄影诗的意境美》。

《文汇报》发表杨逸的《轻蔑地观察世上的弊病——谈诺贝尔文学奖"新科状元"维·苏·奈保尔》;谢娟的《〈我读我看〉展示王安忆即兴批评标准和批评才华》;吴非的《〈成长〉逆向生长寻找"真正的青年"》。

20日,《文艺报》第156期发表熊元义的《江泽民文艺论述:文艺理论的推进与拓展》;木弓的《"反腐"小说不能模式化》;胡殿红的《老干部评说〈激情燃烧的岁月〉》;傅活的《向前拓展的中篇小说——第二届鲁迅文学奖中篇小说评选之我见》;刘中顼的《新历史小说创作的严重迷误》;同期,围绕《孙毓霜诗词选》,发表光未然的《初读孙毓霜诗集》,王蒙的《读孙毓霜的诗》,刘征的《读"三石"想到的》,袁鹰的《石子铺路又盖楼》,李国文的《我心匪石》,何西来的《读三石集有感》,何镇邦的《诗情与哲理相交融》。

《学术研究》第10期发表黄灵红的《论汪曾祺小说的抒情现实主义特征》。

《鲁迅研究月刊》第10期发表张直心的《革命咖啡店与当下新锐批评》。

23日,《人民日报》发表毛华、李书新的《划动时代的大龙舟——评大型现代花鼓戏〈闹龙舟〉》。

《文艺报》第157期发表王山的《新世纪全国少数民族作家的第一次盛会——"西部开发与繁荣少数民族文学论坛"在渝举行》;文周的《通过郭华作品研讨会,人们发现——当代文学的创作实绩其实比我们以往的认识更加丰富多彩》;江湖的《21世纪的人们不要忘记这个名字——巴人》;安武林的《幻想文学之我见》;李学斌的《少年文学应该写什么——由中篇小说〈青春流星〉说开去》;孔凡飞的《一扇通往世界幻想文学之门——评彭懿〈世界幻想儿童文学导读〉》;孙建江的《经典意识与经典努力》;陈模的《关于〈孩子剧团的故事〉的几点说明》;王学钧的《文学报刊与中国文学的近代变革》;杨剑龙的《中国现代文学研究领域的一大收获》;郑传寅的《传统学术与现代戏曲学的创立》。

《文汇报》发表李正武的《忆念的乡土——作家刘醒龙印象》。

24日,《光明日报》发表谭政的《向着灿烂的未来——"国产新片创作座谈会"综述》。

25日,《文艺报》第158期发表柴骥程、郑黎的《中国电影寻找传统文化与全球化的"接口"》;杨莹的《作家之写作》;边国立的《循着先行者的足迹——看大型电视文献纪录片〈孙中山〉》;蔡体良的《日全食下的枪声——观小剧场话剧〈押解〉》。

《文学报》发表王山的《"西部开发与繁荣少数民族文学论坛"在渝举行》;朱小如的《作家评论家直面对话》;红孩的《散文向哪里革命——与肖复兴一席谈》;张洪清的《老实是最大的智慧》。

《语文学刊》第 5 期发表郭剑敏的《论王朔的小说创作及其笔下的"顽主"形象》；李松的《论〈白鹿原〉中的生殖文化》；张金朔的《被侮辱与被损害的叛逆者——田小娥形象的文化反思》；李向明的《〈棋王〉的生存意识》。

《上海大学学报（社会科学版）》第 5 期发表俞秋勤的《论亦舒小说》。

《华南师范大学学报（社会科学版）》第 5 期发表潘峰的《姚雪垠与高阳的历史小说之比较》。

《咸阳师范学院学报》第 5 期发表顾颖的《参悟生命的记录——三毛散文漫议》。

26 日，《人民日报》发表郝洪的《中国电影，玩什么游戏？》；李文耀的《〈詹天佑〉：一曲爱国主义的赞歌》；关叔文的《海岩的爱情故事》。

《文艺报》第 159 期发表刘俐俐的《摄影文学的互文性与阐释空间》；云慧霞的《大众传媒与精神价值重建》。

27 日，《人民日报》发表赵长青的《不仅仅是为了纪念——为著名女作家萧红诞辰九十周年而作》；丁晓平的《一个丰富的横断面——〈毛泽东自传〉出版的前前后后》。

《文艺报》第 160 期发表蒋巍的《旗帜　方向　道路——学习"三个代表"重要思想笔记》；胡殷红、赵晓真的《诗歌伴着她与病魔斗争》；王先需的《不言之美　非美之美——〈癫狂之美〉读后感言》；吴炫、汤拥华的《开创艺术思维研究的哲学境界——读张建永〈艺术思维哲学〉》；罗惠缙的《新文学研究的独特拓进——评刘中顼的〈古今诗歌传承溯探〉和〈古今小说传承溯探〉》；同期，以"犁青——微笑的石头　温暖的石头　有棱角的石头"为总题，发表向明的《微笑诗人为何愤怒——我读〈科索沃·血色的春天〉》，李瑛的《对一位诗人的感谢》，牛汉的《活的石头的声音》，谢冕的《可以保留在我们心中的好诗》，雷抒雁的《诗人真诚的心》，绿原的《终于读到了这样的诗》，犁青的《诗与我同在》；同期，发表张新秋的《京剧很有必要寻求突破——与木弓先生商榷》；艾秀梅的《也谈京剧无须急于改革——兼和木弓先生》；索索的《新城市电影的主旋律》。

《文汇报》发表杨扬的《且慢打造当代"经典"——对新世纪文学写作的思考》；王宁的《全球化语境下影视面临的挑战和对策》；罗云锋的《影响新世纪文学的几个因素》。

28 日,《文艺创作：奏响反腐倡廉的华彩乐章》；仲言的《艺术的良知　人民的期待》;赵建国的《燃烧的青春热情——评"五个一工程"获奖影片〈因为有爱〉》;雷达的《青春的探寻——读〈卡格博雪峰〉》。

30日,《人民日报》发表张炯的《来自时代前沿的报告——评〈天地男儿〉》。

《文艺报》第161期发表刘颋的《作家必须是有使命感和责任心的人——访作家周梅森》;于波的《〈疯人院的小磨盘〉:温情的阐释》;陈忠实的《互相拥挤 志在天空——有感于叶广芩、红柯荣获鲁迅文学奖》;樊星的《叶梅的"思想文化小说"》;成善一的《独具地域文化特色的好书——评长篇小说〈嘶天〉》;易晓明的《从"外部研究"到"文化批评"——对外国文学研究的思考》;同期,围绕"鄂华的小说创作",发表宁逸的《一位独特的人类美好精神的吟唱者——鄂华作品研讨会综述》,王蒙的《写给鄂华作品研讨会的几句话》,孟繁华的《重新感受抒情与浪漫的文学——评鄂华的小说创作》,刘锡诚的《良知与火焰——谈鄂华的国际题材小说》,缪俊杰的《独立思考和艺术家的勇气》。

28—31日,"第二届世界华文文学中青年学者论坛"在武夷山召开。

31日,《文学报》发表俞小石的《无名氏重返大陆》。

《光明日报》发表李春利的《中国电影:在全球化市场中求发展》;李运抟的《新时期文学与中国当代知识分子形象》;黄万华的《青春激情和历史意识——读韩乃寅的长篇小说〈燃烧〉》。

本月,《南昌大学学报(人社版)》第4期发表胡辛的《中国女性文学纵览》。

《剧本》第10期发表金芝的《文学,戏曲的脊梁——"推陈出新"再思考》。

《剧影月报》第5期发表张康庄的《新时期城市电影的叙述方式》。

《中国现代文学研究丛刊》第4期发表赵凌河的《徐訏的现代主义理论》;谢友祥的《论林语堂的闲谈散文》。

《同济大学学报(社会科学版)》第5期发表施建伟、汪义生的《美国华文文学中的一枝奇葩——论美国华文作家少君的网络小说》;黄昌勇的《在传统与现代之间——简论香港诗人夏斐的诗》。

《张家口师专学报》第5期发表张震宇、高彩霞的《梦里不知身是客——试论王鼎钧散文的"原乡"形象》。

《艺术百家》第4期发表黄振林的《对话机制的松弛与拆解——新时期话剧形态变化趋势分析》;曹芳的《浅论当代戏曲影视化》;陈静的《解放后老舍戏剧创作得失探由》。

《咸阳师范学院学报》第 5 期发表顾颖的《参悟生命的记录——三毛散文漫议》。

《镇江师专学报(社会科学版)》第 4 期发表徐光萍的《台湾当代闲情散文的审美价值》；卞新国的《林清玄散文的人文精神》；陈小明的《无根的欲望焦虑与重新开门——澳门文学的一个侧面》。

本月，中国文联出版社出版杨鼎川的《20 世纪中国文学之旅》，萧君和的《文艺新知》。

上海人民出版社出版王鸿生的《无神的庙宇》，王光东的《现代·浪漫·民间：二十世纪中国文学专题研究》。

黑龙江教育出版社出版李希凡的《艺文絮语》。

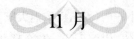

11 月

1 日，《文艺报》第 162 期发表简兮的《谁来接北京人艺的班》；茅惠的《领略多元的歌舞文化平台——第五届中国国际民间艺术节综述》；沙黑的《电视文化的策略和短长》；张先瑞的《一本具有戏剧史料价值的回忆录》；徐忠的《〈忠诚〉的不"忠"之处——与〈忠诚〉编导的商榷》。

《长江文艺》第 11 期发表楠栅的《本色的叙事方式　淡雅的艺术特色——对长篇小说〈组织部长和他的同事们〉的叙事学透视》；曾军的《胡沙岸诗作印象》；梁艳萍的《生命、自由 VS 拯救期待——鲁西西诗歌批评》。

《文学报》发表王树增、莫言的《历史是当代人生存轨迹的一种解释——关于〈1901 年〉的问答》。

《文学报·大众论坛》第 20 期发表俞小石的《文本细读应成为"文化研究"的基础》；林均、海风的《"苏联解体后的俄罗斯文学研讨会"在沪举行》；杨剑龙的《重视小说语言的个性化》；俞小石的《建构中国抒情文学思想体系》；郑加真的《北大荒精神哺育北大荒文学——〈燃烧〉叩响新世纪北大荒文学繁荣之门》；雷达的《结庐在闹市——读〈杨门家风〉》;周平远的《没有神话的世纪——有感于陈世旭长篇小说〈世纪神话〉》;马奔腾的《走向诗意的人生——读林庚先生〈空间的驰想〉》;叶广芩的《永远的感动》;徐坤的《用手指头来思考》;鬼子的《为艺术而奋斗》;红柯的《最初的冲动》;迟子建的《人世间的关照》;阎连科的《给想象以地位》。

《写作》第11期发表高选勤的《莫言小说的叙述语言与视角》。

2日,《小说选刊》第11期发表陈村的《马原其人》。

《文艺报》第163期发表邹文广、徐珂的《摄影文学——一种先进文化代表的前提》;吴冶平的《影像文化时代的摄影文学》。

《文汇报》发表丁国强的《没有终结的痛苦——再读〈拯救与逍遥〉》。

《新剧本》第6期发表薛晓金的《电影手段:话剧的又一个花招?》;高音的《在光与影的重叠中演绎传奇》。

3日,《文艺报》第164期发表黄万华的《北大荒精神的文学掘宝者——谈韩乃寅的长篇小说创作》;同期,以"邵建光作品评论"为总题,发表翟泰丰的《生命的诗 诗的生命》,文怀沙的《一个青年诗人的精神里程碑》,张志忠的《蓬勃生命 率真文章》,峭岩的《军旅意识的渗透与生活的反馈》,黄河的《真实的生活 激情的诗篇》,孙武臣的《童年赐予的爱》,林冠夫的《山水情怀》,曾凡华的《寻觅精神的家园》;同期,发表袁进的《一个鲜活的徐志摩》;野莽的《紫贝壳·当代名家新作的魅力》;门瑞瑜的《永远的萧红》。

4日,《人民日报》发表仲呈祥的《艺术之盛事 不朽之奇观——重大革命历史题材电视剧创作的新突破》;仲言的《"韩风"刮过之后》;吕进的《在现实和审美之间》;牛玉秋的《饱蘸笔墨写精神——长篇小说〈大风起兮〉的思想价值》。

《炎黄春秋》第11期发表古远清的《於梨华"冷冻"在台湾白色恐怖年代里》。

5日,《上海戏剧》第11期发表陈吉德的《以悖论的眼光看待人的生存困境——过士行剧作简论》;丁加生的《感受迷惘——看〈女人的最后一天〉》。

《辽宁大学学报(哲学社会科学版)》第6期发表赵善华的《对历史的诗意追问——评王充闾散文集〈沧桑无语〉》。

《文汇报》发表师声的《"新文学源于政论"——沈永宝这一观点引起学术界关注》;金涛的《老戏改编须出新——从新版〈家〉透视戏剧名著改编热》。

《花城》第6期发表林舟的《"靠小说来呈现"——对吕新的书面访谈》;宋晓

萍的《狂奔的女性文学》；谢有顺的《文学身体学》。

6日，《文艺报》第165期发表李晓红、周玉宁、冯秋子的《21世纪散文该怎么写》；文周的《"俗文学与现代中国文化进程"研讨会召开》；王蒙的《谈宗璞的两本书》；陈建功的《永不沦陷的精神家园——读宗璞长篇小说〈南渡记〉〈东藏记〉》；宗璞的《衔一粒沙再衔一粒沙》；石兴泽的《崇高与理性的书写——郭保林散文集〈阅读大西北〉读后》；石华鹏的《没有抵达的穿越》；杨春时的《走出文艺理论的困境》；绍俊的《阳光灿烂的精神家园》；张炯的《文学价值永远与其精神价值成正比——谈鄂华作品中的强烈的理想与崇高的精神境界》；包明德的《呼唤世界的和平公正与进步》；朱晶的《精神自由的渴求——读鄂华的科学史小说及〈爱因斯坦〉》。

《文汇报》发表赵长天的《低龄化写作有何不好》；傅庆萱的《给你沉重和思索——〈大法官〉深入揭示当代人内心世界》。

《台港文学选刊》第11期发表高小刚的《哈金和他的写作》；黎湘萍的《历史清理与人性反省：陈映真近作的价值》；吴颖文的《走出书房为文学播种——欧银钏与她的文学工作》。

8日，《文汇报》发表邢晓芳的《历史小说该如何笔耕——唐浩明新作〈张之洞〉引起各方议论》。

《文学报》发表俞小石的《本报和人民文学出版社联合举办唐浩明长篇小说〈张之洞〉研讨会日前在沪召开。会上不少学者、作家认为——题材重大 正气昂扬 发人思考》；晓石的《聂震宁：文学出版业走向成熟》；李凌俊的《〈狂飙〉在沪赢得喝彩——讲述戏剧家田汉传奇人生》；林均的《皮皮：从"先锋"到"畅销"——继〈比如女人〉之后，〈所谓先生〉再获读者青睐》；吴怀楚的《充满神奇色彩的作者——兼谈〈好一朵玫瑰花〉》。

《光明日报》发表邱华栋的《智慧和想象的甜蜜》；徐建宏的《白银的最后辉煌》；吕薇芬的《以文学为本位的尝试》。

9日，《文艺报》第167期发表红孩的《两眼间的一尺世界——由〈文艺报·摄影文学导刊〉说起》；郭冰茹的《阐释中的艺术再创造》；田春的《摄影文学：图像时代文学的一条新路》。

《文汇报》发表王尧的《"我是作为老百姓在写作"——近访莫言》；龚静的《散文的方式 灵性的生活》。

《民族文学》第 11 期发表杨春的《二十世纪拉祜族文学一瞥》。

10 日,《文艺报》第 168 期发表孙伟科、张乐林的《我不能苟同"农家军歌"的说法》;木弓的《王跃文越来越成熟》;杨子敏的《石英近作读后》;郑加真的《北大荒精神哺育北大荒文学——〈燃烧〉与新世纪北大荒文学》;包立民的《缅怀郭小川——贺敬之、柯岩谈小川》;方平的《又见彩虹,又见彩虹——第一届鲁迅文学奖全国优秀文学翻译彩虹奖概述》;周明的《生活深处的吟咏和呐喊》。

《文汇报》发表蒋原伦、汪民安、曹卫东等的《"期刊热"——"网络"之后的又一个神话?》。

《戏剧文学》第 10 期发表宋宝珍的《探索剧:摸索中国话剧的现代化途径》;宋存学的《对新闻体报告剧的背景分析》;李秀云的《畸形的文化 扭曲的人格——大型话剧〈丁家老大〉散论》。

《名作欣赏》第 6 期发表胡福君的《狼来了,狼又走了——读贾平凹新作〈怀念狼〉》;赵勇的《后现代人的前现代心理——读何顿〈荒原上的阳光〉》;田崇雪的《"对艺术创造力的深刻同情"——从〈挑剔文坛〉看孙绍振的文学批评》。

《诗刊》第 11 期发表方里的《一首诗主义》。

《理论与创作》第 6 期发表张纯的《文化边缘人的精神家园——严歌苓旅外小说印象》;张永健的《诗歌:面对新世纪的挑战》;彭文忠的《社会转型期的"欲望化"写作——对 20 世纪 90 年代文学现象的一种认识》;黄海晴的《与时俱进,建构当代文学新的话语形态——中国新文学学会第 18 届年会综述》。

上旬,《语文教学通讯》第 19 期发表刘建琼的《岛屿悲歌——余光中〈乡愁〉诗赏析》。

13 日,《人民日报》发表刘琼的《探讨"红岩魂现象"——还有三个"没想到"》;徐林的《作家与良知》;陈泳超的《俗文学与现代中国文化》。

《文艺报》第 169 期发表冯秋子的《西部开发如何繁荣文学创作》;冯秋子的《〈马嵬驿〉:严谨对待历史的上乘之作》;陈小明、刘志权的《进入与途径——中国当代文学史(1949—1976)学术研讨会召开》;张韧的《价值意识与道德依托——文学规律性现象思索二题》;李瑛的《生活的魅力——诗集〈梦你一生〉读后给张春燕同志的信》;崔志远的《刘震云小说的复调解读——读〈洞透人生与历史的迷雾〉》;李勇的《大众文化批判之批判》;汤哲声的《文化与反应:雅俗之辨与雅俗合流》。

14日,《文汇报》发表陈熙涵的《"海归派"小说引起关注》。

《光明日报》发表周星的《当前中国电影题材建设思路》;卞国福的《执着的理想追求》;唐先田的《五十年后重现光彩——鲁彦周早期小说手稿〈丹凤〉读后感》;周珂宇的《当代"武侠""狭义"哪去了》。

15日,《文艺报》第170期发表金炳华的《繁荣发展新世纪文学的行动指南——学习江泽民同志"七一"重要讲话的体会》;晨枫的《闯进文学视野的歌词》;叶子的《陕西作家与〈小说连播〉》;松子的《回归真情——电影〈我的兄弟姐妹〉对人生走向的启迪》;齐殿斌的《莫总让英雄"后院起火"》;同期,以"张扬法理精神 维护法的尊严 树立法的权威——28集电视连续剧《大法官》笔谈"为总题,发表陈宝云的《时代的启示录》,姜静楠的《理想理性和艺术激情》,张清华的《铁的理性与血的激情》。

《文学报》发表俞小石的《把握时代脉搏 唱响主旋律——"共和国的脊梁"报告文学征文颁奖大会在京举行》;刘书棋的《梁晓声在〈小说月报〉"百花奖"颁奖会上呼吁——请报纸给小说留块园地》;徐福生的《好作品永远不会过时——访〈钟山〉副主编贾梦玮》;李凌俊的《个人生命体验的梳理——小说〈我的N种生活〉研讨会日前举行》;肖复兴的《诗的气息和气质》。

《中国社会科学院研究生院学报》第6期发表姚申的《后殖民语境中的文学"神话":非母语写作及其意义》。

《文学评论》第6期发表王一川的《"全球性"境遇中的中国文学》;王宁的《全球化进程中中国文学理论的国际化》;童庆炳的《植根根植于现实土壤的"文化诗学"》;涂险峰的《商品化与人的价值的无根性——九十年代都市小说价值现象初探》;程光炜的《关于五十至七十年代文学中的知识分子形象》;戴燕的《从"民间"到"人民"——中国文学史上的正统论》;郑敏的《企图冲击新诗的几股思潮》;方忠的《余光中与台湾当代散文的创新》。

《当代文坛》第6期发表蒲友俊的《阅读缺席与文论失语》;叶向东的《全球化时代文学人性的复杂化表现》;黄小淳的《艺术情感矛盾现象试析》;尹凡的《新古典主义之勃兴——兼论曹文轩的小说创作》;朱青的《从"英雄化"到"非英雄化"》;丛新强、郭笃凌的《压抑与反抗——简论余华笔下的"父子冲突"》;庞守英的《挑战现实——谈近年来小说的批判精神》;宋丹的《象征、意象与神话创造——赵本夫长篇系列小说〈地母〉解读之二》;刘传霞的《女性视域中的历史——评迟子建的〈伪满洲国〉》;张文娟的《生命哲学的诗意表达——读池莉的中篇小说〈致无尽岁月〉》;金雅的《"阿米哲学"与女性命运的反思——评王方晨小说〈毛阿米〉》;陈慧的《论九十年代散文的几种类型》;周金章的《平凡中的诗意创造——读高虹散文集〈我这份美丽你没有〉》;邓芳的《打开另一扇心窗——试论周仲明的散文创作》;周华的《现象透析——初期白话诗与90年代诗歌的几种比照》;蒋青林的《以全新的眼光审视当代儿童诗——儿童诗人吴导诗集浅析》;胡彦的《自我表达·现代叙事·审美视角——对三部云南本土文学作品的探讨》;彭巍的《在传统和现代之间——从"父亲"角色的缺失看金庸小说》;蔡诗华的《一个诗人对另一个诗人的拥抱——〈张爱萍传〉解读》;徐文武的《超文本文学及其后现代特性》;朱安玉的《网络时代的爱情童话——解读〈第一次亲密接触〉》;魏薇的《市民意识与成人游戏——冯小刚新电影的叙事及接受分析》。

《中央民族大学学报(哲学社会科学版)》第6期发表杨春的《民族出身与民族文学——兼及民族文学的范畴与界定》;杨玉梅、来春刚的《论傻子形象的审美价值——读阿来的〈尘埃落定〉》。

《中国图书评论》第11期发表周政保的《"栏杆拍遍"之后——关于陈国凯的长篇小说〈大风起兮〉》;曾镇南的《晚号声中有宝石——读阮章竞〈晚号集〉中的两首叙事诗》。

《北方论丛》第6期发表刘绍信、张颂华的《梦境的幸福与痛苦——路翎〈洼地上的战役〉重读》;刘双贵的《女性自尊的觉醒——舒婷的〈致橡树〉解读》。

《电视剧》第6期发表黄睿的《透视近期婚姻家庭题材电视剧》。

《电影文学》第11期发表杜小川的《徘徊在"情人"与"菊豆"之间——〈晚娘〉》。

《光明日报》发表田崇雪的《批评,源自对艺术创造力的深刻同情——从〈挑剔文坛〉到文学批评》;刘起林的《历史小说的"廊庙之音"》。

《当代电影》第6期发表陈播的《重大革命历史题材影视艺术创作的新发展》;章柏青的《朴素是真的高贵——观电影〈真心〉札记》;邓光辉的《〈詹天佑〉:重树"十七年"电影风格》;倪震的《文化电影和观众效应——与黄建新导演谈〈谁说我不在乎〉》;胡克的《雅俗共赏 瑕瑜互见》(关于影片《谁说我不在乎》);贾磊磊的《剑与心——〈卧虎藏龙〉的双重文本》;张颐武的《千禧回望:"内向化"的含义——中国早期电影的"另类的现代性"的价值》。

《当代戏剧》第6期发表孙豹隐的《传统与现代交融 民族与世界互渗——

评大型歌剧〈司马迁〉》；张平的《为了曹禺先生的嘱托》；田涧菁的《史魂　诗魂　剧魂——歌剧〈司马迁〉赏析》；安琪的《欧式歌剧中国化的成功探索——歌剧〈司马迁〉的审美特征》；樊兆青的《〈司马迁〉：中国歌剧的世纪霞光》；谢艳春的《诗化、反叛与思辨——简评张平的戏剧创作》；黄振林的《先锋戏剧的逆向思维》；王淑玲的《陈彦与他的艺术创造工程——陈彦文艺创作的体裁多变性与内在胶合力》；迎春的《准确的风格定位——谈〈五味十字〉的戏剧风格》；弋平的《文化·性格·命运——〈长安秋〉阅读札记》。

《江汉论坛》第 11 期发表管宁的《灵魂的裂变：社会变迁中的人格姿态——新时期知识分子形象人性描写之流变》；朱丽丽的《论当下现代性语境中的叙事位移》。

《社会科学》第 11 期发表赵德利的《论二十世纪民间权威的审美特征》。

《社会科学研究》第 6 期发表肖薇、支宇的《从"知识学"高度再论中国文论的"失语"与"重建"——兼及所谓"后殖民主义"批评论者》；向荣的《溃败的先锋——90 年代中国先锋小说备忘录》。

《社会科学辑刊》第 6 期发表宁殿弼的《新时期探索戏剧的戏剧观》。

《南方文坛》第 6 期发表黄伟林的《论 20 世纪中国小说的三种形态》；陈晓明的《文人格调，文人何为？——关于黄伟林的评论风格》；任洪渊的《作家批评家——黄伟林的"批评叙事学"》；郜元宝的《90 年代中国文学之一瞥》；张颐武的《迷乱阅读：对"70 年代作家"的再思考》；冯敏的《血性描述中的悲悯情怀——我看鬼子的小说》；洪治纲的《刑场背后的历史——论〈檀香刑〉》；蒋原伦的《中国风格——关于〈檀香刑〉》；张柠的《文学与民间性——莫言小说里的中国经验》；姚晓雷的《当代立场与学术品格》(关于陈思和的学术研究)；顾骧的《我与晚年的周扬师——20 世纪 80 年代一桩文坛公案的前前后后》；本刊编辑部的《关于中国当代文学研究会第十一届年会涉及高行健话题的真相——致〈作品与争鸣〉杂志社的公开信》。

《复旦学报(社会科学版)》第 6 期专栏"中国文学史分期问题讨论"，发表沈永宝的《政论文学一百年——试论政论文学为新文学之起源》；同期，发表刘登翰的《台港澳文学与文学史写作——再谈 20 世纪中国文学的整体视野》。

《福建论坛(人文社会科学版)》第 6 期发表倪宗武的《试论曹禺建国后的戏剧创作》。

16日,《人民日报》发表仲言的《正确理解音乐的社会功能》;海峰的《文化的固守与超越——评〈插图本中国民间文学史〉》。

《文艺争鸣》第6期发表刘锋杰的《从话语霸权到合法性的消解——对"歌颂暴露"命题的讨论》;丁帆等的《现代性·民族性·后现代性——关于当前文化语境的对话》;浩岭的《不仅偏颇,而且肤浅——关于〈白鹿原〉与孙绍振先生商榷》;李星的《走向〈白鹿原〉》。

《文艺报》第171期发表马龙潜的《论摄影文学的复合艺术结构形态》。

《文汇报》发表包明廉的《斯琴高娃:偏同自己过不去》。

《中国人民大学学报》第6期发表陈传才的《建构多维视野的文学批评——兼论马克思主义文艺批评观点的理论生命力》。

《江苏社会科学》第6期发表王庆华的《本色意味与品格追求:澳门女性散文解读》。

17日,《文艺报》第172期发表胡殿红的《蒋子龙谈从"人气"浮动到沉住气》;田耒的《只研朱墨作春山》;翟满桂的《关仁山迷失在哪里?》;白烨的《世纪忧患》;林杉的《不竭的心泉》;红孩的《谁是自己的主宰》;同期,以"晓苏作品评论"为总题,发表黄曼君的《世俗精神 民间话语 艺术狂欢》,刘富道的《走近荒诞的真实》,贺兴安的《因笑成体 借笑养性 以笑匡世》,樊星的《〈苦笑记〉的文化意味》,贺绍俊的《拼贴的现代审美意义》,於可训的《晓苏和他的故事体小说》,白烨的《笑话的背后》;同期,发表潘永翔的《他选择痛苦和文学——记保尔式的诗人柏松》;郭久麟的《一部值得珍视的回忆录》。

18日《中国戏剧》第11期发表穆欣欣、莫兆忠的《澳门小剧场戏剧掠影》。

19日,《文汇报》发表张裕的《探讨现代文学研究》;周其俊的《魏明伦感叹"台上振兴、台下冷清"现象,认为——戏剧"黄金时代"已逝》。

20日,《小说评论》第6期发表雷达的《长篇小说笔记之九》;洪治纲的《先锋文学聚焦之十二——轻与重》;管宁的《转型社会语境下的欲望书写与美感形态——对90年代小说创作一个侧面的考察》;吴义勤、任现品、李建英等的《悖论与代价——刘志钊〈物质生活〉、王元〈什么都有代价〉》;李遇春的《世纪末的忏悔——从王蒙和张贤亮的二部长篇近作说起》;周百义的《诗化的历史小说王国——读赵玫的唐宫三部曲》;何镇邦的《壮美的革命史诗 有益的艺术探索——评长篇小说〈日出东方〉的思想艺术成就》;丁帆的《一个痛失道德与良知的新的艺术雕像——刘醒龙长篇小说〈痛失〉读札》;陈宝云的《红颜悲剧与英雄悲剧——评穆陶的历史小说》;翟苏民的《魅力来自小说意境的构置——读迟子建小说〈河柳图〉〈鸭如花〉》;周燕芬的《林佩芬:历史小说的另一种个性书写——感知"努尔哈赤"》;仵从巨的《"现实"与"艺术"——读安黎长篇新作〈小人物〉》;费秉勋的《〈小人物〉:映现世相百态的哈哈镜》;阎纲的《在〈老坟〉研讨会上的发言——我读出"愣娃文学"的硬汉精神》;何西来的《三秦故地的文化展示和哀歌——评王海〈老坟〉》;郎伟的《黄河岸边的哀婉青春——读查舜的长篇小说〈青春绝版〉》。

《文艺报》第173期发表江湖的《文学放眼楚天舒——好一个兼容并包的鄂军》;本报编辑部的《南方大学与北方期刊合开"小说家讲坛"》;刘颋的《探索晋商文化传统的新收获——长篇小说〈白银谷〉暨晋商文化研讨会在太原召开》;章之水的《〈寻找匿名者〉:委婉的叙事,尴尬的写真》;姜耕玉的《"看"的视角:诗与思》;张锐锋的《重建记忆——读成一的小说〈白银谷〉》;阎晶明的《乡情已非民俗》;吴然的《在平凡中品味人生》;马驰的《用社会主义先进文化推动文艺理论的发展》;吴相洲的《文学史研究的现代化与方法的更新》;程光炜的《当代文艺学的反思之书——读孟繁华的〈中国20世纪文艺学学术史〉(第三部)》。

《中国青年报》发表徐虹的《刘震云说透〈一腔废话〉》;陈娉舒的《〈永远有多远〉荧屏大变脸》;王约简的《文化,是苦旅还是甘旅》。

《东方文化》第6期发表康保成的《从〈文学研究〉到〈文学评论〉——对一段文学学术史的回顾》。

《东北师大学报(哲学社会科学版)》第6期发表刘雪峰的《女性文学文本特征的基本界说》。

《东南大学学报(哲学社会科学版)》第4期发表杨剑龙的《"就是这一片沉重而多情的风景"——论新现实主义小说的审美风格》;王爱松的《繁华中透着冷清——须兰小说创作论》;张晓峰的《"和谐"与"斗争"——对90年代以来散文发展的思考》。

《河北学刊》发表马建辉的《全球化语境中文学的民族性与人民性问题》;高兵的《呼唤崇高——21世纪文学精神的价值取向》;高音的《世纪之交北京散文创作景象》。

《剧作家》第6期发表白亚光的《发扬田汉精神　繁荣戏剧事业——在第十

五届田汉戏剧奖评奖会议上的讲话》。

21日,《文艺研究》第6期发表尹鸿的《冲突与共谋——论中国电视剧的文化策略》;贾磊磊的《中国电视剧的历史与现状》;刘艳的《京剧的写意特征与"样板戏"的英雄形象塑造》。

《光明日报》发表周晓曲的《电视文化:呼唤精英人才》;李慧英的《我看〈永远有多远〉的两个女性》。

22日,《文艺报》第174期发表李银河的《浅谈影视作品中的女性形象及其批判》;常智奇的《警惕用陷落的目光看待影视女性现象》。

《文学报》发表陆梅的《文学期刊:让经营和编辑并重》;于新超的《莫言最近在"小说家讲坛"上提出——文学创作的民间资源应引起关注》;林均的《地方剧种改编名著的大胆尝试——曲剧〈茶馆〉京都味浓郁》;徐远冬的《中学文学社团蕴藏未来文学人才——本报举办上海市部分重点中学文学社团发展研讨会》;王晓晖的《为什么没有人愿意当儿童文学作家?》;郑允钦的《微型小说,方兴未艾》;赵丽宏的《脚踏实地,然后飞翔——读陈柏森诗歌近作》。

《湖北大学学报(哲学社会科学版)》第6期发表陈定家的《2000年中国文论研究一瞥》。

《新文学史料》第4期发表陈朝红的《有关〈达吉和她的父亲〉的争论》;吕正惠的《发现欧坦生:战后初期台湾文学的一个侧面》。

23日,《文艺报》第175期发表邵宏的《摄影文学:掌握世界的新方式》;杨俊蕾的《摄影文学:图文结合的形式再造》;范玉刚的《技术关联世界中的摄影文学》。

《文汇报》发表邢晓芳的《作家觅书商　期刊路茫茫——有关人士认为文学杂志亟待开创品牌优势》。

《武汉大学学报(人文科学版)》第6期发表吴道毅的《现代民族国家的叙事——新英雄传奇主题话语之一》。

《天津社会科学》第6期发表古远清的《百年中国文学中的当代文学研究》。

24日,《文艺报》第176期发表木弓的《改编鲁迅的难度》;敏泽的《往事回顾和自我反思》;木弓的《〈御制家谱〉是一篇好小说》;傅书华的《回到巴尔扎克去》;谷丰的《三只眼睛看文坛》;小可的《〈空镜子〉有滋有味的世俗故事》;马尚的《石光荣的性格魅力——评电视剧〈激情燃烧的岁月〉》;同期,以"康传熹作品评论"

为总题,发表袁学骏的《钟情于太行 执著于乡土》,崔志远的《优婉精警的康传熹》,杨红莉的《回望乡村》,龚殿舒的《平民意识、忧患意识与人文关怀》。

《文艺理论与批评》第6期发表李建军的《话语刀客与"流氓批评学"的崛起》;周良沛的《走出"悲剧"的正剧》(关于文坛往事的回忆);张薇的《诺贝尔文学奖的政治标准与审美标准》。

25日,《文艺理论研究》第6期发表陆炜的《试论戏剧文体》;叶虎的《20世纪中国文学性质论争及其局限》;王晓华的《王小波杂文的思想渊源,意义与局限——王小波杂文论》;李志的《国境之外的五四新文学"革命"——论南洋地区华文文学中的"文白之争"》。

《四川戏剧》第6期发表杨新宇的《杀生的残酷幻想——新时期话剧中动物的出现》;何思玉、母华敏的《政治判词与文化底蕴——从老舍的〈茶馆〉谈起》;吴巧玲的《思与诗的结晶——谈西方现代寓言剧兼评〈好女人·坏女人〉》;文谨的《曹禺剧作与川剧》。

《四川外语学院学报》第5期发表高巍的《文化差异现象在汉译英中的处理——兼评林语堂的〈浮生六记〉英译本》;朱伊革、卢敏的《海明威与林语堂的"死亡情结"比较》。

《北京师范大学学报(人文社会科学版)》第6期发表周星的《大众文化时代的电视征候——2000年电视传媒时潮现状分析三题》;路春燕的《2000年国产电视剧类型评析》。

《东岳论丛》第6期发表李少群的《20世纪山东文学的总体特征》;庞守英的《冲出欲望的包围之后——谈近年青年作家创作倾向的转型》。

《当代作家评论》第6期以"长篇小说文体笔谈"为总题,发表李锐的《文体沧桑》,阎连科的《寻找支持——我所想到的文体》,王一川的《生死游戏仪式的复原——〈日光流年〉的索源体特征》,王宏图的《超越于真实幻觉之外——兼论〈纪实和虚构〉、〈务虚笔记〉》;同期,以"赵本夫评论小辑"为总题,发表吴义勤、任现品的《另一种"南方写作"——赵本夫论》,宋丹的《民间的写作立场与审美价值取向——解读〈地母〉》;同期,发表王春林的《知识分子生存困境的非亲历性阐释》;黄毓璜的《高晓声的小说世界》;刘永春的《诗性的记忆与文本化的命名——刘志钊长篇小说〈物质生活〉读札》;孙春平的《每个人都是一个世界》;谢有顺、石非的《物质生活及其幻觉》;刘恩波的《营构讲史文体的别意新途——对若干文史著述的回望及思考》；俞岱宗的《启蒙的困境：论当代文学知识分子叙述者》；逄增玉的《九十年代"抗战文学"的历史记忆与现实诉求》。

《戏剧春秋》第6期发表丁楠的《新世纪话剧的希望——第七届中国戏剧节话剧观感》。

《郑州大学学报(哲学社会科学版)》第6期发表黄轶的《论墨白小说的艺术风格》。

《贵州大学学报(社会科学版)》第6期发表徐成淼的《贵州散文：落差和距离》。

《浙江学刊》第6期发表吴炫的《试析二十世纪中国三大文学观的局限》；岑雪苇的《文学批评与作家文化形象的建构》。

27日，《文艺报》第177期发表王山的《海上明月共潮生——开放多样繁荣的上海文学》；王山的《北京市文联2001年文艺评论奖颁奖》；本报编辑部的《长篇小说〈起诉自己〉引起评论界关注》；同期，以"《杨门家风》五人谈"为总题，发表曾镇南的《写家风节操　觇世态人心》，秦晋的《没有边界的灵魂》，陈晓明的《在现实主义的侧面》，缪俊杰的《道德与灵魂的碰撞与弥合》，沈元章的《人性美是生命的主旋律》；同期，发表江锐歆的《批评的立场》；谢有顺的《对身边的文学发生兴趣——从江锐歆看另外一种批评》；黄力之的《"复调"的意义》；李洁非的《还原的乡村叙事——读李明性的〈故园〉》。

《文学自由谈》第6期发表罗伟章的《棉棉的误区》。

28日，《中国文化研究》第4期发表王向晖的《思考在技艺与现实之外——追寻当代诗歌的文化理想》；吕智敏的《张洁：告别乌托邦的话语世界》；张浩的《从私人空间到公共空间——论王安忆创作中的女性空间建构》；汤淑敏的《海外华文女作家与中华文化》，周福如的《香港现代派小说的城市背景与文化话语》。

《兰州大学学报(社会科学版)》第6期发表赵学勇、杨小兰的《重读20世纪50年代小说经典》；袁洪庚的《解构中的建构："两桩案件"的侦探小说程式分析》。

《光明日报》发表毛时安的《国产电影市场亟待培育》；石英的《厚重耐读　情识兼备——品读郭保林散文新著〈阅读大西北〉》；秦晋的《没有边界灵魂——评长篇小说〈杨门女将〉》；李玉茹的《今朝都到眼前来——〈曹禺访谈录〉读后》。

29日，《文艺报》第178期发表赵遂平的《京剧新编剧目的亮点与误区》；王乾荣的《石光荣不真实吗？》。

《文学报》发表徐林正的《神圣文学殿堂没被金钱征服》；俞小石的《抒写时代报告文学责无旁贷》；王学海的《轻轻的你并未离去——徐志摩故乡海宁隆重纪念诗人逝世70周年》。

《光明日报》发表荒林、王红旗的《按自己的愿望述说自身形象——以女性立场看女性文学》；梁鸿鹰的《学者情怀与诗人笔墨》；雷达的《〈东藏记〉的文化韵味》。

30日，《人民日报》发表贺广华的《海南琼剧香飘海外》；刘殿斌的《警惕"三风"卷土重来》；常晶的《春风社推出布老虎随笔系列》；人人的《酸甜苦涩〈大法官〉》。

《文艺报》第179期发表郑凤兰的《文化视野中的摄影文学》；饶先来的《灵动与凝重——试论摄影小说的艺术视角》；俞岱宗的《关于摄影小说的审美特征》；王文芳的《纪实文学与纪实摄影的融合——浅谈摄影纪实文学》；姜健玉的《以一种新的阐释符号叙说故事——读摄影小说〈明天更精彩〉》。

《文汇报》发表包明廉的《拍一部史诗般的作品——导演陈家林谈40集电视连续剧〈康熙帝国〉》。

《文学报》发表李凌俊的《从〈黑冰〉、〈黑洞〉到〈黑雾〉——张成功，一条道走到"黑"》。

《河南大学学报（社会科学版）》第6期发表李焕振的《焦虑与期待——审视"长篇热"及其泛起的泡沫》。

《海南师范学院学报（人文社会科学版）》第6期发表陈大为的《街道微观——香港街道的地志书写》；王毅的《历史·生命·道德规约——读王良小说〈鱼咒〉》；何与怀的《关于华文文学的几个问题》；施建伟、汪义生的《人生是一场说不清道不明的梦——论美华作家少君〈人生自白〉的艺术特色》。

本月，《小说界》第6期发表雷达、王童的《与评论家雷达谈文学》。

《文艺评论》第6期发表段吉方的《游离在雾霭中——中国当代文化批评的践履迷误及言说困境》；何二元的《知识经济时代的文学》；封秋昌的《后现代语境与文学艺术的"灯火"作用》；黄发有的《20世纪中国自由写作论纲（下）》；刘晓蕾的《个体的遭际——论"晚生代"小说的审美个人主义》；李蓉的《中国现代女性诗歌的文体流变及其文化意味》；罗振亚的《〈龙江特色作家研究丛书〉总序》；郭力、张抗抗的《人道主义立场与深刻的历史意识——作家访谈录》；郭力的《叙事话语的转型与暗示》;郑薇、彭晓川的《"暗香浮动"的现代诗——我省现代诗歌述评》;邢海珍的《栖居于诗意中的歌者——王立宪诗歌论》;孟凡东的《母性之爱与田园慕恋——评散文集〈母性天空〉》。

《电影新作》第6期发表华汇整理的《袁牧之电影研讨》。

《剧本》第11期发表张先的《面对混沌——戏剧批评为什么缺席》;吴兆丰的《论新时期的湖南戏剧创作》。

《安徽师范大学学报(人文社会科学版)》第4期发表谢昭新的《开创21世纪华文诗歌研究的新局面——2001'国际华文诗歌研讨会综述》。

本月,华文出版社出版计璧瑞的《日据时期台湾文学论稿》。

重庆出版社出版陈虹的《陈白尘评传》。

太岳文艺出版社出版崔鸿勋等编的《青苗五十年文论》。

人民文学出版社出版宁亦文编选的《多元语境中的精神图景:90年代文学批评文集》。

解放军文艺出版社出版王强的《浪漫情怀与适度理性》。

12月

1日,《文艺报》第180期发表木弓的《哪个故事有价值》;张克明的《当前知识分子题材小说创作的缺失》。

《大众电影》第12期发表牟学苑的《不得不说的〈大话西游〉》。

《上海文学》第12期发表王光东的《民间意义的发现》。

《长江文艺》第12期发表金立群的《个体生命中的集体经验——评晓苏的〈人性三部曲〉》;肖敏的《泛道德化的市民写作——魏光焰小说创作的风格与局限》。

《写作》第12期发表王际兵、陈丽娟的《刘震云"新写实"小说的夸诞艺术》。

《新疆大学学报(社会科学版)》第4期发表黄修雨的《当代性写作与汪曾祺

的小说文体观》。

2日,《人民日报》发表董学文、金风的《注重文学理论研究的原创意识》;仲言的《莫把腐朽作神奇》;何开四的《忠实原著与艺术创新》;张鹰的《〈21大厦〉:当代都市社会的人生画卷》;胡远珍的《文化传播与"先进文化"》。

《小说选刊》第12期发表阿城的《笔阵横刀邓一光》。

《文汇报》发表任仲伦的《智慧的叙说——读〈上海作家散文百篇〉》。

4日,《人民日报》发表刘玉琴的《纪念毛泽东"百花齐放,推陈出新"题词50周年——文艺界在南京举行座谈会》、《别说戏剧没人看——第七届中国戏剧节札记》;黄维钧的《秋的感悟——话剧〈秋天的牵挂〉观后》。

《文艺报》第181期发表贝佳的《南方气象——在广东看获奖作家的风采》;于杰红的《DNA and Internet:艺术何为?——"高新技术产业化时代文艺的发展"学术研讨会召开》;张学昕的《〈战俘〉:生存游戏的水圈》;本报编辑部的《台湾著名女作家林海音逝世》;马龙潜的《对文艺与生活关系的再认识》;万龙生的《好雨知时节——读余德庄长篇新作〈太阳雨〉》;周冰心的《蒋韵的城市心灵史》;何向阳的《评论家的内心生活》;贾梦玮的《让人牵挂的女人》;栾梅建的《通俗文学——中国小说之正统》;刘祥安的《雅俗尚待细思量——新文学小说与通俗小说研究断想》。

《文汇报》发表陈熙涵的《母语写作别混杂化——上海新加坡两地作家在沪研讨文学面对的问题》。

5日,《上海戏剧》第12期发表陆星儿的《二十一世纪的〈家〉》;杨伟民的《话剧〈正红旗下〉的多元叙事技巧》;乔宗玉的《我们这个时代的"鲁迅"——简评几出改编鲁迅作品的戏》。

《文汇报》发表张懿、徐雪飞的《〈寻秦记〉点燃网络电视》。

6日,《人民日报》发表刘白羽的《天籁之音——读〈老山界〉》。

《文艺报》第182期发表高小立的《20集电视连续剧〈孙中山〉——展现一代伟人的人格魅力》;刘平的《戏剧应展示思想的魅力》;吴文科的《是电视害了相声吗?》;孙焕英的《〈大法官〉谱写了司法独立的主旋律》;傅谨的《盛况固然空前 水平仍待提高——第七届中国戏剧节刍议》;胡杰的《胡编乱造＝好看?——31集电视剧〈黑洞〉观后》。

《文汇报》发表邢晓芳的《促进上海文学事业发展繁荣》。

《文学报》发表梅子的《现代文学研究不应忽视"当代性"》;江迅的《著名作家林海音病逝》;陆梅的《"恐怖小说写作热"引发议论》;郑毅俊的《高校剧社:大学生的"戏剧节"》。

《文学报·大众论坛》第21期发表俞小石的《文学与传媒的互动值得关注》;江迅的《华文文学是一道靓丽的风景线》;薛毅的《现代文学研究何以缺乏朝气、锐气?》;同期,以"全球化、多元化与现代文学研究"为总题,发表吴福辉的《学科的问题在哪里?》,严家炎的《忧虑,但不悲观》,袁进的《确立民族文化的自信》,杨洪承的《如何去迎接挑战》;朱德发的《"全球化"语境下的策略》,王光东的《开放性与民间文化形态》;同期,发表陈军、洪治纲的《文化的传承与迁徙——关于陈军小说创作特色的讨论》;张炯的《艰难创业的赞歌——读韩乃寅的长篇小说〈燃烧〉》;刘学洙的《不经意的深刻——读龙志毅散文集〈云烟踪痕〉》;肖云儒的《在作品的创造性上聚焦——谈〈长篇小说"幻化"评论集〉》;崔道怡的《旗镇风情 天长地久——读葛均义〈浮世〉有感》;周政保的《关于小说的好看》;江姗的《用生命冒险的写作》;晓剑的《愉悦记忆中的苦涩——评郭潜力中篇小说〈豹子湾〉》。

7日,《人民日报》发表柳萌的《文学期刊的坚守与寻觅》;袁亚平的《书市"读"市场》;程秋生的《期刊:美女封面何时休》。

《文艺报》第183期发表王世德的《摄影文学的美学特征》;纳杨的《创建摄影文学研究所 开辟摄影文学新篇章——记岳阳师范学院摄影文学研究所成立》;范小平的《见与思——摄影文学美学思考之我见》;陈仲庚的《摄影文学:连通前现代与后现代艺术的桥梁》。

8日,《人民日报》发表张锲的《创作无愧于时代的作品——读杨黎光报告文学〈生死一线〉》;黄永玉的《一段慷慨的文字——序〈爱国者王源兴〉》;曾克的《难忘的过去》;何镇邦的《不改石心性自华——读〈孙毓霜诗词选〉》。

《文艺报》第184期发表学文的《纪念胡适诞辰110周年学术座谈会举行》;刘锡诚的《为民间文学的生存——向国家学位委员会进一言》;刘向东的《〈老鱼河〉有根的小说》;岳洪治的《韩石山的魅力》;吴开晋的《痛苦磨砺生命 生命绽放诗情——读商震〈大漠孤烟〉》。

《文汇报》发表梁永安、吴中杰、王鸿生、杨文虎、罗岗的《文艺批评需要风度和规则吗》。

10日,《戏剧文学》第12期发表陶然的《民间情味的现代咏叹——读〈石头门〉,兼致李鹏飞》;山民的《笑中的悲哀——看话剧〈无常·女吊〉有感》。

11日,《人民日报》发表李舫的《文学期刊:面对市场和读者的选择》;冷成金的《武打·武侠·无赖》;康式昭的《美的张扬和被戕害——看新编京剧〈杜十娘〉》。

《文艺报》第185期发表沈健的《众生交响——新世纪中国首届现代诗研讨会举行》;同期,围绕"阎真小说《沧浪之水》",发表贺绍俊的《卸去精神十字架后仍然是惶惑》,孟繁华的《承认的政治与尊严的危机》,阎真的《为当代知识分子写心——〈沧浪之水〉写作随想》;同期,发表邹郎的《水边的林妖——冉冉和她的诗歌》;周政保的《〈黄羊堡故事〉:恍若隔世的历史记忆》;陆贵山的《文学要努力体现先进文化的主导作用和发展方向》;张炯的《弘扬中华文化的人文精神和文学的人民性》;赵静蓉的《小叙事与小历史——我看老照片》;郭志刚的《说书和图书馆》;储福金的《谈谈专业作家》;韩作荣的《色调与声音》。

《文汇报》发表金涛的《戏剧奖面临信誉危机》。

12日,《光明日报》发表韩小惠的《21世纪的报告文学应该什么样》;铁凝的《怀念林海音》。

13日,《文艺报》第186期发表鲁人的《戏剧之花开遍神州大地——访中国戏剧家协会秘书长王蕴明》;刘东强的《国产动画片应创立自己的流派》。

《文学报》发表李凌俊的《文艺评论要讲真话》、《写一个平民化的帝王——访〈康熙王朝〉编剧朱苏进》;陆梅的《"我会认真对待这个职位"——访上海市作协主席王安忆》及陆梅的《让文学的影响力日益深远》;王学海的《中国新文学的发轫有新说》。

《光明日报》发表郑训佐的《跨越文学的文化沉思》。

14日,《文艺报》第187期发表王岳川的《摄影文学与当代文化建设》;王予霞的《超现实性与摄影文学》;李祥林的《有机整合中的双向建构》。

《文汇报》发表陈熙涵的《微型小说缘何乏精品》,《上海文坛崛起文学批评新生代》。

15日,《文艺报》第188期发表小可的《为红土高原而讴歌——云南作家群从迷惘到清醒》;胡殷红的《为了打仗,错过第一次作代会——访老作家刘白羽》;木弓的《用评论引导电影观众》;金雅的《女性命运的文学风标——二十世纪中国文学与女性解放》;王泉的《文坛"小鬼当家"刍议》;刘荣林的《文学语言的探险者》;王学海的《展示中青年感知事物的独特精神》;崔道怡的《大漠之子——郭雪波》;刘平的《我的优势在生活中》;袁一强的《我眼中的陈爱萍和他的小说》;龙长吟的《杂交的优势——读余艳的〈女性词典〉》。

《中国图书评论》发表曾镇南的《史魂诗情 相映生辉——读长篇革命历史小说〈日出东方〉》;陈军的《谨严笃实 平和冲淡——评〈汪曾祺传〉》。

《广东社会科学》第6期发表黄万华的《潮汕籍新马作家的历史意识》;赖伯疆的《美国华人英文文学的世纪历程》。

《海内与海外》第12期发表冯秋子的《新荷崭露头角——访欧洲第一份中文杂志〈荷露〉华裔女作家林湄》。

《电影文学》第12期发表李建华的《由中西文化冲突看国产电影的发展》。

《戏文》第6期发表严迟的《宽广的现代戏之路——省文化厅赴河南考察现代戏创作》。

《徐州师范大学学报(哲学社会科学版)》第4期发表李伟的《张承志小说的审美观照》;宋丹的《女性权力中心繁衍的生命形态——赵本夫长篇系列小说〈地母〉解读》。

16日,《人民日报》发表许柏林的《新繁荣·新局面·新贡献——近年文艺工作述评》;张迈曾的《仰山之高 依水之长——〈山高水长〉一书读后》;仲呈祥的《警惕艺坛媚俗文化泛滥》;杨政的《大块假我以文章——读散文集〈阅读大西北〉》;张贺的《报告文学:真实性与思想性并进》。

18日,《文艺报》第189期发表本报编辑部的《新世纪文学艺术界的盛会——祝贺第六次全国作代会、第七次全国文代会胜利召开》;胡殷红的《笑说"长江后浪推前浪"——拜访老诗人臧克家》;金永兵的《马克思主义文艺理论的新境界——学习江泽民文艺论述的体会》;张永清的《从虚拟技术的角度看视觉文化的美学意味》;李玉英的《白色土的倾诉——读胡辛〈陶瓷物语〉有感》;李建东、高国新的《大气磅礴改革颂——评师咸卿新著〈沧海横流〉》;贝佳的《喜看广西良好文学氛围》。

《文汇报》发表傅庆萱的《〈空镜子〉有戏——观众称赞这部都市生活电视剧内涵丰富》。

《中国青年报》发表青文的《时代伟业提供创作沃壤 优秀作品展现宏大气

象》;绍俊的《作家协会"动作"起来》。

19日,《文艺报》第190期发表江泽民的《在中国文联第七次全国代表大会、中国作协第六次全国代表大会上的讲话》;刘锡庆的《散文、杂文创作成果的检阅——我观第二届"鲁迅文学奖"·散文、杂文获奖作品》;雷达的《对一种伟大金融传统的复活与叹惋——读成一〈白银谷〉》;金岱的《蝙蝠:创作的个性与自由的象征——从〈快活的蝙蝠〉所想到的》;巴金的《新世纪的祝愿——中国文联第七次全国代表大会、中国作协第六次全国代表大会开幕词》。

《中国青年报》发表刘武的《文艺:站在新世纪门口——第七次文代会开幕侧记》;徐虹、曲志红的《六七十年代作家群"芳容"初露》。

《光明日报》发表许柏林的《沐浴着党的阳光——回顾党的三代领导集体对文艺界的关怀》;本报编辑部的《历届文代会介绍》、《历届作代会介绍》;耿少波的《国产动画呼唤创新意识》;李铁成的《活着与写作》;谌强的《小剧场歌剧探索歌剧大市场》;蒋述卓的《玄学和文学的两次对话》。

20日,《文艺报》第191期发表江湖的《开创新世纪社会主义文学事业新局面——金炳华作中国作协六届全委会工作报告》;吴泰昌的《怀念〈文艺报〉的创始人——盛会之际忆茅公》;王强的《数字化艺术时代的来临》;贝佳的《民间的学术价值》。

《文汇报》发表孙健敏的《文学需要最大程度老实》;江胜信、唐斯复的《为人民创作更多精品——文代会代表为繁荣新世纪文艺献策》;傅庆萱的《是正剧,还是戏说?——电视剧〈康熙王朝〉引发争议》。

《文学报》发表江泽民的《在中国文联第七次全国代表大会、中国作协第六次全国代表大会上的讲话》;崔道怡的《解释春风无限恨——高嵩〈马嵬驿〉读后》;巴金的《新世纪的祝愿——在全国第七次文代会、第六次作代会上的开幕词》;邬焕庆、曲志红、沈路涛的《满园春色阅不尽——我国文学艺术事业呈现繁荣发展新格局》。

21日,《人民日报》发表文一的《回眸90年代中国影坛》。

《文艺报》第192期发表孙武臣的《贴近百姓的〈派出所的故事〉》;胡殷红的《回族作家查舜带来一部险些毁掉的作品〈青春绝版〉》。

22日,《文艺报》第193期发表高小立的《西部本土文学艺术家正在行动》;纳杨的《让民间文学研究走出困境——专家学者谈民间文学研究的生存学科地位问题》。

《文汇报》发表刘绪源的《纯文学与"娜拉"》；周政保的《于荒诞中见人生本相——读张炜的长篇新作〈能不忆蜀葵〉》。

23日，《文艺报》第194期发表江湖的《新世纪文学巨轮从这里起航——中国作家第六次全国代表大会在京胜利闭幕》；程文超的《我看理论创新》；贝佳的《九十年代文学的评估》；颜慧的《新世纪中国文学之魂——六次作代会代表认真学习深刻领会讲话中关于民族精神的论述》；胡殷红的《军旅评论家担忧农村题材的作品》；丁国成的《呼吁设立中国诗歌节》；周玉宁的《批评应有一种虔诚的态度——批评家李洁非访谈》。

25日，《人民日报》发表刘厚生的《川剧〈金子〉为何叫好又叫座》；薛若琳的《继承与创新》；安志强的《唱出人物的心灵》；安葵的《古老剧种的现代魅力》；沈铁梅的《源于生活 化于传统》。

《上海大学学报（社会科学版）》第6期发表吴小丽的《浅论电影艺术批评》。

《文艺报》第195期发表周玉宁的《建设·创新·引导——民族伟大复兴进程中的文艺理论批评》；陈辽的《创新：文学发展的动力》；郭宝亮的《文学理论新思维——读童庆炳〈文学活动的审美纬度〉》；傅恒的《给风土人情加点重量》；吴野的《社会激变中的人性审视》；黄良鉴的《扣人心弦的乡恋情节》；同期，以"通俗文学理论研究与探索（三）"为总题，发表季进的《雅俗合流与大众文化视角》，陈子平的《中国近现代通俗文学史研究回顾与反思》，陈小明的《通俗文学·市民社会·现代性》；同期，以"扶植与苛求——让青年评论家站到前台来"为总题，发表刘锡诚的《批评的起点——艺术感悟——批评家江锐歆的批评》，张皓的《全球化语境中的生态批评》，宁逸的《气象宽阔的地域文化批评》，王山的《批评家的平常心》。

《世界华文文学论坛》第4期发表王宗法的《谈当代台湾文学中的乡愁诗——兼评焦桐的〈大陆的台湾现代诗评论〉》；张奥列的《澳华文学十年观》；何与怀的《"精神难民"的挣扎与进取——试谈澳华小说的认同关切》；辛宪锡的《澳华散文漫笔》；黄雍廉的《新诗：澳华文学的一季风景》；沈国芳的《论东南亚华文微型小说的崛起》；凌鼎年的《构筑海峡两岸极短篇界的桥梁——读台湾张春荣教授的〈极短篇的理论与创作〉》；冯羽的《林语堂与中国闽南基督教》；王韬的《一个漂泊的灵魂——评析〈千山外，水长流〉的主人公形象》；李建东的《沧桑回眸的伤悼——白先勇"感伤"小说管窥》；黄万华的《潜性互动：五十年代后大陆、台湾、香港、海外华文文学的关系》；赵朕的《情叩心扉谱新章——评梦莉散文新著〈我家的小院长〉》；杨新敏的《网络传奇：蔡智恒小说论》；鲍昌宝的《十字街头上的十字架：〈论罗门的都市诗及理论〉》；黄书田的《论痖弦诗歌的意象世界》；庄若江的《文化依恋、文化质疑到文化批判——金庸英雄神话的文化解读》；王尚政的《也曾走过〈灵山〉一段路》；汪毅夫的《隔世之念与隔岸之想——〈文艺春秋〉、范泉、欧坦生及其他》；裴显生的《精卫填海 精神永存——缅怀张超先生》；王盛的《追念张超先生》；张鹰的《涅槃的精卫 不朽的精神——我的父亲张超与世界华文文学》。

《邵阳师范高等专科学校学报》第6期发表阮南燕的《对生命本真的还原和超越——虹影〈饥饿的女儿〉解读》。

26日，《光明日报》发表林希的《文学的母语天地》；匡钊的《生态批评》。

27日，《文艺报》第196期发表张东的《重大革命历史题材影片寻求新突破》；齐殿斌的《治治影视片的"狂症"》；傅谨的《冷眼旁观京剧节》；廖奔的《历史学家对待"戏说"一法》；郑凤兰的《影视剧人物塑造的误区与观众审美情感认同的错位》；梁光弟的《让先进文化之光照亮荧屏》；杜高的《善待生命 永不放弃——电视剧〈永不放弃〉观后》；易学钿的《坚毅而执著的雷剧女杰——写在林奋进京演出》；齐斌的《都市言情剧："婚外恋"的赞歌?!》。

《文学报》发表曲志红的《中国作协代表大会的回声——国运兴 文运兴》；王晓玉的《观众看的是电视剧——漫谈历史题材的影视剧创作》。

28日，《文艺报》第197期发表冯振翼的《时代的需求与文体的创新》；柯可的《文象辉映 情景交融》；颜纯钧的《图像时代的文学样式》；李冬青的《窥视者说》；盖生的《摄影文学审美取向之我见》。

《湖南大学学报（社会科学版）》第4期发表章丽萍、孙秀丽的《民族心灵在历史性转型期的写真——论王旭峰〈南方有嘉木〉的人物系统工程》。

29日，《文艺报》第198期发表胡殷红的《报告文学怎样与时俱进》；易舟的《纯文学园地的守望者——访两位文学杂志主编》；木弓的《薪火相传，继往开来的民族精神》；孙文宪、邵滢的《直面现实——马克思主义文艺理论发展的动力与源泉》；陈墨的《无人信高洁 谁为表予心》；周娅的《少鸿：都市里的耕者》；姜耕玉、邹风江的《又一朵芳香浓郁的乡土之花》；木弓的《〈孙中山〉这出戏太粗糙》；

胡平的《悬疑氛围中〈狭路相逢〉》;洪三泰的《我试图走出诗歌的藩篱》。

30日,《人民日报》发表王剑冰的《2001年散文创作随想》;张德祥的《艺术观念仍须更新》;少波的《诗化的历史——读长篇小说〈打捞光明〉》;杜英姿的《广东文艺:把握时代 关注生活》。

《肇庆学院学报》第4期发表古远清的《香港文学中的"沙田文学"》。

《修辞学习》第6期发表李桦的《张晓风散文的语言魅力》。

《中国韵文学刊》第2期发表陈子波的《纪台湾诗钟源流》。

本月,《中国文学研究》第4期发表胡良桂的《文学的人类性、世界性及其与民族性、时代性的关系》;林华瑜的《暗夜里的蹈冰者——余华小说的女性形象解读》。

《戏剧艺术》第6期发表张振华、秦玉兰的《电影美学:步入新世纪的困惑》;潘秀通、潘源的《电影话语创新:始于观念冲破樊笼》。

《剧本》第12期发表孙燕的《审美的主流批评与大众的非主流批评》。

《剧影月报》第6期发表梅雨的《当代情感类型影视剧透视》;彭耀春的《话语的建构——评胡星亮〈中国话剧与中国戏曲〉》;李志明的《反腐倡廉作品的另一视角——电影文学剧本〈正道沧桑〉读后》;钱爱东的《谈电视剧〈大地儿女〉的人物塑造》。

《清华大学学报(哲学社会科学版)》第6期发表许子东的《二十世纪九十年代香港小说与"香港意识"》。

《漳州师范学院学报(哲学社会科学版)》第4期发表许建生的《台湾乡土文学文献的开发与闽台文化交流》。

《台湾研究集刊》第4期发表朱双一的《从新殖民主义的批判到后殖民论述的崛起——1970年代以来台湾社会文化思潮发展的一条脉络》。

《厦门广播电视大学学报》第2期发表庄钟庆的《东南亚华文文学史研究中的一些问题》。

本月,中国社会科学出版社出版杨飏的《90年代文学理论转型研究》。

学林出版社出版张柠的《飞翔的蝙蝠》,王润华的《华文后殖民文学:中国、东南亚的个案研究》,耿占春的《中魔的镜子》。

三联书店出版张新颖的《20世纪上半期中国文学的现代意识》。

宁夏人民出版社出版马丽蓉的《踩在几片文化上:张承志新论》。

花城出版社出版李运抟的《中国当代文学的文化旅程》。

海峡文艺出版社出版吴励生的《论操作与不可操作：王小波小说讨论并致友人》。

海天出版社出版崔道怡的《水流云在》。

福建教育出版社出版管宁的《小说家笔下的人性图谱：论新时期小说的人性描写》。

大象出版社出版王彬彬的《文坛三户：金庸、王朔、余秋雨：当代三大文学论争辨析》。

北京出版社出版洪子诚主编的《当代文学研究》。

九州出版社出版赵遐秋、曾庆瑞的《"文学台独"面面观》。

本年

《海峡》第3期发表林滨的《回忆的意义——钟怡雯散文的一个特性》。

《海峡》第5期发表刘小新的《海外文界的异数——论马华作家林幸谦的创作》。

《华文文学》第1期以"第十一届世界华文文学国际研讨会暨第二届海内外潮人作家作品国际研讨会论文选辑"为总题，发表张炯的《开拓世界华文文学研究的新局面》，饶芃子的《面向21世纪的华文文学——在第十一届世界华文文学国际研讨会暨第二届海内外潮人作家作品国际研讨会上的学术引言》，许世旭的《华文文学希望跨越民族界线》，黄赞发的《试论潮人文化特征与诗歌创作》，林伦伦的《多种语言和多元文化对华文文学创作的影响》，钱超英的《澳大利亚：英语世界中的新华人文学——一个概略的考察》，郑振伟的《诗歌和迷宫——黄国彬的诗歌创作》，王璞的《论香港的专栏文学》，刘华的《千禧年的盛会——第十一届世界华文文学国际研讨会暨第二届海内外潮人作家作品国际研讨会综述》；以"白先勇创作国际研讨会论文选辑"为总题，发表山口守的《白先勇小说中的乡愁》、黄宇晓的《追寻自我的历程》,朱双一的《白先勇与延续于台湾的"五四"新文学传统》,吴爱萍的《男权社会的"他者"——也谈〈台北人〉女性形象》,刘俊的《白先勇研究在大陆:1979—2000》;刘俊峰、赵顺宏的《白先勇创作国际研讨会综述》。

《华文文学》第2期发表费勇的《叙述香港——张爱玲〈第一炉香〉、白先勇〈香港——1960〉、施叔青〈愫细怨〉》;刘红林的《试论台湾女性主义文学中的男性形象》;李俊国的《东南西北人 天地一书囚——潘铭燊散文论》;李建东的《人间多难鬼亦诚——呼啸与〈死亡弥撒〉》;池上贞子的《失落的时机——白先勇与张爱玲》;黄耀华的《台北人的历史叙事及文化身份认同》;许文荣的《挪用"他者"的言说策略——从殖民话语到后殖民话语的马华文学》;石鸣的《一个人文主义者的漫步——读林高〈被追逐的滋味〉》;凌逾的《试论〈酒徒〉的实验特色》;托娅的《粉墨人生话悲凉——读郭良蕙的长篇小说〈焦点〉》;马骏的《试析古龙作品中的"大丈夫"人格理想》;周志强的《民族认同的狂想与英雄神话的升腾——论萧峰形象的文化蕴涵》;朱鸿召的《开向廿世纪中叶港台社会的窗口——周天籁散文随笔编选后记》。

《华文文学》第3期以"菲律宾华文文学研讨会论文专辑"为总题,发表刘登翰的《文化传承:菲华文学发展的动力》,余禺的《火的命运与指向》,季仲的《菲华小说艺术的旗帜》,喻大翔的《菲华散文的艺术成就及其地位试估》,朱双一的《天马·海风·新青年——1930年代菲华期刊的若干资料》,袁勇麟的《新世纪菲华文学:坚守与突围——首届菲律宾华文文学研讨会综述》;同期,发表黄万华的《海外中国:传统的创造性转换》;蔡沧江的《菲律宾华人文化与华文文学概说》;陈瑞琳的《风雨故人,交错彼岸——论张翎的长篇新作〈交错的彼岸〉》;钱虹的《重温"最后的一抹繁华"旧梦:白先勇笔下的上海背景》;彭耀春的《伤逝——论白先勇的〈游园惊梦〉》;燕世超的《生命意义的剥离》;施建伟、王玲玲的《一个孤独的寻梦者》;梁鸿的《从性的成长史看女性的命运:试析李昂小说中的性意识》;陈辽的《以"代"的新视角研究台湾文学:读〈近二十年台湾文学流脉〉》;古远清的《王敬羲小说的异质性》;郝志达的《文化之旅 精神家园的挚热追寻——读胡仄佳〈风筝飞过伦敦城〉》。

《华文文学》第4期发表方维保的《论苏雪林小说的儒家文化意蕴》;杨茜的《陈映真的文化忧郁症》;刘艺林的《论台湾现代派诗歌的传统文化内涵》;刘海霞

的《自我意识的回归——台湾50年代以来女性文学发展的基本轮廓》；徐国能的《十年磨一剑：论陈大为诗作〈在南洋〉》；翁奕波的《20世纪五六十年代泰华社会的历史长卷——论〈破毕舍歪传〉和〈风雨耀华力〉》；张晓平的《司马攻散文二题》；陈鹏翔的《论韦晕的中长篇小说》；路文彬的《古典情怀与现实疏离——钟晓阳小说情感叙事论》；贾丽萍的《娱乐文化与美学转型——金庸现象再研究》；吴爱萍的《批评的缺席——也谈金庸小说的艺术价值》；卫景宜的《西方语境的中国故事——论美国华裔英语文学的中国文化书写》；钱超英的《"诗人"之"死"：一个时代的隐喻——1988—1998年间澳大利亚新华人文学中的身份焦虑》；莫嘉丽的《80年代以来澳门小说的文化品格与审美指向》；李若岚的《世纪末的华丽——三个女性文本中的服装哲学》。

2002年

2002年

1月

1日,《文艺报》第1期发表冯秋子的《青年作家:我们离大家有多远》;肖麦青的《在革命历史富矿中挖出真金》;刘颋的《报告文学〈极限,在这里延伸〉暨创"民意无盗"工程研讨会在京举行》;束沛德的《新景观 大趋势——世纪之交中国儿童文学扫描》;张迎兵的《与飞舞的歌声相遇》;陆贵山的《一体・多样・主导——中国当代的文化格局》;郝雨的《在智慧的天地探胜与遨游——评田建民著〈钱钟书作品风格论〉》。

《长江文艺》第1期发表朱勇慧的《选择写作是一种需要》;陈美兰的《木兰湖畔的思考——湖北的文学批评怎么了?》;刘诗伟的《应当阻扼的逆文学流向——关于"另类文学"与"亚文学"的探究》。

《名作欣赏》第1期发表吴周文的《表现"人性恶"的现代寓言——残雪〈索债者〉赏析》;李林荣的《〈许三观卖血记〉:一个关于用生命抵押幸福的寓言故事》;徐敏的《精神成人式:对〈许三观卖血记〉的叙事学分析》;相福庭的《承受生命之轻——余华〈活着〉解读》;张德明的《诘问与哀悼中的生命警示——读余光中新诗〈九月之恸〉》;钱学武的《诗中异品:戏剧化独白——余光中〈与李白同游高速公路〉赏析》;古继堂的《析评郑愁予三首爱情诗》;钱虹的《仓颉的灵感不灭,美丽的中文不老——读余光中〈听听那冷雨〉兼谈其散文的诗性表述》。

《诗刊》第1期(上半月刊)发表严阵的《诗是不是真的死定了》;孙建军的《生命的歌唱——靳晓静近期诗歌创作简评》;孙静轩的《一个悲剧诗人的一生——祭奠诗人王志杰》;梁笑梅的《点击诗歌》;冬婴的《诗坛多面观》;周志强的《诗歌是被消费的吗?》;彭金山的《形式建设——一个重新提起的话题》。

《作家杂志》第1期发表朱竞的《透视知识分子的世纪体验——访陈骏涛、费振钟、徐岱》;皮皮、程永新的对话《与西藏有关》;王彬彬的《恐怖曾是我们的生活方式》。

《钟山》第1期发表谢有顺的《余华的生存哲学及其待解的问题》。

《解放军文艺》第1期发表莫言的《战争文学随想》;尤凤伟的《战争・苦难・生存》。

2日,《小说选刊》第1期发表郎伟的《偏远地区的文学新军》;李敬泽的《生于1964——说说毕飞宇》。

《光明日报》发表周兴陆的《20世纪文学学术史研究也须从文献做起》。

《新剧本》第1期发表张先的《感受2001年的戏剧创作》;解玺璋的《话剧的原创能力都蒸发了吗?》。

3日,《文艺报》第2期发表易舟的《〈在文学馆听讲座〉引起关注》;秋枫的《是真名士自风流——近读沈鹏》;燎原的《他从阿尔泰山地归来》;沈奇的《书品乱弹》;汪献平的《悲剧的意义》;刘平的《"功夫"应用在"戏"上》;孙焕英的《用玉帛掩干戈:危险的创作模式》;陆泰的《昆剧急需革新》;姜耕的《危言耸听 哗众取宠——读〈戏剧面临信誉危机〉一文后所想到的》;李仲才的《从大众化走向分众化——关于21世纪戏曲市场的思考》;曹保印的《鲁迅的英名,作酒还不够》;高小立的《张扬,别忘了善与美》;冯丽、邹成文的《大篷车上的戏,好看!》。

《文学报》发表奚同发的《文学豫军有了新"掌门"》。

4日,《文汇报》发表商友敬的《名人后代早成名?——有感于作家子女频频出书》。

5日,《大家》第1期发表王干的《那山、那水、那人——胡廷武散文的意趣》;格非的《小说讲稿:〈都柏林人〉》;南帆、谭华孚等的对话录《传媒链接小说:网络文学的革命》。

《文艺报》第4期发表胡殿红的《〈十月〉的精神——访〈十月〉主编王占军》及《创新是继承的必然发展——访云南人民出版社总编胡廷武》;木弓的《说本世纪第一年》;张东焱的《为近期小说家诊脉》;蒋晓丽的《思想认识倒退与价值判断错乱》;温洁霞、范尊娟的《用当代意识解读历史文本》;彭子柱的《歌声穿越爱的窗口》;许谋清的《中国连环画的黄金时代》;李建东的《作家与城——漫评陈瑞统的〈泉州情节〉》;颜慧、赵晓真的《图书装帧艺术的知识产权应该得到切实保护》;杨永德的《书籍的文化一体——书籍内容与装帧的文化同一性》。

《电影艺术》第1期发表穆德远、齐星、付彪、陈刚等的《2001年国产新片创作座谈会》;谭政对戈治均的访谈录《演员其实在演自己的积累》;申少峰的《近年中国电影中的叙述游戏与话语表达》;马宁的《中国电影可能存在的困惑》;战萍对杨亚洲的访谈录《根植于真实的生活土壤》;张卫平的《在合作中理解郑大圣》;吴天戈的《写在〈第十三个名字〉拍摄之后》;王玉梅的《在〈情归天尽头〉中演"娘"》;

于丽娜的《迷惘与冷酷的都市寓言——王家卫与杨德昌电影对比》;范文含的《王家卫电影之摄影造型》。

《花城》第1期发表邵建的《"后人民时代"》;陶东风、李松岳的《从社会理论视角看文学的自主性》。

6日,《人民日报》发表李准的《继承与创新的指南》;张炯的《加强文艺理论和评论的创新》;廖奔的《民族复兴与文化复兴》;曾镇南的《文艺是民族精神的火炬》;陆天明的《时代的反叛和文学的突破》;滕云的《文艺也要与时俱进》;张宏森的《根植于生活的沃土》。

《书屋》第1期发表枕戈的《海子论》。

8日,《文艺报》第5期发表王山的《应对挑战:文学期刊别无选择》;本报编辑部的《〈台湾新文学思潮史纲〉出版座谈会在京举行》、《把女性的视野投向更广阔的社会——四位女作家新作引起研讨》;白草的《瞬间的辉煌——读红柯长篇小说〈西区的骑手〉》;安武林的《始于经典止于经典》;王毅的《怎么"看"怎么不是——读姜耕玉先生〈"看"的视角:诗与思〉》;曹廷华的《乡土气与文人气——读冉庄的散文集〈情之缘〉》;杨曾宪的《21世纪是中国文化的世纪吗?——评20世纪末新"化西"论》;陈圣生的《重新发现叔本华的价值——谈金惠敏的〈意志与超越——叔本华美学思想研究〉》;赵文书的《这是一种新东方主义——华裔美国文学中的中华文化与东方主义》;张子清、雷祖威的《华裔美国文学中的族裔性——二十年的族裔争论,成为当代美国文学的显著景观》。

《文汇报》发表傅庆萱的《反角描写落入新套路——正在播出的电视剧〈黑洞〉引起议论》。

《芙蓉》第1期发表王弘治的《在消费中等待》;林舟的《走不出的圈》(评论何小竹的小说《圈》);马策的《鱼戏莲叶间——并以此纪念我的网络诗生活两个月零三天》。

9日,《民族文学》第1期发表索洛的《五十年青海当代藏文文学刍议》;邹建军的《论晓雪抒情诗对民族风格的建构》。

《光明日报》发表王蒙的《全球化浪潮与文化大国建设》;肖海鹰的《"帝王之道"与"世人情怀"的激烈冲突——〈康熙王朝〉编剧朱苏进谈康熙形象》。

10日,《文艺报》第6期发表王正的《一个容易被人误解的戏剧人》;温志航的《桂湖热土埋"漂泊文豪"——写在艾芜墓前》;耿文婷的《"请你多给她一点爱"——亟待理性关怀的春节联欢晚会》；马振方的《〈康熙王朝〉硬伤多》；敦白的《探索无止境——兼评〈康熙王朝〉等三部电视剧》。

《中州学刊》第1期发表吴投文的《沈从文与"京派""海派"论争》；张玉娟、马晓俐的《寻找的悲歌——〈城堡〉与〈海的诱惑〉主题意境之比较》；杨新涯的《人间诗情肺腑来——评陈奎元〈蓝天白雪集〉》。

《文学报》发表陆梅的《时代的英雄主义不能丢》；杜晓英的《把智慧投入到写作中去——访中国作协副主席、陕西省作协主席陈忠实》；黄国荣、石一龙的《关于21世纪军事文学的对话》；闻文的《关注中国现代诗的出路》。

《中国社会科学》第1期发表朱寿桐的《论中国现代文学的伟大传统》。

《中篇小说选刊》第1期发表麦家的《经验和恐惧的产物》；谈歌的《关于〈商敌〉》。

《电视·电影·文学》第1期发表黄亚洲与唐明生的对话《重要的是要好看——关于主旋律题材创作的思考》。

《江海学刊》第1期发表张桃洲的《20世纪中国新诗话语研究》；周仁政的《"后期京派"与20世纪30年代的文艺论争》；贺仲明的《论20世纪40年代中国文学中的传统主题》；程小牧的《自律与形式：看待现代主义的一种角度》。

《苏州大学学报(哲学社会科学版)》第1期发表姜贞爱的《〈日出〉与基督教精神》；石杰的《王充闾散文中的文化悖论》。

《浙江大学学报(人文社会科学版)》第1期发表徐亮的《泛文学时代的文艺学》；吴秀明的《文化转型语境中的历史叙事与本体演变》；范志忠的《新时期历史题材小说叙述范式的转型》；黄擎的《论当代小说的叙述反讽》。

《理论与创作》第1期发表曾镇南的《中国20世纪90年代以来的长篇小说——在美国明德学院的讲演稿》；王剑冰的《2001年中国散文创作漫谈》；朱小平的《20世纪湖南女性文学的整体轮廓及女性意识的流变》；张韧的《世纪告别——文学几个规律性现象的思索》；欧阳友权的《靠什么构建文艺学当代形态——评〈文学原理〉的治学方法与创新价值》；张恒学的《深刻、独到的人生、社会体悟——读廖静仁的散文》；刘戈的《对共和国土地的深情关注》(谈邓宏顺的小说创作)；盛夏的《人民共和国的脊梁——评向本贵新著〈遍地黄金〉》；韦平的《湘楚文化与五溪文学及其它》。

11日,《文艺报》第7期发表于烈的《摄影文学：大有作为的学术研究处女地——岳阳师范学院摄影文学研究所所长余三定访谈录》。

12日,《文艺报》第8期发表易舟的《各地作协显神通》;木弓的《失误在哪里?》;胡殷红的《学习讲话明方向 〈人民文学〉姓人民》;杨万柱的《当前重建艺术审美理想的问题》;葛辉文的《诗质人生》;吴文科的《透过云翳绘曙光》;贾磊磊的《风雨情缘重别离——中国革命电影的经典叙事程规》;李果的《华君武与〈华君武〉》;申霞艳的《黄树森与岭南文化——读〈黄树森手记〉》;崔道怡的《唯一的这〈一天〉》;姚建国的《为传统艺术注入现代活力》;马儿的《写作者的语言文字与人格力量》;王学海的《能出好作品?》。

15日,《人民日报》发表宋宝珍的《小剧场戏剧往哪儿去》;张德祥的《大炒"幕后"何益》。

《中山大学学报(社会科学版)》第1期发表文天行的《论抗战文化的基本特征》。

《文艺报》第9期发表杜晓英的《这是一片壮观的森林》;刘颋的《常态的王安忆 非常态的写作——访王安忆》;迟子建的《小说的气味》;于波的《坚守与寻觅——读〈腼腆的桥上求爱〉》;邢建昌的《来源于对人生境况的深层关怀——对文学理论创新的一点思考》;满兴远的《直面当下人生,走向实践诗学——"人的全面发展与文学建设学术研讨会"综述》;李鸣生的《作家:制造"精神钙片"的个体户》;同期,以"创新:永远的跋涉"为总题,发表王安忆的《生长出美好的小说》,贾平凹的《新的兴趣所在》,韶华的《疾风和筛子》,何玉茹的《冬季的聚会》,程青的《另一种跋涉》,王芫的《一个人能走多远》。

《文学评论》第1期发表刘祥安的《别一种抒情——论戴望舒诗歌的意义》;刘洪涛的《〈边城〉:牧歌与中国形象》;范家进的《赵树理对新文学的两重"修正"》;苏春生的《简论"战国策派"文化主义的文学批评理论》;倪文尖的《上海/香港:女作家眼中的"双城记"——从王安忆到张爱玲》;姚晓雷的《故乡寓言中的权力质询——刘震云故乡系列小说的主题解读》;马振方的《历史小说创作基本功刍议》;汤哲声的《论九十年代中国通俗小说》;李衍柱的《文学理论:面对信息时代的幽灵——兼与J·希利斯·米勒先生商榷》;王钦峰的《论处于全球化外围的文学与文学研究》;朱晓进的《独特视角关照下的文学创作思潮——评〈中国现代文学主潮〉》;王嘉良、范越人整理的《"中国现代文学研究学术生长点研讨会"综述》;高波整理的《"新理性精神与文学研究方法论全国学术研讨会"综述》。

《云南民族学院学报(哲学社会科学版)》第1期发表赵联成、张仙权的《跨文体写作成因论》。

《书屋》第1期发表张曦的《诗人档案：从路易士到纪弦》。

《天涯》第1期发表韩少功的《进步的回退》(讨论现代主义与古典主义)；李公明的《谁还愿意与苦难发生联系？》；余华的《小说的世界》(此文为余华2001年9月13日在北京大学"子民论坛"讲演记录稿，鲁太光整理)。

《北方论丛》第1期发表徐妍、崔海燕的《生命的世俗沦陷——"第三代"诗人生命哲学析疑》；王金城的《理性处方：莫言小说的文化心理诊脉》。

《社会科学辑刊》第1期发表姜国忠的《金庸小说魅力散论》。

《电视研究》第1期发表李经的《历史人物的诗化重塑——试析〈阮玲玉〉视听语言的特色》；钱霄峰的《重审女性建构的世界——〈情深深　雨蒙蒙〉的另类解读》。

《当代电影》第1期发表林洪桐的《呼唤"演员时代"的回归——表演艺术忧思录》；黄军的《以"出世"精神办好"入世"的事业——兼谈儿童电影的出路》；张东的《全球化语境下中国军事电影态势随想》；周星的《论走向新世纪中国电影的艺术创新问题》；张煜、丁一岚对李欣的访谈录《用另一种方式看电影》；围绕"电影《花眼》"，发表胡克的《徘徊在实验与市场之间》，郑洞天的《雾里看花——〈花眼〉试解》，林洪桐的《多元风格与演员的应变力——〈花眼〉引发的话题》，梁明的《对电影〈花眼〉影像造型语言的凝视》，姚国强、甘凌、李理的《青春呓语——斑驳陆离的失真年代》，邓光辉的《新电影的惑与爱——〈花眼〉的文化姿态》；同期，发表任殷的《军人的风采——〈高原如梦〉观后》；丁一岚的《〈明亮的心〉：穿越都市》；李道新的《历史·文化与个体·尘世——夏钢影片〈玻璃是透明的〉评析》；陈宝光的《青春心灵　美的电影——看〈一曲柔情〉》；虞吉的《为着好看走到底——〈走到底〉观后》；陈旭光的《主体意识、"现代性"反思、纪实的"表现"和"抽象"——关于宁瀛的〈夏日暖洋洋〉》；张伯存的《〈刮痧〉的文化分析》。

《华东师范大学学报(哲学社会科学版)》第1期发表方克强的《开放性：文学现代性的标尺》；林伟民的《试论左翼文学关于创作方法理论的探索》。

《江汉论坛》第1期发表李运抟的《当代长篇小说：从"大合唱"到"个人独奏"的演变》；韩莓的《20世纪中国女性都市小说回瞻》。

《齐鲁学刊》第1期发表朱德发的《勘探"人民文学"的"现代人学内涵"》；王

学谦的《精神创伤的升华——鲁迅"改造国民性"思想形成的心理因素》;符杰祥的《左翼浪漫文人人格精神之反思》;潘皓的《无法超越的自我——论知青文学的叙事策略及其不足》;张隆海的《全球化时代的文化观与文学观》。

《社会科学研究》第1期发表丁晓原的《召唤启蒙:走向自觉的新时期报告文学》;支宇的《文学研究的理论前沿与前进方向——四川省文学研究界"'三个代表'与文学研究学术研讨会"综述》。

《社会科学辑刊》第1期以"全球化语境中的文化、文学与人"为总题,发表H·米勒的《作为全球区域化的文学研究》,童庆炳的《全球化时代的文学和文学批评会消失吗?——与米勒先生对话》,钱中文的《文化、文学中的现代性与后现代性问题》,乐黛云的《全球化语境中的多元发展》,陈雪虎的《从当代语境回望章太炎的"文学复古"》;同期,发表姜国忠的《金庸小说魅力散论》。

《学习与探索》第1期专栏"当代文艺理论与思潮新探索"发表张韧的《世纪告别——文学规律性现象的思索》,李运抟的《论新时期文学三大批判》;同期,发表沈检江的《优美地说出全新的诗意》。

《诗刊》第1期(下半月刊)发表杨晓民的《我关注的三个诗学问题》;立虎的《寄居都市的乡村歌者》(讨论杨晓民的诗);蓝野的《一份关于诗歌状态的问卷和一次研讨会》;邵燕祥的《写在新诗边上》;马俊华的《"前古典派"可以杀毒》;蓝野的《四面八方的诗歌——关于一本未出版的书的电话访谈》。

《学术论坛》第1期发表王天保、曾耀农的《从政治话语到文化政治——近20年来文论界对文学意识形态性的辨识》。

《南方文坛》第1期发表《〈南方文坛〉2001年度优秀论文颁奖》、《"今日批评家"的今日批评——〈南方文坛〉"今日批评家"研讨会综述》;同期,发表王光东的《十七年小说中的民间形态及美学意义——以赵树理、周立波、柳青为例》;陈思和的《关于〈现代·浪漫·民间〉》;聂伟的《可贵的局限——兼论王光东文学批评实践的理论形态》;张桂林的《当代小说的双重性》;王干的《重新回到当代——2001年中短篇小说述评》;陈晓明的《逃跑的童话——杨映川小说的反现代性取向》;洪治纲的《欲望时代的都市冒险——杨映川小说论》;李建军的《陶醉的权利与胡说的自由及其他》;郝建的《艺术大奖:游戏公正和游戏好玩》;陈定家的《一项相当于金字塔塔顶的学术工程》;谭五昌的《为中国当代文学"留住""经典作品"的成功尝试——评〈20世纪末中国文学作品选〉》;徐岱的《游戏二种:论徐坤与皮皮的小说创作》；张志忠的《现实主义文学的新启示——兼评〈痛失〉和〈英雄时代〉》；江建文的《论主旋律题材的电视剧创作——从〈红岸——邓小平在1929〉等三部电视剧说起》；顾骧的《我与晚年周扬——20世纪80年代一桩文坛公案的前前后后》；文波的《近期文坛热点：评说"鲁戏"与重说鲁迅》。

《复旦学报（社会科学版）》第1期发表王润华的《一轮明月照古今：贯通中国古今文学的诠释模式》；谈蓓芳的《由李金发的〈弃妇〉诗谈古今文学的关联》；曹京渊、王淑芹的《从女权主义批评看修辞理论的重建》。

《思想战线》第1期发表黄健的《中国美学的"内省"与西方美学的"忏悔"——中西审美意识比较》。

《福建论坛·人文社会科学版》第1期发表李春青的《文学理论的"自性"问题》；陈太胜的《走向后现代的文艺学——兼谈当代西方的几本文艺学教材》；魏家川的《文艺学学科定位与文学理论教改》；朱水涌、詹迎春的《2001年当代文学研究与批评》；黄鸣奋的《非线性传播与文学的历史发展》；庄陶的《当代小说作者的身份问题和理论盲点》。

16日，《文艺争鸣》第1期发表钱理群的《鲁迅：远行以后（1949—2001）》；张景超的《历史的延伸》；何言宏的《"人民"认同的历史重省——"文革"后知识分子身份认同的历史性源起研究之一》；专栏"世纪体验——一个编辑与一百个学者的对话"发表朱竞的《世纪体验——一个编辑与一百个学者的对话》，徐中玉的《大浪淘沙　才见真金》，钱谷融的《人·正直·真诚》，黄修己的《20世纪的欢乐和悲伤》；同期，发表陈跃红的《文本：在网络空间狂欢》；蒋泥的《感受电脑与网络时代》；郭俊玲的《技术与艺术的对话——"高新技术产业化时代文艺的发展"学术研讨会综述》；卢燕青的《〈黑客帝国〉——e时代的"真实"谎言》；刘川鄂的《"池莉热"反思》；邢小利的《倾诉与忏悔——读吴宴哼的长篇小说〈起诉自己〉》；尹鸿、萧志伟的《危机与生机：好莱坞与中国电影》；赵勇的《在商业、政治与艺术之间穿行——冯氏贺岁片的文化症候》；朱卫兵的《"新的民众的戏剧运动"——左翼戏剧大众化的历史反思》；陈太胜的《新历史观和现代文学史的重写》；王光东的《在民间与启蒙之间——"五四"时期周作人的民间理论》；黄发有的《文学期刊与90年代小说》。

《中国人民大学学报》第1期发表李文海、颜军的《走向现代化的必由之路——纪念辛亥革命90周年》。

《光明日报》发表梁若冰的《文学刊物如何走出困境——〈十月〉成功的启示》；王充闾的《意匠生风巧运斤》；古远清的《世界华文文学》；常晶的《为世纪文学存档——春风文艺出版社推出〈21世纪中国文学大系〉》。

17日，《文艺报》第10期发表高小立的《作家怎样"卖"小说？》；任忆的《观众喜欢什么样的历史剧？》；于平的《走向舞剧：陈维亚的眺望跋涉》；王乾荣的《十妖八魔之外的鬼》；金兆钧的《战国入春秋——2001年中国音乐文化一瞥》；宋宝珍的《警惕："趣味"戏剧的浅俗化倾向》；陈培仲的《滇派京剧的又一力作——简评〈凤氏彝兰〉》；廖奔的《戏说"戏说"》；同期，以"陈映真小说《忠孝公园》评论专版"为总题，发表赵遐秋的《意在启蒙》，曾庆瑞的《严峻清理精神上的荒废》，樊洛平的《陈映真的文学再出发》，刘红林的《〈忠孝公园〉读后》，阎延文的《历史悖论与精神救赎》，黄涛的《文化归属的反省与追问》，石一宁的《对历史与现实的新反思》，沈庆利的《关于〈忠孝公园〉四个层面的解读》。

《文学报》发表陆梅的《新世纪儿童文学需要大气象》；徐林正的《著名散文家周涛日前在中国现代文学馆演讲时语出惊人——我的诗歌比散文写得好》；陈辽的《文学遭遇"情色"的风景》；杨黎光的《文化盘点中的理性叩问——评黄树森先生的文化研究新著》；朱向前、向荣的《享受孤独和梦游——读麦家的小说》；张晓峰的《生与死之间的创造精神》；郝雨的《从"历史叙述"到"人生解谜"》。

《作品与争鸣》第1期发表张培英的《理性的文学叙事》（评戴甲的小说《衣山衣水》）；李非的《清冷如石的生长物》（评张生的小说《来碗米饭》）；遗民的《〈来碗米饭〉的滋味》；朱晓莉的《何处是家园》（评殷殷的小说《远亲》）；刘彦生的《文学的怪胎》（同上）；郝雨的《仇恨的种子未发芽》（评王世孝的小说《出租屋里的磨刀声》）；闫玉清的《文化困境与生存困境》（同上）；冯子礼的《从"冯幺爸"到"老蜗牛"》；史建国的《两种情节的交织与破灭——小说〈坍塌〉的另一种解读》；古耜的《说不尽的切·格瓦拉》；张弘的《谁能代表"七十年代"？》。

18日，《人民日报》发表俞胜利的《〈天下粮仓〉：感受细节的力量》；北窗的《为新版〈大风车〉叫好》。

《文艺报》第11期发表李联明的《摄影文学纵横谈》。

《中国戏剧》第1期发表江泽民的《在中国文联第七次全国代表大会中国作协第六次全国代表大会上的讲话》；范正明的《映山红越开越红——中国第六届"映山红"民间戏剧节述评》；江志涛、晓耕的《〈戏剧奖面临信誉危机〉一文严重失实》;李祥林的《〈都督夫人董竹君〉的舞台意象和性别叙事》;佳佳的《"炼狱"里的贾雨岚——兼谈话剧〈死亡与少女〉》;欧阳逸冰的《关于儿童剧的几个话题》。

19日,《文艺报》第12期发表胡殷红的《铸造民族灵魂 讴歌民族复兴——"民族精神与艺术品格"理论研讨会在杭州召开》;木弓的《好演员别演不好的戏》;赵晓真的《共生互动促进创作与评论的良性循环——王先霈教授访谈》;刘守华的《困境中挣扎的民间文学学科》;王雄的《生命年轮背后的历史意味》;曾庆江的《真性情人与真性情文》;樊宝英的《拓宽中国古代诗学的研究领域》;胡平的《女作家敢闯金三角》;陈思广的《革命后代视野中的革命历史》;同期,以"'民族精神与艺术品格'理论研讨会发言摘要"为总题,发表黄亚洲的《民族精神与新世纪文学组织工作》,许江的《继承、融合和拓展并进》,张浩的《责无旁贷的历史使命》,程蔚东的《与时俱进的理论明灯》,王旭烽的《关于民族精神和艺术品格的思考》,洪治纲的《弘扬民族精神 重塑民族脊梁》。

《文汇报》发表洪治纲的《充满泡沫的长篇写作——我看2001年的长篇小说创作》;何向阳的《本土的坚持——"六十年代人"的乡村写作》。

20日,《人民日报》发表李炳银的《拥抱生活 经世致用——报告文学创作漫议》;仲言的《经济全球化与文化多样性》;徐迅雷的《情感在历史中丰富——读长篇小说〈归宿〉》;栗书丽的《探幽烛微 精研细磨——〈文艺心理学大辞典〉出版》。

《小说评论》第1期发表雷达的《长篇小说笔记之十》;洪治纲的《先锋文学聚焦之十三:时间:自由的选择》;邵建的《误读鲁迅(一)》;田崇雪的《芸娘 莎菲 宝贝——"私人化写作"的风化史》;于展绥的《从铁凝、陈染到卫慧:女人在路上——80年代后期当代小说女性意识流变》;专栏"小说家档案"以"方方专辑"为总题,发表於可训的《主持人的话》,方方的《自述》,叶立文、方方的《为自己的内心写作》,叶立文的《伦理记忆与道德重构》;同期,发表李建军的《小说病象观察之一:趣味的理念及其它》;闻树国的《美女作家与妓女作家》;韩琛的《历史的挽歌与生命的绝唱——论莫言长篇新作〈檀香刑〉》;王春林的《叙述、历史及其它——评成一长篇小说〈白银谷〉》;李洁非的《还原的乡村叙事》;陈骏涛的《追寻"知青人"的精神家园——〈中国知青部落〉三部曲》;同期,以"晓苏《人性三部曲》评论小辑"为总题,发表王泽龙的《俗世的精神与俗世的审美——评晓苏〈人性三部曲〉》,曾军的《苦难及其叙述——评晓苏〈成长记〉》,金立群的《普通的性格深厚的底蕴——评晓苏〈苦笑记〉》，孙妮娜的《一半是海水　一半是火焰——评晓苏〈求爱记〉》；同期，发表尤磊的《余华〈在细雨中呼喊〉的时空结构》；文智的《叙事的情节》。

《四川大学学报（哲学社会科学版）》第1期发表傅腾霄的《文学价值的文化时空结构》。

《中国比较文学》第1期发表李若岚的《有容乃大——评饶芃子的〈比较诗学〉》。

《东方文化》第1期发表范旭仑的《钱钟书诗文遭受的一个灾难——评〈钱钟书集·槐聚诗存〉》；陈平原的《网络时代的传统文化——在中科院自动化所"五四青年文化节"上的讲演》；姚晓雷的《世纪之交：对中国现代性问题的忧思——兼与汪晖等学者商榷》；古远清的《大陆去台作家沉浮录（二）——"为政治而文学"的叶青》。

《东北师大学报（哲学社会科学版）》第1期发表逄增玉、胡玉伟的《进化论的理论预设与胡适的文学史重述》。

《东南大学学报（哲学社会科学版）》第1期发表赵宪章的《论网络写作及其对传统写作的挑战》；陈本益的《论新批评受实证主义的影响及其它相关问题》。

《学术研究》第1期发表黄爱华的《20世纪初期西方现代派戏剧思潮在中国的传播及其影响》；张卫中、江南的《新时期文学创作中方言使用的新特点》；张桃洲的《重提新诗的格律问题》。

《河北学刊》第1期发表邢建昌的《何申小说的意义与局限》；刘文菊的《方方、池莉小说内在特质解读》。

《南开学报（哲学社会科学版）》第1期发表陈千里的《论丁玲、陈染小说的文化内涵》。

《鲁迅研究月刊》第1期发表彭定安的《鲁迅：对于当代中国的意义——为纪念鲁迅诞生120周年而作》。

《北京大学学报（哲学社会科学版）》第1期发表杨俊蕾的《"文化研究"在当代中国》。

21日，《文艺研究》第1期发表孙家正的《重温"百花齐放，推陈出新"的题词精神——在庆祝中国艺术研究院建院50周年座谈会上的讲话》；王文章的《放眼未来　任重道远——在庆祝中国艺术研究院建院50周年座谈会上的致辞》；张浩的《技术之网的反生态倾向与文艺的生态危机》;张荣翼的《高新科技背景下文艺功能的变迁》;董学文的《科技进步与艺术发展矛盾关系断想》;张杰的《信息革命对经典艺术的召唤》;聂远伟的《时代与艺术发展的矛盾》;冯黎明的《新技术革命与新艺术革命》;龚育之的《对科技发展的人文思考》;毛崇杰的《科技腾飞与艺术终结——关于高科技与艺术的几个问题》;聂振斌的《百年中国美学六题》;姚文放的《西方20世纪文学传统论的形式论倾向》;戴登云的《中国镜像:90年代文化研究》;陈荣贵的《转型时期的中国当代文学思潮》。

《湖北大学学报(哲学社会科学版)》第1期发表蔚蓝的《历史理性的审美观照与阐释——论方方的长篇小说〈乌泥湖年谱〉》;熊修雨《论汪曾祺小说的文本意义》。

22日,《文艺报》第13期发表谢光军的《2002年北京图书订货会文艺图书凸现四大看点》;本报编辑部的《〈钢铁是怎样炼成的〉电视连续剧文学本被禁止发行销售》;杨经建的《浮光掠影话长篇》;多杰才旦的《可贵的老西藏精神——读〈雪域放歌〉》;唐傲的《复活的历史——读长篇纪实文学〈共和,1911〉》;萧君和的《中华民族的伟大复兴与中华文艺复兴》;张喜平的《开拓创新与欧洲文艺复兴》;侯伟红的《俄罗斯文坛出现近年第一次强劲小说风》;段丽君的《俄罗斯文学萌生回归欲望了吗?》。

23日,《武汉大学学报(人文科学版)》第1期发表陆耀东的《"五四"时期的鲁迅与传统文化》;孙德喜的《高度理性化的独语——"文革"文学语言论》。

24日,《文艺报》第14期发表丁关根的《按照"三个代表"要求繁荣发展社会主义文艺》;万建中的《社会主义精神文明建设离不开民间文艺》;谭静波的《中国京剧:昂首走向新世纪》;陈恬的《南京的困惑——写在南京第三届中国京剧艺术节之后》;张在云的《写作要严肃　审稿要认真》;朱辉军的《电影:别老想着保护了!》;尚婷的《我们欢迎这样的批评家》;江湖的《海峡两岸学者携手梳理台湾新文学思潮发展脉络——〈台湾新文学思潮史纲〉出版座谈会纪要》;张新秋的《新编京剧应注意的两个问题——〈杜十娘〉观后》;严微的《好戏丛中睹"粮仓"》。

《文艺理论与批评》第1期发表陈晋的《从抗日文化到延安文化——对毛泽东思考和实践新民主主义文化的梳理和分析》;涂邵钧的《身后是非谁管得——读袁良骏先生的〈丁玲:不解的恩怨和谜团〉》;李万武的《物质与精神的"战争"——读刘志钊的长篇小说〈物质生活〉》;刘海波的《悖离民间的尴尬——从

〈外省书〉看知识分子处境》；胡可的《怀念雪峰同志》；侯肖林的《透视 1958 民歌运动》。

《文学报》发表俞小石的《李洱〈花腔〉获得好评》；梅子的《无名氏其人其文成出版热点》。

《吉林大学社会科学学报》第 1 期发表黄浩的《在贫穷的文学史面前——对文学史自以为是的历史质疑》。

《光明日报》发表韩小惠的《读小说家散文》。

25 日，《人民日报》发表王晓鹰的《看话剧与新时尚》。

《文艺报》第 15 期发表王彦霞的《2001 年中国摄影文学理论回眸》。

《文汇报》发表刘绪源的《〈哈利·波特〉与文化研究》。

《北京师范大学学报（人文社会科学版）》第 1 期发表黄会林的《人性美与艺术美——关于 2001 年中国电影的审视》；张智华的《象征主义与电影电视》；张燕的《面对 WTO，商业娱乐片激流勇进——2001 年商业娱乐片的叙事策略和市场策略》。

《甘肃社会科学》第 1 期以"文学中的文化身份问题（笔谈）"为总题，发表王宁的《文化身份与中国文学批评话语的建构》，王一川的《断零体验、乡愁与现代中国的身份认同》，刘俐俐的《文学中身份印痕的复杂与魅力》，乔以钢的《女性写作与文化生存》；同期，发表吴禹星的《市民本位与乐生主义——池莉小说解读之一》。

《东岳论丛》第 1 期发表朱德发的《"中国现代文学史"学科的反思与突围》；章亚昕的《选择与创造——论当代新诗的发展趋势》；王智慧的《时代激流和作家之舟——论 20 年代"革命文学"的流行特质》。

《当代作家评论》第 1 期发表莫言的《文学创作的民间资源——在苏州大学"小说家讲坛"上的讲演》；莫言、王尧的对话录《从〈红高粱〉到〈檀香刑〉》；林贤治的《彭燕郊的散文诗：土地，道路，精神创伤》；夏敏的《燃烧的灵魂——读林贤治》；李静的《道德焦虑下的反抗与救赎——有关林贤治的知识分子研究及其他》；张炼红的《从民间性到"人民性"：戏曲改编的政治意识形态化》；周立民的《刘亮程的村庄——谈刘亮程的散文》；郭小东的《西部人生的精神资源——论刘亮程的小说》；王尧的《"文革"对"五四"及"现代文艺"的叙述与阐释》；赵晋华的《现代文学研究：从困境中突围》。

《社会科学战线》第 1 期发表盖生的《关于"文学具有进步性"命题的悖论研究》；王兆胜的《论九十年代中国学者散文》。

《郑州大学学报（哲学社会科学版）》第 1 期以"全球化与中国现代文学研究的转变（笔谈）"为总题，发表王晓明的《中国现代文学研究的"当代性"问题》，罗岗的《政治与诗——关于文化研究》，王鸿生的《知识伦理与现代文学研究的价值》，沈卫威的《文化保守主义的语境错位——以梅光迪为例》，包亚明的《全球化、地域性与都市文化研究——以上海为例》；同期，发表刘双贵的《文学意义的消解与重建》。

《语文学刊》第 1 期发表余玲玲的《现实和想象撞击下的"黑色"抒情——析穆旦诗〈防空洞里的抒情诗〉》；邓家鲜的《用文字描绘美丽的心灵花朵——浅析茹志鹃〈百合花〉的叙述特点》；赵志强的《〈贫嘴张大民的幸福生活〉的幽默语言》；杨英的《"外来的现代"冲击下的男女困境——重读丁玲的〈夜〉》；张磊的《分流·互渗·整合——九十年代文学价值观念的构建》。

《南京师大学报（社会科学版）》第 1 期发表杨洪承的《新文学的诞生与"文革"话语——中国新文学发生期的一种政治文化的阐释》；贺仲明的《20 世纪 40 年代战争规范与制约下的文学论争》；何言宏的《20 世纪中国文学的现代性阐释与文化政治问题》；王洁的《建国后 17 年文艺工作者的"组织化"及其评价》。

《海峡》第 1 期发表庄钟庆的《东南亚华文文学研究的一些问题》。

《盐城师范学院学报（人文社会科学版）》第 1 期发表张栴的《三毛创作个性散论》。

《周口师范高等专科学校学报》第 6 期发表邹文生的《乱花渐欲迷人眼——中文网络文学述评》。

《浙江学刊》第 1 期发表俞吾金的《本体论研究的复兴和趋势》；储昭华的《关于理性主义自由观的再思考》。

《解放军外国语学院学报》第 1 期发表李迎丰的《福克纳与莫言：故乡神话的建构与阐释》。

26 日，《文艺报》第 16 期发表毛志成的《相声只逗傻瓜笑》；于新超的《〈当代作家评论〉引起关注》；木弓的《文坛也流行审丑？》；杨立元的《关仁山迷失了吗？》；张克明的《生活真实并不等于艺术真实》；平珍的《努力开拓新的研究领域》；洪三泰的《批评家写的文化关照散文》；王芳的《"张迷"于青》；王泉、戴天善的《〈哈利·波特〉苦难叙事与游戏精神》；阿泰的《也谈失误在哪里？》；小可的《电视剧〈天下粮仓〉：悬念过多　效果不佳》；聂鑫森的《野莽和他的〈窥视〉》。

27日《文学自由谈》第1期发表何满子的《周海婴写鲁迅书　读得二三事》；陈世旭的《为落寞名流一叹》；王乾荣的《十妖八魔之外的"鬼"》；苏阳的《我为什么批评"名人"》；朱健国的《文坛为何乏善可陈》；李骏虎的《我们缺乏活着的大师》；金天的《"新享受主义文学"套路种种》；王谦的《"拒绝媚雅"的时代》；于光远的《读了三篇写"文革的郭沫若"之后》；陆志成的《强作惊人之语不可取》；何镇邦的《孙毓霜与他的诗》；邢成整理的《陕军聚焦〈小人物〉》；李森的《陈川对乡村和城市的诗性解读》；林乐之的《诗人的迷失与诗人的回归》；马飚的《"钢铁诗人"王俊超》。

《华中师范大学学报（人文社会科学版）》第1期发表刘安海的《阻隔与沟通：异元批评与对话批评——文论建设中的一个问题》；王晖的《报告文学文体规范新释——百年中国报告文学文体流变论之一》；普丽华的《论声韵在现代诗歌中的暗示功能》。

28日，《兰州大学学报（社会科学版）》第1期发表支克坚的《鲁迅与中国现代文艺思潮》；刘悦垣的《对"球形天才"的再思考——世纪之交看郭沫若研究与评价》。

《厦门大学学报（哲学社会科学版）》第1期发表杨春时的《文学理论：从主体性到主体间性》；苏宏斌的《论文学的主体间性——兼谈文艺学的方法论变革》。

《湖南大学学报（社会科学版）》第1期发表李红的《德里达与耶鲁学派差异初探》；何祖建的《成长体验的女性言说——从〈乌鸦之歌〉、〈怀念声名狼藉的日子〉看池莉性别创作立场的位移》。

29日，《人民日报》发表冯骥才的《文化政绩》；光宇的《鲜活感人的少年英雄形象——豫剧〈铡刀下的红梅〉观后》；宋宇翔的《文学期刊脱困的思考》。

《文艺报》第17期发表刘涓迅、李小雨的《圣地·精神·情怀——2002年诗人访问团赴延安采风》；周玉宁的《春风文艺出版社推出一批好书》；本报编辑部的《著名老作家韦君宜逝世》；世文的《王安忆荣获"花踪"2001年"最杰出的华文作家"桂冠》；白草的《写作更近于一种秘密——访石舒清》；郑伯农的《瑰丽的西部军魂——读〈西部军旅风情〉纪实文丛》；龙钢华的《傻眼看世界——谈长篇小说〈尘埃落定〉的独特视角》；邢小利的《倾诉与忏悔——读长篇小说〈起诉自己〉》；宁逸的《杨义谈对"建设、创新、引导"六字方针的理解：文艺理论批评内在的精神逻辑》；赵敏俐的《古代文学研究体系现代化过程中的民族化》；左东岭的《阐释原则的自觉与学术规范的遵守》；张永泉的《地缘文化精神及其文学显现——评崔志远〈燕赵风骨的交响变奏〉》；童伊的《宣扬"台湾文学具主体性"就是鼓吹"文学台独"：评首届"台美文学论坛"》；樊洛平等的《拨开历史"夜雾"反省台湾社会：解读〈夜雾〉》；赵遐秋、曾庆瑞的《文学台独面面观出版》；《〈华夏诗报〉严厉谴责台湾〈笠〉诗刊宣扬"台独"的言行》。

《中国青年报》发表韩少功的《我读〈病隙碎笔〉》；张文凌的《"红河文学奖"评委扩军——〈大家〉说：没有争议就没有反应》。

30 日，《扬州大学学报（人文社会科学版）》第 1 期发表吴周文的《中国现代散文审美特质论》；张国安、郭放的《"小说观念"的美学分析》；余嘉的《前后喻文化视域中马哈福兹与巴金的家族小说比较》。

《光明日报》发表刘忱的《主旋律文艺创作的开放性》；张保宁的《文学需要理想主义》；龙泉明的《经典的尺度》；黄家雄的《以大为美的艺术特征》；周政保的《〈21 大厦〉：城市生活的一隅》；龙长吟的《评〈世纪末的文学景观〉》。

《河南大学学报（社会科学版）》第 1 期发表邵锦娣、周苹的《第一人称叙事与可靠性问题》；姚晓雷的《走向民间苦难生存的生命乌托邦祭——论〈日光流年〉中阎连科的创作主题转换》。

《南京大学学报（哲学·人文科学·社会科学）》第 1 期发表刘怀玉、亦思的《是比较对话,还是语境回归？——对马克思哲学当代性问题的一种反思与回答》；潘知常的《中国美学的思维取向——中国美学传统与西方现象学美学》。

《海南师范学院学报（人文社会科学版）》第 1 期发表罗可群的《海外客家文学及其前景展望——从黄遵宪的〈番客篇〉说起》；袁勇麟的《世界华文文学研究回顾与展望——"第二届世界华文文学中青年学者论坛"综述》。

31 日，《文艺报》第 18 期发表高小立的《相声爱你不容易》；本报编辑部的《〈黄河大合唱〉词作者、〈文艺报〉原主编张光年辞世》、《民间文艺要与时俱进并开拓创新——中国民协组织学习江泽民在七次文代会六次作代会上的讲话》；易舟的《〈黑洞〉漏洞多》；鲁人的《针对关于戏剧评奖的某些议论李默然说："我也有过站着说话不腰疼的时候"》；余秋雨的《"恶霸"导演马科》；吴文科的《相声发展：需要正确理念的引领》；傅谨的《谁让相声如此堕落》；盖永来的《相声演员,别没事偷着乐》;许波的《〈大腕〉:"拍"的不如"吹"的好》;张先的《感受2001年的戏剧创作》;向云驹的《民族精神与民间文艺》。

《文学报》发表林均的《军旅作家讴歌西部大开发》;雷达的《华丽时装下的隐痛——谈谈〈纽约丽人〉》;陆泰的《如此现实关照受不了》;吴秉杰的《精神的突围》;王世尧的《聆听智者的寓言——孙的全和他的散文集〈知者乐〉》;闻树国的《讲述者与救世主》。

本月,《上海文学》第1期以"关于'知识伦理'的讨论(一)"为总题,发表墨哲兰的《知识即X》,萌萌的《知识与知识人的精神性要求》,陈家琪的《走出庭院:信仰何以成为可能?》。

《文艺评论》第1期发表高玉《中国现代文论的历史过程与语言逻辑——论80年代新名词"大爆炸"与90年代新话语现象》;赵静蓉的《颠覆和抑制——论新历史主义的方法论意义》;周春宇的《观念的对话:关于批评方法的思考》;吴子林的《没有魂儿的中国现代文学理论》;张卫中的《20世纪"语言论转向"与新时期创作》;梁国伟的《电影:寻找丧失的在场交流——论技术更新对电影美学特性的开拓》;路文彬的《历史话语的消亡——论"新历史主义"小说的后现代主义情怀》;王珂的《20世纪,青年诗人"横行"诗坛——百年新诗问题盘点》;冯毓云、杨利民的《寻觅心中的梦——杨利民访谈录》;冯毓云的《融合与超越——杨利民戏剧艺术的诗美追求》;张曙光的《文乾义其人其诗——读诗集〈别处的雨声〉》;黄万华的《沃土的新耕耘,宝藏的再开掘——论韩乃寅的长篇小说创作》;王泉的《"20世纪学"的文化选择——评〈别了,20世纪〉》。

《艺术百家》第1期发表高义龙的《为戏曲史掀开崭新的一页——"百花齐放,推陈出新"方针指引下的上海戏曲改革》;范正明的《一个"老戏改"的回顾——纪念毛泽东"百花齐放,推陈出新"题词发表50周年》;杜建华的《改造旧文化的成功实践——50年代川剧剧目鉴定工作始末及其历史经验》;谭静波的《改革创新 与时俱进——"百花齐放,推陈出新"方针把豫剧引向繁荣》;许艳文的《试论戏曲改革的现代化进程》。

《中国电视》第1期发表仲呈祥的《关于文学作品尤其是名著的改编——银屏审美对话之五(上)》;贺仲明的《论加强电视剧的文学意蕴》;隋岩的《电视文化对历史的想象》;邵文实的《〈超越情感〉中的男性视角》;胡杰的《简评电视剧〈黑冰〉》;王雨萌的《在胜利与失败间的思考——对电视剧〈孙中山〉中悲剧意识的感

悟》;田川流的《主流电视连续剧的艺术追求——电视连续剧〈大法官〉的启示》。

《北京文学》第 1 期发表吴志翔的《写作:有多少人在寻找意义?》;孙国亮的《"性福"被唤醒之后——再读〈幸福与伤害〉》。

《百花洲》第 1 期以"中日女作家会议作家谈"为总题,发表宗璞的《贺词》,王安忆的《女作家的自我》,残雪的《精神的层次》,铁凝的《当我面对长篇小说时》,迟子建的《寒冷的高纬度——我的梦开始的地方》,陈染的《走过的路》,林白的《内心的故乡》,池莉的《重要的是见面》,津岛佑子的《"女人孩子们"的声音》,中泽惠的《沟通交流之路》,松浦理英子的《唤起情感的力量》,小川洋子的《虚构的作用》,多和田叶子的《文字是有生命的》,中上纪的《轮廓模糊的时间》,道浦母都子的《短歌的魅力》,茅野裕城子的《关于创作》,许金龙的《世纪之交的浴火凤凰——挑战封建家族制和家庭制的当代日本女作家》,徐坤的《徘徊在生活的日常性之间》;同期,发表方方的《叛逆的路能走多远——关于女性文学反叛意识的随想》;张抗抗的《打开自己那间屋的门窗》;刘绪源的《充满思考和向往的怀旧——陈丹燕和她的畅销书"上海系列"》;汪政的《批评的出发与归宿——关于崔卫平〈看不见的声音〉》;万燕的《俯冲:为写作被湮埋的异质——读〈看不见的声音〉》。

《剧本》第 1 期发表李祥林的《戏曲研究和性别批评》;陈吉德的《打造"孟氏快感"——孟京辉论》;何孝允、姚欣、安葵的《论新时期戏曲现代戏创作》。

本月,北京广播学院出版社出版刘晔的《大众文艺学》。

黑龙江教育出版社出版杨春时的《现代性视野中的文学与美学》,黄光伟编著的《高擎理想之火:贾宏图论》,连秀丽的《含泪微笑的歌者:王立纯论》,刘绍信的《胡地天籁:阿成论》,吴井泉、王秀臣的《以生命作抵押:张雅文论》,钟敬文的《沧海潮音》。

中国文联出版社出版钟锐的《跨世纪的论战》,曾镇南的《平照集》,梁光弟的《文化定位·主旋律·精品意识》,黄曼君等主编的《中国 20 世纪文学理论批评史》。

上海文艺出版社出版马原的《阅读大师》。

三联书店出版[法]蒂博代著、赵坚译的《六说文学批评》。

北京出版社出版陶东风的《社会转型期审美文化研究》,吕智敏的《话语转型与价值重构》。

湖北教育出版社出版李勇编著的《飘扬的旗帜——中国共产党的文艺方针政策论纲》。

陕西人民出版社出版张晓军、李迎丰主编的《跨域文心管窥》。

漓江出版社出版白烨选编的《2001中国年度文坛纪事》、《中国年度文论选2001》。

北京大学出版社出版社曹文轩的《20世纪末中国文学现象研究》,赵园的《北京:城与人》。

湖南师范大学出版社出版李运抟的《裂变中的守成与奔突》。

中国工人出版社出版杨健的《中国知青文学史》。

春风文艺出版社出版林建法主编的《2001中国最佳文论》。

中国文联出版社出版何西来、从小荷的《京华论评》。

上海文艺出版社出版徐俊西主编的《世纪末的中国文坛》。

黑龙江人民出版社出版郭力的《"北极光"的遥想者:张抗抗论》,方守金的《北国的精灵:迟子建论》,孙时彬编著的《从地层深处走来:孙少山论》。

河南大学出版社出版陈晓明的《陈晓明小说时评》。

解放军出版社出版陈先义的《军旅小说50年》。

昆仑出版社出版赵遐秋、吕正惠主编的《台湾新文学思潮史纲》。

2月

1日,《文艺报》第19期发表刘俐俐的《摄影文学:一个美丽的新世界》。

《文汇报》发表何立伟的《我给史铁生画漫画》;冯涛的《我们无法治愈的痛苦——〈天使的指印〉》。

《长江文艺》第2期发表何子英的《文学的生存空间》;金成海的《我的农民意识》;黄梵的《赵刚的社会小说》;石一龙的《疼痛的命运与诗歌——读杨晓民诗集〈羞涩〉》;叶李的《世界是蔷薇的——评冯慧小说集〈放飞的红蝴蝶〉》。

《诗刊》第 2 期(上半月刊)发表刘向东的《全球化进程中的诗歌角色——应邀在第三十届"华沙诗歌之秋"诗人大会上的发言》；陈超的《被清风吹斜的诗行》；石天河的《希望在脚下——中国新诗八十年之我见》；徐放的《弱势文化下的诗歌传统问题》；易仁寰的《呼唤当代诗歌的崇高美》；姜耕玉的《"看"的视角：诗与思——与龙泉明先生商榷》。

《作家杂志》第 2 期发表王晓渔、凌麦童、基甫的《文学批评关键词选》。

《解放军文艺》第 2 期发表邓一光的《回到人的立场》；叶橹的《生命和艺术的自觉提升——李瑛 90 年代诗歌解析》。

2 日，《文艺报》第 20 期发表曲志红、邹声文、沈路涛的《光年，黄河为你掀起万丈狂澜——文学界沉痛悼念张光年同志》；王蒙的《活得充实走得利落》；贝佳的《王元化说：我一直把光年当兄长看待》；何西来的《杨黎光报告文学的创作特色》；柯岩的《他永远留在了草地》；余三定的《最珍贵的还是"留一份情谊"》；王春林的《文学守护者》；同期，围绕"宋祖德的诗歌创作"，以"热爱生活之《路》"为总题，发表杨金亭的《时代风流谱赞歌》，朱先树的《路，沿着梦想延伸》，何首巫的《雄才妙境唱大风》，宗鄂的《我看〈路〉》，张同吾的《中华民族的腾飞意象》，查干的《大风起兮路苍远》，王界山的《人生诗里诵千秋》；同期，发表冯越的《这个奖，不说也罢》；阿南的《唐德亮散文集〈心路漫漫〉》。

《小说选刊》第 2 期发表冯敏的《语言中的现实》(谈孙慧芬的小说《歇马山庄的两个女人》)；阿成的《陌生中的铁凝先生》。

3 日，《人民日报》发表郑伯农的《振兴戏曲：重视剧作与音乐》；南帆的《被娱乐的历史》；艾治国的《情趣盎然的生活喜剧——蒲剧〈藏窑〉观后》；曾镇南的《小说家们的散文——评〈茅盾文学奖获奖作家散文精品〉丛书》。

《文汇报》发表郭志坤的《交交显清新——读江曾培〈交交集〉有感》。

5 日，《文艺报》第 21 期发表马识途的《为光年、君宜送行》；冯秋子的《社会力量参与语文教学改革 美文征赛推动少年素质建设》；同期，以"《天下粮仓》四人谈"为总题，发表胡志毅的《历史传奇与象征手法的结合》，胡志君的《粮食：历史与人性的双重寓言》，张子帆的《宏大视角下的平民叙事》，盘剑的《文本创作与超越文本的意义》；同期，发表周政保的《初涉者的尝试与创造——2001 年"龙虎山"杯文学新人奖评选随笔》；伍文义的《"中华文艺复兴"决不是复古》；宁新昌的《复兴和弘扬理性精神——由费老"关于'文艺复兴'的思考"谈起》；戢斗勇的《用"三个代表"重要思想促进"中华文艺复兴"》;杨鼎川的《从20世纪初的文学启蒙到21世纪初的"文艺复兴"》;陈宪年的《"中华文艺复兴"与社会主义文化建设的关系》。

《中国青年报》发表周大新的《真实再现与文化审视——评季宇的长篇历史纪实小说》。

6日,《光明日报》发表傅刚的《20世纪的"文选学"研究》;陈晓明的《"绝对"的美学力量——评张炜的〈能不忆蜀葵〉》;吴泰昌的《跟光年同志做编辑》。

《书屋》第2期发表毛翰的《诗歌的即时性与永恒性》;俞岱宗的《〈围城〉的情爱关系与人性弱点》。

7日,《文艺报》第22期发表苏武臣的《反腐题材作品的"思维定势"》;乔世华的《莎士比亚是什么?——再说拿鲁迅先生英名作酒名》;杨伟光的《重大革命历史题材创作的新高潮》;黄会林的《多姿多彩的现实题材电视剧艺术长廊》;杜高的《深刻反映时代要求的反腐题材创作热》;赵小青的《历史题材电视剧中的文化导向值得关注》;廖仲毛的《这个导向把握得好》。

《文学报》发表陆寿钧的《新年影视姑妄谈——一个电影人的思考》。

8日,《文艺报》第23期发表马相武的《与时俱进的摄影文学及其理论》。

9日,《文艺报》第24期发表胡殷红的《〈黄河大合唱〉为他送行》;本报编辑部的《张光年同志生平》;木弓的《民族精神的进步就是中国先进文化的前进方向》;陈仲庚的《什么东西在"逼"韩少功?》;韦科的《继续鲁迅的批判》;于今的《人生解读与学术研究》;同期,以"笔谈朱东惠长篇小说《此岸》"为总题,发表雷达的《真实与真诚》,贺绍俊的《朱东惠:又一口蕴藏丰厚的石油深井》,胡世宗的《传神的故事 丰满的形象》,邓荫柯的《精心塑造个性鲜明的人物形象》;同期,发表放谭的《清宫戏:播得太多 写得太滥》;王乾荣的《"皇风"浸透我们的骨髓》;叶延滨的《诗意生存与时代痛点》。

《文汇报》发表张锲的《你建构了一个美的情感世界——致刘庆邦》。

《民族文学》第2期发表周政保的《初涉者的尝试与创造——2001年〈民族文学〉"龙虎山杯"文学新人奖评选随笔》;马艳的《云南少数民族作家汉语创作语言特点》。

13日,《语文建设》第2期发表曹国旗的《〈小二黑结婚〉中的"雅"》。

15日,《山西大学学报(哲学社会科学版)》第1期发表王莉莉、蔺璜的《试析近年来小说语言中的不规范现象》。

《广东社会科学》第 1 期发表周荷初的《林语堂与袁宏道：自然主义美学意识的一脉相承》。

《电视研究》第 2 期发表王玮、袁坚的《在"阳春白雪"与"下里巴人"之间——关于电视文学的几点思考》。

《江汉论坛》第 2 期发表逄增玉的《论中国现代文学中的质疑现代性主题与叙事》；王烨、陆文喜的《现代革命的叙事逻辑——20 世纪革命文学思潮回顾》。

《戏曲艺术》第 1 期发表王辛娣的《在历史的表象后——对 20 世纪前后戏曲舞美变革的思考》。

《社会科学》第 2 期发表张进的《人论与文论的深度自觉和交互建构》。

《诗刊(下半月刊)》第 2 期发表蓝野的《漫谈西部诗歌——〈诗刊·下半月刊〉"兰州会议"发言纪要》；车前子的《饕餮年头诗人的厌食》；止炎的《〈饿死诗人〉亮出的警号》；徐江的《〈饿死诗人〉：诗歌的误读与生长》；韩歆的《饿死诗人事小　饿死诗歌事大》；耿占春的《写作或创立一种修辞学——〈观察者幻想〉后记》。

17 日，《作品与争鸣》第 2 期发表李万武的《都来咀嚼这份沉重》(评梁晓声的小说《民选》)；秋叶的《从"乔厂长"到"母经理"》(评中跃的小说《母经理上任记》)；野渡的《荒诞中的笑声》(同上)；刘祯的《他者的立场》(评彭兴凯的小说《保镖》)；周玉宁的《作家的立场》(同上)；冷锋的《〈唱歌〉：知识分子的尴尬处境与道德偏离》(评张者的小说《唱歌》)；宇浩的《秩序的建造与毁坏》；李满强的《功利时代的文字泡沫》；翟满桂的《关仁山迷失在哪里？》。

18 日，《人民日报》发表杜永道的《少一点重复行吗》；马雨农的《〈天下粮仓〉探索影视制作新机制》；苏琼的《有益的探索——评〈二十世纪中国问题剧研究〉》。

《中国戏剧》第 2 期发表王育生的《看话剧〈死亡与少女〉》；刘莉莎的《浅谈在〈杜十娘〉〈李慧娘〉〈灰阑记·判子〉三折戏中的人物塑造》。

《外国文学评论》第 1 期发表中国社会科学院外国文学研究所资料组的《全国主要报刊外国文学研究文章索引》。

20 日，《西北大学学报(哲学社会科学版)》第 1 期发表周霞的《艺术流浪：反叛·回归·整合——张艺谋电影创作走向探析》。

《光明日报》发表梁若冰的《三十位诗人赴延安采风》;邓凯的《文学期刊在风雨中前行》;苏丽萍的《李默然谈戏剧奖》;张山的《追求真实》;山风的《价值观问题不可忽视——从〈黑洞〉、〈康熙王朝〉热播说起》;董大中的《"无名者"日记里的丁玲》;孙国亮的《"帝王剧"与"平民化"》;傅书华的《从女性独白到两性对话》;毛宗刚的《现代散文形式的流变》;姜文振的《文学思潮的深层透视与学理探究——评陈传才著〈中国20世纪后二十年文学思潮〉》。

《学术月刊》第2期发表童庆炳的《中国当代文学的精神价值取向》;程亚林的《中西文论比较方法辨析》;陈炎的《"文明"与"文化"》。

《学术研究》第2期发表陈旭光的《现代主义:名称、含义和性质》。

21日,《人民日报》发表罗工柳的《悼念张光年》。

《文艺报》第25期发表本报编辑部的《终生为工人老大哥写作 著名作家草明逝世》;同期,以《〈天下粮仓〉马后炮》为总题,发表马振方的《美化了赃官 颠倒了历史——〈天下粮仓〉人物一瞥》,孙武臣的《追求"史诗"的历史大剧》,吴喜华的《过于"玩深沉"了》,郭钰的《劝君莫拜大清朝》。

《文汇报》发表傅庆萱的《〈橘子红了〉红不红?——观众对这部正在播出的25集电视剧褒贬不一》。

《文学报》发表冯秋子的《思考文学的发展前景》;俞小石的《著名作家李锐日前接受记者采访时抨击当前一些文学作品"物欲横流",认为——文学创作不能鼓吹纵欲》;雷达的《唤不醒的梦——读张炜〈能不忆蜀葵〉》;周政保的《都市遭遇:得到的与失去的——从徐坤的〈春天的二十二个夜晚〉说到其他》;毕飞宇的《结实的谎言》;刘忠的《故事的背后是意义》;刘恩波的《在爱情的后面》;刘起林的《凡俗生态与人格标本》。

22日,《文艺报》第27期发表姚树军的《论摄影散文的审美风格》。

《文汇报》发表谢娟的《别让名家评点变成"吆喝"》;舒婷的《将语言洗净——为儿子推荐的书目之一》;刘铮的《随笔之妙 在于"发现"——读黄裳〈春回札记〉书后》;周毅的《李洱长篇小说〈花腔〉引起关注》;刘绪源的《林格伦的意义》。

《新文学史料》第1期以"黄秋耘专辑"为总题,发表王蒙的《忧郁的黄秋耘》,邵燕祥的《诗人黄秋耘》,张光年的《怀念秋耘》,周尊攘的《怀念您啊!秋耘师》,谢永旺的《秋耘同志在〈文艺报〉》,胡德培的《秋耘精神》,阎纲的《黄秋耘相信眼泪》,吴泰昌的《秋耘领我进〈文艺报〉》,海帆的《悲天悯人话苍生——一个晚辈眼中的黄秋耘》;同期,发表许福芦的《舒芜自述(节选)》;周而复的《往事回首录》;勉思的《吹尽狂沙始到金——怀念康濯》;彭龄的《魂归太行——悼念老诗人阮章竞》;黎白的《总政治部创作室始末》;孙晓娅的《访牛汉先生谈〈中国〉》;秦林芳的《"李广田在清华"史料补正》。

23日,《文艺报》第27(A)期发表胡殷红的《腐败毁灭民族的灵魂——访作家刘平》;民文的《全国第七届少数民族文学创作"骏马奖"评奖活动拉开帷幕》;木弓的《主旋律娱乐化?》;熊元义的《直面现实精神寻根》;子干的《现实主义 ABC》;高桦、李瑞林的《大泽归雁——写在〈雷加文集〉出版前》;路小路的《真诚地爱着你》(谈王传明的小说《杏花河》);同期,以"笔谈刘平反腐系列小说"为总题,发表周政保的《正义面临邪恶的新挑战》,曾镇南的《燃犀烛怪,铸鼎象物》,牛玉秋的《翻阅人生档案　检验人生价值》,贺绍俊的《文学海关》;同期,发表小可的《电视剧〈橘子红了〉婉约温暖的怀旧》;陈履生的《传统魅力》;马相武的《〈乌鸦〉如何"坦诚"地飞入文学史》。

《文汇报》发表陈平原的《"文学"如何"教育"》。

26日,《人民日报》发表林培均的《文艺评论不能自悖初衷》。

《文艺报》第28期发表江湖的《"大自然文学"开辟新的文学空间》;本报编辑部的《儿童文学研究学者王泉根呼吁——必须重视儿童文学学科建设》;同期,以"回溯2001年我心目中之最"为总题,发表吴义勤的《2001:长篇小说之最》,周政保的《期待"中国小说"》,白桦的《我眼中的2001文坛》,王干的《伪之最》,谢冕的《我的最平淡的一年》,刘锡庆的《最使我惊喜的"网上散文"》,於可训的《我最感兴趣的问题》,洪治纲的《回味2001》;同期,发表郭延礼的《从启蒙思想到文学启蒙》;郑训佐的《时间背景下的生存意识》;孙之梅的《崇雅与尚俗》;吴奕锜、彭志恒、赵顺宏、刘俊峰的《华文文学是一种独立自足的存在——我们对华文文学研究的一点思考》;文晓村的《中华文化具有深厚的感染力》;《〈当代马华文存〉问世》。

27日,《文汇报》发表傅庆萱的《〈橘子红了〉皮美肉酸》。

《光明日报》发表李春利的《影视打造精品工程启动》。

28日,《文艺报》第29期发表高尔纯的《电影文学剧本不缺"电影"缺"文学"》;高占祥的《蕴明,与戏剧白头偕老》;同期,以"话剧的现状与前景"为总题,发表熊源伟的《新世纪的戏剧与导演》,布而的《话剧事业:变则通——有感于"新世纪话剧论坛"》、孙浩的《跨越的艰难与快乐》、李冰的《戏剧舞台上的强力支撑》。

《文汇报》发表李子云的《永久的声音——悼念光年同志》。

《文学报》发表王勉的《入世：我国纯文学期刊能否迎来春天》；陆梅的《文学网站"榕树下"卖了》。

《中国文化研究》第1期以"'中国古代文学思想与新世纪文学理念'学术笔谈"为总题，发表袁行霈的《中国传统的文学崇高观与新世纪的文学理念》，傅璇琮的《建议加强专题个案性的研究》，杨义的《发现原创》，胡明的《新世纪中国文学理论体系的建构伦理与逻辑起点》，韩经太的《道义、滋味和技艺——中国古典文学思想与新世纪文学理念》，党圣元的《在传统与现代之间》，郭英德的《文学传统的价值与意义》，方铭的《文学史与文学史的复原——关于文学史写作原则及评价体系的思考》，高旭东的《中国传统诗学的现代价值》；同期，发表王宁的《全球化、文化研究与中国学者的文化策略》；孙海燕的《古典与现代的对流：新世纪文学理念的学术探询——"中国古代文学思想与新世纪文学理念"学术研讨会》。

《光明日报》发表谭学纯的《坐——在场姿态和生存寓言》；谢其章的《40年代的〈文艺春秋〉》。

《泉州师范学院学报(社会科学)》第1期发表《戴冠青教授简介》。

《同济大学学报(社会科学版)》第1期发表《"海外华文文学沙龙"在同济大学举行》。

本月，《中国电视》第2期发表仲呈祥的《关于文学作品尤其是名著的改编——银屏审美对话之五(下)》；张智华的《电视诗歌的主要特征及其创作》；方雪梅的《影视的影像美与文学的情境美》；程蔚东的《历史题材·历史规律·历史品格——电视文学剧本〈天下粮仓〉序言》；张德祥的《2001年电视剧管见》；蔡永瑞的《〈康熙王朝〉创作有感》；李贺的《用忠诚精神拍摄〈忠诚〉——胡玫谈〈忠诚〉》。

《戏剧艺术》第1期发表李伟的《"现代戏剧"辨证——兼与傅谨先生商榷》；马俊山的《1937：话剧突围》；苏琼的《白日梦与智慧：中国现代女性喜剧》；陈多的《杜丽娘情缘三境》。

《读书》第2期发表欧阳江河的《听听今夜谁在演奏舒伯特》；赵汀阳的《实况的"浓描"》；金兆钧的《颠覆还是捧场？》；宋伟杰的《如何理解大众文化》。

《剧本》第2期发表张兰阁的《呼唤现代诗学批评》;安葵的《戏曲创造实践对理论的回应》。

《北京文学》第2期发表周政保的《从文学的存在理由说起——兼论小说怎样才能赢得更多的读者》。

《清华大学学报(哲学社会科学版)》第1期发表徐葆耕的《科技时代的诗之惑》。

本月,中国社会科学出版社出版王春林的《思想在人生边上》。

学林出版社出版黄毓璜主编,江苏省作家协会编的《评论》。

广西师范大学出版社出版洪子诚、孟繁华主编的《中国当代文学关键词》,张钧的《小说的立场:新生代作家访谈录》。

三秦出版社出版朱文鑫的《收藏贾平凹:贾平凹著作版本集录》。

华东师范大学出版社出版林建法主编的《当代文学面面观》。

学林出版社出版钟鸣的《秋天的戏剧》。

3月

1日,《文艺报》第30期发表於联明的《试论"摄影诗"的艺术特征》。

《文汇报》发表王朝柱的《一个民族功臣的悲壮情怀——记电视连续剧〈张学良〉》;金娜的《十年磨一剑——影片〈天地英雄〉拍摄现场的何平》。

《长江文艺》第3期发表王君的《我写我眼里的美》;青锋的《被生活毁坏的人》(评论王传宏的小说《社会新闻》);李运抟的《新时期"反腐小说"面面观》;肖向东的《边缘人的困境与梦灭——评范茂林的〈城市农民〉》;安莉、许黎的《追寻内心的写作》。

《名作欣赏》第2期发表马知遥的《〈在细雨中呼喊〉的实验性》;王鹤松的《天哪,这就是世界——读〈十八岁出门远行〉》;王德威的《伤痕累累 暴力奇观》;古继堂的《刚柔铸健骨 豪秀出真情——评赏简媜散文》。

《诗刊》第 3 期(上半月刊)发表刘强的《与非马谈诗》。

《作家杂志》第 3 期发表胡续冬的《臧棣：金蝉脱壳的艺术》；张英的《熟悉的、陌生的马原》。

《钟山》第 2 期发表王彬彬的《二胡的"反党"——谈谈胡适与胡风》；王光东、李雪林的《与民间的对话及意义的发现——韩少功论》。

《语文月刊》第 3 期发表何火任的《毛泽东诗词与"哲意诗"》；何奈的《中外学者赞华章——第二届毛泽东诗词国际学术研讨会纪要》；吴丹霞的《向民歌回归的一种尝试——读余光中的〈民歌〉》；祝杭斌的《单薄生命的响亮宣言——〈我很重要〉解读》。

2 日,《小说选刊》第 3 期发表李敬泽的《一种复杂——谈谈阎连科》。

《文艺报》第 31 期发表严昭柱的《文艺是民族精神的火炬——学习江泽民文艺论述中关于"民族精神"的重要思想》；专栏"现实主义讨论之三"，发表佘丹清的《喧嚣至冷静：反腐小说的必然走向》；同期,发表李金盾的《傅雷美学思想的开掘和整理》；罗天伦的《读者是太阳》；张新秋的《时代呼唤京剧艺术革新家——兼致于魁智、王蓉蓉等》。

《新剧本》第 2 期发表安葵的《乱花渐欲迷人眼——2001 年的戏曲舞台》。

3 日,《人民日报》发表胡家龙的《绚丽多姿的艺术景观　震撼心灵的时代旋律——2001 年电视剧创作回眸》；仲言的《创新：文艺的生机所系》；吴泰昌的《人格与真情的艺术再现——喜读〈敬宜笔记〉》；陈晓明的《深入关注久远的历史》。

《信息窗》发表萧成的《风景这边独好：读〈台湾香港文学评论集〉》。

4 日,《光明日报》发表李春利的《农村题材影视剧天地宽广》。

5 日,《大家》第 2 期发表王干、张者的《走进麦田,拿出手机——关于〈桃李〉的对话》；大江健三郎、莫言、张艺谋的对话《超越国界的文学》；邓凯的《巨奖呼唤大家——第三、第四届大家·红河文学奖在京颁奖》；纯懿、陈漠的对话《美则生,失美则死》。

《文艺报》第 32 期发表格日乐的《〈蒙古族文学史〉——蒙古族文学集大成之作》；程晓玲、江湖的《他的精神永远富有活力——记〈冯牧文集〉的编辑出版》；徐妍的《凄美的深潭："低龄化写作"对传统儿童文学的颠覆》；高俊杰的《全新的幻想文学——读〈杨鹏大幻想系列〉》；邢秀玲的《谭小乔和她的〈金色鼠〉》；程光炜、刘震、程鸿彬、管粟的《全球化与当代中国文化消费》；于文杰的《文艺学发展的国际化问题》;瞿世镜的《后殖民小说家——"漂泊者"奈保尔》。

《辽宁大学学报(哲学社会科学版)》第2期发表顾宁的《数字化媒体与文学理论》;程显平的《读罗隐〈馋书〉札记》。

《中国青年报》发表徐虹的《首届"春天文学奖"芬芳踏青来——青春写作再成热点》;雷达的《诗意的乌托邦 残忍的伤心之地》。

《电影艺术》第2期发表丁荫楠的《中华民族的伟大复兴》;王晓棠的《庄严的使命》;孙道临的《在风雷激荡中奋身前行》;冯小宁的《民族文化决定民族命运》;林洪桐的《重提"演员的修养"》;李苒苒的《再谈演员自我修养》;李尔葳对姜文的访谈录《〈寻枪〉也寻理想》;吴冠平对陆川的访谈录《〈寻枪〉二三事》;冯小刚、葛优、王中军、王中磊的《大腕谈〈大腕〉》;陈旭光的《悖论与选择——"全球化"语境中华语电影现代化/民族化问题之反思》;吴涤非的《关于九十年代中国艺术电影的思考》;周友朝的《从梦想到现实——〈高原如梦〉创作心得》;郦虹的《〈TV小子〉让孩子们在笑声中感悟》;雷明的《演员表演与剧本提示》;赵勇的《解读〈大腕〉》;魏亚西的《儿童电影散论——以南京电影制片厂优秀儿童片为例》;黄宝峰的《电视电影:达到的和尚未达到的》;杨志亮的《电视电影的美学描述》;高希希的《有感电视电影〈翻身〉》;方军亮的《我要拍什么?——〈旧夫新婚〉导演手记》;边国立的《〈绥远之光〉观后》;蔡贻象的《作为文化想象的电视——电视的生态性文化空间研究》。

《花城》第2期发表王光明的《以个人方式包容世界——90年代的中国诗歌》。

《陕西师范大学学报(哲学社会科学版)》第1期发表李丹的《感性形式与理性形式的交融——论闻一多〈死水〉的形式美》;张智辉的《论徐志摩散文的美学追求》。

6日,《书屋》第3期发表陈虹的《中国作家与"五七干校"》;易彬的《悲观的终结——一种对诗人穆旦晚年的理解》;刘大生的《病句走大运——从海子的自杀说起》;雷达等的《当代知识分子的精神困境——笔谈〈沧浪之水〉》。

7日,《文艺报》第33期发表孙浩的《专家认为:儿童剧作用巨大 创新任重道远》;坤元、廖奔的《原罪与承担苦难——关于小说〈红字〉与话剧〈绿帽子〉》;康凯的《偏见、武断加无限上纲:危险的批评信号》;居其宏的《小剧场,大文章——小剧场歌剧〈再别康桥〉观后》。

《文学报》发表孙丽的《文学要寻求光明——大江健三郎与莫言新春对话》。

8日,《文艺报》第34期发表何金俐的《摄影文学与当代文化精神》。

《芙蓉》第2期发表伊沙的《中国诗人的现场原声——2001网上论争回视》。

《文汇报》发表刘绪源的《"橘子"为何变了味——〈橘子红了〉：从小说到电视剧》；唐斯复的《写出"千古一帝"的风采——导演阎建钢谈电视剧〈秦始皇〉》。

9日,《文艺报》第35期发表叶熙的《两岸历史文学创作研讨会在台北召开》；木弓的《关怀打工者》；专栏"现实主义讨论之四",发表陈冲的《现实主义的"迷失"或"现实主义"的迷失》,杨立元的《现实主义不会迷失在理想》；同期,发表涂阳斌的《达度的文学情节》,秦忠翼的《儿童文学创作也要出精品力作》；阎明国的《不写小说的日子干什么》；张大为的《评祁人诗集〈掌心的风景〉》；林希的《莫以贫富论作家》。

《民族文学》第3期发表彭金山的《匡文留及其西部女性诗》。

10日,《中州学刊》第2期发表宋剑华的《光荣与梦想——论20世纪中国革命文学浪漫主义的表现特征》。

《中国社会科学》第2期发表王光明的《在非诗的时代展开诗歌——论90年代的中国诗歌》；陈友冰的《台湾五十年来古代文学研究观念的演进及思考》。

《中篇小说选刊》第2期发表凡一平的《关于〈理发师〉》。

《电视·电影·文学》第2期发表杨扬、唐明生的对话《问题到底出在哪里？——关于古代题材电视剧泛滥的思考》。

《江海学刊》第2期发表童庆炳的《文学本原论》；赵宪章的《文艺学的学科性质、历史及其发展趋向》；王志清的《文学批评性情参与的学理依据》。

《理论与创作》第2期发表徐德明、张怀宇、陈捷的《中国文学理论在全球化语境中的"知"与"行"》；胡旭的《〈沧浪之水〉人物谈》；谭元亨的《来自历史深处的双重清醒——重评周氏父子的〈暴风骤雨〉至〈柳林〉系列》；李青松的《宇宙的全息之光——神游诗坛宿将彭燕郊〈混沌初开〉》；叶延滨的《散文创作的几个问题》；刘敏的《全球化时代的散文走向》；鲁利君的《小说的现代使命》；邹琦新的《宋元更替之形象历史的启示——评长篇历史小说〈南宋痛史〉》；陈美兰的《女性文学研究的新拓展》；林伟民的《美学、美育学也是人学——读〈人的诗化与自然人化〉》。

11日,《文汇报》发表陈熙涵的《"中年小说"赢得市场——先锋作家关注历经坎坷的最富有魅力人群》；周毅、邢晓芳的《余华演绎"文学记忆"——新世纪人文讲座昨开讲》。

12日，《文艺报》第36期发表江湖的《发展文化事业　迎接"入世"挑战——政协委员中的文艺工作者谈"入世"后的文化发展》；林果的《连续与大奖结缘激发创一流信心》；陈漠的《轮椅不能限制她的想象去飞翔》；绍俊的《发现新人》；杨传珍的《〈神骸〉降生中的艰难与幸运》；侯健飞的《纯净高原上的陈川》；郭艳、王达敏的《文学沉潜期的皖军新秀》；蔡德贵的《解读季羡林的"河东河西论"》。

《中国青年报》发表潘圆的《池莉："入世"不可能改变文学规律》；程曦的《为苍凉抹上亮色——毕淑敏与清华学子谈苦难》；郑一卉的《思想型作家第一次整体亮相——"蓝色书坊"推出"最新文学经典"》。

14日，《文艺报》第37期发表易舟的《中国连环画为何衰落了？——访儿童读物画家杨永青》；刘军、翟伟的《人大代表希望：多拍摄反映农民生活的影视》；于平的《李承祥：在中国当代舞剧创作的主流中畅游》；郑永旺的《迷失于桔园中的人性》；温晋林的《马棚里牵出一匹骡子——闲扯小剧场戏曲〈偶人记〉》；峻岭的《"冯记"贺岁片：电影文化蜕变之一斑》；刘扬体的《检阅人间春色》。

《文学报》发表俞小石的《"反腐小说"现状堪忧》；余华的《文学与记忆》；章德益的《幻觉中的西夏——读长诗〈西夏〉》；邢小利的《当代"多余人"的典型形象——读方英文〈落红〉有感》；陈晓明的《历史在别处》；阎晶明的《乡情已非民俗——读陈爱萍近期小说》；林乐之的《一个时代的侧影——读何顿中篇小说〈永远是十七岁〉》。

15日，《中山大学学报（社会科学版）》第2期发表殷国明的《西方文论与现代中国文艺美学的发生》；龙泉明、邹建军的《现代诗歌审美价值标准论》；伍世昭的《中西文化互阐中的"无目的"论——郭沫若早期诗学话语简论》；陈培基的《关于第六代导演新作的思考》。

《文艺报》第38期发表李树榕的《关于摄影文学的美学思考》。

《文汇报》发表吴艳的《雪域高原谱就战地浪漫曲——小说〈我在天堂等你〉拍摄成影片〈我的格桑梅朵〉》；伊建梅的《陈凯歌为戛纳开幕影片压轴》。

《中央民族大学学报（哲学社会科学版）》第2期发表李生福的《论〈红白杜鹃花〉的思想和艺术特色》。

《文学评论》第2期发表程正民的《文化诗学：钟敬文和巴赫金的对话》；高建

平的《论文学艺术评价的文化性与国际性》;俞兆平的《文学研究中思维逻辑的误区》;刘海涛的《九十年代文体创作中的母语思维》;杨飔的《关于九十年代个人化写作问题》;王思焱的《当代小说的张力叙事》;南帆的《革命、浪漫与凡俗》;高小康的《在"诗"与"歌"之间的震荡》;罗振亚的《后朦胧诗整体观》;章亚昕的《论二十世纪华夏诗坛的"哀兵模式"》;黄书泉的《论〈尘埃落定〉的诗性特质》;同期,以"现代文学研究的'当代性'问题"为总题,发表王晓明的《面对当代生活的挑战》,吴福辉的《学科的发展趋向及其内在矛盾性》,张新颖的《无能的力量》,罗岗的《读出文本和读入文本——对现代文学研究和"文化研究"关系的思考》,胡志德的《全球化的困惑》;同期,发表刘增杰的《静悄悄地行进——论90年代的解放区文学研究》;王晓初的《论二十世纪中国文学现代性形成的历史轨迹》;陈少华的《二项冲突中的毁灭——〈寒夜〉中汪文宣症状的解读》;丁帆的《〈文艺理论的世纪风标〉读札》;刘艺的《读〈文艺的绿色之思——文艺生态学引论〉》;栾梅健整理的《中国当代文学史研究(1949—1976)学术研讨会综述》。

《天涯》第2期发表莫言的《用耳朵阅读》、《小说的气味》;蒋韵的《想象的边界》;李锐的《被克隆的眼睛》;林白的《内心的故乡》。

《电视研究》第3期发表郝雨、邢虹文的《评电视剧〈康熙王朝〉》。

《北方论丛》第2期发表罗振亚的《一枝芦笛,两色清音——现代诗派中的主情与主知的审美分野》;张羽的《试论新的"飞鸟"情节》;陈颖的《中国战争小说创作的世纪回眸》;张冬梅、胡玉伟的《群体关怀与个体言说——对20世纪八九十年代女性写作的一种解读》;姜美玲的《文学研究该怎样与文化接轨——读傅道彬〈中国文学的文化批评〉有感》。

《当代电影》第2期围绕"电影《大腕》",发表胡克的《后现代喜剧尝试》,赵宁宇的《灰色幽默:〈大腕〉的导演艺术》,林洪桐的《〈大腕〉表演三则》,梁明、张颖的《影像造型语言与贺岁片的精品意识》,姚国强、甘凌的《爱谁是谁和唯我独尊》,尹鸿的《跨国制作、商业电影与消费文化》,邓光辉的《市场发行伦理及其它》;同期,发表赵实的《在袁牧之电影艺术创作座谈会上的书面发言》;贾磊磊对冯小宁的访谈录《永不言败——冯小宁访谈录》;赵卫防的《超越·反思·景观——冯小宁作品探寻》;列孚的《90年代香港电影概述》;孙慰川的《90年代香港电影导演》;谭昙的《当代香港电影中的边缘人》;曾庆瑞、赵遐秋的《到"橘园"看悲剧——关于〈橘子红了〉的对话》;王黑特的《电视剧〈大宅门〉白景琦形象文化解读》;王昕的《酒精神与作为大众文化的影视艺术》(讨论电视剧《大宅门》);陈友军的《历史语境下的"家族文化"——略论电视剧〈大宅门〉的文化视野》。

《江汉论坛》第 3 期发表单元的《童心映照的自然之美——萧红、迟子建比较论之一》;同期,以"'十七年文学与文学史研究'笔谈"为总题,发表丁帆的《研究"十七年文学"的悖论》,李杨的《"文学史意识"与"五十至七十年代中国文学"》,许志英的《优秀作品与文学史》,刘保昌的《"十七年文学"的现代性问题》,罗振亚的《是与非:对立二元的共在——"十七年诗歌"反思》,钱文亮的《当代文学史研究与"十七年文学"》;同期,发表孙贞梅的《一面反映现时代知识分子精神状况的镜子——读〈邓剑秋选集〉》。

《齐鲁学刊》第 2 期发表杨洪承的《中国现当代文学研究的机遇与挑战——关于"文化研究"的一种思考》;陈旋波的《论林语堂与佛学的关系》;姜玉琴的《现代性与反现代性:胡风文艺思想剖析》。

《社会科学》第 3 期发表金元浦的《当代文艺学的"文化转向"》。

《社会科学研究》第 2 期发表李怡的《时空的自由与郭沫若的感受方式》;王鸣剑的《爱情之花在青春凋谢中枯萎——试论郭沫若〈瓶〉的主题意蕴》;王珂的《论 20 世纪前半期中国妇女诗歌的抒情模式及性别意识》。

《社会科学辑刊》第 2 期发表汪剑钊的《俄苏诗歌与中国现代诗的成熟》;李江的《中国现代讽刺戏剧的历史回顾与反思》。

《海内与海外》第 3 期发表夏青的《诗歌——架起海峡两岸沟通的彩桥》。

《学习与探索》第 2 期专栏"当代文艺理论与思潮新探索"发表姚文放的《交互性文学传统》,张光芒的《中国新文学理性精神论纲》;同期,发表刘绍信的《对人间的挚爱关注:雅俗景观——阿成小说论》。

《诗刊(下半月刊)》第 3 期围绕"新诗标准讨论",以"标准:一条不断后移的地平线"为总题,发表郑敏的《诗与悟性》、陈超的《对有效性和活力的追寻》,沈奇的《告别时尚写作——也谈新诗标准问题》,李怡的《芜乱来自于真正的批评家的"缺席"》,王珂的《打磨新瓶》,张桃洲的《重新设置写作的"难度"——"新诗标准"笔谈》,杨四平的《重读胡适的"八事"》;同期,发表陈傻子的《我关注的两个诗学问题》;濮波的《在故乡学会抒情》。

《学术论坛》第 2 期发表杨彬的《现实主义文学思潮在当代文学中的嬗变、还原与深化》;陆卓宁的《生存意识与价值理性——论陈爱萍的长篇小说〈活下去〉》;雷体沛的《寻求与拯救——艺术的两大类型》。

《南方文坛》第2期发表李建军的《真正的批评及我们需要的批评家》、《在谁的引领下节日般归来——巴赫金的作者与人物关系理论批判》;吴俊的《独发异声的文学批评家——李建军文学批评读后》;邢小利的《做文学的守护神——读李建军的文学批评》;严锋、宋炳辉的对话录《关于网络的超文本、交互性与人性的对话》;罗云峰、康丽娜整理的《文学批评还有自己的读者市场吗?——〈上海新批评文丛〉座谈会纪要》;白烨的《戴来有戏》;李敬泽的《短论戴来》;陈仲义的《肉身化诗写刍议》;万燕的《当代女性写作的精神空间》;罗岗的《中国研究范式:危机与生存》;谭桂林的《学术的思想性与思想的学术化》;倪文尖的《从"文学"追索"现代":一项跨世纪的方案》;洪治纲的《历史际遇与个人命运——论〈花腔〉》;韦礼明、荣光启的《从审美幻觉到真实的介入——对刘春诗歌风格转向的考察》;潘琦的《关于〈广西当代少数民族作家丛书〉》;傅谨的《点击第七届中国戏剧节》;潘军的《一个中国作家的立场——在中德文学研讨会上的发言》;顾骧的《我与晚年周扬师(续)——20世纪80年代一桩文坛公案的前前后后》。

《复旦学报(社会科学版)》第2期专栏"中国文学史分期问题讨论"发表章培恒、陈思和的《主持人的话》,张业松的《关于二十世纪九十年代文学的文学史意义》,郑利华的《论中国近世文学的开端问题》;同期,发表李乐平的《论闻一多文艺思想的嬗变》。

《思想战线》第2期发表徐新建的《批评的界限:语文分野中的文化选择——关于"汉语批评"的相关思考》;詹七一的《文学话语与意义承诺》;李丽芳的《21世纪写作学发展的思考》;朱爱东的《双重视角下的歌谣学研究——北大〈歌谣周刊〉对中国歌谣学研究的贡献》。

《福建论坛·人文社会科学版》第2期发表朱德发的《重建"现代中国文学史"学科意识》;朱水涌、许美霞的《2001年小说创作述评》;包恒新的《冰心与郑振铎比较论纲》;陈仲庚的《合一人神:楚文化思维模式与韩少功之演绎》。

16日,《文艺争鸣》第2期发表钱理群的《鲁迅:远行以后(1949—2001)(之二)》;王彬彬的《林道静、刘世吾、江玫与露沙——当代文学对知识分子与革命的叙述》;专栏"世纪体验——一个编辑与一百个学者的对话"发表钱中文的《苦难的历程与拯救的道路》、孙中田的《历史的解读与反思》;同期,发表宋宝珍的《创造戏剧研究的文化学模式》;朱寿桐、丁亚芳的《论田本相的中国现代文学研究》;

胡志毅的《"互动境界"与"多维研究"——田本相的电视研究》；朱晓进的《略论中国现代文学的政治化传统——从 30 年代文学谈起》；李林荣的《影响中国现当代散文流变态势的文化机制》；火丁的《中国现代文学研究如何焕发"当代性"？——"全球化与中国现代文学研究的转变"国际学术研讨会综述》；洪洁的《学术自由：是否可能与如何可能——读拉塞尔·雅各比的〈最后的知识分子〉》；杨守森的《答张直心先生》；塞尼娅的《重塑中国文学精神》；林举的《拂尽狂沙始到金——曲有源诗歌片论》。

《文艺报》第 39 期发表胡殷红的《半亩方塘出不来大气势——乔羽谈当今歌词》；木弓的《知识分子应该感到羞愧》；同期，以"长篇报告文学《中国有座鲁西监狱》笔谈"为总题，发表周政保的《创造了奇迹的"泰山挑夫"》，程树榛的《一个人道主义的窗口》，孙武臣的《疗救灵魂的队伍》，李炳银的《大墙内外风景异》，朱向前的《大墙里也有春天》；同期，发表颜慧的《电视剧〈刘老根〉给城里人看的农村戏》；张学昕的《白山黑水间的英雄本色——全勇先的"抗日小说"》；马相武的《莫让"最佳"成最假》。

17 日，《作品与争鸣》第 3 期发表赵秀忠的《艰难中的守望》(评海平、海明的小说《风景依旧》)；封秋昌的《于荒唐中见真实》(评贾兴安的小说《坏了》)；陈映实的《对"偶然性"的成功运用》；杨绍军的《动人的"情欲"之流》(评姜俐敏的小说《女人的宗教》)；欧阳明的《开放背景下的文化自虐》(同上)；王侃的《还是读懂了再评为好——向张永权先生进一言》；赵云亭的《方方有什么错？》。

18 日，《文汇报》发表傅庆萱、张华的《尴尬艰难的民间艺术——从央视热播的电视剧〈刘老根〉看"赵本山现象"》；邢晓芳的《用热情和力量表现人性——上海文学评论界人士呼吁青年作家》。

《中国戏剧》第 3 期发表李默然的《加强评论　提高学养——在"新世纪话剧论坛"暨剧本研讨会闭幕式上的讲话》；刘平的《挑战与机遇并存——"新世纪话剧论坛"暨剧目研讨会综述》；周传家的《喻世·警世·醒世——小剧场戏曲〈偶人记〉印象》；叶志良的《新编〈昆仑女〉的双重叙事》；侯耀忠的《走向永恒的解读——评大型悲喜曲剧〈阿 Q 与孔乙己〉》；曾天夏的《绿叶无华　默默奉献——"田汉戏剧奖"15 年》；周良沛的《京剧的古老与它的"现代"——与高平、钮骠同志商榷》；王红丽的《我爱胡兰子——〈铡刀下的红梅〉排演心得》；严庆谷的《浅谈京剧发展中的障碍》。

19日,《人民日报》发表童中贤的《皇帝戏教给我们什么》;吴可吉的《莫为青史留骂名》;艾斐的《用真诚和道义为文学掌舵——雨果对我们的诫勉和昭示》。

《文艺报》第40期发表文周的《报告文学:鲜花和香水何时休》;刘亚丁的《俄罗斯作家走向联合继承苏联的文学财富——访高尔基世界文学研究所所长非·库兹涅佐夫》;张学昕的《〈别让我再哭了〉:超越生死的哭泣》;王充闾的《思想者的澎湃心声》;贺绍俊的《〈浮世〉的先锋与守成》;梁凤莲的《生命在流浪中展开意义——读熊育群〈随花而起〉》;周良沛的《令人深思的命题》;奚密的《炙热的熔炉——现代汉诗的诗歌语言》;梁振华的《颠覆与重构——〈找寻夏娃——中国当代女性文学透视〉评析》;孟泽的《历史感、理论自觉与当代情怀》;刘意青的《存活斗争的胜利者——加拿大女小说家》。

20日,《小说评论》第2期发表雷达的《长篇小说笔记之十一》;李建军的《小说病象观察之二:作者的态度》;洪治纲的《先锋文学聚集之十四:丰饶的碎片》;邵建的《误读鲁迅(二)》;专栏"小说家档案"以"迟子建专辑"为总题,发表於可训的《主持人的话》,迟子建、闫秋红的《我只想写自己的东西》,闫秋红的《论迟子建小说的"死亡"艺术》,迟子建的《寒冷的高纬度——我的梦开始的地方》;同期,发表杨经建的《2001年度长篇小说述略》;吴义勤等的讨论《奔跑的小说——艾伟〈越野赛跑〉和王彪〈越跑越远〉》;余玲的《潮流外的写作——毕飞宇小说论》;敬文东的《记忆与虚构——李洱论》;阎晶明的《从幻灭走向"求实"——从〈白银谷〉看成一小说的跃变》;黄开发的《文化与欲望——读陈世旭长篇小说〈世纪神话〉》;同期,以"方英文《落红》评论小辑"为总题,发表刘春的《时代的病症和知识分子的病症——谈〈落红〉中唐子羽形象的典型意义》,邢小利的《"废品天才"的悲凉哀歌——读方英文长篇小说〈落红〉》,方英文、杜晓英的《方英文〈落红〉答问录》;同期,发表高玉的《余华:一位哲学家》;马玉琛的《河边的台阶——谁来出任叙述人》。

《四川大学学报(哲学社会科学版)》第2期发表高波的《中国诗歌的现代嬗变》。

《东方文化》第2期发表严家炎的《东西方现代化的不同模式和鲁迅思想的超越——鲁迅个人主义与集体主义思想的一个考察》;康保成的《90年代景观:"边缘化"的文学与"私人化"的研究》。

《北京大学学报(哲学社会科学版)》第2期发表高文阁的《五四运动中的上

海社会底层民众》。

《东北师大学报(哲学社会科学版)》第2期发表刘研的《彭家煌与"契诃夫风致"》。

《光明日报》发表古风的《现代意境研究的学科建构》;汪守德的《还历史以个性和灼热——评徐贵祥的长篇小说〈历史的天空〉》;程蔚东的《历史题材·历史规律·历史品格——评电视文学剧本〈天下粮仓〉》;刘安海的《"发表心灵"与"公开隐私"》。

《学术月刊》第3期以"新世纪中国现代文学研究瞻望"为总题,发表王卫平的《新世纪:中国现当代文学研究的发展走向》;谭桂林的《问题型的研究及其原创意识》;杨剑龙的《梳理与探究:新世纪中国现代文学研究之我见》;王保生的《现代文学研究的文学化与经典化》。

《学术研究》第3期发表金岱的《文学作为生存本体的言说——百年来中国文学的反思》;徐南铁的《非职业化:当代文化人的艰难选择——刘斯奋现象解读》。

《河北学刊》第2期发表石辛的《无由"回避"——也说鲁迅与沈从文》;袁盛勇的《政治性:鲁迅思想的一个重要维度》;张东焱的《论仇恨——文学的负面情感研究》。

《南开学报(哲学社会科学版)》第2期发表罗宗强的《论海子诗中潜流的民族血脉》。

21日,《文艺报》第41期发表龚和德的《略谈龙江剧的"白淑贤阶段"》;泓峻的《重提文艺心理学》;王钰的《小议影视剧的帝王情结》;陆泰的《也说"拿奖戏"和"求生戏"》;朱雪艳的《戏剧,请少一点"泡沫繁荣"》;李菲的《走向国家市场营销道路——全球化趋势下中国戏曲的机遇》。

《文艺研究》第2期发表王杰、海力波的《审美人类学与马克思主义美学的当代发展》;张清华的《民间理念的流变与当代文学中的三种民间美学形态》;吕进、韩云波的《金庸"反武侠"与武侠小说的文类命运》;袁洪庚的《转折与流变:中国当代玄学侦探小说发生论》。

《文学报》发表阎连科的《小说站起来的脊梁——读王曼玲长篇小说〈潮湿〉》;邓积仓的《生命与生命的对话——简评〈贾平凹前传〉》;古耜的《天光云影共徘徊——我读〈读人记〉》;颜敏的《温暖人性和执着理想——读梁琴散文集〈难

以诉说〉》。

22日,《文艺报》第42期发表艾菲的《摄影文学：在多元辐射与互动审美中的创新》。

《文汇报》发表彭加瑾的《两代"牧星人"的人格写真——谈电视连续剧〈中国轨道〉》；李尔葳的《"我对电影有一种饥饿感"——姜文谈新片〈寻枪〉、〈天地英雄〉及其他》；吴俊的《另一种浮躁——从〈能不忆蜀葵〉略谈张炜小说写作》。

23日,《文艺报》第43期发表木弓的《需要反省的媒体》；露西的《报告文学〈中国有座鲁西监狱〉研讨会》；专栏"现实主义讨论之五",发表张克明的《真实些更真实些》；同期发表陈白子的《追随时代 还诗于民——喜读诗集〈蟹语〉》；李金善的《一位有诗人气质的学者》；洪俊峰的《有思想的学术——俞兆平〈写实与浪漫〉读后》；同期,以"张宝玺长篇小说〈潜流〉评论"为总题,发表余三定的《理想主义的深情歌赞》,马相武的《城市文化大趋势中：新乡土文学的奇葩》,高玉的《爱情的伦理》,鲁利君、宗元的《当前文学中的企业家风采》,佘丹青、方立的《对一股情爱"潜流"的批判》；同期,发表韩作荣的《平民诗人老刀》；陈履生的《不能以艺术的名义拿穷人开心》；刘永春的《潮外的语言之舞——评吴义勤〈文学现场〉》。

《武汉大学学报（人文科学版）》第2期发表黄献文的《论夏衍的电影创作》；何国瑞的《评论〈丰乳肥臀〉的立场、观点、方法之争——答易珠贤、陈国恩教授》。

24日,《文艺理论与批评》第2期发表俞岱宗的《"红色创业史"与革命新人的形象特征——以二十世纪五六十年代中国农村题材小说为中心》；陈仲庚的《韩少功：从"文化寻根"到"精神寻根"》；周良沛的《诗歌之敌》；谭解文的《"潜在写作"与当代文学史的客观性》；曾镇南的《一枝清采湘灵——读刘育新的长篇新作〈红菱〉》；余三定的《为了生命的丰富而写作——读谭仲池散文》；资华筠的《反思文艺批评之七戒》；李之谦的《知识、信仰与道德：凝视学术思想史的背后——以李泽厚、刘再复为例》；倪锦兰、仲云霞整理的《九十年代重大革命历史题材影片创作调查与思考》。

《文史哲》第2期发表王学典的《20世纪80年代的"新启蒙"与黎澍》。

《吉林大学社会科学学报》第2期发表姚力、蒋云峰的《大众文化的时间困境》。

25日,《文艺理论研究》第2期发表朱立元的《超越二元对立的思维方式——

关于新世纪文艺学、美学研究突破之途的思考》；冯毓云的《二元对立思维的困境及当代思维的转型》；周宪的《从一元到多元》；王纪人的《形而上，还是形而下，这是一个问题》；欧阳文风的《现代形态的文化诗学——论宗白华的美学思想》；朱志荣的《论中国文学史研究的当代性》；黄鸣奋的《超文本美学巡礼》。

《中国妇女报》发表许伟的《梅有骨韵，文有魂魄：读张晓风散文〈地毯的那一端〉》。

《四川戏剧》第 2 期发表胡国年的《澳门戏剧概述》。

《世界华文文学论坛》第 1 期发表金炳华的《在〈台湾新文学思潮〉出版座谈会上的讲话》；吕正惠的《〈台湾新文学思潮史纲〉编撰谈》；同施的《"海外华文文学沙龙"在同济大学进行与会者就世界华文学前景展开热烈讨论》；陈映真的《〈台湾新文学思潮史纲〉序言》；饶芃子的《大陆海外华文文学研究概况》；袁勇麟的《一个宏大的系统工程——世界华文文学史料学管窥》；远林的《诗学研究？文化视角？史料建设——"第二届世界华文文学中青年学者论坛"综述》；世闽的《大浪淘沙——评北美华文网络文学中的小说》；安娜的《如歌的行板——北美华文网络文学中的诗歌评述》；丹尼的《潮起潮落——北美华文网络文学中的散文简论》；郭媛媛的《后现代的平面文化快餐——少君〈人生自白〉创作论》；曾心的《泰华文学的交接期》；刘小新的《论马华作家黄锦树的小说创作》；翁奕波的《沉潜于人生体验中的理性思维——美华作家木心散文管窥》；王剑丛的《解读〈红豆〉散文》；林超然、高方的《同情与悲悯的混响——试论简媜散文的女性观》；谈勇的《红尘外的四月裂帛——读简媜散文》；高小刚的《"说出来"和"弄错了"——评两种海外华人小说语言》；于德山的《从〈木兰〉到〈卧虎藏龙〉：华人文艺题材之文化交往策略及其反思》；方秀珍的《一次虚妄的旅行——评〈扶桑〉的新历史主义特征》；吕雅清的《夹缝间的生存》；萧荻的《关于 1947—1949 台湾新文艺建设论争的回忆》。

《甘肃社会科学》第 2 期发表支克坚的《旧城堡里的踱步——新时期周扬关于文艺与政治关系的反思》；李晓东的《探寻真实与趣味的最佳结合——曹禺的戏剧美学思想》；张进的《新历史主义与语言论转向和历史转向》。

《东岳论丛》第 2 期发表李茂民的《20 世纪中国文学的社会主义启蒙》。

《当代作家评论》第 2 期发表李锐的《被克隆的眼睛》、《本来该有的自信》、《春色何必看邻家——从长篇小说的文体变化浅议当代汉语的主体性》；李锐、王尧的对话录《本土中国与当代汉语写作》；郜元宝的《离开诗——关于诗篇、诗人、传统和语言的一次讲演》、《现代汉语：工具论与本体论的交战——关于中国现代知识分子语言观念的思考》；同期，以"《21世纪中国文学大系》序选"为总题，发表陈思和的《我们如何面对新世纪的文学——〈21世纪中国文学大系〉(2001卷)总序》，张清华的《"好日子就要来了"么——世纪初的诗歌观察》，许俊雅的《2001年台湾文学景象》，谢天振的《2001年翻译文学一瞥》；同期，发表谢有顺的《现实主义是作家的根本处境——〈2001年中国最佳中短篇小说〉序》；张清华的《在现实的"私处"——张宏志诗歌读札》；张新颖的《"不纯"的诗》；王宏图的《幽咽的絮语与反讽——西飏小说论》；陈美兰的《行走的斜线——论九十年代长篇小说精神探索与艺术探索的不平衡现象》；周政保的《中国军事题材长篇小说创作的窘境》；范培松的《论九十年代报告文学的批判退位》。

《社会科学战线》第2期发表叶世祥的《文化转型与鲁迅的小说创作》；朱卫国的《猎猎大漠风　悠悠西部情——〈大漠祭〉简论》。

《盐城师范学院学报(人文社会科学版)》第1期发表张柟的《三毛创作个性散论》。

《河北学刊》第2期发表徐岱的《大视野与小格局：丁玲小说的诗学审视》；毛丹的《大话知识创新——可疑的期刊分类和学术评价尺度》。

《语文学刊》第2期发表刘必兰的《〈废墟的召唤〉：一个意象分析的文本》；房新侠的《美丽：虚幻非实有的征服欲望——评海南〈坦言〉的叙事方式》；王华萍的《后殖民批评在中国的境遇》。

26日，《文艺报》第44期发表江湖的《现实不等于反腐》；作讯的《中国作协第五届(1998—2000)全国优秀儿童文学奖评奖揭晓》；洪治纲的《浙江现实主义文学精品工程又续新约》；张乐的《一批散佚民间的鲁迅文章和书信将出现在新版〈鲁迅全集〉中》；文周的《广东青年诗人异军突起》；古远清的《双重文化身份的魅力》；刘锡诚的《时代·社会·女性》；崔道怡的《〈后窗〉的风景》；石一宁的《玉壶冰心　赤子深情》；同期，以"吴正研究"为总题，发表杨怡的《不拘一格降人才》，古继堂的《愿明天躺在阳光下》，贺绍俊的《一代人的缩影》，周玉宁、杨海清的《胸怀大爱的诗人、作家》。

《文汇报》发表陈熙涵的《满场观众笑声不断——中央戏剧学院话剧〈翠花，上酸菜〉观看记》。

27日,《文学自由谈》第2期发表刘心武的《"9·11"事件与小说写作》;萧沉的《诗歌鸡肋谈》;张颐武的《重返社群的选择》;蔡丽的《经典:一个粉色时代》;朱健国的《马莉的失败与胜利》;王干的《在逼近自我过程中铸造诗魂》;胡锡涛的《再为李希凡一辩》;冷成金的《对陈冲批评的回应》。

《中国文化报》发表赵忱、赵遐秋、曾庆瑞的《以批判"文学台独"为己任》。

《华中师范大学学报(人文社会科学版)》第2期发表许祖华的《中国现代文学的思想传统与宗教论纲》;胡绍华的《徐訏爱情小说的宗教情愫》;周燕芬的《从流派的构成看七月派的存在形式与特征》。

《光明日报》发表韩经太的《古典文学思想的现代展开方式》;张学昕的《长篇小说的文体变化》;李建树的《螃蟹因何微笑——评电影〈微笑的螃蟹〉》;李存葆的《别有洞天——读〈中国有座鲁西监狱〉》。

28日,《文艺报》第45期发表梅朵的《凌子风的艺术精神——纪念老艺术家凌子风逝世三周年》;魏得胜的《大师种种》;曾耀农的《中国当代影视中的荒诞意识》;尹光明的《关于有中国特色的社会主义文化建设的思考》;陈培仲的《〈骆驼祥子〉京剧现代戏的又一里程碑》。

《文学报》发表俞小石的《文学要有理想和美》;峻青的《真诚之美——纪锡奎散文集〈雨梦〉序》。

《兰州大学学报(社会科学版)》第2期发表张进、高红霞的《论新历史主义的逸闻主义——触摸真实与"反历史"》。

《光明日报》发表计亚男、周伟的《双向匿名审稿:中国学术期刊向国际标准靠拢》;谯达摩的《一份有使命感的刊物》。

《湖南大学学报(社会科学版)》第2期发表何言宏的《平淡中见奇巧,简洁中蕴繁复——论卞之琳诗歌的言语形式》。

29日,《文艺报》第46期发表柏定国的《摄影文学理论的飞跃》。

《文汇报》发表包明廉的《透过战争,触摸人性的美丽——导演黄健中谈〈盖世太保枪口下的中国女人〉》。

《社会科学动态》第3期发表古远清的《澳门文学评论概况》。

30日,《文艺报》第47期发表金炳华的《坚持先进文化前进方向开创新世纪社会主义文学事业新局面——在中国作家协会第六次全国代表大会上的工作报告》。

《文汇报》发表钱理群、刘绪源的《让文学少年走进文学大师》；张懿的《真相的迷宫　阅读的陷阱——我读李洱的〈花腔〉》；朱晖的《〈无字〉："她"之一族》。

《扬州大学学报(人文社会科学版)》第 2 期发表薛南的《平和之中寓深意　无拘无束露真情——读铁凝散文集〈河之女〉》。

《戏剧》第 1 期发表张健的《李健吾喜剧论(上)》；叶再春的《早期话剧的"现代性"思考》；苏琼的《走出"围城"：九十年代史剧形式的革新与史剧观念的演变》；李莎的《当代中国导演对西方戏剧经典的四种误读》；张子扬的《自言自语 20年——答〈戏剧〉杂志特邀记者问》。

《南京大学学报(哲学·人文科学·社会科学)》第 2 期以"沈从文研究"为总题，发表凌宇的《沈从文的生命观与西方现代心理学》，向成国的《论"抽象的抒情"》，朱寿桐的《沈从文剧体作品论》，王继志的《沈从文美学观念中的"超人"意识》。

《四川戏剧》第 2 期发表胡国年的《澳门戏剧概述》。

《漳州师范学院学报(哲学社会科学版)》第 1 期发表高云的《一株行走的草：简媜散文品评》。

《伊犁师范学院学报》第 1 期发表王晓芳的《菡园·成长·角逐：李昂小说〈迷园〉解读》。

《郑州铁路职业技术学院学报》第 1 期发表屠莲芳、詹国民的《台港文学的艺术特点及其价值》。

31 日，《文汇报》发表邢晓芳的《写作：悲壮的抵抗——王安忆、莫言在上图举行主题演讲》。

本月，《上海文学》第 3 期以"关于'知识伦理'的讨论(二)"为总题，发表刘嘉陵的《平原游击队故事的蒸馏过程》，王宏图的《倾听内心的声音》。

《文艺评论》第 2 期发表向荣的《日常化写作：分享世俗盛宴的文学神话》；罗小东的《当代小说线性叙事的类型分析》；梁国伟的《数字电影的互动性思维——一个关于现代技术观念的疑问》；李林荣的《新瓶何以装旧酒——关于中国现代散文观念的生成和中国现当代散文的研究方法》；魏天真的《新生代历史叙述：被播弄的人与是非》；王宇的《90 年代性别差异性文化想象的尴尬及其原因》；王艳芳的《女性文学批评中"拒绝对话"现象的分析》；黄光伟、贾宏图的《喧嚣世纪中的思想者——贾宏图访谈录》；黄光伟的《贾宏图报告文学风格论》；周敬山的《知识分子异化心路的艺术写照》;徐志伟的《不寻常的学术拓荒工程——评〈龙江特色作家研究丛书〉》;邢海珍的《岁月深处的诗情——读罗振亚的诗》;孙苏的《寻找在寂静中——王鸿达作品印象》;王工的《努力展示生活中的人情美——评徐岩短篇小说集〈临界有雪〉》。

《中国文学研究》第1期发表宋剑华的《论百年中国文学集体主义精神理念的展现形式》;杨剑龙的《论王朔小说的反讽艺术》;汤晨光的《男人·知识分子·中国人——论〈曾在天涯〉》;刘戈的《评李龙生长篇历史小说〈道家演义〉》。

《中国电视》第3期发表仲呈祥的《关于重大革命历史题材的影视创作——银屏审美对话之六》;林洪桐的《"粮仓"带来了什么?——评电视连续剧〈天下粮仓〉》;孔庆东的《好大一个仓——评电视连续剧〈天下粮仓〉》;陈力的《〈忠诚〉的探索》;蔡尚伟、韦志刚的《〈山里的日子〉的诗意》。

《天津大学学报(社会科学版)》第1期发表单小曦的《当代中国美学研究的理论立足点》。

《百花洲》第2期发表毕飞宇的《我描写过的女人们》;丁帆的《我观女性》;张朋园的《梁启超的两性观——论传统对知识分子的约束》;李运抟的《男性中心与虚伪道德的瓦解》;梁鸿的《"生命存在"的赞美诗——从"三恋"看王安忆的生命哲学》。

《河北大学学报(哲学社会科学版)》第1期发表刘玉凯、田建民的《"传统"与"断裂"的困惑——关于"五四与传统文化"的讨论》。

《剧本》第3期发表廖全京的《寻找人物命运的轨迹——谭愫剧作谈》;布而的《从民族复兴的高度发展话剧事业——〈新世纪话剧论坛〉述评》。

《台湾研究集刊》第1期发表李诠林、倪金华的《解读西川满——以其诗歌创作为例》;肖伟的《文学精神与时代性格——论台湾〈联合报〉副刊的"文艺性"模式》;方东的《没有明天的故事——论白先勇小说的"时间"》。

《安徽大学学报(哲学社会科学版)》第2期发表阮温陵的《说"王一桃体"——香港回归前的诗人创作》。

《华侨华人历史研究》第1期发表曾理的《两个世界,还是一个世界?——论美国华裔文学作品中华人的"文化认同"问题》;黄鸣奋的《网络华文文学刍议》。

本月,上海译文出版社出版李建盛的《理解事件与文本意义:文学诠释学》。

广西师范大学出版社出版[比]布莱著、郭宏安译的《批评意识》。

宁夏人民出版社出版郎伟的《负重的文学》。

中国美术学院出版社出版陈志红的《反抗与困境：女性主义文学批评在中国》。

陕西旅游出版社出版邰科祥的《贾平凹的心阈世界》。

武汉出版社出版孙萍萍的《继承与超越：四十年代小说与五四小说》。

三峡出版社出版钦鸿的《遥望集——东南亚华文文学漫评》。

海峡文艺出版社出版福建省台港澳暨海外华文文学研究会编的《传承与拓展——菲律宾华文文学国际学术研讨会论文集》。

厦门大学出版社出版郭惠芬的《新马华文文学的现代与当代》。

本季，《郑州铁路职业技术学院学报》第1期发表屠莲芳、詹国民的《台港文学的艺术特点及其价值》。

《中国社会科学》第2期发表陈友冰的《台湾五十年来古代文学研究观念的演进及思考》。

香港昆仑制作公司出版陈辽主编《我与世界华文文学》。

4月

1日，《长江文艺》第4期发表青锋的《在现实与感知间穿行》(关于虹影的小说创作)；江岳的《平实出绚烂　厚重见灵秀——湖北近十年小说创作概观》；昌切、叶李的《爱与诗的乐章——评长篇小说〈桦树皮上的情书〉》。

《诗刊》第4期(上半月刊)发表陈旭光的《个体生存与文化的复杂表意——车前子组诗〈北京胡同〉的几点感想》；张执浩的《始于生活的写作》；祖丁远的《他有三次诗的喷发期—老诗人丁芒传奇》；王宏甲的《我读红孩》。

《作家》第4期发表李仰智等与李洱的对话《以个人的名义进入历史书写——关于李洱长篇新历史小说〈花腔〉的对话》。

《作家杂志》第4期发表贾鉴的《田园：从虚构到陷落——对小海90年代诗

歌的解读》。

《语文月刊》第4期发表饶芃子的《全球化语境中的雅俗文学》。

2日,《小说选刊》第4期发表冯敏的《唱给无名者——由〈走过的地方〉生发出的感慨》;阿成的《客居北京的徐坤》。

《文艺报》第48期发表贝佳的《弱势群体,我们风雨同舟》;江湖的《文学关注弱势群体 作家评论家这样说》;孙桂荣的《开枪,为小说送行?》;石一宁的《另辟蹊径的文化历险》;王兆胜的《20世纪中国文学的价值失误》;吴艳的《工资真"完"论中的生态意识》;王蒙的《得益不少 得趣不少——读童庆炳〈维纳斯的腰带——创作美学〉》;皇甫积庆的《一个典型视域中的批评生态》。

3日,《光明日报》发表李运抟的《新时期作家的文化态度》;翟泰丰的《探险大自然 探索文学形态》;季红真的《文学创作中的末世启示》;里欣的《警察剧的新探索》。

4日,《文艺报》第49期发表邓华宁的《专家认为:少儿文艺创作青黄不接有多种原因》;张东的《为军事科技题材构筑审美模型——评电视连续剧〈中国轨道〉》;盖永来的《与时俱进的〈刘老根〉》;单小曦的《在"叠加"中毁灭——关于电视剧〈桔子红了〉的悲剧分析》;栾俊林的《〈刘老根〉何以没让观众笑起来?》;李有亮的《假如让秀禾自杀或渐渐老去》;林跃奇的《〈流星花园〉电视流毒》。

《文学报》发表陆梅的《上海青年作家走向成熟》;冯嘉的《从当代文学出发——著名学者章培恒提出文学史研究的新视角》;俞小石的《当下小说有否"三无"现象? ——"无智、无趣、无味"——有读者向演讲者王安忆、莫言尖锐发问》;王安忆、莫言的《写作,是悲壮的抵抗》;李晓君的《独异的姿态 真诚的写作——熊正良作品研讨会综述》。

5日,《人民日报》发表朱敬阳的《让艺术影片走近观众》;辛仁的《春晖:清新的艺术追求》。

《文艺报》第50期发表朱忠元的《摄影文学:"言"与"象"间的张力美》。

《文汇报》发表张立行的《作家呼唤作品经纪人》;陈熙涵的《朴素宁静 心平气和——欣赏品特的极简主义话剧〈背叛〉》。

《光明日报》发表张丰君的《在运动状态下透视文学史》。

6日,《书屋》第4期发表部元宝的《母语的陷落》。

《文艺报》第51期发表胡殷红的《中华现代诗词创作现象引起关注——专家

呼吁一视同仁地对待新诗与格律诗》；胡士华的《我永远说农民想说的话》；毛志成的《扫荡"纯诗人"》；杨厚均的《整合·创新·建构》；张炯的《独抒性灵》；陈章汉的《共享激情——全国七届文代会手记》；胡殷红的《电视剧〈梦断紫禁城〉编剧作家郑万隆说——我就是借历史说故事》；陈履生的《假如没有历史》；胡言的《文学读本〈梦断紫禁城〉召开研讨会》；徐强的《也说最佳》。

9日，《文艺报》第52期发表贝佳的《特别需要精神性的提升——湖北作协为打造长篇大盛而努力》；本报编辑部的《花开三度落九家——第三届冯牧文学奖在京举行颁奖仪式》；姜耕玉的《关于批评的"语境""立场"及文本真实——评估"后新诗潮"的基本问题辨析》；徐虹的《在"村庄"中寻找"城市"——评长篇小说〈红莲·白莲〉》；张文红的《爱的幻象》；韩小蕙的《我读小说家散文》；同期，以"《蝙蝠的意象》三人谈"为总题，发表刘锡诚的《别停步，文艺改革》，林雨的《骨正风高自精神》，王兆胜的《高者在腹》；同期，发表刘红林的《赖和是爱国者而非分裂祖国的罪魁》；王蒙的《赵浩生的〈八十年来家国〉》；古远清的《看台湾诗坛的数典忘祖》。

《文汇报》发表傅庆萱的《〈我这一辈子〉引起争议——根据老舍名著改编拍摄的22集电视剧》。

《民族文学》第4期发表朱群慧的《20世纪中国苗族文学简述》；彭斯远的《聚焦重庆少数民族文学》。

10日，《光明日报》发表吴文科的《历史剧的创作态度》；黄毓璜的《当时体一瞥》；古耜的《在苦难中淘洗人性的光华——读高明光的长篇小说〈滴水岩〉》。

《苏州大学学报（哲学社会科学版）》第2期发表丁晓原的《论刘白羽的报告文学"诗意"观》；巫建伟的《无限传递 尽在秋波——试论中外影视对眼睛和眼神的处理》；欧阳雪芹的《百年中国畅销书的回顾与思考》；刘锋杰的《读〈中国文学艺术论〉》。

《写作》第4期发表古远清的《剽悍勇敢的心灵赞歌——读李瑛近作〈倾诉〉》。

11日，《文艺报》第53期发表周华斌、于允、田仲一成的《从历史中梳理中国祭祀戏剧——中国戏剧史研究三人谈》；刘晔原、张育华、曾庆瑞的《对人性与公正的呼唤——电视剧〈盖世太保枪口下的中国女人〉座谈纪要》；朱辉军的《要看到紫禁城内外的血泪》；周思明的《反贪打黑电视剧"十大秘笈"》。

《文汇报》发表陈晓黎的《话剧精华糅进音乐剧——著名导演吴贻弓谈根据

曹禺名作改编的音乐剧〈日出〉》；陈保平的《"杯子已经洗干净了！"——李碧华与她的〈烟花三月〉》。

《文学报》发表俞小石的《冯牧文学奖在京颁奖——追忆往贤风仪　展望文学未来》及《海外文学新变引起关注》；本报编辑部的《守望·跋涉·探索——第三届冯牧文学奖获奖者评语》；陆建华的《"汪是一文狐"——略记汪曾祺与贾平凹》；韩石山的《飘渺的真实——读荆歌的〈卫川和林老师〉》；周政保的《"鼻子挺挺"的效果与缺憾》；刘伟的《观点的盛宴——读吴亮的〈艺术在上海〉》；王久辛的《个性的魅惑——浅评长诗〈血色和平〉艺术个性》；张华的《李碧华的小说时空艺术》。

《中国青年报》发表宋广辉的《辞世五年，王小波哀荣犹在——有趣的人是不会被忘记的》。

12日，《文艺报》第54期发表赵迪的《前途无量的摄影纪实文学》。

《文汇报》发表潘志兴的《〈我这一辈子〉改编四大败笔——老舍之子、中国现代文学馆馆长舒乙直言》；金龙格的《等待着他们的是死亡》；雷达的《苦熬着的现实——徐坤〈春天的二十个夜晚〉读后》。

13日，《人民日报》发表方汉奇的《副刊百年史——〈中国文艺副刊史〉序》；姜国忠的《世纪的回顾——评〈廿世纪中国文艺图文志·小说卷〉》；杨小红的《一曲爱国者之歌——〈世纪情怀——张学良全传〉读后》。

《文艺报》第55期发表胡殷红的《我们要真正深入生活》；木弓的《文学要凝聚起民族的精神》；马相武的《全球化与民族精神》；周政保的《"现实"在困境中的延伸——读郑彦英的长篇小说〈洗心鸟〉》；一弘的《新"乡土"文学的拓展——读张克鹏的长篇小说〈吐玉滩〉》；骆晓戈的《人性的空洞》；张兴元的《报纸和小说》；乌丙安的《有本土特色的民间文艺探索》；小可的《警匪片的道德是非底线》；萧祖石的《奇特的尾声　别致的后记——读〈昨天的战争〉》。

14—17日，厦门市东南亚华文文学研究会、亚洲华文作家文艺基金会与厦门大学东南亚华文文学研究中心、厦门大学海外教育学院、厦门大学东南亚研究中心、厦门文学杂志社主办的第五届东南亚华人文化与华文文学研讨会在厦门大学召开。会议着重讨论东南亚华文文学及其研究的问题、菲律宾华文文学的历程及特点。

15日，《电视研究》第4期发表刘扬体的《体察历史的忧伤——〈天下粮仓〉品谭录》;盘剑的《尝试两种文化形态的契合——评电视连续剧〈天下粮仓〉的创作思路》;邵长波的《电视散文的困惑》。

《江汉论坛》第4期发表杨迎平的《潜意识:收敛与逸出——鲁迅、施蛰存心理分析小说比较论》;熊修雨的《文如其人——论汪曾祺与其小说文本》;周福如的《香港现代派小说的西方色调与中国情结》。

《诗刊》第4期(下半月刊)发表耿占春的《沈苇:寻访一个地区的灵魂》。

16日,《文艺报》第56期发表张鹰的《军事文学既要变奏更要正声——朱秀海耗时五年谱写悲壮铿锵的〈音乐会〉》;刘起林的《正史之笔 廊庙之音》;陈超的《从天真之歌到经验之歌》;李建东的《社会主义文艺功利观的辩证思考》;周冰心的《读〈边缘与暧昧〉》;刘晓芒的《"河东河西论"的误区》;华力君的《"亮出中华文艺复兴的大旗"亮得好》;陈世学的《呼唤新中华理性主义》;贾平凹的《评说孙见喜》;查舜的《在长篇小说问世之际我想说的话》。

17日,《光明日报》发表孙荪的《越做越"大"的小小说》;於可训的《战争与人性的交响——评长篇战争小说〈音乐会〉》;张同吾的《凝动的音乐与立体的诗》。

《作品与争鸣》第4期发表袁立洋的《下岗人的坚韧和豁达》(评张庆洲的小说《鸟的》);许门的《将写实进行到底》(评白连春的小说《母亲万岁》);华雨的《〈母亲万岁〉的得与失》;冯子礼的《市民社会的现代图腾》(评薛冰的小说《纸屏风》);董玉环的《小报的德性》(同上);张彩虹的《突围》(评张梅的小说《太太团》);艾璘的《解放与束缚》(同上);深蓝、那非的《我们不能遗忘——令人遗憾的"曲波现象"》。

18日,《文艺报》第57期发表马俊山的《欧阳予倩三导〈日出〉》;朱寿桐的《告别戏剧世纪》;解玺璋的《照亮人性的暗处——评话剧〈足球俱乐部〉》;敖忠的《社会主义精神文明的一曲凯歌——评6集电视剧〈进京列车〉》。

《中国戏剧》第4期发表杜建华的《川剧〈金子〉的审美示范意义》;傅翔的《深度空间的拓展与当代意识的强化——从福建历史剧创作的局限谈起》。

《文学报》发表俞小石的《"专栏文学"引起关注》;江若的《湖北研讨长篇小说成果的得与失》;陆梅的《把"标签化"了的苏童打碎》;翟泰丰的《用灵与血凝成的力作——读周梅森长篇小说〈绝对权力〉》;李凌俊的《她,一年半走访12个监狱——记报告文学〈中国女子监狱〉作者孙晶岩》。

19日,《文艺报》第58期发表高永钰的《摄影文学的美学概念与现实性》。

《文汇报》发表邢晓芳的《贾平凹新作遭质疑》。

20日,《文艺报》第59期发表胡殷红的《深入生活才能准确把握时代脉搏》;周国清的《与时俱进的〈散文诗〉》;木弓的《深入生活是根本》;张学昕的《民族化与当代作家写作》;木弓的《关于小说〈抒情年华〉》;邵滢的《浪花还是泡沫》;边川的《在母性的天空飞翔》;石英的《妙趣横生 自成风格——读蒋元明〈怪味品书〉》;同期,以"荆楚崛起长篇潮"为总题,发表於可训的《近20年湖北长篇创作述评》,曾镇南的《为有牺牲多壮志——读蒋杏的长篇小说〈走进夏天〉》,王先霈的《我读〈乌泥湖年谱〉》,何镇邦的《历史小说创作与〈张居正〉》;同期,发表骆文的《钢铸头颅水晶心——悼著名诗人曾卓》。

《学术月刊》第4期发表黄颂杰的《本体论在现当代：解构与重建》;劳承万的《当前文艺学理论研究中的几个问题》;吴炫的《辩证否定与依附性思维无助于文学创造——答杨春时、孔范今、秦弓等先生》。

《学术研究》第4期发表刘士林的《论审美活动的历史沉沦》;程亚新的《含蓄诗学与诗学创新》。

《鲁迅研究月刊》第4期发表胡峰、江畅的《褒扬贬损之间——世纪之交,由"酷评"鲁迅引发的论战》。

23日,《文艺报》第60期发表贝佳的《为小小说举行成人礼——当代小小说庆典暨理论研讨会在京召开》;乔世华的《摹写出城市生活的多样性》;红柯的《小说的民间精神》;吴义勤的《"谋杀"的合法性——评李洱的长篇小说〈花腔〉》;莫言的《守望心灵的天空》;葛红兵的《评〈落红浮生缘〉》;王仲生的《审美征服与精神拯救——评匡燮的〈记忆蛛网〉》;盖生、董学文的《学科殖民化倾向与文学理论创新》;周宪的《图像的转向》;石凤珍的《中国文学理论现代性研究的两种思路》;本报编辑部的《青年批评家的文学批评》;李红波、沈雁飞的《吴元迈谈后现代主义的"四无"》;叶廷芳的《作家就应该对社会尽一定责任——在穆施克家过圣诞》。

24日,《光明日报》发表黄家雄的《弘扬先进文化是报告文学的主导品格》;谢家华的《民族精神的绝唱——评歌剧〈司马迁〉》。

25日,《文艺报》第61期发表高松年的《红色艺术人生的真实展示与反思——黄仁柯何以写成长篇报告文学〈鲁艺人——红色艺术家们〉》;杨扬、唐明生的《古代题材电视剧泛滥的原因何在》;陈斌善的《"历史剧"审美品质的提升》;

左芳的《重温〈讲话〉精神　关注农民兄弟》。

《文汇报》发表陈晓黎的《影视可不能离老百姓远了——谢晋回忆〈芙蓉镇〉感慨话当年》。

《文学报》发表俞小石的《让诗歌在百姓中立足》；肖晓的《小小说二十年成果显著——当代小小说庆典暨理论研究会在京召开》；杜晓英的《〈落红〉轻吟人生哀歌》；毕四海的《香椿树的记忆和现实》。

《光明日报》发表谢其章的《传呼快马迎〈新月〉》。

《盐城师范学院学报（人文社会科学版）》第2期发表廖礼平的《台湾小说中词的AABB式结构》。

26日，《人民日报》发表沈修的《又逢黎明静谧时——写在话剧〈这里的黎明静悄悄〉搬上中国舞台之际》；骥文的《小品应讲究艺术真实》。

《文艺报》第62期发表张晶的《摄影文学的历史机遇与审美价值》。

27日，《文艺报》第63期发表熊元义的《农民——我还是要好好写——访作家张继》；木弓的《文学，别忘了为劳动者》；张光年的《"我愿袒开胸怀"——〈张光年文集〉引言》；商红的《做一个有头脑的写作者》；余三定的《弘扬现实主义文学精神——评张克明的〈艺术批判与审美超越〉》；门瑞瑜的《茅盾，生命的最后心系黑土地》；冯海的《在童心里播种爱——记童话作家葛翠琳》；索亚斌的《电影〈花眼〉观众掏钱看什么》；乍冠光的《改编的"边"》。

《文汇报》发表罗岗的《电视骑着文学走？——兼对当前反腐败题材影视和文学创作的几点思考》；刘扬体的《突破战争片窠臼　向人性深层掘进——由〈盖世太保枪口下的女人〉谈开去》；朱维妙的《生存的游荡——读苏童的长篇小说〈蛇为什么会飞〉》。

29日，《文汇报》发表舒明、翁霞的《文学、人性与世界——金庸、科埃略对话录》。

30日，《文艺报》第64期发表本报编辑部的《编辑部内部消息：〈讲话〉生根发芽》；陈超的《诗人的散文》；罗望子的《诗性的历史》；曾镇南的《凛如秋霜　热似原土——读海容的长篇小说〈无罪判决〉》；李鲁平的《历史如何同人们开玩笑——读〈拨动历史的转盘〉》；胡有清的《文学娱乐功能的误区》；梅林的《学术底蕴与"火山"之喻》；周平远的《以人类本体论为基石的艺术哲学——读杜书瀛〈文学原理——创作论〉》；马石利的《心灵的诗化——读〈美人蕉缭乱的天涯〉》；李建军的《生态写作的收获——读〈人与地球丛书〉》;陈瑞琳的《从他们的作品中闻到融合的气息——看北美华文文学》。

《石家庄经济学院学报》第2期发表李静的《李金发与台湾现代诗》。

《赣南师范学院学报》第2期发表古远清的《为重构香港文学多元化生态的努力和收获》。

本月,《上海文学》第4期发表葛红兵的《关于"集群"的六个文学性词汇》。

《北京文学》第4期以"'寻找文学存在的理由'讨论之一"为总题,发表阿成的《走进小说》,林白的《文学是一条狗》,宣儿的《文学与出版》,鲁羊的《"写小说"是干什么》,崔子恩的《世俗写作的终极意向》;同期,发表孙国亮的《在"真实"的道路上——再读〈烦躁不安〉》;薛栋成、江桂苞的《道德沦丧的代价——读胡美凤小说〈斑斓夜雨〉》。

《中国电视》第4期发表徐光春的《在2002年全国电视剧题材规划会上的讲话》;仲呈祥的《关于爱情题材的影视创作——银屏审美对话之七》;李准的《艺术匠心与极致的追求——〈天下粮仓〉看片随想》;彭加瑾的《典型归来——看电视连续剧〈激情燃烧的岁月〉》;俞胜利的《细节的力量——看电视剧〈天下粮仓〉想到的》。

《戏剧艺术》第2期发表孟昭毅的《朝鲜戏剧艺术与中国文化》。

《艺术百家》第2期发表安葵的《解放区戏曲的历史意义——纪念毛泽东同志〈在延安文艺座谈会上的讲话〉发表60周年》;顾聆森的《论趣剧》;翟国璋的《历史与艺术的成功结合——评电视剧〈平民大总统〉》。

《江淮论坛》第2期发表唐先田的《〈废都〉和"废都意识"的颓废影响》。

《剧本》第4期发表蔡体良的《漫话现代剧目的创作》;刘平的《"包装",不能太离谱——谈戏剧舞台上的"大制作"现象》;孙燕的《理解大制作》。

《清华大学学报(哲学社会科学版)》第2期发表李媛的《知性理论与新诗艺术方向的转变》。

本月,山东大学出版社出版朱德发、贾振勇的《评判与建构:现代中国文学史学》,郑春的《精神与局限:二十世纪中国文学两极透析》。

广东人民出版社出版金岱主编的《世纪之交:长篇小说与文化解读》。

辽宁人民出版社出版宋玉书的《突进与嬗变:新时期报告文学研究》。

学林出版社出版徐岱的《边缘叙事:20世纪中国女性小说个案批评》。

海燕出版社出版刘敏言的《刘敏言文艺评论集》。

山东教育出版社出版陈顺馨的《1962：夹缝中的生存》。

北京大学出版社出版陈平原主编的《中国文学研究现代化进程二编》。

人民文学出版社出版人民文学出版社编辑部编选的《中华文学评论百年精华》。

中国社会科学出版社出版麦永雄的《文学领域的思想游牧：文学理论与批评实践》。

吉林人民出版社出版喻大翔的《两岸四地百年散文纵横论》。

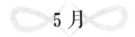

5月

1日，《长江文艺》第5期发表刘益善的《经典的不朽性》；梁艳萍的《他者面前的无能为力——吴晨骏小说一斑》；黄曼君的《文艺经典现代性言说——纪念毛泽东〈在延安文艺座谈会上的讲话〉发表60周年》；涂怀章、郭涛的《警醒后代的反思——评刘庆林〈倾斜的年轮〉》。

《万象》第5期发表刘绍铭的《生活其实可以如此美好：林文月散文评论》。

《光明日报》发表郭俊明的《闲说"戏说"》。

《名作欣赏》第3期发表何希凡的《自我命运感知与民族文化情怀的诗意整合——读余光中散文〈日不落家〉》；袁红梅的《重建中国文化，让个性飞扬——读〈故事里套着故事〉〈日不落家〉有感》；王延平的《不自量力的善行，逼出别人的恶来——读〈故事里套着故事〉随感》；宗元的《母爱的匮乏与呼唤——毕飞宇〈哺乳期的女人〉赏析》。

《作家杂志》第5期发表朱竞、李建军的《"不从"的精神——关于知识分子及中国当代文学的对话》。

《钟山》第3期发表杨苡的《"文革"博物馆在哪里？（重读1977年巴金的三封信）——旧邮散忆之三》；张抗抗、李小江的对话《女性身份与女性视角》；林舟、齐红的《叶弥小说简论》。

《语文月刊》第5期发表何天杰的《审丑,还是嗜丑——评莫言的长篇小说〈檀香刑〉》;冯雁的《谁言寸草心——读〈我的母亲〉》。

《解放军文艺》第5期发表朱苏进的《清晰度》;陈友谊的《部队作家的尴尬》。

2日,《小说选刊》第5期发表喻普的《残雪有力量》。

《新剧本》第3期发表张燕鹰的《众说纷纭刘罗锅——贺岁京剧连台本戏〈宰相刘罗锅〉研讨会综述》;陈培仲的《一种品牌 一道大餐——京剧连台本戏〈宰相刘罗锅〉观后》;康式昭的《高屋建瓴的视角 历史真实的回归——我看新编文姬归汉》。

4日,《文汇报》发表陈思和的《既是"知识",也是"审美"——中文系文学课程多功能组合的构想》。

5日,《人民日报》发表翟泰丰的《用心血凝成长篇力作》;仲呈祥的《慎用"古装戏"替代"历史剧"》;闻雷的《大学校园里的精神写真——读〈大学轶事〉》;毕胜的《激情的艺术发现——报告文学〈发现青年〉读后》;林为进的《社会需要有为的文学——〈洗心鸟〉的启示》。

《光明日报》发表何西来的《边城世态的文化追踪》。

《大家》第3期发表王干的《女人为什么写作》;陈晓明、张颐武的对话《市场化时代:文学的困境与可能性》。

《辽宁大学学报(哲学社会科学版)》第3期发表金华的《还原与"超越"》;李明明的《中国女性小说的先锋性探源》;于开颜的《诗歌领域里的想象大师》;聂明澈、聂明泓的《论中国文学创作中的数据挖掘》;陈增福的《毛泽东诗词境界的构建及其美学范畴之归属》;薄启华的《试论电视文艺的本质特征》。

《电影艺术》第3期发表于敏的《〈讲话〉的历史命运——纪念〈在延安文艺座谈会上的讲话〉六十周年》;梁光弟的《六十年沧桑说〈讲话〉》;孔庆东的《帝王戏的正路》;王一川的《皇风帝雨吹野史——我看当前中国电视的后历史剧现象》;王得厚的《被招回的帝王将相的阴魂》;李道新的《物恋悲剧与生存幻想——影片〈寻枪〉的文化解读》;郑国恩的《形象的镜头语言——〈生旦净末〉观后》;仲云霞、倪锦兰的《九十年代重大革命历史题材影片创作调查报告》;何峰的《诗化的悲剧人生——〈橘子红了〉观后随想》;张燕的《近期电视电影中的都市类型》;张东的《电视电影中的革命历史题材》;高小健的《反腐倡廉的别样选择——有关电视电影〈刑警张玉贵的队长生活〉》；黄维钧的《谈由话剧改编的电视电影〈古玩〉》；童道明的《电视电影〈古玩〉观后》；余仲华的《拍摄古装系列电视电影我见》；殷磊的《快乐？堕落？——荧屏中的娱乐或游戏》。

《花城》第3期发表朱大可、张闳的《文化意识形态批判书》；耿占春的《仿史学的小说叙事》。

6日，《人民日报》发表刘平的《"话剧魅力"的实验——看〈足球俱乐部〉兼谈话剧创作》。

《书屋》第5期发表李杨的《"救亡压倒启蒙"？——对八十年代一种历史"元叙事"的解构分析》；何言宏的《九十年代以来中国小说中的"权力"焦点》；厉梅的《在媚俗的浊浪中前行》；文洁若的《"萧乾作品选"序言》；祝勇的《在没有英雄的年代里——对"新文人"的整体透视》；张晓风的《丘东平致胡风的一束信》。

7日，《人民日报》发表东志的《学者的小说〈风醉月迷〉》；曾子云的《纯文学期刊亟待政府扶持》。

8日，《光明日报》发表孙焕英的《电视剧也有"注水肉"》；乙白的《用电影开课》；卫民的《大型文献电视片〈新四军〉另辟蹊径》；陈先义的《坚持先进文化前进方向　努力繁荣军事文学创作》；赵学勇、刘颖的《九十年代的西北乡土小说》；路侃的《当代军事文学的力作——评长篇小说〈楚河汉界〉》；贺兰山的《报告文学的新景观——读长篇报告文学〈大道茫茫〉》；吴奔星的《蓬勃的生命在呼啸——喜读〈故宫的青草〉》。

《芙蓉》第3期发表伊沙的《感性诗评（八篇）》；韩东的《他们应该被广泛阅读》。

9日，《文艺报》第65期发表张斌的《痛苦并快乐着——现代舞剧〈红梅赞〉总导演杨威一席谈》；周传家的《评戏人的苦恼》；齐鹏的《网络时代现代艺术的崛起》；易木的《赵本山文化现象引起的思考》；陈友军的《"艺术精神"重提——读曾庆瑞〈守望电视剧的精神家园〉》；严菊的《风雨沧桑　童心不变——梁瑜和她的儿歌》。

《文学报》发表李凌俊的《"另类作文"令人忧虑》；苗春的《严家有女初长成——老作家萧马谈女儿严歌苓文学、人生之路》；徐俊西的《历史电视剧的走红及其艺术定位》；张春生的《文学泡沫的消解——话说2001年中国小说排行榜》；陈思和的《守望着文体与技术——吴义勤的文学批评略谈》。

《民族文学》第5期发表周政保的《历史与现实中的文艺创作——重读毛泽东〈在延安文艺座谈会上的讲话〉》；邹建军的《九十年代：历史的抒情——论壮族诗人韦启文近十年来的诗歌创作》。

《光明日报》发表胡开宝的《哪来的"如坐针毡"——评燕山版〈双城记〉译本》；姜秋霞的《不能这样翻译》；孙会军的《复译的悲哀》；杨文秀的《拿什么"推荐"给中学生》；崔冰清的《被亵渎的〈傲慢与偏见〉》；祝朝伟的《居然有这样翻译的"红字"——〈红字〉三个译本比较研究》。

10日，《文艺报》第66期发表刘纲纪的《关于摄影文学的通信》。

《文汇报》发表杨扬的《为什么都要打文学的旗号——由"隐私小说"的出版想到的》；孙行的《虹影携新作〈阿难〉来沪》；李建军的《生态写作的收获——读"人与地球丛书"》。

《中国社会科学》第3期发表王兆胜的《〈红楼梦〉与20世纪中国文学》。

《中篇小说选刊》第3期发表曹怀新的《小说对于作者的魅力》；刘明恒的《努力塑造底层小人物的形象》；方晓蕾的《令人心酸的"皆大欢喜"》。

《电视·电影·文学》第3期发表陈思和、唐明生的对话《要有一颗敢于抗衡的心——关于入世后中国电影发展的思考》。

《江海学刊》第3期发表董之林的《现代性叙事与被叙述的历史——对于20世纪文学史建设的思考》；丁帆的《21世纪中国文学批评前瞻》；金燕玉的《20世纪90年代华文女作家的写作姿态》。

《浙江大学学报（人文社会科学版）》第3期发表徐岱的《乡土旧事：论民国女性小说四家》。

《理论与创作》第3期发表黄建国的《〈讲话〉的精神价值与先进文化的发展——纪念〈在延安文艺座谈会上的讲话〉发表60周年》；高玉的《论毛泽东文艺思想的当下意义》；宋建林的《用邓小平文艺理论指导社会主义文艺实践》；王建明的《论张承志的创作历程与读者意识》；方长安的《对语言现代性的反思——韩少功的〈马桥词典〉新论》；刘强的《背负大地而翱翔——论廖志理的诗》；谢卓婷的《疼痛与悲悯——评任国保诗歌近作》；柏定国的《送你一件换洗的亵衣——论残雪小说的语言实验》；万莲子的《由残雪创作谈开去》；贺绍俊的《与聂鑫森的一次"后对话"》；刘晓平的《艾青其人其诗》；张文刚的《历史语境的贴近和超越——读长篇历史小说〈李自成秘史〉后的思考》；钱海源的《不事张扬的电影美术家郭

德祥》。

11日,《文艺报》第67期发表胡殿红的《写老百姓有感情有滋味——"五一"节里访万方》;专栏"现实主义讨论之九",发表鲁利君的《直面现实的苦难》;同期,发表刘新生的《农民应该受到重视》;周国清的《视角的转换与现实的意义——读〈邓小平审美价值理论研究〉》;同期,以"高天云中月 半玄半相知——读葛昌永散文"为总题,发表张炯的《我读葛昌永散文》,叶廷芳的《中原奇骏》,张同吾的《读〈半玄集〉》,弦子的《多彩人性——我了解的葛昌永》,王宗仁的《有思想自成高格——读葛昌永散文随笔随感》。

《文汇报》发表陈思和、王光东的《文学能否面对当下生活——关于几位知名作家近期创作变化的对谈》;本报编辑部的《罪恶的根与新生的路——读孙晶岩的〈中国女子监狱调查手记〉》。

13日,《文汇报》发表韩宏的《让作家静心创作——陕西一批著名作家呼吁引进作家代理制》。

《中国青年报》发表刘宏的《我们为什么需要专栏作家》。

《语文建设》第5期发表师力斌的《美女,作家?》;张洁的《回味90年代的"小女人散文"》。

14日,《文艺报》第68期发表本报编辑部的《黄河长流 光年不朽——〈张光年文集〉首发式暨张光年同志追思会在京举行》;周玉宁的《学术界关注文学现代化与民族性》;同期,以"大话小小说"为总题,发表白烨的《自生·自立·自强》,阎纲的《小说的绝句》,林为进的《极致之美》,季红真的《营造精巧的心灵世界形式》;同期,发表王志清的《贴近生活的艺术样态——评黄东成诗集〈梳理的情绪〉》;夏德勇的《评〈中国现代主义诗学〉》;陈晋的《拓展和深化毛泽东文艺思想研究的十个问题》;刘登翰、刘小新的《都是"语种"惹的祸?》;陈辽的《"文化的华文文学"论待商量》;古远清的《我们对华文文学本质研究得太少》。

15日,《中山大学学报（社会科学版）》第3期发表陈平原的《当代中国的文言与白话》;朱文华的《关于文学史观念的几个问题》。

《中央民族大学学报（哲学社会科学版）》第3期发表王平、何联华的《近20年来少数民族小说的发展轨迹》;白薇、安曹的《建国初10年浪漫主义诗歌的美学特征》。

《文学评论》第3期发表王晓明的《从"淮海路"到"梅家桥"——从王安忆小

说创作的转变谈起》；李杨、洪子诚的《当代文学史写作及相关问题的通信》；许志英的《给"当代文学"一个说法》；刘俊的《论二十世纪中国文学中的上海书写》；柯汉琳的《仰望思想的星空——关于 90 年代以来思想散文的思考》；谢冕的《论中国新诗》；范伯群的《论"都市乡土小说"》；王嘉良的《论"浙江潮"对中国新文学的发生学的意义》。

《中国社会科学院研究生院学报》第 3 期发表张炯的《论文学理论及其未来》；袁良骏的《鲁迅与"侠"文化》。

《天涯》第 3 期发表张炜的《世界与你的角落》（谈文学创作）。

《北方论丛》第 3 期发表林超然的《警察与壮行——〈龙江特色作家研究丛书〉述评》；傅军龙、吴井泉的《以笔为旗：爱国主义理想与赤子情怀——〈韩国总统的中国"御医"〉韩晟昊形象分析》；秦国林的《20 世纪西方文学批评理论平议》。

《电视研究》第 5 期发表邹庆芳的《真实美感出深山——浅探电视剧〈大山深处的 110〉》。

《华东师范大学学报(哲学社会科学版)》第 3 期发表马以鑫的《论 20 世纪中国都市文学中的经济表现》；李小玲的《中国女性文学形象中的洛神原型及其现代重述》。

《当代电影》第 3 期围绕"电影《寻枪》"，发表倪震对陆川的访谈录《欢快地创造主流话语》，胡克的《电影化的剧作》，郑洞天的《"好看"成为显学时》，张东钢的《视听语言的想象和人物心理刻画》，梁明、张颖的《超越艺术与商业的两难》，俞晓的《让自由的声音飘来飘去》；同期，发表张清的《厚重和简洁的交融》（关于影片《生旦净末》）；章柏青的《感受〈棒球少年〉》；张延继的《非一般的校园 非一般的青春——漫说〈六月男孩〉》。

《当代文坛》第 3 期发表李敬敏的《尤今：海外华文文学的奇葩》；王向阳的《知性·勇气·中国结——陈映真杂文风格小议》；王茹华的《如"乌鸦"般悲哀——评九丹〈乌鸦〉中的人格面具和真我》。

《江汉论坛》第 5 期以"'高科技时代中的文艺学'笔谈"为总题，发表方汉文的《高科技时代的技术理性与文学思维》，张荣翼的《文艺功能变迁的四个方面》，吴兴明的《美学批判：一条需要质疑的思想之路》，冯黎明的《技术的"去蔽"与艺术的"出场"》，彭修银、郑博超的《现代高新技术给人与世界的审美关系带来的变化》。

《戏曲艺术》第 2 期发表厉震林的《论原始戏剧的情境表演及其成熟形态》；黄伟英的《老调重弹——现实主义琐议》。

《光明日报》发表李春利的《〈省委书记〉就是要塑造时代的英雄》。

《齐鲁学刊》第 3 期发表张永的《论芦焚乡土小说创作的荒野意向》；黄发有的《论九十年代小说的叙事视角》。

《社会科学》第 5 期发表傅银鹰、朱合欢的《"海上五剑客"：论新海派批评流派的形成与特色》。

《社会科学研究》第 3 期发表陈鉴昌的《郭沫若中期历史悲剧的审美价值》。

《社会科学辑刊》第 3 期发表雷锐的《"五四"小说现代化的轨迹与特点》；王晖的《百年中国报告文学的体裁变迁——百年中国报告文学文体流变》。

《学习与探索》第 3 期发表叶虎的《20 世纪 90 年代美学论争与思考》；同期，专栏"当代文艺理论与思潮新探索"发表刘忠的《人的解放及其现代化——20 世纪中国文学启蒙主题寻踪》。

《南方文坛》第 3 期发表张闳的《成圣和感恩——革命文艺中的爱欲与政治之二》；王晓鱼的《张闳：都市里的说书艺人》；陈润华的《批评家张闳印象》；程光炜的《重建中国的叙事——〈红旗谱〉、〈红日〉和〈红岩〉的创作策略》；葛红兵的《李修文小说论》；海力洪的《充盈之美——读李修文长篇小说〈滴泪痣〉》；邓一光的《事关李修文》；陈晓明的《专业化小说的可能性——关于虹影〈K〉的断想》；李建军的《一锅热气腾腾的烂粥——评〈看麦娘〉》；汪政的《新生代，我们知道多少——〈小说的立场〉序》；陈思和的《〈小说的立场〉跋》；洪子诚、孟繁华的《期许与限度——关于"中国当代文学关键词"的几点说明》；黄忠来的《执着的守望——评白烨的文学理论综述》；张晓峰的《生死之间的创造精神》（谈红柯的小说创作）；刘秀芳、张清华的《性、政治、历史恐惧症及其它——关于荆歌的长篇小说〈枪毙〉》；黄伟林的《由虚到实说〈谈诗〉》；阎晶明的《找寻沉闷中的怪异——伍稻洋〈市委书记的两规日子〉的价值》；古远清的《暗潮汹涌，明浪飞腾——论战不断的 20 世纪 90 年代台湾现代诗坛》；黄咏梅的《一个符号的隐喻——读虹影小说〈K〉》。

《思想战线》第 3 期发表仲崇东的《关于文化全球化若干问题的思考》；孙景峰的《经济全球化对全球文化的影响——兼论中国文化发展战略》。

《福建论坛·人文社会科学版》第 3 期发表程正民的《狂欢式的思维和艺术

思维》;李勇的《"通俗文学"研究总体性方法刍议》;张艺声的《中国影像文化的当代解读》。

16日,《文艺争鸣》第3期发表钱理群的《鲁迅:远行以后(1949—2001)(之三)》;蒋泥《人何以"立"》;专栏"世纪体验——以各编辑与一百个学者的对话"发表童庆炳的《感性与理性》,王学泰的《生活的第一课》;同期,发表邢小利的《当代知识分子的现实境遇与精神状况——读长篇小说〈沧浪之水〉》;齐成民的《〈沧浪之水〉与当代知识分子的价值选择》;阎晶明的《比真实更重要》(评小说《沧浪之水》);沈义贞的《现代进程之外的乡村呓语——评刘亮程的散文》;敬文东的《在革命的星空下——20世纪中国文学中的"革命"主题》;黄昌勇的《宿命中的沉浮:丁玲与王实味》;张清华、王月峰的《"演讲"话语之于革命叙事——当代红色叙事研究》;汤学智的《从生命视角看文学的未来》;阎立峰的《论20世纪中国文学的分期——从几部文学史新作谈起》;蔡兴水、郭恋东的《历史记忆的排列组合——三个〈收获〉综述》;丁帆的《蹉跎的激情岁月》;廖冬梅的《当代女性文学真的如此"误置"吗?——与邓晓芒先生商榷》。

《文艺报》第69期发表本报编辑部的《中国煤矿文艺20年硕果辉煌——本报与中国煤矿文化宣传基金会联合召开纪念〈讲话〉发表60周年座谈会》、《陕西省委与求是杂志社共同纪念〈讲话〉发表60周年》;天色的《个人影像时代是否到来——DV年对DV影像的关注》;孙武臣的《有缺憾的成功——观〈背叛〉有感》;吴文科的《正确理解"深入生活"——纪念毛泽东〈在延安文艺座谈会上的讲话〉发表60周年》;田子馥的《娱乐,不该偏离审美》;马振方的《"康乾盛世"的另一面——从〈落日辉煌〉想到清帝电视剧》;曹鸿翔的《我的朋友郭路生》。

《文汇报》发表邢晓芳的《饱含激情 超凡脱俗——上海歌剧院新版〈蝴蝶夫人〉首演成功》;张承志的《盐官会》;蒋韵的《我的译者》;谢有顺的《现实主义再崛起》。

《文学报》发表陆梅的《关注现实 关注民生》、《儿童文学怎样写"恐怖"?》、《〈作女〉:我"作"故我在?》;杨守松的《悲剧的力量——关于长篇小说〈追日〉》;韩作荣的《读俞强的诗》;肖云儒的《延安文艺运动的创新品格——重读毛泽东同志〈在延安文艺座谈会上的讲话〉》。

17日,《文艺报》发表张学昕的《镜像与幻像:摄影文学的双重视域》。

《文汇报》发表王安忆的《边地的忠诚——读小说〈寻枪〉》;舒明的《周采芹:

上海的女儿》。

《作品与争鸣》第 5 期发表高其国的《〈村事〉感言》(评郭昕小说《村事》);王辉、刘东方的《老陆,一路平安》(评肖达的小说《身在苍烟落照间》);贾若骥的《都市生活的"零余者"》(同上);黄越的《虚无世界里的视线与风景》(评陆离的小说《现在开始,什么时候结束》);甘言的《从剧名看滥情风》;门玉的《依然亮丽的精神风景线——读中篇小说〈风景依旧〉》。

18 日,《文艺报》第 71 期发表金玉良的《延安文艺座谈会期间毛泽东给罗烽书信的前前后后》;木弓的《人民奋进的生活　创造先进的文化》;陈仲庚的《权谋文化:逆历史潮流而动的文化》;欧阳友权的《纪念与坚守》;绍俊的《月亮怎么从云朵里穿行》;何镇邦的《写出北大荒的"魂"来》;张家和的《浓墨重彩写苍山》;张斌的《追忆三位代表参加延安文艺座谈会》;颜慧的《电影〈寻枪〉拍健康好看的作品》。

《文汇报》发表陈思和的《感天动地夫妻情——记贾植芳先生和任敏师母》;邢小利的《宁静的乡村——陈忠实小记》。

《中国戏剧》第 5 期发表刘云程的《见证戏剧评奖》;夏波的《"相声剧"是一种什么样的戏剧?——看〈千禧夜,我们说相声〉兼说"叙事体戏剧"》;黄海碧的《道德失守的挽歌——浅评小剧场话剧〈福兮祸兮〉》;李佩伦的《生活底层的悲欢——评东路二人台〈光棍汉与外来妹〉》;钟文农的《〈骆驼祥子〉从小说到京剧》。

20 日,《小说评论》第 3 期发表雷达的《长篇小说笔记之十二》;李建军的《小说病象观察之三:必要的客观性》;洪治纲的《人物:符号与代码——先锋文学聚焦之十五》;邵建的《误读鲁迅(三)》;专栏"小说家专栏"以"刘震云专辑"为总题,发表於可训的《主持人的话》,刘震云的《在写作中认识世界》,周罡、刘震云的《在虚拟与真实间沉思——刘震云访谈录》,周罡的《乡村叙事,戏谑与重构——论刘震云"故乡"系列小说的戏谑品格》;同期,发表吴义勤等的讨论《将文体实验进行到底——刘恪的〈城与市〉》;张春歌的《从历史的反思到人性的发掘——论"右派"叙事作品的艺术演进》;李凤亮的《小说死了!?……——关于小说未来的几种观点》;张渭涛的《好小说都是好神话——当代小说叙事学线型建构思考》;李晶的《王蒙语体:理性的诉求与颠覆——系列长篇小说〈季节〉论略》;刘再华的《〈张之洞〉:重审维新与护旧的历史困惑》;南帆的《历史的遗照》;林为进的《万般无奈是书生——读〈黑色念珠〉》；同期，以"红柯小说评论小辑"为总题，发表王敏之的《语言与结构的背后》，杨亚娟的《理想家园的魅力与危机》，杨苗的《诗意与孤独》。

《东方文化》第 3 期发表易中天的《盘点李泽厚》；李新宇的《反传统的理由——"五四"精神再省思》；金岱的《土地人之后——对现代人生存形态的文化批评》；余三定的《真理标准讨论的先声——许诺在"文革"中关于真理无阶级性论题的探讨》；程光炜、王丽丽的《堂·吉诃德的"尴尬"——对解放后鲁迅宣传的再认识》；古远清的《大陆去台作家沉浮录（三）——从"自由人"到民族主义战士的胡秋原》；李之鼎的《话语粉饰——与龙应台女士商榷》。

《东南大学学报（哲学社会科学版）》第 3 期发表姜耕玉的《叙事与节奏：奇正　张弛　起伏——艺术辩证法之一》。

《当代》第 3 期发表聂震宁的《在主持 2002 年度"春天文学奖"颁奖座谈会时的讲话》；王蒙的《对于价值的尊重——在首届"春天文学奖"颁奖座谈会上的讲话》。

《学术月刊》第 5 期以"新世纪与中国美学"为总题，发表汝信的《21 世纪中国美学的使命》，王德胜的《审美现代性问题与 21 世纪中国美学研究》，曾繁仁的《西方现代"美育转向"与 21 世纪中国美育发展》。

《学术研究》第 5 期发表陈美兰的《新古典主义的成熟与现代性的遗忘——对中国 20 世纪文学中"十七年文学"的一种阐释》；陈茜的《爱人生而不留恋人生——论废名小说的审美情怀》。

《河北学刊》第 3 期发表杨立元的《至生至世为老百姓而写作——论张平创作的审美趋向》；张川平的《论贾平凹小说所体现的宇宙观、人生观、哲学观》；丁肃清的《现代散文艺术的扩张》。

《北京大学学报（哲学社会科学版）》第 3 期发表商金林的《以小说参与时代的批评和变革——论台静农的〈地之子〉和〈建塔者〉》。

《南开学报（哲学社会科学版）》第 3 期发表薛富兴的《从心理美学到哲学美学——20 世纪后期朱光潜美学学术道路的反思》。

21 日，《人民日报》发表逄先知的《与时俱进的社会主义文艺品格——写在〈毛泽东文艺论集〉出版之际》。

《文艺报》发表本报编辑部的《继往开来　与时俱进——首都文学界召开纪

念〈在延安文艺座谈会上的讲话〉发表60周年座谈会》;中国作家协会创作研究班的《学习〈讲话〉精神　实践"三个代表"繁荣文学事业》;董学文的《和新的群众的时代结合——纪念〈在延安文艺座谈会上的讲话〉发表60周年》;文畅的《继承贵在发展》;蒋祖林的《她是〈讲话〉的坚定实践者——〈丁玲全集〉编后感》。

《文艺研究》第3期发表陈晓明的《挪用、反抗与重构——当代文学与消费社会的审美关联》;陶东风的《大众化与文化民族性的重建——社会理论视野中的1958—1959年新诗讨论》;朱国华的《大众文学的系谱》;王诺的《生态批评:发展与渊源》;吴慧敏的《小说叙事:余华与契诃夫之比较》;朱青的《女性文学的视域、视力和视点》。

22日,《光明日报》发表华丰源的《文艺长河中永不熄灭的明灯——文艺界纪念〈在延安文艺座谈会上的讲话〉发表60周年综述》;周桓的《京剧不能向小品靠拢》。

《新文学史料》第2期发表《著名作家草明逝世》;周而复的《往事回首录》;许福芦整理的《舒芜自述(节选)》;李润新的《曹禺先生谈话录》;李德琬的《吴宓与李哲生》;方磊的《黎风生平及其文学生涯》;赵立生的《怀黎风》;于天池的《写在〈李长之文集〉出版之前——忆长之老师》;贾植芳的《写给范泉的信——1983—1995年》;晓风整理辑注的《胡风保存的老书信一束》;张玲霞的《论西南联大的文艺社团及其刊物》;储凤梧的《〈大公报〉的最后一个文艺副刊》;古远清的《作为"自由派"作家的林海音》;杨同的《林海音与"纯文学"》;古继堂的《林海音——台湾女性主义文学开山人》。

23日,《人民日报》发表本报评论员的《深情抒写人民的历史——纪念毛泽东同志〈在延安文艺座谈会上的讲话〉发表六十周年》。

《文艺报》第73期发表本报编辑部的《坚持先进文化前进方向　繁荣社会主义文艺事业》;金炳华的《继往开来　与时俱进——为人民创作更多更好的文艺精品》;同期,以"大学生怎么看《寻枪》"为总题,发表粟奕的《〈寻枪〉的精神价值》,沈小风的《寻找理想之路》,关迎春的《编剧的实力》,田卉群的《三审〈寻枪〉》,陈可红的《惊悚乎？激情乎？》,李瑞华的《陆川走对了》,赵刚的《寻找心灵的归宿》,严昭柱的《沿着〈讲话〉指引的道路与时俱进》;同期,发表本报编辑部的《纪念〈讲话〉发表60周年活动掀起高潮》。

《文学报》发表本报编辑部的《坚持先进文化前进方向　繁荣社会主义文艺

事业——丁关根到会作重要讲话　刘云山主持会议》；陆梅的《把文学之根扎在人民中》；金炳华的《永远飘扬的思想旗帜——纪念毛泽东同志〈在延安文艺座谈会上的讲话〉发表六十周年》；郑重的《要活得像个人——访复旦大学著名学者贾植芳先生》；俞小石的《〈沧浪之水〉震撼人心——关注当代中国知识分子价值选择的重大话题》。

《中国青年报》发表徐虹的《女作家好像一夜之间全冒出来——写作进入"她世纪"》。

《光明日报》发表丁关根的《在纪念毛泽东同志〈在延安文艺座谈会上的讲话〉发表六十周年座谈会上的讲话》；志安的《看过影视剧后你还会读"影视同期书"吗》；杨保志的《与序有关》；同期，以"弘扬《讲话》精神　发展先进文化——在中宣部、文化部、国家广电总局、中国文联、中国作协、解放军总政治部举行的'纪念毛泽东同志〈在延安文艺座谈会上的讲话〉发表60周年座谈会'上的发言摘登"为总题，发表陈晓光的《继往开来　拓展我国文艺事业新天地》，金炳华的《为人民创作更多更好的文艺精品》，牧兰的《乌兰牧骑是成功实践〈讲话〉精神的产物》，秦怀保的《军队文艺工作者要做建设和传播先进文化的模范》，王昆的《〈讲话〉给我革命的人生观艺术观》。

《武汉大学学报（人文科学版）》第2期发表王晖的《百年中国报告文学语言体式的趋态、特征与基调》。

24日，《文艺报》第74期发表盖生的《摄影文学的经典化取向》。

《文艺理论与批评》第3期以"《讲话》六十周年专辑"为总题，发表本刊编辑部的《思想及其穿透力——为〈讲话〉六十周年而作》，涂途的《播散：毛泽东文艺思想在国外》，邓福田的《重读"工农兵文学"：创作与理论》；同期，发表李万武的《都来咀嚼这份沉重——读梁晓声中篇小说〈民选〉》；方雪松的《反腐小说与小说反腐》；柳万的《读〈凿隧〉、〈正当防卫〉有感》；浩明的《〈山居笔记〉指瑕》；吴涤非的《成龙电影：英雄、喜剧与文化》；杨文化的《中国话剧与西方哲理剧》。

《文汇报》发表张漪的《新型军人的形象与魅力——记电视连续剧〈DA〉》；李琳的《难忘在坝上的日子——影片〈25个孩子一个爹〉拍摄点滴》；绪源的《"隐私"与"文学"难以截然分开》。

《文史哲》第3期发表孙书文的《论争中的周扬文艺思想研究》。

《吉林大学社会科学学报》第3期发表陈方竞、刘中树的《对〈新青年〉发动批孔及文学革命的再认识》;刘建强的《人民性——文学永久的希望》。

25日,《文艺报》第75期发表胡殷红的《为人民奉献最好的精神食粮——本报与云南人民出版社共同召开纪念毛泽东〈在延安文艺座谈会上的讲话〉发表60周年座谈会》;冯宪光的《确立和强化人民主体身份》;蒋诗堂、王卫东的《"不熟悉"不能成为作家避开显存冲突的借口》;苏晓芳的《一部融家族历史于地域文化的农民苦难史——评高明光的长篇小说〈滴水岩〉》;朱向前的《一江春水向东流》;同期,以"云南作家畅谈《讲话》"为总题,发表彭荆风的《真诚拥抱生活》,胡廷武的《我们永远是学生》,晓雪的《为了人民 代表人民》,周良沛的《深刻、隆重、永远的纪念》,张昆华的《想到四十年前的一次纪念活动》,黄尧的《惟一的申言:自己的作品》,于坚的《文学、生活与创新》,李霁宇的《从源于到高于》;同期,发表小可的《电视剧〈问问你的心〉触及现实痛点》;陈履生的《连环画再现"样板戏"很滑稽》;毛志成的《"文化过剩"的可忧》。

《文艺理论研究》第3期发表孙绍振的《论新诗第一个十年的流派嬗变》;刘小新的《审美直觉说在20世纪中国文论中的演化》;李扬的《论90年代的知识分子立场写作》;宋炳辉的《文学媒质的变化与当代文学的转型》。

《文汇报》发表汪守德的《新鲜的感受 别样的风景——近期军事题材长篇小说概评》;路侃的《面对精神抉择的心灵之河——评军旅作家马晓丽的〈楚河汉界〉》。

《北京师范大学学报(人文社会科学版)》第3期发表赵仁珪的《当代旧体诗创作的两个根本途径——再读启功诗词的启示》。

《甘肃社会科学》第3期发表刘俐俐的《论建立当代意识的散文批评视野》;杨忠的《中国文学的现代化和世界化与先进文化的前进方向》。

《东岳论丛》第3期发表吴开晋的《略论21世纪华文诗歌的发展走向》;郑春的《留学背景:一个概念的诞生和意义》;张桂兴的《空前的学术价值,无法弥补的遗憾——试论〈老舍全集〉的成就与缺点》;尹银廷的《论余光中的乡愁诗》。

《当代作家评论》第3期发表张炜的《世界与你的角落——在苏州大学"小说家讲坛"上的讲演》;张炜、王尧的对话录《伦理内容和形式意味》;王光东、李雪林的《张炜的精神立场及其呈现方式——以九十年代长篇小说为例》;刘兆林的《流水与时进——纪念〈在延安文艺座谈会上的讲话〉发表六十周年》;周立民的《叙述和叙述之外——辽宁省近年长篇小说创作管窥》;海涛的《山中岁月,海上心情——辽宁 NOVEL：世纪之交的语境与文本》；王宏图的《行走的影子及其他——李洱〈花腔〉论》；张懿的《行走便是迷路——读李洱〈花腔〉》；罗岗的《小说·秘史·启示——〈白银谷〉与"现代化"叙事》；傅书华的《晋商世界　近代风云　个体生命——〈白银谷〉人物形象系列论析》；郑敏的《忆冯至吾师——重读〈十四行集〉》；孙琴安的《形式　创新　语言——论罗洛诗歌的艺术表现》；姚晓雷的《民间理念：逃避启蒙还是延伸启蒙》、《世纪末两种知识分子身份拍卖中的大众接受》；陈晓明的《个人记忆与历史的客观化》；张光芒的《道德形而上主义与百年中国新文学》；罗兴萍的《鲁迅精神在当代文学中的复活——"鲁迅与九十年代文学论纲"前言》；徐兆淮的《伴着文学大树一道成长——叶弥其人其文印象》；李锐的《傍晚的炊烟》（谈邸玉超的小说创作）。

《社会科学家》第 3 期发表徐一林的《简论台湾诗人痖弦》。

《社会科学战线》第 3 期以"'文学研究中的文化批评模式'笔谈"为总题，发表王宁的《全球化时代文化批评的新方向》，陶东风的《跨学科文化研究对于文学理论的挑战》，张荣翼的《文化批评：理论与方法》，方汉文的《文学逾越与文化形态模式》；同期，发表李春燕的《艰难的心路历程——东北沦陷时期作家心态研究》。

《郑州大学学报（哲学社会科学版）》第 3 期发表沈庆利的《死的向往与生的坚定——许地山的生命哲学》；张浩的《论王安忆小说的悲剧建构》。

《语文学刊》第 3 期发表曾志平的《常绿的童心与童心的守望——汪曾祺侧论》；郭剑敏的《生命的欢娱与历史的沉思——关于王小波小说的一种解读》；刘文良的《华文非情节微型小说的语言艺术》；彭程的《网络文学：现实世界中的幻影王国》；周亚明的《〈我在飞〉审美结构浅论》。

《浙江学刊》第 3 期发表王建刚的《边缘上的舞蹈：关于民间与"民间写作"》；阎立峰的《论戏剧文本与舞台演出中的剧场性》；杨琳桦的《"对话"还是"对位"——论复调类型的适用性及其发展的现代维度》。

《晋阳学刊》第 3 期发表董学文、盖生的《文学理论要素变化规则的学理研究——一个文学理论结构学的视角》。

26 日，《人民日报》发表肖云儒的《弘扬民族精神要有创新思维和世界眼光》；仲言的《从"柳文书"到"咱村里的老赵"》；许柏林的《坚守住六十年的信念》；吴文科的《伟大的风范　宝贵的镜鉴——读〈陈云和苏州评弹界交往实录〉》。

27日,《文学自由谈》第3期发表韩石山的《在复旦中文系的演讲》;何满子的《五十年后回顾胡风"三十万言书"》;邵燕祥的《短文三则》;章明的《春夜偶记》;傅查新昌的《他带给读者越来越多的失望》;俞汝捷的《毛泽东诗词研究领域的缺损》;陈超的《如此指斥是否性急》;梅洁的《阅读韩小惠》;俞敏华的《李博士:你认识大象与甲虫吗?》。

《华中师范大学学报(人文社会科学版)》第3期发表陈建宪的《话语狂欢背后的生灵叹息——从晓苏〈苦笑记〉看民间性幽默艺术》。

28日,《文艺报》第76期发表刘颋的《为了民族的希望和未来》;荣沛德的《更多关注儿童文学》;汪习麟的《稳步行进留下的闪光足迹——中国作协第五届全国优秀儿童文学奖获奖作品述评》;同期,以"龙江特色作家研究专版"为总题,发表罗振亚的《龙江新时期文学概观》,白烨的《来自"黑土地"的文学元气》,李炳银的《认真而细致的理论靠近》,冯毓云的《商业语境下的文学探险》,张景超的《地域文化研究新收获》,袁元的《检点风流铸大荒》;同期,发表廖梦君的《未央:作家属于老百姓的范畴》。

《兰州大学学报(社会科学版)》第3期发表赵学勇的《中国当代文学的历史传统与现实处境》;张建生的《对话论》;孙德喜的《走向诗意的灵动性——20世纪后20年小说语言论之三》。

《中国文化研究》第2期发表郭志刚的《鲁迅研究中的"亚文化"现象》;阎纯德的《论女性文学在中国的发展》;高旭东的《论中西文化合璧的新文学传统——兼评亨廷顿的"文明冲突论"》;李玲的《易性想象与男性立场——茅盾前期小说中的性别意识分析》;张强的《当代作家与屈原精神》。

"中国世界华文文学学会"成立大会在暨南大学召开。国务院侨办、广东省政府等有关方面的领导出席了此次会议。会上,中国世界华文文学学会筹委会常务副主任饶芃子代表筹委会作了题为《中国世界华文文学学会筹备经过及学科建设概况》的报告。会议一致通过了"中国世界华文文学学会章程",并选举产生了首届理事会和监事会。首届理事会由45位理事组成,饶芃子当选为本届会长,杨匡汉、刘登翰、陈公仲、王列耀4人为副会长。监事会由29位监事组成,陆士清当选为本届监事长,袁良骏等6人当选为副监事长。"中国世界华文文学学会"获得国务院批准、国家民政部正式核准登记为国家一级学会,会刊为《华文文学》。

《厦门大学学报(哲学社会科学版)》第 3 期发表李咏吟的《审美活动的主体性与主体间性》;张弘的《主体间性:走出审美现代性的悖谬》。

29 日,《光明日报》发表方长安的《作品的崇高感哪里去了》。

30 日,《文艺报》第 77 期发表王国华的《"庶民"的胜利——雪村之批判》;刘平的《缺乏艺术性的艺术品是没有力量的》;祁云蛟的《文化乌托邦——世纪之交电影叙事中的文化保守主义》;颜榴的《开台大戏 非同凡响——话剧〈这里的黎明静悄悄〉研讨会纪实》。

《文学报》发表周润健的《文学经纪人缘何难开作家门?——目前国内有专门经纪人代理版权的作家寥寥无几》;陆梅的《作家的力量在哪里?——"首届徐迟报告文学奖"获奖者谈》;俞小石的《书写现实的疼痛——著名作家尤凤伟谈新作〈泥鳅〉》;本报编辑部的《余华首获澳洲国际大奖——悬句奖》;李凌俊的《高扬知识分子浩然正气》;齐林泉的《莫言:中文系应鼓励创作》;雷达的《〈中国作家档案书系〉总序》;林希的《百无聊赖写小说》;贾平凹的《我的毁誉在民间》;阿城的《让自己头痛,也让别人头痛的角色》;何立伟的《人生的充实和幸福》;周大新的《任何作家都不必骄傲》;聂鑫森的《历史文化气氛熏染着我》;刘庆邦的《是母亲培养了我》;梁晓声的《把"家底儿"都交付了》;毕飞宇的《白纸黑字的生活》;阎连科的《天麻的故事》。

《扬州大学学报(人文社会科学版)》第 3 期发表姚文放的《文学传统的四大倾向及其现代转换》;任现品的《虹影:展示与传递极端境遇下的生存》。

《光明日报》发表江弱水的《没人守得住一座名叫"现代"的城》;谢其章的《有名皆自无名来》。

《南京大学学报(哲学·人文科学·社会科学)》第 3 期发表董健的《关于中国当代文学史的几个问题》;周宪的《作为地方性概念的审美现代性》;赵宪章的《词典体小说形式分析》。

《海南师范学院学报(人文社会科学版)》第 3 期发表蔡江珍的《报纸副刊与澳门散文》。

31 日,《人民日报》发表黄均雨、周勇的《〈荔枝红了〉讲述时代主题》。

《文艺报》第 78 期发表李正午的《摄影文学为美学增辉添彩》。

《文汇报》发表潘志兴的《艺术是个说不尽的话题——濮存昕访谈》;秦文君、唐兵的《如何面对童书中的"恐怖"》;何立伟的《我们为什么不会脸红——〈玛塞林为什么会脸红〉读后》;谢娟的《尤凤伟新作〈泥鳅〉引起关注》。

本月,《上海文学》第 5 期发表张业松的《总体性的分解和文学生产方式的变化》。

《小说界》第 3 期发表翟泰丰的《用灵与血凝成的长篇力作——周梅森〈绝对权力〉读后》。

《文艺评论》第 3 期发表汤学智的《世纪之交:中国文学的瞻望》;王珂的《论当前大众文化的尴尬生态——为大众文化辩护》;张洪超、刘文波的《同实践派文艺学一辩——在哲学与文艺学之间》;李玉平的《超文本文学:向传统文学叫板》;段吉方的《在场的意义与困惑——关于"七十年代生作家"的批评思考》;宋玉书的《现实与历史对话的文本——新时期历史题材报告文学评述》;吴井泉、王秀臣、张雅文的《以生命作抵押——张雅文访谈录》;王秀臣、吴井泉的《箫心剑态——张雅文的创作个性与崇高美的生成》;冯建福的《生命意识的觉醒和灌注》;刘戈的《寸心原不大　容得许多香——读程仁韶散文集〈绿的情愫〉有感》;黄毓璜的《文人心态》。

《北京文学》第 5 期以"'寻找文学存在的理由'讨论之二"为总题,发表刘孝存的《人类因为"梦想"而伟大》,叶兆言的《小说的通俗》,海岩的《多样的读者需要多样的文学》,张者的《对面的女孩看过来》。

《中国电视》第 5 期发表仲呈祥的《关于长篇室内电视剧——银屏审美对话之八》;何祖健的《成也"突转"败也"突转"——〈天下粮仓〉艺术得失谈》;周雪梅的《"空镜子"映出真实的生活——电视连续剧〈空镜子〉的艺术特点及启示》;刘海玲的《论王兴东王浙滨主旋律剧作的文化策略》。

《陕西教育学院学报》第 2 期发表顾清的《"五四"大旗下的台湾作家赖和》。

《百花洲》第 3 期发表残雪、唐朝晖的《城堡里的灵魂——访残雪》。

《剧本》第 5 期发表陈吉德的《以悖论的眼光看待人的生存困境——过士行论》;方李珍的《探求福建戏剧的新突破——福建武夷剧作社第十二次创作年会概述》。

本月,上海教育出版社出版李欧梵的《李欧梵自选集》。

云南人民出版社出版邱华栋的《和大师一起生活》。

西北大学出版社出版谢有顺的《话语的德性》。

山东友谊出版社出版宋炳辉主编的《网络:你向何处去》。

河北教育出版社出版李廷华的《在澹定中寻觅：钱钟书学术的人间晤对》。

中央编译出版社出版贺仲明的《中国心像：20世纪末作家文化心态考察》。

人民文学出版社出版葛涛编选的《网络张爱玲》；许志英、丁帆主编的《中国新时期小说主潮》。

广西民族出版社出版容本镇主编的《悄然崛起的相思湖作家群》。

湖南教育出版社出版胡良桂编著的《史诗类型与当代形态》。

广东人民出版社出版王福湘的《悲壮的历程：中国革命现实主义文学思潮史》。

作家出版社出版中国作家协会理论批评委员会编的《中国文学理论批评文选2001卷》。

花城出版社出版徐学的《火中龙吟：余光中评传》。

6月

1日，《文艺报》第79期发表关仁山的《喧嚣的世界，沉默的土地——答友人问》；潘红的《雅俗之辩》；王兆胜的《元气·诗心·悟力》；李劲松的《理论思考与艺术感悟的结合》；余三定的《文学史研究的整体意识》；张同吾的《阳光和月光谱写的心灵奏鸣曲》；歌学的《沉香·绿茶·文学》；同期，以"广西文艺界纪念《讲话》发表60周年"为总题，发表蓝怀昌的《创新突破，繁荣社会主义先进文化》，冯艺的《两点体会》，容小宇的《继承和弘扬〈讲话〉精神》，王杰的《深入学习〈讲话〉推动当代文艺理论建设》）。

《长江文艺》第6期发表李敬泽的《比如陆离》；张永健的《让世界更美好 让人间更温馨——读刘安诗集〈平衡集〉》；梁莉的《女性悲剧的文化关照——解读〈大宅门〉中杨九红形象》；曾庆江的《田禾用诗歌"一意孤行"——"田禾诗歌研讨会"综述》。

《作家杂志》第6期发表孙慧芬、周立民的《精神的旅途没有终点——孙慧芬访谈录》；王宏图、陈家桥的《不是从现实出发，而是回到现实——陈家桥访谈录》。

《解放军文艺》第6期发表陈辽的《论〈兵谣〉的原创性》。

4日，《文艺报》第80期发表本报编辑部的《学习贯彻江泽民同志重要讲话精神　用"三个代表"要求统领社会主义文学创作》；李秀珍的《海迪文坛再攀"绝顶"》；江湖的《且持梦笔书青春》；吴秀明的《权力叙事的现状与隐忧——以近年来的历史小说创作为例》；叶梦的《超越表达的障碍》；吴义勤的《民间的悲苦与歌哭——评尤凤伟长篇新作〈泥鳅〉》；李敬泽的《中国往事——读潘婧〈抒情年华〉》；王祥夫的《杨新雨散文的精致》；高波的《"新文化保守主义"评析》；高小康的《重新审视当代文化研究思路》；庄锡华的《发掘现代化进程中文学艺术的积极潜能》；关霜的《构筑传统美育与当代人格的桥梁》；公仲的《华文文学研究应该有开放宽容的意识》；钱虹的《〈存在〉是直面现实的良知所致——反思的焦虑与理论的困惑》；佟希仁的《她有一双明亮的眼睛——台湾著名女作家桂文亚》；孙建江的《忙碌而又快乐的人——马汉》。

5日，《文汇报》发表邢晓芳的《女性视角诠释曹禺名著——看王玫编导的大型现代舞剧〈雷和雨〉》。

《光明日报》发表李春利的《中国电影倾力追求新变化》。

6日，《文艺报》第81期发表东方既白的《"二流"艺术的愤怒》；郑凯南的《观众仍期待由名著改编的影视剧》；马少波的《异彩纷呈的艺术长廊——贺京剧音配像的全面胜利》；王敏的《笑声过后的思索——四幕剧〈让你离不成〉观后》；振扬的《明确谁是文艺服务的主体》；严德勇的《电视系列图书〈爱情宝典〉倡导新型爱情观》；白金的《如何让童趣与传统碰撞产生美丽火花？——访中国美协少儿艺委会主任何韵兰》；左芳的《少儿影视进入了"解冻"期？》；周润健、曹滢的《大学生圈点中国电影》。

《文学报》发表陆梅的《散文创作呼唤厚重》、《一个文坛独行者》；何镇邦的《家族叙事的意义——读张一弓的长篇新作〈远去的驿站〉》；陈骏涛的《人物：最朴素的现实主义——读〈玉米〉》；胡世宗的《倾听美的声音——读李瑛诗集〈倾诉〉》；周政保的《揭示现代军人的风貌——关于长篇小说〈楚河汉界〉》；郎伟的《潜入人生的命运之河——读查舜长篇小说〈青春绝版〉》。

《书屋》第6期发表崔卫平的《幽深的，没有阳光的日子——影片〈阳光灿烂的日子〉的叙事分析》；李木生的《世纪绝唱汪曾祺》；何蜀的《文艺作品中与历史上的中美合作所》。

7日,《人民日报》发表周桓的《有利于戏曲艺术流传和繁荣的"音配像"》;孙志强的《历史剧及名著改编之误导》。

8日,《文艺报》第83期发表贝佳的《催生优秀作品　推出文学新人——访中共天津市委常委、宣传部长肖怀远》;胡殷红的《天津大手笔600万元奖励文学》;胡慧明的《不写青天　不倡妥协——读长篇小说〈黄土青天〉》;孙伟科的《"有权有经"的文本》;张克明的《开拓文学理论的研究视野和空间》;孙志军的《文化研究视野中的中国留学族群》;商红的《沉默之后　期待爆发》;周国清的《探求纯文学期刊的生存发展之道》;南帆的《分类与自由》;张元龙的《我们为什么不敢以土为美?》;周月亮的《传唤良知　悲剧喜唱》。

《文汇报》发表许觉民的《阅读高晓声》;杨扬的《中年写作期待造就更大的艺术气象》;周政保的《为当代青年写真——读长篇报告文学〈发现青年〉》。

9日,《民族文学》第6期发表马知遥的《评石舒清和他的〈清水里的刀子〉》。

10日,《贵州师范大学学报(社会科学版)》第3期发表李琼英的《中国传统文化对三毛散文的影响》。

11日,《人民日报》发表刘玉琴的《风雨兼程五十年——访北京人民艺术剧院院长刘锦云》;欧阳山尊的《在学习中与时俱进——重温〈在延安文艺座谈会上的讲话〉》。

《文艺报》第84期发表刘起林的《历史小说生存本相的文化透视》;李瑛的《野曼的诗及其它》;张文红的《惊险的情路》;阎晶明的《没有英雄的悲剧——读长篇小说〈权力的平台〉》;周冰心的《无边绽放的都市寓言——评晓航长篇小说〈穿过无尽的流水〉》;郑薇莉的《实验美学挑战美的神话》;张炯的《辛勤耕耘的印迹——读〈采石集〉并怀徐采石》;陆贵山的《反思与创新——评〈17年文学的时代性思考〉》;清泉的《如何撰写具有现代意义的中国文论史——赖力行〈中国古代文论史〉的启示》;勉思的《两个作家和战斗英雄》;陈建功的《熟稔与陌生》;李庆高的《为大地而写作的人》。

12日,《光明日报》发表柳萌的《何必非得吃"满汉全席"——也说文学奖》;沈湘的《重温〈讲话〉精神　推动理论创新》;张江艺的《〈二十五个孩子一个爹〉的亮点》。

13日,《文艺报》第85期发表葭鑫的《公安题材影视剧创作的误区》;刘江的《新剧本的严重匮乏制约着话剧的发展》;仲呈祥、阎晶明、林洪桐、黄式宪、解玺璋、苗棣等的《电视电影要精要个性要系列化》;毛新宇的《话剧〈寻找爸爸毛泽东〉排演前后》;董健、赵家捷的《戏剧评奖与"趣味的腐化"》;李东东的《关注百姓命运 珍重平民情感——评电视剧〈大哥〉》;陈芳、曹滢的《警惕文化市场的"秦池现象"》;张丛笑的《一场鼓掌二十余次说明什么?》;同期,以"陆川的《寻枪》像黑泽明的《野狗》?"为总题,发表李保平的《黑泽明与陆川共同"寻枪"》,郭小东的《〈寻枪〉是一部模仿之作》,田田的《原创性匮乏的困境》。

《文学报》发表俞小石的《青年诗歌出现新态势》;陆梅的《上海文艺出版社走出五十年》、《过去是一种深刻——湖北作家刘醒龙谈新作〈弥天〉》;俞小石的《在中国现实里寻找道路——访〈黄河边的中国〉作者曹锦清》;雷达的《神秘的坍塌——读〈纸厦〉》;张锲的《暗香疏影话姜夔》;洪治纲的《〈猜到尽头〉的表达》;柳建伟的《一部诡异雄奇的民族生存秘史——略论党益民长篇小说〈喧嚣荒原〉》。

《光明日报》发表苏丽萍的《北京人艺靠什么赢得观众》。

14日,《文艺报》第86期发表何志钧的《摄影文学的背后》。

《文汇报》发表潘志兴、包明廉的《感受电视创作的潮流》。

15日,《文艺报》第87期发表胡殷红、贝佳的《为了永远的文学精神——纪念一位真正的文学殉道者》;南里文的《〈讲话〉与新世纪文艺研讨会在河北平山召开》;谭仲池的《诗歌和生命同行》;曹静漪、王卫东的《强化文学经典意识》;龙剑梅的《兼具学术与思想的民间文学史》;王泉的《文学理论的一次可贵探索》;李劲松的《对中西两种诗学传统的文化扬弃》;同期,围绕"电影《冲出亚马逊》",发表周政保的《中国特种兵之歌》,张东的《一部有新意的军事题材影片》,胡殷红的《你和我就是中国——访导演宋业明》,颜慧的《"主旋律"电影好看起来》。

《广东社会科学》第3期发表胡屏的《"讲故事"与母女主题的新写法——论汤婷婷的〈女勇士〉》。

《统一论坛》第3期发表王震亚的《陈映真笔下的"两岸民生"》。

《江汉论坛》第6期发表陈坚的《胡风剧评思想初探》;杨虹的《女性尊严的捍卫与颠覆——解读〈我在霞村的时候〉》。

《华侨大学学报(哲学社会科学版)》第2期发表刘登翰的《论〈过番歌〉的版本、流传及文化意蕴》。

17日,《作品与争鸣》第6期发表闫玉清的《不能被历史长河湮灭》(评报告文学《失忆的龙河口》);余三定的《知识分子价值观崩溃的心灵痛史》(评阎真的小说《沧浪之水》》；陈立群、马为华的《堕落：在整体名分和个体真实之间》；周敬山的《无法突围的"倾诉者"》（评姜贻斌的小说《这个女人不寻常》）；常立的《过犹不及的独特性追求》。

18日，《人民日报》发表路侃的《文学佳作如何关注普通人》。

《文艺报》第88期发表本报编辑部的《辽宁长篇：决不坐冷板凳》；刘颋的《北京"她们"：反对性别战争》；余德庄的《从〈依仁巷〉说到重庆文学》；李建东的《小小说兴起理论三题》；李冯、李洱的《〈花腔〉问答》；锐锋的《夜读郭新民》；王晓生的《"破碎"的激情：90年代诗歌美学》；易晓明的《疏离、边缘化与文学的自主》；杜宣新的《情感火山的喷发》；叶廷芳的《荒诞派戏剧将载入史册——悼马丁·艾斯林》；沈大力的《逐妖的寓言——观话剧〈萨勒姆的女巫〉》；林雅的《用生命感受大自然，展现大自然——济慈的审美观与〈秋颂〉》；阎浩岗的《〈20世纪中外文学交流史〉——百年文学双向交流的历史描述》。

《中国戏剧》第6期以"《讲话》精神永放光芒——纪念《讲话》发表60周年座谈会发言摘要"为总题，发表李默然的《纪念〈讲话〉宣传〈讲话〉》，贺敬之的《一段鲜为人知的历史》，马少波的《〈讲话〉指引我一生的创作道路》，胡可的《学习〈讲话〉的三点感受后》，刘厚生的《学习〈讲话〉弘扬优秀民族文化》，何孝允的《学习〈讲话〉精神重视戏剧普及工作》，孙毓敏的《"三个代表"与〈讲话〉一脉相承》，王蕴明的《〈讲话〉精神永在》；同期，发表李涵的《儿童剧以多种角度反映生活的可能性》。

《光明日报》发表穆涛的《贾平凹的写作间》。

20日，《文艺报》第89期发表孙武臣的《有缺憾的成功》；孙丽萍、曹滢的《电影节上为何"嘘声"多》；程世和的《"反纳粹"剧的走红与抗日大片的匮乏——对一种影视现象的精神批判》；萧盈盈的《模样与境界——电视大散文初探》；顾威的《对话剧的几点思考——写在北京人艺建院50周年之际》；唐韧的《人们为什么不笑——质疑姜昆先生的相声创作新思路》；涂建华的《影视创作应该关注什么——观电影〈花街〉所想到的》；丹晨的《观越剧新作〈李清照〉》。

《文学报》发表俞小石的《经济散文后劲不足？》；李凌俊的《我们被深深地刺痛》；林均、曹飞廉的《〈北京娃娃〉引起争议——"残酷青春"渲染什么？》。

《中国青年报》发表桂杰的《艺术家争论：话剧是不是小众艺术》。

《学术月刊》第6期发表叶虎的《20世纪中国现实主义文学运动之反思》；张

新的《东西方文化论争背景下的中国现代小诗》;金丹元、柯蓉的《全球化背景下影视艺术、高技术与中国美学之相融》。

《学术研究》第6期发表李丽的《叶维廉诗学理论诱因分析》。

21日,《文艺报》第90期发表庄伟杰的《摄影文学:徜徉于图像与文字之间的边缘文体》。

《文汇报》发表舒明的《"把军人的血脉写出来"——马晓丽谈长篇小说〈楚河汉界〉》。

22日,《文艺报》第91期以"以'三个代表'重要思想统领社会主义文艺——首都文艺家学习'5·31'重要讲话"为总题,发表张炯的《推进理论创新、推进先进文化》,韩静霆的《英雄主义、爱国主义具有永久的先进性》,郭运德的《国民精神的火炬,人民奋进的号角》,程树榛的《执政兴国为人民》,冯远的《与时俱进,增强人民的精神力量》,何建明的《强化文学为民》;同期,发表木弓的《把"魂"丢哪儿啦?》;韩瑞亭的《时代需要有深度的文学批评》;李凤亮、付勇的《精神之重与生命之轻——读梅毅长篇新作〈失重岁月〉》;邓毅的《击赏〈泣红传〉》;刘金祥的《神游古今的史诗交响》;秦忠翼的《文学创作主体研究的拓展》;胡克的《电影〈小城之春〉:克隆还是创新》。

25日,《文艺报》第92期发表本报编辑部的《一部〈红岩〉一首〈红梅赞〉教育几代人——江总书记强调弘扬红岩精神》;江湖的《中德批评家共同关注的话题:大众媒体兴盛下的文学批评》;周玉宁的《首届生态文艺学学科建设研讨会在苏州举行》;李晓虹的《收获与困惑——回眸2001年的散文创作》;张抗抗的《我为什么写作〈作女〉》;杨剑龙的《清正醇厚的书写——评潘向黎小说集〈轻触微温〉》;杨骊的《追寻远去历史的神光——读杨梓的〈西夏〉(上卷)》;刘泰然的《中国文化——一个有待深思的问题》;卫厚生的《也说心态》;罗宗宇的《学理性的文化批判——读〈转型期中国审美文化批判〉》;程金城的《不隐秘的文学与隐秘的历史——评刘俐俐的〈隐秘的历史河流〉》;张子清、梁志英的《我们是文化边界的闯入者》;钱虹的《继往开来　方兴未艾——中国世界华文文学学会成立大会隆重召开》。

《世界华文文学论坛》第2期发表陈贤茂的《评〈华文文学是一种独立自足的存在〉》;公仲的《华文文学研究该有开放、宽容的意识》;席扬的《伦理、时空、意象——关于台港澳与海外"华文诗歌"修辞行为的泛性分析》;刘士杰的《独特的

审美发现　别致的结构方式——读非马的诗》;戴洁的《开拓创新,建构21世纪世界华文诗歌蓝图——2001'国际华文诗歌研讨会概述》;朱双一的《南洋游记?逃难记?狱中记——若干值得注意的早期东南亚华文作品》;陈大为的《当代泰华文学的湄南图象》;乔世华的《激情文字　豁达人生——谈高鹰的散文》;朱文斌的《物虽胡越　合则肝胆——陈瑞献之新作与超现实主义》;夏培文的《微妙香洁的宝莲花——读陈若曦小说〈慧心莲〉》;彭耀春的《台湾当代戏剧的奠基人——李曼瑰》;金垠定的《韩国华侨文学的文化土壤》;郭媛媛的《边际定位与跨越》;王韬的《鸦片战争之前澳门文学的文化内涵》;林承璜的《论东瑞的微型小说》;文牛的《李昂谈〈杀夫〉及性描写》;王艳芳的《世界华文文学中的"中国形象"论析》;王力的《身份与迷失——〈沉沦〉、〈植有木瓜树的小镇〉、〈芝加哥之死〉比较》;金垠定的《韩国华侨文学的文化土壤》;王同书的《贯注仁心仁术于文学——王璞与陈娟扫描》;陈家洋的《拓荒补缺　兼容并包——评〈台港澳文学教程〉》。

26日,《光明日报》发表周政保的《"营盘"的浇铸——读长篇报告文学〈铁打的营盘〉》;赵沛林的《文学主体性研究的开拓》;胡智峰的《对影视戏剧民族化的思考与追求》。

27日,《文艺报》第93期发表郭凯、刘国江的《奏与时俱进的最强音》;本报编辑部的《让左翼电影运动精神薪火相传——"纪念左翼电影运动七十周年暨阳翰笙百年诞辰座谈会"在京召开》;李黎丹、于珈的《品味又一个"同仁堂"——〈大清药王〉》;严榴的《呼唤主流戏剧——话剧〈萨勒姆的女巫〉研讨会侧记》;严振奋的《富裕起来的农民要演戏——粤剧〈思源〉进京演出的启示》;李保平的《杂说看中国电影像看中国足球》;刘祯的《建立人文情境中的戏剧批评》;谭静波的《强固阵地　活跃批评——"全国戏剧期刊与戏剧理论批评研讨会"综述》;汪方华的《历史剧创作中的非道德倾向》;王东平、武敌的《我国地方小剧种生存状况堪忧》。

《文学报》发表陆梅的《近百位作家、理论家聚会吴江研讨散文创作现状,呼吁——没有真情　别碰散文》;雷达的《简论"小小说"》;刘强的《灵魂的声音》;郝雨的《充满爱心者的惦念——读刘向东散文集〈惦念〉》。

28日,《文艺报》第94期发表欧阳国仁的《摄影文学:好看好读好味道》。

《文汇报》发表谢娟的《一场有关小说观念的讨论》;李敬泽的《今日生活的上游——潘婧的〈抒情年华〉》;王晓的《感悟刘醒龙》。

29日,《文艺报》第95期发表胡殷红的《实践"三个代表"重要思想讴歌当代共产党人——长篇报告文学〈根本利益〉作者何建明》;木弓的《文学为民才能保持先进性》;明广的《曲波同志逝世》;星星的《打工·打工文学·文学期刊》;朱先树的《让诗歌出名》;峭岩的《黄钟大吕之神韵》;邹郎的《大地与内心的歌者》;刘慧同的《笔耕泥土间》;纳杨的《对一部小说的争议——评论家读评姝娟长篇小说〈摇曳的教堂〉》;姝娟的《小说现场》;钱春莲的《我看上海"市民剧"创作》;陈履生的《"5·23"之后的反思》;颜慧的《电影〈世界上最疼我的那个人去了〉——细腻婉约的抒情诗》。

30日,《戏剧》第2期发表施旭升的《现代性的追寻与迷失——从现代中国文化语境看话剧与戏曲的价值设定》;张健的《李健吾戏剧论(下)》;陈坚的《论现代风俗喜剧的文化内核和价值》;贾冀川《高行健——中国话剧艺术的叛逆者》;焦尚志的《论杜国威的戏剧创作》;张东钢的《纪录、纪实、现实主义》。

《扬州大学学报(人文社会科学版)》第3期发表任现品的《虹影:展示与传递极端境遇下的生存感受》。

《玉林师范学院学报(哲学社会科学)》第2期发表韦春莺的《无止境的追寻——白先勇同性恋小说悲剧主题解读》。

本月,《上海文学》第6期发表杜骏飞、小海、刘立杆、吴晨骏、赵顺宏、朱文斌的对话录《影像时代的文学命运》。

《中国文学研究》第2期发表吴培显的《英雄主义—人道主义—文化人格主义——从〈红旗谱〉、〈古船〉、〈白鹿原〉看当代"家庭叙事"的演进及得失》。

《北京文学》第6期以"'寻找文学存在的理由'讨论之三"为总题,发表残雪的《坚守、引导、还是顺应、追逐?》,雁宁的《好小说是有生命的》,老村的《君子固穷》,毛志成的《小说的"生命周期"问题》;同期,发表丁竹鸣的《从文学的雅俗说起——再评改版后的〈北京文学〉》;王童的《去岁今春中国文坛热点回眸》。

《中国电视》第6期发表仲呈祥的《关于银屏知识分子形象及几位银屏名家——银屏审美对话之九》、《2001年中国电视剧创作概况》;孟庆春的《电视剧创作必须坚持正确的方向——重温〈讲话〉的体会》。

《天津大学学报(社会科学版)》第2期发表陈英的《中国新文化的方向——20世纪上半叶中国马克思主义者的文化创获》。

《民族艺术》第2期发表叶舒宪的《身体人类学随想》;郭英剑的《全球化进程中的中国民族文化》。

《现代台湾研究》第 3 期发表包恒新的《"台湾人与河北人是同乡"：台湾乡情文学鉴赏之八》。

《台湾研究集刊》第 2 期发表朱双一的《台湾新文学民俗描写中的"传统"与"现代"》。

《戏剧艺术》第 3 期发表董健的《论中国当代戏剧中的反现代倾向》；汤逸佩的《叙事者的出场——试论中国当代话剧叙事观念的演变》；施旭升的《民族化：悖论与抉择——从民族文化传统看话剧与戏曲的个性生成》。

《江淮论坛》第 3 期发表黄开发的《文学现代性与启蒙现代性的同途与歧路——论五四文学革命前期的文学观念》；江守义的《叙事评价中的人物》；刘跃平的《论全球化背景中文化主体价值取向》；叶纪彬、张丽的《新时期艺术生产理论研究述评》。

《读书》第 6 期发表王德威的《前青春期的文明小史》；王蒙的《极限写作与无边的现实主义》；姚新勇的《主体的历史还原与拆解》。

《剧本》第 6 期发表刘忠诚的《戏剧评论的元科学追问与全息追问》；陈力的《在看与被看之间——对于女性戏剧的思索》。

本月，湖北教育出版社出版张法的《文艺与中国现代性》。

安徽大学出版社出版刘运好的《文学鉴赏与批评论》。

郑州大学出版社出版乐铄的《中国现代女性创作及其社会性别》。

云南人民出版社出版昆明市作家协会编的《明澈的目光》。

上海三联书店出版黄健的《京派文学批评研究》；范家进的《现代乡土小说三家论》；袁勇麟的《当代汉语散文流变论》。

武汉出版社出版皇甫积庆的《二十世纪中国文学的生态意识透视》。

明天出版社出版王凤胜的《新时期文艺散论》。

人民文学出版社出版雷达的《思潮与文体：20 世纪末小说创作考察》。

中国人民大学出版社出版陆贵山主编的《中国当代文艺思潮》。

时事出版社出版古继堂的《简明台湾文学史》。

7月

1日,《长江文艺》第7期发表李修文的《读〈旅行〉,说张楚》;王先霈、曾军的《近几年湖北长篇小说创作漫谈》;赛妮亚对王石的访谈《创作访谈》;李俊国的《多元组合与多义空间的时尚读本——析李修文的长篇新作〈滴泪痣〉兼谈"时尚读本"特征》。

《名作欣赏》第4期发表何希凡的《深窥人性世界的沉醉与困惑——〈日不落家〉与〈故事里套着故事〉的人性蕴涵解读》;谭光辉的《以怨报德的症候分析和人性启示——读王鼎钧的〈故事里套着故事〉》;林晓华的《在灿烂与残酷之间——〈日不落家〉与〈故事里套着故事〉对读分析》;刘复生的《历史的诡计与反讽——细读肖开愚〈为一帧遗照而作〉》;武善增的《对生命存在与人性构成的严厉探查——〈我没有自己的名字〉的精神内质及其艺术表达》;周茜的《凄美而无奈的爱——张爱玲散文〈爱〉赏析》。

《作家杂志》第7期发表姚莫诩的《谈〈沧浪之水〉的几个观念误区》。

《钟山》第4期发表王彬彬的《"主席?哪个主席?"——"革命样板戏"中的"地下工作"与"武装斗争"》;汪政的《论贾平凹》。

《语文月刊》第7—8期发表王泽清的《不是雕琢　浑然天成——读郭沫若的〈此身篇〉》;胡旭梅的《爱的白日梦——〈梅雨之夕〉与〈封锁〉比较》。

2日,《人民日报》发表本报编辑部的《戏剧理论批评要走出误区》。

《小说选刊》第7期发表朱向前的《一江春水向东流》(谈衣向东的小说创作)。

《文艺报》第96期发表郝雨的《社会不平等与人性"恶"的较量》;张立国的《传媒批评遮蔽下的"成长"》;龙钢华的《艺事人事天下事——读长篇历史小说〈盂兰变〉》;林舟的《网上对话VS情感出逃》;周玉宁的《天边的太阳很灿烂》;北塔的《老杜遗风今犹在》;张颐武的《精神分析的当下意义》;江溶的《超越别人,也超越自己》;安锋的《中国学者自己的声音和愿望》;高旭东的《时代弄潮儿的批评之批评》。

《文汇报》发表张裕的《小脚踩出人物性格——观武汉话剧院昨晚在沪首演

的话剧〈母亲〉》。

《新剧本》第4期发表解玺璋的《交流中的失语》(谈话剧创作问题)。

3日,《光明日报》发表赵遐夫的《英雄时代的社会风气与文学》;叶知秋的《诗的理智》。

4日,《人民日报》以"时代先锋:在震撼中共鸣——纪实报告剧〈时代先锋〉座谈会发言集粹"为总题,发表夏长勇的《一股引人关注的热潮——写在〈时代先锋〉晋京公演之际》,李京盛的《宣传教育必须与时俱进》,张宗海的《宣传思想工作要与时代同行》,厉华的《整合文化资源 焕发艺术活力》,雷抒雁的《一台感人至深的好戏》,陈晓文的《一部好戏可以改变人的一生》。

《文艺报》第97期发表晨枫的《歌词:发展态势正常 问题不可小视》;飞林的《当前歌曲有三"滥"》;齐殿斌的《情歌要走出误区》;李叶的《用喜剧样式弹奏主旋律》;王基高的《塑造血肉丰满的英雄形象》;郭振建的《凄婉的"红色爱情"绝唱》;梅朵的《永远记取他们前行的脚步声——纪念左翼电影运动七十周年》;侯耀忠的《震撼心灵的阐释与表达——大型悲喜曲剧〈阿Q与孔乙己〉观后》;林子的《影视剧中的女性歧视》;程式如的《喜忧参半的儿童剧》;李有亮的《"窥视"的深度》。

《文学报》发表陆梅的《散文理论研究亟待加强》;徐林正的《文章为思想而写——记当代著名散文家梁衡》;俞小石的《毕飞宇:"伤害"是我永恒的母题》;曹飞廉的《律师写小小说——访上海作家戴涛》;孙绍振的《敢于挑战平庸与流俗——读〈论操作与不可操作〉》;柏峰的《史料与剪影——读周明散文集〈山河永恋〉》;唐东霞的《〈流动的沙滩〉:流动的感受——解读潘军》。

5日,《大家》第4期发表残雪的《究竟什么是纯文学》;郜元宝、葛红兵的对话《语言、声音、方块字与小说——从莫言、贾平凹、阎连科、李锐等说开去》;陈晓明的《消费社会中的文学叙事——"坏女人"形象的审美想象意义》。

《文艺报》第98期发表成东方的《关于摄影文学的通信》。

《文汇报》发表邢晓芳的《〈桃李〉:现代版〈围城〉——一部令杨绛惊奇、让王蒙想笑又笑不出来的小说》。

《电影艺术》第4期发表徐光春的《学习〈讲话〉精神 实践"三个代表"进一步繁荣新时期电影文学创作》;唐科的《"现代"电影:作为被体验的真实》;浦剑的《拿什么奉献给你,中国电影的百年寿辰》;陆邵阳的《写实电影的两个问题》;潘紫径、朱昱东、韩烨强的《关于电影语言与电影思维的讨论》；颜纯钧的《全球化和民族电影的文化形态》；杜元明的《我观荧屏"公安热"》；周星、荣京之的《关于警察剧热播的思考》；周思源的《塑造具有中国特色的警察形象》；张东钢的《看〈花眼〉谈人物形象》；赵小青的《作为电视节目的电视电影》；张燕的《精致的小电影〈情不自禁〉》；吴兵的《苦茶的香味是品出来的——关于〈苦茶香〉的创作》；彭小莲的《关于〈假装没感觉〉的创作》；王一川的《多元汇通与成型——第九届北京大学生电影节部分影片观感》；邱宝林的《站在时代的边缘——中国滑稽短片略考》；史可扬的《中国电影的文化和美学分析》；艾秀梅的《异国情调缘何屡试不爽》。

《花城》第4期发表葛红兵的《中国思想的欠缺与无神论世界感情的建构》；李松岳、陶东风的《移动的风景——〈花城〉2001年度小说阅读札记》。

《陕西师范大学学报（哲学社会科学版）》第4期发表李继凯、陈黎明的《论五四新文学与出版业的互动效应》；宋琦的《艾青的新诗批评体系》。

6日，《文艺报》第99期发表胡殷红的《革命历史雕塑是先进文化的组成部分》；成杰的《第四届浙江鲁迅文学艺术奖揭晓》；木弓的《不宜倡导休闲边缘文学》；柏定国的《媚俗的文学从不关怀基层民众》；范尊娟的《提升人的精神境界——读李宏的长篇小说〈寻找苏曼〉》；苏晓芳的《不辞情理，不毁国法》；商红的《心痛绊不住远航的船》；庄锡华的《女权主义的困窘》；陈忠实的《温馨的记忆与陌生的熟识》；邓友梅的《文学红色娘子军草明同志》；金梅的《文学上的"塔基"与"塔顶"》；纳杨的《警惕"爱"》；张学昕的《悬浮：生活在别处——评晓航的长篇小说〈穿过无尽的流水〉》；与涉的《且听风吟》；窦卫华的《我写〈百味人生——当代中国老百姓生态录〉》。

《台港文学选刊》第7期发表王丹红的《第五届东南亚华文文学研讨会综述》。

7日，《人民日报》发表艾斐的《关于民族化与全球化——文化的一个时代命题》；仲言的《谢绝浮躁》；张学昕的《人生的体悟和反思——长篇小说〈我的内陆〉读后》；李向东的《从才女到战士的完整记录——读〈丁玲全集〉有感》；王昆建的《守望与超越——评〈小霞客西南游〉》。

8日，《新闻周刊》第18期发表朱沿华的《最干净的同性恋小说》。

9日，《文艺报》第100期发表本报编辑部的《描绘改革开放的灿烂阳光——〈红莲白莲〉被誉为迎接十六大的文学献礼》；江湖的《现代文学研究尚有许多空间待开拓〉;刘颋的《面对"热"——散文仍需冷静》;朱效文的《诠释生命成长的小说艺术》;樊发稼的《让人惊喜的幼儿童话——致获奖作品〈书本里的蚂蚁〉作者王一梅》;崔道怡的《〈单纯〉之美》;李春林的《瑰奇深广的艺术世界——评〈随蒲公英一起飞的女孩〉》;王昆建的《守望与超越——读〈小霞客南游〉》;汪晓军的《共鸣:童心的向往——读〈村小:生字课〉》;张冠华的《新时期的"审美情节"》;潘桂林的《文学民族性的重建——"全球化语境中的文学民族性问题"研讨会综述》;王兆胜的《超越苦难与体味美丽》;陈雪虎的《回到现代性的地面——评王一川新著〈中国现代性体验的发生〉》;庄钟庆的《我看东南亚华文文学史研究》。

《文汇报》发表张裕的《小剧场话剧正在丧失什么?》。

《中国青年报》发表陈娉舒的《往日的射雕 现在时的江湖》。

《民族文学》第7期发表徐其超的《新时期四川少数民族文学一瞥》;扎拉嘎胡的《飘过来的一道彩云——读黄薇〈当代蒙古族小说概论〉》。

10日,《中州学刊》第7期发表施萍的《自救与自然:论林语堂小说中的人性观》;梁鸿的《论师陀作品的诗性思维》;李卫国的《张艺谋电影创作风格的审美走向》。

《中篇小说选刊》第4期发表胡学文的《关于〈折腰〉》;王君的《〈关闭〉中的开启》;刘心武的《叶隙漏下的光斑——谈〈非床〉的写作》;孙建成的《一种存在》(关于小说《他是找你的》)。

《电视·电影·文学》第4期发表王安诺的《一个女人的悲剧——香港影片〈阮玲玉〉赏析》。

《光明日报》发表韩小惠的《散文变革时代来临了吗》;吕佳、刘庆的《走进新世纪的昆曲艺术——昆剧〈班昭〉学术研讨会纪要》;宋宝珍的《戏剧的当代景观与人文评判——读〈廖奔戏剧时评〉》。

《江海学刊》第4期发表姚文放的《文学传统的功能与知识增长》;王爱松的《文学本土化的困境与难题》;管宁的《时空结构与美感形态生成——对于个人化写作叙事方式的考察》。

《苏州大学学报(哲学社会科学版)》第3期发表郑亚楠的《论鲁迅的幽默审美观》;邵雯艳、顾斌的《人生、心灵与媒介——影视故事内容的使用与满足之分析》;黄常虹的《歌剧艺术的审美特征》。

《理论与创作》第4期发表文选德的《继承〈讲话〉精神,实践"三个代表",努力创造、传播先进文化》;刘锡诚的《全球化与文化研究》;刘祥惠整理的《唐浩明创作与历史小说的境界》;詹冬华的《神话:建构与破灭——读陈世旭的〈世纪神话〉》;王兆胜的《心洁手灵写山川——读马力的散文集〈鸿影雪痕〉》;吴珍的《诗意般的生命沉思》(关于彭诚的散文集《永远的神女》);红孩的《散文与小说之比较一二》;李少白的《儿童文学创作三题》;李晃的《鸟巢下的风景很迷人》(关于匡国泰的诗歌创作);蔡测海的《奔腾的河流——读瑶族诗人黄爱平〈边缘之水〉》;未央的《始终钟情于生活——读蒋国鹏〈性灵之旅〉》;龚旭东的《散文作为人的映像——读夏瑞虹散文集〈触摸生活〉》;潇湘客的《一种痛的叙说》;张炯的《〈中国报告文学发展史〉序》;余三定的《关注·了解·参与·反映——序谭解文〈呼唤现实主义〉》;刘起林的《试论非学理化批评的时代症结》;彭公亮的《批评家的立场与理性精神——文坛"直谏"现象透析》;胥会云的《文学语言方言化的极致与误区》;李志宏的《历史的丰碑,科学的建树——纪念毛泽东〈在延安文艺座谈会上的讲话〉发表60周年长沙学术座谈会综述》。

11日,《文艺报》第101期发表尤小刚的《电视剧市场的喜与忧》;东南的《第十届文华奖评奖结果浮出水面》;覃大钰的《历史的"新闻眼"》;文羽的《从〈额吉〉看现代舞剧创作的理路》;张斌的《直面〈威胁〉的"第三只眼睛"》;攀刚强的《总有诗文美如画——读黄永玉〈火里凤凰〉》;孟繁华的《正视亚洲流行文化的集体狂欢》;周传家的《批判与创造的统一 继承与创新的结合——二十一世纪民族戏曲艺术发展态势刍议》;苏晓鸣的《关于民族文化与中国电影的思考》。

《文学报》发表俞小石的《警惕媚俗倾向 呼唤真诚品格》;丁晓平的《战地黄花分外香——庞天舒谈新作〈白桦树小屋〉》;何向阳的《冷而透明的寂寞》;鲁勇的《在"两亩地"上耕耘不止——记传记文学作家忽培元》。

12日,《文艺报》第102期发表乔世华的《摄影文学是一种先进文化》。

《文汇报》发表张仲年、沙扬的《观众认同"自己的身影"——有感于百姓题材电视剧的热播》;金娜的《李少红:在颠覆中"变脸"——影片〈恋爱中的宝贝〉拍摄现场访谈》;刘铮的《被网络鞭打的张爱玲》;吴小如的《〈艺坛〉应受到关注——兼谈近年的戏曲研究》;谢有顺的《批评也是一种心灵的事业》;陈慧芬的《〈城市地图〉个人记忆和集体想象》。

13日,《文艺报》第103期发表胡殷红的《"在平原,吆喝一声很幸福"——记衡水平原作家群》;卓潭的《中国作协名誉副主席孙犁逝世》;木弓的《不必那么

"人性"》;李建东的《当代文坛艺术软化的倾向》;刘继明的《诱惑与选择》;李劲松的《探索小说创作美学的奥秘》;黎云秀的《北村及其小说〈周渔的火车〉》;杨纳的《衡水平原作家们的追求》;王晓峰的《永远的背负》;同期,以"小说《桃李》的争鸣"为总题,发表马相武的《"博导"的"奶酪"也是可以动的但是》,纳杨的《"老板"是这样诞生的》;同期,发表程树榛的《一幅全景式反映改革的画卷——评长篇商务文化小说〈名利圈〉》;简宁的《"量子诗人"刘以林》。

《语文建设》第7期发表汪令秀的《低龄化写作与一线教师的责任》;钟经纬的《支持少年作家的三个理由》。

15日,《中央民族大学学报(哲学社会科学版)》第4期发表陆卓宁的《全球化语境与文学的民族性》。

《文汇报》发表傅庆萱的《点燃观众激情——电视剧〈激情燃烧的岁月〉成为上海人热门话题》。

《文学评论》第4期发表本刊编辑部的《纪念〈讲话〉,开创人民文艺新时代——纪念毛泽东同志〈在延安文艺座谈会上的讲话〉发表60周年》;章启群的《重估宗白华——建构现代中国美学体系的一个范式》;陈飞的《二十世纪中国妇女文学史著述论》;以"笔谈:区域文化与文学"为总题,发表李敬敏的《地域自然环境与地域文化和文学》,靳明全的《抗战时期重庆文学的战时性》,杨星映的《全球化与区域文化和文学》,周晓风的《世界文学、国别文学与区域文学》,郝明工的《区域文学刍议》;同期,发表李怡的《"重估现代性"思潮与中国现代文学传统的再认识》;殷丽玉的《论冯至四十年代对歌德思想的接受与转变》;吴秀明的《当代历史小说中的明清叙事》;徐德明的《〈花腔〉:现代知识氛围中的小说体裁》;曹文轩的《论近二十年来文学中的"流浪情结"》;王光东的《民间文化形态与八十年代小说》;高旭东的《对二十世纪文学研究中盲目西化现象的反思》;包兆会整理的《文学研究中的跨学科发展研讨会综述》;庄锡华整理的《文艺与现代化学术研讨会综述》;黄良整理的《区域文化与文学学术研讨会综述》;杨剑龙整理的《第一届中国现代文学亚洲学者国际学术会议纪要》;陈雪虎整理的《全球化与民族性的悖立与共生——"全球化语境中的文学民族性问题"研讨会综述》。

《云南民族学院学报(哲学社会科学版)》第4期发表初俄最的《从小说〈最后的鹿园〉看哈尼族生态经济伦理思想》。

《北方论丛》第4期发表范震飚的《诗歌与读者距离多远》;刘绍信的《"共名"

时代婚外恋情的范本——〈在悬崖上〉重读》；张学昕的《在现实的空间寻求精神的灵动——读苏童长篇小说〈蛇为什么会飞〉》；杨剑龙的《在更加广阔的空间范围内开拓——评王吉鹏先生近几年的鲁迅研究》。

《当代电影》第4期围绕"电影《天上草原》"，发表赵宁宇对塞夫、麦丽丝的访谈录《草原上的歌者》，胡克的《民族精神的艺术表现》，郑洞天的《天边也是人间》，张东钢的《形体语言的魅力》，梁明、张颖的《影响语言的解读》，王一川的《文化传奇的现实化》；同期，发表陈犀禾的《论影视批评的方法和类型》；邓广的《作为社会实践的电影研究》；刘晔原的《历史生态反思中的当下情怀——电视剧〈盖世太保枪口下的中国女人〉的主题解读》；陈友军的《圆形人物的审美价值——〈盖世太保枪口下的中国女人〉的霍夫曼形象》；戴清的《多重想象的诉说——〈盖世太保枪口下的中国女人〉的文化隐喻》；王昕的《"超类型"文本及其人性探寻——关于〈盖世太保枪口下的中国女人〉的文化研究》；浦剑的《电视电影的艺术扫描》；周星的《青春文化面向电影艺术的学术召唤——第九届北京大学生电影节综述》；张智华的《第九届大学生电影节新人新作》；张东的《看中国特种兵走向世界——谈〈冲出亚马逊〉对当代军事电影的新探索》；林丽宁的《唯美的智慧——评影片〈我的格桑梅朵〉》；丁一岚的《〈假装没感觉〉：一幅上海女人的生活图景》；彭加瑾的《亦真亦幻——看儿童影片〈我是一条鱼〉》；陈宝光的《聊聊〈聊聊〉》；张巍的《寂寞芳心俱乐部：〈七个女人的故事〉》。

《江汉论坛》第7期发表杨洪承的《现代派文学群体的生命体验与文体创新——现代中国文学社团流派文化形态研究之一》；宋剑华的《论百年中国文学个性主体意识的历史消解过程》。

《中国翻译》第4期发表蒋洪新的《叶维廉翻译理论述评》。

《齐鲁学刊》第4期发表高旭东的《对五四语言革命的再认识》；朱明建的《五四新文学对浪漫主义的接受、选择与弃绝》；刘明的《新时期现代主义小说发展形态及其生成机制》。

《社会科学》第7期发表陈旭光的《"中间人心态"、"纯诗"立场与"现代"价值观——论"现代派"诗人群体的思想特色与文化心态》。

《社会科学研究》第4期发表向宝云的《悲剧的历险——论曹禺悲剧艺术的发展衍变》。

《社会科学辑刊》第4期发表宋剑华、戴莉的《传统与现代：论革命英雄传奇对民间英雄传奇的历史演绎》;黄万华的《战时中国:现代中国形象完整呈现的开端》;刘红松的《20世纪20年代乡土小说论析》;张联的《胡风现实主义理论的独到贡献》。

《学习与探索》第4期专栏"当代文艺理论与思潮新探索"发表孔建平的《现在时间意识与现实主义叙事》;同期,发表黄万华的《女性文学——浮出历史地表的另一含义》;叶从容的《论新时期小说中的知识女性形象》。

《学术论坛》第4期发表高扬的《论文学学科的科学化》;徐剑的《20世纪中国艺术社会科学研究综述》;孙爱军的《大众文化对青年的负面影响及对策》;周从标、贾廷秀的《试论全球化背景下的中国文化》。

《南方文坛》第4期发表张清华的《文学的减法——论余华》;孟繁华的《当代中国的学院批评——以青年批评家张清华为例》;敬文东的《"修正主义"的胜利——漫谈张清华的文学批评》;张炯的《文学理论批评在前进——2001年文学理论批评一瞥》;程光炜的《"后革命时代"的中国现当代文学》;洪子诚的《我们为何犹豫不决》;孟繁华的《全球化语境与中国的文化问题——评戴锦华的当代中国文化研究》;毕飞宇、汪政的《预言的宿命》;谢有顺的《消费时代的暖色幽默——〈桃李〉与当代知识分子形象的转型》;王干的《人文的呼喊与悲鸣——评张者的长篇小说〈桃李〉》;李建军的《消极写作的典型文本——再评〈怀念狼〉兼论一种写作模式》;张光芒的《天堂的尘落——对张炜小说道德精神的总批判》;孔庆东的《老舍的大众文化意义》;周政保的《历史变化与人的感情遭遇——从徐坤的〈春天的二十二个夜晚〉说起》;陆地的《且说创作的得失——〈浪漫的诱惑〉后记》;张者的《精英的转移和知识分子写作》;何镇邦的《方寸之内　大千世界——简论小小说的文体特征》;宋子平的《气象万千小小说》;王晓峰的《小说精神与小小说问题现实》;贺绍俊的《理论动态三题》。

《复旦学报(社会科学版)》第4期专栏"中国文学史分期问题讨论"发表章培恒、陈思和的《主持人的话》,朱立元、王英文的《以现代性为衡量的主要尺度——也谈中国现代文学史的开端》,陈广宏的《关于中世纪文学的开端的一点想法》;同期,发表江南的《从三十年代〈大公报〉"文艺"副刊看京派文学》;陶侃的《林语堂与表现主义美学》。

《思想战线》第4期发表张永刚的《文学理论:从教学形态到理论本体探讨》;王珂的《论巴赫金文体2进化观的成因及意义》;曾庆雨的《晚唐诗・新月派・朦

胧诗——试论中国诗语"意"、"象"的非一致性特征》。

《福建论坛·人文社会科学版》第4期发表吴秀明的《世纪交替的历史关注与现代性求索——论新时期历史小说思想艺术发展的基本轨迹》;张光芒、马航飞的《现代性与近代性的多元对抗——论中国新文学思潮的内在矛盾及其演变轨迹》;刘小新的《文化工业概念与当代中国的文化批评》。

16日,《文艺争鸣》第4期发表钱理群的《鲁迅:远行以后(1949—2001)(之四)》;汪应果的《关于中国现代文学观念的几点思考》;专栏"世纪体验——一个编辑与一百个学者的对话"发表吕家乡的《探求:知识分子的天职》,余开伟的《历史迷雾中的认知和探求》;同期,发表袁国兴的《中国现代文学研究中的"现代性"话语质疑》;赵德利的《论20世纪家族小说母题模式的流变》;汪代明的《审美中的诗性精神——"西部审美精神与文化建设"学术研讨会综述》;邢小群的《文学研究所成立的背景》;方长安的《十七年文学的民族性与反西方性》;同期,以《文坛三户》四人谈"为总题,发表李新宇的《精神坚守者的姿态》,丁帆的《"与人驳难"的批评姿态背后》,武善增的《刺破营造白日梦的精神幻影》,傅元峰的《为深刻的文化媚俗把脉》;同期,发表俞义的《中国儿童文学史论的开拓与创新——简评朱自强的〈中国儿童文学与现代化进程〉》;黄发有的《文学出版与90年代小说》;王志耕的《文学理论:走在路上》;田忠辉的《文学理论反思与文化诗学走向——兼评曾庆元对李春青之争鸣》;高小康的《"失语症"与文化研究中的问题》;聂远伟的《论当下艺术生产的危机及理论应对》;贺国光的《新时期文艺心理学简评》;翟苏民的《生命之鼎的诗美闪跃——评童庆炳的〈苦日子·甜日子〉》;祝东平的《生命的意义——读阎连科的〈日光流年〉》。

《文艺报》第104期发表文周的《〈作家杂志〉发现珍贵的抗日纪实》;贝佳的《诗歌与生命同在》;刘颋的《在变中坚守的不变——访铁凝》;何镇邦的《方寸之内大千世界——简论小小说的文体特征》;叶开的《小人物的诗篇》;陈晓明的《迷醉于前现代的后现代——评陈众议的〈风醉月迷〉》;王燕生的《上帝死了,诗还活着——读〈蔡克霖诗集〉所想到的》;陈崎嵘的《用"三个代表"要求统领社会主义文化建设》;梦泽的《文学审美的解放与批评的自闭》;张大为的《在对后现代幻想的超越中重新展开》;晓雪的《饶有趣味的〈创造之秘〉》。

17日,《光明日报》发表梁若冰的《报告文学前景广阔》;张学昕的《全球化语境下当代文学的民族审美传统》。

《作品与争鸣》第7期发表周继鸿的《乡村舞蹈的魅力》(评谈歌的小说《秧歌扭起来》);赵成孝的《另类的北京 另类的文学》(评白连春的小说《我爱北京》);彭彦的《辉煌的飞翔》(同上);杨董翔的《寓言的双面性:荒诞与现实》(评王大进的小说《测谎狗》);代丽丹的《荒诞小说的世俗化》(同上);张晓政的《当两种文明相对》(评王传宏的小说《我只是开了个玩笑》);朱美凤的《"爱"上堕落》(同上);木弓的《文学别忘了劳动者》;龚伯禄的《毁灭不是悲剧——也评〈沧浪之水〉》;姚莫诩的《观念的误区与人格的异化——评〈沧浪之水〉》。

18日,《文艺报》第105期以"共产党员新形象涌现七月银幕"为总题,发表本报编辑部的《〈我的格桑梅朵〉:用生命谱写青春的进藏战士》、《〈荔枝红了〉:新一代党的农村基层干部》、《〈声震长空〉:我党广播事业的奠基者》、《〈太平使命〉:扎根农村的西部司法干部》;同期,发表水晶的《期待反映时代精神的话剧作品》;陈颙的《一个中国导演眼中的雨果》;孙武臣的《勿忘流"臭汗"的人们》;顾聆森的《昆剧保护再思考》。

《文学报》发表李凌俊的《"教授作家群"现象引起关注——一批活跃在文学批评界的中青年学者接连推出小说新作》;高丽的《远行,伴着白洋淀的荷香——著名作家孙犁在津病逝》。

《中国戏剧》第7期发表苏玲的《久违了,诗意的悲剧!——观话剧〈这里的黎明静悄悄〉》;姚小刚的《一个清官的最后选择——漫说新编历史剧〈胭脂河〉》;谭愫、谭昕的《艰难的超越——从〈山杠爷〉谈现代戏的"三性"统一》;谭静波、刘景亮的《重视戏曲批评方法问题》。

《文汇报》发表金炳华的《长篇报告文学〈根本利益〉给我们的启示》。

19日,《文艺报》第106期发表王向峰的《摄影文学的诗性语言创造》。

20日,《小说评论》第4期发表李建军的《小说病象观察之四:小说的纪律》;洪治纲的《先锋文学聚焦之十六:隐蔽的张力》;邵建的《走入暗路:小说的反文明》;葛红兵的《耻辱的声音——我看近年的女性打工族小说》;专栏"小说家档案"以"余华专辑"为总题,发表於可训的《主持人的话》,余华的《自述》,叶立文、余华的《访谈:叙述的力量——余华访谈录》,叶立文的《颠覆历史理性——余华小说的启蒙叙事》;同期,发表吴义勤等的讨论《沉沦与救赎——〈高跟鞋〉〈我们都是有病的人〉》;卢翎的《逼近历史的真相——关于杨显惠的"夹边沟"系列小说》;刘家思的《坚硬的事物与独特的叙事——论熊正良的自我成长小说》;邢小利的《从谜江到西湖——读王旭烽的小说》;李晶的《王蒙语体:理性的诉求与颠覆——系列长篇小说〈季节〉论略(二)》;姚莫诩的《英雄与英雄主义的评说——解读项小米的长篇小说〈英雄无语〉》;宗元的《无望的挣扎 人性的扭曲——论毕飞宇近作中的女性世界》;徐志伟的《批评范式的危机——从王朔近年的批评文字谈起》;李伯勇的《从先锋到传统——再读福克纳》。

《北京大学学报(哲学社会科学)》第4期发表隋岩的《当代中国文化形态的划分和嬗变——对三种文化形态的哲学思考》。

《文艺报》第107期发表颜慧的《具有当代美术史意义的考察》;献闻的《中国现代文学馆展出作家书房轰动香港》;伯农的《为看谈笑静胡沙——关于〈那人的履痕和远方〉郑伯农致焦祖尧》;田耒的《却道天凉好个秋》;高玉的《人生的感悟》;林为进的《少年亦识愁滋味——读〈见谁爱谁〉》;王雅丽的《不以作家自居的曲波》;尧山壁的《他的诗是一种绿色食品》;王丹丹的《一部悲壮的爱国主义抒情史诗——访〈张学良〉的编剧王朝柱》;阿玲的《我看电视剧现状》;傅书华的《让沉默的大多数不再沉默》。

《文汇报》发表王安忆、郑逸文的对话录《作家的压力和创作冲动》。

《四川大学学报(哲学社会科学版)》第4期发表何休的《新诗理论的开拓和周作人的新诗主张》。

《东方文化》第4期发表邵燕祥的《20世纪中国文学史的一种写法——纪念〈在延安文艺座谈会上的讲话〉发表60周年》。

《东南大学学报(哲学社会科学版)》第4期发表赵宪章、汪正龙的《为新学科立传——评杜书瀛、钱竞主编〈中国20世纪文艺学学术史〉》。

《学术月刊》第7期发表王晓华的《超越主体论文艺学——新整体论文艺学论纲》;古风的《20世纪我国文学理论教材的主流话语论析》。

《河北学刊》第4期发表封秋昌的《从理性思考走向感觉或体验——解读姚振函》;郁葱的《20世纪90年代河北诗人简评》。

《中国比较文学》第3期发表刘鹏的《本土化·内在化·跨文化传递——叶维廉比较诗学研究一例》。

《暨南学报(哲学社会科学版)》第4期发表莫嘉丽的《从〈一对一〉看澳门小说的叙事风格》;黄汉平的《比较文学的创新与超越——饶芃子教授的〈比较诗学〉及其他》。

《学术研究》第 7 期发表陈涵平的《历史的探寻与美学的沉思——读饶芃子教授的〈比较诗学〉》;古远清的《香港文学研究 20 年》。

《湘潭师范学院学报(社会科学版)》第 4 期发表谢卫平的《真挚的人生体验 情感的自然咏叹——论三毛散文语言的率真美》。

21 日,《人民日报》发表王巨才的《源头活水　笔底波澜——关于〈根本利益〉的随想》;龚和德的《继承文化遗产　振兴京剧艺术——略谈〈中国京剧音配像精粹〉》;周志刚的《世纪初文学理论的检阅——简评〈中国文学理论批评文选〉》;仲言的《尊重历史慎褒贬》;仲呈祥的《吹来一股强劲的现实主义风——评短篇电视剧〈北风吹〉》。

《文艺研究》第 4 期发表罗钢、孟登迎的《文化研究与反学科的知识实践》;张德明的《当代中国文化批评的社会功能》;周宪的《文化研究:学科抑或策略?》;王逢振的《文化研究与知识分子角色》;徐贲的《文化批评理论的跨语境转换问题》;肖鹰的《文化批评与非象征——表现性写作》;景国劲的《20 世纪中国文学批评现象的反思》;方长安的《中国当代先锋文学思潮论》;刘晟的《价值重建与 21 世纪中国文学》。

23 日,《文艺报》第 108 期发表本报编辑部的《沪上学者批评反腐小说的模式化和庸俗化》;江湖的《重庆文学涌出川江》;本报编辑部的《著名诗人杜运燮逝世》;金炳华的《〈根本利益〉创作给我们的启示》;周晓枫的《鼓励新散文》;朱铁志的《质朴的苦楝树——读吴子长杂文集〈边缘人语〉》;李华秀的《一半风雨一半情——评池莉小说〈水与火的缠绵〉》;张虎升、朱建东的《生态文艺学批评在当前的发展态势》。

24 日,《文艺理论与批评》第 4 期以"《讲话》六十周年专辑"为总题,发表李希凡的《纪念〈讲话〉再说"新启蒙"》,郑伯农的《实践的验证和召唤——六十年后说〈讲话〉》,陆华的《〈讲话〉与新世纪文艺研讨会在平山县召开》;同期,发表戚吟的《〈拾荒男女〉:告诉你现代性的另一面——双月影评》;夏启发的《繁盛与隐忧:公安题材影视作品透析》;郑恩波的《致龙志毅同志》;魏巍的《谁来追踪草明?》;赵稀方的《反省 80 年代》;旷新年的《寻找失去的视野》;王科的《中国作家与精神寻根》;景国劲的《全球化背景下的汉语文学批评》。

《文史哲》第 4 期发表张荣翼的《在数字化与图像化之间——当前人文学科研究的境遇与策略》;贺立华的《入世与中国文化现代化转型》;齐裕焜的《20 世纪

小说史研究》；毛志成、高玉昆的《古今北京文学概览》；李玲的《中国现代男性叙事中的恶女人形象》。

《光明日报》发表苏丽萍的《梅花奖：风采是否依旧》；邓友梅的《恭送孙犁师长》；刘光人的《会孙犁》。

《吉林大学社会科学学报》第 4 期发表朱晶的《〈麦田里的守望者〉：反叛迂腐与虚伪的"现代经典"》。

25 日，《文艺报》第 109 期发表李叶的《笑傲雪域的格桑花——电影〈我的格桑梅朵〉研讨会综述》；曾庆瑞的《刹一刹亵渎文学名著和经典的歪风》；黄株的《达利的超现实主义与艺术表演人生》；王宏任的《两种不同的想象——从科幻片和武打片想起的》。

《文艺理论研究》第 4 期发表刘锋杰的《从革命的合法性到文化的合法性——论回到原典的〈讲话〉》；南帆的《试谈〈讲话〉关于知识分子与大众关系的论述》；童庆炳、刘洪涛的《关于文学理论、文艺学学科的若干思考》；梅朵的《永远记取他们前行的脚步声——纪念左翼电影运动七十周年》。

《文学报》发表陆梅的《来自中国作协工作会议的报道——用"三个代表"重要思想统领文学事业》；李凌俊的《赵耀民：写出纯正的"上海味道"》；俞小石的《熊正良：先锋是思想的先锋》；文洁若的《永远的〈尤利西斯〉——萧乾和我为什么合译"天书"》；李星的《更多一些现实关注和大众关怀——由〈血色风景〉而引起的思考》；周政保的《诗意的"类妖情书"——我读姝娟的长篇小说〈摇曳的教堂〉》；杨扬的《太阳底下的新事——评〈奔跑的火光〉》；丁临一的《小说中的画家与画家的小说——评长篇小说〈红的墨染〉》；林舟的《荆歌的性情叙事——〈八月之旅〉点滴谈》。

《甘肃社会科学》第 4 期发表朱庆华的《论赵树理小说"清官"断案模式的贡献与局限》；许苗苗的《网络文学的五种类型》。

《东岳论丛》第 4 期发表姜振昌的《世代相继的系统工程——由"现代化与人的素质"重提文学与"改造国民性"问题》；刘明的《论二十世纪的文化精神与金庸的身份辨认》；李波的《梁实秋的新人文主义批评论》；王源的《"京味"老舍》；张培坤的《文学作品价值论》。

《当代作家评论》第 4 期发表余华的《我的文学道路——在苏州大学"小说家讲坛"上的讲演》；余华、王尧的对话录《一个人的记忆决定了他的写作方向》；陈思和的《试论阎连科的〈坚硬如水〉中的恶魔性因素》;聂伟的《空间叙事中的历史镜像迷失——〈坚硬如水〉阅读笔记》;陈晓兰的《"革命"背后的变态心理——关于〈坚硬如水〉》;蔡翔、费振钟、王尧的《文革与叙事——关于文革研究的对话》;李辉的《历史还原:必要与可能——读王尧随感》;张志忠的《还原历史的努力》;孙郁的《赤色记忆》;郜元宝的《关于文革研究的一些话》;严峰的《张炜的诗、音乐和神话》;洪治纲的《信念的旅程——读钟桂松传记作品随想》;吴义勤的《"民间"的诗性建构——论吕新长篇新作〈青草〉的叙事艺术》;黄发有的《自我与文学的互证——评吴义勤〈文学现场〉》。

《光明日报》发表刘希金的《"诗歌特大号"带来的消息》;谢其章的《流行一时的〈幻洲〉》。

《社会科学战线》第4期以"网络文学的动势与反思"为总题,发表欧阳友权的《网络文学的媒体突围与表征悖论》,黄鸣奋的《网络文学之我见》,陈定家的《"火焰战争"与"文化垃圾"——关于"网络文学"的几点不合时宜的想法》,聂庆璞的《网络文学:未来文学的主流形态》。

《郑州大学学报(哲学社会科学版)》第4期发表耿占春、柴焰的《失去原貌的传记——现代小说演变的理论描述》。

《语文学刊》第4期发表郭亚明的《汪曾祺散文创作探微》;王卫的《论池莉小说中所折射出的生存的意义》;黄丽君的《试论王蒙小说语言的模糊性》;王泉、黄湘的《简论史铁生小说中的苦难母题》;竺建新的《优美:〈荷花淀〉的审美原则》。

《南京师大学报(社会科学版)》第4期发表朱晓进的《政治化角度与中国20世纪30年代文学论争》。

《晋阳学刊》第4期发表冯肖华的《新时期现实主义小说流变——20世纪80年代的文学视界》;赵瑞锁的《传统戏剧选材特征与电视剧的"专创"意识》。

26日,《人民日报》发表官伟勋的《〈威胁〉的警示》。

《文艺报》第110期发表顾礼俭的《摄影小说的文字语言》。

《文汇报》发表金娜的《"责骂或赞扬,我都不在乎"——田壮壮谈新版〈小城之春〉及其他》;缪克构、谢娟的《网络和选集点亮诗歌星光——对诗坛复苏近况的扫描》;竹林的《绵羊身上缺的是什么》;刘汉太的《一部简约主义的文本——长篇小说〈中国蓝调〉解读》。

27日,《文艺报》第111期发表古月的《高扬时代主旋律 迎接党的十六大——"三个代表的忠实实践者"〈人民文学〉优秀报告文学奖在京颁奖》;胡殷红的《"中国军人的文学决不会有软骨症"——李存葆谈军事文学的英雄主义、爱国主义精神》;木弓的《又是一堆难听的歌》;刘宗尚的《民族精神与军事文艺》;勉思的《半世纪战友情——记孙犁康濯的深情厚谊》;吉狄马加的《纳西族作家的爱》;冷慰怀的《访塞风》;杨润身的《永不脱离人民生活》;索亚斌的《着力打造类型化商业电影》;陈履生的《学习达利从南走到北》;刘宏伟的《与跑街人一起跑街——长篇小说〈跑街小姐〉作者手记》。

《文学自由谈》第4期发表何满子的《拉杂谈批评》;黄陆璐的《用身体思索的群体》;张颐武的《写作的转折:"中产意识"的文化含义》;李建军的《大象重量与甲虫颜色》。

28日,《厦门大学学报(哲学社会科学版)》第4期发表董学文、盖生的《后现代主义文论中的自然主义基因及其变异》;巫汉祥的《网络文艺媒体特征论》。

30日,《文艺报》第112期发表蔡海泽的《对精神宝藏的发掘与涅槃——军队长篇小说创作向纵深发展》;毛姗的《〈清明〉和〈安徽文学〉开展"文学与道德"大讨论》;徐明德、华诗的《江苏广东诗人为诗歌创作直言》;蓝天的《报告文学创作大阅兵——评徐迟报告文学奖获奖作品》;张晓峰的《另一种写作者的姿态——读温亚军的小说》;康启昌的《永久性的话题——谈〈爱情探戈〉对传统婚姻的冲击意识》;邢小利的《从容中的尖锐与激情——朱鸿散文读后》;郝雨的《腐败是如何腐败起来的?》;李万武的《文学不应只睁"一只眼"》;黄昆海的《现代汉诗语言资源勘察》;杨怡的《新诗语言的"欧化"》;王丹红的《新诗中的文言与传统白话》;陈少华的《沉思与呐喊:关于广场的话》;白草的《贾平凹小说中的"俗"》。

《扬州大学学报(人文社会科学版)》第4期发表张玲霞的《清华文学品格》;徐晓芳的《从〈流言〉看张爱玲的文化选择》。

《河南大学学报(社会科学版)》第4期发表孙荪的《文学豫军论》。

《海南师院学报(人文社会科学版)》第4期发表钱虹的《洪朝往事,虚实相间——兼谈黄世仲历史小说的"演事"特性》。

《青海社会科学》第4期发表古远清的《香港散文诗中的都市风景线》。

31日,《光明日报》发表赵家新的《让人担忧的公安题材影视剧》;胡良桂的《先进文化与世界眼光》;秦晋的《命运沉重的吹拂——评张洁的长篇小说〈无字〉》;韩瑞亭的《西部军人多风采——读"西部军旅风情"纪实文丛》;云德的《用爱筑起温馨的家园——谈电影〈铁血柔情〉》;张鹰的《真实 犀利 清新》。

本月,《小说界》第4期发表王蒙的《挑战与和解——文学和我们》。

《上海文学》第7期以"关于'知识伦理'的讨论(三)"为总题,发表郭恋东的《热烈的爱与残酷的死》,罗岗的《"被压迫者"的知识如何可能——从福柯到斯皮瓦克》,葛红兵的《在绝对之神和知识之神之间》。

《文艺评论》第4期发表赵琨的《形式的自由与危机——试论现代主义的反形式与形式主义之异同》;代迅的《日常生活与审美超越——超越美学论》;熊六良的《90年代文学理论热点评述——"失语症"论的历史错位与理论迷误》;刘忠的《英雄·白痴·土匪——20世纪中国文学主题研究之二》;王爱松的《日常生活叙事的双重性》;蔡之国的《网络文学:自由的文学乌托邦》;王永贵的《在理想与现实之间——网络小说主题初探》;龙士玉的《无线电波里的诗歌话语》;何二元的《为大众的批评》;艾秀梅的《异国情调缘何屡试不爽——全球化语境下的中国电影暨文化策略》。

《中国电视》第7期发表仲呈祥的《纵论"主旋律"与"东西南北风"——银屏审美对话之十》;石磊的《现实主义的魅力——评18集电视剧〈刘老根〉》;焦素娥的《王朝的兴衰与帝王的命运——评46集电视连续剧〈康熙王朝〉》;唐红的《〈橘子红了〉的诗意解读》。

《百花洲》第4期发表余玫、魏宁的《"我的情人是阿难"——虹影新作〈阿难〉座谈会现场点击》;祖丁远的《苦难也是一所大学——肖凤访谈录》;李朝煜的《谈陈染的小说艺术》;梅雁的《难以自我认同的女性——读迟子建〈岸上的美奴〉》;雷达的《苦熬着的现实——徐坤的〈春天的二十二个夜晚〉读后》;白烨的《婚变的悬疑——读〈春天的二十二个夜晚〉》;赵凝的《爱有多销魂,就有多伤人——〈春天的二十二个夜晚〉读后》。

《剧本》第7期发表金芝的《戏曲评论与戏曲文学》;沈毅的《小品小戏创作的新收获——2002年第九届全国小品小戏大奖赛作品浅析》。

本月,人民文学出版社出版勇赴、兴华的《阐释与提升:文艺批评实践与思考》。

陕西人民出版社出版公炎冰的《踏过泥泞五十秋》。

黑龙江教育出版社出版王孝坤的《中国当代乡土小说源流》。

中国社会科学出版社出版张升阳的《当代中国报告文学史论》。

中国美术学院出版社出版钱超英编的《澳大利亚新华人文学及文化研究资料选》,卫景宜的《西方语境的中国故事——论美国华裔英语文学的中国文化书写》。

8月

1日,《文艺报》第113期发表陈嫌如的《感情纠葛何时休——关于主旋律电视剧的忧思》;朱辉军的《城乡的"双向启蒙"》;谢柏梁的《小剧种蔚为大气候——观宁波市甬剧团〈典妻〉》;陈辽的《沙黑的戏剧观和戏剧创新》;孙武臣的《怵目惊心的〈威胁〉》。

《长江文艺》第8期发表何子英的《永远的现实主义》;张楚的《质疑、恍惚和叹息》(关于黄梵的小说创作);陈应松的《遥望乡村的歌者——读鲍风散文集〈逝痕集〉》;周昉的《亲亲的沙漠哟 请把你酿出的含金之沙着意抛洒——评〈叔叔的沙漠〉也谈本刊开设"推举新人"栏目意向》。

《光明日报》发表杨婷的《时政读物、红色经典又起阅读热潮》;石正春的《成功的"突围"——评电视连续剧〈中原突围〉》;杜高的《瞻望新世纪的灿烂时空》;袁苏宁的《当代中国文学语言意识的自觉和迷失》。

《阅读与写作》第8期发表王永兵的《落不了的故乡情:读余光中散文〈日不落家〉》。

《作家杂志》第8期发表陈慧的《李森:一种诗歌》。

《解放军文艺》第8期发表张志忠的《所有的生命都张开了翅膀——李瑛诗歌近作谈片》。

2日,《文艺报》第114期发表陈宝生的《摄影文学对图像艺术再塑造散论》。

《文汇报》发表舒克的《田壮壮让我们有些失望——评新版〈小城之春〉》。

3日,《文艺报》第115期发表胡殷红的《感悟生活 拒绝浮躁——韩静霆谈写好歌》;木弓的《敬畏经典》;王跃文的《谁不卡尔维诺就寒伧》;王学海的《〈女市长〉与知识分子角色》;吕中山的《毕生为英雄而歌——老作家王忠瑜》;梁尚文的

《由新〈著作权法〉想起一出小歌剧遭遇》;殷实的《王旭烽的"茶"和中国人的精致生活》;贝加的《山飒〈围棋少女〉在京研讨》。

5日,《中国青年报》发表王学进的《歌词创作"假大空"现象何时休》。

6日,《文艺报》第116期发表本报编辑部的《要文学　不要时尚——本报开辟"文学与时尚化批判"专栏展开讨论》;杨经建的《文学时尚:一种"新"的写作方式》;丁临一的《沉实厚重的警世之作——评长篇小说〈喧嚣荒塬〉》;燎原的《最"近"的诗意——读〈张新泉诗选〉》;骆驼的《回归与守望——评组诗〈米亚罗,我的情人〉》;邢建昌的《传统:在解释中再生》;王长华的《中国古代文学研究的规范化》。

7日,《光明日报》发表周浩的《校园戏剧:讲述大学生自己的故事》;艾莉的《〈忒拜城〉:从古希腊悲剧到河北梆子》;吴子牛的《〈热血忠魂〉使我热血沸腾》;扎拉嘎胡的《在高扬的旗帜下》;李炳银的《西部的民生演义——评党益民长篇小说〈喧嚣荒塬〉》;袁鹰的《报告文学的生命在于"魂""真""文"——致〈报告文学〉主编李炳银》;袁毅的《诗比人长寿——悼念老诗人曾卓》。

8日,《文艺报》第117期发表王卫平的《名著改编应该"带着脚镣铐跳舞"》;王昕的《现实主义精神与当代审美文化的创建》;黄会林的《与铁血相伴的柔情——电影〈铁血柔情〉观后》;许波的《〈贵妇还乡〉一次不成功的演出》;罗艺军的《中国电影理论如何面对新世》。

《文学报》发表俞小石的《纯文学里有最深的世俗关怀——访作家残雪》;杜晓英的《众说纷纭话诗歌——来自第八次亚洲诗人大会的声音》;徐世立的《文学创作的"与时俱进"——读〈翻身农奴把歌唱〉》;鲁之洛的《这个质疑有分量》;龚静的《大漠里的诗情小说》;陆梅的《〈舒芜口述自传〉:一个时代的记录》。

《民族文学》第8期发表吉狄马加的《在全球化语境下超越国界的各民族文学的共性——在汉城热爱自然文学之家的演讲》;缪俊杰的《玉龙雪山纳西情——沙蠡和他的文学创作漫议》。

9日,《文艺报》第118期发表绿岛的《摄影文学从中央电视台走进千家万户》。

《文汇报》发表潘志兴的《像拍电影一样拍电视剧——张军钊访谈录》。

《光明日报》发表丁国强的《一个作家的幸福》;刘玉成的《可以当历史来读的小说》。

10日,《文艺报》第119期发表胡殷红的《为我国多民族的社会主义文学增光添彩——访全国第七届少数民族文学骏马奖评委会副主任吉狄马加》;木弓的《民族精神与当代先进思想》;远洋的《一股浊流——从"反文化"到"下半身"》;周娟的《清洁的坚持——评王竞成诗集〈掩泪入心〉》;徐庆全的《新发现的康濯为胡风〈我的自我批判〉起草的按语》;刘锡诚的《苦难:灿烂的花朵》。

12日,《文汇报》发表陈熙涵的《女性写作已步出闺阁》。

13日,《文艺报》第120期发表本报编辑部的《先进文化成为重要的理论话题》、《读者在我们心目中是什么地位?》;洪治纲的《时尚化——一个致命的精神陷阱》;谷禾的《伸开翅膀就飞的杨勇》;高楠的《澄明的孤独之旅——谈边玲玲及其文学作品》;同期,发表陈太胜的《中国文艺复兴的历史与现实》;郭志刚的《"守住光明"——信念的召唤》;徐艳蕊的《文化研究:一个崭新的知识领域》;张子清的《我同时是一个中国人——李健孙谈〈支那崽〉》;李侠的《〈接骨师的女儿〉——谭恩美和她的新作》;洪三泰的《他为中美文化交流穿针引线》;谭元亨的《两大时空背景下的"黄金人"》。

14日,《光明日报》发表周潇的《纪录片市场还很大——由系列纪录电影〈中华文明〉说起》;赖大仁的《也谈现行文学理论教材问题》;金兆钧的《与时俱进的〈洪湖水,浪打浪〉——新版〈洪湖赤卫队〉观后兼谈对中国歌剧的思考》;雷达的《苦熬的悲剧》;周政保的《"卷入现实"的胆识》;孙武臣的《雷抒雁散文的大品格》。

15日,《山西大学学报(哲学社会科学版)》第4期发表刘黎红的《五四时期中西文化调和论的互动——兼论五四时期中国文化调和论兴起的外在刺激因素》。

《广东社会科学》第3期发表吴志宏的《白先勇短篇小说的死亡意识初探》。

《文艺报》第121期以"经典名著不容亵渎"为总题,发表陈漱喻的《文学经典具有思想的穿透力,形式的不可重复性,艺术的难以逾越性》,刘厚生的《文艺界不应容忍这种公然的抢劫者》,张宏森的《尊重经典的前提必须是理解经典》,郑伯农的《用调侃的态度对待一切是很可悲的》,仲呈祥的《须忠实于对名著精神的正确理解》,廖奔的《名著的厄运时代》,孙郁的《重塑阿Q并非想象得那么容易》;同期,发表陈嬿如的《现在的歌为什么难听?》;刘平的《关注时代 贴近观众》;蔡体良的《拉得开大幕是硬道理——话剧舞台创作倾向漫谈》;陈播的《左翼电影是如何重视进入电影市场的》;郭振亚的《阿Q的一份诉讼状》。

《文学报》发表俞小石的《女性写作应有更广阔的视野》、《严歌苓：摒弃"猎奇"写作》；高松年、何晓原的《改革小说的探索和思考——评车弓的长篇小说〈名利场〉》；阎晶明的《没有英雄的悲剧——晋原平长篇新作〈权力的平台〉读解》；申霞艳的《比身体的成长更重要——读邓一光新作〈一朵花能不能开放〉》。

《江汉论坛》第8期发表孙德喜的《20世纪后20年小说语言观念的变革》；张吉兵的《简论王元化的当代文艺批评》。

《戏曲艺术》第3期发表秦岩的《从"新戏"到"传统戏"的京剧〈霸王别姬〉》。

《光明日报》发表杨泽文的《灵与肉的快乐之痛》。

16日，《文艺报》第122期发表何志钧的《摄影文学与网络文学》。

《文汇报》发表陈熙涵的《文学杂志介入城市书写——两代人笔下的上海截然不同》；王周生的《"残酷青春"：让人头疼，也让人心疼——读〈北京娃娃〉》。

17日，《文艺报》第123期发表郜勇夫的《我需要一位好编辑——一位基层业余作者的来信》；古月的《文艺家呼吁对不尊重经典名著之风亮出黄牌》；纳杨的《冰心文学馆开馆五年社会效益显著》；胡殷红的《小说家林希对〈诗刊〉有好评》；马相武的《今天我们如何纪念孙犁》；贾兴安的《读散文〈东方之神〉》；龙剑梅的《曾经沧海 再回梦境》；汪兆骞的《别样的眼界气派——读长篇小说〈重庆火锅〉》；张东焱的《魅力与悲情》；刘仲孝的《不该忘记的作家——袁犀》。

《作品与争鸣》第8期发表梁鸿鹰的《在现实的沉重话题面前》（评孙慧芬的小说《民工》）；封秋昌的《可怕的"皆大欢喜"》（评贾兴安的小说《皆大欢喜》）；秋毫的《一幅拜官主义的粉刺漫画》（同上）；高姿英、昌切的《"谋杀工具"与灵魂拯救》（评余述平的小说《爱情是谋杀一个人的最好工具》）；蔚蓝的《小说叙事与题旨的错位》（同上）；陈映实的《寻求新时代故事的"生长点"》（评聂鑫森的小说《板寸头理发馆》）；秋风长的《值得商榷的"痛苦"》（同上）；刘起林的《官本位生态的人格标本——评〈沧浪之水〉》；张扬的《〈盖世太保枪口下的中国女人〉的悲哀》。

18日，《中国戏剧》第8期发表王蕴明的《白淑贤与现代型戏曲》；张幼梅的《大火之后的涅槃——复排〈狗儿爷涅槃〉观感》。

20日，《文艺报》第124期发表本报编辑部的《天津文学要有大合唱——首届合同制作家正式签约》；张妮的《浙江儿童文学发展喜人》；周玉宁的《文学能否真正走向"全人类"？——"全球化语境与民族文化、文学的前景"国际学术讨论会上学者之间展开争鸣》；杜晓英的《第八次亚洲诗人大会上诗人和诗评家谈中国当代诗歌生存状态》；本报编辑部的《著名作家管桦逝世》；刘颋的《小说家的大不老实和大老实——铁凝访谈录》；张志忠的《真佛只谈家常事》；王永贵的《谁是被侮辱与被损害的——读长篇小说〈寻找苏曼〉》；林童的《总有一些东西让人感动》；朱晶的《采得青萍一段香——读林澎诗文集〈艺海飘萍〉》；李运抟的《从"农民革命戏"到"帝王将相戏"——对新时期古史题材小说历史意识的反思》；艾秀梅的《世纪初的美学透视窗》；张泉的《北京地域文学研究的新探索》；郭延礼的《有感于学术规范及与国际接轨》；赵丹的《南京召开俄罗斯文学研讨会》。

《学术研究》第8期发表陈维昭的《中国戏曲演剧形态与20世纪中西方戏剧转型》；王钦峰的《后现代主义小说技术批判》；李江山的《符号仿真：超现实文化话语的艺术本质》。

《鲁迅研究月刊》第8期发表林华瑜的《放逐之子的复仇之剑——从〈铸剑〉和〈鲜血梅花〉看两代先锋作家的艺术品格与主体精神》。

21日，《中国青年报》发表董保纲的《徐坤你让我失望了》。

《光明日报》发表蒋力的《歌剧在困守中求生》；王源的《大气恢弘　情韵悠悠——读李存葆〈大河遗梦〉》；牛志强的《京味文化根雕——评刘一达新作〈门脸儿〉〈坛根儿〉》；边国立的《美丽庄严的生命旅程——看影片〈我的格桑梅朵〉》。

22日，《文艺报》第125期发表梅朵的《让普通人成为银幕主人》；曾耀农的《后现代影视的话语膨胀与语言游戏》；徐豫生的《也谈"京剧勃兴"》；刘曦林的《真真假假几时休》；孙见喜的《舍本逐末瞎忙活》；吴景华的《这种"迎合"论能站住脚吗？》；任清、严薇的《令人不可思议的"进程"》。

《文学报》发表俞小石的《"底层小说"参差不齐》；林均、袁楠的《外国文学研究专家呼吁——重视现当代作品的筛选、译介》；俞小石的《京沪等地近30名学者、评论家在沪研讨——〈把绵羊和山羊分开〉获好评》；李凌俊的《"写作是艰难的反叛"——访作家懿翎》；梁平的《网络诗歌已成半壁江山》；谭谈的《文坛走来组织部的年轻人——说说舒煜和他的〈薄倖名〉》；张立国的《漫谈"70年代"小说家与一些作品》；李运抟的《我看作家与教授的反串》。

《光明日报》发表杨建民的《越来越邪乎的书名》；郭垦的《独特的青少年成长小说》；同期，以"让革命历史不朽　让英雄主义永存——彩色故事片《声震长空》观影笔谈"为总题，发表陈宝光的《新中国出世的啼声》，高源的《电影画廊里的又一佳作》；同期，发表魏洋的《献身精神动地吟》；张世杰的《感人细节扑面而来》；

翁燕然的《至亲至爱的精神家园——我看长篇电视剧〈至爱亲朋〉》。

《新文学史料》第3期以"楼适夷专辑"为总题,发表楼适夷的《在一次作家座谈会上的发言(一九八一年五月八日)》、《致王元化信十封》、《致黄源信六封》,黄源的《致楼适夷信七封》,许觉民的《追思适夷》,周而复的《生无所息——怀念适夷同志》,舒芜的《悼念楼适夷先生》,谢宁的《和适夷同志在朝鲜战场》,吴奚如的《吴奚如致丁玲、楼适夷信》;同期,发表胡德培的《脚踏现实——一生敬业而正直的秦兆阳》;王文彬的《戴望舒晚年的诗歌创作》;叶圣陶的《叶圣陶致刘延陵的两封信》;叶遥的《怀念袁水拍》;绿原的《几次和钱钟书先生萍水相逢》;黎辛的《毛泽东与〈解放日报〉副刊》;何蜀的《〈红岩〉作者罗广斌的"文革"悲剧》。

23日,《文艺报》第126期发表陈晓明的《摄影文学的先锋性》。

24日,《文艺报》第127期发表胡殷红的《鲜活的人物——小说创作的硬道理——与青年作家石钟山讨论"石光荣"》;木弓的《要出大作品 要出大作家》;钱中文的《艺术不仅仅是商品》;樊发稼的《名家专栏小议》;雷达的《无情的反省 难解的迷惘——读〈梦屋〉随想》;李洁非的《〈男豆〉:订购的情感》;杨华平的《攀登,在文学的大道上》;程树榛的《〈遥远的北方〉后记》;朱寨的《茅盾先生的延安情结》;石英的《渔人码头,遇雨——域外日记》;刘勇的《周立波教我观察生活》。

27日,《文艺报》第128期发表文通的《金炳华看望史铁生》;本报编辑部的《新诗标准讨论引起关注》;金学泉的《关照民族精神的历史走向》;吴泰昌的《表现共产党人的大爱——读曾祥彪长篇报告文学〈爱心无悔〉》;刘锡庆的《他攀上了当代散文的峰巅!——史铁生散文成就之我见》;徐坤的《盛世宴饮图——读张者〈桃李〉》;童庆炳的《当代中国文化和文学在民族性和开放性之间》;马云的《孙犁与知识分子的道德使命》;王光明的《灵魂肖像 性情文章——读王兆胜的〈闲话林语堂〉》;张颐武的《岭南文化的现代化——〈手记·叩问〉对于"文化研究"的价值》;萨娜的《一个草原女作家的倾诉》。

28日,《中国文化研究》第3期发表王锺陵的《从曹禺戏剧观论其剧作之变化及其内在模式》。

《光明日报》发表段建军的《用先进文化提升大众文化的品位》;曾镇南的《近代变局中的艰难蝉蜕——读〈末代大儒孙诒让〉》;关仁山的《风骨人生——哀悼管桦老师》。

29日,《文艺报》第129期发表毛时安的《面对挑战》;颜榴的《让主流戏剧占领话剧舞台》;宋宝珍的《"先锋戏剧"的陷落》;王树增的《关于〈晴空·霹雳〉》;王景山的《纪念文化名人和改编名著——从〈鲁迅小说全编绘图本〉的出版说起》。

《文学报》发表李凌俊的《戏剧文学现状堪忧》;林为进的《周大新:一颗平民心》;红孩的《细节的力量无限——肖复兴散文印象》;杨剑龙的《柔石的创作道路和当代意义——为纪念柔石诞辰100周年而写》;雷达的《磨洗不掉的"记忆"——〈把绵羊和山羊分开〉之我见》;邹建军的《论祁人抒情诗的艺术风韵》。

《光明日报》发表石笾的《在真善美中展示青春激情》。

30日,《文艺报》第130期发表金元浦的《影像时代的摄影文学》;张东焱的《灰暗:小说的流行病》;张韧的《多样性与综合美》;江正云的《网络文学与文化经典》;傅汝新的《刘嘉陵的〈记忆鲜红〉》;邢秀玲、雪涅的《巴一〈漂泊者的世界〉》;崔道怡的《〈绝顶〉上有无限风光——写给张海迪》。

31日,《文汇报》发表杨剑龙、陈德锦的《真情实感:散文创作的真谛》。

《文汇报》发表包明廉的《追求人文精神的大情怀——周晓文谈电视剧〈天龙八部〉如何改编和拍摄》;刘绪源的《当代文学的资源在哪里——米切尔·恩德的启示》;孙郁的《经验,倾覆了生命之舟——也说张洁〈无字〉的缺憾》。

本月,《上海文学》第8期发表张新颖的《现代困境中的语言经验》。

《中国电视》第8期发表仲呈祥的《关于电视与文学艺术结缘——银屏审美对话之十一》;郑书海的《论电视剧叙事之精神——从〈大法官〉中的"独角神兽"说起》;李黎丹的《等待的是太阳——电视连续剧〈大哥〉刍议》;陈玮的《宁静以致远——评〈空镜子〉对生活独特的审美把握》;王雨萌的《艺术铺垫的强势与主题摇摆的弱势——浅谈〈橘子红了〉的艺术表现及其内在走向的矛盾》。

《戏剧艺术》第4期发表胡星亮的《以诗的形象与观众共同创造舞台的诗意——论焦菊隐借鉴戏曲的话剧舞台创造》;吴戈的《中国梦与美国梦——〈狗儿爷涅槃〉与〈推销员之死〉》。

《江淮论坛》第4期发表王烟生的《戏剧创作的形式魅力》。

《读书》第8期发表张闳、倪伟、廖增湖的《我们这个时代的文学"记忆力"》。

《剧本》第8期发表崔建华的《在摇晃中思索庄重》;高音的《戏剧"暗恋"赖声川》。

《清华大学学报(哲学社会科学版)》第4期发表刘中树的《在世界文化中创

造中国现代先进的民族文化》。

本月,广州出版社出版柯可的《中国新文学重审与文化视野》,应向东的《中国现代文学漫步》,徐肖楠、施军的《20世纪中国长篇小说的最后历程:20世纪90年代长篇小说概观》,谭元亨的《儿童文学:走向开放的审美空间》。

上海人民出版社出版周海波的《中国现代文学批评史论》。

湖南教育出版社出版宋剑华的《百年文学与主流意识形态》,谭桂林的《百年文学与宗教》,李一安的《边缘的述说》。

河北教育出版社出版张俊才、李扬的《二十世纪中国文学主潮》。

长江文艺出版社出版陈骏涛的《世纪末回声》。

海峡出版社出版南帆的《问题的挑战》。

昆仑出版社出版赵建国的《赵树理孙犁比较研究》。

中国工人出版社出版肖鹰的《真实与无限》。

中南大学出版社出版赵树勤主编的《中国当代文学名家研究》。

山东大学出版社出版庞守英的《新时期小说文体论》。

三联书店出版洪子诚的《问题与方法:中国当代文学史研究讲稿》。

文化艺术出版社出版郑恩波主编的《新时期文艺主潮论》。

人民文学出版社出版喻大翔的《用生命拥抱文化——中华二十世纪学者散文的文化精神》。

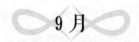

9月

1日,《人民日报》发表缪俊杰的《文学应该回归到哪里?》;仲言的《历史·经典与"戏说"》;李德润的《人生像江河——读〈人生历练〉感言》;高占祥的《玲珑奔放的东方情韵》;山音的《精彩的人生思索》。

《长江文艺》第9期发表洪治纲的《爱到深处是绝望——评〈我们都是木头人〉》;昌切的《逆向思维与反世俗成见——评王石的小说集〈不可告人〉》;黄济华

的《喜读晓苏的新作〈金米〉》。

《名作欣赏》第 5 期发表魏家骏的《圣洁的爱和古典的美——读刘庆邦的小说〈鞋〉》;唐欣的《女性:被限定的存在》;阎永利的《"新异化社会"的"教养"理论宣言——读〈故事里套着故事〉》;孙曼丽的《神思迥异　殊途同归——〈日不落家〉〈故事里套着故事〉比较分析》;王毅的《一个既简单又复杂的文本——细读伊沙〈张常氏,你的保姆〉》;杨剑龙的《平淡质朴中独特的艺术魅力——读陈忠实的小说〈日子〉》;李蓉的《"人间烟火"与"高天云霞"——张新泉〈渔人〉赏析》;宗元的《执著的追求　无望的抗争——〈青衣〉人物解读》;李怡的《现代文化的读本:中国新诗的几个文本》;晓华、汪政的《何人不起故园情——再读汪曾祺〈受戒〉》。

《作家杂志》第 9 期发表雷鸥的《高跟鞋的隐喻》(讨论朱文颖的小说《高跟鞋》);张学昕的《文学经典永恒的隐秘》。

《钟山》第 4 期发表洪治纲的《生存的反诘与意义的探寻——戴来小说论》。

《解放军文艺》第 9 期发表黄恩鹏的《歌唱辉映着铜号的光芒》。

3 日,《人民日报》发表李舫的《弘扬先进文化　繁荣文艺创作》;仲言的《经典与流行》。

《文艺报》第 132 期发表刘颋的《为十二亿少年儿童提供怎样的精神食粮——第六届亚洲儿童文学大会在大连召开》;专栏"文学时尚化批判"发表张柠的《"现代性"与文学时尚》;同期,发表唐韵的《时间的阅读意义》;洪治纲的《记忆是历史以外的天空——评〈把绵阳和山羊分开〉》;杜卫的《确立中国美学的现代传统》;陈漱渝的《多读原作　重视直觉——纽约访夏志清教授》;公仲的《明智的选择——我看〈阅读少君〉》。

4 日,《光明日报》发表苏丽萍的《谢晋被〈与梦同行〉感动》。

5 日,《人民日报》发表朱先树的《对生活诗意的追寻——读夏里的诗》。

《大家》第 5 期发表王义军、魏天无的《新的阶层与新型的文学——关于新媒体散文的对话》;郭宝亮的《"废话"背后的历史真相——刘震云长篇小说〈一腔废话〉释义》。

《辽宁大学学报(哲学社会科学版)》第 5 期发表邓玉萍的《新时期女作家人性描写的深化与演进》。

《文艺报》第 133 期发表徐忠志的《在文学界为党的十六大营造良好氛围》;本报编辑部的《戏曲电视剧〈村官〉感人至深》;郭振建的《展现民族精神与灵

魂——电视剧〈导弹旅长〉引起强烈反响》;黄章的《缅怀柯仲平　繁荣新文艺》;余林的《雨果戏剧的薪火传承》;张柠的《"样板戏"的记忆和消费》;闵良臣的《不能欺骗读者》;翁燕然的《亲情征服的世界——赵葆华和他的〈至爱亲朋〉》;刘嘉陵的《观〈龙江颂〉记》。

《文汇报》发表余光中的《华文文学的"三个世界"》;钱虹的《余光中妙谈华文文学的"三个世界"》。

《文学报》发表江迅的《十年潜心〈张居正〉——访湖北作家熊召政》;俞小石的《为大众巍峨恩华"祛魅"——访著名学者戴锦华》;北塔的《旧体诗能拯救中国诗歌么?》;陆梅的《文学的杏坛——写在鲁迅文学院举办首期高级研讨班之际》。

《电影艺术》第 5 期发表于敏的《感念——纪念"左翼"电影七十周年》;程季华的《党领导了中国左翼电影运动》;孙慎的《继承发扬左翼电影的优秀传统》;尹鸿的《技术主义时代的中国电影路线》;赵卫防的《对数字电影技术应用的美学思考》;徐景熙的《赞影片〈真情三人行〉》;刘汉文的《平淡中的惊喜——有感于近期播出的电视电影》;张卫平的《电视电影:民族电影的生存方略》;孙萌的《荒漠甘泉:渴望又不可汲——电视电影〈大漠之恋〉观后》;宋维才的《90 年代国产艺术电影向商业电影的转型》。

《光明日报》发表无为的《唐浩明走进历史的心路历程》。

《花城》第 5 期发表艾云的《穿越与流淌》(讨论文学语言的两性差异);洪治纲的《先锋:自由的迷津——论九十年代以来中国先锋小说所面临的六大障碍》。

《陕西师范大学学报(哲学社会科学版)》第 5 期发表李凌泽的《高建群与劳伦斯两性关系视角的比较研究》;唐晴川的《论中国当代女性文学的人道主义情怀》;周利荣的《论池莉小说的女性意识——兼及新时期女性意识的多元形态》。

6 日,《文艺报》第 134 期发表冯宪光的《作为间性文本存在的摄影文学》。

《书屋》第 9 期发表张志忠的《"文革"文本中的"五四":对历史话语的深度梳理》;张曦的《古典的余韵:"东吴系"女作家》;翟鹏举的《纯情与色情:读两本爱情小说》。

6—8 日,福建省台港澳暨海外华文文学研究会和漳州师院中文系联合举办的"闽文化与台湾文学"学术研讨会第四次会员代表大会在漳州师范学院召开。

7 日,《文艺报》第 135 期发表王泉的《雷达眼中的世纪末小说》;刘荣林的《千万不能忘记的……》;曾庆瑞的《国家文化安全必须重视——从进入 WTO 前后的影视动态看文化安全的迫切性》。

8日,《芙蓉》第5期发表赵玫的《关于电影(三题)》;江堤整理的《中国历史大势——金庸在岳麓书院的演讲》;林舟的《内心之死的寓言——评荆歌的长篇小说〈枪毙〉》。

9日,《民族文学》第9期发表金学良的《关照民族精神的历史走向——〈中国朝鲜族文学作品精粹〉总序》;铁来提·易卜拉欣的《奥斯曼江·萨吾提其人其诗》。

10日,《中州学刊》第5期发表王瑞的《30年代中国新诗的初步整合与超越——艾青"密云期"诗歌创作简论》;李怡的《反现代性:从学衡派到"后现代"》;李焕振的《"散文热"与古文运动》。

《中国社会科学》第5期发表张桃洲的《现代汉语的诗性空间——论20世纪中国新诗语言问题》。

《中篇小说选刊》第5期发表梁晓声的《小说平凡了以后》。

《江海学刊》第5期发表申载春的《论文体反讽》;林舟的《大众传播与20世纪90年代小说文体》。

《理论与创作》第5期发表阎国忠、张艺声的《文艺与政治——一个应重新审视的话题》;傅书华的《近期新历史小说研究述评》;姚晓雷的《中西文化冲突历史理念的成熟之作——评唐浩明的长篇历史小说〈张之洞〉》;张东焱的《荡气回肠唱大风——读长篇小说〈黄土青天〉》;叶橹的《神性的诗歌文本——评李青松〈我之歌〉》;长征的《温柔的解剖刀:左郁文的杂文》;陈辽的《现代文学研究的新思路》;吴苏阳的《过度状态中的新生代写作》;张纯的《诗人的战栗与新生——重读余华的小说〈战栗〉》;杨金亭的《〈昆仑颂〉序》;伍经建的《呼之欲出见功力——浅谈龙会吟小小说对人物的刻画》;叶延滨的《谈诗两题》;谢明德的《生命的风景——旅游文学的定义、鸟瞰及其他》;李秋菊的《从〈玉米〉看女人的生存处境——毕飞宇的〈玉米〉解读》;龙会吟的《少儿文艺作品应张扬理想主义旗帜》;张力的《刀光剑影江湖梦——从美学角度看当代武侠剧中唯美主义武打设计》;刘江、江学恭的《清风与明月的舞蹈——评〈卧虎藏龙〉的动态之美》。

11日,《光明日报》发表幼彤的《歌词要有文化功底》;梁若冰的《文化界庆祝池田大作诗选、随笔集出版》;陶阳的《"民间文学"也应打假》;张贤亮、梁晓声、蒋子龙的《小说的昨天》;程文超的《文艺批评家要关注小人物》。

12日,《文艺报》第137期发表易舟的《中国木偶戏的冷与热》;金兆钧的《中国音乐应以怎样的姿态和语言走向世界?》;王永改的《纪录片:明天的出路在哪里?》;郭明进的《从重奖〈五朵金花〉剧作想到的》;隋岩的《电视文化对历史的想象》;李尧坤的《保持和弘扬优秀传统和文化才有生命力》;溯石的《远眺近观〈像鸡毛一样飞〉》。

《文汇报》发表陈熙涵的《生活之香扑面而来——与万方谈新作〈香气迷人〉》。

《文学报》发表俞小石的《"浙江现象"成为创作热点》;陆梅的《一条河和一个民族——访〈大运河传〉作者夏坚勇》。

《中国青年报》发表吴姬的《女作家的身体有什么罪》。

《光明日报》发表顾关元的《让书评回到本义上来》;杨胜刚的《让有"公共关怀"的学术登场——〈中国大学学术讲演录〉的取向》;煜华的《探寻艺术规律 感应先进文化》。

13日,《文艺报》第138期发表李广仓的《论摄影小说图像与话语的意指关系——对几篇摄影小说的理论解读》。

《文汇报》发表刘心武的《对自传的裁定——读〈自传契约〉有感》;谢志伟的《不要滥用"最佳"的招牌》。

14日,《文艺报》第139期发表颜慧的《每一分钟都有一种民间艺术在消失——白庚胜谈中国民间文化遗产抢救过程》;木弓的《中国电视剧的好年景》;向成国的《生命神性与文化生命诗学的建构》;杨瑞仁的《沈从文福克纳哈代比较论》;王焕林的《沈从文论书佚诗索隐》;李瑞生的《沈从文:一位理性的文学编辑》;姚艳玉的《沈从文小说中的比喻艺术》;葛文的《路,是血与汗水趟出来的》;缪俊杰的《袁鹰的风格》;孙友田的《十块金牌和九束鲜花》。

15日,《人民日报》发表贾磊磊的《倾心打造中国电影的"国家品牌"——第八届中国电影华表奖评选感言》;仲言的《甭沉迷"包装"》;王源的《于无声处听惊雷——〈誓言无声〉的新追求》;何西来的《向更高的人生境界攀登——读张海迪的〈绝顶〉》。

《中山大学学报(社会科学版)》第5期发表谢冕的《论新诗潮》;吴定宇的《来自英伦三岛的海风——论郭沫若与英国文学》;陈希的《选择与变异——论李金发对象征主义的接受》。

《文学评论》第5期发表董乃斌的《超越时空的心灵契合——论何其芳与李

商隐的创作因缘》;侯文宜的《论二十世纪末期对话体批评》;郑敏的《中国新诗八十年反思》;吕进的《二十世纪下半叶的中国新诗研究》;张晓峰的《出走与重构——论九十年代以来先锋小说家的转型及其意义》;涂险峰的《生存意义的对话——写在残雪与卡夫卡之间》;傅书华的《细读"十七年"小说中个体生命的碎片》;何锡章的《论"思想"在中国现代文学价值生成与存在中的意义》;尹康庄的《二十世纪中国文学工具论的形成与流变》;梁敏儿的《零度的描写与自然主义——茅盾小说中的女性描写》;施战军、刘方政整理的《"中国文学现代转型与文学史重构学术讨论会"综述》;罗振亚整理的《"世纪之交文化转型与文学发展研讨会"综述》。

《中国社会科学院研究生学报》第 5 期发表邓绍基的《文化论争与学人评价——五四新文化运动若干论争的再认识》;杨义的《中国诗学的文化特质和基本形态》。

《云南民族学院(哲学社会科学版)》第 5 期发表袁春红的《文学真实观的哲学背景考察》。

《天涯》第 5 期发表吴晓东的《现代小说的空间形式》。

《北方论丛》第 5 期发表王义祥的《萧红小说散论》;刘丽奇的《萧红作品中的女权思想》;殷红的《君子故乡来——〈呼兰河传〉与〈原始风景〉》;张彦哲的《先爷与土地的现代寓言——小说〈年月日〉的意蕴解析》。

《当代电影》第 5 期以"新世纪新导演纵谈"为总题,发表吴兵的《再品苦茶的香味》,陆川的《处女英雄》,滕华弢的《实现理想的过程》,孟奇的《我的电影我说说》,李鸿禾的《缘起》,李春波的《做自己喜欢的事》,马晓颖的《实话实说》,陈大明的《一点感想》,郑洞天的《期待原创性》,胡克的《走向专业化的起点——简评新导演处女作的剧作倾向》,任殷的《感受新世纪电影处女作》,王一川的《寻找新元素导演——导演处女作印象》,尹鸿的《解读"处女作"印象》,张颐武的《"看碟的一代"的崛起》,杨远婴的《2002:电影处女作印象》,饶曙光的《新电影格局下的新生力量》,潘若简的《新世纪新导演印象》,庄宇新的《消失的主体和成批出现的新人》,赵宁宇的《新浪潮:新导演的新世纪》,俞晓的《银幕上下的聆听——对处女作电影中声音创作的随想》,于冬的《创作如何面向市场》;同期,发表解治秀的《发扬左翼电影传统 传承先进文化精神——纪念左翼电影运动七十周年、阳翰笙百年诞辰座谈会综述》;赵小青的《左翼电影中的女性形象》;高小健的《三四十年代阳翰笙电影剧作的时代特征和艺术成就》；孟犁野的《新写实主义与英雄史诗——简论沙蒙在革命历史与革命战争片创作中的艺术追求》；倪震对陈国星的访谈录《承担和奉献——陈国星访谈录》；尹鸿、何建平的《时世造就品格》（谈论陈国星的电影创作）。

《江汉论坛》第9期发表方长安的《五四文学发展与厨川白村的〈苦闷的象征〉》。

《华东师范大学学报（哲学社会科学版）》第5期发表刘忠的《记忆或忘却：90年代诗歌命题解读》；吴云茜的《此岸与彼岸——论王安忆的小说体系》；富华的《人性之恶与人世之厄——余华小说中的苦难叙述》。

《齐鲁学刊》第5期发表逄增玉的《志怪、传奇传统与中国现代文学》；张根柱的《乡下人的文学神庙——论沈从文的人性观对其创作的影响》。

《社会科学辑刊》第5期发表张利群的《中国文学批评的"全球化"情结与焦虑》；洪树华的《近百年来"诗言志"阐释的回顾与展望》。

《学习与探索》第5期专栏"当代文艺理论与思潮新探索"发表黄发有的《世纪之交中国文学的历史迷惘》；同期，发表王泽龙的《略论中国现代文学研究的经典化》。

《学术论坛》第5期发表龚举善的《全球化趋势中报告文学的文化身份与发展走向》；黄晓娟的《心灵的妙悟——论萧红与佛学的沟通》。

《南方文坛》第5期发表王宏图的《都市叙事与意识形态》；葛红兵的《玫瑰色的颤栗——王宏图论》；西飓的《心灵悸动的写作者——王宏图印象》；夏中义的《思想先知　学术后觉——新潮20年备忘录》；李世涛、戴阿宝的《致力于使中国文学理论走向世界——访王宁先生》；徐坤的《魏微：从南方到北方》；徐岱的《另类叙事：论"新生代"小说三家》；陈晓明的《理想主义年华的绝唱——评潘婧〈抒情年华〉》；杨健的《〈抒情年华〉断想》；白晓东的《"身体的秘密"，身体的语言——谈〈抒情年华〉的语言结构》；周静的《优雅的背后是虚弱——论赵玫的小说创作》；熊元义的《关于中国作家精神寻根问题》；陈峻涛的《中国女性主义文学批评的两个问题》；高楠的《语境与心态：论孟繁华的文学批评》；王杰的《关于〈文学的感悟与自觉〉》；章诒和的《守住民族的根——〈广西戏剧史稿〉序》；刘伍吉整理的《回顾与超越：面向21世纪——广西青年诗会纪要》；刘春的《中国诗歌的几个热点及广西的对应——在广西青年诗会上的发言》。

《复旦学报(社会科学版)》第5期专栏"中国文学古今演变研究"发表章培恒、陈思和的《主持人的话》,骆玉明的《文学史的核心价值与古今演变》。

《思想战线》第5期发表谭君强的《叙事理论的发展与审美文化叙述学》;段吉方的《20世纪社会批评的理论趋向及范式转换》。

《华侨大学学报(哲学社会科学版)》第3期发表朱立立的《台湾的台湾现代派文学研究管窥》。

《福建论坛·人文社会科学版》第5期以"华文文学研究的理论突围"为总题,发表刘登翰的《命名、依据和学科定位——关于华文文学研究的几点思考》,朱立立的《华人学的知识视野与华文文学研究》,郑国庆的《民族主义与华文文学研究》,高鸿的《海外华文文学研究的文化视野》,陈晓晖的《海外华人汉语写作的族属性问题》;同期,发表李凤亮的《大众文化:概念、语境与问题》;吴宏凯的《自我镜像的言说——论90年代女性写作中的身体书写》。

16日,《文艺争鸣》第5期发表包兆会的《20世纪中国知识分子的启蒙困境》;郑波光的《"国家大事"与"日常生活"——20世纪中国小说两大叙事法则》;专栏"世纪体验——一个编辑与一百位学者的对话"发表许觉民的《对世纪痛苦的理解与自白》,林希的《"老而不死"漫语》;同期,发表王本朝的《从思想启蒙到现代性的反思——现代性与中国文学的意义限度及可能》;陈晓明的《方法论的焦虑与变革——结构主义、后结构主义与当代中国思想氛围》;刘雨的《心灵走在回家的路上——作家的故乡记忆与艺术的精神还乡形式》;仵埂的《作家的情感地理》;陈雪虎的《交流·创造·发展——"全球化语境中的文学民族性问题"研讨会综述》;陈骏涛的《当代中国(大陆)三代女学人评说》;赵树勤的《快乐原则与主体地位的确立——论当代女性文学的性爱主题》;朱军贤的《追问"人心"——论〈雷达散文〉》;朱国昌的《〈檀香刑〉:人性的丑恶展览》;杨经建的《"戏剧化"生存:〈檀香刑〉的叙事策略》;史可扬的《寻找和确立中国电影的美学意识》;田刚的《怅望千秋一洒泪——读〈夹缝中的历史〉》;刘蓓的《倾听逝去时代遥远的回声——读〈时代的回声——走向新世纪的中国文艺学〉》。

《中国人民大学学报》第5期发表陈本益的《从索绪尔语言学的一个观点看德里达解构主义的危机》。

17日,《文艺报》第140期发表贝佳的《宁夏再推"三棵树"》;大河的《河南着眼后备军》;刘颋的《求同存异 共同发展——海峡两岸历史文学学术研讨会在京召开》;龙长吟的《湖南文学迎来第二个高潮——新世纪湖南长篇小说思味》;吴秉杰的《小小说的文体意义》;周政保的《历史本相与人的命运——我读查舜的长篇小说〈青春绝版〉》;李华秀的《两种悲剧的对撞生成——读〈漂亮女孩〉》;曾一果、朱文斌的《都市生活的日常传奇》;秋石的《爱护鲁迅是我们共同的道义——质疑〈鲁迅与我七十年〉》;朱双一的《海峡两岸新文学交流中的一段佳话:杨逵小说〈番仔鸡〉的最早中文译本》;张炯的《台湾文学与中国文学不可分割——读〈台湾文学的母体依恋〉》;何焕宸、何耿镛的《菲华小说成熟期代表作之一:〈恍惚的夜晚〉》;钱虹的《缪斯赐予的典雅与睿智——菲华女诗人谢馨及其诗作》;古远清的《学术建设的奠基工程——读马仑的〈新马华文作者风采〉》。

《作品与争鸣》第9期发表温亚军的《军营与社会之间》(评艾炜小说《天边的太阳》);杜元明的《呼唤为见义勇为立法的文学强音》(评杜光辉的小说《连续报道的背后》);李广仓的《私欲的冲动与理性精神的断裂》(同上);熊元义的《从杀人到自杀》(评阎连科的小说《三棒槌》);杨厚均的《从坚守到对抗》(同上);红孩的《莫拿青春赌明天》(评王梓夫的小说《花落水流红》);吴明的《这篇小说让我矛盾》;高秀川的《矫情时代的叙说与表演——也评〈女人的宗教〉》;石竹青的《警惕电视剧文化品格的下滑——评电视剧〈橘子红了〉》。

18日,《中国戏剧》第9期发表林克欢的《重提焦菊隐与人艺风格——参加"北京人艺50年·话剧论坛"的思索》;溯石的《观孟京辉新作》;王辉的《凤凰在涅槃中燃烧——评陇剧〈敦煌魂〉》;丁扬忠的《借鉴与创新——现代川剧〈好女人·坏女人〉与布氏〈四川好人〉的比较及其它》。

《光明日报》发表苏丽萍的《话剧还是难在剧本》;吴锡平的《文学在新世纪的命运》;吕新斌的《〈特勤中队〉英雄主义的诗意言说》;扎拉嘎胡的《再现历史风云》;姚振函的《悠长的乡村牧歌》;杨洪承的《文化批评范式的建构与实践》;李默然的《可爱的"小老头"——思念导演林农同志》;何满子的《反"好汉奸论"说周作人》。

19日,《文艺报》第141期以"一部壮国威振军威的军事力作——评电视连续剧《导弹旅长》"为总题,发表丁临一的《今日长缨在手》,边国立的《鼓舞士气 振我军威》,路海波的《塑造了新一代中国军人形象》,姬传东的《可喜可贺可赞的电视剧——观〈导弹旅长〉后致第二炮兵司令员、政委的信》;同期,发表陈友军的《电视剧收视率与艺术审美价值的关系》;曾庆瑞的《人生命里有一种精神叫奉献——四集戏曲电视剧〈村官〉观后》。

《文学报》发表李凌俊的《更需要情感的真实——作家万方谈新作〈香气迷人〉》；朱小如的《感受作家笔下的人文环境》；晓华的《在大视域中寻找写作特征——江苏女性写作研讨会综述》。

《光明日报》发表胡智峰的《对影视戏剧民族化的思考与探求》。

20日，《小说评论》第5期发表雷达的《长篇小说笔记之十三》；李建军的《小说病象的观察之五：崇高的境遇及其他》；洪治纲的《后现代主义与先锋——先锋文学聚焦之十七》；邵建的《鲁迅之误》；周水涛的《城市进逼下的乡村——90年代农村小说的文化思考》；杨经建的《"新闻化"：当前反腐小说的审美偏误》；专栏"小说家档案"以"林白专辑"为总题，发表於可训的《主持人语》，林白的《自述》，叶立文、林白的《虚构的记忆》，王均江、叶立文的《"他们"的命运——林白小说的女性人物》；同期，发表吴义勤等的讨论《女性私语与精神还乡——丁丽英〈时钟里的女人〉、魏微〈一个人的微湖闸〉》；王春林的《智性视野中的历史景观——评李锐长篇小说〈银城故事〉》；黄金娟的《成长，永恒的母题——曹文轩少年小说论》；李星的《内在的生命与人格的力量——李凤杰儿童文学的现实主义品格》；赵琨的《道成肉身：我把自己献出来——读徐坤〈春天的二十个夜晚〉》；吴滨的《遥远，但触手可及——读潘婧〈抒情年华〉》；王海蛟的《青草在歌唱——一部揭示殖民地现实的小说》；李凤亮的《小说：概念·形态·品性》；左建明的《〈泥鳅〉：路在何方》。

《文艺报》第142期发表徐珂的《摄影文学：一种新型的媒体文学》。

《四川大学学报(哲学社会科学版)》第5期发表王永兵的《论李劼人长篇三部曲的现代艺术形式》；高玉的《〈怀念狼〉：一种终极关怀》；支宇的《文学结构本体论——论韦勒克的文学本质观》。

《东方文化》第5期发表黄修己的《中国现代文学史研究的"势大于人"》；杨守森的《迷茫的与扭曲的心灵——论建国后的周扬》；朱立元的《从"拒绝媚雅"的口号说起》。

《东北师大学报(哲学社会科学版)》第5期发表刘雨、关尚杰的《文学革命群体话语内部的差异性分析》。

《当代》第5期发表崔道怡的《〈绝顶〉上有无限风光》。

《河北学刊》第5期发表李国华的《关于文学批评学的学科定位》；刘保昌的

《道家文化与"五四"新文学创作》;毛晓平的《民俗对文学的侵润——以浙东现代作家为例》。

21日,《文艺报》第143期发表胡殷红的《小剧场话剧算不算艺术——剧作家中杰英谈话剧现状》;小边的《气壮山河的工程呼唤史诗般的传世之作——中国作协和铁道部等召开赴青藏线创作团的送行会》;同期,以"关于《红白莲》的笔谈"为总题,发表张炯的《改革开放的有力颂歌》,蔡运桂的《难得的珠联璧合》,红孩的《浓墨重彩描绘改革开放的美丽画卷》,陈先义的《如读中国农村改革开放史》,游焜炳的《改革开放的全景式描写》,蔡元明的《新时代的〈创业史〉》,吕雷的《为广东这片热土正名》,吴秉杰的《历史性、当下性的成功结合》,温远辉的《广东"先行一步"的形象表现》;同期,发表张学昕的《对真实情感的诚挚寻找——评全先勇长篇小说〈独身者〉》;穆陶的《民族文化真是"暧昧可疑"了吗?——与陶东风先生商榷》。

《文艺研究》第5期发表鲁枢元的《生态批评的知识空间》;曾繁仁的《试论生态美学》;赵白生的《生态主义:人文主义的终结?》;吴义勤的《20世纪90年代的中国文学批评》;张学昕的《当代小说创作的寓言诗性特征》;欧阳友权的《论网络文学的精神取向》;罗艺军的《盘点第四代——关于中国电影导演群体研究》;周安华的《论当代中国戏剧的电影化倾向》;韩鸿的《影像的大众生产与意义解读》。

22日,《湖北大学学报(哲学社会科学版)》第5期发表蔚蓝的《历史图式中的想象性再造——邓一光小说男性形象主体特征分析》。

23日,《文汇报》发表陈熙涵的《面对长篇小说〈暗示〉受质疑——韩少功:新文体能出好作品》。

《武汉大学学报(人文科学版)》第5期发表屈演文的《党人浩气　诗国雄风——陈毅元帅诗词论略》。

24日,《文艺报》第144期发表冯秋子的《江苏"女性写作"研究引发思辨》;同期,围绕"寓言文学",发表樊发稼的《为了寓言文学的繁荣》,金波的《进德益智欣然乐从》,汪习麟的《故事出新的丛书》,张美妮的《为孩子们创作的寓言》,王泉根的《网络时代的寓言策略》,张锦贻的《新时代的新寓言》;同期,发表王蒙的《历史、国情与文学》;金宏达的《近期历史小说创作的特点和走向》;周百义的《诗化的历史小说王国》;赵遐秋的《"权谋文化"与"戏说"之我见》;陈辽的《海峡两岸部分历史小说比较》;熊召政的《生于忧患　死于忧患》;徐光耀的《纯粹的人　纯粹的作家》。

《文艺理论与批评》第 5 期发表贺敬之的《致野曼》；韩毓海的《当代中国的启蒙主义遗产》；陆华的《第三种批评：叙述与评论》；韩敏的《大众文化时代的身体话语批评》；俞岱宗的《革命文学中的"崇高身体"》；汪亚明的《论艾青的都市诗及文化成因》；杨劼的《小说阅读札记》；徐皓峰的《论金庸武侠小说的"恶俗"因素》。

《文史哲》第 5 期发表黄发有的《21 世纪中国文学的文化选择》；李岫的《20 世纪中国长篇小说之回顾》；郭澄的《余光中散文的美学追求》。

25 日，《文艺理论研究》第 5 期发表汪正龙的《"现实主义的最伟大胜利"：一段问题史》；黄海澄的《全球化语境下的文化—价值选择》；陈学祖的《"朦胧诗"派的心理学观念与中外诗学传统》；阎嘉的《多元文化与汉语文学批评》；席扬的《关于文学史写作思维方式的辨析》。

《北京师范大学学报(人文社会科学版)》第 5 期发表郭志刚的《行易知难笃学为是——中国现当代文学学科建设的一个剪影》。

《甘肃社会科学》第 5 期发表程金城的《生命过程的解释与对付困境的努力——论 20 世纪中国文学的文化特质和价值意蕴及其嬗变》；李炳银的《我所理解的报告文学》。

《东岳论丛》第 5 期发表杨梅的《论"时尚女性文学"》；张晓晶的《女性写作的两类文本——陈染与卫慧作品内涵的一种比较》。

《当代作家评论》第 5 期发表尤凤伟的《我心目中的小说——在苏州大学"小说家讲坛"上的讲演》；尤凤伟、王尧的对话录《一部作品应该有知识分子的立场》；陈思和、王晓明等的对话录《〈泥鳅〉：当代人道精神的体现》；郜元宝的《评尤凤伟的〈泥鳅〉兼谈"乡土文学"转变的可能性》；葛红兵的《让农民发声，还是让农民沉默——我对尤凤伟〈泥鳅〉的批评》；周立民、赵淑平的《世界何以如此寂寥无声——〈泥鳅〉中的底层世界及其描述方式》；吴俊的《瓶颈中的王安忆——关于〈长恨歌〉及其后的几部长篇小说》；南帆的《诗意之源——以韩少功二十世纪九十年代的散文为中心》；南栀子的《昙花·孤鹤·鬼火——汪曾祺小说的民俗意象分析》；秦晋的《命运沉重的吹拂——评张洁的长篇小说〈无字〉》；李子云的《汁液饱满的〈玉米〉》；王艳芳的《被复制的文化消费品——论〈长恨歌〉的文学史意义》；莫言的《类妖精书——〈摇曳的教堂〉序》；李敬泽的《孔雀的胆汁——〈摇曳的教堂〉跋》；樊国宾的《"十七年"成长小说兴起的深度溯因》；朱晓进的《重新进入"十七年文学"的几点思考》；蔡兴水、郭恋东的《求真向善　革故鼎新——〈收获〉三代主编论》。

《光明日报》发表周士君的《"都市青春剧"有何意义》；苏丽萍的《台湾话剧〈一官风波〉新意迭出》。

《世界华文文学论坛》第3期发表陈辽的《解台湾政局之谜，显大家艺术功力——论陈映真的〈忠孝公园〉》；邓全明的《现代主义：一面虚张声势的旗——台湾现代派文学的另一种解读》；周光明的《乡野和市井的传奇——论洪醒夫的小说创作》；徐德明的《"华文语境"中的当代小说批评视界——从王德威的"知识地理"探勘说起》；马爱华的《边缘视角下的"他者"意义——谭恩美小说的"母亲"形象》；陈辉的《"世事洞明皆学问，人情练达即文章"——评刘荒田〈美国红尘〉系列》；苏琼的《东南亚华文戏剧：别样的意义》；李岫的《同根、同体、同步——以新加坡华文文学为出发点》；萧成的《生活的馈赠：印华作家高鹰散文谈片》；许燕的《论云鹤诗歌语言的语法变异组合》；李亚萍的《从"语种"到"文化"——对华文文学的几点思考》；王传满的《从奴隶到主人——台湾半个世纪女性小说写作的艰难指向》；吕周聚的《现代女性视野中的赛金花——赵淑侠的〈赛金花〉解读》；盛英的《"创造力"激荡于幻想和现实之间——读周桐〈香秾星传奇〉、沈尚青〈雌雄同体〉有感》；庄若江的《形神总默契　浓淡长相宜——论"茶"与现代华人散文》；陈尚荣的《金庸武侠小说的"侠义"观》；傅宁军的《朱秀娟：自尊自爱的"女强人"》；孙绍振的《师承与创新——评〈当代汉语散文流变论〉》；王丹红的《第五届东南亚华文文学研讨会在厦门大学召开》；卡桑的《一次领先水平的华文文学国际学术研讨会》；胡燕妮的《中国世界华文文学学会成立大会暨学科建设报告会在暨南大学隆重召开》。

《南京师大学报(社会科学版)》第5期发表吴锡民的《"东方意识流"疑窦辩驳》；王洪岳的《论20世纪末叶的审丑文学思潮》；李志的《"移植"与"嫁接"——海外华文文学滥觞时期的继承关系》。

《浙江学刊》第5期发表王嘉良的《论战时东南文艺运动中的"浙江潮"》；张生的《烟粉灵怪纷烂漫——试论施蛰存小说的艺术特征》；宗成河的《评刘小枫的尼采解读》。

《晋阳学刊》第5期发表傅书华、王巧凤、王跃文、路遥的《文艺创作的道德审美价值》；路遥的《女权主义文学批评的实质》；阎秋霞的《"女性文学"批评之批评》;沉风的《"美女作家"、"妓女作家"引发的话题》;王耀文的《一个虚拟的女权文本——以扎西多的批评为例阐释》。

26日,《文艺报》第145期发表高小立的《陆天明与〈省委书记〉一起为老百姓努力工作》;佚名的《好莱坞动作电影新趋势》;艺文的《大河奔流强国梦——〈大唐华章〉京城首演好评如潮》;钟新源的《影视艺术要呼唤人文关怀》;石正春的《成功的"突围"——评电视连续剧〈中原突围〉》;孙武臣的《有爱,就有希望》。

《文学报》发表陆梅的《关注科技前沿锐变的作家们说——新经济呼唤新文学》;俞小石的《在自我否定中前行——孙健敏和他的〈天堂尽头〉》;陆梅的《别样的青春与写作——"花衣裳"文学组合素描》;张炯、李阳春的《确立报告文学的独立品格——评章罗生的〈中国报告文学发展史〉》;钱谷融的《融入作者的心血和生命——序陆葆泰〈曹禺〉的写作技巧》;戴冠青的《生命与心灵的投影——陈志泽文学创作成果述评》;林非的《切中肯綮 游刃有余——简评谢作文文学评论集〈文化中的智性〉》;薛家柱的《永远的乡愁:读台湾作家周啸虹散文集》。

27日,《文艺报》第146期发表谢有顺的《摄影文学:从新的真实出发》。

《文学自由谈》第5期发表朱竞的《与"高人"谈文学》;学正的《温故知新的"档案"文本》;石英的《文学评价的沉浮与游移》;徐放的《夸父逐日去 我辈望尘来》;红孩的《由〈国虫〉看"大散文"》;魏得胜的《读一本小说的理由》;程树榛的《作家也要提倡年轻化吗?》;唐韧的《阿来占的什么便宜》;冯惠莲的《精读蔡其矫》;高伟的《飞翔的词语》。

28日,《文艺报》第147期发表胡殷红的《文学新气象》;木弓的《文艺怎样与落后文化作斗争》;同期,以"《罗布泊之声》三人谈"为总题,发表张同吾的《壮丽的英雄画卷》,程步涛的《蘑菇云托起的诗行》,朱先树的《将梦想变成现实的辉煌》;同期,发表高厚的《新乡土作家陈亚珍》。

《兰州大学学报(社会科学版)》第5期发表肖锦龙的《解构理论"自由游戏"论辩伪》;周春宇的《文学批评:意义世界的建构》。

《厦门大学学报(哲学社会科学版)》第5期发表杨春时的《从实践美学的主体性到后实践美学的主体间性》。

29日,《人民日报》发表仲呈祥的《荧屏谱写盛世华章——近五年来中国电视剧创作成就述评》;仲言的《捍卫祖国语言的纯洁》;唐龙的《从穷木匠到共和国主席——评电视剧〈中原突围〉中李先念的形象塑造》;赵玫的《美轮美奂的〈达达瑟〉》;尹鸿的《现代军人形象的建构——评电视连续剧〈导弹旅长〉》。

30日,《扬州大学学报(人文社会科学版)》第5期发表王吉鹏、马琳的《呐喊的"过客"与封闭的"女巫"——鲁迅、张爱玲小说比较论》;王向东的《近年官场小说漫评》。

《戏剧》第3期发表陈世雄的《焦菊隐"心象"说辨析》;赵伟明的《诗化生活:戏曲导演艺术体认》;麻淑云的《论喜剧与喜剧的表演教学》;李悦的《当代若干少数民族戏曲发展概观(1949—1966)》;周宁的《双重他者:解构〈落花〉的中国想象》;徐海龙的《戏剧"场"的消失和转化——三种电视戏曲模型巡视》。

《南京大学学报(哲学·人文科学·社会科学)》第5期发表李天福的《沈从文小说尚"三"特征分析》。

《浙江海洋学院学报(人文科学版)》第9期发表王泉的《"一源多元化"文化语境中的台湾当代海洋诗》。

本月,《上海文学》第9期发表刘醒龙、葛红兵的对话录《只差一步是安宁》;吴俊、朱竞的对话录《精神与人格的重构》。

《台湾研究集刊》第3期发表朱立立的《浪漫主义与60年代台湾文学思潮》;刘红林的《"台湾的鲁迅"——赖和文化思想论》。

《文艺评论》第5期发表汪正龙的《意义的意义——评20世纪西方人文科学的意义讨论与文学意义研究的关系》;李玉平的《互文性批评初探》;路文彬的《悲剧精神的缺失——对于中国小说历史病症的一种比较分析》;罗振亚的《后朦胧诗的语言态度》;王珂的《想象力和文体建设——新诗百年问题盘点》;沈奇的《"口语"与"叙事"——90年代先锋诗歌的语言问题》;王晖的《百年中国报告文学的文体传播与媒体制约——百年中国报告文学文体流变论之五》;孙德喜的《性别意识的觉醒与变异——20世纪后20年都市女性小说语言论》;林凌的《后期女性主义写作的三次突围》;阎秋红的《人性与民族性的参照——论八、九十年代土匪题材小说的一种倾向》;黄毓璜的《故往新来》;张弼的《魂兮归来,文学性》;常晓华的《站在世纪门坎的中国戏曲》。

《百花洲》第5期发表乔以钢的《女性视角与文学》;郑国庆的《全球化时代的自我认同——谈王安忆的〈我爱比尔〉》;郭力的《体验生命的自由——读刘思谦的〈女人的船和岸〉》;李敬泽的《女浮士德——谈张洁的〈无字〉》。

《艺术百家》第 3 期发表汪人元的《说唱艺术中的语言问题》;胡杨的《土壤·阳光·种子——关于扬州曲艺生存与发展的思考》;郭妍琳的《生变之诀,虚虚实实,实实虚虚——评新编历史剧〈洛神赋〉虚实艺术表现手法的得与失》。

《中国电视》第 9 期发表云德的《深情的历史一瞥——电视剧〈北风吹〉观后》;贾磊磊的《〈激情燃烧的岁月〉:现实与历史的双重奏》;张东的《永恒的亲情与艺术的新意——电视剧〈大哥〉漫评》;白小易的《大哥,一个传统美德的能指——对近期荧屏出现的"大哥现象"的读解》;彭吉象的《电视散文的价值与品味》;徐国源的《影视书写的"女"字——影视文化与女性意识传播》。

《天津大学学报(社会科学版)》第 3 期发表刘雨的《边际性:"五四"时期知识分子的角色体验》;孙中田的《萧红的小说艺术》;王占峰的《现代主义与后现代主义的文化阐释》。

《民族艺术》第 3 期发表张耀杰的《〈日出〉文本的重新解读》。

《剧本》第 9 期发表王盛云的《全方位审视"大制作"》。

《吉首大学学报(社会科学版)》第 3 期发表杨春时的《金庸、琼瑶小说的传播与大陆通俗文学的兴起》。

本月,暨南大学出版社出版李衍柱的《经典文本与文艺学范畴研究》,南帆的《文本生产与意识形态》,陈传才的《当代审美实践文学论》,陶东风的《社会理论视野中的文学与文化》。

北京大学出版社出版[英]马尔赫恩著、刘象愚等译的《当代马克思主义文学批评》。

中国社会科学出版社出版马俊山的《走出现代文学的"神话"》。

清华大学出版社出版解志熙的《和而不同:中国现代文学片论》。

白山出版社出版邓荫柯编的《胡世宗及其创作》。

人民文学出版社出版黄毓璜的《苦丁斋思絮》。

中国文联出版社出版吴龙宝的《藕花洲评论》。

文化艺术出版社出版朱寿桐等著的《中国现代浪漫主义文学史论》。

10 月

1日,《文艺报》第148期发表清衣的《中国易卜生研究尚待深化》;专栏"文学时尚化批判"发表南帆的《时尚与文学的趣味》;同期,发表叶弥的《小说加减法》;安武林的《大地的精灵——读周晓枫的散文集〈收藏〉》;李卫的《一个小人物和一段历史——评长篇小说〈中关村倒爷〉》;方李莉的《道德文化的建构与经济的可持续发展》;王巨才的《永不熄灭的精神火炬——纪念柔石诞辰一百周年活动感想》;于文杰的《从定义与参照系的关系看文化同一性的虚假性》;严兆军的《一面对外开放的镜子——〈尤利西斯〉在中国的漂泊》;李汝成的《名著重译并非都是画蛇添足》。

《长江文艺》第10期发表王宏图的《黑色青春奏鸣曲——读目非〈是否曾经遇见你〉》;别道玉的《论文学的多维文化价值特性》。

《作家杂志》第10期发表伊沙、杨黎、沈浩波等的《〈诗江湖〉网站:于坚新作〈长安行〉及其讨论》;陈村、宋炳辉的《网络、人性与文学——陈村访谈录》。

《语文月刊》第10期发表何火任的《宏伟壮丽的史诗画卷——试论毛泽东新民主主义革命时期的诗词创作》;何允的《满目青山夕照明——周罳毛泽东诗词研究会第四届年会纪实》;金艳萍的《伦理选择下的人性冲突——〈原野〉主题试论》。

《解放军文艺》第10期发表北乔的《枪是有灵性的》(讨论朱苏进、阎欣宁的创作)。

2日,《小说选刊》第10期发表冯敏的《现实主义作品的人文情怀》;喻普的《像诗一样忧郁》(谈阿成的创作)。

6日,《台港文学选刊》第10期发表止庵采访的《关于流散文学以及异国爱情——虹影谈新作〈阿难〉》;沈艺虹的《"闽文化与台湾文学"学术研讨会综述》。

9日,《民族文学》第10期发表李鸿然的《穆青及其"稀世之作"〈彩色世界〉》;马正虎的《生命的律动——东乡族青年作家了一容小说的特质》。

10日,《文艺报》第149期发表鲁人的《日本戏剧人眼中的中国戏剧》;刘大先的《缘何屏幕少农民》;朝文的《永远钟情现实题材——写在北京电视艺术中心成立20周年之际》;戴清的《燃烧的激情与虚幻的历史》;邹庆芳的《做执政为民的时代公仆——评十八集电视剧〈省委书记〉》;双火的《"主流戏剧"质疑》;胡慧林的《在积极的发展中保障中国的国家文化安全》。

《文学报》发表俞小石的《作家挂职硕果累累》;高平的《一片帆影乘风来——读高洪波的诗集〈心帆〉》;赵德利的《历史使命与精英气质——读雷达〈思潮与文体〉有感》;王春芳的《一个诗人的爱和悲悯——谭延桐文集〈笔尖上的河〉读后》;张星的《爱恨情仇的立体画面——读赵玫的小说新作〈我的灵魂不起舞〉》。

《中国青年报》发表吴晓东的《生活品牌剧:把黄金档的时间还给家庭》。

《苏州大学学报(哲学社会科学版)》第4期发表黄震的《"五四"时期"散文的心"对当代影视艺术的历史借鉴作用》;卞兆明的《胡适最早使用"传记文学"名称的时间定位》。

11日,《文艺报》第150期发表赖大仁的《摄影文学的审美空间》。

12日,《人民日报》发表卢翎的《有创意的文学史——评〈世界华文文学概要〉》;李炳银的《梦的故乡寻觅——读长篇小说〈阳光西海岸〉》;华光的《评新版〈文学原理——创作论〉》。

《文艺报》第151期发表小可的《报告文学要表现先进文化前进的方向——访深圳南山区副区长、作家林雨纯》;胡殷红的《李存葆散文研讨会》;本报编辑部的《著名作家陈残云逝世》;梅新林的《世界文化中心移位的历史机遇与中国先进文化建设的战略选择》;余三定的《理论研究与批评 实践的双重突进》;李国华的《走出当前文学批评的"误区"》;雷涛的《思念中的感奋》;毛志成的《文学要尊重"语言秩序"》。

《文汇报》发表严锋的《让人失望的〈张之洞〉——兼谈历史小说的境界》。

13日,《人民日报》发表黄会林的《〈省委书记〉:一部现实主义力作》;曾庆瑞的《是英雄,都悲壮!——电视剧〈省委书记〉有感》;路海波的《一个省委书记的真实形象——评18集电视连续剧〈省委书记〉》;谢定安的《我看"十净九裘"》;杜高的《亲情·道义·精神家园——电视剧〈至爱亲朋〉观后》;韩宇宏的《讴歌新时代的英模——观豫剧现代戏〈村官李天成〉》。

15日,《山西大学学报(哲学社会科学版)》第5期发表郝全梅的《在山水间探寻美和爱——评沈从文先生的乡土小说》;张明芳的《论张艺谋的影像造型》。

《文艺报》第152期发表包明德的《跨向新时代的中国少数民族文学》;江湖

的《文学理论建设：不仅需"坐而谈"更应"起而行"》；彭懿的《幻想小说的中国之路》；谭杨红的《那一份浓浓的乡趣乡情——江阴市儿童文学创作印象》；高洪波的《阳光女孩的故事》；戴冠青的《理性精神是一种诗意》；张灿荣的《当下文学的理性限度》；索松华的《文学：一种理性言说的话题方式》；阮礼仪的《对转型期文学理性精神的价值评估》；同期，以"众家评说《旷世风华——大运河传》"为总题，发表汪政、晓华的《一条大河的故事》，赵本夫的《寂寞中的经典写作》，南妮的《力量，从不喧哗》；同期，发表刘海燕的《一个作家和一个时代——读孙荪的〈风中之树〉》。

《广东社会科学》第5期发表梁凤莲的《评饶芃子教授新论著〈比较诗学〉》。

《江汉论坛》第10期发表韩云波的《改良主题·浪漫情怀·人性关切——中国现代通俗小说主潮演进论》；徐志祥的《论画面感对影视文学的制约》。

《社会科学》第10期发表郑祥安的《贴近现实 关注民生——评王安忆一组短篇小说》；赵志军的《当代中国元小说的自觉意识》。

17日，《文艺报》第153期发表曾庆瑞的《感应伟大时代 追随民族腾飞——党的十三届四中全会以来的中国电视剧艺术事业巡礼》；文羽的《迈出弘扬主旋律更加坚实的步伐》；罗辛的《与时俱进发展转型期的中国艺术》；朱国良的《虚假的掌声》；许剑的《我这样刻画"省委书记"的儿子》；林克欢的《目光下移与回归传统——2002年全国话剧新剧目交流演出述评》；栾俊林的《巧于探索 美不胜收——评歌剧〈羽娘〉》；王卫平的《历史题材电视剧创作的趋利避害》。

《文学报》发表陆梅的《他们仍走在文学路上》；任文的《作家心中要有"人"》；含羞草的《带着未完心愿——无名氏在台湾病逝》。

《作品与争鸣》第10期发表田建民的《"权力梦"背后的思考》（评谈歌的小说《城市传说》）；刘登阁的《爱情的失重和价值观的困惑》（评叶辛小说《爱情跨世纪》）；周然毅的《想起了张爱玲》（同上）；杨林的《描述的真实》（评张生的小说《外滩》）；赵成孝的《无话可说》（同上）；荆公的《一个渴望爱情的女人》（评赵丽华的诗）；刘火的《也说一首诗》；李苏卿的《我也看这首诗》；赵丽华的《人有病，天知否？》；徐林正的《余杰：是新青年还是文坛剽客？》。

18日，《文艺报》第154期发表陈欣的《摄影文学中起决定作用的是摄影文本》。

《中国戏剧》第10期发表廖奔的《关于小剧场戏剧〈福兮祸兮〉的解读》；刘平

的《来自生活的激动,化作人物的光彩——看话剧〈老兵骆驼〉有感》;颜全毅的《浅论"新都市戏曲"》。

19日,《文艺报》第155期发表张志忠的《我们需要"充分的现实主义"》;杨艳艳的《赤红的炭火》、黄开林的《诗人的生命》;同期,以"宁夏作家作品评论"为总题,发表杨梓的《贺兰与六盘之间的回声——宁夏青年诗人创作简评》,李东东的《宁夏赋》,白草的《略说张学东与他的小说》,钟正平的《琐细而智性的写作——简评季栋梁的小说创作》,郎伟的《漠野深处的动人诗情——读漠月的小说》;同期,发表逄源的《缺乏原创力的艺术也将是缺乏生命的艺术》;巫汉祥的《网络时代:开放性的文艺欣赏》。

20日,《学术月刊》第10期发表王锺陵的《粗暴与保守之争及其合题:京剧革命——样板戏兴起的历史逻辑及其得失之考察》;邓晓芒的《什么是新实践美学——兼与杨春时先生商讨》。

《学术研究》第10期发表姚朝文的《世界华文微篇小说在21世纪初的发展指向》。

22日,《文艺报》第156期发表王泉根的《中国儿童文学的历史性跨越》;傅修延的《文本学研究与文学理论的建设与创新》;赖大仁的《当代文论建设与创新的思考》;陶水平的《阐释学研究与文学理论的建设和创新》;王山的《追踪时代风云 真情摹写生活——满族作家谭杰作品研讨会纪要》;孙春平的《参天之树的颂歌》;宋丹的《谭杰长篇报告文学写作透视》;余三定的《日常生活的诗意升华》;罗戎平的《滥觞于民间的口语文化——〈俗话大观〉之我见》。

23日,《文汇报》发表李正武的《忆念的乡土——作家刘醒龙印象》。

24日,《文艺报》第157期发表江湖的《潮涌南国——广东长篇小说创作展现改革风采走在先进文化正道上》;戴清、刘晔原、崔刚等的《唱响新时代主旋律的强音——电视连续剧〈省委书记〉座谈纪要》;杨天喜的《开拓·动人·深刻——浅谈〈省委书记〉中两个高干形象》;解玺璋的《我错了,还是我的父母错了》;赫赭的《情洒高天厚土》。

《文学报》发表李凌俊的《文学要抒写时代强音》;俞小石的《在精神隧道里摸索前行——金岱和他的〈精神隧道三部曲〉》;郑秉谦的《面对〈高晓声文集〉的思索》;张皓的《一种新的文艺批评——评鲁枢元〈生态文艺学〉》;叶延滨的《散文如何有突破》;牛玉秋的《与爱情无关——〈爱情病〉读后》;杨扬的《勤劳可以有所收

获——读黄发有〈客家漫步〉》；军亦的《八年苦日子 三部平民谣——评军旅作家黄国荣的"日子三部曲"》。

25日，《文艺报》第158期发表苗雨时的《摄影文学的哲学依据：人的感性与理性在实践中相统一的生存论》。

26日，《文艺报》第159期发表《一部讴歌党和人民的政治抒情诗——喜迎十六大政治抒情长诗〈中国季节〉研讨会在京举行》；金炳华的《在长诗〈中国季节〉研讨会上的讲话》；木弓的《加大力度 提高质量》；加贝的《七部文学戏剧作品获第二届老舍文学奖》；吕值友的《点燃民族精神的火炬 吹响人民奋进的号角》；王学海的《作家之敌》；李鲁平的《"架桥"的田天》；高文强的《回归与超越》；同期，以"政治抒情长诗〈中国季节〉评论"为总题，发表曾镇南的《史识与诗感》，韩作荣的《新鲜的歌者》，雷抒雁的《山海情怀》，张同吾的《华美的宣叙》，叶延滨的《政治抒情诗繁荣中国诗坛》，蒋巍的《倾听历史的心跳》，牛玉秋的《激情与诗意的剪裁》；同期，发表索亚斌的《话剧〈天上人间〉受欢迎》。

27—29日，中国世界华文文学学会主办、复旦大学和香港作家联合会承办的"第十二届世界华文文学国际研讨会"在上海召开。国务院侨办、中国作协等有关方面领导应邀出席。会议着重讨论"世界经济全球化对华文文学发展的影响"、"传媒与华文文学的关系"、"世界华文文学研究的方法论"、"华文文学的地域性与中华文化的精神"、"回归后的港澳文学"、"近10年的台湾文学"、"美华文学的新态势"、"亚澳华文文学的新发展"等问题。

29日，《人民日报》发表李舫的《文学与美术：对未来述说》。

《文艺报》第160期发表江湖的《辽阔的黑土地上奏响实践"三个代表"重要思想的时代乐章——长篇报告文学〈拓荒人〉在京研讨》、《切实加强文学理论批评队伍的素质建设》；丁临一的《与时俱进持续繁荣的当代报告文学创作》；孙武臣的《小小说之"更"》；曹文轩的《现代情感的古典诠释——读路文彬长篇小说〈流萤〉》；郭宝亮的《文本 理解 意义——读〈理解事件与文本意义——文学诠释学〉》；赵冬苓的《始终坚持文化建设的先进性》；张炯的《不断进取中的文学理论批评》；同期，围绕"陈玉谦的长篇报告文学《拓荒人》"，发表金炳华的《"三个代表"重要思想的认真实践》，路侃的《当代中国农民发展的形象缩影》，贺绍俊的《一份富有启示意义的农村社会考察报告》，曾镇南的《掘深探微 摄魂点睛——谈〈拓荒人〉中付华廷的形象》，刘润为的《中国现代化的希望》。

《中国青年报》发表张双武的《校园文学：一种没有油垢的文学样式在生长》。

30日，《汕头大学学报（人文社会科学版）》第5期发表刘红林的《台湾女性小说中的性与政治》。

《海南师范学院学报（人文社会科学版）》第6期发表施建伟、汪义生的《超越自我的记录——试论旅美作家少君的创作》。

31日，《文艺报》第161期发表饶曙光的《新时代　新格局　新成就——90年代以来主旋律电影的辉煌成就》；周传家的《戏剧应该追求什么样的功利》；刘厚生的《"一个真正的艺术海洋"——纪念第一届全国戏曲观摩演出大会50周年》；李准的《寂寞中的崇高——我看〈军中最后一个马帮〉》；孙武臣的《关键是写好正面人物》；溯石的《又见〈海鸥〉飞翔》；尚文的《艺术歌曲呼唤新"经典"》。

《文学报》发表苏应奎的《上海作家也应关注"三农"》；杨晓升的《观念突破：中国文学期刊生存和发展的瓶颈》；本报编辑部的《这个时代需要英雄形象——长篇小说〈黄土青天〉研讨会纪要》；晓燕、杭菁、刘长春的《写作是内心的一种需要，不怕寂寞——与散文作家刘长春的对话》。

本月，《中国电视》第10期发表仲呈祥的《中国电视剧与中国女导演——应英文版〈中国妇女〉之约而作》；陈玮的《遮蔽与迷失——当前电视剧价值现象初探》；王丽娟的《关于电视历史剧"走红"的思考》；张力的《刀光剑影江湖梦——从美学角度看当代武侠剧中唯美主义武打设计》；曾庆瑞的《誓言无声　忠诚可鉴——20集电视连续剧〈誓言无声〉观后》；金长民的《"凡人·家事·亲情"一曲歌——〈大哥〉得失谈》。

《戏剧艺术》第5期发表康保成的《戏场：从印度到中国——兼说汉译佛经中的梵剧史料》。

《湛江师范学院学报（哲学社会科学版）》第5期发表刘谷诚的《古典的现代咏叹——台湾部分现代诗浅识》。

《张家口师专学报》第5期发表郭占愚的《从文化视角看金庸小说》。

《时代文学》第5期发表严歌苓的《我的"激情休克"》；于青的《我所认识的严歌苓》；周晓红的《生命的味道——凝视严歌苓》；劳伦斯·沃克的《对严歌苓的随感录》；何镇邦的《关于严歌苓的闲言碎语》。

《清华大学学报（哲学社会科学版）》第5期发表张颖的《从性别角色模式化到主观性——管窥西方女性主义文学批评对英美儿童文学的影响》。

《江淮论坛》第 5 期发表安艳的《论新时期的中国先锋戏剧》;刘成勇的《无言的悲歌——当代小说中"智者"形象剖析》;黄春燕的《文学:不尽的期待——从接受美学与大众文化消费的关系看文学》。

《剧本》第 10 期发表安葵的《论郭汉城的戏曲创作》;杨新宇的《〈霸王别姬〉的男权视角》;陈斌善的《"历史剧"审美品质的提升》。

本月,山东友谊出版社出版杨守森的《灵魂的眼睛》,周宪的《思想的碎片》。

广西师范大学出版社出版董学文主编的《马克思主义文论教程》。

山东大学出版社出版宋素凤的《多重主体策略的自我命名:女性主义文学理论研究》。

人民文学出版社出版王立、刘卫英的《红豆:女性情爱文学的文化心理透视》。

江苏文艺出版社出版张军锋的《回想延安·1942》。

广东人民出版社出版广东省文联理论研究室编的《时代发展与文艺创新》。

春风文艺出版社出版阎连科的《巫婆的红筷子》,秦弓的《荆棘上的生命:20世纪三四十年代小说叙事》。

群众出版社出版郭媛媛等著的《阅读少君:少君作品评论集》。

复旦大学出版社出版陈思和的《中国当代文学关键词十讲》,李欧梵的《中国现代文学与现代性十讲》,陆士清主编的《新视野 新开拓——第十二届世界华文文学国际学术研讨会论文集》。

天津教育出版社出版杨实诚的《杨实诚儿童文学文论集》。

长江文艺出版社出版杨匡汉主编的《中国文化中的台湾文学》。

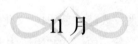

11 月

1 日,《文艺报》第 162 期发表乔世华的《摄影文学的生态学意义》。

《长江文艺》第 11 期发表韩石山的《轻松的成功——读〈画布上的情人〉》。

《作家杂志》第 11 期发表王小妮的《散在的写作》;张亦辉的《水消失在水中》;童海青的《王安忆小说的生存关怀与终极追寻》。

《钟山》第 6 期发表王彬彬的《毛泽东对丁玲命运和人格的影响》。

《名作欣赏》第 6 期发表何希凡的《距离中的憧憬,熟悉中的陌生——〈鞋〉的叙事策略和心理内涵解读》;曹颖频的《优美的尴尬——〈厨房〉女性意识解读》;谭光辉的《真情世界的困守和无情世界的飘零——读刘庆邦〈鞋〉与徐坤〈厨房〉》;吴德利的《女人是"性情"的,而不是"历史"的——解读徐坤的〈厨房〉》;尹朝晖的《败于没有敌手的夜晚——读徐坤的〈厨房〉》;杨晓勤的《关于〈厨房〉的民间模式》;仵从巨的《诗与诗人的品格——读北野〈马嚼夜草的声音〉》;杨光祖的《绝地的书写 激情的智性——试析马步升散文的艺术特质》;李世琦的《高扬主旋律,讴歌一代人——朗诵诗〈瀑布:站立的河流〉赏析》;吴周文的《天下最怕伤害的是孩子——赵翼如散文〈单身母亲手记〉赏析》;王家伦的《苍凉的人生风景——吕锦华的〈苍凉的歌谣〉赏析》。

《语文月刊》第 11 期发表朱慧玲的《穆旦的意义》。

《解放军文艺》第 11 期发表赵朔的《忧伤的祈祷》(讨论周大新的创作)。

2 日,《文艺报》第 163 期发表胡殷红的《贫瘠的大山 丰厚的文学——记云南"昭通文学现象及作家群研讨会"》;木弓的《"诺奖"情结》;崔道怡的《春风得意马蹄疾——近十三年的中短篇小说》;明照的《心灵与心灵的交响诗》;李怀亮的《"本真"的乡村生活图景》;田建民的《从平凡的世界展示真实的人生》;黄尧的《"昭通文学现象"——一种表述方式》。

2—4 日,暨南大学华文学院主办的"第一届印尼华文教育与华文文学国际研讨会"在暨南大学华文学院召开。会议着重讨论印尼华文教育与华文文学的现状和发展、华文教育与文化传媒、华文文学创作之间的互动关系以及华文教育的课程设置、教材和教学法等问题。

3 日,《人民日报》以"喜迎党的十六大文艺评论专辑"为总题,发表廖奔的《与时代共进的戏剧艺术——十五大以来戏剧繁荣新景观》,阎东的《宏大主题的艺术展现——电视片〈走进新时代〉的艺术特色》,艾丰的《十六大宣传的一个亮点——评电视特别节目〈小康中国〉》,陈先义的《鼙鼓声声动地来——〈我们的队伍向太阳〉》,金韬的《无愧于时代——〈激情年代〉导演阐述》。

5 日,《大家》第 6 期发表王干的《怀想激情的年代》。

《文艺报》第 164 期发表曾镇南的《营造时代精神所居的大宫阙——二十世纪九十年代以来中国长篇小说一瞥》；朱先树的《诗的时代与时代的诗——20 世纪 90 年代以来的新诗创作》；同期，以"《拓荒人》笔谈"为总题，发表宋法棠的《"实"是报告文学的生命》，孙启文的《关注时代 关注生活》，冯建福的《一部高扬时代主旋律的好书》，沃岭生的《与时俱进的〈拓荒人〉》，王智忠的《第一次为你流泪》，付华廷的《发自内心的感言》。

《文汇报》发表金涛的《老戏改编须出新——从新版〈家〉透视戏剧名著改编热》。

《电影艺术》第 6 期发表黄建新的《用自己的天性拍电影》；何平的《心灵的电影离不开理想与浪漫》；何群的《从冲动到迷茫》；倪震的《渴望世俗》；潘若简的《人到中年——"第五代"导演新作印象》；赵宁宇的《第五代的"新"现实主义》；关平的《第二十二届中国电影金鸡奖初评侧记》；王宜文的《经典西部神话与新西部寓言——电视电影〈老油坊〉引发的思考》；马晓颖的《〈世界上最疼我的那个人去了〉创作手记》；陈青生的《四十年代后半期上海的电影文学剧作》；李道新的《中国早期电影里的父亲形象及其文化含义》；献文的《论田汉电影中的女性崇拜》。

《花城》第 6 期发表程光炜的《中产阶级时代的文学》。

《陕西师范大学学报（哲学社会科学版）》第 6 期发表王荣的《嬗变与转型：新文学运动前后的中国叙事诗》；阎庆生的《"新"、"老"孙犁的蜕变——论〈书衣文录〉人格重塑的心理内涵》。

6 日，《文汇报》发表赵长天的《低龄化写作有何不好》。

《书屋》第 11 期发表靳原的《王朔的圈套》；文贵良的《话语与权力的互动生长——呼天成形象分析》；陈椿年的《关于"探求者"、林希翎及其他——兼评梅汝恺的〈忆方之〉》。

《光明日报》以"喜迎十六大国产新片热映全国"为总题，发表陈宝光的《比谁都不逊色的中国人——看〈首席执行官〉》，强华的《国产新片创佳绩》，云顶的《写在国旗上的军威——评八一电影制片厂新片〈冲出亚马逊〉》，张晋锋的《〈周恩来万隆之行〉再现历史风云》，晓赵的《〈荔枝红了〉映红西部》，高卉佳的《〈走向太阳〉：炮火硝烟中的一曲赞歌》，蔡闯的《天地造就孺子牛——电影〈高天厚土〉塑造为民书记形象》，李晨声的《给老故事注入新生命——拍〈库尔班大叔上北京〉有感》。

7日,《文艺报》第165期发表林非、李晓虹、王兆胜的《散文:丰收的季节》;孙豹隐的《话剧〈又一个黎明〉观后》;于得水的《影片〈荔枝红了〉感言》;萧平的《京剧应该怎么改?》。

《文学报》发表梁若冰的《真善美是我的作品底色——记党的十六大代表、女作家铁凝》;李瑞铭的《著名作家王蒙在沪演讲——文学的方式》;小奚的《孙方友推出长篇处女作——〈鬼谷子〉"梅开二度"》;郝雨的《真的能够从此不再寂寞吗?——评裘山山长篇小说〈到处都是寂寞的心〉》;叶开的《爱要怎样说出口——评万方新长篇〈香气迷人〉》;裴毅然的《尽是沙中浪底来——评潘颂德〈中国现代新诗理论批评史〉》。

8日,《人民日报》发表周国洪、杜斌的《明亮·现代·美好——历时10年,国产电影似乎完成了一次风格之变》。

《文艺报》第166期以"实现文化的与时俱进是摄影文学的使命——摄影文学三人谈"为总题,发表陆贵山的《展示·凝聚·激励》,王岳川的《摄影文学的建设与发展》,王一川的《图文双释 相互共生——谈谈摄影文学中的匹配问题》。

《文汇报》发表邢晓芳的《历史小说该如何笔耕——唐浩明新作〈张之洞〉引起各方议论》。

《芙蓉》第6期发表张炜的《读本,新作及其他——关于〈读本〉答问》、《世界与你的角落——在苏州大学的演讲》。

9日,《文艺报》第167期以"讴歌中华民族的集体智慧——'三十六计'长篇历史小说评论"为总题,发表孙绍振的《历史小说的当下性》,黄安榕的《"三十六计"小说的创作与特色——兼评马书辉历史小说的艺术》,齐裕焜的《一套富有创意的历史小说》,邹自振的《命运与抗争:"三十六计"历史小说的悲剧精神》,林焱的《历史与谋略》,谭华孚的《传统智慧的当代转型》;同期,以"牢牢把握先进文化的前进方向——文学界部分十六大代表感言"为总题,发表金炳华的《肩负重任不辱使命》,铁凝的《写作者的自豪》,黄亚洲的《几句感言》,张笑天的《健康、向上、拼搏》,二月河的《为老百姓而写作》,何向阳的《为了理想》,刘健屏的《责任的分量》。

《文汇报》发表王尧的《"我是作为老百姓在写作"——近访莫言》。

《民族文学》第11期发表阿木牛支的《真实再现当代彝族女性生活画卷——浅谈阿蕾小说创作》。

10日,《人民日报》发表王强的《无边光景一时新——近年文学艺术创作概况》;金坚范的《气势恢弘的电视片——看电视理论文献片〈世纪宣言〉有感》。

《中州学刊》第6期发表陆雪琴的《从创伤记忆看新时期女性写作》;李静宜的《论电子时代文学文本的表征》。

《中国社会科学》第6期发表吴小英的《"他者"的经验和价值——西方女性主义社会学的尝试》;朱晓进的《政治化思维与三十年代中国文学论争》;朱德发的《论四十年代中国文学的世界化与民族化》。

《中篇小说选刊》第6期发表李存葆的《〈东方之神〉赘语》。

《电视·电影·文学》第6期发表张建亚、唐明生的对话《开创中国电影的新形态——关于国产电影采用高新技术的思考》。

《江海学刊》第6期发表颜翔林的《论审美乌托邦》;张益的《俄国形式主义"陌生化"理论评析》;柯源的《深层次的比较:可能与实践——评〈中国大陆与台湾乡土小说比较史论〉》。

12日,《文艺报》第168期发表汪守德的《新的创作 新的收获——近年军事题材长篇小说概评》;张立国的《迟子建的小说气味》;关海山的《大气的散文》。

14日,《文艺报》第169期发表金炳华的《认真学习贯彻十六大报告 繁荣新世纪社会主义文学》;彭俐的《中国曲艺的出路何在?》;张国祚的《献给十六大的一份厚礼》;云德的《当代英雄业绩的精彩展示——评电视系列剧〈以时代的名义〉》;曾庆瑞的《一腔热血勤珍重——20集电视连续剧〈走过旧金山〉观后》;孙茂廷的《亦庄亦谐 如诗如画——看淮剧〈十品村官〉》;赵小琪的《信仰的力量和光辉——从〈激情燃烧的岁月〉说开去》。

《文学报》发表刘桂瑶的《〈天地男儿〉对新时期报告文学的启示——党的十六大召开之际重读〈天地男儿〉》。

《中国青年报》发表彭冰的《民间小剧场"二人转"转晕了方向》;王永超、唐波等人的《来自读者——隐私写作存在的理由》。

15日,《文艺报》第170期发表成东方、徐珂的对话《与时俱进的摄影文学——关于摄影文学的对话》。

《文学评论》第6期以"纪念沈从文诞辰一百周年"为总题,发表凌宇的《沈从文创作的思想价值论——写在沈从文百年诞辰之际》,杨瑞仁的《域外学者关于沈从文与世界文学比较研究述略》;同期,以"纪念胡风诞辰一百周年"为总题,发表李俊国的《历史哲学观念与个体生命意识——胡风文艺思想评析》,王丽丽的《胡风文艺思想的整体思维特征》;同期,发表宋剑华的《变体与整合:论民间英雄传奇的现代文学演绎形式》;汪亚明的《现代主义的本土化——论"诗帆"诗群》;王巧凤的《原型批评与张爱玲》;陈思和的《欲望:时代与人性的另一面——试论张炜小说中的恶魔性因素》;盘剑的《走向文学——论中国电视剧的文学化生存》;方长安的《论外国文学译介在十七年语境中的嬗变》;王兆胜的《超越与局限——论80年代以来中国女性散文》;沈义贞的《论当代游记散文的流变与转换》;陈晓明的《现代性与文学研究的新视野》;吴思敬的《二十世纪新诗理论的几个焦点问题》;曹苇舫、吴晓的《诗歌意象功能论》;赵炎秋的《叙事情境中的人称、视角、表述及三者关系》;边利丰整理的《"中国现代文学批评理论学术研讨会"综述》;孙兴义、牛军整理的《"文艺学与文化研究学术研讨会"综述》。

《中国社会科学院研究生院学报》第6期发表李存光的《我与巴金研究》。

《天涯》第6期发表程光炜的《1948、1949年的文化观察》。

《北方论丛》第6期发表李保民的《繁荣背后的危机——对20世纪中期我国长篇小说创作的思考》;牛也的《曹七巧和王琦瑶:两种女性话语——〈金锁记〉与〈长恨歌〉之比较》;孙德喜的《面对沉甸甸的成熟——罗振亚的诗歌研究综论》;朱德发、贾振勇的《现代主义文学的身份阐释——评〈中国现代主义诗学〉》。

《当代电影》第6期围绕"电视连续剧《激情燃烧的岁月》",发表游飞的《激情岁月如何燃烧——〈激情燃烧的岁月〉艺术特色评析》,赵宁宇的《〈激情燃烧的岁月〉表演评析》,何晓兵的《音乐结构特征分析》,陈明的《走近石光荣——〈激情燃烧的岁月〉人物形象浅析》,李春的《回望与告白——解读电视剧〈激情燃烧的岁月〉》;同期,发表高鑫的《管窥未来中国电视文化》;王黑特的《对话与互动——90年代以来中国电视剧主导文化结构分析》;同期,以"'建党80周年全国优秀影片影评征文比赛'获奖文选"为总题,发表晁俊森的《我看马保山——〈走出西柏坡〉马保山形象刍议》,张军璞、邹新林的《构建远离沉疴的精神家园——浅议几部献礼影片的现实意义》,李乃润的《一枝一叶总关情——谈〈生死抉择〉运用环境造型塑造人物的艺术手法》,吴兴的《"无语"的艺术魅力——献礼片中几个老人的"无语"画面赏析》,孙自婷的《从细妹"想喝粥"说起——评战争题材影片中的少年形象》。

《戏曲艺术》第4期发表李海燕的《杜十娘与茶花女——我的演出心得》;靳

学斌的《金钱与权势下的爱情——新编京剧〈杜十娘〉李甲人物表演心得》；刘小梅的《剧诗与诗化思维》；曹凌燕的《论鬼魂戏的审美形态》。

《齐鲁学刊》第6期发表冯国荣的《中国诗歌："混沌—个性"发生论》；周海波的《失落的女神——〈女神〉及其新诗"现代性"问题》；卜召林、董燕的《戴着镣铐的跳舞——论胡风文艺思想的二元论态势》；吴宏凯的《母性存在：从神话到叙事——论九十年代女性写作中的母性重塑》。

《社会科学》第11期发表王顺贵的《文学的"误读"接受之成因及其美学意义》；左怀建的《精神守望者的哀歌——论施济美小说精神内蕴的价值特征》。

《社会科学研究》第6期发表胡鹏林的《文化研究的哲学基础与文学研究的文化方向》；侯洪的《汉语经验之翼的回响——从高校教材资源建设看西方文论在当代中国》；赵海的《"文化探源"：中国文学批评史研究的新方法》。

《学习与探索》第6期发表杨义的《对中国现代文学批评理论的世纪回顾和总结》；杨光洪的《〈黑龙江文学通史〉序》；彭放的《从"移民文学"到作家本土化——写在〈黑龙江文学通史〉出版之前》；罗振亚的《清洁的河流——李琦诗歌的价值定位》；专栏"当代文艺理论与思潮新探索"发表刘秀梅的《语言艺术与影视艺术的审美整合》。

《学术论坛》第6期发表王春云的《论路遥文学的独特魅力》。

《南方文坛》第6期发表林舟的《差异空间与保守趣味的显现——解读1993年〈南方周末〉头版文学新闻》；施战军的《文学批评：对话与潜对话——林舟的文学空间及话语姿态》；荆歌的《近看林舟》；刘再复、杨春时的《关于文学的主体间性的对话》；李建军的《文学写作的诸问题——为纪念路遥逝世十周年而作》；谢泳的《重说〈组织部新来的青年人〉》；谢有顺的《发现人类生活中残存的善——关于铁凝小说的话语伦理》；孙苏的《历史的民间叙述》；郝建的《有中国特色的反全球化》；朱大可的《后寻根：乡村叙事中的暴力美学》；李洁非的《为何去印度——对虹影〈阿难〉的感思》；赵毅衡的《如何走出"双重真空"》（谈小说《阿难》）；罗振亚、徐志伟的《值得信赖的诗评家——读吴思敬的〈诗学沉思录〉》；王敏之的《赤字丹心壮乡情——谈丘振声的文艺研究》；南帆的《〈厄运〉与〈同屋男女〉》；鬼子的《〈王痞子的欲望〉札记》；文波的《文坛热点两题》。

《复旦学报（社会科学版）》第6期专栏"中国文学史分期问题讨论"发表章培恒、陈思和的《主持人的话》，栾梅健的《社会形态的变更与文学转型——对中国文学史由古典到现代的思考》，罗兴萍的《文学史分期与文学观念的演变》；同期，发表王金城的《诗学阐释：文体风格与叙述策略——〈呼兰河传〉新论》。

《思想战线》第6期发表陈学祖的《透明的限度：胡适派诗学对中西美学、诗学的偏取及其得失》。

《福建论坛·人文社会科学版》第6期发表管宁的《大众文化生态与后先锋的突围——对新生代小说生成语境的考察》；黄鸣奋的《嬉戏：数码时代的艺术走向》。

16日，《文艺争鸣》第6期发表敬文东的《我们时代的诗歌写作》；严军的《"归来"：历史性情感的诗意表述》；钱文亮的《1990年代诗歌中的叙事性问题》；梁艳萍的《中间代：一个策划的诗歌伪命名》；专栏"世纪体验——一个编辑与百位学者的对话"发表张笑天的《人格·品格泛论》，刘齐的《百慕戏剧》；同期，发表李怡的《现代中国：我们究竟有着怎样的文化与文学——对于"现代性"批评话语的质疑》；黄浩的《从"经典文学时代"到"后文学时代"——简论"后文学社会"的五大历史特征》；赵慧平的《文艺现象的"超文本"存在与批评活动的编码》；周志雄的《二元对立、多元对立与90年代文学文化问题》；曾庆元的《再论文学理论学科的合法依据——兼答王志耕的〈文学理论：走在路上〉》；同期，以"《泥鳅》三人谈"为总题，发表郑坚的《现代说书者与都市游民传奇》，刘恋的《变动中的浮世绘》，孙燕华的《写真文学的真作家》；同期，发表赵朔的《忧伤的祈祷——读周大新的散文集》；汪正龙的《性别视角及其限度——女性阅读的现状与问题》；李玲的《生命的超越性追求与女性日常人生——中国现代男性叙事中落后于男性的女性》；余杰的《"知识"与"分子"——读谢泳〈没有安排好的道路〉》；陈辽的《五十年文学争鸣不平常——读〈文学争鸣档案〉》。

《文艺报》第171期发表雷涛的《大力弘扬和培育民族精神——学习党的十六大精神的一点感想》；江少川的《"学府"小说要着眼美的塑造》；陈祖芬的《泽勇的散文》；朱军的《独特的智性魅力》；龚举善、张永禄的《学理的把持与"湘军"的守望》；刘颋的《作家要捍卫人类精神的健康——访中共中央候补委员、中国作协副主席铁凝》。

17日，《人民日报》发表朱虹的《饱含深情为普通共产党人塑像》；仲言的《扬起民族精神的旗帜》；仲呈祥的《中国电视文化的重要创新——评电视理论片〈东方之光〉》;孙豹隐的《热情呼唤公民道德》;张颐武的《岭南文化现代化的探寻——〈手记·叩问〉对于"文化研究"的价值》。

《作品与争鸣》第11期发表蓝乐乐的《呼唤强者》(评何建明的报告文学《根本利益》);陈喆的《都市漂泊者》(评梁晓声的小说《贵人》);黄越的《梁晓声的尝试》;陈福民的《中级干部与中间人物》(评宋宪民的小说《县府办公室秘书》);刘平的《生活也需要"酿造"》(同上);刘志琴的《一场荒诞的权力梦——也评谈歌的〈城市传说〉》。

18日,《中国戏剧》第11期发表陈世雄的《歌仔戏艺术的新境界——评新编现代戏〈邵江海〉》;薛若琳的《两个悲剧人物的巧妙结合——看曲剧〈阿Q与孔乙己〉》。

《外国文学评论》第4期发表王光林的《翻译与华裔作家文化身份的塑造》。

19日,《文艺报》第172期发表本报编辑部的《关于学习贯彻党的十六大精神的决议(2002年11月17日中国作协第六届主席团第二次会议通过)》。

20日,《小说评论》第6期发表雷达的《长篇小说笔记之十四》;李建军的《小说病象观察之六:小说的德性》;洪治纲的《先锋文学聚焦之十八:永远的先锋》;邵建的《续鲁迅之误》;专栏"小说家档案"以"莫言专辑"为总题,发表於可训的《主持人语》,莫言的《自述》,周罡、莫言的《发现故乡与表现自我——莫言访谈录》,周罡的《犹疑的返乡之路——论莫言民间文化立场的回归与游离》;同期,发表赵卫东的《"村支书"和他的反抗者——〈羊的门〉等五部乡村叙事文本解读》;吴义勤等的讨论《小说的"轻"与"重"——荆歌〈民间故事〉、贺奕的〈身体上的国境线〉》;周燕芬的《历史与小说:"双赢"的可能与限度——论〈张之洞〉的形象塑造》;刘忠的《在帝国烽烟中寻绎原生文明的踪迹——评孙皓晖的"大秦帝国"系列之一〈黑色裂变〉》;何平、汪政的《断代流年碎影——〈秦淮世家〉读解》;卢翎的《思想者的小说——汤吉夫小说近作透视》;谭旭东的《给你一个五彩缤纷的艺术世界——论李凤杰儿童小说的几类形象》;李晶的《王蒙语体:理性的诉求与颠覆——系列长篇小说〈季节〉论略(三)》;王静怡的《大街,一个小说问题》;汪浙成的《守望与拯救——读长篇小说〈女市长〉》。

《四川大学学报(哲学社会科学版)》第6期发表林红的《现代化、革命与20世纪上半叶中国城乡关系》。

《东方文化》第6期发表谌震的《谈周作人问题——答何满子先生》。

《东北师大学报(哲学社会科学版)》第6期发表何明的《新时期小说语言变革现象的哲学内蕴》。

《西北大学学报(哲学社会科学版)》第4期发表张阿利的《论电视电影的艺术流变》。

《光明日报》发表金炳华的《用"三个代表"重要思想统领社会主义文学事业》;夯石的《平民戏中的新道德》;宁珍志的《声音来自何方》。

《河北学刊》第6期发表夏元明的《汪曾祺与归有光》;王本朝的《论张晓风的神性情怀》;袁振喜的《在另一种视野中看新感觉派小说的历史地位》。

《学术研究》第11期发表陈海静的《反思美学中的实体论思维》;陈仲义的《"意象征"——现代诗掌握世界的基本方式》;金莉莉的《对现代童话语言的叙事学分析——对话与修辞表达》。

21日,《文艺报》第173期发表本报编辑部的《中国作协举行全国文学界学习贯彻党的十六大精神座谈会》;高小立的《再创中国电视新的辉煌——电视艺术家学习座谈会十六大精神侧记》;吴文科的《曲艺创新:不能离开本体》;何开四的《山魂水魄 雪域诗篇——简评话剧〈我在天堂等你〉》;布而的《儿童剧团还要期待多久?》,周传家的《戏曲不能和电视"离婚"》;阿玲的《电视语言浅析》;唐正住的《坚持不懈地弘扬主旋律》;缪也的《精彩的音乐剧蓝图——读剧本〈人之初〉》;聂鑫森的《得而复失的精神家园——解读蔡皋的〈桃花源的故事〉画册》。

《文艺研究》第6期发表余虹的《文学的终结与文学性蔓延——兼谈后现代文学研究的任务》;冯黎明的《论文学话语与语境的关系》;王宁的《现代性、翻译文学与中国现代文学经典重构》;蔡子谔的《文学批评学》。

《文学报》发表陆梅的《迟子建:面对磨难,更热爱写作》;李凌俊的《"残酷写作"风靡网络》。

《光明日报》发表杨舰的《科学与人文的反思——一个真正的人文主义者必须理解科学的生命,就像必须理解艺术的生命和宗教的生命一样》。

22日,《文艺报》第174期发表余三定的《建立摄影文学学的思考》;曾胜的《摄影文学——文学的一种生态策略》;云慧霞的《评〈全球化中的摄影文学〉》。

《新文学史料》第4期以"纪念胡风先生百年诞辰专辑"为总题,发表彭燕郊的《回忆胡风先生》,鲁煤的《我和胡风:恩怨实录——献给恩师益友胡风百岁诞辰(一)》,绿原的《试叩命运之门——关于"三十万言"的回忆与思考》,石天河的

《回首何堪说逝川——从反胡风到〈星星〉诗祸》;同期,发表王景山的《我所知道的中央文学研究所和所长丁玲》;阿君的《我心目中的草明》;许福芦的《舒芜自述(节选)》;陈松溪的《浦风最后的岁月》;王丽丽、程光炜的《郭沫若后期的文化心态》;田本相的《曹禺给田本相的信》;黄伟经的《王西彦书简——兼忆与王西彦先生的交往》。

《湖北大学学报(哲学社会科学版)》第6期发表宋致新的《父女二人的双重视角——谈陶贞怀的〈天雨花〉》。

23日,《文艺报》第175期发表木弓的《全面建设小康社会与文学思考》;简德斌的《文论创新:踏着时代的鼓点前进》;同期,以"李存葆散文评论"为总题,发表雷达的《李存葆散文的美学气质》,阎纲的《寓危言于人间沧桑》,崔道怡的《豪情妙理 大气良知》,王干的《文学的稀有金属》;梁光弟的《电视剧〈第八警区〉——执政为民育警魂》。

《武汉大学学报(人文科学版)》第6期发表金宏宇的《〈倪焕之〉的版本变迁》。

24日,《文艺理论与批评》第6期发表冯宪光的《人民美学与现代性问题》;闻礼萍的《"人民美学与现代性问题"研讨会综述》;叶舒宪的《文明/野蛮——人类学关键词与现代性反思》;罗宗宇的《对生态危机的艺术报告——新时期以来的生态报告文学简论》;陈晓兰的《为人类"他者"的自然——当代西方生态批评》;周景雷的《走向民间与面向大众——关于周扬文艺思想中民间与大众化问题的解释》;孟飞的《这是迷茫和探索的时代——由话剧〈圣人孔子〉想到的》;陈白子的《追随时代 还诗于民——读苏子龙诗集〈蟹语〉》;成东方、徐珂的《与时俱进的摄影文学——关于摄影文学的对话》;余三定的《思想·学术·文学——评熊元义〈拒绝妥协〉》。

《文史哲》第6期发表张政文的《20世纪中国文学史研究方法论反思》;姜智芹的《新时期小说研究的"他者"视角》;孙基林的《朦胧诗与现代性》。

《吉林大学社会科学学报》第6期发表王学谦的《来自生命深处的呐喊——论〈狂人日记〉的生命意识》;孔朝蓬的《反现代意识的优势与误区——20世纪中国现代化进程之探索》;王确、张树武的《关于文学新历史主义的思考》。

25日,《文艺理论研究》第6期发表本刊编辑部的《"21世纪中国文艺理论研究与学术创新"全国性学术讨论会综述》;胡晓明的《重建中国文学的思想世界如何可能——以新儒家诗学一个案为中心的讨论》；吴炫、夏中义、刘锋杰的《国家级、核心刊物划分的非学术性问题——学术体制忧思录之一》；童庆炳的《黄药眠20世纪50年代初的文论写作与美论——为纪念黄药眠教授诞辰百年而作》。

《甘肃社会科学》第6期发表杨小兰、袁金刚的《新时期现实主义理论研究概观》；刘文良的《二十年来微型小说理论研究述评》。

《东岳论丛》第6期发表郭延礼的《阿英与中国近代文学研究》；刘方政的《早期话剧与外国戏剧》。

《当代作家评论》第6期发表贾平凹的《关于语言——在苏州大学"小说家讲坛"上的讲演》；贾平凹、王尧的对话录《在传统与现代之间的新汉语写作》；孙郁的《陆天明的另一面》；王晓明的《现代文学研究的精魂——〈二十世纪中国文学史论〉修订版序言》；蔡翔的《何谓文学本身》；王鸿生的《文化批评：政治和伦理》；葛红兵的《论中国现代、当代文学史的断代问题》；王光东的《民间形式·民间立场·政治意识形态——抗战以后文学中的民间形态》；汪跃华的《亢奋时代的低烧——从"寻根文学"、"现代派"到"先锋小说"的"现代"攻略》；董丽敏的《〈小说月报〉1923：被遮蔽的另一种现代性建构——重识沈雁冰被郑振铎取代事件》；黄乐琴的《鲁迅与绍兴文明》；任丽青的《诗人的风采——罗洛散文论》；洪治纲的《陷阱中的写作——论近年来的长篇小说创作》；洪治纲的《知识分子的另一种书写姿态——尤凤伟小说论》；张闳的《小海的抒情诗》；马原的《阅读小海》；王尧的《小海的诗学》；李子云的《从潘向黎小说想起的》；吴俊的《越过青春沼泽的期待——潘向黎小说蠡测》。

《社会科学战线》第6期发表刘保昌的《京派小说与中国传统文化》；周成平的《论新时期现实主义的开放性发展》。

《江西社会科学》第11期发表丁江的《全球化语境下的世界华文文学》。

《郑州大学学报（哲学社会科学版）》第6期以"文学理论：反思研究者中的几个问题（笔谈）"为总题，发表董学文的《文学理论反思研究的科学性问题》，张清民的《现代性与中国语境》，金永兵的《文学理论研究与历史意识》，马建辉的《"核心技术"与文学本质研究》，王彦霞的《文学理论的科学性释疑》；同期，发表靳义增的《论文学审美本质与社会本质的统一》；梁鸿的《论中国20世纪小说家族主题的流变》；张宁的《卑微者的不朽方式——关于〈祝福〉的心理学阐释》；王莹的

《月亮·镜子·绣花鞋——张爱玲小说中的古典意象》。

《南京师大学报(社会科学版)》第6期发表张舒予的《符号的挑战——论网络时代话语权的竞争与我国民族文化的发展》;颜翔林的《论艺术和技术的逻辑联系》;张红军的《略论高科技对电影文化的影响》。

《语文学刊》第6期发表佘艳春的《王安忆小说叙事的精神溯源》;李明的《〈儿女英雄传〉的面称和当时社会文化》;魏占龙、赵晓军的《黄薇的〈生活像条河〉》;李金玺的《从〈延安文艺座谈会上的讲话〉到代表中国先进文化的前进方向》。

《浙江学刊》第6期发表曹文彪的《科学与人文:差异、隔阂及出路》;吴晓的《个人化写作语境下的诗歌阅读与批评》。

《晋阳学刊》第6期发表侯文宜的《呼唤新鲜的、个性的、扎实的批评——对一种文学批评现象的检讨》;张翼的《展现电视电影化的艺术魅力——从电视剧〈天下粮仓〉谈起》;路遥的《评〈雍正王朝〉的叙事策略》;杨改桃的《电视剧〈战国〉的寓言式表述》。

26日,《文艺报》第176期发表本报编辑部的《面对文学新世纪研讨文学新格局——中国当代文学研究会召开第12届年会》;黄东成的《诗不可脱离时代脱离人民》;王晓峰的《小说精神与小小说文体现实》;崔道怡的《是你拉着我的手》;胡德培的《艺术家的目光——杨继仁与他的传记文学》;周同宾的《恳请散文家关注乡村》;陈映真的《母亲的叮咛——拜见诗人臧克家先生》;方平的《冒充学术研究的索引派》;朱雪峰的《在交流中再生——谈河南曲剧〈榆树古宅〉对尤金·奥尼尔〈榆树下的欲望〉的重演》。

27日,《文学自由谈》第6期发表戈雪的《葛红兵现象剖析》;雪涅的《周海婴给父亲换了一条板凳》;冷成金的《再答陈冲》;卢正永的《刊发文章忌打斗与较劲》;李少咏的《欲望法则下的叙事冒险》;陈超的《"学院派批评家"一议》。

《华中师范大学学报(人文社会科学版)》第6期发表魏天真的《观看男人的三种眼光——池莉近作的女性视角及其意义》。

《光明日报》发表罗松的《〈徽州女人〉百场的启示》;梅新林的《小说史研究模式的偏失与重构》;廖群的《"文学考古"刍议》;林丹娅的《女性文学研究的现实境遇》;罗银胜的《读李师东〈人在边缘〉》;刘福民的《小剧场京剧〈阎惜姣〉印象》;张颐武的《岭南文化的现代化与全球化》;莫言的《徐林正和〈文坛剽客〉》。

28日,《人民日报》发表李舫的《批评·反思·整合——读〈中国当代文艺思潮〉》。

《文艺报》第177期发表溯石的《建立中国当代戏剧的品格——中日韩戏剧节观剧断想》;晋莲的《为王兴东喝彩》;陈旭的《电视剧:错讹尽量少一些》;龙符的《"三个代表"思想形象画卷的艺术精品——六集理论电视片〈东方之光〉》;张新秋的《改得好　赞得好》;许江的《社会文化批判:以感情为中心——评电影〈和你在一起〉》;郭建振的《〈导弹旅长〉受到清华师生的好评》;王晓玉、曾庆瑞的《等到满山红叶时——电视剧〈红叶〉观后》。

《文学报》发表李凌俊的《源于好奇的写作——访青年作家艾伟》;陆梅的《文学期刊呈上升趋势》。

《兰州大学学报(社会科学版)》第6期发表李秀萍、赵学勇的《困惑的自我与寂寞的旅者——张承志文化心理解析》;李凤亮的《文化视野中的通俗文艺与高雅文艺》。

《中国文化研究》第4期发表栾栋的《世界文学格局中的中国文学》。

《南京大学学报(哲学·人文科学·社会科学)》第6期发表李江的《论陈白尘戏剧创作的讽刺艺术》。

29日,《文艺报》第178期发表陈定家的《摄影文学:对"诗与画"审美复合的追求》;彭公亮的《摄影文学文本内在构成及意义境域的发生》;杨厚均的《关于摄影文学创作的阅读经验——以〈文艺报·摄影文学导刊〉所载作品为例》;孙煜华的《摄影文学与意义解构》。

30日,《文艺报》第179期发表木弓的《为中国民间文化遗产抢救工程叫好》;古月的《刘建东小说创作研讨会》;周良沛的《新诗怪圈中的"主义"》;熊元义的《不妥协不消沉的工人诗歌》;熊梦霞的《乡村守望者》;同期,以"纪连祥对绿的情谊"为总题,发表高洪波的《绿色守望者》,张同吾的《绿色情缘的文化内蕴》,梁东的《深沉的诗心,激荡的诗情》;朱先树的《诗人风采与诗意情怀》;颜慧的《努力拉近和观众的距离——2002年国产影片走势》;陈履生的《岭南风格的消减是福是祸》;小可的《批评家一颗年轻的心——王干散文集〈青春忧郁〉的题外话》;刘红兵的《津子围的"马凯系列"小说》。

《河南大学学报(社会科学版)》第6期发表焦小婷的《文本的召唤——小说〈宠儿〉写作艺术初探》。

《海南师院学报(人文社会科学版)》第6期发表施建伟、汪义生的《超越自我的记录——试论旅美作家少君的创作》。

本月,《上海文学》第11期发表黄忠顺的《思之诗与诗之思——小说与哲学结合的两类小说》;曲春景的《爱缘于合目的的生命形式》(讨论莫言小说《冰雪美人》)。

《文艺评论》第6期发表姚晓雷的《20世纪中国文学世界性因素研究方法之我见》;李咏吟的《文学批评解释的本质与诗学的归依》;张春林的《传媒语境中文艺批评的话语反思》;徐志伟的《在迂回与进入之间——90年代小说创作倾向简论》;夏烈的《两个互补的文化形象 鲁迅、冰心比较论》;张景超的《为王朔的文学批评一辩》;连秀丽、王立纯的《"要想往前走,还得靠你自己"——王立纯访谈录》;连秀丽的《诗意的苍凉——王立纯小说的叙事艺术》;周树山的《关于〈生为王侯〉的写作》;段从学的《以历史的眼光审视"失语"——评代迅〈断裂与延续〉》;黄毓璜的《阅读"时尚"》。

《中国电视》第11期发表仲呈祥的《精心谱写荧屏上的盛世华章——简论近五年来的中国电视剧创作成就》;张宏森的《来自大地的深情咏叹——山东影视剧制作中心近年来现实主义创作简述》;陈龙的《时代正气是电视剧创作的精髓》;阎景娟的《影视剧的文学性与文学的电影性》;马腾飞的《偶像剧分析及其存在价值》。

《百花洲》第6期发表孙康宜的《虹影在山上》;唐小林的《文学的人性与先锋以后——对〈阿难〉及其阅读的阅读》;周江林的《〈阿难〉二三点》;孟繁华的《不知所终的"作女"运动——评张抗抗的长篇小说〈作女〉》;郭力的《〈作女〉:现代女性"她世纪"的生命寓言》;匡文立的《女人"作"什么》。

《剧本》第11期发表高音的《沉重地向往着——曹禺建国后的戏剧创作》;孙文辉的《评刘京仪悲剧三种》。

本月,百花洲文艺出版社出版余凤高的《在现实和文学中的爱》。

浙江大学出版社出版王元骧的《文学理论与当代时代》。

复旦大学出版社出版许道明的《中国现代文学批评史新编》。

北京大学出版社出版王光明的《文学批评的两地视野》。

作家出版社出版中国作家协会理论批评委员会编的《走向新世纪的中国文学:理论批评文选》。

上海三联书店出版黄发有的《准个人时代的写作：20世纪90年代中国小说研究》。

新蕾出版社出版梅子涵等著的《中国儿童文学五人谈》。

12月

1日，《人民日报》发表肖怀远的《繁荣当代文艺　弘扬民族精神》；金宏宇的《文学经典的确认》；于平的《挺起脊梁走向地平线——〈龙腾黄河口〉观后》；李德润的《像生活一样流动——电视剧〈春天花会开〉简评》。

《长江文艺》第12期发表张永健、曾庆江的《文艺理论研究的新收获——评李勇〈飘扬的旗帜——中国共产党的文艺方针政策论纲〉》；樊星的《永葆诗心——读〈晓山诗文萃〉有感》。

《语文月刊》第12期发表姚巍的《抒满怀豪情　写凌云壮志——析毛泽东的"言志"诗词》；吴直雄的《"鬃雪飞来成废料"的多重内涵》。

3日，《文艺报》第180期发表赵佚鹏、佟励的《把学习贯彻十六大精神引向深入——各地作协联系自身实际贯彻落实十六大精神》；王山的《温煦期刊寻求新突破——"文学期刊、作家在发展先进文化中的地位和作用"研讨会召开》；周玉宁的《世纪之交的北京文学该是什么样》；专栏"文学时尚化批判"发表陈晓明的《文学的时尚化：倒退还是补课？》；同期，发表钟晶晶的《一扇门和一个梦》；方方的《同一条河流不同的流水》；尹汉胤的《韧性的写作》；周忠厚的《倡导先进文化抵制腐朽文化——"代表中国先进文化的前进方向"思想和列宁的两种民族文化理论》；马龙潜的《贴近现实的批评——评刘文斌的〈文艺批评：实践与理论〉》；王守仁的《外国文学研究呼唤创新》；吴永平的《美丽诱人却有毒素——法国读者尖锐批评〈糖〉》。

4日，《光明日报》发表王蒙的《长篇小说的历史感》；吴秉杰的《与"改革"相联系的长篇创作——读广东省近十年部分长篇作品》；贾冬梅的《长篇细做　精彩好看——写在〈祥符春秋〉播出之际》；金兆钧的《"讲解现象"与经典的创新——清唱剧〈江姐〉与交响组曲〈江姐〉听后》；孟繁华的《宏大历史的重构》。

5日，《文艺报》第181期发表易舟的《曲艺要创新——访中国曲艺家协会主席罗扬》；欧阳山尊的《长辈　领导　师长和学习榜样——纪念阳翰笙百年诞辰》；钱锡生的《发婉约于豪放　寄哲理于诗情——评刘郎的电视系列作品"江南三部曲"》；高山的《和谁在一起？——电影〈和你在一起〉质疑》；佚名的《又一部现实主义力作——评〈激情年代〉》；吴忠的《也谈历史剧》；赵绍义的《观赏性是个什么标准》。

《文学报》发表文波、小石的《"新世纪文学"呼之欲出》；李凌俊的《开在丛林深处的花——记〈摇曳的教堂〉作者姝娟》；孙丽萍、冯源的《余华的文学"野心"》；李松岳的《没有完成的转折——评苏童的〈蛇为什么会飞〉》；岳洪治的《有情者之求索——读〈叶延滨随笔〉》；李鸿然的《用自己的方式言说——读冯艺的散文集〈逝水流痕〉》。

《光明日报》发表邢福义的《语言的文化与文化的语言》；孙基林的《一种诗学及其批评》；岳洪治的《有情者之求索》；孙绍振的《审智散文的新秀》。

6日，《人民日报》发表向兵的《〈玉观音〉海岩抒发"红色情怀"》；仲呈祥的《赞电视剧〈干部〉》。

《文艺报》第182期发表黄立之的《摄影文学的话语权》；衣向东、北野、杨海蒂、凌翼、薛媛媛、潘灵、荆永鸣、许春樵、张行健、巴音博罗的《摄影文学　桃花盛开的地方》。

《台港文学选刊》第12期发表钱虹的《在来中望所去，在去中觅所来——菲华女诗人谢馨及其诗作管窥》；谢润宜的《新视野　新开拓——第十二届世界华文文学国际学术研讨会综述》。

7日，《文艺报》第183期发表颜慧的《作家要成为民族的精神脊梁——本报与陕西作协联合召开"大力弘扬和培育民族精神"座谈会》；胡殷红的《促进两岸文学的深层交流——访台湾学者陈信元先生》；铁凝的《捍卫人类精神的健康》；叶君的《开阔的视野与独运的匠心》；余三定的《做着你想做的事》；权海帆的《撼动人心的文化溯源工程》；同期，以"大力弘扬和培育民族精神座谈会笔谈"为总题，发表马中平的《文艺是民族精神的火炬》，贾平凹的《用民族的精神凝聚我们的力量》，肖云儒的《文学要给民族精神注入新的因子》，李星的《文学的民族品格》、高建群的《民族精神决不能消失》、京夫的《文学是民族心灵的秘史》；莫伸的《作家要努力铸造民族的灵魂》；同期，发表索亚斌的《电影产业怎样做"后电影开发"》。

8日，《文汇报》发表梁永安、吴中杰、王鸿生、杨文虎、罗岗的对话录《文艺批评需要风度和规则吗》。

10日，《文艺报》第184期发表本报编辑部的《在十六大精神指引下开拓文艺理论批评新局面——本报举办"小康社会中的文化建设"论坛》；罗望子的《〈枕头上的花朵〉：奔跑的火光》；刘颋的《寓言文学创作呼唤创新》；专栏"文学时尚化批判"发表邢建昌的《媒体时代的写作与可能的写作》；同期，发表周明、傅溪鹏的《激锐的响箭与神圣的忧思——浅谈新时期以来的报告文学创作》；徐兆淮的《朴素为本　真情是魂》；袁鹰的《遥望那方生未死的年代》；赵柏田的《在传记与散文之间——读杨东标〈柔石二十章〉》。

《山东社会科学》第6期发表冯晓艳的《90年代台湾短篇小说的"黑夜意象"解读》。

《光明日报》发表柳建伟的《牢记时代书记员的职责》；何建明的《深入生活才能写出生动的作品》；谌强的《八部剧作获曹禺戏剧奖剧本奖》；同期，以"将当代知识英雄大写于银幕——天津电影制片厂彩色故事片〈背水一战〉影评文章选登"为总题，发表高杜的《搏击在高科技疆场上——电影〈背水一战〉主题阐述》，张士杰的《知识英雄的深情礼赞——评〈背水一战〉中的王建南及其团队形象塑造》，张春生的《走进激情——评影片〈背水一战〉》。

12日，《文艺报》第185期发表高小立的《儿童影视何以"童牛"多多观众寥寥》；赵春强的《第十五届中国曹禺戏剧奖·剧本奖揭晓》；金炳华的《共同创造社会主义文学事业的新辉煌》；信文静的《高清晰电视电影〈中国桥〉关注大中型国企改革》；柳萌的《研讨会既要研又要讨》。

《文学报》发表李凌俊的《戏曲走向都市之路有多远？》。

13日，《人民日报》发表张东的《人民军队的好政委——〈罗荣桓元帅〉观后》。

《文艺报》第186期发表尹维斯的《试议"摄影诗"与中国写意画"题画诗"的审美构架之异同》。

14日，《人民日报》发表李佩甫的《一个时代的标本——读〈风中之树〉》；桦南的《别具一格的诗情——我读陈雄〈天涯集〉》；王干的《追求壮美——评李存葆的散文集〈大河遗梦〉》；吴秉杰的《评〈纸厦〉》；林建法、王尧的《充满活力的"文学现场"》。

《文艺报》第187期发表王先霈、徐敏的《全面建设小康社会中的文艺前景》；夏卫平的《思想滞后难以承担历史之重》；樊星的《黄金辉的"故乡记忆"》；高有鹏的《从人生视角解读文学》；高楠、孟繁华的《"小品"的趣味和面临的危机》；陈辽的《电视剧艺术学的积极探索——读〈守望电视剧的精神家园〉》；王文的《电视栏目的剧情化趋势》。

《语文建设》第12期发表师力斌的《诺贝尔情结》。

15日，《人民日报》发表王凤胜的《牢牢把握先进文化的前进方向》；肖克的《我所认识的阳翰笙同志》；王敏的《圣洁的理想之路》；仲言的《关于先进文化建设的随想》。

《当代外国文学》第4期发表卡特琳娜·阿尔冈的《程抱一访谈录》。

《广东社会科学》第6期发表谢润宜的《新视野　新开拓——第十二届世界华文文学国际学术研讨会综述》。

《徐州师范大学学报（哲学社会科学版）》第4期发表王烟生的《评李昂小说〈爱情实验〉的灰色格调》。

《中外诗歌研究》第4期发表文晓村的《台湾诗坛五十年选略》。

《山西大学学报（哲学社会科学版）》第6期发表廖久明的《一个不该忽视的社团——狂飙社研究的意义》；韩彦斌的《台湾"大河小说"的史志意蕴》。

《江汉论坛》第12期发表宋致新的《长江流域女性文学通观》；吴永平的《情满青山　文满青山——碧野散文的旅游文化价值谈》。

《社会科学辑刊》第6期发表李丽的《"东方文化恶魔"的人道——鲁迅、托尔斯泰人道主义思想比较论》。

17日，《文艺报》第188期专栏"文学时尚化批判"发表孟繁华的《文化时尚与话语空间》；宋子平的《气象万千小小说》；吴良远的《孙犁的背影》；徐黎的《带血的呼唤——〈血玲珑〉的人文关怀》；陈晋的《发展当代中国先进文化需要梳理的几个问题》；王臻中的《用"三个代表"统领社会主义文化事业》；古耜的《为新时期散文理论清点行囊——读〈80名家谈散文创作〉》；同期，以"长篇小说《人蠹》四人谈"为总题，发表丁临一的《〈人蠹〉：警示与启迪》，徐文海的《洒脱的创作》，包明德的《两封书信道出天理》，李成才的《〈人蠹〉中的人物浅析》。

《作品与争鸣》第12期发表刘中顼的《在不断拓新的路上》(评衣向东的小说《我们的战友遍天下》);杨立元的《痛苦的离别》(评关仁山的小说《伤心粮食》);赵秀忠的《一个乡村神话的破灭》(同上);千山的《荒原上的精神高地》(评遥远的小说《羽毛在阳光里闪烁无比》);许爱珠的《"羽毛"迷落在无主调的叙述里》(同上);乌兰其格的《淫雨为什么下个不停?》(评任光椿的小说《雨啊 霏霏的雨》);龚旭东的《图解理念必然丧失艺术真实》(同上);蒋巍的《让灵魂成长为熊熊燃烧的火炬——长篇报告文学〈根本利益〉读后》;欧阳明的《批判的尖锐与游戏——评何顿〈我的生活〉》;王卫东的《谁生了病?——中篇小说〈我的生活〉读后》;于丽莎的《文学语言之无耻经营》。

18日,《中国戏剧》第12期发表魏明伦的《当代戏剧之命运——在岳麓书院演讲的要点》;罗松的《〈徽州女人〉热演的启示》;同期,以"一场关键性战役的胜利——专家纵论话剧《老兵骆驼》"为总题,发表江志涛的《写意戏剧的佳作》、李龙云的《我看〈老兵骆驼〉》,王晓鹰的《不一般的别出心裁》、童道明的《感受人道主义》、王树增的《军旅戏剧中的"平民情结"》、徐怀中的《一场关键性的胜利》、姜秀生的《严酷下的宁静》、温大勇的《诗情诗意塑老兵》、高扬的《漂亮的答卷》;同期,发表宋存学的《东北戏剧小品的艺术特点》。

《光明日报》发表张学昕的《当代文学人物形象的民族身份》;阿洁的《散文创作的自由空间有多大》;郭运德的《习惯思维的痛苦裂变——电视连续剧〈世纪之约〉观后》;罗银胜的《激情与理性交融——读南妮〈一个人喝一杯〉》。

19日,《文艺报》第189期发表高小立的《黄定山和他的〈我在天堂等你〉》;刘平的《2002年观剧断想》;黄振平的《欧阳山尊的认真》;王昕的《与时俱进 和而不同——电视剧〈世纪之约〉的文化解读》。

《文学报》发表李瑞铭的《"曲高"也要"和众"——记麦家和他的〈解密〉》;喻晓薇的《张力之美与和谐之美——萧红、迟子建创作美学风格比较》;赵彩花的《"情""爱"氤氲中的美丽》;金逸明的《〈王莽〉——一个好故事》;贾梦玮的《灵魂堪舆学——金学种长篇小说〈净土〉读后感》;张虎生的《为小说而不安——读叶弥〈美哉少年〉杂想》。

《中国青年报》发表徐虹的《文坛2002:平庸中转场》;沙林的《文学青年成为笑谈 社会需要香草兰芝》;桂杰的《〈英雄〉:相见不如思念》。

20日,《人民日报》发表汪晓东的《〈英雄〉:中国电影的"入世小结"?》;金印的《攻克军事喜剧那道关》;黄式宪的《〈中国桥〉:呈现时代行进的悲壮步履》。

《文艺报》第190期发表王立勇的《摄影小说创作漫谈》;方义的《摄影文学促进人们成为艺术创造的主人》。

《文汇报》发表傅庆萱的《是正剧,还是戏说?——电视剧〈康熙王朝〉引发争议》。

《青年思想家》第6期发表周怡的《试论朱天心的青春小说》。

《学术研究》第12期发表王锺陵的《"文学民间源头论"的形成及其失误》。

《人民日报》发表曾镇南的《凝思历史 昭示未来——读诗集〈毛泽东颂〉》;仲言的《繁荣文化促小康》;翟泰丰的《塑造崭新的时代形象——评陆天明长篇小说〈省委书记〉》;艾斐的《改革发展中的伟大跨越——评政论专题片〈时代强音〉》。

21日,《文艺报》第191期发表胡殿红的《作家深入三峡库区"掘金"——何建明从三峡带回〈国家行动〉》;小红的《云南出版〈广场文库〉——文学批评家选择、组织、编辑长篇小说》;同期,以"这片热土开创中国先进文化——近期广东改革题材长篇小说巡礼(一)"为总题,发表金炳华的《作家自觉遵循先进文化前进方向》,刘斯奋的《文学创作要反映变革的时代》,刘锡诚的《文学要适应时代的发展要反映发展中的生活》,廖红球的《广东作家有一个好传统》,缪俊杰的《现实主义传统经验还是应该强调》;同期,以"长篇小说《大江沉重》评论"为总题,发表高洪波的《阳刚大江曲》,季红真的《在时代的大潮中书写世俗的神话》,陈晓明的《市场转型与新的改革者形象》;同期,发表雷达的《我读〈大漠祭〉》。

24日,《文艺报》第192期发表本报编辑部的《报告文学以更多样的姿态走进大众》;刘颋的《培养新人 呼唤原创——全国儿童文学委员会本年度年会召开》;赵兰英、冯源的《在巴金文学旗帜下——〈收获〉45年记》;同期,以"点评《瓦城上空的麦田》"为总题,发表孙谦的《人性的荒漠化》,贾雪仙的《悲哀的坚持》;本报编辑部的《一部鲜活的当代文学史——〈名家侧影〉研讨会在北京举行》;杜晓英的《路遥留给亲人的不只是怀念》;夏元明的《神奇的魔笛——萧袤童话简评》;谭旭东的《艺术胆识与文化关照——评李东华儿童小说〈征程〉》;浦慢汀的《走进孩子世界的寓言新作——读〈中国当代寓言新作精品丛书〉》;朱自强的《依然一颗少年心——评孙卫卫〈成长诡迹〉》;胡榴明的《献给少年读者的一份厚礼——评葛红兵科幻长篇〈未来战士三部曲〉》;黄建国的《乘十六大东风 促文艺更繁荣》；詹艾斌的《要高度重视马列文论的建设与创新——"全球化语境下的中国当代文学理论建设与创新学术研讨会"综述》；同期，以"这片热土开创中国先进文化——近期广东改革题材长篇小说巡礼（二）"为总题，发表缪俊杰的《时代呼唤里程碑式的作品》，刘锡诚的《适应时代 反映社会》，牛玉秋的《记录改革时代精神》，吴秉杰的《呼唤改革文学的深度表达》。

25日，《光明日报》发表陈文晓的《〈英雄〉：技巧与内涵的巨大反差》。

《世界华文文学论坛》第4期发表庄钟庆的《〈芝兰与茉莉〉的独异价值》；冯亦同的《情深还系六朝松——谈顾毓琇词曲中的"金陵情结"》；周宁的《顾毓琇历史剧的意义》；陈军的《顾一樵——中国现代戏剧的先驱者——论历史视域下的顾一樵戏剧》；萧成的《云水胸襟：顾毓琇游记管窥》；胡勇的《文化资源与文学阐释——试论美国华裔文学的中西文化利用范式》；李槟的《"自由神"与"曼哈顿"——八、九十年代留学生文学初探》；宫慧玲的《第一个美华左翼文学家——蒋希曾的文学道路》；戴瑶琴的《原来姹紫嫣红开遍——浅议〈台北人〉中花的隐喻》；程晓飞的《试论台湾〈文学杂志〉对新批评的介绍和运用》；倪金华的《浓郁的田园风味 告诫的志趣操守——陈冠学散文集〈田园之秋〉品评》；徐成淼的《台湾散文诗的新突破——莫渝〈阅读台湾散文诗〉简评》；王泉的《桂文亚儿童散文艺术探微》；张晓平的《从伦理本位到自我本位的叙事转换——读刘以鬯的小说〈寺内〉》；王志清的《体合"天地之心"的诗美追求——秀实诗歌评论》；袁玉琴的《中西融通的电影学派管窥——侯孝贤电影的长镜头风格与意境创造》；伏雪的《感受港台百年梦幻——评〈梦幻百年：20世纪香港台湾影视史纲〉》；钱虹的《离心与向心——众圆同心——余光中妙谈华文文学"三个世界"的互动》；傅宁军的《海峡文缘：台湾作家施叔青访谈录》；王一桃的《东南亚——我华文文学创作的一大源泉》。

《中外诗歌研究》第4期发表文晓村的《台湾诗坛五十年选略》。

26日，《文艺报》第193期发表梅朵的《知识分子伟大风范——纪念史东山百年诞辰》；安葵的《融会传统 辉映时代——2002年戏曲回眸》；周迅的《回味无穷的人生悲喜剧——二十二集电视连续剧〈张学良〉观后》；张明的《平民戏剧 平民价格》；杨建业的《再谈"样板戏"——兼与冯如孟等先生商榷》；高龙民的《小剧场话剧创作"三题"》；刘嘉陵的《为女英雄补上爱情》。

《文学报》发表李瑞铭的《2002文坛：热闹与平淡》；翟泰丰的《塑造体现三个

代表重要思想的时代形象——评陆天明长篇小说〈省委书记〉》；祥年、魏霞的《如何构建自己的传记文学理论——中外传记文学研究会第七届年会讨论摘要》。

《光明日报》发表孙麾的《一个编辑眼里的学风问题》；谢其章的《20年代文坛第一刊——〈小说月报〉》；孙辉的《人文关怀与实践概念》。

27日，《文艺报》第194期发表乔世华的《摄影文学：高扬先进文化的旗帜》。

28日，《人民日报》发表李辉的《从湘西走进永恒——纪念沈从文先生百年诞辰》。

《文艺报》第195期发表胡殷红的《打造时代的中国英雄——〈DA师〉》；木弓的《人民群众是作品最权威的评定者》；骆寒超的《艾青的灵魂》；何申的《可怕的"不归路"——谈我的〈武家坡〉兼答夏卫平同志》；张同吾的《何妨吟啸且徐行》；同期，以"《杨守松文集》评论"为总题，发表杨承志的《和人民的命运连在一起》，阎纲的《守松之路》，李敬泽的《文人杨守松》，木弓的《〈昆山之路〉的当代文学地位》，王干的《春江水暖鸭先知》；同期，围绕"电视连续剧《DA师》"，发表胡殷红的《英雄主义是永远的主题——访南京军区政治部前线话剧团团长绍钧林》，陶琳的《丰厚的生活底蕴——评电视连续剧〈DA师〉》，张雯保的《时代精神的对接与延续——写在电视连续剧〈DA师〉播映之前》。

30日，《戏剧》第4期发表蔺海波的《论李龙云与杨利民的戏剧创作》；薛晓金的《北京小剧场戏剧的现状分析》；黄献文的《论郭沫若历史剧中的"英雄美人情节"》；毕玉玲的《西藏藏剧与宗教民俗》。

《五台山研究》第4期发表赵廉辅的《闲话"金庸信佛"》。

《清华大学学报（哲学社会科学版）》第A1期发表罗选民的《解构"信、达、雅"：翻译理论后起的生命——评叶维廉〈破《信、达、雅》：翻译后起的生命〉》。

《浙江海洋学院学报（人文科学版）》第4期发表张岚的《儒文化的同根传承与异质变奏——世界华文女性文学"仁爱"化抒写比较》。

31日，《文艺报》第196期发表王山的《延安精神溶入作家的血液——鲁迅文学院首届中青年作家高级研讨班赴延安进行社会实践》；本报编辑部的《〈微型小说选刊〉主编郑允钦谈纯文学期刊的市场化》、《文学艺术学科发展研讨会召开》；刘婧婧的《〈来雨〉：笑声背后的荒谬》；孙春旻的《纪实文学呼唤理论关怀》；刘征的《有感于一封来信》；迟子建的《阴郁的晴朗》；溪清的《以史为鉴　温故知新》；张国星的《蓝天与黄土的历史合成——读长篇历史小说〈仗剑西天〉》；同期，以

"《花开花落》十人谈"为总题,发表阎纲的《花开花落的焦虑》,崔道怡的《新世纪的葬花词》,李建军的《道德自觉的写作》,雷达的《"花"的悲哀》,李国平的《爱的追求和幻灭》,畅岸的《心头风雨沧桑　笔下花开花落》,李康美的《美丽的歌哭》,老村的《对美好的痛苦追求》,刘胜旗的《一个复杂的圆形人物》,广阳的《水流花谢两无情》;同期,发表严兆军的《文学应该为历史作见证——2002年诺贝尔文学奖得主凯尔泰斯·伊姆雷》;世文的《北京大学集会纪念西班牙诗人》;刘龙等的《赛珍珠——"一座沟通东西方文明的人桥"》。

本月,《上海文学》第12期发表张耀杰的《曹禺戏剧中的新旧"迷信"》。

《艺术百家》第4期发表马衍的《传情是戏曲作品重要的美学特征——孟称舜的"传情"理论》;陈虹的《从电影〈大风歌〉的停拍而引出的思索》。

《中国文学研究》第4期发表文贵良的《〈马桥词典〉:话语与存在的沉思》;冯济平的《清新自然的神秘与清朴自然的神秘》。

《中国电视》第12期发表王卫平的《历史题材电视剧创作的趋利避害》;高金生的《魂为何物——谈电视连续剧〈祥符春秋〉中金秀儿形象的塑造》;周然毅的《让历史告诉现在——评电视短剧〈北风吹〉》。

《天津大学学报(社会科学版)》第4期发表张春生的《林希"津味小说"初探》。

《民族艺术》第4期发表张耀杰的《鲁迅的神思新宗与曹禺的蛮性遗留》。

《戏剧艺术》第6期发表贾冀川的《离开文学的戏剧——论二十世纪贬斥文学的戏剧思潮》;陈坚的《论新时期话剧的现代品格》;张健的《论中国现代幽默戏剧的英雄化》;夏写时的《上海·昆剧·俞振飞》;金丹元的《论当代后影像文本中的几种新叙事类型》;张仲年的《对电视剧本性的再认识》。

《河北大学学报(哲学社会科学版)》第4期发表崔志远、葛振江的《走向辉煌的"合题"——新世纪文学发展趋势》。

《读书》第12期发表许子东的《"此地是他乡"的故事》;格非的《伯格曼的微笑》。

《剧本》第12期发表王元平的《五幕话剧〈高高的白杨〉主题随想》;姜秀生的《与时俱进结硕果　军旅戏剧谱新篇——2002年全军新剧目展演综述》;王蕴明的《昆剧〈班昭〉史与戏与文人情怀》;金芝的《"瞻前顾后"写戏曲》。

本月,社会科学出版社出版刘文波、冯毓云的《边缘文艺学》。

中国社会科学出版社出版毛星著、中国社会科学院科研局组织编选的《毛星集》,曹书文的《家族文化与中国现代文学》。

海峡文艺出版社出版辜也平的《范式的建构与消解:二十世纪中国文学研究专题》。

河南大学出版社出版刘增杰、王文金主编的《精神中原:20世纪河南文学》。

南京大学出版社出版刘小中的《瞿秋白与中国现代文学运动》。

人民文学出版社出版南京大学中国现代文学研究中心编的《中国现代文学传统》。

黑龙江教育出版社出版张景超的《滞重的跋涉:新时期文学批评透视》;刘绍信的《当代小说叙事学》。

中国文联出版社出版钟本康的《当代小说的艺术创新》。

东方出版社出版陈继会的《二十世纪中国小说文化精神》。

河北人民出版社出版王维国的《河北南部解放区文学概观》。

福建人民出版社出版刘登翰的《中华文化与闽台社会:闽台文化关系论纲》,马重奇的《闽台方言的源流与嬗变》。

澳门日报出版社出版《千禧澳门文学研讨集》。

九州出版社出版古继堂的《台湾文学的母体依恋》。

本年

《华文文学》(从2002年第1期起刊期由季刊改为双月刊)第1期发表吴奕锜、彭志恒、赵顺宏、刘俊峰的《我们对华文文学研究的一点思考》;李安东的《无边的挑战——世界华文文学研究回顾》;曹惠民的《地缘诗学与华文文学研究》;徐德明的《世俗叙事在现代华文语境中的"断"与"续"》;何杏枫的《张爱玲研究在北美》;朱双一的《西川满殖民文学的后殖民解读》;朱立立的《论新生代马华作家的文化属性意识》;章妮、吴惠兰的《拓展研究视角 深化学科建设——"第二届世界华文文学中青年学者论坛"综述》;刘小新的《从方修到林建国:马华文学史的几种读法》;张全之等的《关于〈乌鸦〉的言说》;陈大为的《电梯经验:一种独特的空间书写》、《寂静的浮雕——论潘雨桐的自然写作》;古远清的《方修:马华文学史研究第一人》;尹康庄的《当前菲华文学研究中的几个问题》。

《华文文学》第2期发表古远清的《"文化的华文文学"观念质疑》;萧成的《浮出地表的"文化的华文文学"——关于〈我们对华文文学研究的一点思考〉的回应》;庄伟杰的《理解·观照·整合·问题——海外华文/留学生文学创作与研究面临的挑战》;少君的《如歌的行板——北美华文网络文学中的诗评述》;吴宏凯的《海外华人作家书写中国形象的叙事模式——以严歌苓和谭恩美为例》;南翔的《心灵有负的证明——严歌苓小说的美感结构》;王卉的《在爱情和自我之间的选择——解读〈我不是精灵〉》;黄万华的《寻根与归化:80年代后海外华文文学创作的新姿态》;钟晓毅的《柯清淡突围》;谢昭新的《在东西文化的融通中铸造真善美——论池莲子的诗》;蔡益怀的《港人叙事——八九十年代香港小说中的香港形象与叙事范式》;饶芃子的《蔡益怀和他的〈港人叙事〉》;袁勇麟的《一个宏大的系统工程——世界华文文学史料学管窥》;喻大翔的《全球互动:建构二十一世纪的世界华文文学》。

《华文文学》第3期发表曾敏之的《认清形势 迎接未来——在中国世界华文文学学会成立大会上的讲话》;刘泽彭的《在中国世界华文文学学会成立大会上的讲话》;蒋述卓的《在中国世界华文文学学会成立大会上的讲话》;邓友梅的《在中国世界华文文学学会成立大会上的讲话》;饶芃子的《中国世界华文文学学会筹备经过及学科建设概况》;胡燕妮的《中国世界华文文学学会成立大会暨学科建设研讨会综述》;《世界华文文学学会机构成员名单》;刘登翰、刘小新的《都是"语种"惹的祸?》;陈贤茂的《评〈华文文学是一种独立自足的存在〉》;高鸿、吕若涵的《文化冲撞中的文化认同与困境——从林语堂看海外华文文学研究中的有关问题》;马白的《海外华文文学与中国古代美学》;周光明的《胸有菩提树 笔下自清真——林清玄和他的散文》;刘红林的《略记台湾女诗人创作中的女性文体特征》;王传满的《从奴隶到主人——台湾半个世纪女性小说写作的艰难指向》;王泉的《"一源多元"文化语境中的台湾当代海洋诗》;周萍的《澳门文学:不同见解中的思考》;苏小松的《金庸小说文化意蕴透析》;林彬的《抗日战争时期的菲华文学文化活动》;周丽娟的《〈中国学生周报〉与香港文学发展的关系》。

《华文文学》第4期发表许燕的《言 陌生而本色——论东南亚华文现代诗

的语言特色》;朱崇科的《艰难的现代性与无奈的本土化》;彭程的《印尼华文女性小说的"家"、"群"、"和"意识》;吴新桐的《以细腻的笔触轻抚爱情留下的伤痕——印尼华人女性文学初探》;计璧瑞的《从个例论当代台湾文学论述的演变——以叶石涛为分析对象》;辛金顺的《多重的变奏——论林燿德的都市散文》;袁靖华的《殊途同归寻找家园——余光中、余秋雨创作比较分析》;王珂的《论台港暨海外华文图象诗》;谢冬冰的《朱自清与台湾当代抒情散文》;滕威的《怀想中国的方式——试析严歌苓旅美后小说创作》;李仕芬的《拖着长辫的中国男人——试论严歌苓的〈橙血〉》;陈望衡的《琴心剑气风清骨峻——方修旧体诗审美风格谈》。

《华文文学》第 5 期发表刘登翰的《走向学术语境——祖国大陆台湾文学研究二十年》;古远清的《香港文学研究二十年》;李小平的《茉莉花种(Jasmine)来自中国——论 80 年代菲华文学中的"寻根文学"》;林怀宇的《试论和权诗歌的文化观念》;包燕的《"和":审美理想的当代感知者——陈香梅小说和散文互读》;李建东的《将超越化为永恒——洛夫诗歌中的时间意识》;严辉的《知性/感性:余光中散文批评中的一组概念》;王泉的《简论蓉子、席慕容诗歌的乡愁情结和女性意识》;蔡益怀的《浪迹香江——试析刘以鬯小说中的游荡者形象》;江少川的《论刘以鬯及其长篇小说〈酒徒〉》;王性初的《文字的魅力砌进异乡的岁月——浅析刘荒田的散文特色》;孙中才的《爱,涌出的歌儿——李敬散文集〈雨中行〉读后》;沈艺虹的《"闽文化与台湾文学学术研讨会"综述》;陈思和的《许俊雅和她的台湾文学研究——〈美丽岛面面观〉序》;郜元宝的《生活在别处——〈澳洲华人新画像〉编者序》;沈艺虹的《"闽文化与台湾文学学术研讨会"综述》;李诠林、倪金华的《福建省十·五计划课题"日本的台湾文学研究"及其衍题述要》。

《华文文学》第 6 期发表曾敏之的《应与时俱进》;饶芃子的《在第十二届世界华文文学国际研讨会上的致辞》;朱文华的《从方法论角度看世界华文文学研究的演进》;许俊雅的《回首话当年——论夏济安与〈文学杂志〉(上)》;饶芃子的《新世纪、新景象、新视野——在第十二届世界华文文学国际研讨会闭幕式上的讲演》;谢润宜的《新视野 新开拓——第十二届世界华文文学国际研讨会会议综述》;王列耀、闫美萍的《女性角色的重新定位——对印(尼)华女作家散文创作的思索》;萧成的《关于"东瑞的印华文学批评"谈片》;颜敏等的《第一届印尼华文教育与华文文学国际研讨会综述》;李婷的《穿越虚假的生活——对〈堕落得懂得拜神和养狗〉的一种读法》;方维保的《海外华文诗歌的话语历程》;于闽梅的《东南亚的"俱乐部"与上海的"夜总会"》;莫海斌、文雁的《文化之间与之内的现实生存:论冯世才诗歌写作的一个侧面》;翁奕波的《用自己的眼睛观察文明——程明铮散文刍论》;方尤瑜的《放歌遣怀酬壮志——由吴继岳的人生路谈〈八十遣怀〉的精神意蕴》;张芙鸣的《试析〈安卓珍尼〉的解构启示》。

图书在版编目(CIP)数据

中国当代文学批评史料编年.第九卷,2000—2002/吴俊
总主编;阎海田本卷主编.—上海:
华东师范大学出版社,2016.5
 ISBN 978-7-5675-5257-9

Ⅰ.①中… Ⅱ.①吴…②阎… Ⅲ.①中国文学—文学批
评史—2000—2002 Ⅳ.①I206.7

中国版本图书馆CIP数据核字(2016)第114089号

中国当代文学史料丛刊
中国当代文学批评史料编年
第九卷:2000—2002

丛书主编	吴 俊
总 校 阅	黄 静 肖 进 李 丹
本卷主编	阎海田
策划编辑	王 焰
项目编辑	王国红
特约审读	洪昱珩
装帧设计	崔 楚
出版发行	华东师范大学出版社
社　　址	上海市中山北路3663号 邮编 200062
网　　址	www.ecnupress.com.cn
电　　话	021-60821666 行政传真 021-62572105
客服电话	021-62865537 门市(邮购)电话 021-62869887
地　　址	上海市中山北路3663号华东师范大学校内先锋路口
网　　店	http://hdsdcbs.tmall.com
印 刷 者	上海中华商务联合印刷有限公司
开　　本	787×1092 16开
印　　张	23.5
字　　数	385千字
版　　次	2017年10月第1版
印　　次	2017年10月第1次
书　　号	ISBN 978-7-5675-5257-9/I·1537
定　　价	115.00元

出版人 王 焰

(如发现本版图书有印订质量问题,请寄回本社客服中心调换或电话021-62865537联系)